Wo das Glück zu Hause ist

Rachel Hore

# Wo das Glück zu Hause ist

Roman

Aus dem Englischen von
Barbara Röhl



Weltbild

Die englische Originalausgabe erschien 2016 unter dem Titel *The House on Bellevue Gardens*
bei Simon & Schuster UK Ltd, A CBS Company.

Besuchen Sie uns im Internet:
*www.weltbild.de*

Genehmigte Lizenzausgabe für Weltbild GmbH & Co. KG,
Werner-von-Siemens-Straße 1, 86159 Augsburg

Übersetzung: Barbara Röhl
Textredaktion: Birgit Volk, Bonn
Umschlaggestaltung: *zeichenpool, München
Umschlagmotiv: www.shutterstock.com
Gesamtherstellung: CPI Moravia Books s.r.o., Pohorelice
Printed in the EU
ISBN 978-3-95973-243-7

2019 2018 2017 2016
Die letzte Jahreszahl gibt die aktuelle Lizenzausgabe an.

*Für David*

*In unserer Kultur ist das Leben der meisten Menschen vollgestopft mit Überflüssigem; Gewohnheiten, Aktivitäten, Besitztümern. Die meisten von uns sind an Händen und Füßen gefesselt; nicht buchstäblich, sondern durch unsere Träume, unsere Vorurteile und unsere Ängste.*

Greta McDonough, »The Clary Ghost«

*Die Füchse haben Gruben, und die Vögel unter dem Himmel haben Nester; aber des Menschen Sohn hat nichts, da er sein Haupt hin lege.*

Matthäus 8, Vers 20

*Zu Hause ist der Ort, wo man dich aufnehmen muss, wenn du nirgendwo anders mehr hingehen kannst.*

Robert Frost, »The Death of the Hired Man«

Hinter einer belebten Straße im Norden von London, in Camden, liegt versteckt ein kleiner von Häusern umgebener Park. Man könnte daran vorbeigehen, ohne etwas von seiner Existenz zu ahnen. Die Reihenhäuser sind weiß und sehen mit ihrem Stuck aus wie riesige Hochzeitskuchen mit üppigem Guss. Irgendwann im Lauf seiner Geschichte hat ein Unbekannter diese Wohngegend Bellevue Gardens genannt. Viele der Häuser sind in Einzelwohnungen aufgeteilt worden. Ihre Ruhmeszeiten liegen lange zurück, aber einst waren sie das Zuhause wohlhabender Mittelschichtfamilien, deren Väter Anwälte oder Banker waren und deren Kinder unter den wachsamen Blicken ihrer Nannys auf den gepflegten Rasenflächen in den rückwärtigen Gärten oder in dem verwilderten Park spielten, während ihre Mütter reihum in den Salons Tee tranken und Abendessen oder Whist-Turniere für einen wohltätigen Zweck organisierten und sich mehrmals täglich umkleideten. Die bürgerliche Welt eines lange vergangenen Zeitalters.

Viel mehr gibt es nicht zu sagen. In den 1890er-Jahren besuchte Oscar Wilde Freunde in Nummer 13, und eine Plakette erinnert daran, dass einst eine berühmte Schauspielerin aus der Zeit Edwards VII. Nummer 34 bewohnte. Drei Häuser an der Nordseite tragen immer noch die Narben des Zweiten Weltkriegs – missgestaltete Kamine, Dächer, die wie ein Flickenteppich wirken, schiefe Winkel.

Manchmal, wenn Leonie Brett an einem warmen Sommerabend spät nach Hause kommt, fällt es ihr leicht, die Reihen parkender Autos und das ferne Grollen des Londoner Verkehrs zu vergessen, und sie stellt sich vor, wie stattdessen Pferdehufe auf den Pflastersteinen Funken schlagen, das Zaumzeug hell klirrt und Kutschenräder knarren. Die Musik und das Gelächter, die aus einem offenen Fenster dringen, könnten von einer Gesellschaft aus einem anderen Jahrhundert herrühren, auf der junge Mädchen mit strahlenden Augen in weißen Kleidern mit bunten Schärpen tanzten, frisch und liebreizend wie Blumen.

Obwohl es heute heruntergekommen ist, ist Leonie überzeugt davon, dass ihr Haus – Nummer 11 – einst das prachtvollste an dem Park gewesen sein muss. Es befindet sich in der Mitte der linken Häuserreihe, und dass es nur eine Türklingel besitzt, ist schon ein Hinweis darauf, dass es nicht in Wohnungen aufgeteilt wurde. Es besitzt auch ein prunkvolles Portal, das es besonders einladend wirken lässt. Leonie erinnert sich daran, wie sie an einem Tag vor vierzig Jahren als verängstigte Ausreißerin darunter Schutz vor dem Regen suchte, wie sie ihre Taschen im Foyer abstellte und durch die weitläufigen Zimmer mit den glänzenden Parkettböden, den hohen Decken und den großen, kantigen Kaminen wanderte. Mit seinen schweren Mahagonimöbeln, die zu polieren eine Plage war, wirkte das Haus damals sehr beeindruckend. An den Wänden hingen früher Ölgemälde, aber im Lauf der Jahre sind sie verkauft worden, um Rechnungen zu bezahlen.

Die Küche ist immer noch das Herz des Hauses, doch heute ist der schöne Eichentisch voller Farbspritzer und Teeflecken, und es stehen Kerzen darauf, die in leere Weinflaschen gerammt wurden und im Laufe der Zeit Stalaktiten aus Wachs erzeugt haben. Der Garten war einst im italienischen Stil gestaltet. Heute ist er ein wundervolles verwildertes Paradies. Nur ein paar Hecken erinnern noch an die elegante Vergangenheit.

Leonie erinnert sich, wie sicher sie sich in dem Haus gefühlt hat und wie schnell es zu ihrem Zuhause wurde. Im Lauf der Jahrzehnte haben die Gefühle, die sie für es hegt, tiefe Wurzeln geschlagen.

Trotz allem, was geschehen ist, seit sie herkam, trotz der Tränen, der Freuden, des Verlorenen und des Gefundenen, trotz all der Menschen, die gekommen und gegangen sind, ist es immer noch ihre Zuflucht, ihr Rückzugsort, und sie hofft, dass es für immer so bleiben wird.

# Eins

## *Leonie*

**2015**

Es war ein Tag voller Erinnerungen gewesen – so viele waren in ihr aufgestiegen –, aber auch ein Tag der Trauer. So war das immer mit Trudi, überlegte Leonie, während sie von der U-Bahn-Station nach Hause lief. Sie traf sich sehr gern mit ihrer alten Freundin. Es kam allerdings nur selten dazu, denn Trudi war immer unglaublich beschäftigt, besuchte ihre verheiratete Tochter in New York oder machte Urlaub in Florida. Doch so erfrischend ihre Gesellschaft war, Trudi konnte manchmal auch anstrengend sein.

Als sie in die von Läden und Büros gesäumte Straße einbog, die sie schließlich nach Bellevue Gardens führen würde, dachte Leonie an einen Satz, den einer von Trudis Exmännern – es gab drei davon – einmal gesagt hatte, und lächelte. Trudi sähe sich selbst als Star ihrer eigenen Show, und alle anderen wären bloß Zuschauer. Voller Verbitterung hatte er das vorgebracht, und auch wenn das nicht die ganze Wahrheit war – Trudi hatte auch eine fürsorgliche und großzügige Seite –, steckte mehr als ein Körnchen Wahrheit darin. Trudi hatte schon immer einen Hang zum Theatralischen gehabt. Selbst jetzt, mit über siebzig, war ihr Leben eine bunte Folge von Intrigen und Krisen – wenigstens tat sie so. Heute hatten sie sich zum Mittagessen in ihrer Maisonettewohnung in Chelsea getroffen, die eine wunderbare Aussicht auf den Fluss hatte. Dabei hatte Trudi ihr mit vor Aufregung strahlenden Augen erzählt, dass ihr neuer Nachbar von unten – der mit seinem eisengrauen, mit Pomade zurückgekämmten Haar einfach ein Gangster im Ruhestand sein *musste* – ihr in letzter Zeit ständig Blumen und Schokoladentrüffel von Fortnum's schickte und sich *absolut* nicht davon abbringen ließ. Als Leonie ironisch gefragt hatte, ob Trudi es denn auch energisch genug versucht hätte, hatten die grünen Augen ihrer Freundin boshaft geblitzt. »Und wie geht's dem alten Kauz, den du dir im Keller hältst? Wirklich, Schätzchen, du und deine lahmen Enten.«

»Sie sind nicht lahm«, gab Leonie zurück. »Sie können ausgezeichnet laufen.« Bis auf Bela vielleicht, die ältere Dame aus Kaschmir, die wegen ihrer Ballenzehen in Pantoffeln herumschlurfte. »Ein paar von ihnen hatten Pech im Leben, das ist alles.«

Leonie runzelte die Stirn. Obwohl Trudi und sie einander immer noch sehr gern mochten, war es komisch, wie unterschiedlich sich ihrer beider Leben entwickelt hatte, seit sie sich vor vielen Jahren zusammen mit einem dritten Mädchen eine Wohnung über einem Laden in der Edgware Road geteilt hatten. Da war Trudi, gut betucht und weit gereist, die kürzlich ihr neues Luxus-Apartment mit Aussicht auf die Boote im Jachthafen bezogen hatte, und hier war sie, Leonie Brett, die gerade in ihre Straße aus georgianischer Zeit einbog, wie sie es schon Tausende Male zuvor getan hatte. Trotzdem freute sie sich jedes Mal wieder, in das Haus heimzukehren, das sie im Lauf der Jahre mit so vielen Freunden geteilt hatte.

Heute Abend wirkte der Platz im Licht eines spektakulären Sonnenuntergangs wie mit Flammen übergossen. Wunderschön. Sie blieb stehen, um die Silhouetten der ausschlagenden Platanen vor dem Himmel zu bewundern und die stattlichen Häuser zu betrachten, die im Schein der versinkenden Sonne in einem pfirsichfarbenen Ton leuchteten. Dieser abgelegene Platz war immer so friedlich. Aus dem Park drang das satte Trällern einer Amsel, das zweifellos den anderen geflügelten Anwohnern signalisierte, dass in ihrer Welt alles gut war.

Als sie die Straße überquerte und die bohemienhafte Schäbigkeit von Nummer 11 erblickte, tat ihr Herz einen kleinen, zufriedenen Satz; das Haus wirkte wie ein derangiertes Aschenbrödel inmitten seiner prächtiger gekleideten Schwestern. Die Nachbarn – größtenteils junge, gut ausgebildete Berufstätige, die sich um die umgebauten Wohnungen gerissen hatten – mochten die Stirn über die abblätternde Farbe und das Unkraut, das aus den Regenrinnen wuchs, runzeln, aber sie liebte das Haus mit allen seinen Makeln. In einer Lebenskrise war es ihr zum Zuhause geworden, und dafür öffnete sie es seitdem anderen, die einen sicheren Unterschlupf brauchten.

Nachdem sie sich zwischen zwei eng hintereinander geparkten Autos durchgequetscht hatte, blieb sie auf dem Gehweg verblüfft stehen. Denn ein Fuchs trabte auf sie zu, nach der zarten Gestalt zu urteilen, ein Weibchen. Einen oder zwei Meter entfernt blieb es abrupt stehen, und seine obsidianschwarzen Augen leuchteten in der einbrechenden Dunkelheit. Eine lange Sekunde starrten sie einander an, die Frau und die Füchsin, dann drehte sich das Tier um und rannte davon.

Heutzutage gab es viel mehr Füchse als früher. Nachts spielten sie ausgiebig und laut und ließen ihr Spielzeug auf den Rasen liegen: alte Schuhe, zerkaute Tennisbälle und einmal einen Taubenflügel. Die Gärten waren ihre Spielplätze, Mülleimer ihre Futtertröge, Höhlen unter Schuppen oder Dornenbüschen ihr Zuhause. Genau wie ihr Haus ein Zufluchtsort für viele Menschen gewesen war. Mit Wehmut sah Leonie zu, wie der buschige Schwanz der Füchsin durch das Geländer verschwand, das den Park umgab. Es war, als habe das wunderschöne Wesen mit seiner Wildheit etwas von ihrer eigenen mitgenommen. Leonie dachte an ihren Enkel Jamie. Noch ein ungezähmtes Wesen, das vor ihr davongelaufen und verschwunden war.

Während sie die Treppe zu Nummer 11 hinaufging, suchte sie in ihrer Handtasche nach den Schlüsseln und hob ein dickes Paket auf, das unter dem Vordach lag. Als sie die Tür aufstemmte, verspürte sie dieses wunderbare Gefühl von Erleichterung, das immer in ihr aufstieg, wenn sie das Haus betrat. Sie sog die Luft ein und drückte die Tür hinter sich zu. Sie liebte den Geruch nach altem Holz und Möbelpolitur, der von dem Duft der Lilien, die in einer Vase auf der schweren Flurgarderobe standen, und heute auch von einem starken Hauch Terpentin überlagert wurde.

Sie musterte das Adressetikett auf dem Päckchen und sah, dass es für Belas Mann Hari war. So klumpig wie sich der Inhalt anfühlte, handelte es sich zweifellos um Nachschub für seine verwirrende Auswahl an Nahrungsergänzungsmitteln. Sie legte es auf die Garderobe und blätterte den Poststapel durch. Die Stromrechnung und ein paar Wurfsendungen, ein Brief für Peter, den »Kauz«, der die Kellerwohnung bewohnte, und wie immer Post für Mieter, die hier schon lange nicht mehr wohnten. Ein Modekatalog für Jennifer, die nicht als solche arbeitende Schauspielerin, und ihre stille kleine Tochter, die vor einem Jahr nach Cornwall gezogen waren. Eine Ansichtskarte vom Strand in Frinton für den lieben alten Norman, den Krankenhauspförtner, der vor ein paar Wochen in Rente gegangen und zu seinem Bruder nach Newcastle gezogen war. Sie legte die letzteren beiden Briefe beiseite, um sie ihren Empfängern nachzuschicken, und suchte nach einer Nachricht von Jamie. Letzte Woche hatte sie Geburtstag gehabt und gehofft, er würde vielleicht daran denken. Möglicherweise hatte er das auch, versuchte sie sich zu beruhigen, aber die Mühe, eine Karte und eine Briefmarke zu besorgen, war wohl mehr, als sie von ihm erwarten konnte.

Seufzend drehte sie einen steifen braunen Umschlag um. Als sie oben den Namen eines Anwalts aufgedruckt sah, schnalzte sie leise mit der Zunge. Wahrscheinlich war es noch eine Beschwerde von nebenan. Sie wusste, was darin stehen würde. Eine grundlegende Sanierung der gemeinsamen Wand, bla, bla, bla, und wie, bitte, sollte sie das bezahlen? Sie warf die andere unerwünschte Post in die oberste Schublade und knallte sie zu, den braunen Umschlag jedoch ließ sie trotzig hinter die Garderobe fallen. Aus den Augen, aus dem Sinn, erklärte sie ihrem Bild in dem angelaufenen Spiegel. Sie hängte ihren Mantel an einen Haken und ging in die Küche. Doch sie war immer noch beunruhigt. Ich denke später über den Brief nach, sagte sie sich. Das war ihre erprobte Herangehensweise, um mit unlösbaren Problemen umzugehen. Wenn man sie lange genug vor sich hinschmoren ließ, lösten sie sich manchmal von ganz allein. Während sie Wasser in den Kessel füllte, wanderten ihre Gedanken erneut zu Jamie. Manchmal war es auch nicht so.

## Rosa

Als Rosa aus dem Bus gestiegen war und in dem frühmorgendlichen Halbdunkel auf dem Vorplatz des Busbahnhofs stand, erinnerte sie der heiße Gestank der Dieselabgase und das Dröhnen der Motoren an zu Hause und den Busbahnhof, an dem sie vor sechsundzwanzig Stunden aufgebrochen war. Bleierne Müdigkeit und Nervosität angesichts der Aufgabe, die vor ihr lag, vermittelten ihr das surreale Gefühl, in einem Albtraum gefangen zu sein.

Der Fahrer zerrte Gepäckstücke aus dem dunklen Bauch des Fahrzeugs, und sie wartete geduldig, bis er den kleinen Rollkoffer heraushob, der ihrer Mutter gehört hatte. Sie nahm ihn entgegen und stieß einen verblüfften Ausruf aus.

»Stimmt etwas nicht?«, fragte er in ihrer gemeinsamen Sprache.

»Er ist kalt, das ist alles.«

Er stieß ein rauchiges Lachen aus. »Gehört alles zur großen britischen Begrüßung. Vergessen Sie nicht, dieser Tunnel führt unter dem Meer hindurch.«

»Ja, natürlich«, stammelte sie. Sie dankte ihm, trat beiseite, hängte sich ihre Handtasche quer über die Brust, wo sie sicherer war, und musterte das Durcheinander aus Menschen und Fahrzeugen, das sie umgab. Auf der anderen Seite des Platzes, hinter den Absperrungen, fiel ihr auf einer Tür ein vertrautes Symbol ins Auge. Sie stellte den Koffer auf die Räder und ging darauf zu.

In der Toilette angekommen, stellte sie sich in eine Schlange von Frauen und Kindern, die gerade aus den Morgenbussen gestiegen waren und deren Augen vom Schlaf noch ganz verquollen waren. Als eine Kabine frei wurde, schloss sie sich ein, holte Feuchttücher und saubere Unterwäsche aus ihrem Koffer und machte sich frisch, so gut sie konnte.

Als sie anschließend an einem der Becken stand und der scharfe Geschmack der Zahnpasta sie vollends aufweckte, sah sie in den Spiegel und meinte einen unheimlichen Moment lang, es wäre ihr Bruder, der ihren Blick erwiderte. Ihre Augen lagen tief in den Höhlen wie die von Michal und waren tiefblau, nur dass sie darin heute Morgen statt ihres üblichen ernsten Ausdrucks seine zu Herzen gehende Verletzlichkeit erblickte. Die restlichen Züge – der breite Mund, das trotzig gereckte Kinn und die kurze, gerade Nase – waren beruhigenderweise ihre eigenen. Sie ließ die Schatten unter ihren Augen unter Abdeckcreme verschwinden. Doch andere Frauen warteten darauf, dass das Waschbecken frei wurde. Daher brachte sie mit schnellen Fingern ihren dunklen Pony in Form, biss sich auf die Lippen, damit sie rot wurden, und sammelte ihre Besitztümer ein. Ein letzter Blick in den Spiegel galt Michals flehenden Augen. Ich werde dich finden, versprach sie ihm lautlos, bevor sie die Toilette verließ.

Zurück in der Eingangshalle studierte sie die Hinweisschilder, bis sie sicher war, die Wörter *Ausgang* und *U-Bahn* identifiziert zu haben. Dann steuerte sie ihren Koffer in die angezeigte Richtung und vereinte sich mit der menschlichen Flut, die zum Tageslicht emporstieg.

Nach dem schmuddeligen Teil von Warschau, den sie hinter sich gelassen hatte, beeindruckte sie draußen zuerst die Sauberkeit der Londoner Straßen. Ihr gefielen die eleganten alten Häuser und ihre gedeckten Grau- und Brauntöne, die in einen Himmel von einem ganz zarten Blau hinaufstrebten. Auf der anderen Straßenseite löste sich eine cremefarbene Limousine von der Bordsteinkante, glitt davon und enthüllte eine bunte Ladenfront, vor der Kisten mit taufeuchten Äpfeln, Orangen und Bananen und Eimer mit fertig gebundenen Narzissensträußen standen. Mit einem Mal verspürte sie Hunger. Ihr Frühstück hatte aus einem Brot mit kaltem Fleisch bestanden, das sie vor Stunden gegessen hatte, als der Bus in Calais gewartet hatte. Sie dachte an die Schokolade in ihrer Umhängetasche. Wenn sie die verzehrt hatte, würde sie ihre sorgfältig gehorteten Bargeldreserven angreifen müssen. Sie wusste, London war teuer.

Sie zog ein Stück Papier aus ihrer Manteltasche und faltete es auseinander. Dann ging sie an der Ampel über die Straße. Während sie den Schildern zur U-Bahn folgte, wuchs ihre Beklommenheit. Jetzt konnte es nicht mehr lange dauern, dann würde sie es wissen. Was wissen? Wenigstens etwas. Das wäre besser als das Schweigen und die furchtbare Ungewissheit, unter der sie nun schon seit so vielen Monaten litt.

Als sie in dem schaukelnden Waggon saß, der nordwärts durch die Tunnel polterte, warf sie ihren Mitpassagieren verstohlene Blicke zu. Eine junge Frau mit einem schwarzen Kopftuch beugte sich über einen Kinderwagen. Ein intellektuell wirkender Asiate musste sich zu seiner vollen Größe recken, um die Haltestange an der Decke zu erreichen. Neben ihr saß eine kugelrunde Großmutter und kuschelte mit einem Kleinkind, das Rosa aus Augen, die wie kleine dunkle Sterne leuchteten, ansah. Zwei blasse Jugendliche in Jogginganzügen strichen durch den Wagen wie Panther. Es verblüffte sie, dass so viele unterschiedliche Menschen hier auf engem Raum zusammengedrängt waren und doch weder miteinander sprachen noch neugierig aufeinander zu sein schienen. Stattdessen lauschten die Jugendlichen über Ohrhörer Musik, die nur sie hören konnten. Einige Fahrgäste lasen in den Gratiszeitungen mit den blauen Schlagzeilen, die in dem Waggon herumflogen. Andere starrten auf ihre Smartphones. Sie sah noch einmal auf ihrem eigenen Handy nach für den Fall, dass Michal auf die SMS geantwortet hatte, die sie aus Dover geschickt hatte. Aber hier unten in dem grellen blauweißen Licht, tief unter der Stadt, hatte sie keinen Empfang.

Der Zug hielt an einem halben Dutzend Stationen, bis der Name, nach dem sie Ausschau hielt, auftauchte. Sie wartete, bis sich die Türen öffneten, dann wuchtete sie ihren Koffer hindurch und manövrierte ihn durch einen Gang mit weißgekachelten Wänden, mehrere Treppen hoch und durch eine Ticketschranke nach draußen.

Am Ausgang der U-Bahn-Station blieb sie stehen und sah sich um. Sie stand an einer belebten Kreuzung, sah aber keine Straßenschilder. Sollte sie sich nach rechts oder links wenden? »In welche Richtung geht es zur High Street?«, fragte sie eine gelangweilt wirkende Angestellte, die vor dem Eingang stand. Die Frau wies auf eine große Karte, die an der Wand hing.

Der Weg zum Haus ihres Vaters dauerte zwanzig Minuten. Die Straße führte sie einen Hügel hinauf, vorbei an modernen Wohnblocks mit ungepflegten Rasenflächen, kleinen Läden und einer Kirche aus dunklem Backstein, deren kurzer, dicker Turm so ganz anders wirkte als die ätherischen englischen Kirchtürme, die sie im

Fernsehen gesehen hatte. Rosa erkannte nichts davon wieder, aber andererseits war sie aus London fortgegangen, als sie noch klein war. Es war schon über zwanzig Jahre her. Eine rotblaue Schaukel in einem von Dornenranken überwucherten Garten. Grobe Holzstufen, die in einer kalte, muffig riechende Dunkelheit hinabführten. Eine Schildpatt-Katze, die sie aus gelben Augen feindselig anstarrte und dann durch eine Katzenklappe verschwand. Das waren ihre einzigen Erinnerungen an das Haus.

Eines der Räder ihres Koffers blockierte ab und zu, sodass er vor allem an den Bordsteinkanten immer wieder ins Schlingern geriet. Vor Schlafmangel und Hunger war ihr schwindlig, und die nervöse Vorahnung schnürte ihr den Hals zu, sodass ihr Herz bei jedem Schritt schneller zu schlagen schien. Als sie die richtige Abzweigung erreichte, bog sie nach links in eine Straße mit pastellfarben gestrichenen Häusern ein. Dort setzte sie sich einen Moment auf ein Mäuerchen, um wieder zu Atem zu kommen und das letzte Stück Schokolade zu essen. In der Nähe pickte im Rinnstein eine Taube an den Überresten eines Hähnchenschenkels herum, und ihr drehte sich der Magen um.

Sie trank einen Schluck Wasser aus der Flasche in ihrer Tasche, und langsam kehrte ihr Mut zurück. Nicht mehr lange, sagte sie sich, als sie wieder aufstand. Nicht mehr lange, dann wüsste sie Bescheid.

Bei jeder der drei Nebenstraßen, die sie passierte, sank ihre Hoffnung, bevor sie schließlich bei dem Schild »Dartmouth Street« wieder wuchs. Sie blieb stehen, um sich umzusehen. Sie suchte nach etwas Vertrautem. Bildete sie sich nur ein, dass sie diese im Bogen errichteten Doppelhäuser aus rotem Backstein mit ihren weiß gestrichenen Balkonen im ersten Stock schon einmal gesehen hatte? Sie ging weiter und achtete im Gehen auf die Hausnummern.

Nummer 28 sah genauso aus wie die Nachbarhäuser, nur dass

der Balkon grün statt weiß war, die Farbe abblätterte und es noch einen kleinen, ungepflegten Vorgarten besaß, während andere Hausbesitzer ihren zubetoniert hatten, um einen Parkplatz für ihr Auto daraus zu machen. Niemand war in der Nähe. Abgesehen von dem Grollen eines Flugzeugs hoch über ihr war es merkwürdig still.

Das Tor aus verschnörkeltem Gitterwerk ließ sich nur schwer aufschieben. Gestreifte Vorhänge hinter dem Schiebefenster an der Haustür rührten eine ferne Erinnerung an. Ihre Zuversicht wuchs – und verließ sie dann wieder. Etwas stimmte nicht. Das Fenster war von Schmutzschlieren überzogen. Als sie sich umsah, entdeckte sie überall Anzeichen von Vernachlässigung. Das Gras wucherte wild, eine Topfpflanze, die innen auf dem Fensterbrett stand, war lange eingegangen. Sie klingelte und wartete auf der schmalen, braun gefliesten Vorderveranda. Niemand öffnete, daher drückte sie die Klingel noch einmal und klopfte dann an die Tür.

Nach einiger Zeit schob sie den Briefschlitz auf und spähte hindurch. Umschläge und Papiere lagen über einen schmutzigen braunen Teppich verteilt. Es waren so viele, dass sie schon lange dort liegen mussten. Wahrscheinlich, so wurde ihr schlagartig bewusst, war ihr eigener Brief auch dabei. Nicht nur unbeantwortet, sondern auch ungeöffnet.

Sie zog die Hand zurück, und die Briefklappe knallte ihr auf die Finger. All ihre Hoffnung und ihre ganze Energie waren verflogen, und sie ließ sich an der Wand entlang auf die kalten Fliesen sinken und rieb sich die schmerzende Hand. Ihr Kopf war leer. Das sie überhaupt niemanden antreffen würde, war das Letzte, womit sie gerechnet hatte. War sie umsonst so weit gefahren?

Ein metallisches Geräusch ließ sie zusammenzucken. Zuerst dachte sie, es käme aus dem Inneren des Hauses. Aber es stammte von nebenan. Sie spähte hinüber zu der anderen Hälfte des Doppelhauses und sah, dass sich die Tür öffnete und jemand herauskam, ein jüngerer Mann mit einem fröhlichen, rosigen Gesicht, Geheimratsecken und sandfarbenem Haar. Alles an ihm war vollkommen gewöhnlich: seine Jeans, seine weiche graue Jacke, das T-Shirt, das sich über seinem vorgewölbten Bauch spannte. »Bis dann«, rief er jemandem zu, der sich drinnen befand. Dann schloss er die Tür hinter sich. Mit einem Schlüssel in der Hand ging er zur Fahrertür eines silbernen Kombis, der mit dem Vorderteil zur Hauswand geparkt war. Dann bemerkte er sie und runzelte erstaunt die Stirn.

»Guten Morgen«, sagte sie.

»Hier wohnt niemand, Kleine.« Er klang freundlich, aber verwundert.

»Dexter. Kennen Sie Mr. Dexter?«

»Hab hier noch nie jemanden gesehen«, sagte er, dieses Mal lauter. »Wir sind im Sommer hier eingezogen, und …« Er breitete die Arme aus und zuckte die Achseln, um zu signalisieren, dass er nichts und niemanden gesehen hatte.

Sie blickte zu dem leeren Haus hoch, als suche sie eine Bestätigung für das, was er gesagt hatte. Als sie sich wieder zu ihm umdrehte, sah er sie neugierig an.

»Warten Sie mal, vor ein paar Monaten war da jemand. Ein junger Bursche, der ein bisschen wie Sie aussah, wenn ich es recht bedenke. Er ist zwei- oder dreimal hier gewesen. Ich habe ihm erklärt, dass dort niemand lebt, aber er hat mich nicht verstanden.«

Das Wesentliche dessen, was er gesagt hatte, hatte sie verstanden. »Vielleicht mein Bruder, Michal.« Ihre Stimme zitterte. »Er spricht kein Englisch wie ich.«

»Ihr Bruder, das klingt einleuchtend, ja.«

»Wo er dann hingegangen?«

»Keine Ahnung. Tut mir leid.« Er richtete den Schlüssel auf das silberne Auto, und die Scheinwerfer flammten gehorsam auf.

»Vielleicht fragen Sie einmal die anderen Nachbarn«, meinte er und öffnete die Autotür. »Da drüben wohnt eine alte Dame, die vielleicht Bescheid weiß. Sorry, ich muss jetzt los. Ich muss meinen Sohn abholen.«

Sie nickte und sah zu, wie er einstieg und davonfuhr. In der Straße war es wieder still.

Sie folgte seinem Rat, überquerte die Straße und klingelte an beiden Türen des Hauses, das er gemeint hatte, aber niemand öffnete. Sie ging zurück und klingelte bei dem anderen Nachbarn ihres Vaters, aber die junge Frau mit dem Baby, die die Tür öffnete, wusste nicht mehr als der junge Mann. Daher ging Rosa zurück zu Nummer 28, setzte sich auf die Schwelle und fragte sich, was sie jetzt tun sollte. Ihr Vater war nicht da, er war anscheinend schon seit Monaten nicht mehr hier gewesen. Wo war er? Was war passiert? Ihr Bruder war hergekommen, dann aber weggegangen. Wohin? Und warum hatte sie nichts von ihm gehört?

Sie sprang auf und drückte frustriert gegen die Haustür. Sie gab nicht nach. Als Nächstes versuchte sie, das Fenster hochzuschieben. Als auch das nicht funktionierte, rüttelte sie an der Klinke der hohen hölzernen Seitentür. Sogar die war fest abgeschlossen, und über den Türsturz hatte jemand einen gefährlich aussehenden Stacheldraht gezogen. Verzweifelt sah sie sich im Vorgarten nach etwas um, mit dem sie ein Fenster einschlagen könnte. Eine zerbrochene Dachpfanne lag im Gras. Sie hob eine große Scherbe auf. Doch plötzlich hatte sie das Gefühl, dass sie beobachtet wurde. Sie sah sich um, und ihr Blick fiel auf das Haus gegenüber.

Hinter einem Fenster im ersten Stock bewegte sich etwas. Ein stämmiger Mann stand da und beobachtete sie. In der einen Hand hielt er eine Tasse, mit der anderen drückte er ein Telefon an sein Ohr. Sie legte die Scherbe weg, griff nach ihrem Koffer und ging davon, in die Richtung, aus der sie gekommen war. Sie hatte keine Ahnung, ob der Mann dabei gewesen war, die Polizei zu rufen, aber möglich war es. Einzubrechen war eine dumme Idee gewesen. Angenommen, das Haus gehörte ihrem Vater nicht mehr. Sie hätte ernsthafte Schwierigkeiten bekommen können.

Jedenfalls musste sie entscheiden, was sie nun tun sollte. Die Mission, die sie hergeführt hatte, war zu Ende, bevor sie begonnen hatte. Sie hatte keinen Plan B. Sie war davon ausgegangen, dass ihr Vater hier sein würde, um sie zu begrüßen, und dass sie bei ihm wohnen würde. Wie hatte sie nur so naiv sein können?

Rosa drückte sich vor der U-Bahn-Station herum und sah sich nach jemandem um, den sie nach einer Unterkunft fragen könnte, da entdeckte sie ein paar Häuser weiter ein Café. Plötzlich sehnte sie sich nach einem warmen Platz, wo sie sich hinsetzen und nachdenken konnte. Sie ging hin, um es sich genauer anzuschauen.

Das Black Cat Café war klein und sah gemütlich aus. Es hatte Sprossenfenster, und vor dem Laden verkündete eine Reklametafel in Form einer Katze, es sei *Ganztags geöffnet*. Es lag in einer Ladenzeile im Erdgeschoss einer Reihe schöner Backsteingebäude, die aus derselben Zeit stammten wie die Bahnstation. Die Fenster waren beschlagen, aber Rosa konnte trotzdem hineinsehen. Sie sah ungefähr ein Dutzend Holztische und -stühle, von denen einige besetzt waren. Andere Gäste standen Schlange an der Theke, über der eine Preistafel hing. Das hölzerne Mobiliar und die heimelige Atmosphäre erinnerten sie an das Café, das einer Freundin ihrer Mutter gehörte und in dem sie nach ihrem Schulabschluss einige Zeit gearbeitet hatte. Es kam ihr vollkommen natürlich vor, die Tür aufzustoßen und einzutreten.

Sofort umhüllten sie köstliche Düfte nach Zucker und Zimt, und leises Stimmengewirr wetteiferte mit dem fröhlichen Zischen der Kaffeemaschine. Hinter der Theke stand eine mollige junge Frau mit rosigen Wangen und dunklem Haar, das sie unter ihrer schneeweißen Kappe zu einem Pferdeschwanz zurückgebunden hatte. Sie nickte Rosa zu. Rosa stellte ihren Koffer unter den Mänteln ab, die an den Kleiderhaken neben der Tür hingen, und stellte sich in die kurze Schlange. Während sie wartete, las sie eine handgeschriebene Notiz, die mit Klebeband an der Kasse befestigt war. *Aushilfe gesucht. Erfahrung Voraussetzung. Fragen Sie nach Karina.*

Als sie an die Reihe kam, bestellte sie Kaffee und ein Teilchen. Ihr Tablett trug sie an einen Tisch, an dem ein alter Mann mit runzligem Gesicht saß. Er las in einer Zeitung mit dicken schwarzen Schlagzeilen und reißerischen Bildern. Der Kaffee war wundervoll, cremig, mild und belebend, und das Teilchen schmeckte wie die süßen, mit Sirup getränkten Mandelkuchen, die ihre Mutter so geliebt hatte. Rosa aß und trank, so langsam sie konnte, denn sie wollte den Moment möglichst lange genießen. Hier drinnen war es sicher und warm, und sie genoss es, der Frau hinter der Theke dabei zuzusehen, wie sie mit den Gästen scherzte und eine ältere Dame beruhigte, die mit ihrem Kleingeld durcheinandergekommen war. Ja, dieser Ort gefiel ihr. Es wäre vernünftig, in dieser Gegend zu bleiben und sich hier eine Unterkunft zu besorgen, solange sie nach Michal und ihrem Vater suchte.

Sie stippte das letzte Mandelblättchen von ihrem Teller auf und leckte den Schaum von ihrem Kaffeelöffel. Als an der Theke kurz keine Schlange war, brachte sie ihr schmutziges Geschirr dorthin zurück.

»Danke.« Die Frau nahm das Tablett mit erfreuter Miene entgegen.

»Kein Problem.« Rosa lächelte ihr verhalten zu. »Ich würde gern mit Karina sprechen.«

»Sie reden mit ihr. Ich bin Karina«, antwortete die Frau und musterte sie aus klugen braunen Augen.

Rosa zeigte auf den Zettel an der Kasse. »Ich habe Erfahrung«, erklärte sie. »Zu Hause habe ich jahrelang in einem Café wie diesem gearbeitet.«

»Ach ja?« Karina trocknete sich die Hände ab und griff nach einem Kugelschreiber. »Und wie heißen Sie?«, fragte sie und nahm einen Notizblock. »Könnten Sie um fünf noch einmal zu einem Gespräch vorbeikommen?«

Rosa nickte. Sie konnte jederzeit wiederkommen.

## Stef

**Eine Woche später**

*Ich will das nicht mehr*, schrie die Stimme in ihrem Traum, und Stef erwachte. Sie hörte das Krachen und Scheppern des Müllwagens, der sich draußen die Straße entlangschob. Sie drehte sich um und spürte, wie kalte Luft unter die Bettdecke drang, und ihr wurde klar, dass er nicht da war. Als sie auf die Uhr auf seiner Bettseite sah, zeigten die Leuchtziffern 8.04 Uhr. Er musste schon weg sein. Normalerweise klingelte sein Wecker um 6.30 Uhr und weckte sie, und sie lag dann mit geschlossenen Augen da und lauschte dem Rauschen der Dusche, den geheimnisvollen dumpfen Geräuschen und dem Rascheln, mit dem er sich anzog, und dem schnellen Klicken seiner Schuhe auf den Küchenfliesen, auf die kurz darauf das weiche, dumpfe Geräusch folgte, mit dem sich die Wohnungstür schloss. Dann herrschte Stille, und sie konnte sich entspannen. Heute musste sie all das verschlafen haben, statt nur so zu tun. Zurzeit sehnte sie sich danach, dass er ging, und fürchtete es zugleich. Er nahm all die Anspannung mit, die Notwendigkeit, ständig auf der Hut zu sein; und doch fühlte sie sich allein in der Wohnung haltlos, bar jeder Entschlusskraft. Wenn er gegangen war, pflegte sie die Decke fester um sich zu ziehen und wieder einzuschlafen. Schließlich gab es nichts anderes, was sie gern getan hätte.

Doch heute war etwas anders. Irgendwo in ihrem Kopf war ein Schalter umgelegt worden. Was genau das bedeutete, hätte sie nicht sagen können, aber es hatte mit dem Traum zu tun. Sie konnte sich nicht erinnern, worum es darin gegangen war, nur an viele laute Auseinandersetzungen. Vielleicht war das Geschrei ja das der Müllmänner gewesen, die sich mit lauten Rufen verständigt hatten, während sie langsam aufgewacht war.

Seufzend wälzte sie sich aus dem Bett und tappte ins Bad. Es roch noch nach ihm. Der Raum war noch feucht und warm, und der moschusartige Geruch von Rasierwasser hing in der Luft. Eingewickelt in den seidigen weißen Morgenmantel, den er ihr gekauft hatte, ging sie über den Flur in die Küche, wo sie aus dem Hahn über der Spüle kochend heißes Wasser in einen Becher laufen ließ. Das sterile, praktische Design aus Metall und Granit verweigerte ihr sogar das gemütliche Ritual, einen Wasserkessel aufzusetzen. Allerdings war sie froh über die beheizten Fliesen unter ihren Füßen. Sie schwenkte den Teebeutel an seinem Faden und ließ ihn in den Abfallbehälter neben der Spüle fallen. Dann streckte sie den Arm aus und schob das Rollo vor dem Fenster beiseite.

Die Küche lag auf der Rückseite des Gebäudes, und das Fenster gab den Blick auf ähnliche Wohnblocks frei. Diese Wohnung war, wie er immer wieder zufrieden bemerkte, eine der größten. Sie lag im ersten Stock, und man hatte eine gute Aussicht auf den gemeinschaftlich genutzten Park. Dort unten sah sie einen jungen Mann in einem Arbeitsoverall, der schnell und ungeduldig mit einer Hacke Kompost in ein Blumenbeet einarbeitete. Zwischen den Häusern glomm an einem Himmel, der grau wie Spülwasser war, eine wolkenverhangene Sonne. Möwen glitten auf einem Aufwind dahin, und sie musste an den Fluss hinter den Häusern denken. Sie stellte sich den frischen Wind vor und sah das Einlaufen der Flut vor sich. Vielleicht würde sie heute dort hinspazieren; aber der Gedanke löste sich auf, bevor er Wurzeln schlagen konnte. Zu anstrengend. Sie ließ das Rollo fallen und kehrte mit ihren Gedanken zurück in die Küche, in die drückende Stille in der Wohnung.

Nachdem sie eine Schale mit zuckrigen Cornflakes gefüllt hatte, trug sie das Frühstück ins Wohnzimmer und stellte es auf den gläsernen Couchtisch neben eine ordentlich ausgerichtete Reihe von Fernbedienungen. Sie nahm die zweite zur Hand und drückte auf eine Taste, sodass der Fernseher flackernd zum Leben erwachte. Sie machte es sich im Schneidersitz auf dem Sofa gemütlich, drückte sich eines der harten Kissen in den Rücken und trank ihren Tee. Auf dem Bildschirm war eine bunt gekleidete Blondine zu sehen, die in grellem Sonnenschein vor einer Villa stand und irgendetwas über den Ehebruch eines Tennisstars in ein Mikrofon plapperte. »Ich hab noch nie von dir gehört«, flüsterte Stef, als das Bild eines Mannes eingeblendet wurde. Sie wedelte mit der Fernbedienung, und der Fernseher zeigte jetzt körnige Aufnahmen von ein paar argwöhnisch dreinblickenden Jugendlichen, die in einen Transporter stiegen. Stef hatte nicht mitbekommen, worum es ging, und dachte stattdessen an ihre Mutter und daran, wie lange sie nicht mehr miteinander gesprochen hatten. Heutzutage schweiften ihre Gedanken so oft ab; sie konnte sich kaum noch konzentrieren. Als sie das nächste Mal ihre Aufmerksamkeit dem Fernseher zuwandte, saßen drei Frauen auf einem lila Sofa und führten eine ernste Diskussion. Dann sagte eine von ihnen etwas, das sie dazu brachte, sich vorzubeugen und zuzuhören. *Ich will das nicht mehr.* Dieselben Worte, die sich in ihrem Kopf gebildet hatten, als sie aus ihrem Traum erwacht war. *Ich will das nicht mehr.* Dieses Mal griff sie zur Fernbedienung, um das Gerät lauter zu stellen.

Sie hörte zu, aß ihre Frühstücksflocken und registrierte deren leere Süße kaum.

## *Rosa*

Am selben Vormittag um halb zwölf füllte Rosa, die seit fünf Tagen im Black Cat Café arbeitete, die Eiersalat-Schüssel in der Kühltheke auf. Als sich die Tür öffnete, blickte sie auf. Eine Frau, die sie noch nie gesehen hatte, kam herein. Sie sah weder jung noch besonders alt aus, aber sie hatte etwas Gepflegtes, Elegantes und Selbstsicheres an sich, das Rosas Blick anzog.

»Einen Americano mit Milch, aber ohne Zucker, und ein Panino mit Ziegenkäse«, sagte die Frau zu Karina. Ihre Stimme klang angenehm rauchig. Sie sprach die Worte sehr deutlich aus.

»Wenn Sie sich setzen wollen, bringe ich es Ihnen«, erklärte Karina, als sie der Frau ihr Wechselgeld gab.

»Danke.« Die Frau zog die *Times* aus dem Ständer, ließ sich an einem Tisch am Fenster nieder und nahm eine Brille aus ihrem Etui. Rosa wischte den Rand der Eiersalat-Schüssel ab, und während sie sie zurück in die Theke stellte, konnte sie nicht anders, als die Frau zu beobachten. Was für schönes Haar sie hatte; es war von einem silbrigen Aschgrau und zu einem schulterlangen Bob geschnitten. Ihre kirschrote Strickjacke war zwar ein wenig verwaschen, aber sie schmiegte sich perfekt um ihre schmalen Schultern, und ihr dunkelblau und weiß gemusterter Schal war über ihrem Schlüsselbein geknotet, als gehöre er dorthin. Sie glaubte nicht, dass das teure Designerstücke waren, aber die geschickte Zusammenstellung des Outfits zeigte, dass die Frau modisches Gespür besaß.

»Danke, das sieht sehr lecker aus«, sagte die Frau und lächelte zu Karina auf, die ihr das Sandwich hinstellte.

Rosa schob den Plastikeimer mit dem Eiersalat wieder in den großen Kühlschrank, begann Tomaten zu schneiden und hörte Karina zu, die die Kaffeesatz-Schublade der Kaffeemaschine leerte und dabei von ihren Plänen erzählte, mit ihrem Freund Jared zusammen in eine Mietwohnung zu ziehen.

»Wie lange willst du in diesem Wohnheim bleiben?«, fragte sie Rosa. »Ist das Zimmer okay?«

Rosa runzelte die Stirn. »Es ist . . . gut, aber einige der Leute dort sind nicht . . .« Sie verzog das Gesicht. Nachdem sie ihr den Job gegeben hatte, hatte Karina für sie bei der Stadt angerufen und die Adresse der Unterkunft erhalten. Es sollte nur für den Übergang sein, sie musste also bald etwas anderes finden.

»Es ist alles so teuer, nicht wahr?«, sagte Karina und schnitt einen Beutel Salat auf. »Wenn du mit den Tomaten fertig bist, muss Tisch sechs abgeräumt werden.«

Rosa trug schmutziges Geschirr hin und her und streckte dann den Arm aus, um nach einem Tablett zu greifen, das ein Gast ans Fenster gelehnt hatte. In der Nähe nahm die elegante Frau ihre Zeitung herunter. »Ich sitze Ihnen doch nicht im Weg, oder?«, fragte sie.

»Nein, nein, überhaupt nicht.« Das Lächeln der Frau vermittelte Rosa ein warmes Gefühl

Statt ihre Lektüre wieder aufzunehmen, schob sie die Brille hoch auf den Kopf. »Ich habe Sie noch nie hier gesehen, oder? Sind Sie neu?«

»Fünf Tage«, erklärte Rosa, unterbrach das Abwischen des Tabletts und hob ihre Finger.

»Also noch nicht lange. Sind Sie gern hier?«

»Ja, sehr. Ich habe Glück, Arbeit zu haben.«

»Wahrscheinlich. Sind Sie schon lange in London? Verzeihen Sie, ich habe Ihren Akzent bemerkt.«

»Erst seit sieben Tagen.« Sie fragte sich, wohin dieses Gespräch führen sollte. Die Frau schien ihr Misstrauen wahrzunehmen. Tut mir leid, wie unhöflich von mir«, sagte sie. »Mein Name ist Leonie. Leonie Brett.« Sie streckte Rosa die Hand entgegen. »Ich komme ziemlich oft her. Das gönne ich mir vor dem Einkaufen.«

»Ich bin Rosa«, sagte sie und schüttelte sie. »Rosa Dexter.«

»Schön, Sie kennenzulernen, Rosa.« Die Hand der Frau fühlte sich kühl an. Kühl und sanft, aber ihr Griff hatte auch etwas Festes. Rosa spürte, dass die Frau sie taxierte, aber aus irgendeinem Grund machte ihr das nichts aus.

»Ich will mich nicht einmischen, aber ich konnte nicht umhin, Ihr Gespräch mit anzuhören. Brauchen Sie eine Unterkunft? Es ist ... Nun, mein Haus liegt nur eine halbe Meile in diese Richtung entfernt.« Sie wies in die Richtung. »Kennen Sie Bellevue Gardens?« Rosa kannte es nicht. »Zufällig ist bei mir überraschend ein Zimmer frei geworden, und Sie dürfen gern kommen und es sich ansehen.«

»Sie haben ein Zimmer, in dem ich wohnen könnte?« Rosa konnte es kaum glauben. »Danke.«

»Nun ja, wenn Sie möchten. Natürlich kann es sein, dass es Ihnen nicht zusagt, und Sie müssten meine anderen Mieter kennenlernen, aber das Angebot steht. Die anderen Mieter sagen, dass die Miete akzeptabel ist.« Sie nannte eine Summe, und es klang in der Tat erstaunlich preiswert.

»Danke. Ich danke Ihnen sehr«, sagte Rosa. Sie fragte sich, ob das Angebot einen Haken hatte, aber die Frau machte einen aufrichtigen Eindruck.

Sie sah, dass Karina ihr stirnrunzelnd einen Blick zuwarf, daher wandte sie sich ab und begann, einen anderen Tisch abzuwischen. Das gab ihr Zeit zum Nachdenken. Einen Moment später richtete sie sich auf. »Ich würde mir Ihr Haus sehr gern ansehen«, sagte sie zu der Frau, zu dieser Leonie Brett. »Wann darf ich kommen? Ich bin hier heute um vier fertig.«

»Dann kommen Sie nach der Arbeit«, sagte Leonie Brett, schrieb eine Adresse auf eine Papierserviette und zeichnete dazu eine kleine Wegskizze.

Als Rosa die Serviette entgegennahm, trafen sich ihre Blicke, und wieder spürte sie die Freundlichkeit der Frau. Und etwas Verblüffendes. Respekt.

Nach all den Erfahrungen, die sie gemacht hatte, wusste Rosa, dass sie vorsichtig sein sollte, aber sie hatte das Gefühl, Leonie Brett sei jemand, dem sie vielleicht vertrauen konnte.

## Stef

Nachdem die Diskussion im Fernsehstudio vorbei war, schaltete Stef den Fernseher aus, stand auf, stellte ihre Müslischale weg und trat ans Fenster. Draußen war der Gärtner mit dem Hacken fertig und schaufelte Pflanzenteile in eine Schubkarre. Alles wirkte so normal und ruhig, und doch war sie innerlich in Aufruhr. Sie wusste, was sie zu tun hatte, aber einen Moment lang konnte sie sich nicht rühren. Es war, als weigerten sich ihre Glieder, ihr zu gehorchen. Doch dann brachte sie langsam ihr Geschirr in die Küche, wusch es in der Spüle, trocknete es ab, stellte es weg und wischte dann ein paar Frühstücksflocken auf, die auf die Arbeitsplatte gefallen waren. Die leeren, sauberen Flächen glänzten. Jetzt würde nichts mehr an sie erinnern. Es war, als wäre sie nie hier gewesen. Sie hatte sich selbst ausgelöscht. Die Botschaft war deutlich: Es war genug. Es war Zeit zu gehen.

Sie ging zurück ins Schlafzimmer, duschte und zog sich an. Dann ging sie durch die Wohnung, sammelte ihre Besitztümer ein und stopfte sie in die Reisetasche, die sie im Flurschrank fand. Mit Erstaunen stellte sie fest, wie wenig sie besaß. Die meisten ihrer Sachen mussten zusammen mit den anderen Dingen aus dem Haus ihrer Kindheit eingepackt worden sein und standen wahrscheinlich in Kartons im neuen Haus ihrer Mutter.

Sie strich die Bettdecke glatt und sah sich ein letztes Mal im Schlafzimmer um. Es sah genauso aus wie vor sechs Monaten, als sie es zum ersten Mal betreten hatte. Der schwarz-weiß gestreifte Bettbezug, der gerahmte Akt, der aus wenigen Kohlestrichen bestand und über dem Bett hing – alles war ordentlich, bis auf ... Sie bückte sich, um eine große schwarze Zeichenmappe unter dem Bett hervorzuholen, und etwas Kleines, Metallisches rollte über den Holzboden. Sie kniete nieder, um es aufzuheben. Es war ein Ansteckbutton, der wie ein Kronkorken aussah. Wie war der denn dahingekommen? Sie hielt ihn zwischen den Fingerspitzen und erinnerte sich daran, wo sie ihn gekauft hatte. Auf dem Camden-Markt, vor etlichen Jahren. Er zeigte ein Symbol, ein Mädchengesicht, das aus der Mitte einer Blume herauslächelte. »Original aus den Swinging Sixties«, hatte der Standbesitzer behauptet. Sie hatte ihm fünf Pfund dafür gegeben, Das war Wucher, aber sie hatte den Button haben wollen. Jetzt steckte sie ihn an ihre Jacke. Dann nahm sie ihre Reisetasche und die Zeichenmappe und verließ die Wohnung. Sie schloss zweimal ab und warf den Schlüssel nach kurzem Zögern in den Briefkasten. Sie hinterließ keine Nachricht, denn was hätte sie auch schreiben sollen? Er würde wissen, warum sie gegangen war. Und wenn nicht, dann war es Zeit, dass er sich Gedanken darüber machte.

Draußen war es kälter, als sie erwartet hatte, und die Sonne blendete sie, als sie rasch die Straße entlangging und dabei den Tonnen auswich, die die Müllmänner achtlos auf dem Bürgersteig hatten stehen lassen. Wohin sollte sie gehen? Sie ging ihre Optionen durch. Viele waren es nicht. Sie war gerade dabei, eine Entscheidung zu treffen, als ...

»Passen Sie doch auf!«, sagte ein alter Mann. Sie war fast auf seinen Hund getreten, der die Größe und Farbe einer kräftigeren Ratte hatte.

»Tut mir leid!«, sagte sie über die Schulter, als sie ihm auswich. Es war, als besäße die Wohnung ein Kraftfeld, und wenn sie sich nicht beeilte, bestand die Gefahr, dass sie zurückgezogen wurde und die Kraft zum Fortgehen nie wieder finden würde. Sie wagte nicht, zu dem Mann und seinem Hund zurückzublicken, denn dann würde sie vielleicht erstarren wie diese Frau aus der biblischen Geschichte. Sie dachte daran, wie Oliver sie mit seinem schneidenden Blick durchbohren und erklären würde, dass er sie brauche und nicht ohne sie leben könne. Nein, daran durfte sie nicht denken, sonst würde sie zurückgehen und sich wieder vollkommen verlieren.

Auf der Straße wimmelte es von Menschen und Autos. Es war nicht weit bis zum Fluss. Die Brücke, zunächst noch ein eleganter Bogen in der Ferne, erwies sich beim Näherkommen als Knotenpunkt eines lärmenden Verkehrschaos, an dem Busse und Laster sich zentimeterweise und Stoßstange an Stoßstange nach Westminster und in die Gegenrichtung voranschoben. Die Abgase brannten ihr im Hals. Sie wartete an der Ampel, und als sie auf Grün umsprang, wurde sie von den Menschenmassen mit auf die Straße gezogen. Ein Lieferwagen blockierte die Straße, sodass die Fußgänger ihm ausweichen mussten. Ein großer, stark behaarter Mann vor ihr schlug mit der Faust gegen die Seite des Wagens. Der Fahrer ließ das Fenster herunter und beschimpfte ihn. »Entschuldigen Sie«, sagte sie – zwei Mal – zu dem Haarigen, bis er sie vorbeiließ.

Als sie die Verkehrsinsel in der Mitte der Straße erreichte, stand die Ampel schon wieder auf Rot, und sie musste erneut warten. Vor ihr zog ein Bus an dem langsam vorwärtskriechenden Verkehr vorbei und bremste vor der Haltestelle auf der Brücke ab. Plötzlich wusste sie, wohin sie wollte – sie wollte zu ihrer Mum. Sie konnte die Nummer nicht erkennen, aber vielleicht war das der richtige Bus. Die Sekunden dehnten sich zu Minuten. Komm schon, dachte sie. Endlich hielten die Autos an, standen hintereinander und ließen ungeduldig die Motoren aufheulen. Sie bewegte sich vorwärts. »Entschuldigung«, keuchte sie und drängte sich an Menschen vorbei, um den Bus zu erreichen, denn es war der, den sie brauchte, der, der zum Busbahnhof fuhr.

Sie hatte die andere Straßenseite fast erreicht, als sie ihn in der Nähe der Busschlange warten sah. Er drehte ihr den Rücken zu, das kurz geschnittene schwarze Haar berührte seinen schneeweißen Hemdkragen kaum, er hatte einen Aktenkoffer dabei, und an seinem Handgelenk schaute unter der Manschette seines Hemds seine schwere silberne Armbanduhr hervor. Wie angewurzelt blieb sie auf der Straße stehen. Das Letzte, was sie sah, war, dass er sich zu ihr umdrehte und sich Entsetzen auf seinem Gesicht ausbreitete. *Es war nicht Oliver,* dachte sie nur noch, bevor der Schlag sie traf und sie durch die Luft geschleudert wurde.

## Rick

An jedem normalen Montag wäre Rick nicht einmal in der Nähe der Unfallstelle gewesen. Er hätte wohlbehalten in seinem Zimmer in dem Haus in Bellevue Gardens geschlafen und sich die schmuddelige Bettdecke über den Kopf gezogen, um das Tageslicht auszusperren, das durch den schäbigen Vorhang fiel. Aber gestern Abend hatte ihn seine Schwester angerufen. Sie war »verzweifelt« gewesen. Claire war oft verzweifelt. Ständig wurden ihre Pläne über den Haufen geworfen. Dieses Mal hatte sie der Babysitter im letzten Moment im Stich gelassen, und sie hatte gefragt, ob er nicht stattdessen kommen könne? Er hatte brummig reagiert, denn er hatte vorgehabt, einen ruhigen Abend zu verbringen und an der Geschichte weiterzuarbeiten, an der er schrieb; und sosehr er seine zwei kleinen Neffen liebte, die beiden tanzten ihm auch oft genug auf der Nase herum. Er wusste allerdings, dass Claire abends selten mit Freunden ausging. Daher erklärte er sich einverstanden, obwohl er auf dem Weg zu ihrer Wohnung südlich des Flusses umsteigen musste und noch nichts zu Abend gegessen hatte. Claire war erst spät wieder zurückgekehrt, was trotz gegenteiliger Versprechungen oft vorkam. Weil sie außerdem auch ein wenig angeschlagen war, war er über Nacht geblieben, hatte die Jungs zum Frühstück geweckt und zur Schule gebracht.

Danach hatte er nichts anderes mehr zu tun, als den Bus zurück nach Hause zu nehmen. Gott sei Dank hatte er heute frei.

Er wartete an der Ampel und bemerkte das Mädchen, das neben ihm stand, nur, weil ihre Reisetasche das gleiche Muster hatte wie Claires Kulturtasche. Es war eines dieser hübschen Blumenmuster, die man früher meist an Vorhängen und Kleidern für kleine Mädchen gesehen hatte, die aber heutzutage auf allem auftauchten, von Regenmänteln bis hin zu Zelten.

Das Mädchen sah nervös aus. Es war dünn und überhaupt nicht sein Typ; obwohl es ihm schwergefallen wäre, mit Sicherheit zu sagen, was sein Typ war, da er schon eine ganze Weile keine Freundin mehr gehabt hatte. Auf jeden Fall stand er nicht auf diesen blonden, elfenhaften, eingeschüchterten Typ, dachte er, während die Ampel umsprang und sich die Menge in Bewegung setzte. Ihm waren entschlossenere Leute wie seine Schwester lieber, die wussten, was sie wollten, und ihm sagten, was er zu tun hatte. Obwohl Claires Ehe gescheitert war, kam sie mit ihrem Leben zurecht und hatte noch guten Kontakt zu dem Vater der Jungs. Wenn Liam nur beruflich nicht so viel unterwegs wäre und sich öfter um die Kinder kümmern könnte.

»Entschuldigen Sie«, sagte das nervöse Mädchen mit ausdrucksloser Stimme. Ihm wurde klar, dass sie nicht mit ihm redete, sondern mit dem großen, haarigen Affen, der mit dem Fahrer des Lieferwagens stritt. Rick lächelte ihr kurz zu, um ihr zu bedeuten, dass er ihr den Vortritt lassen würde. Als sie auf dem Mittelstreifen warteten, fiel ihm auf, dass sie braune Augen hatte, keine blauen, wie er es bei ihrer Haarfarbe erwartet hätte. »Goldbraun« war das Wort, das ihm zu ihrem Haar einfiel, aber vielleicht war »goldbraun« auch zu dunkel. Aber ihm gefiel das Wort, es klang nach Wärme und Glanz. »Honigfarben« hätte es vielleicht genauer getroffen. Rick sammelte Wörter und Redewendungen. Irgendwann konnte man sie immer gebrauchen. Das Mädchen rannte vor ihm zu einem wartenden Bus, doch die Reisetasche und eine große Skizzenmappe waren ihr dabei im Weg. Sie trug enge Jeans und kleine rosa Pumps ohne Strümpfe. Sie muss doch frieren, dachte er. Und dann: Warum bleibt sie stehen, die dumme Gans? Sieht sie den Radfahrer denn nicht?

»Hey!« Wie aus weiter Ferne hörte er seine eigene Stimme. Und plötzlich rannte er ihr nach.

Der Radfahrer war bei Rot über die Ampel gefahren, hatte auf der Busspur beschleunigt und war dann seitlich ausgeschert, um den wartenden Bus zu überholen. Später würde Rick von einem Polizisten erfahren, dass der junge Mann mit einem Kollegen gewettet hatte, dass er seine Zeit verbessern würde. Dreißig Minuten von South Wimbledon bis ins Büro waren das Ziel. Alle drei gingen gleichzeitig zu Boden, ein schreiendes Bündel aus Armen und Beinen.

Gesichter, Stimmen, Schmerz, Verwirrung. Dann Erleichterung, als ein stämmiger Straßenarbeiter mit einer neonfarbenen Weste das Fahrrad von Ricks Brust hob und ihm aufhalf. Seine Rippen schmerzten, aber er bemerkte es kaum und winkte ab, als der Mann besorgt nach seinem Befinden fragte: »Alles klar, Kumpel?« Hinter ihm saß der Radfahrer auf der Bordsteinkante und verfluchte die »blöden Hohlköpfe, die mitten auf der Straße ein Picknick machen«. Rick machte sich Sorgen um das Mädchen. Sie lag halb auf dem Bürgersteig, halb auf der Straße, reglos und mit geschlossenen Augen. Eine mollige Schwarze mit türkisfarbenem Nagellack beugte sich über sie und fühlte ihr am Hals den Puls. Neben ihnen stand ein gepflegt aussehender Mann in einem schicken Anzug, der aufgeregt in sein Handy sprach. Ringsherum standen Passanten in unterschiedlichen Stadien von Schock oder Neugierde, und der Verkehr um sie herum war völlig zum Erliegen gekommen. Die Menschen in den Autos starrten sie an. »Das Rad ist neu«, schimpfte der Radfahrer. »Sehen Sie sich das an. Haben Sie eine Ahnung, wie viel so eine Gangschaltung kostet?«

Der Arbeiter versuchte, Rick dazu zu bewegen, sich auf die Straße zu setzen, doch er schüttelte den Kopf und beugte sich stattdessen unter Schmerzen über das Mädchen. Auf ihrem Gesicht waren Ölflecken zu sehen, die aussahen wie Kratzspuren. »Geht es ihr gut?«, fragte er die Frau mit den türkisfarbenen Nägeln.

»Sie atmet, falls Sie das meinen«, antwortete die Frau. »Kennen Sie sie?«

»Nein, nein. Ich hatte nur versucht ...«

»Kommt der Krankenwagen?« Sie drehte den Kopf und sprach den Mann im Anzug an.

»Ja, glaube schon«, sagte er und sah unsicher auf sein Handy. Der Arbeiter sammelte das Gepäck des Mädchens ein.

Ein Polizist trat zu ihnen und hockte sich neben Rick. »Was ist passiert?«

»Sie hat sich den Kopf verletzt, die arme Kleine«, erklärte die Frau ihm.

Während der Polizist aufgeregt in sein Funkgerät sprach, sah Rick in das stille Gesicht des Mädchen und spürte Traurigkeit in sich aufsteigen.

Endlich kam der Krankenwagen, und Rick begleitete das Mädchen auf der kurzen Fahrt ins Krankenhaus. Die Sanitäter vermuteten, dass er sich eine Rippe gebrochen hatte, und fanden, dass er sich untersuchen lassen sollte. Rick war dankbar, unter diesem Vorwand, mit ihr fahren zu können. Den unverletzten Radfahrer, der mit dem Polizisten redete, ließen sie zurück.

Unterwegs lag Rick ruhig auf einer schmalen Trage und sah zu, wie sich der Sanitäter um das Mädchen kümmerte, ihre Sauerstoffmaske zurechtrückte und die Anzeige auf einem Monitor überprüfte. Sie kam langsam wieder zu sich, und ihre Lider flatterten. Als sie die Augen aufschlug, huschte ihr Blick ängstlich und verwirrt im Fahrzeug umher, aber als der junge Mann beruhigend auf sie einredete, schloss sie die Augen wieder. Rick sah Tränen unter ihren Lidern hervorquellen und spürte das Verlangen, die Hand auszustrecken und sie zu trösten.

»Liegen Sie bequem?« Der Sanitäter drehte den Kopf zu Rick und sah ihn an. Rick nickte, legte sich zurück und starrte an die Decke des Krankenwagens. Er fragte sich, ob er Claire anrufen sollte, traute sich aber nicht, nach dem Handy in seiner hinteren Hosentasche zu greifen, weil er ahnte, dass die Bewegung wehtun würde. Denn dort, wo sich der Fahrradlenker in seine Brust gebohrt hatte, spürte er inzwischen einen heißen, stechenden Schmerz, der beim Einatmen noch schlimmer wurde.

Die Röntgenbilder zeigten, dass tatsächlich eine Rippe angebrochen war. Außerdem würde er vermutlich ordentliche Blutergüsse bekommen. Er sollte sich deshalb vorsichtig bewegen, aber sie wollten ihn nicht dabehalten. In der Zwischenzeit war auch der Polizist eingetroffen und hatte seine Aussage aufgenommen. Dann stand Rick allein an der Rezeption der Notaufnahme und war für niemanden mehr von Interesse. Er versuchte, die Doppeltüren zu öffnen, die zurück in den Behandlungsbereich führten, aber sie waren elektronisch gesichert.

»Kann ich Ihnen helfen?« Er drehte sich um und erkannte die Schwester, die bei der Einlieferung seine Daten aufgenommen hatte.

»Ich würde gern das Mädchen sehen, mit dem ich zusammen im Krankenwagen gekommen bin. Wie geht es ihr?«

Die Schwester zögerte. »Die Blonde mit der Kopfverletzung?«, fragte sie dann. »Die kommt wieder in Ordnung. Das heißt, sie ist aufgewacht, es scheint ihr gut zu gehen, und wir haben ein paar Tests bei ihr gemacht. Nur um sicherzugehen, dass wir nichts übersehen haben.«

»Kann ich sie sehen, bitte?« Das musste er, das gehörte sich so. Außerdem hatte er ein schlechtes Gewissen. Er war nicht rechtzeitig bei ihr gewesen, und vielleicht hatte er den Unfall sogar noch schlimmer gemacht, weil er im Weg gestanden hatte, sodass der Radfahrer nicht ausweichen konnte. So hatte er es jedenfalls dem Polizisten erklärt. Er hoffte nur, dass es ihm nicht leidtun würde, die Wahrheit gesagt zu haben. Vielleicht war der Radfahrer ja von der prozesswütigen Sorte.

»Sind Sie ein Verwandter?«, wollte die Schwester wissen.

»Nein«, gestand Rick. »Ich habe sie heute zum ersten Mal gesehen. Es ist nur ... Ich fühle mich für das Ganze verantwortlich. Würden Sie sie fragen, ob ich sie besuchen darf? Bitte! Ich heiße Rick, aber das wissen Sie sicher noch.«

»Ich kann mir nicht jeden Namen merken.« Sie wirkte verärgert, gab dann aber nach. Rick stellte oft fest, dass Menschen so auf ihn reagierten. »Warten Sie hier und rühren Sie sich nicht vom Fleck«, befahl sie, und wie durch Zauberei schwangen die Türflügel auf und ließen sie durch.

## *Stef*

Stef lag reglos da. Die Decke des Zimmers verschwamm immer wieder vor ihren Augen. Ihr Kopf tat weh, obwohl sie Schmerzmittel bekommen hatte und der stechende Schmerz zu einem dumpfen Pochen gemildert geworden war. Der Arzt hatte ihr erklärt, sie müsse bei ihrem Sturz mit dem Kopf auf die Bordsteinkante geschlagen sein. Während er sprach, war ihr aufgefallen, wie das Licht durch sein kurzes, struppiges Haar schien, das sie an das Fell einer Katze erinnerte. Sie konnte sich nicht an den Sturz erinnern. Anscheinend hatte sie einen Unfall gehabt. Ein Radfahrer hatte sie zu Fall gebracht. Sie konnte nur an die schwarze Katze ihrer Mutter denken, wie sie sich auf dem Nachtspeicherofen zusammenrollte und ihr Fell sich in der heißen Luft aufplusterte. Das war in dem alten Haus gewesen. Ihre Familie war gerade nach Derby gezogen, in ein neues Haus. Dort gab es anscheinend keine Nachtspeicheröfen. Sie stellte sich vor, wie die Katze auf einem Heizkörper balancierte.

»Erinnern Sie sich daran, was passiert ist?«, unterbrach der Arzt stirnrunzelnd ihre Gedanken.

Sie versuchte, den Kopf zu schütteln, und bereute es.

»Was ist Ihre letzte Erinnerung?«

Sie überlegte. Sie erinnerte sich daran, wie sie heute Morgen aufgestanden war. Dann hatte sie den Fernseher eingeschaltet. Das war alles. Sie war allein gewesen. Oliver war zur Arbeit gegangen. Er ging immer früh aus dem Haus. »Ich weiß nicht.«

»Wer ist gerade Premierminister?«

*»Was?«*

»Ich überprüfe Ihr Gedächtnis.«

»Ist schon okay, ich weiß die Antwort.« Sie nannte den Namen.

Er seufzte. »Können wir jemanden für Sie anrufen? Ihre Mutter? Ihren Freund?«

Sie dachte an Oliver, stellte sich seinen Hinterkopf vor und das kurze schwarze Haar, das im Nacken auf Kragenlinie gestutzt war. Der Mann an der Bushaltestelle, der sich umgedreht hatte, war doch nicht Oliver gewesen, sondern ein Unbekannter. Sie versuchte, sich Oliver in einer Umgebung wie dieser hier vorzustellen. Das grelle Licht, dieser winzige Raum, Schwestern und Ärzte, die kamen und gingen. Er hätte es gehasst. Ein Krankenhaus war ein Ort, an dem er nicht die Kontrolle hatte, wo Unordnung und Ungewissheit herrschten und man keine Privatsphäre hatte. Sie konnte sich sein Unbehagen, seine Frustration vorstellen. Nein, sie wollte Oliver nicht sehen. Das erkannte sie jetzt mit immer stärkerer Gewissheit.

»Meine Mum ist nach Derby gezogen, aber ich habe ihre neue Adresse nicht. Ihre Nummer ist aber in meinem Handy gespeichert.« Ihr Handy steckte in ihrer Handtasche. Ihre Reisetasche stand neben ihrem Bett, und jemand hatte ihre Wolljacke darübergelegt. Ihre mit

Schmutz bespritzten rosa Pumps standen unter dem Stuhl, und ihre Mappe lehnte in der Nähe an der Wand. Doch als sie sich nach ihrer Handtasche erkundigte, wusste niemand, wo sie geblieben war. Eine Schwester wurde losgeschickt, um den Fahrer des Krankenwagens zu fragen, ob er die Handtasche gesehen hatte, aber sie war noch nicht zurück, und Stef konnte sich nicht an die Handynummer ihrer Mutter erinnern.

Sie saß im Bett, trank süßen Tee aus einem Plastikbecher und wackelte mit den Zehen, die unter der Bettdecke hervorschauten, als der Vorhang beiseitegeschoben wurde und eine andere Schwester hereinkam, die zweifelnd dreinblickte.

»Da ist ein junger Mann, der Sie sehen möchte. Er sagt, er sei in den Unfall verwickelt gewesen.«

Oliver, war ihr erster Gedanke, und sie musste erschrocken gewirkt haben, denn die Schwester sprach rasch weiter. »Sie brauchen ihn nicht zu sehen, wenn Sie nicht wollen. Er sagt, sein Name sei Rick.«

Rick? Sie kannte keinen Rick. »Der Mann auf dem Fahrrad?«

»Ich glaube nicht. Sie wollen ihn also nicht sehen?«

»Doch. Nein, ich meine, warten Sie.« Der Unfall. Sie musste wissen, was passiert war. »Wie schlimm sehe ich denn aus?«

Die Schwester musterte Stef und lächelte. »Es wird gehen.«

»Hi.« Ein junger Mann in ihrem Alter drückte sich in der Zimmertür herum, und Stef zog die Zehen unter die Decke zurück.

»Hi«, gab sie zurück. Nett, aber schüchtern, war ihr Eindruck. Die Art Mann, mit der man reden konnte, ohne sich Gedanken darüber zu machen, ob er einen attraktiv fand. Was eine Erleichterung war, denn sie musste furchtbar aussehen mit der Beule am Hinterkopf und den getrockneten Tränenspuren im Gesicht. Andererseits sah er natürlich auch nicht so toll aus. Er hatte langes sandsteinfarbenes Haar, das zu einem lockeren Knoten zurückgebunden war, und trug einen Parka mit einer zerrissenen Tasche. Seine Augen allerdings waren von einem weichen Blau, und seine vollen Lippen lächelten schief.

»Ich habe mir wirklich Sorgen gemacht, als du dort auf der Straße gelegen hast. Wie geht's dir?« Er sprach leicht näselnd, vielleicht war er Ire oder so.

Sie verzog das Gesicht und lehnte sich in die Kissen zurück. »Okay, denke ich mal. Mein Kopf tut weh. Hast du gesehen, was passiert ist? Das klingt jetzt blöd, aber ich … ich kann mich nicht erinnern.«

»Ich hab's gesehen. An der Ampel war ich hinter dir. Du bist einem Bus nachgerannt, aber dann bist du mitten auf der Straße stehen geblieben, als hättest du es dir anders überlegt, und dann ist dieser Radfahrer wie aus dem Nichts aufgetaucht. Ich bin dir nachgelaufen, aber es hat nichts genutzt. Ich habe nur alles schlimmer gemacht. Vielleicht hätte er dich verfehlt, wenn ich mich nicht eingemischt hätte. Das sagt meine Mum immer: Halt dich heraus, Richard, du machst immer alles noch schlimmer.«

Er hatte ganz eindeutig einen irischen Akzent. »Richard?«

»Sie ist die Einzige, die mich so nennt. Alle anderen sagen Rick, bis auf meine Schwester Claire, sie nennt mich Ricky. Ich finde, das klingt wie ein Name für einen kleinen Hund.«

»Ich bin Stephanie. Stef.«

»Hi, Stef.« Er nickte, als gefalle ihm der Name. Dann zog er sich unter Quietschen einen Stuhl mit einem Plastik-Schalensitz heran und setzte sich. »Was glaubst du, wie lange sie dich hierbehalten?«

»Keine Ahnung. Sie wollen mich wegen der Gehirnerschütterung nicht gehen lassen. Sie sagen, jemand muss kommen und mich abholen. Das Problem ist, dass ich niemanden habe.« Die volle Wahrheit sprach sie nicht aus. *Es gibt niemanden, von dem ich abgeholt werden will.*

Seine Miene verdunkelte sich. »Wo wohnst du denn?«

»Lambeth. Ich weiß, das ist nicht weit, aber die Wohnung … gehört nicht mir, sondern jemand anderem.«

»Und dieser Jemand kann nicht kommen?«

Unter der Decke zog sie die Knie an und umschlang sie. »Er weiß nicht, wo ich bin, und ich kann nicht zurück. Bitte, frag nicht.«

»Okay«, sagte er langsam.

»Leider habe ich die Nummer meiner Mutter verloren. Sie und mein Stiefvater leben in Derby. Sie sind letzten Monat umgezogen, und ich war noch nicht dort. So wie es klingt, haben sie ohnehin kaum Platz für mich.« Sie wandte das Gesicht ab und kniff sich in den Nasenrücken, um die drohenden Tränen abzuwehren. Das war albern, sie weinte nie; das musste der Schock nach dem Unfall sein.

»Verstehe«, sagte er, obwohl seine unsichere Stimme ihr verriet, dass er nicht verstand. »Dann bist du sozusagen obdachlos.«

»Ja irgendwie schon.« Eine Weile saßen sie schweigend da.

Schließlich räusperte er sich. Er schien einen Entschluss gefasst zu haben. »Weiß du was«, erklärte er. »Ich will dir helfen. Ich habe das Gefühl, dass das, was dir passiert ist, meine Schuld ist. Verstehst du?«

»Das ist doch Unsinn«, sagte sie. »So wie es scheint, war es meine eigene. Manchmal vergesse ich, was ich gerade tue, aber ich habe keine Ahnung, warum ich mitten auf der Straße stehen geblieben bin. Ich bin ganz durcheinander. Ich kann mich nicht einmal erinnern, wohin ich wollte.«

»Keine Sorge. Ich versuche nicht, dich zu entführen oder so etwas.« Er grinste. »Wenn du magst, kannst du mit zu mir nach Hause kommen. Da, wo ich wohne, ist ein Zimmer frei geworden. Ich bin mir sicher, dass Leonie – Leonie ist die Frau, der das Haus gehört – dich eine oder zwei Nächte bleiben lässt, vielleicht auch länger, wenn es funktioniert.«

Sie wusste, dass sie damit ein Risiko eingehen würde. Aber Rick strahlte etwas aus, das machte, dass sie ihm glaubte. Vielleicht war es die Art, wie er sich Sorgen um sie machte, seine Freundlichkeit und dass er sie ausfindig gemacht hatte. Aber sie hatte das Vertrauen in ihre Menschenkenntnis verloren, so wie sie das Vertrauen in fast alles andere verloren hatte.

»Ich bin mir nicht sicher«, sagte sie, weil sie ihn nicht beleidigen wollte.

»War ja nur eine Idee«, sagte er schnell und schlug die Augen nieder. Er starrte auf seine Hände, und sie sah ihm an, dass er enttäuscht war. Seine Nägel, sah sie, waren bis aufs Fleisch abgekaut, was in ihr eine Mischung aus Widerwillen und Mitgefühl hervorrief. Vielleicht konnte er ihr wenigstens dabei helfen, aus dem Krankenhaus herauszukommen. Sie vermutete, dass sie sich einfach selbst entlassen könnte, wenn es hart auf hart kam, aber das Personal würde Stress machen, und sie verärgerte andere Leute nicht gern, sie hatte nicht die Kraft dazu.

In diesem Moment betrat die Schwester mit dem blauschwarzen Haar und der kaffeebraunen Haut, die sich auf die Suche nach Stefs Handtasche gemacht hatte, das Zimmer. »Der Krankenwagen ist im Einsatz, und wir konnten noch nicht mit dem Fahrer sprechen«, erklärte sie. Rick nahm sie dabei kaum zur Kenntnis.

»Mein Handy war in meiner Handtasche. Du hast nicht zufällig gesehen, was damit passiert ist?«, fragte Stef.

Rick schüttelte den Kopf. »Tut mir leid. Ich hätte es sehen müssen, aber ich habe es nicht.«

»Wir versuchen es weiter«, sagte die Schwester.

Sie wollte das Zimmer gerade verlassen, als Stef einen Entschluss fasste: »Schwester, das ist Rick. Ich gehe mit ihm nach Hause; ist das in Ordnung?«

Verblüfft musterte die Schwester Rick von oben bis unten und schürzte dann die Lippen. »Ich rede mit dem Arzt, und ich bin mir sicher, dass wir auch bald etwas von dem Fahrer des Krankenwagens hören.«

»Es macht mir nichts aus zu warten«, sagte Rick grinsend zu Stef. »Ich habe heute sowieso nichts anderes mehr vor. Also, nicht wirklich.«

Er wartete vor dem Zimmer, während Stef noch einmal von einem Arzt untersucht wurde und sich dann frischmachte. Eine halbe Stunde später kam die Schwester mit einem Päckchen Schmerztabletten und erklärte ihr, ihre Tasche sei gefunden worden, könne aber heute nicht mehr ins Krankenhaus gebracht werden. Morgen vielleicht; Stef solle aber zuerst anrufen. Stef fragte sich, wie sie ohne ihr Handy telefonieren sollte. Aber wenigstens war ihre Tasche in Sicherheit.

»Wohin gehen wir?«, fragte sie Rick, als die Schwester nach einer Adresse fragte.

»Bellevue Gardens in Camden«, erklärte Rick und buchstabierte es, damit die Schwester es in ein Formular eintragen konnte.

Bellevue – schöne Aussicht. Vielversprechend, dachte Stef. Wenn es ihr nicht gefiel, bräuchte sie nicht zu bleiben, aber einstweilen hätte sie eine Unterkunft. Sie lebte seit über einem Jahr in London und hatte natürlich Freunde in der Stadt. Trotzdem fiel ihr niemand ein, den sie gut genug kannte, um ihn zu fragen, ob er ein Bett frei hatte.

Der Bus entließ sie an einer Einkaufsstraße in der Nähe einer U-Bahnstation. Rick trug Stefs Reisetasche, und sie gingen die Straße hinauf, bogen nach links in eine weitere geschäftige Straße ein und dann nach rechts auf einen hübschen Platz mit weißen Reihenhäusern und einem verwilderten Park in der Mitte. Große Bäume, die gerade ausschlugen, säumten die Gehwege. Es sah aus, als hätten sie sich zwischen den Steinplatten nach oben gekämpft.

An den Bordsteinrändern parkten Autos dicht an dicht, aber alles war friedlich, und nur Vogelgezwitscher und das Geschrei von Kindern, die unsichtbar im Park spielten, drangen an Stefs Ohren. Rick grüßte ein fröhliches Paar, das Kisten mit Pflanzen aus dem Fond eines Jeeps auslud.

»Toll, oder?«, fragte Rick, als Stef an den Häusern hochsah. Sie fand, dass sie wirkten wie Aristokraten aus einem anderen Jahrhundert, empörte Aristokraten vielleicht, denn manche der eleganten georgianischen Fassaden wurden von Satellitenschüsseln oder Blumenkästen aus Plastik entstellt. »Ursprünglich gehörten sie reichen Familien mit jeder Menge Dienstboten. Aber die meisten sind inzwischen in Wohnungen aufgeteilt worden. Unseres ist allerdings noch ein richtiges Haus. Da sind wir.«

Er stellte die Reisetasche vor Nummer 11 ab und kramte in seinem Rucksack nach dem Schlüssel. Sie waren vor einem Haus stehen geblieben, das exakt die Mitte einer Häuserreihe bildete. Trotz des bröckelnden Verputzes und des Unkrauts, das aus den Regenrinnen wuchs, war es hübsch. Auf den Stufen zur Eingangstür und auf einer Treppe hinunter in den Keller standen Töpfe mit Blumen. Weiter oben fehlten in der Wand allerdings Teile des Stucks, und hoch über ihnen wuchs etwas, das wie ein kleiner Baum aussah, aus der Balustrade und streckte sich kühn dem Himmel entgegen. Ein Schiebefenster im Erdgeschoss war offen, und der Klang eines Radioorchesters wehte auf den Platz hinaus.

Sie folgte Rick hinauf zur Haustür, wartete, während er sie aufschloss, und bewunderte den schweren metallenen Glockenzug und den prächtigen Briefkasten aus Messing. Die Tür schwang mit quietschenden Angeln auf, und sie fand sich in einer großen Diele wieder, in der es warm und hell war, da die späte Nachmittagssonne durch das Oberlicht hereinströmte. Nach links und rechts gingen Türen ab, und eine elegante Treppe führte ins obere Stockwerk und nach unten, in den Keller, wie sie vermutete.

»Wir sollten Leonie suchen.« Rick stellte ihre Tasche auf den abgewetzten Teppich unter einem Garderobenständer und ging auf eine Tür im hinteren Teil der Diele zu. »Kommst du?«, fragte er und öffnete die Tür. Sie stellte ihre Mappe ab und folgte ihm über mehrere Stufen hinunter in eine große Küche.

Hier hatten sie eindeutig ein Gespräch unterbrochen. Die Worte »ein bisschen Ruhe« waren allerdings das Einzige, was sie noch hörten. Ausgesprochen hatte sie ein alter Mann mit einer weißen Haarmähne und wütend blitzenden Augen. Dieses Augenpaar war eines von dreien, die bei ihrem Eintreten aufblickten. Das zweite gehörte einer dunklen, ernsten jungen Frau, die an dem Holztisch vor einem Becher Tee saß, und das dritte einer großen, eleganten, feingliedrigen älteren Dame mit gut geschnittenem aschgrauen Haar, die sich gerade aus einer zerbeulten silbernen Kanne am Herd ebenfalls eine Tasse Tee eingoss.

»Hallo«, sagte die ältere Frau mit fröhlicher Stimme. Sie stellte die Teekanne ab und musterte Stef neugierig.

»Leonie, das ist Stef«, erklärte Rick. »Sie hatte einen Unfall, deswegen habe ich sie mit nach Hause genommen.«

»Sie armes Ding«, meinte Leonie und sah sie mitleidig an. »Was für einen Unfall?«

»Es war meine eigene Schuld«, sagte Stef mit schüchterner Stimme. »Ich habe nicht aufgepasst, wo ich hinging.«

»Einer dieser verdammten Radfahrer hat nicht hingesehen, meinst du«, warf Rick ein. »Er ist bei Rot über die Ampel gefahren und hat dich dann umgefahren.«

»Kommen Sie, setzen Sie sich, Stef«, sagte Leonie und zog einen Stuhl heran. »Tee? Oder vielleicht etwas Stärkeres. Peter, wo ist der Brandy, den du gestern Abend aufgemacht hast?«

»Es ist noch jede Menge da, falls du das meinst«, gab der alte Mann zurück und sah sie finster an.

»Oh nein, Tee ist vollkommen in Ordnung«, erklärte Stef und

setzte sich dann dankbar an den Tisch. Ihr gegenüber saß das ernste dunkelhaarige Mädchen, das bisher noch nichts gesagt hatte.

»Ich muss weitermachen.« Der Alte verließ den Raum und stampfte die Stufen zur Diele hoch. Die Atmosphäre hellte sich auf. Stefs Blick traf den des anderen Mädchens, das ihr ernst zulächelte.

»Stef, Rosa. Rosa, Stef«, sagte Leonie und stellte einen Teebecher vor Stef hin. »Rosa, das ist Rick. Rick bewohnt das Zimmer neben Ihrem. Stef haben wir noch nicht kennengelernt, Rosa, aber offensichtlich ist sie eine Freundin von Rick.«

»Es ist sehr nett, Sie kennenzulernen«, sagte das dunkelhaarige Mädchen und sah zwischen Stef und Rick hin und her. Ihre Stimme klang sanft, aber fest, und sie rollte das »R«. »Mrs. Brett sagt, ich kann hier wohnen.«

»Um Himmels willen, nennen Sie mich doch Leonie«, sagte diese lachend. »Ich bin noch keine hundertzwei Jahre alt.«

Rosa lächelte, aber Stef sah, dass Rick nicht allzu erfreut wirkte. Er sah Rosa unglücklich an, während Leonie erklärte, dass sie Rosa in dem Café kennengelernt habe, in dem das Mädchen arbeite, und dass Rosa nicht gewusst hätte, wo sie wohnen sollte.

Leonie unterbrach sich und sah ihn forschend an. »Ist etwas nicht in Ordnung, Rick? Sie sehen ein bisschen blass aus.«

»Bloß eine gebrochene Rippe. Der Radfahrer hat mich auch erwischt.«

»Ach Rick, Sie Ärmster!«

»Es sind nur Prellungen, das ist alles, Sie brauchen sich keine Sorgen um mich zu machen.« Er setzte den Blick eines Märtyrers auf, legte eine Hand an die Rippen und wandte den Blick zum Himmel.

»Spielen Sie nicht den Helden, Sie sollten sich hinlegen.«

»Später. Ich mache mir mehr Sorgen wegen Stefs Kopf.«

»Natürlich.« Alle sahen Stef an, die die Beule an ihrem Hinterkopf berührte und das Gesicht verzog. Die geschwollene Stelle fühlte sich heiß an und pochte.

»Die Sache ist die, ich hatte mich gefragt, nachdem Norman ausgezogen ist ...«

»Rosa bekommt Normans Zimmer, Rick. Alles ist schon abgesprochen.«

»Oh, na gut.«

Leonie sah Stef beunruhigt an. »Es tut mir leid«, sagte sie. »Ich weiß nicht, was Rick Ihnen versprochen hat, aber ...«

»Bitte, machen Sie sich keine Gedanken«, sagte Stef, war nun aber doch beunruhigt. Das Zimmer war nicht frei. Wo sollte sie jetzt hin? Wie dumm, dass sie sich an nichts erinnerte, nicht einmal an die neue Adresse ihrer Mutter. Es wäre heute Abend allerdings noch ein weiter Weg nach Derby. Zu Olivers Freunden konnte sie nicht, natürlich, aber vielleicht eine Kollegin aus ihren Zeiten beim Lieferservice ...

»Könnte sie nicht für eine oder zwei Nächte Jamies Zimmer haben?«, hörte sie Rick fragen und sah erschrocken, wie ein bestürzter Ausdruck über die feinen Züge der älteren Frau huschte.

»Es ist immer noch Jamies Zimmer«, sagte Leonie schwach. »Er wird zurückkommen. Obwohl ...«

Ein verlegenes Schweigen trat ein. Stef fragte sich verwirrt, wer in aller Welt Norman und Jamie waren, wollte aber nicht fragen.

»Und was ist mit dem Dachboden?«, warf Rick schnell ein. »Steht da nicht irgendein Bett?«

»Da ist noch dieser Futon, auf dem Jamies Freund zu Weihnachten geschlafen hat. Ja, das ginge, dann könnte sie länger bleiben. Würde es Ihnen etwas ausmachen, Stef? Der Raum steht voller Gerümpel und ist ein wenig eingestaubt, aber das ist nichts, was mit gründlichem Staubsaugen nicht in Ordnung zu bringen wäre.«

»Es tut mir leid, dass ich Ihnen lästig falle«, sagte Stef. »Ich könnte bestimmt jemand anderen fragen. Die Sache ist nur die, dass ich mein Handy verloren habe. Morgen bekomme ich es zurück, aber vorher komme ich nicht recht weiter.«

»In dem Handy sind alle ihre Telefonnummern«, erklärte Rick geduldig.

»Und auf Facebook bin ich nicht allzu aktiv. Dumm, nicht wahr?«

»Nein, das ist es natürlich nicht.« Leonie schien eine Entscheidung getroffen zu haben. »Sie können auf dem Dachboden wohnen, solange Sie möchten; aber fühlen Sie sich auch gut genug, um die ganzen Treppen hinaufzusteigen?«

»Ich helfe ihr«, sagte Rick.

»Tausend Dank, Mrs. ... Leonie, meine ich«, hauchte Stef.

»Danken Sie mir erst, wenn Sie das Zimmer gesehen haben.«

Die Dachkammer war nicht so übel, wie sie befürchtet hatte. Sie war vollgestopft mit den üblichen Dingen, die sich in alten Häusern ansammeln: Flohmarktmöbel, eine defekte Stehlampe, leere Koffer, Umzugskisten, aber auch ein alter Futon, der auseinandergefaltet ein vollkommen akzeptables Bett abgab. Stef, die sich zu schwach fühlte, um viel mitzuhelfen, sah zu, wie Leonie es mit einem Leinenlaken bezog, das vom Alter weich geworden war, und eine Bettdecke darauflegte, deren Bezug mit winzigen grünen Blumen gemustert war.

Sie ging früh zu Bett, ohne sich zu waschen oder sich die Zähne zu putzen, weil das Bad im Stockwerk unter ihr lag und sie solche Kopfschmerzen hatte. Die Bettwäsche roch schwach nach irgendwelchen Kräutern, und sie lag eine Weile im Halbdunkel wach, lauschte dem fernen Tosen des Verkehrs und fragte sich, was Oliver gerade tat. Ob er schon zu Hause war? Ob er traurig oder wütend war, weil sie fortgegangen war? Was würde er tun? Um diese Gedanken zu verbannen, drehte sie sich um und beobachtete die Bemühungen eines Nachtfalters, der an dem vorhanglosen Fenster hochkroch, und die merkwürdigen Silhouetten des Dachbodengerümpels, das sie umgab. Ricks und Leonies Freundlichkeit und die Ruhe des geheimnisvollen dunkelhaarigen Mädchens Rosa ließen ein Gefühl von Rührung und Dankbarkeit in ihr aufsteigen, und kurz fragte sie sich, wie es wäre, sich sicher zu fühlen. So sicher wie heute Abend hatte sie sich jedenfalls lange nicht gefühlt, und getragen von dieser beruhigenden Gewissheit sank sie schließlich in einen tiefen Schlaf.

## Leonie

Sie hörte ein Geräusch in ihrem Zimmer und wachte auf. Es war früher Morgen. Angespannt lauschend lag sie in dem grauen Licht. Eine Weile hörte sie nichts mehr, doch dann vernahm sie das Geräusch erneut: ein Rascheln, gefolgt von einer Art Huschen. Nicht wieder eine Maus, dachte sie genervt.

Vor ein paar Jahren hatte das Haus für kurze Zeit auch einen Kater beherbergt, ein knochiges Wesen mit nur einem Ohr. Jamie hatte ihn vor einem Mann gerettet, der versucht hatte, ihn im Kanal zu ertränken. Kurt, der nach einem toten Pop-Idol benannt war, war leider keine Bereicherung für ihren Haushalt gewesen. Er war nicht richtig stubenrein und hatte die Angewohnheit, lebende Mäuse ins Haus zu schleppen, sodass Leonie nachts davon wach wurde, dass sie in den Hohlräumen der Mauern herumhuschten oder über den Boden trippelten. Einmal hatte sie gespürt, wie eine über ihr Bett gerannt war, und ihr Schrei hatte den halben Haushalt geweckt. Als Bela Asthmaanfälle bekam, gaben sie dem Kater die Schuld, und Leonies schon angespannter Geduldsfaden riss. Sie lieh sich eine Transportbox aus Plastik und gab Kurt in einem nahegelegenen Tierheim für Katzen ab. Sie kam sich gemein vor, weil sie ihn hinauswarf, war traurig, weil Jamie wütend war, und hatte ein schlechtes Gewissen, weil sie der mürrischen Frau im Tierheim das halbwilde Tier aufhalste. Sie gab ihr fünfzig Pfund, obwohl sie sich das kaum leisten konnte. Aber es war das Einzige, was sie tun konnte. Nach dem Abgang des Katers verbesserte sich Belas Atmung auf fast magische Weise, und Peter machte sich ein paar Tage lang ein makabres Vergnügen daraus, Fallen für die restlichen Mäuse aufzustellen. Für Jamie war Kurts Verlust ein weiterer Baustein in der Mauer aus Groll, die er um sich herum aufbaute.

Jamie. Leonie fragte sich, wo er jetzt wohl war. Wahrscheinlich würde er bei einem seiner abscheulichen Freunde wohnen. Bei einem dieser Freunde, die Gras rauchten und weiß der Himmel sonst noch was nahmen ... Ein weiteres Rascheln unterbrach ihre Gedanken, dieses Mal gefolgt von einem Zirpen. Es war ein Vogel. Flügelschlagen und das Klickern fallender Steinchen bestätigten ihre Erkenntnis. Er war also nicht im Zimmer, sondern im Kamin.

Die Uhr auf dem Nachttisch zeigte 5.20 Uhr. Sie richtete sich im Bett auf und sah im ersten Schimmer der Morgendämmerung zum Kamin hinüber, als rechne sie damit, dass der Vogel dort auftauchen würde. Das tat er natürlich nicht, da der Abzug schon lange zugemauert war, wahrscheinlich seit den 1950ern, als mit dem Gesetz gegen Luftverschmutzung Kohlenfeuer in der smoggeplagten Hauptstadt verboten worden waren. Im Kamin stand jetzt nur noch eine Vase mit Trockenblumen.

Wieder zwitscherte der Vogel. Armes, unglückliches Ding. Leonie schwang sich aus dem Bett, tastete mit den Füßen nach ihren Hausschuhen, wickelte sich in ihren Morgenmantel und griff nach der Taschenlampe, die sie im Nachttisch neben ihrem Bett aufbewahrte. Dann ging sie zum Kamin, um ihn sich genauer anzusehen. Der Rauchabzug war tatsächlich fest verschlossen. Sie konnte nichts tun.

Kurz stand sie da und lauschte dem Zirpen. Das zunehmende

Tageslicht musste den Vogel geweckt haben. Er klang nicht allzu verzweifelt, aber es bekümmerte sie trotzdem. Angeblich waren die Schornsteine oben abgedeckt, damit keine Vögel hineinfielen, aber vielleicht war diese Abdeckung beschädigt. Vielleicht hatte sie auch einer der Stürme kürzlich heruntergerissen. Da seit einer Weile niemand mehr oben gewesen war, um das Dach zu inspizieren, hatte sie keine Ahnung. »Es tut mir leid, es tut mir leid«, flüsterte sie dem Vogel zu, und vielleicht hörte er es, denn er verstummte. Sie erschauerte in der kalten Morgenluft und ging wieder ins Bett. Dort lag sie, konnte nicht wieder einschlafen und fragte sich, wie lange das Tier dort drinnen würde leiden müssen. Ein plötzliches Flügelschlagen ließ sie zusammenzucken. Vielleicht versuchte es ja, hinauf zum Tageslicht zu fliegen, und würde den Weg in die Freiheit finden.

Sie kuschelte sich in die Decken und versuchte zu schlafen, aber immer wieder hörte sie den Vogel, sodass es ihr nicht gelang. Seine missliche Lage beeinflusste ihre Gedanken und erinnerte sie an andere Sorgen. Wenn der Kamin repariert werden musste, was war dann mit dem Dach? Natürlich gab es da oben auf dem Dachboden die undichte Stelle, aber die machte sich nur bemerkbar, wenn es wolkenbruchartig und lange regnete. Und dann war da noch der Riss in Peters Schlafzimmerwand; es war wahrscheinlich der, über den sich die Nachbarn beschwerten. Schön, das war ein Fall für die Versicherung, aber die Police hatte eine ziemlich hohe Selbstbeteiligung, und sie hatte keine Ahnung, wie sie diese Summe aufbringen sollte. Irgendwie musste ihr das aber gelingen, sie konnte ihr Haus schließlich nicht einstürzen lassen. Das alles bereitete ihr ziemliche Sorgen. So viele Menschen waren von ihr abhängig. Jetzt waren zwei neue hinzugekommen: Rosa und Stef. Vielleicht würden sie ja nicht so lange bleiben. Rosa hatte angedeutet, sie wolle nach Polen zurückkehren, sobald sie ihren Bruder gefunden hatte. Und Stef? Sie war ein ungewöhnliches Mädchen, so blass und zerbrechlich, dass ein Windstoß sie davonwehen könnte. Leonie tat sie leid. Etwas stimmte da nicht, und sie fragte sich, was das sein mochte. Wenn Stef längere Zeit auf dem Dachboden wohnte, müsste sie etwas gegen die undichte Stelle im Dach unternehmen. Jetzt machte sie sich wieder Sorgen und dachte an den Vogel, der sich in dem Schutt am Boden des Kamins bewegte. Etwas regte sich im Haus, das konnte sie spüren. Etwas war nicht in Ordnung.

# Zwei

## *Stef*

Stef erwachte im Morgengrauen und wusste einen Moment lang nicht, wo sie war. Als sie den Kopf drehte, schoss ein glühender Schmerz durch ihren Nacken. Langsam, ganz langsam, setzte sie sich auf, und als sich die Farbwirbel vor ihren Augen legten, konzentrierte sie sich auf den Teebecher, den jemand auf dem Boden neben der Matratze abgestellt hatte. Die Tasse fühlte sich lauwarm an, und der Tee war stärker, als sie ihn mochte, aber sie trank ihn trotzdem und tastete nach den Schmerztabletten, die man ihr im Krankenhaus mitgegeben hatte. Nachdem sie ein paar davon geschluckt hatte, schlief sie noch ein wenig, und als sie wieder aufwachte, fühlte sie sich erfrischter. Das leise Klopfen an der Tür, das sie geweckt hatte, war erneut zu hören. Dann öffnete sich die Tür, und durch den Türspalt sah Rick sie besorgt an.

»Kann ich hereinkommen?«

»Warte mal. Ja.« Sie setzte sich auf und sah, dass er ihr auf einem Tablett das Frühstück brachte. »Oh, danke.«

»Leonie hat das Frühstück gemacht, aber sie hat gesagt, ich könnte es dir bringen.«

»Das ist sehr nett.« Sie sah zu, wie er das Tablett, das ausklappbare Beinchen hatte, neben ihrer Matratze abstellte. Darauf standen Orangensaft – frisch gepresst, so wie er aussah und roch –, Müsli und ein Kännchen Milch, ein Toastständer mit Vollkorntoast, winzige Tellerchen mit Butter und Marmelade und eine Kanne Tee.

»Leonie hofft, dass Tee in Ordnung ist. Es gibt aber auch Kaffee, falls du lieber Kaffee möchtest.«

»Tee ist prima«, erklärte sie und atmete den würzigen Duft ein, während sie ihn in eine zarte weiße Tasse goss. Kaffeegeschmack hätte sie überwältigt. Bei den seltenen Gelegenheiten, zu denen Oliver ihr das Frühstück brachte, war der Kaffee stark und dick, so wie er ihn liebte, sie aber nicht; und er tat es immer nur, wenn er Grund hatte, sich zu entschuldigen. Die Kaffeemaschine war sein ganzer Stolz, und er witzelte, dass er, wenn es brannte, eher die Maschine retten würde als sie.

Rick ging in die Hocke, legte die Hände auf die Oberschenkel und lächelte ihr zu. Sein Haar sah frisch gewaschen aus, aber er musste es mit dem Handtuch trocken gerieben und dann vergessen haben, es zu kämmen, denn einzelne Strähnen hatten sich aus dem Haargummi gelöst und fielen in sein Gesicht, was ihn ein wenig zerstreut aussehen ließ.

»Keine Sorge, ich bleibe nicht hier und sehe dir zu«, sagte er, während sie den Tee trank und den Becher mit beiden Händen festhielt. »Ich muss zur Arbeit; ich komme sogar zu spät, wenn ich jetzt nicht gehe. Aber ich wollte sehen, wie es dir geht.«

»Besser«, sagte sie. »Ich hab nur noch ein bisschen Kopfschmerzen.« Sie begann, Butter auf eine Scheibe Toast zu streichen.

»Hast du gut geschlafen?«

Sie nickte, aber davon tat ihr der Kopf weh, sodass sie aufhörte. »Und du?«, fragte sie noch schnell, während sie Marmelade von ihrem Finger leckte.

»Hier hat's ein bisschen weh getan«, erklärte er und berührte seine Rippen. »Ich lasse dich dann mal allein.« Er stand mit einer ungelenken Bewegung auf, blieb dann aber unsicher stehen und steckte die Hände in seine Jeanstaschen. »Leonie sagt, du sollst herunterkommen, wenn du so weit bist. Es hat aber keine Eile. Ich bin am späten Nachmittag zurück.«

»Okay«, sagte sie, den Mund voll Toast. Die Butter schmeckte herrlich salzig.

Nachdem er weg war, fiel ihr auf, dass sie zu beschäftigt mit ihren eigenen Problemen gewesen war, um ihn zu fragen, was er arbeitete.

Als sie das Tablett nach unten in die Küche trug, war niemand da. Auf dem Tisch lag eine Zeitung, deren Seiten von einer Brise, die von der Hintertür kam, hochgeweht wurde. Sie stand offen und führte in einen schäbigen Wintergarten, von wo aus man durch eine Glastür, die ebenfalls halb offen war, in den Garten gelangte. Durch das Fenster über der Spüle sah sie Bäume und mit Wurmhäufchen übersätes Gras. Sie stellte das Tablett auf das abgegriffene hölzerne Abtropfbrett und warf einen Blick auf die Zeitung. Es war eine dieser Gratiszeitungen, die Oliver immer mit nach Hause brachte, aus seinem Aktenkoffer nahm und auf den ordentlichen Stapel in der Recycling-Kiste legte. Sie pflegte sie nie zu lesen; es standen immer nur schlechte Nachrichten darin. Heute wurde ihr Blick von einem Foto unten auf einer der Innenseiten angezogen. Es war eine Aufnahme vom Ort eines Fahrradunfalls. Eine gemusterte Reisetasche lag neben einem umgestürzten Fahrrad, und daneben lag – für alle sichtbar – ein bewusstloser Körper ... Der Schock raste durch ihre Glieder, und einen Moment lang konnte sie es nicht fassen. Es war sie selbst. Sie zwang sich, den Bericht neben dem Foto zu lesen. Da stand ihr Name, *Stephanie Anderson.* Mit wachsender Empörung las sie die Unfallschilderung des Radfahrers. *Fußgänger achten nicht auf Fahrräder*, sagte er. Dass er mit hoher Geschwindigkeit über Rot gefahren war, erwähnte er nicht. Wütend starrte sie auf sein Gejammer, als sie ein Geräusch hörte, sich umdrehte und sah, wie sich die Tür zur Küche öffnete.

Sie rechnete damit, Leonie zu sehen, aber stattdessen trat ein schüchterner, kleiner Asiate mit einer prall gefüllten Supermarkttüte ein. Er war überrascht, sie zu sehen, und dann huschte ein besorgter Ausdruck über sein Gesicht.

»Tut mir leid, wenn ich störe«, sagte er und blieb zitternd auf der Türschwelle stehen. Er ist alt, dachte sie, aber sie hätte nicht sagen können, wie alt. Das silberne Haar war über seinen wohlgeformten Ohren kurz geschnitten, und sein schmales Gesicht sah sensibel aus.

»Nein, Sie stören wirklich nicht«, sagte sie nervös. »Ich hatte mich nur gefragt, wo Leonie ist.«

»Wahrscheinlich ist sie im Garten«, sagte er, kam in die Küche hinunter und zog die Tür zu. »Da ist sie oft.« Er ging zu einem hohen Kühlschrank, der in einer Ecke vor sich hinbrummte, öffnete ihn und begann, den Inhalt seiner Plastiktüte in die Fächer zu verteilen. Es schienen schrecklich viele Joghurts zu sein, bemerkte Stef fasziniert. Als er sich wieder zu ihr umdrehte, errötete sie, denn sie hatte ihn mit unverhohlener Neugier angestarrt.

Sie murmelte eine Entschuldigung und flüchtete durch die Hintertür. Der alte Wintergarten mit seinen Terrakottatöpfen voller Sukkulenten gefiel ihr. Er war mit bequem wirkenden Rattanstühlen möbliert, die vor Alter silbrig schimmerten. Es roch durchdringend nach Geranien. Die kühle Brise kam von der Glastür, die nach draußen führte. Durch sie trat sie auf eine Terrasse, die mit Mosaikpflaster ausgelegt war, das zahlreiche Sprünge hatte. Verblüfft stellte Stef fest, wie groß der Garten war. Er dehnte sich scheinbar endlos nach hinten aus, und die verwilderte Wiese fiel in Wellen zwischen Lorbeerhecken ab wie eine Reihe von Terrassen. Dort, wo sie das andere Ende zu erkennen glaubte, standen Bäume und ein Holzschuppen. Stef sah, wie Leonie mit einem Gartenrechen in der Hand daran vorbeiging, auf dem Weg zu etwas, das sie hinter dem Lorbeer nicht erkennen konnte. Stef lief den Weg in der Mitte hinunter. Bald hatten die dicken Tautropfen ihre Pumps durchnässt.

Wie sie feststellte, war das Areal um den Schuppen herum in einen Gemüsegarten verwandelt worden. Er war völlig verwildert, obwohl Leonie emsig daran arbeitete. Neben ihr lag ein Haufen Plastiknetze und Bambusstäbe, die sie offensichtlich gerade entfernt hatte, und sie harkte jetzt vertrocknete Pflanzenteile zusammen. Ein langer dunkler Streifen in dem Beet war jedoch schon frisch mit Setzlingen bepflanzt, und der Duft der Erde erweckte in Stef Erinnerungen an ihre lange zurückliegende Kindheit. Sehnsuchtsvoll atmete sie ihn ein.

»Erstaunlich, dass Sie mich hier gefunden haben«, sagte Leonie, richtete sich auf und lehnte ihren Rechen an den Zaun. »Wie geht es Ihnen jetzt, nachdem Sie ein bisschen geschlafen haben?« Sie schenkte Stef ein Lächeln, das verriet, dass sie sie gern mochte, und Stef dachte, wie bezaubernd Leonie mit ihrer kleinen Stupsnase und den lachenden Augen doch aussah. Heute trug sie eine Weste über einem blauweiß gestreiften Top und Jeans und hatte sich ein rotblau gemustertes Baumwolltuch um den Hals gebunden, das dem Ganzen eine kecke Note verlieh.

»Gut, denke ich. Ich habe noch ein wenig Kopfschmerzen, und mein Hals ist steif.«

»Das klingt, als sollten Sie es heute langsam angehen lassen.«

»Hmm«, meinte Stef und flocht die Finger ineinander. »Ich muss meine Handtasche im Krankenhaus abholen.«

»Kann das nicht jemand anderer für Sie erledigen? Rick vielleicht, wenn er von der Arbeit kommt?«

Darüber dachte Stef nach. »Vielleicht.« Ein Teil von ihr hätte sich am liebsten hier verkrochen und ausgeruht, aber das bedeutete, dass sie Zeit zum Nachdenken haben würde, und davor hatte sie Angst. Es wäre besser, etwas zu tun.

»Was bauen Sie denn hier an?«, fragte sie neugierig.

»Ich probiere fast alles aus. Kartoffeln gedeihen gut, und Kreuzblütler auch«, sagte Leonie. »Sie wissen schon, Kohl und grünes

Gemüse«, fügte sie hinzu, als sie Stefs verwirrte Miene sah. »Hier möchte ich ein paar Zucchini pflanzen, und Zwiebeln und Salat, wenn die Setzlinge so weit sind. Und da drüben stehen Himbeeren, die im letzten Jahr nicht zurückgeschnitten worden sind.«

»Der Garten ist sehr groß!« Stef drehte sich um, um das Haus zu betrachten, und sah zum ersten Mal die ganze Reihe weißer Häuser, die sich nach rechts und links fortsetzten. Die Vormittagssonne spiegelte sich blitzend in den Fenstern. Nummer 11 war ohne Zweifel das ungepflegteste Haus. Die Nachbarhäuser waren frisch gestrichen und sahen auch sonst rundum saniert aus. Die Nachbarn rechts hatten zudem auch einen neuen Wintergarten, dessen Dach sie hinter dem Zaun sehen konnte.

»Er ist so groß, dass ich nicht damit fertigwerde, aber ich liebe es, hier draußen herumzuwühlen. Manchmal mähen Rick oder Hari den Rasen, aber ansonsten ist das hier eher Katastrophenbegrenzung.« Sie sprach leiser, und ihr Gesicht glühte vor Ärger. »Die Leute auf dieser Seite beklagen sich, weil dieses Haus renoviert werden müsste. Das müsste es, einverstanden, aber ich kann es mir nicht leisten. Ihre Anwälte schicken mir deswegen Briefe, um Himmels willen. Kann man sich nicht über den Gartenzaun hinweg unterhalten? Ich fürchte, ich habe gerade eine besonders fette Schnecke hinübergeworfen, um meinen Gefühlen Luft zu machen.« Leonie ergriff den Rechen und begann, Blätter zusammenzuharken. Sie sah so wütend aus, dass Stef nicht wagte, über die Schneckengeschichte zu lachen. Leonie hatte geklungen, als mache ihr das Gerede der Leute wirklich etwas aus.

»Ich finde Ihr Haus wunderschön«, sagte sie. »Und es ist sehr nett von Ihnen, mich aufzunehmen.«

»Ach, machen Sie sich deswegen keine Gedanken.« Mit ihren Gartenhandschuhen hob Leonie einen Haufen Blätter auf. »Ich liebe es, Menschen um mich zu haben. Und es wäre doch auch Unsinn, so ein großes Haus ganz allein zu bewohnen, oder?«

»Wahrscheinlich«, gestand Stef, während sie sich fragte, wer im Haus mit wem verwandt war. Diese Rosa hatte Leonie Mrs. Brett genannt. Ob der alte Herr ihr Mann war? Dann schweiften ihre Gedanken ab; sie dachte an ihre Handtasche und überlegte, was sie wegen Oliver unternehmen sollte. War er böse, weil sie gegangen war? Vermisste er sie? Plötzlich spürte sie eine starke Sehnsucht nach ihm, die, nachdem sie abgeklungen war, von einem dumpfen Gefühl von Unglück abgelöst wurde.

Schließlich fühlte sie sich wohl genug, um vom Festnetztelefon des Hauses aus im Krankenhaus anzurufen und die Tasche selbst abzuholen. Rick würde erst am Nachmittag von seinem geheimnisvollen Job zurück sein, und sie konnte unmöglich stundenlang herumsitzen und nichts tun. Sie lieh sich von Leonie Geld für den Bus und stieg an der Haltestelle vor der Brücke aus, ganz in der Nähe der Stelle, wo der Unfall passiert war. Sie überquerte die Brücke, um zum Krankenhaus zu gelangen, und hatte ein ganz mulmiges Gefühl, als sie an der Unfallstelle vorbeikam. Es war keine Spur mehr davon zu sehen, und der Verkehr floss reibungslos. Sie blieb stehen, beobachtete eine Handvoll Menschen, die an der Ampel über die Straße gingen, und überlegte, wie es möglich gewesen war, dass sie den Radfahrer nicht bemerkt hatte. Dann fiel es ihr ein. Sie war überzeugt davon gewesen, dass der Mann an der Haltestelle Oliver war; und da war die Welt um sie herum zusammengeschrumpft, ja, genau das war passiert. Sie war so weit zusammengeschrumpft, dass ihre einzige Sorge gewesen war, dass er sie sehen könnte. Ihre Angst hatte sie quasi um den Verstand gebracht.

Eine Weile stand sie da und sah auf den Fluss hinunter. Sie hörte das Krächzen der Möwen über ihrem Kopf, fühlte die kalte Brise, spürte, wie sie erschauerte, und registrierte erleichtert, wie sich ihre

Angst zumindest einstweilen zurückzog. Sie versuchte so zu tun, als wäre der gestrige Tag nur ein Albtraum gewesen.

Als sie die Brücke überquert hatte, wandte sie sich nach rechts. Es fühlte sich merkwürdig an, nach rechts zum Krankenhaus abzubiegen und nicht nach links, nach Hause. Es war nicht mehr ihr Zuhause, sagte sie sich energisch. Es war Olivers Wohnung. Sie hatte nie das Gefühl gehabt, dort zu Hause zu sein. Es war ein Ort, wo sie sechs Monate lang gelebt hatte, das war alles.

Sie kam nicht auf die Idee, Ausschau nach ihm zu halten. Um diese Uhrzeit würde er im Büro sein. Sie stellte sich vor, wie er auf seinem Stuhl im Büro saß, das Jackett über der Lehne, und mit einem düsteren Ausdruck auf seinen gepflegten, dunklen Zügen die Anzeige auf einem Computerbildschirm studierte. Oder wie er mit einem Kaffee to go am Fenster stand, all die anderen Gebäude aus Glas und Metall ansah, die sich in den Himmel reckten, ohne sie zu sehen, und in sein Handy sprach. Dachte er überhaupt an sie? Sie wusste nur zu gut, dass er in der Lage war, sich vollkommen auf seine Arbeit zu konzentrieren. Aber sie erinnerte sich auch daran, dass er sie manchmal in der Nacht geweckt, ihr Gesicht gestreichelt und sie angefleht hatte, ihn festzuhalten. Bei der Erinnerung an seinen zärtlichen Mund, der sie im Halbdunkel küsste, traten ihr Tränen in die Augen. Sie senkte den Kopf, um den Wind abzuwehren, und eilte weiter zum Krankenhaus.

In der Notaufnahme musste sie warten, bis sie an der Reihe war. Währenddessen versuchte sie, nicht hinzuschauen, wie eine Putzfrau Blutspritzer vom Boden aufwischte. Erneut wanderten ihre Gedanken zu Oliver. Sie hatte ihn vor fast einem Jahr kennengelernt. Damals hatte sie einen Job bei einem kleinen, aber sehr exklusiven Catering-Service angenommen, der die Vorstandsetagen der Londoner City mit Essen belieferte. Sie hatte den Job nicht besonders gemocht. Er brachte es mit sich, dass sie eine gestärkte weiße Mütze und eine Rüschenschürze tragen musste, und sie fühlte sich unwohl, wenn sie am Tisch beim Servieren half. Sie hasste es, wie manche

Gäste sie ansahen oder besser gesagt durch sie hindurch sahen, als sei sie überhaupt nicht da, und sich weiter unterhielten. Die Frauen waren meist am schlimmsten, arrogant und ungeduldig, und die Männer stießen manchmal zufällig oder absichtlich gegen sie, was sie ungeschickt wirken ließ.

An dem Tag, an dem sie Oliver kennengelernt hatte, war die Katastrophe ihre eigene Schuld gewesen, das wusste sie genau. Sie war müde und unkonzentriert. Das rosige Stück Lamm in heißer Kräuterbutter rutschte einfach aus der Servierzange und landete auf dem dicken Bauch eines amerikanischen Geschäftsmanns, der im falschen Moment nach seinem Mineralwasser gegriffen hatte. Sein bestürzter Aufschrei machte den ganzen Raum aufmerksam, und sie murmelte Entschuldigungen, während sie das Fleisch aufhob, so gut sie konnte, und mit einer Serviette an seinem Hemd herumtupfte. Aber es war der dunkelhaarige Mann, der am anderen Ende des Tisches saß, der die Situation rettete. Er führte den schimpfenden Gast nach draußen, wies Stefs Chefin an, ein feuchtes Tuch zu holen, und schickte einen Praktikanten los, um dem Mann rechtzeitig zu seinem nächsten Termin ein neues Hemd zu kaufen.

Später, als sie mit rot geweinten Augen und versteinerter Miene in der kleinen Einbauküche aufräumte, war er gekommen, um nach ihr zu sehen. »Ich wollte mich erkundigen, wie es Ihnen geht.« Sie hatte ihm schwach zugelächelt, genickt und ihm leise gedankt und ihre Aufmerksamkeit dann wieder der Frischhaltefolie zugewendet, mit der sie Servierplatten abdeckte. Als sie sich umblickte, war er immer noch da. Seine Stirn war gerunzelt, und er sah sie mit seinen haselnussbraunen Augen besorgt an. Seine Lippen waren geöffnet und gaben die Blick auf ebenmäßige weiße Zähne frei. In dem winzigen Raum stand er so nah bei ihr, dass sie den Bartschatten auf seiner glatt rasierten Haut und das Schimmern von Schweiß über seiner Oberlippe sehen konnte. Als er weitersprach, ging er überhaupt nicht auf den Zwischenfall ein.

»Könnte ich etwas von diesem köstlich aussehenden Dessert bekommen, bevor Sie es wegräumen? Ich habe es verpasst wegen Sie wissen schon was.«

Unwillkürlich musste sie lachen. Sie erfüllte seinen Wunsch und sah dann zu, wie er sich mit schuljungenhafter Begeisterung über die Cremerolle hermachte. Es dauerte nicht lange, da neckte er sie mit dem Ausspruch, der Weg zum Herzen eines Mannes führe über seinen Magen; und sie flirtete mit ihm, während ihre Kollegin ärgerlich herumpolterte, den Wagen mit den Essensresten zum Lieferwagen schob und ihr finstere Blicke zuwarf, weil sie nicht mithalf.

Am Ende des Nachmittags bekam Oliver ihre Handynummer und sie eine letzte Abmahnung von ihrer Chefin.

Nachdem sie ihre Handtasche wiederhatte, verließ sie das Krankenhaus und ging zurück über die Brücke. Der Wind vom Fluss zerrte an ihren Haaren, und einen Moment lang fühlte sie sich frei. Er wusste nicht, wo sie sich aufhielt, und konnte auch keinen Kontakt zu ihr aufnehmen, weil der Akku ihres Handys leer war. Mitten auf der Brücke blieb sie stehen, um auf das Wasser hinunterzusehen, das wie flüssiges Blei zwischen den Brückenpfeilern hindurchfloss. Sie legte das Handy auf die steinerne Brüstung. Einen winzigen Moment lang fühlte sie sich versucht, es über den Rand fallen zu lassen. Das aufregende Gefühl, sich von ihrem alten Leben zu trennen, flammte auf, aber schließlich brachte sie es nicht fertig. Zum einen war die Nummer ihrer Mutter darin gespeichert. Außerdem wäre das auch keine Lösung. Sie konnte ihn nicht ewig ignorieren.

Zurück in Nummer 11 kramte sie in ihrer Reisetasche nach dem Ladegerät und steckte es in ihrer Dachkammer in eine Steckdose. Während das Telefon lud, lauschte sie dem leisen Pling, pling, pling, mit dem die Nachrichten wie Geschosse aus dem Äther einliefen. *Oliver, Oliver, Oliver* zeigte die Liste der SMS an. Sie hörte sich eine

Reihe immer besorgter klingender Nachrichten auf der Mailbox an. *Wo steckst du? Ruf mich an. Geht's dir gut?*

Mit zitternden Händen schrieb sie eine SMS. *Mir geht es gut, Oliver. Es tut mir leid, wenn ich dir Sorgen bereite, aber ich brauche ein wenig Zeit für mich.* Sie wollte schon auf »Senden« drücken, doch dann zögerte sie und fügte noch *Alles Liebe, Sx* hinzu. Nachdem sie die Nachricht abgeschickt hatte, schaltete sie das Handy ab für den Fall, dass er anrufen würde. Sie hatte Angst, mit ihm zu sprechen. Sie fürchtete, dass er sie überreden würde, zu ihm zurückzukehren. Er fehlte ihr, und wenn sie seine rauchige Stimme hörte, würde sie es sich vielleicht doch noch anders überlegen.

Sie sehnte sich danach, ihre Mum anzurufen, aber das bedeutete, dass sie das Handy einschalten musste. Warum hatte sie sich die Nummer nicht aufgeschrieben? Sie seufzte. Dann würde das eben bis später warten müssen.

Sie ließ das Telefon am Ladegerät und ging nach unten. Wieder war die Küche still und leer, nur das blecherne Plappern eines Radios war aus irgendeinem anderen Raum zu hören. Unsicher stand sie da und fragte sich, was sie mit sich anfangen sollte, als sich die Küchentür öffnete, das Radio lauter wurde und Leonie mit ausgestreckten Armen hereinschwebte wie Lady Macbeth. Doch statt mit Blut waren ihre Hände mit etwas Weißem beschmiert, Kalk vielleicht.

## Leonie

»Hi.« Leonie lächelte Stef zu, während sie sich die weiße Pastellkreide von den Händen wusch. »Wie war's im Krankenhaus?«

»Ich habe meine Tasche wieder.« Das Mädchen kam näher. Sie hatte die Arme um ihren Oberkörper geschlungen, als wäre ihr kalt. »Alles war noch da, was ich erstaunlich finde.«

»Da haben Sie großes Glück gehabt.«

»Noch mal danke dafür, dass ich gestern hier übernachten durfte. Ich weiß das wirklich zu schätzen.«

»Bedanken Sie sich doch nicht ständig. Es hat keinerlei Umstände gemacht. Ich entschuldige mich dafür, dass es nur der Dachboden war. Ich hoffe, der Staub hat Sie nicht allzu sehr gestört. Sie haben doch kein Asthma, oder?«

»Nein, es war sogar sehr bequem.« Stef wirkte bekümmert, und Leonie fragte sich, was mit ihr los war. Das Mädchen machte so einen verwundbaren, verlassenen Eindruck. Sie musste fünfundzwanzig oder sechsundzwanzig sein, wirkte aber jünger. Leonie hatte Mitleid mit ihr, und wie es ihre Art war, verspürte sie das Bedürfnis, etwas für sie zu tun.

»Haben Sie irgendwelche Pläne?«, fragte sie leichthin und trocknete sich die Hände an einem Handtuch ab, das am Herd hing.

Das Mädchen sah jetzt noch bekümmerter aus. »Eigentlich nicht.«

Leonie wartete mit hochgezogenen Augenbrauen.

»Verstehen Sie ... ich habe mit meinem Freund zusammengelebt, und ... ich musste weg.« Sie wandte den Blick ab, als kämpfte sie gegen Tränen. »Jedenfalls kann ich im Moment nirgendwo hin. Ich meine, meine Mum ... Ich könnte wahrscheinlich zu ihr nach Derby, aber ich glaube nicht, dass sie Platz für mich hat, und außerdem würde es sich anfühlen wie ein Schritt zurück.«

»Sie möchten in London bleiben?«

»Ja.«

Leonie musterte sie eingehend. Die junge Frau musste doch Freunde haben, jemanden, an den sie sich wenden konnte. Sie war wirklich ein ungewöhnliches Mädchen. Sie wirkte so allein.

»Im Moment habe ich keinen Job, und ... ich habe mich in letzter Zeit nicht mit vielen Leuten getroffen, mit Freunden, meine ich. Ich weiß, das klingt mitleiderregend, aber ich weiß nicht recht, wo ich anfangen soll.«

»Und Sie hatten einen Unfall, Sie Arme. Gehen Sie nicht zu hart mit sich ins Gericht.« Sie dachte einen Moment nach. Sie hatte kaum Platz für einen weiteren Untermieter, aber wenn sie den Dachboden aufräumten und ihn ordentlich säuberten ... »Warum bleiben Sie nicht erst einmal hier? So lange, bis Sie sich wieder gefangen haben.«

»Wirklich? Ginge das?« Stefs riesige braune Augen strahlten vor Erleichterung. »Das wäre toll. Die Sache ist nur die, dass ich mir keine hohe Miete leisten kann. Ich werde mich arbeitslos melden, solange ich keinen neuen Job habe, aber ...«

»Das hat alles keine Eile«, fiel Leonie schnell ein. »Das Zimmer ist nicht so besonders, dafür kann ich Ihnen nicht viel berechnen. Essen kauft hier jeder für sich ein ...«

»Natürlich. Wir finden sicher eine Lösung. Oh, ich bin Ihnen so dankbar.« Stefs Stimme klang jetzt so lebhaft, dass Leonie klar wurde, dass sie noch eine andere Seite haben musste. Darüber dachte sie nach, während sie den Schutzdeckel von einer Platte an dem Aga-Herd nahm und den Wasserkessel daraufstellte.

»Haben Sie gerade gemalt oder so etwas?«, fragte Stef, die jetzt deutlich munterer klang.

Leonie freute sich, dass sie endlich ein bisschen aus sich herausging. »Ja. Ich mache uns Kaffee, und dann zeige ich es Ihnen. Ist es schlimm, dass es nur Instantkaffee ist?«

»Den trinke ich sogar lieber. Ehrlich.«

»Gut. Ich liebe richtigen Kaffee, aber er liebt mich nicht mehr. Wenn ich ihn nicht rationiere, kann ich nicht schlafen. Möchten Sie ein Plätzchen?« Leonie öffnete eine Blechdose und sah amüsiert zu, wie Stef die Hand hineinsteckte und dann mit sichtlichem Vergnügen in einen Schokokeks mit Vanillefüllung biss.

Es ist, als erwache sie wieder zum Leben, dachte Leonie, während sie den Kaffee machte. Sie konnte sich so gut an das Gefühl erinnern. Als sie vor vielen Jahren zum ersten Mal hergekommen war, da war sie ein Häufchen Elend gewesen und hatte keine Energie gehabt, um viel zu tun. Aber im Lauf der Zeit war sie wieder aufgelebt wie eine Pflanze, die endlich Wasser bekommt. Zeit und Freiraum, Freiheit und Freundlichkeit, das hatte sie gebraucht. Und genau das hatte sie hier in Nummer 11 gefunden. Sie lächelte Stef zu, und Stef erwiderte ihr Lächeln vorsichtig.

## Stef

Stef folgte Leonie durch eine Tür in der Diele und fand sich verblüfft in einem lang gestreckten, lichterfüllten Raum mit hohen Decken wieder, der zur Vorderseite des Hauses hinausging. Aus dem Radio auf dem Kaminsims erklang jazzige Klaviermusik, die gut zu der fröhlichen Boheme-Atmosphäre passte. Der Raum war mit gemütlichen alten Sofas möbliert, auf denen Überwürfe drapiert waren, um zu kaschieren, dass die Bezüge schon ein bisschen fadenscheinig waren. An den Wänden hingen große bunte, abstrakte Gemälde, und auf einem Bücherregal stand eine riesige Vase, in der Trockenblumen und Pfauenfedern kunstvoll arrangiert waren. Leonie stellte das Tablett neben einem Laptop auf einem rustikalen Couchtisch ab. »Kommen Sie und sehen Sie es sich an«, sagte sie. Stef folgte ihr zum Fenster, wo neben einem Tisch, auf dem sich Pastellstifte, Lappen, Flaschen und Bleistiftskizzen auf Papier türmten, eine Leinwand auf einer Staffelei stand. Auf dem Filzteppich, der zum Schutz des Parkettboden ausgelegt worden war, lagen zusammengeknüllte Papierfetzen.

»Dieser edle Bursche ist Arthur«, verkündete Leonie. Stef quetschte sich um die Staffelei herum, um die Zeichnung darauf anzusehen. Erstaunt stellte sie fest, dass Arthur kein Mensch war, sondern ein Hund, ein großer Jagdhund mit glattem Fell. Er stand in einer Art Hof mit Ställen – das Bild war unvollendet –, aber er war kein gewöhnliches Haustier. Er hatte eine so stolze Haltung. Leonie hatte etwas von der Vitalität und Ungezähmtheit des Tiers eingefangen. Seine hellen Augen blitzten gefährlich. »Was für ein prächtiger Hund!«

»Ja, er hat etwas von einem Wappentier. Arthur ist ein Weimaraner. Er hat vor ein paar Jahren ganz knapp den ersten Platz bei Cruft's Hundeausstellung verpasst.«

Leonie musste nach dem Foto gearbeitet haben, das oben an der Zeichnung festgeklemmt war. Aus einer Schachtel auf dem Tisch quoll eine ganze Reihe weiterer Zeitungsartikel über das Tier.

»Zeichnen Sie immer Hunde?«

»Manchmal auch Katzen und gelegentlich Pferde, aber Hunde sind am gefragtesten. Die Sache ist die, dass die Bilder eine regelmäßige Einkommensquelle für mich sind, und glauben Sie mir, das ist wichtig, da ich leider keine berühmte Malerin bin.« Sie wies auf einen Stapel gerahmter Gemälde, die an der Wand lehnten. »Ich habe kürzlich ein paar Bilder ausgestellt, auf denen keine Tiere zu sehen waren, aber es war das erste Mal seit Ewigkeiten, und viel habe ich nicht verkauft.«

»Darf ich sie sehen?«, fragte Stef zögernd.

»Warum nicht?«

Stef warf das lange Haar über die Schulter zurück, hockte sich auf den Boden und begann die Bilder durchzugehen. Darunter waren abstrakte wie die, die an der Wand hingen und die sie nicht besonders ansprachen, obwohl ihr die leuchtenden Farbwirbel gefielen, die den Eindruck ständiger Bewegung hervorriefen. Interessanter fand sie zwei Porträts einer wunderschönen jungen Frau, die nicht viel älter war als Stef. Die Frau sah aus einem Fenster, und auf dem einem Bild schien die Sonne, auf dem anderen dämmerte es. Sie war äußerst zartgliedrig und hatte langes blondes Haar und blaue schwarz geschminkte Augen. In ihrem Ausdruck lag eine unermessliche Traurigkeit, Verbitterung sogar, und Stef fragte sich, ob sich die Bilder deswegen nicht verkauft hatten. Sie drehte sich um und sah Leonie an. Sie wusste nicht, wie sie sich ausdrücken sollte, ohne etwas Falsches zu sagen. »Die gefallen mir«, erklärte sie einfach.

»Ja?« Leonies Miene leuchtete auf. »Das ist meine Tochter Tara. Ich habe sie in der Ausstellung gezeigt, aber sie standen nicht zum Verkauf. Sie sollten nur zeigen, was ich kann. Nein, die würde ich nie verkaufen.«

Stef stellte die Bilder wieder an die Wand. Als sie aufstand, fiel ihr Blick auf ein Porträt an der Wand darüber, das sie vorhin nicht bemerkt hatte. Es war eine Pastellzeichnung eines jungen Mannes, der rittlings auf einem Küchenstuhl saß und die Arme um die Lehne geschlungen hatte. Er hatte ein sehr interessantes Gesicht, und mit seinem wilden, dunklen Haar und den dunklen Augen ähnelte er einem kecken Jüngling auf einem italienischen Renaissance-Porträt, obwohl eine ganz moderne schwarze Bikerjacke um seine Schultern hing. Mürrisch und herausfordernd starrte er Stef von der Zeichnung aus an. »Was guckst du?«, schien er zu sagen.

Als sie sich dieses Mal zu Leonie umdrehte, sah sie, dass in dem Blick der Älteren Traurigkeit, aber auch eine Art Stolz lag.

»Das hat Peter gezeichnet. Es ist Jamie«, erklärte Leonie mit vor Rührung schroffer Stimme. Dann wandte sie ihr Gesicht hastig ab und bückte sich, um das Papier auf dem Boden aufzuheben.

Jamie. Das war also der Junge, dessen Zimmer Stef nicht haben konnte. Sie fragte sich, wer er war und wohin er gegangen war.

»Trinken wir unseren Kaffee«, sagte Leonie und stopfte das Papier in einen Eimer in der Nähe. »Und dann bringen wir Ihr Zimmer in Ordnung. Oben stehen ein paar Schränke, in die wir einen Teil des Zeugs räumen können. Rick kann uns zur Hand gehen, wenn er zurück ist und sich in der Lage dazu fühlt. Ich hoffe, hier und da eine Spinne macht Ihnen nichts aus.«

»Nein, gar nicht. Wo arbeitet Rick denn?«

»Im Supermarkt in der Nähe der U-Bahnstation. Er arbeitet in Schichten. Ich kann mir das nie merken, aber größtenteils vormittags.«

»Sein Zimmer liegt unter meinem, stimmt's? Wie viele Zimmer hat das Haus eigentlich?«

»Ach, du meine Güte. Also, Peter wohnt im Keller. Im ersten Stock ist mein Zimmer, und daneben sind die Zimmer von Hari und Bela. Im zweiten Stock wohnen Rosa, Jamie und Rick, und ganz oben auf dem Dachboden sind jetzt Sie.«

»Wohnen Sie schon lange hier?«

»Jemand, der für mich etwas ganz Besonderes war, hat mir dieses Haus hinterlassen«, erklärte Leonie mit weichem Blick und versonnener Miene, und einen Moment lang gewann Stef einen Eindruck davon, wie schön Leonie einmal gewesen sein musste.

»Ein Verwandter?«, hakte Stef nach, denn Leonie schien in einer lange vergangenen Welt versunken zu sein.

»Was? Nein, kein Verwandter. Ein Freund.« Sie seufzte. »Ich fand aber nicht, dass mir das Haus zustand. Deswegen habe ich es immer mit anderen geteilt. Ich dachte, dass ich es dann behalten könnte. Und dass ich dann sicher wäre.«

»Sicher?«, fragte Stef sie. »Was meinen Sie? Ihnen will doch bestimmt niemand etwas tun?« Leonie wirkte wie jemand, der vollkommen in sich ruhte. Weswegen hatte sie Angst? Es war doch sie, Stef, die Angst hatte, und es erschreckte sie, dass Leonie vielleicht nicht der Fels in der Brandung war, für den sie sie gehalten hatte. Sie hatte keine Ahnung, was sie mit ihrem Leben anfangen und wie sie zurechtkommen sollte. Sie brauchte jemanden wie Leonie, der es ihr sagte.

»Ach herrje, ich sollte Ihnen so etwas nicht erzählen. Sie sind noch jung und haben noch Ihr ganzes Leben vor sich.«

»Hoffentlich«, seufzte Stef und ballte die Fäuste, sodass sich ihre Nägel in ihre Handflächen bohrten. »Im Moment fühlt es sich nicht so an. Ich habe keine Ahnung, welche Richtung ich in meinem Leben einschlagen soll.«

»Nein, aber das kommt noch. Ich habe damit wirklich nichts Schreckliches gemeint, sondern nur, dass man, wenn man Menschen liebt – denn tief drinnen geht es dabei um Liebe –, niemals sicher ist.«

»Weil sie einen verletzen können.« Stefs Stimme klang dumpf.

»Wenn man den Falschen liebt, ja. Menschen können grausam sein, furchtbar grausam. Wahrscheinlich können sie manchmal nichts dafür, dass sie so sind, aber ich wollte damit nicht sagen ...« Leonie seufzte. »Ich meinte die Angst, sie zu verlieren«, fügte sie dann hinzu.

Stef nickte. Auch die kannte sie. Wie konnte man jemanden, der nicht gut zu einem war, trotzdem lieben? Wie war es möglich, dass man es gleichzeitig nicht ertrug, ihn zu verlieren? Ihr gefiel die Richtung nicht, die ihre Gedanken einschlugen. »Erzählen Sie mir von demjenigen, der Ihnen dieses Haus geschenkt hat. Ich würde zu gern wissen, wie es früher war.«

»Ach ja? Also, das ist interessant.« Leonie wirkte jetzt wieder genauso stark wie zuvor.

»Es muss richtig alt sein.« Stef sah sich um, betrachtete den Stuck an der Decke und den alten Kamin mit den verschnörkelten Ecken. Im Kamin stand ein elektrisches Heizgerät.

»Es ist aus georgianischer Zeit, aus den 1820er-Jahren. Ja, ich glaube, dieses Haus steht hier schon fast zweihundert Jahre. Denken Sie nur, was es alles gesehen haben muss.«

»Die Partys«, hauchte Stef und stellte sich diesen Raum vor. Sie sah Damen in herrlichen Kleidern, behangen mit funkelnden Juwelen, vor sich, die Wangen rosig von der Aufregung, dem Tanzen und der Bewunderung der Herren.

»Ja, Partys«, lachte Leonie. »Wir hatten hier früher herrliche Partys. Was für ein Spaß! Damals stand ein Springbrunnen im Garten, der so hübsch war, und in den Bäumen hingen jede Menge Lichter. Es gab auch eine moosbewachsene Diana-Statue, die eines Nachts allerdings verschwunden ist. Ein Teil der Küche war damals ein Esszimmer, und George – so hieß mein Freund – pflegte diese wunderbaren Dinnerpartys mit Silberbesteck, Kristallgläsern und dem, was von einem Wedgwood-Service übrig war, zu veranstalten. Wir mussten immer einen Toast auf die Queen ausbringen. George war ein ziemlicher Monarchist, verstehen Sie. Ihm gefiel das ganze Zeremoniell.«

Stef saß da, hörte zu und trank ihren Kaffee. Er war mit viel Milch zubereitet wie früher bei ihrer Mutter und schmeckte wunderbar, und sie stellte fest, dass sie sich schon ein wenig besser fühlte. Die Güte von Fremden. Der Ausdruck fiel ihr ein. Sie war sich nicht sicher, woher er stammte, sie hatte ihn irgendwo gehört. Nichtsdestotrotz stimmte er. Rick und Leonie waren so nett zu ihr gewesen, ohne das Geringste über sie zu wissen, und dafür war sie dankbar.

»George hatte dieses Haus von einem Onkel geerbt. Es war seit Ewigkeiten in der Familie weitervererbt worden. Der Onkel hatte keine Kinder, daher bekam George es. Und da George ebenfalls keine Kinder und auch sonst keine Familie mehr hatte, an die er es hätte vererben können, hinterließ er es mir. Ich wohnte schon hier, verstehen Sie.«

»Was war mit Ihrem Mann?« Die Frage rutschte Stef einfach so heraus. »Entschuldigen Sie, ich wollte nicht so neugierig sein.«

»Ihre Frage macht mir überhaupt nichts aus«, sagte Leonie, »aber das ist für heute eine ziemlich lange Geschichte, und ich sollte mit Arthurs Bild weiterkommen.«

Leonie lächelte ihr zu. Aber Stef spürte, dass sie eine Frage zu viel gestellt hatte, und das tat ihr leid. Sie dankte Leonie für den Kaffee, stand auf und nahm die leeren Tassen.

Bevor sie das Zimmer verließ, sah sie sich noch einmal zu Leonie um. Sie stand vor einem Gemälde, das Stef vorher nicht wahrgenommen hatte, weil sie seitwärts davon gesessen hatte. Nun stand Leonie davor, sodass sie es auch jetzt nicht richtig erkennen konnte, aber es zeigte einen kleinen fliegenden Vogel in leuchtenden Farben, der auf eine ungewöhnlich stilisierte Art gemalt war. Es sah aus wie ein Poster. Der Vogel war aus einem glockenförmigen Käfig entkommen, dessen Tür offen stand. Über dem Käfig schwebte die Gestalt eines Mädchens, das in ein Nachthemd gekleidet war. Das Bild strahlte etwas Traumhaftes aus, und Leonie schien ganz versunken darin zu sein. Auf Zehenspitzen ging Stef hinaus. Sie würde sich das Gemälde ein andermal richtig ansehen.

Als sie nach einem Schläfchen um drei Uhr nachmittags in die Küche hinunterkam, war sie erstaunt, dort Rick anzutreffen. Er drückte gerade eine Scheibe dunkles Brot auf ein dickes Sandwich.

»Hi«, sagte er fröhlich und leckte sich den Finger ab. »Ich habe heute Mittag nichts gegessen. Willst du auch eins?«

»Nein danke«, sagte Stef gähnend. »Hast du denn keine Mittagspause?«

»Doch, aber ich bin in die Bücherei gegangen. Und wie geht's dir? Du siehst schon viel besser aus.«

»Ich fühle mich auch besser«, sagte sie und sah zu, wie er in sein Riesensandwich biss. »Ich bin nur noch ein bisschen müde. Und wie geht's dir?«

»Es tut immer noch weh.« Er drückte vorsichtig auf seine Rippen. »Aber wenigstens brauchte ich deshalb heute keine Kisten zu schleppen.«

»Das ist gut. Dann warten wir noch, bis es dir besser geht.«

Er hörte auf zu kauen und zog fragend eine Augenbraue hoch.

»Leonie hat gesagt, ich könnte erst einmal bleiben, und du könntest uns vielleicht helfen, den Dachboden aufzuräumen, aber erst, wenn du dich gut genug dafür fühlst.«

Er schluckte. »Die gute alte Leonie! Sie verschwendet keine Zeit. Klar, helfe ich euch, aber vielleicht warten wir noch bis morgen.«

»Okay. Danke, Rick. Das ist schrecklich nett.«

Er wirkte erfreut. »Gern geschehen.«

»Hey, ich hab meine Tasche wieder.«

»Wirklich? Toll. Ich wollte schon anbieten, sie für dich abzuholen.«

»Ich war heute Morgen da. Und stell dir vor, es war noch alles drin.«

»Toll. Hast du deine Mum angerufen?«

»Nein, Das mache ich gleich.« Sie kannte Rick nicht gut genug, um ihm zu erklären, dass sie Angst davor hatte, das Telefon einzuschalten, und noch mehr Angst davor, weitere Nachrichten von Oliver vorzufinden.

Sie schwiegen. »Jedenfalls hast du deine Tasche wieder«, sagte Rick schließlich. »Zumindest das muss gefeiert werden. Champagner habe ich nicht, aber ich habe Holunderlimonade gekauft, die im Sonderangebot war.«

Lachend setzte sie sich an den Tisch, während er eine Literflasche aus dem Kühlschrank holte, zwei Gläser aus dem Schrank nahm und nachsah, ob sie sauber waren. Es war so friedlich hier in der Küche mit ihm. Während sie zusah, wie er das sprudelnde Getränk einschenkte, schweiften ihre Gedanken ab. Was Oliver wohl gerade tat? Ob er nach ihr suchte? Vielleicht rief er ja in diesem Moment ihre Nummer an und sprach auf die Mailbox. Sie sollte ihm noch einmal schreiben, das wäre nur fair. Nein, sagte sie sich. Sie wusste, was dann passieren würde. Am Ende würde sie ihm erzählen, wo sie war, er würde sie zurückholen, und alles würde wieder so sein wie zuvor. Sie hätte wieder das Gefühl, in dieser schönen Wohnung mit ihren glänzenden, sterilen Oberflächen gefangen zu sein.

»Möchtest du Kekse?«

Sie schüttelte den Kopf. Rick stellte ein Glas vor sie hin, nahm ebenfalls am Tisch Platz, aß verlegen sein Sandwich weiter. Sie lächelte ihm zu, nippte an dem süßen Getränk und versuchte, sich zu entspannen, aber in ihrem Kopf kreisten die Gedanken.

Als sie ihre Aufmerksamkeit endlich wieder ihm zuwandte, sah er sie besorgt an.

»Tut mir leid«, sagte sie. »Ich war mit den Gedanken woanders.«

»Ist schon in Ordnung. Ich weiß, dass du eine schwere Zeit hinter dir hast.«

»Ja, das habe ich vermutlich.« Am liebsten hätte sie ihm von ihren Sorgen erzählt. Er war so nett, aber sie kannte ihn nicht, hatte keine Ahnung, was er von ihr halten würde. Sie wusste nicht einmal, was sie von sich selbst hielt. Also schwieg sie.

»Wie lange wohnst du schon hier?«, fragte sie stattdessen.

Er schluckte einen Bissen herunter und wischte sich Krümel von den Fingern. »Ein Jahr jetzt. Nach der Uni bin ich wieder zu meiner Mum nach Watford gezogen, aber dann ging sie zurück zu ihrer Mum nach Irland, und ich wollte nicht mit. Ich hatte ein paar Praktika in London gemacht, aber nichts, was mich begeistert hätte, verstehst du? Ich bin wieder hierhergekommen, weil ich eine Zeitlang bei einem Kumpel auf dem Boden schlafen konnte. Jedenfalls habe ich diesen Job gefunden und dann hier in der Bücherei Leonie kennengelernt. Sie suchte etwas im Internet und brauchte Hilfe. Wir kamen ins Gespräch, und sie hat mir ein Zimmer angeboten. Leonie ist toll, findest du nicht?«

»Oh ja, sie ist großartig!«

»Hier kann ich ich selbst sein.«

Rick hatte noch nie so lange am Stück gesprochen. Etwas an seiner Geschichte kam ihr merkwürdig vor. Es klang, als ob er etwas ausgelassen hätte, aber es fiel ihr schwer, sich auf die Probleme anderer Menschen zu konzentrieren.

»Hier wohnen auch noch andere Leute, oder? Heute habe ich einen Inder gesehen.«

»Das ist Hari. Er und Bela, seine Frau, wohnen seit Jahren hier. Dieses Mädchen aus Osteuropa, Rosa, ist gerade erst eingezogen, deswegen weiß ich nichts über sie.«

»Sie sieht sehr interessant aus, nicht wahr?«

»Ja? Na, kann schon sein.«

»Diese schönen blauen Augen. Sie sind ungewöhnlich.«

»Und Peter, der ältere Mann ...«

In diesem Moment flog die Tür zur Küche auf, und Peter selbst kam herein. »Das bin ich. Will jemand etwas von mir?«

»Da, du kannst ihn selbst fragen«, sagte Rick grinsend.

Peter zog eine finstere Miene. »Mich was fragen?«

»Stef hat gefragt, wer sonst noch hier wohnt.«

Peters finsterer Blick wanderte weiter zu Stef. »Ich bin der alte Bär, der im Keller wohnt. Tun Sie mir nichts, und ich tue Ihnen nichts. Ich bin mir sicher, wir werden uns sehr gut verstehen. Also, was wollte ich hier? Ach ja, Lackreiniger.« Er öffnete mehrere Schränke, bevor er das Gesuchte im Unterschrank der Spüle fand. »Aha. Diese Frau versteckt immer alles«, sagte er und hielt triumphierend eine Flasche mit einer öligen Flüssigkeit hoch. Er ließ die Schranktüren offen, zog aber beim Hinausgehen die Küchentür mit einem festen Ruck hinter sich zu.

»Also das ist Peter«, sagte Rick, dessen Augen schalkhaft blitzten. »Ein Ausbund an Charme und guter Laune, wie du gesehen hast. Er ist ein alter Freund von Leonie und wohnt hier immer schon. Er sitzt den ganzen Tag da und malt. Warum genau Leonie so viel von ihm hält, ist eines der großen Geheimnisse des Lebens, aber es ist so.«

Stef erinnerte sich an die Bilder in Leonies Salon. Das Bild mit dem mürrisch dreinblickenden Jugendlichen war von ihm. »Und wer ist Jamie?«, überlegte sie laut.

»Ach, Jamie«, sagte Rick, und seine Miene verfinsterte sich. »Also, das ist noch so ein Rätsel. Jamie ist Leonies Enkel.«

»Ach so, ich verstehe. Und er hat auch hier gewohnt?«

»Ich glaube, seine Mum hatte ihn rausgeworfen. Das Rätselhafte ist, dass er Leonies Ein und Alles ist und ich das einfach nicht kapiere. Erzähl ihr nicht, dass ich das gesagt habe, aber es ist besser, dass er weg ist. Es ist viel friedlicher hier.«

»Wo ist er hin?«

»Das ist noch so ein Rätsel. Niemand weiß es. Er hat mit Leonie gestritten, hat sein Zeug genommen und ist gegangen. Leonie steht richtig unter Schock deswegen.«

Stef erinnerte sich an Leonies trauriges Gesicht, als sie das Bild angesehen hatten. Es klang, als könne Rick Jamie nicht besonders gut leiden.

»Er ist bei Facebook. Er hat anschließend noch ein paar fiese Bemerkungen auf meiner Seite gepostet, deshalb weiß ich, dass er lebt und dass es ihm gut geht. Aber als ich gefragt habe, wo er wohnt, hat er nicht geantwortet, und inzwischen hat er mich gesperrt.«

Aus irgendeinem Grund fühlte sich Stef durch die Unterhaltung mit Rick gestärkt. Als sie wieder oben war, schaltete sie ihr Handy ein und rief ihre Mutter an.

»Stephanie? Warte einen Moment, ich sitze im Auto.« Allein die starke, warme Stimme ihrer Mutter hatte schon eine beruhigende Wirkung auf sie. »Okay, Schatz, wie geht's dir?«

»Mir ... Mir geht's gut. Aber ich habe Oliver verlassen, Mum.« Merkwürdigerweise fühlte es sich gut an, das zu sagen.

»Ach Stef, wie schade.«

»Es ... Es ist ein bisschen kompliziert. Und ... ich hatte gestern einen Unfall, aber mir geht es gut.« Sie erzählte ihrer Mutter, wie sie von dem Radfahrer zu Fall gebracht worden war. Das Thema erschien ihr sicherer als ihre Gründe, Oliver zu verlassen. Bei den zwei Gelegenheiten, bei denen ihre Mutter ihm begegnet war, hatte sie ihn sympathisch gefunden. Einmal war Stef mit Oliver in dem alten Haus in Derby zu Besuch gewesen, und sie hatten dort auch übernachtet. Das zweite Mal hatten sie sich gesehen, als ihre Mum Oliver und sie in London besucht hatte. Oliver hatte genau das richtige Maß an beflissenem Charme an den Tag gelegt.

»Wo wohnst du jetzt, Schatz?«

»Bei Freunden im Norden von London.«

»Willst du nach Hause kommen? Viel Platz haben wir nicht, aber die Jungs könnten sich ein Zimmer teilen, und ... Du würdest nicht glauben, wie viel Gerümpel man im Laufe der Zeit doch ansammelt.«

Stef hatte das Gefühl, nicht wirklich erwünscht zu sein. Tief im Inneren wusste sie, dass das nicht stimmte, dass sie ihrer Mutter immer willkommen war, aber sie tat sich selbst leid, und vielleicht war es auch gar nicht nötig, nach Hause zu fahren. Sie sah sich in ihrer Dachkammer um. Sie gefiel ihr. Wenn sie hier erst ein bisschen Ordnung gemacht hatte, würde sie vollkommen ausreichen.

»Ist schon okay, Mum, mach dir keine Gedanken. Wie geht's den Jungs? Und Smudge? Mag sie ihr neues Zuhause?«

»Allen geht es gut, Schatz, Smudge auch. Wir behalten sie im Moment im Haus, bis sie sich hier eingewöhnt hat, aber wenn sie so weit ist, gibt es hier einen wunderschönen Garten für sie. Ich bin gerade unterwegs, um einen Kühlschrank zu kaufen. Der alte ist viel zu groß für hier. Er steht im Moment mitten in der Küche.«

»Ach, du meine Güte.«

»Tut mir leid wegen Oliver. Bist du dir sicher, dass es dir gut geht, Schatz? Wenn du dir den Kopf verletzt hast, solltest du ...«

»Ja, Mum, das haben die im Krankenhaus auch gesagt. Aber mir geht es gut, echt.«

Nach dem Anruf fühlte sie sich besser, weil sie mit ihrer Mutter gesprochen hatte, aber verwirrenderweise auch einsamer. Sie konnte nach Derby fahren, aber das neue Haus war nicht ihr Zuhause. Außerdem war ihre Mutter offensichtlich sehr beschäftigt, und ein Besuch würde ihr nicht so gut passen. Sie sah, dass sie neue SMS von Oliver hatte, aber sie zwang sich, das Handy auszuschalten, ohne sie zu lesen, und konzentrierte sich darauf, ihre Sachen einzuräumen. Der Raum besaß einen Einbauschrank, in dem sie ein paar Bretter für ihre Kleidung freimachte. Sie stellte ihre Schuhe ans Fußende des Betts und legte ihre Kulturtasche und ihre Schminksachen auf eine Kommode. Ein staubiger Spiegel reflektierte ihr Gesicht, das ihr müde, blass und langweilig vorkam. Als sie sich abwandte, fiel ihr Blick auf ihre Mappe, die an ein paar Pappkartons lehnte. Sie war froh, dass sie sie mitgenommen hatte, aber noch war nicht die Zeit, sie anzusehen. Stattdessen griff sie in ihre Reisetasche und zog einen A4-Skizzenblock hervor. Sie setzte sich auf ihre Matratze, begann, langsam die Seiten umzublättern, und betrachtete die Illustrationen. Als sie eine leere Seite erreichte, suchte sie in ihrer Tasche nach einem Bleistift und begann, mit langen, kräftigen Strichen zu zeichnen.

In den nächsten Tagen verwandelte Stef die staubige Dachkammer mit Ricks und Leonies Hilfe in ein behagliches Zimmer. Die alten Koffer, ein künstlicher Weihnachtsbaum, Kartons mit verstaubten Büchern und Weihnachtsschmuck, mehrere Plastikbeutel mit Bettwäsche und diverser anderer Kleinkram wanderten in die wackligen Schränke auf dem Treppenabsatz. Die alten, kaputten Möbel brachte Rick nach Einbruch der Dunkelheit zu einem Baucontainer, der ein Stück weiter an der Straße stand. Einmal kehrte er triumphierend mit einer akustischen Gitarre zurück, die er dort gefunden hatte. Der Resonanzboden hatte einen Riss, aber erstaunlicherweise besaß sie noch alle sechs Saiten. Den Rest des Abends saß er in der Küche und klimperte alte Oasis-Hits, bis Peter hereinkam und ihm befahl, »sogleich damit aufzuhören«. Das schien Rick zu verletzen, und er zog sich mit der Gitarre in sein Zimmer zurück, das unter Stefs lag. Beim Einschlafen hörte sie sein leises Spiel.

Das Letzte, was noch auf dem Dachboden stand, war eine Kleiderstange mit einzeln verpackten Kleidungsstücken, die noch einmal mit einer Plastikplane abgedeckt worden war. »Irgendwann sollte ich die wahrscheinlich wegwerfen«, murmelte Leonie, als Stef ihr half, sie auf den Treppenabsatz zu schieben, »aber einstweilen wollen wir sie hier draußen stehen lassen.«

Die Kleider in ihren Hüllen faszinierten Stef, aber Leonie, die mit ihrem rosa Kittel, den Gummihandschuhen und dem Schal, den sie wie einen Turban um ihr Haar gewickelt hatte, ganz reizend aussah, reichte ihr schon den Stecker des Staubsaugers. Stef steckte ihn vorsichtig in die uralte Steckdose.

Als das Zimmer sauber war und am Fenster geblümte Vorhänge hingen, wirkte es schon recht einladend. Nach und nach lernte Stef bei Begegnungen auf der Treppe oder beim Essen in der Küche auch die anderen Mitglieder des Haushalts ein wenig kennen.

Hari, der kleine Mann, den sie an ihrem ersten Morgen getroffen hatte, und seine Frau Bela blieben meist für sich. Sie kochten und aßen in ihrem Zimmer, sodass häufig ein Duft nach Curry und Weihrauch über den Treppenabsatz im ersten Stock zog. »Die arme Bela«, wie Leonie sie manchmal nannte, litt zusätzlich zu ihren Ballenzehen noch an diversen anderen Beschwerden, obwohl niemand wusste, unter welchen genau. Stef ging gerade die Treppe hinauf, als sie sie zum ersten Mal erblickte, eine mollige Frau mit grau meliertem Haar, die langsam und mit wiegendem Gang vom Bad in ihr eigenes Zimmer zurückging. Über einem blauen Sari trug Bela eine dicke Strickjacke, und ihr rundes Gesicht mit der hohen Stirn mit ihrem Kastenzeichen wäre schön gewesen, wenn sich ihr Leiden nicht so hineingegraben hätte. Sie nickte Stef schüchtern zu, öffnete dann die Tür zu ihrem Zimmer und schlurfte hinein. Nachdem ein

Seufzen und ein Schwall Weihrauchduft herausgedrungen waren, schloss sich die Tür wieder, und es war still.

»Ich glaube, sie ist seit einem Jahr nicht mehr aus dem Haus gegangen«, erklärte Leonie ihr. »Sie putzt gern, um etwas zu tun zu haben, und Hari tut alles für sie.« Das Ehepaar stammte ursprünglich aus Kaschmir, wo Hari Beamter gewesen war. Eine politische Fehde war in schreckliche Gewalttätigkeit umgeschlagen, und Hari, der zufällig darin verwickelt worden war, hatte eilig das Land verlassen müssen. Eine von Leonies Nachbarinnen hatte die beiden damals an sie verwiesen, da sie wusste, dass Leonie ein Zimmer frei hatte. Sie hatten eine erwachsene Tochter, die inzwischen in Amerika lebte und deren Mann ebenfalls ein Flüchtling aus Kaschmir war.

Peter, der alte Mann, der im Keller wohnte und Künstler war, hatte einige der abstrakten Bilder mit den Wirbelmustern gemalt, die in Leonies Salon hingen, aber Stef hatte die Zimmer, in denen er arbeitete und schlief, noch nicht von innen gesehen. Leonie kochte für ihn, und die beiden aßen an den meisten Abenden gemeinsam in der Küche: herzhafte, altmodische englische Gerichte wie Rindfleisch-Nieren-Pastete oder nahrhafte Eintöpfe, gefolgt von Obstkuchen oder Pudding mit Vanillesauce. Eines Abends luden sie Stef zum Mitessen ein, und sie war verblüfft darüber, welche Mengen der drahtige alte Mann verdrückte. Dabei redete er die ganze Zeit über sich selbst und erzählte von den Schwierigkeiten, die er mit dem Gemälde hatte, an dem er gerade arbeitete. Sie bewunderte Leonie dafür, wie sie mit ihm umging, ihm Fragen stellte oder Vorschläge machte. Stef schien er kaum zur Kenntnis zu nehmen. »Sie essen nicht viel, was, Mädchen?«, bemerkte er nur. »Ich selbst halte nichts von dünnen Mädchen, nichts zum Festhalten daran.« Leonie war das furchtbar peinlich, und sie sagte, Stef sehe »ganz reizend« aus. Danach sah Stef zu, dass sie gegessen hatte, bevor Peter zum Abendessen heraufkam. Sie kaufte ihr Essen selbst – Frühstücksflocken,

Käse und Nudeln, Eier, frisches Obst und Gemüse – und bereitete sich in der Pfanne kleine Gerichte zu, die sie gern mochte.

## Leonie

Es waren ein paar Tage vergangen, und der Vogel steckte immer noch im Kamin fest. Wenn sie am Tag in ihr Zimmer kam, konnte Leonie hören, wie er darin herumflatterte. Sie versuchte sich vorzustellen, was für ein Vogel es war. Seinem stakkatoartigen Piepsen nach zu urteilen, war es keine Taube. Aber er hatte ungefähr die gleiche Größe, wie sie aus dem Lärm schloss, den er machte, wenn er gegen die Wände des Kamins schlug. Er schien den Versuch, nach oben aus dem Kamin herauszukommen, aufgegeben zu haben. Einmal hörte sie, wie er sich mit einem anderen Vogel unterhielt, dessen Rufe von oben herabklangen. Sie stellte sich vor, dass der Neuankömmling ihm vielleicht einen Rat für seine Flucht geben oder ihm Nahrung hinabwerfen würde, damit er seine Kraft behielt. Wie lange würde ein Vogel von dieser Größe brauchen, um in einem Kamin zu sterben? Nicht lange, wenn er kein Wasser hatte. Sie hoffte, dass es schnell gehen würde. Sie konnte sein Leiden nicht ertragen. Noch einmal untersuchte sie den Kamin nach Möglichkeiten, ihm zu helfen, aber die Backsteine sahen zu fest vermauert aus. Der Kamin war so ungefähr die einzige Stelle im Haus, an der das so war. Wenn jemand hier die Mauer aufbrechen wollte, würde er beträchtliche Kraft aufbringen und brutal vorgehen müssen, und vielleicht würde er dabei, ohne es zu wollen, den Vogel umbringen oder ihn einfach zu Tode erschrecken. Sie versuchte, sanft und beruhigend auf das Tier einzureden. Als es daraufhin verstummte, war sie sicher, dass es sie hören konnte.

Nachts, wenn sie ins Bett ging, war der Vogel zwar still, dennoch war sie sich seiner bewusst, wenn sie in der Dunkelheit dalag. Wie es wohl sein musste, einsam und halb verhungert in der Kälte zu hocken und auf den Tod zu warten? Irgendwo hatte sie gelesen, Tiere akzeptierten Krankheit und Tod leichter als Menschen, aber natürlich spürten sie trotzdem Schmerz und Trennung.

Sie musste an Jamie denken, Jamie, der ihr so sehr fehlte, obwohl sie wusste, dass etwas hatte passieren müssen. Er hätte nicht länger hierbleiben können in diesem unglücklichen Schwebezustand zwischen Kindheit und Erwachsenenleben, in dem er sich befand. Mit achtzehn aus dem Haus zu gehen, war grundsätzlich ein vernünftiger Gedanke gewesen. Er und Tara, seine Mutter, waren so heftig aneinandergeraten, dass sie einfach nicht länger zusammenleben konnten. Die arme Tara. Sie war nicht dazu geschaffen, Mutter zu sein. In mancherlei Hinsicht war sie selbst noch ein Kind. Sie lebte von Geld, das ihr Vater ihr zusteckte, und war bis heute nicht richtig sesshaft geworden. Tara sah das natürlich nicht so. Für sie war es wichtig, im Augenblick zu leben. Sie war inzwischen Ende vierzig und ihre Schönheit verblasst, obwohl sie immer noch attraktiv war. Sie lebte in Brighton in einer Wohnung mit Meerblick. Leonie war nur einmal dorthin eingeladen worden, nämlich um Jamies Sachen abzuholen, als er in Nummer 11 eingezogen war. Trudi hatte sie hingefahren, und sie waren beide erschrocken gewesen über den barfüßigen Mann, der in Taras Wohnzimmer Videospiele spielte und ihnen nur als Dogger vorgestellt wurde, über die Regale voll Selbsthilfe-Ratgebern und die Imbissverpackungen in dem überquellenden Mülleimer in der Küche. Die liebe Tara. Wie konnte man seine Tochter so sehr lieben und gleichzeitig alles an ihrer Lebensweise ablehnen?

Damals schien es eine Lösung zu sein, dass Jamie in Nummer 11 einzog. Doch er hatte auch ein paar Gene von Tara geerbt, und nach einigen langen und ereignisreichen Jahren hatte der Haushalt seine Anwesenheit schließlich nicht mehr verkraftet. Sie erinnerte sich daran, wie sie regelmäßig versucht hatte, ihn am frühen Nachmittag aus dem Bett zu holen, nachdem er die ganze Nacht unterwegs gewesen war und mit seiner lautstarken Rückkehr die anderen Bewohner gestört hatte. Und dann war da auch noch das Cannabis. Sie hatte versucht, ihm das Kiffen zu verbieten, aber manchmal nahm sie dennoch den süßlichen Geruch wahr, der durch das Haus zog. Kurze Zeit hatte er Arbeit gehabt und Gratis-Zeitungen ausgetragen, aber der Job langweilte und frustrierte ihn, sodass er ihn schließlich aufgab. Seine Unzufriedenheit schien das ganze Haus zu vergiften, und Leonie schien nichts dagegen tun zu können. Rick hatte versucht, Freundschaft mit ihm zu schließen, aber Jamie verstand Rick nicht, der zwar auch viel Zeit in seinem Zimmer verbrachte, aber immerhin Projekte verfolgte, die ihn interessierten. Angesichts von Jamies grober Zurückweisung gab Rick nach einer Weile auf.

Immer wieder ging sie im Kopf das Gespräch durch, das sie zu Jahresbeginn mit Jamie geführt hatte und bei dem sie endgültig die Geduld verloren hatte.

»Du hast seit Wochen kein Tageslicht mehr gesehen. Wie kannst du bloß so leben?«, hatte sie geschimpft. An diesem Nachmittag war sie schon zum zweiten Mal in sein Zimmer gekommen und hatte den Kaffee, den sie ihm gebracht hatte, kalt und nicht angerührt vorgefunden.

»Mmm.« Er regte sich kaum.

Sie bückte sich, um seine Jeans und seinen Kapuzenpulli von gestern aufzuheben, die auf dem Boden verstreut lagen und noch den Umriss seines Körpers bewahrten, wie die abgestreifte Haut eines Reptils. »Und dieses Zimmer«, schrie sie und legte die Sachen auf einen Stuhl, auf dem sich weitere ungewaschene Kleidung stapelte. »Es stinkt.«

Er schob sich in eine sitzende Haltung, und eine Welle animalischer Wärme ging von seinem Bett aus. »Lass meine Sachen in Ruhe! Ich kümmere mich darum.« Seine Stimme klang heiser und rauchig.

»Aber das tust du nicht, Jamie. Du machst es nie.«

Er sank zurück auf das Kissen. »Warum hacken bloß alle auf mir herum?«, murrte er, an die Decke gerichtet.

»Weil du dich selbst nicht in den Griff bekommst. So kann das nicht weitergehen, Jamie. Du musst Verantwortung für dein Leben übernehmen.«

Wie schön, wie verletzlich er aussah, als er dort lag und sein Adamsapfel an seinem Hals bebte. Sie streckte die Hand aus und knipste die Deckenlampe an, und er legte den Arm über die Augen.

»Ich will, dass du aufstehst und in zwanzig Minuten unten bist, Jamie.«

»Das ist ja hier schlimmer als ...«, hörte sie ihn murmeln.

»Was?«

»Ich sagte, es ist hier schlimmer als bei Mum.«

In diesem Moment riss ihr Geduldsfaden endgültig. »Dann geh doch zurück zu deiner Mum. Du kannst gern hier leben, Jamie, aber nur, wenn du dich zusammennimmst. Ich helfe dir, wo immer ich kann, aber das ist zwecklos, solange du nicht versuchst, dir selbst zu helfen.«

Mit diesen Worten nahm sie den Kaffee, ging hinaus und zog die Tür ein wenig zu fest hinter sich zu.

Während sie auf ihn wartete, beschäftigte sie sich in der Küche. Hari lief hin und her und holte diverse Gemüse sowie eine Schüssel mit weißer Flüssigkeit, in der irgendetwas schwamm, aus dem Kühlschrank. Eine Stunde später war Jamie immer noch nicht aufgetaucht, und Leonie war wütend. Hari nickte ihr mitfühlend zu. »Es ist dieser Junge, nicht wahr? Er zeigt keinen Respekt gegenüber Älteren. Sie sollten zugreifen.«

»Ich habe ja *durchgegriffen*, Hari«, erklärte sie. »Deswegen mache ich mir doch Sorgen.«

Sie erstarrten beide, als sie stampfende Schritte auf der Treppe hörten. Dann herrschte Stille. Es folgte ein schleifendes Geräusch und das Knarren, mit dem die Haustür geöffnet wurde. Als die Tür zugeknallt wurde, erbebte das Haus.

»Jamie!« Sie rannte zur Haustür, riss sie auf und sah, wie ein zerbeultes Auto ruckartig anfuhr. Durch das Beifahrerfenster konnte sie das blasse Gesicht ihres Enkels erkennen. Aus dem Auto, das schnell davonfuhr, ertönte stampfende Musik.

»Jamie«, schrie sie noch einmal verzweifelt und lief über die Stufen auf die Straße. »Oh, Jamie.« Die Bremslichter leuchteten auf, und sie schöpfte Hoffnung. Doch der Wagen bog nach links ab und verschwand aus Bellevue Gardens.

Wo mochte er stecken? Sie hatte keine Ahnung. Er hatte keine Nachricht hinterlassen, und als sie sich schließlich dazu durchrang, doch einmal bei Tara nachzufragen, musste sie feststellen, dass er auch zu ihr keinen Kontakt aufgenommen hatte. Sein Zimmer hatte er leer geräumt. Alles, was er zurückgelassen hatte, war ein Chaos aus Papierfetzen, defekten Geräten und getrockneten Obstschalen sowie ein Brandloch von einer Zigarette auf dem Nachttisch und diverse Flecken auf dem Teppich. Sie brauchte einen ganzen Tag, um sauberzumachen, die Flecken zu beseitigen und das Zimmer zu lüften. Sie war so traurig, dass sie kaum sah, was sie tat.

# Drei

*Rosa*

Rosa war gerade dabei, die Lieferung vom Bäcker auszupacken, und dachte an Michal, als Karinas Handy klingelte und Karina sie bat, die Kasse zu übernehmen. »Was darf es denn sein?«, fragte Rosa einen ungefähr zwölfjährigen Jungen mit tränenüberströmtem Gesicht, dessen Arm in einer Schlinge steckte. Der Mann im Geschäftsanzug neben ihm, vermutlich sein Vater, bestellte ihm eine heiße Schokolade mit Sahne, Marshmallows und Streuseln und nahm selbst einen Espresso.

»Ich bin gerade bei der Arbeit, Cathy«, hörte sie Karina müde sagen. »Kannst du nicht selbst in der Praxis anrufen und sagen, dass du diesen Termin unbedingt brauchst? Also, ich kann im Moment nicht. Es tut mir leid, aber bei mir stehen die Kunden Schlange. Hör mal, ich rufe dich später zurück.« Mit finsterer Miene stopfte Karina das Handy in ihre Schürzentasche und kümmerte sich um ein Panino, das auf dem Grill lag. »Ich will ja nichts sagen, aber Jareds Mum ist total unselbstständig«, sagte sie und verdrehte die Augen.

Rosa, die Sahne auf die heiße Schokolade spritzte, lachte. »Bitte«, sagte sie zu dem Jungen, schüttelte die Streusel darüber und sah, wie ein Lächeln sein Gesicht verwandelte. Er lacht wie Michal, dachte sie, genauso unschuldig.

»Ich muss sie nachher anrufen, sonst lässt sie mich gar nicht mehr in Ruhe.« Karina schimpfte immer noch.

Im Großen und Ganzen konnte Rosa ihre Chefin gut leiden oder verstand sie zumindest. Das war zwar nicht ganz dasselbe, aber es reichte, um gut zusammenzuarbeiten. Karina vergeudete keine Energie darauf, charmant zu sein, aber sie hatte eine mitfühlende Art, die die Kunden zu schätzen wussten, besonders die älteren, die gern einmal ein bisschen jammerten. Karina hatte es nicht leicht gehabt; sie hatte vor ein paar Jahren ihre Mum verloren und war seitdem allein dafür verantwortlich, dass das Café der Familie gut lief. Außerdem rief die Mutter ihres Freundes Karina ständig wegen irgendwelcher Probleme an. Rosa hatte gefragt, warum Jared sich nicht um sie kümmerte, aber anscheinend behelligte Cathy ihren heißgeliebten Sohn nicht gern.

Diese Familienstrukturen unterschieden sich sehr von denen, die Rosa kannte. In Polen war ihre Großmutter zu ihnen gezogen, nachdem sie Witwe geworden war. Es war sehr eng gewesen – Rosa und Michal hatten sich mehrere Jahre lang ein Zimmer teilen müssen –, aber Rosas Mutter hatte es für das Richtige gehalten, und alle hatten sich in der Situation eingerichtet. Doch nicht nur in dieser Hinsicht kam ihr England verwirrend und anders vor.

Sie hatte das Gefühl, in einem Schwebezustand zu leben. Ja, sie hatte Arbeit, und dafür war sie dankbar. Sie war Leonie äußerst verbunden dafür, dass sie ihr ein Zuhause gegeben hatte, und Leonie hatte zu ihrem Wort gestanden: Die Miete war wirklich nicht sehr hoch. Nach Abzug aller Steuern und Versicherungen blieb von ihrem Wochenlohn dennoch nicht mehr viel übrig. Aber sie musste damit nur sich selbst durchbringen und kam gerade so zurecht. Es war genug, dass sie in der Gegend bleiben und nach ihrem Bruder suchen konnte, und das reichte ihr.

In Wahrheit wusste Rosa nicht, was sie sonst tun sollte. Sie war noch zweimal zu der Adresse ihres Vaters gegangen, jeweils zu unterschiedlichen Tageszeiten, und hatte geklingelt, obwohl sie sicher war, dass niemand öffnen würde. Jedes Mal war offensichtlich gewesen, dass in der Zwischenzeit niemand das Haus betreten hatte. Sie sah es an der Werbepost, die aus dem Briefkasten flatterte, dem Rollladen am Fenster zur Straße, der immer noch im selben schiefen Winkel dort hing, und an den toten Schmeißfliegen, die immer noch auf dem Fensterbrett neben der eingegangenen Topfpflanze lagen.

Auch an diesem Nachmittag ging sie nach der Arbeit wieder zur Dartmouth Street. Sie wollte sich noch einmal nach dem Verbleib von Mr. und Mrs. Dexter erkundigen, wie es der Mann von nebenan vorgeschlagen hatte. Doch man begegnete ihr mit Ablehnung und einem gewissen Misstrauen. Eine verängstigt wirkende junge Frau, deren schmale Gestalt in einem formlosen Trainingsanzug schwamm, murmelte: »Tut mir leid«, ohne Rosa in die Augen zu sehen, und knallte ihr praktisch die Tür vor der Nase zu. Rosa kannte solche Frauen, sie hatte sie in ihrer Heimatstadt schon oft gesehen. Diese Frauen verließen ihre Wohnungen kaum, und taten sie es doch, packten sie sich dick ein und sahen niemandem in die Augen.

Mehr Glück hatte sie in dem Haus schräg gegenüber, das, wie die Klingeln zeigten, in zwei Wohnungen aufgeteilt war. Als sie oben klingelte, wo sie an jenem ersten Tag den Mann gesehen hatte, der sie beobachtete, reagierte niemand. Aber die über siebzigjährige Frau, die unten wohnte, bat sie herein und erwies sich als sehr redselig.

Ja, sie erinnerte sich an die Dexters. Er hatte ihr im Winter einmal Starthilfe gegeben, als sie ihre Schwester ins Krankenhaus fahren musste und ihr Wagen nicht ansprang. Und seine Frau – wie war ihr Name noch, Yvonne – war sehr nett gewesen, aber sie waren weggezogen, oh ja, vor einem Jahr, oder? Sie hatte den Umzugswagen gesehen und war hinübergegangen, um nachzufragen. Sie wollten an die Küste ziehen. Welche Stadt war es noch gewesen? Brighton vermutlich. Es erstaunte sie, dass das Haus nicht verkauft worden war. Und dass sie sich die Post nicht nachschicken ließen. Das kam ihr ein wenig seltsam vor.

Rosa fand das auch seltsam, aber andererseits wusste sie, dass ihr Vater nicht der Zuverlässigste war, und seiner Frau war sie nur ein- oder zweimal begegnet. Wahrscheinlich gab es noch irgendwo Verwandte, aber sie wusste nicht, wo. Die beiden hatten keine Kinder. Yvonne konnte oder wollte keine bekommen – und hatte nie viel Interesse an denen gezeigt, die Harry Dexter schon hatte.

Sie erklärte der älteren Nachbarin, dass sich ihre Eltern 1980 kennengelernt hatten, als ihre Mutter nach London gekommen war, um als Au-pair-Mädchen zu arbeiten. Die Familie, bei der sie arbeitete, hatte sie nicht gut behandelt. Ihre Mutter hatte jeden Abend geweint und wollte wieder nach Hause fahren. Aber das wagte sie nicht, weil ihre Verwandten den Aufenthalt als Gelegenheit für sie betrachteten, Englisch zu lernen und es zu etwas zu bringen.

Harry Dexter hatte die Leitung einer Baustelle neben dem Haus von Friedas Arbeitgebern. Er pflegte regelmäßig in einer eleganten, alten schwarzen Limousine aufzutauchen, um zu überprüfen, ob die Arbeit auch ordentlich vonstattenging. Frieda, die die beiden Kinder zur Schule brachte oder vom Einkaufen zurückkehrte, lächelte, wenn er sie mit sichtlicher Bewunderung grüßte. Er umgarnte sie mit altmodischer Höflichkeit und bestand schließlich darauf, sie aus ihrer Knechtschaft zu erretten und mit ihr in die Dartmouth Street 28 zu ziehen.

»Dann sind Sie hier geboren?«, fragte die alte Dame fasziniert und schenkte Rosa Tee nach.

Rosa nickte. »Ich habe hier gelebt, bis ich sechs war, aber ich erinnere mich kaum daran. Dann haben sich meine Eltern getrennt, und meine Mutter ist mit meinem Bruder und mir nach Polen zurückgekehrt. Danach habe ich meinen Vater nicht mehr besonders oft gesehen.«

Als ihre Mutter vor zwei Jahren gestorben war, hatte Rosa ihn angerufen, um es ihm zu sagen. Yvonne war ans Telefon gekommen und hatte versprochen, die Nachricht weiterzugeben, aber es hatte mehrere Tage gedauert, bis er zurückgerufen hatte. Da war es natürlich zu spät gewesen, um noch zur Beerdigung zu fahren. »Ihr müsst uns besuchen kommen, du und Michal«, hatte er gesagt, und das war das letzte Mal gewesen, dass sie mit ihm gesprochen hatte.

Ein paar Monate später hatte Michal beschlossen, seinen Vater zu besuchen. Er hatte ihn angerufen, aber unter der Nummer antwortete niemand mehr. Michal war trotzdem gefahren, und Rosa hatte ihrem Vater stattdessen geschrieben.

»Ich glaube, ich habe Ihren Bruder gesehen«, sagte die alte Dame und bot ihr noch einen Keks an. In die Kekse war das Wort »Nice« eingeprägt, was ihr sehr englisch vorkam.

Auf den Rat der alten Dame ging Rosa zur Polizeiwache, die an der Hauptstraße in der Nähe der U-Bahn-Station lag, und meldete ihren Bruder als vermisst.

Ein sportlich wirkender Beamter, der sich als PC Ben Sharp vorstellte, führte sie in ein kleines Büro. Er bat sie, ihm gegenüber Platz zu nehmen, und stellte ihr Fragen, während er die Antworten mit zwei Fingern in einen Computer tippte. Ja, Michal war erst zweiundzwanzig. Sie hatte eine SMS von ihm erhalten, als er vor sechs Monaten in London angekommen war. Nein, er konnte nicht viel Geld bei sich gehabt haben. Er hatte erst kürzlich in Polen ein Bankkonto eröffnet. Dahinter hatte die Idee gestanden, dass sie Geld darauf einzahlen würde, falls er etwas brauchte, aber er hatte sie nie darum gebeten. Nein, sie wusste seine Passnummer nicht, konnte sie aber vielleicht herausfinden. PC Sharp notierte sich auch die Adresse ihres Vaters, für den Fall, dass er etwas über dessen Aufenthaltsort herausfinden konnte.

Dann druckte er ihr ein Exemplar des Formulars aus, teilte ihr ein Aktenzeichen zu und erklärte ihr die Vorgehensweise. Viel konnte die Polizei nicht unternehmen. Michal war schließlich über achtzehn. Sie konnten überprüfen, ob er legal in Großbritannien lebte und zum Beispiel Sozialhilfe bezog oder einer offiziell gemeldeten

Beschäftigung nachging. Das würde allerdings einige Zeit in Anspruch nehmen, und sie durften ihr nur begrenzt über das Ergebnis ihrer Ermittlungen Auskunft geben. Sie würden sie unter der Mobilnummer anrufen, die sie ihnen gegeben hatte, falls sie etwas herausfanden. Die Polizei hatte außerdem sowohl Rosas Privatadresse und als auch die ihres Arbeitsplatzes.

Sie dankte ihm, verließ die Polizeiwache und hatte das Gefühl, nichts erreicht zu haben, denn trotz Ben Sharps Höflichkeit ahnte sie, dass ihr vermisster Bruder nur einer von Tausenden war. Aber wenigstens hatte sie endlich mit der Suche begonnen, und andere Menschen würden ihr helfen.

Ein wenig erschöpft kehrte sie nach Hause zurück.

Abends war es nun schon länger hell, und sie nahm sich eine Dose Bier mit in den Garten und setzte sich an den kleinen runden Metalltisch. Kurze Zeit später öffnete sich die Tür des Wintergartens, und das schmale englische Mädchen, Stef, kam heraus. Sie schleppte einen vollen schwarzen Müllsack. Hinter den Gärten verlief eine Gasse, und die großen Mülleimer mussten einmal in der Woche den Pfad hinuntergerollt und hinausgestellt werden. Es war eine Aufgabe, um die sich niemand riss und wegen der sich die Hausbewohner schon öfter in die Haare geraten waren.

»Hi. Ist dir nicht kalt hier draußen?«, fragte Stef, während sie den Sack in eine der Tonnen wuchtete.

»Ein bisschen, aber ...« Rosa wies auf ihre Zigarette. Leonie erlaubte das Rauchen im Haus nicht. Es war allgemein bekannt, dass Peter das Verbot missachtete und in seinem Keller rauchte. Doch wenn er versuchte, sich in der Küche eine Zigarette anzuzünden, schickte Leonie ihn immer nach draußen. Deswegen war die Terrasse normalerweise auch mit Stummeln übersät.

Das englische Mädchen verschränkte zitternd die Arme vor dem

Körper. Es trug einen langen, weichen Pullover in einem hellen Blau, dessen Ärmel ihr bis über die Hände reichten. Darin sah sie besonders schlank aus. Sie ist so hübsch, dachte Rosa und zog an ihrer Zigarette. Mit dem Pullover und ihrem langen, frisch gewaschenen Haar erinnerte sie Rosa an ein flauschiges Kätzchen. Aber bei der Hausarbeit waren die Sachen, die sie trug, nicht so praktisch.

»Setz dich doch zu mir«, sagte sie. »Möchtest du auch eine?« Sie bot ihr eine Zigarette an, aber Stef schüttelte den Kopf.

»Ich hab's einmal probiert, und mir ist schlecht davon geworden.«

»Dann hast du Glück, denn du sparst Geld. Ich versuche aufzuhören.« Sie warf den Stummel in den Metall-Aschenbecher, der auf dem Tisch stand. In einer Regenwasserpfütze zischte er kurz und verlosch dann.

Stef lächelte. »Mein Freund hasst sie auch. Einmal hat er mich seinen Anzug in die Reinigung bringen lassen, weil er nach Rauch roch. Das war nach einer Party bei jemandem zu Hause.«

Rosa beobachtete, wie sich Stefs Gesichtsausdruck veränderte. Hatte die Erwähnung ihres Freundes sie traurig gemacht? In der Woche, die sie beide jetzt hier wohnten, war Rosa immer den ganzen Tag unterwegs gewesen und hatte daher kaum mit Stef gesprochen. Abends hatte Stef viel Zeit damit verbracht, ihr Zimmer umzuräumen. Rosa hatte gehört, wie sie oben Möbel herumschob.

Rosas Handy piepte kurz, und als sie danach griff, stieg wie immer kurz Hoffnung in ihr auf. Aber es war nur eine SMS von Karina, die sie bat, am nächsten Tag ein wenig früher zu kommen. Sie schickte eine Antwort und seufzte. Als sie aufblickte, sah Stef sie an. »Nur die Arbeit«, erklärte sie dem englischen Mädchen.

»Was machst du?«

»Kellnern. Kennst du das Café an der U-Bahnstation?«

»Doch nicht das mit dem Katzenbild?«

»Ja.«

»Das sieht nett aus. Brauchen sie noch jemanden?«

»Ich kann fragen, aber ich glaube nicht. Suchst du einen Job?«

Stef nickte. »Ich brauche ziemlich dringend einen. Ich ... Ich bin zu Hause ausgezogen. Und ich habe nicht viel Geld. Nun ja, ehrlich gesagt habe ich gar keins. Nachdem ich meinen Job verloren hatte, hat mir Oliver, mein Freund, immer etwas gegeben. Ich war bei einem Lieferservice. Aber jetzt ...«

»Du hast dich von ihm getrennt?«

»Wir haben uns ... eine Auszeit genommen. Ich brauche dringend etwas Freiraum.«

Stef sah so unglücklich aus, dass Rosa sich Sorgen um sie machte. Normalerweise blieb sie für sich; sie hatte nicht über all die Dinge reden wollen, die in ihrem eigenen Leben schiefgegangen waren, aber Stef strahlte etwas aus, das sie anrührte. Sie wartete, aber Stef sagte nichts mehr. Stattdessen saß sie da und zog die Ärmel ihres Pullovers so lang, bis sie ihre Hände darin verschwinden lassen konnte.

»Ich kann meine Chefin fragen«, sagte Rosa schließlich.

»Ach, das würdest du tun? Danke.« Das Mädchen warf ihr ein flehendes Lächeln zu, das Rosa kurz aus dem Gleichgewicht brachte.

»Wohnst du schon lange hier? In London, meine ich«, sprach Stef schnell weiter. »Tut mir leid, ich weiß gar nichts über dich.«

»Das macht doch nichts. Nein, nicht lange, erst zwei Wochen. Ich habe schon einmal in London gelebt, als ich ein kleines Mädchen war. Mein Vater ist Engländer, weiß du. Aber ...« Sie hatte sich nicht einmal Karina vollständig anvertraut, aber jetzt sprudelte es aus ihr heraus. »Ich habe keine Ahnung, wo er ist. Ich war bei seinem Haus, und dort wohnt niemand mehr. Das ist mir ein Rätsel, weil mein Bruder ...«

»Dein Bruder?«

»Ich erzähle es falsch. Mein Bruder Michal ist vor sechs Monaten hergekommen, um Arbeit zu suchen, und ich habe lange nichts von ihm gehört. Ich dachte, er würde bei unserem Vater wohnen, aber das Haus ist leer, und ... ich habe keine Ahnung, wo er geblieben ist. Heute Nachmittag bin ich zur Polizei gegangen und habe einem Polizisten alles erzählt, aber jetzt weiß ich nicht mehr, was ich noch tun soll.«

»Oh, ich verstehe.«

Rosa blickte auf und sah, dass Stefs Augen voller Mitleid waren. Plötzlich war es, als seien die Rollen vertauscht worden. Sie war schwach, und Stef floss vor Mitgefühl über. Stef streckte eine wollumhüllte Hand aus und berührte kurz Rosas Arm. »Ich kann mir vorstellen, wie schlimm das für dich ist«, flüsterte sie.

»Das war kurz nach dem Tod unserer Mutter, verstehst du«, erklärte Rosa und griff nach einer weiteren Zigarette. »Michal war schon immer, nun ja, ruhelos. Er mochte seine Arbeit nicht gern. Er hat als Kassierer an einer Tankstelle gearbeitet. Sein Chef war kein guter Mensch, aber Michal war in der Schule nicht besonders fleißig gewesen, deswegen war es schwierig für ihn, etwas Besseres zu finden. Da ist er auf die Idee gekommen, nach England zu fahren. Er dachte, unser Vater würde ihm helfen, und er würde Geld verdienen und Erfolg haben. Dann würde er nach Hause zurückkehren und seine eigene Firma gründen.«

Michal war so entschlossen gewesen und hatte über nichts anderes geredet als seinen Plan. Ihre Mutter hatte den beiden etwas Geld hinterlassen. Es war nicht viel, aber genug, dass Michal die Busfahrkarte nach London bezahlen konnte und noch ein paar Sachen kaufen konnte, die er brauchte. Eines Tages hatte Rosa sich am Busbahnhof von ihm verabschiedet. Sie runzelte die Stirn, als sie sich daran erinnerte, wie er ihr ein letztes Mal zugewinkt hatte und der Bus dann davongefahren war. Später hatte er ihr eine SMS geschrieben, dass sie darauf warteten, Calais zu verlassen. Dann hatte er von einer Telefonzelle aus angerufen, um ihr zu sagen, dass er in London angekommen war und dass sein Handy hier nicht funktionierte. Und das war das Letzte, was sie von ihm gehört hatte.

»Er muss versucht haben, mir mitzuteilen, dass er meinen Vater nicht gefunden hat. Aber ich habe nie wieder etwas von ihm gehört. Das ist es, was ich nicht verstehe. Ich habe keine Ahnung, wo er geblieben ist.«

»Wenn ihm etwas Schlimmes zugestoßen wäre, hättest du es bestimmt erfahren«, meinte Stef behutsam.

»Ich weiß nicht. Was, wenn niemand wusste, wer er war, oder niemand meine Adresse kannte? Dann hätte man mich nicht benachrichtigen können.«

Einen Moment lang schwiegen sie beide. In letzter Zeit stieg immer wieder ein schreckliches Bild vor ihrem inneren Auge auf; sie sah einen jungen Mann, der wie in Zeitlupe in schmutzigem Wasser mit den Armen um sich schlug, nach Luft schnappend und verzweifelt bemüht, an die Oberfläche zu kommen. Sie versuchte dann, auf andere Gedanken zu kommen, aber das Bild kehrte immer wieder zurück. Angenommen, Michal war ... Nein, so durfte sie nicht denken. Was hätte er getan, nachdem er festgestellt hatte, dass ihr Vater verschwunden war?

»Vielleicht ist er ja in ein Wohnheim gegangen, so wie du«, meinte Stef. »Irgendjemand – auf jeden Fall die Polizei – würde ihm geholfen haben.«

»Ja«, sagte Rosa, fühlte sich aber nicht beruhigt. Wenn es sich so abgespielt hätte, dann hätte sie bestimmt von ihm gehört.

»Die Polizei wird ihn bestimmt finden.«

»Hoffentlich«, sagte Rosa. Sie drückte ihre Zigarette halb geraucht aus und rieb sich die Arme, um die Abendkühle zu vertreiben. »Wenn nicht, dann weiß ich nicht mehr, was ich tun soll.«

## *Rick*

Rick hob die Feder und betrachtete in dem Licht, das durchs Fenster einfiel, was er gezeichnet hatte. Das Haar des Mädchens sah immer noch nicht ganz richtig aus. Er legte die Feder quer über das Tintenglas, das vor ihm auf dem schmalen Tisch stand, den er als Schreibtisch benutzte. Dann nahm er noch einmal das Foto zur Hand und betrachtete es. Die junge Frau, die darauf im Profil zu sehen war, war eine Freundin seiner Schwester Claire. Sie hieß Julia, und das Foto zeigte sie an einem Tisch sitzend, das Kinn in die Hand gestützt. Ihm hatten ihre großen, ungewöhnlich geformten Augen, ihr kleiner Mund und ihre immer ein wenig missmutige Miene gefallen, und er hatte gewusst, dass sie sich als Vorlage für eine seiner Figuren eignete. Als er sie gefragt hatte, hatte sie die Achseln gezuckt und gelächelt. »Klar, wenn du willst«, hatte sie gesagt und sich in verschiedenen lässigen Haltungen fotografieren lassen, während Claire und sie sich weiter unterhielten, als wäre er gar nicht da. Er erinnerte sich daran, dass es darum ging, sich einen Border Collie anzuschaffen, obwohl er keine Ahnung hatte, warum Claire ihr Leben noch weiter verkomplizieren wollte, indem sie sich einen Hund kaufte. Vielleicht konnte man ihn darauf dressieren, die Jungs von der Schule abzuholen.

Er seufzte, nahm die Feder wieder hoch und blickte zwischen dem Foto und dem Papier hin und her, bevor er weitermachte. Hier noch ein oder zwei Linien. So war es besser. Das von den Gitterstäben eines Zellenfensters beschattete Gesicht des Mädchens sah ihn herausfordernd an. Er blies behutsam auf das Blatt, damit die Tinte trocknete, und legte das Bild dann vorsichtig auf die anderen. Damit hatte er heute Abend drei Panels fertiggestellt. Das war nicht viel, aber es war trotzdem ein Schritt nach vorn. Er schraubte den Deckel auf das Tintenglas, wischte die Feder ab und beugte sich über das Bett, um den Scanner aus dem Regal an der Wand gegenüber zu nehmen.

Leonie entschuldigte sich oft, weil sein Zimmer so schmal war, aber ihm gefiel es so. Alles war zum Greifen nahe, und es war gemütlich. Wenn es draußen kalt war, schaltete er den Heizlüfter ein, und das Zimmer wurde schnell schön warm. Er schaltete seinen Laptop ein. Während er darauf wartete, dass er hochfuhr, steckte er sich Ohrhörer in die Ohren und strich über das Display seines iPods. Die atonalen Gitarrenklänge entführten ihn normalerweise schnell in seine eigene Welt. Dieses Mal klappte es allerdings nicht. Ein Bild ließ ihn nicht los. Er sah das Gesicht eines anderen Mädchens vor sich. Sie hatte längeres blondes Haar und einen verletzlichen Gesichtsausdruck. Er wusste, dass er sie zeichnen wollte, aber in der Geschichte, die er entwickelte, war kein Platz für sie. Während er seine neuen Zeichnungen einscannte, dachte er über sie nach.

Er war ziemlich stolz auf sich, weil er Stef gerettet hatte. Noch nie hatte er eine Heldenrolle gespielt. Eigentlich war er auch dieses Mal kein Held gewesen. Aber nach dem Zusammenstoß war es ihm ein Bedürfnis gewesen, nach ihr zu sehen und sich davon zu überzeugen, dass es ihr gut ging. Und er hatte eine Unterkunft für sie gefunden, vorübergehend jedenfalls. Sie hatte so dankbar ausgesehen, als er ihr von dem Zimmer erzählte. Das arme Ding.

Er hatte nicht das Gefühl, sie besser kennengelernt zu haben, seit sie eingezogen war. Er hatte sich bemüht, ihr zu helfen, wann immer er konnte. Es hatte Spaß gemacht, die Dachkammer auszuräumen, und hatte sich für ihn ja auch ein bisschen gelohnt – er warf einen Blick zu der alten Gitarre, die neben der Tür an der Wand lehnte.

Sein Laptop piepte leise, und er sah, dass der letzte Scan fertig war. Er versah ihn mit einem Namen und speicherte ihn zusammen mit den anderen ab. Dann lud er die Bilder in seinen Blog hoch, damit seine Follower sie sehen konnten. Inzwischen hatte er über hundert Follower, die alle begierig auf die nächste Folge von »Dunkle Reise« warteten, um sie zu teilen oder Kommentare zu schreiben.

Die meisten waren aufmunternd; die mochte er am liebsten. Aber gelegentlich machten die Leser auch Vorschläge zur Entwicklung der Arbeit, die allerdings selten nützlich waren.

Er klickte auf seinen letzten Post und sah, dass er zwei neue Kommentare hatte. *Toll, Mann, weiter so*, lautete einer. Der Schreiber hatte einen Smiley hinzugefügt. Der andere hinterließ bei Rick ein unbehagliches Gefühl. *Du solltest öfter mal vor die Tür gehen*, schrieb jemand namens ›darkstar494‹ höhnisch.

Das war mies. Wer war das? Im Großen und Ganzen hatte er keine Probleme mit Trollen, obwohl er gelegentlich auf ein wenig künstlerische Missgunst stieß. Er schrieb eine neutrale Antwort: *Danke, werde ich beherzigen*. Dann warf er einen raschen Blick auf einen oder zwei andere Blogs, die er regelmäßig las, und teilte mit einem davon einen Link. Anschließend loggte er sich aus. Er würde morgen, wenn er von seiner Schicht nach Hause kam, noch einmal nachsehen und hoffen, dass der unangenehme Follower inzwischen aufgegeben hatte. Als er den Deckel des Laptops schloss, überlegte er, dass ›darkstar494‹ Jamie sein könnte. 494 war Jamies Geburtsdatum: April 1994. Nun, es wäre ja nicht das erste Mal. Er zuckte die Achseln.

Wie Claire sagte, führte er im Moment ein komisches Leben. Lange hatte sie ihm wie alle anderen ständig in den Ohren gelegen, dass er sich einen »richtigen« Job suchen sollte. Aber der Job im Supermarkt war genau der richtige für ihn. Stunde um Stunde Gegenstände über die Kasse zu schieben, Regale einzuräumen oder – die schlimmste Aufgabe – die Aufsicht an den Selbstbedienungskassen führen zu müssen, wo die Leute ständig ungescannte Waren in den Verpackungsbereich legten oder ärgerlich wurden, wenn sie nicht begriffen, welchen Knopf sie drücken mussten, all das war zweifellos keine Herausforderung. Aber wenigstens konnte er es anschließend vergessen. Vor allem aber ließ der Job ihm Zeit für das, was er gern tat, nämlich an seinen verschiedenen Schreibprojekten zu arbeiten, von denen ihm allerdings noch keines Geld eingebracht hatte. Gott sei Dank war die Miete, die er Leonie zahlte, so niedrig, sonst würde das, was er verdiente, vielleicht nicht reichen.

»Du vergeudest dein Talent, Ricky«, hatte Claire an jenem Tag gesagt, an dem er die Fotos von ihrer Freundin gemacht hatte. »Was hat denn das teure Studium für einen Sinn gehabt, wenn du den Rest deines Lebens für den Mindestlohn arbeitest?«

»Es gibt keine guten Jobs, jedenfalls keine, die ich machen möchte«, hatte er gemurmelt, weil er keine Lust hatte, diese Diskussion schon wieder zu führen.

»Das ist das Problem. Woher willst du das wissen? Du hast ja kaum etwas ausprobiert.«

»Halt den Mund, Claire. Hack nicht auf mir herum. Du bist ja schlimmer als Mum.«

»Dafür sind große Schwestern da.«

»Wahrscheinlich.« Er wusste, dass sie ihn gern mochte, aber auf ihm rumzuhacken war nicht fair. Wenn er es wagen würde, Vorschläge zu ihrem Leben zu machen, würde ihn ihr Sarkasmus schnell zum Schweigen bringen. Claire hatte noch nie jemandem Vorschriften machen können, trotzdem hatte sie sich im Leben gut geschlagen. Ihr Abitur hatte sie zwar versaut, aber dann hatte sie sich doch in eine gut bezahlte Stelle als Event-Managerin hochgearbeitet. Rick konnte sich vorstellen, wie sie Menschen mit ihrem Charme für sich einnahm und bekam, was sie wollte. Er vermutete außerdem, dass sie bei ihrer Arbeit viel organisierter war als in ihrem Privatleben.

Das erste Jahr nach der Uni war Rick ganz glücklich gewesen oder hatte es zumindest geglaubt, aber vor einiger Zeit hatten die Dinge langsam, kaum wahrnehmbar begonnen, sich zu ändern. Im Supermarkt war immer etwas los, daran lag es nicht. Jede Arbeit, die mit Menschen zu tun hatte, bot Stoff für Geschichten, für Dramen. Menschen zu beobachten war wichtig für sein Schreiben, sagte er sich. Was er hasste, war die Banalität seiner Aufgaben, die fehlende Verantwortung. Einmal war er in Schwierigkeiten geraten, weil er einen Korb mit billigen Schirmen in der Nähe der Kasse aufgestellt hatte, als es regnete. Es schien ihm naheliegend, aber nein, aus irgendeinem bürokratischen Grund war es verkehrt, und er musste sie wieder wegräumen. Eigeninitiative war nicht erwünscht.

Ansonsten war der Filialleiter zufrieden mit ihm und hatte ihm nahegelegt, sich als Leiter der Kundenberatung zu bewerben, was immer das genau war. Auf jeden Fall bedeutete es, dass man Kopfhörer tragen und an einem Stand in der Nähe des Haupteingangs stehen musste, sodass er bei Nordwind die eisige Zugluft abbekommen würde. Es bedeutete auch, an Fortbildungen teilzunehmen und möglicherweise sogar in eine Betriebsrente einzuzahlen, und er hatte keine Lust, irgendetwas davon zu tun. Er war Künstler, er wollte frei sein. Aber andererseits wollte er auch nicht nein sagen. Warum, das wusste er wirklich nicht. Wenn er es nur mit seinem Schreiben zu etwas bringen könnte. Dafür hatte er an der Universität so hart gearbeitet, so viel gelesen und gelernt, sich auszudrücken. Mit dem, was Claire einen »richtigen Job« nannte, würde er sein Talent vergeuden.

Seufzend fuhr er den Laptop herunter. Dann nahm er einen Spiralblock vom Schreibtisch und schwang sich aufs Bett. Er setzte sich mit dem Rücken an die Wand, zog die Oberschenkel an und legte den Notizblock darauf. Er tippte sich mit dem Ende des Bleistifts an die Unterlippe, sammelte seine Gedanken und begann zu schreiben. Nach ein paar Sätzen unterbrach er sich, las stirnrunzelnd noch einmal, was er geschrieben hatte, und strich zuerst ein überflüssiges Adjektiv durch und dann den halben vorhergehenden Satz. Ein paar Minuten später warf er den Notizblock beiseite, beugte sich zur Seite und griff nach seiner Gitarre. Manchmal, hatte er festgestellt, half die Musik, seine Ideen zum Fließen zu bringen.

## Stef

Oben in ihrer Dachkammer hörte Stef Ricks leises Spiel und fühlte sich getröstet. Sie hatte apathisch auf dem Bett gelegen, an Rosa gedacht und daran, ob sie ihre Chefin wohl nach einem Job für sie gefragt hatte. Sie mochte Rosa und war fasziniert von ihr. Sie wirkte so in sich ruhend, so selbstbeherrscht. Trotzdem strahlte sie auch eine tiefe Traurigkeit aus. Vielleicht, weil sie sich um ihren Bruder sorgte. Wie war noch sein Name? Michal. Stef hatte zwei Halbbrüder, Vince und Mark. Die beiden waren Zwillinge. Sie stammten aus der zweiten Ehe ihrer Mutter und waren mit ihren siebzehn Jahren viel jünger als Stef. Sie sah die Jungs nicht oft, aber sie mochte sie sehr gern. Sie wusste, sie würde außer sich sein, wenn einer von ihnen verschwände. Michal war mit seinen zweiundzwanzig Jahren zwar alt genug, um auf sich selbst aufzupassen, aber dadurch wurde sein Verschwinden nur noch eigenartiger.

Normalerweise hielt Rosa ihre Zimmertür geschlossen, aber einmal hatte Stef gesehen, dass sie nur angelehnt war. Rosa war gerade im Bad, und Stef konnte nicht anders, als hineinzuspähen. Alles war ordentlich weggeräumt und die Bettdecke glatt gezogen. Aber nichts in dem Zimmer sagte etwas über Rosas Persönlichkeit aus. Sie blickte sich in ihrer Dachkammer um, wo ihre Kleidung aus dem Schrank quoll und ein Berg Taschenbücher auf dem Boden verstreut lag. So etwas hatte Oliver regelmäßig in den Wahnsinn getrieben.

Oliver. Ein Gespräch, das sie ein paar Tage, bevor sie gegangen war, geführt hatten, ging ihr nicht aus dem Kopf. Sie erinnerte sich so deutlich daran, als hätte es gerade erst stattgefunden. Der Schmerz war noch frisch.

Sie waren mit Jago, einem Freund von Oliver, mit dem er jede Woche Squash spielte, in einem Restaurant essen gewesen. Jago, der Bilanzbuchhalter bei einer großen Firma war, hatte den beiden stolz seine neue Freundin Nora vorgestellt. Nora war sehr schön. Sie hatte dunkle, samtige Haut und trug ein winziges Edelstein-Piercing in der Augenbraue, das im Kerzenlicht glitzerte, während sie lebhaft von ihrer Arbeit erzählte, die etwas damit zu tun hatte, Dinge zu kaufen und zu verkaufen, die noch nicht einmal existierten.

Stef hatte ihr Bestes getan und geduldig Fragen nach dem Obst gestellt, das noch nicht reif war; den Häusern, die noch nicht gebaut waren, aber das Ganze klang für sie so irreal, dass sie es einfach nicht begriff. Ihr waren die materiellen, konkreten Dinge lieber, die Dinge zum Beispiel, die sie entworfen und hergestellt hatte. Stef dachte an die Desserts bei dem Lieferservice; sie war gut in Desserts gewesen. Deshalb wusste sie zu schätzen, was der Kellner jetzt vor sie hinstellte: Käsekuchen mit Drachenfrucht, leicht wie ein Soufflé, und darauf lag ein Gitter aus kristallisiertem farbigen Zucker. Es war so hübsch, dass sie es kaum essen mochte. Eigentlich hatte sie es auch nur bestellt, um Oliver zu ärgern. »Stef isst keinen Nachtisch, oder, Stef?«, hatte er gesagt.

Sie griff nach dem Löffel und stieß den Zucker an.

»Sieht toll aus«, meinte Nora mit einem freundlichen Blick aus ihren intelligenten Augen. Sie biss eine Ecke von dem winzigen Schokoladenbrownie ab, der mit ihrem Espresso gebracht worden war. »Und was machst du so, Stef?«

Das Zuckergitter brach. Stef blickte auf. »Im Moment lasse ich mir Zeit. Ich warte auf das Richtige, du weißt schon.« Sie bemerkte, wie sich Olivers Finger um den Stiel seines Weinglases verkrampften. Sie brauchte ihn nicht anzusehen, um zu wissen, dass er gerade gequält die Augen zusammenkniff.

»Okay.« Nora neigte aufmerksam den Kopf. »Und wofür interessierst du dich?«

Noch während Stef den Mund öffnete, um »Modedesign« zu sagen, beugte sich Oliver über seinen Obstcrumble und langte kräftig zu. »Bist du nächsten Dienstag dabei, J.? Ich will früh gehen und mich ein bisschen im Studio aufwärmen. Ich bin so was von unfit.«

»Wem sagst du das?«, meinte Jago und schob seinen leeren Teller weg. Er tat alles mit großer Geschwindigkeit. »Ich komme erst um sieben von einem Kunden zurück, aber wir sehen uns dann dort. Nora hat Yoga, stimmt's, Nora?«

»Treibst du irgendwelchen Sport?«, fragte Nora, und Stef schüttelte den Kopf.

Das Gespräch ging weiter. Stef löffelte schweigend ihren Käsekuchen und konnte kaum schlucken, weil ihre Kehle vor Traurigkeit wie zugeschnürt war.

»Nora scheint nett zu sein«, sagte sie im Taxi, das sie über die Westminster Bridge nach Hause brachte, vorsichtig.

»Ja. Ein, zwei Stufen besser als Jagos üblicher Standard, muss man sagen. Aber mein Gott, Stef, was muss sie für einen Eindruck gehabt haben? Bist du wirklich so peinlich ignorant, was Hedgefonds angeht?«

»Menschen erzählen gern von sich selbst«, sagte Stef. Das hatte ihre Mum sie gelehrt.

»Ich würde eher sagen, Nora war zu Tode gelangweilt.«

»Sag das nicht.« Sie wünschte, ihre Stimme hätte nicht so verzagt geklungen. Er hasste es, wenn sie weinte.

»Gut, dass ich dich gerettet habe, was?« Er streckte die Hand aus, nahm ihre und lächelte ihr liebevoll zu. Eine Freundin, die so selbstbewusst und glamourös wie Nora war, würde ihm furchtbare Angst einjagen, dachte sie. Er mochte sanfte Mädchen, die er umsorgen konnte, sagte er oft.

Sie sah durch das Taxifenster die vorbeiziehenden Lichter der Stadt und fühlte sich wie betäubt. Was für ein Glück, dass sie Oliver hatte, dass er so gut für sie sorgte, sagte sie sich. Lange hatte sie so gedacht und daran geglaubt, aber in letzter Zeit wollte sich die Dankbarkeit nicht mehr so recht einstellen. Was war mit ihr los? Sie war niemand Wichtiges. Manchmal hatte sie das Gefühl, jemand könne kommen und sie einfach auslöschen, so wie sie ihre gesichtslosen Mädchen auf den Zeichnungen ausradierte, ihre hochgewachsenen, schlanken Gestalten in wunderbaren Kleidern. Im Moment liebte sie den Stil des beginnenden zwanzigsten Jahrhunderts, die schmalen Taillen und hochgeschlossenen Blusen. Sie hatte im Fernsehen einen historischen Film aus der Zeit gesehen und die Frauen von damals so elegant gefunden.

Meistens kaufte sie, was Oliver gern an ihr sah, schließlich bezahlte er dafür: enge Designerjeans mit gesmokten Oberteilen oder hübsche Kleider. Er sah sie gern in femininen Kleidungsstücken, und ihr machte es nichts aus. Manchmal allerdings durchkämmte sie die Secondhand-Läden nach etwas Ungewöhnlicherem: Strickjäckchen mit Lochmuster, kurze Röcke. Sie mochte den Zwiebel-Look. Und Kleidungsstücke zu ändern war ganz einfach. Ihre Nan – ihre Großmutter – hatte es ihr damals beigebracht, als Stef nachmittags immer bei ihr Tee getrunken und darauf gewartet hatte, dass ihre Mutter von der Arbeit kam. Das war, bevor die Jungs geboren wurden. Nan hatte auch großartig stricken können.

Im Zimmer wurde es langsam dunkel; die scharfen Kanten der schrägen Decke wirkten in der Dunkelheit weicher. Sie drehte sich um, knipste die Lampe an und blinzelte in die plötzliche Helligkeit. Schatten sprangen an den Wänden hoch. Hinter dem Lichtkreis erhoben sich die kompakten Umrisse der Möbel und beschützten sie.

Sie hatte fortgehen müssen. Ihr fiel wieder ein, worüber die Frauen in dem Fernsehstudio an jenem Morgen gesprochen hatten. Sie hatten über Partner geredet, die ihr Selbstwertgefühl zerstört hatten. »Emotionalen Missbrauch« hatten sie das genannt. Es war dieser spezielle Ausdruck, der ihre Aufmerksamkeit erregt hatte.

»Er hat mir das Gefühl gegeben, ohne ihn nicht existieren zu können.« Genau. Das war exakt das, was Oliver ihr an dem Abend, bevor sie gegangen war, gesagt hatte. An dem Abend, als sie diesen Streit gehabt hatten.

»Ich teile alles mit dir, Stef. Wir sind miteinander verbunden. Ohne einander könnten wir nicht existieren, spürst du das nicht?«

Bei dem Streit war es um etwas gegangen, was Stef damals eigentlich für belanglos gehalten hatte. Das war bei ihren Streitigkeiten oft so. Eine alte Schulfreundin von ihr hatte sich gemeldet. An einem Wochenende im Juli würden ein paar ihrer alten Freundinnen zusammen in ein Wellness-Hotel in Derbyshire fahren. Ob sie mitkommen würde? Stef konnte sich das natürlich allein nicht leisten, und Oliver weigerte sich, ihr das Geld zu leihen. Sie hatte schon genug Schulden bei ihm, argumentierte er, und wahrscheinlich hatte er recht. Sie müsse sich wirklich mehr anstrengen, einen Job zu finden, sagte er. »Ich weiß, ich weiß«, hatte Stef geantwortet, »aber ich weiß immer noch nicht, was ich will.« Sie versuchte, nicht an den Modedesign-Kurs zu denken. Oliver hatte recht. Im Moment war alles ein bisschen viel für sie. Sie hatte sich da in etwas hineingesteigert.

Bis zu diesem Punkt hatten sie einen schönen Abend gehabt. Er war relativ früh von der Arbeit gekommen, und sie hatte ein leckeres, pfannengerührtes Hähnchengericht gekocht. Sie saßen zusammen am Küchentisch. Er war frisch geduscht, und sein dunkles Haar glänzte wie Rabengefieder. Er trug einen blauen Wollpullover zu ebenfalls blauen Jeans und sah einfach umwerfend aus. Am liebsten hätte sie das Gesicht an seiner Brust vergraben, seinen Duft nach Limette und Basilikum eingeatmet, sich beschützt gefühlt und an nichts anderes als an ihn gedacht. Aber als sie auf den geplanten Wochenendausflug zu sprechen kam und er ihr ihre Bitte abschlug und ihr damit die Gelegenheit verweigerte, ihre Freunde zu sehen, nahm sie ihm das wirklich übel.

Warum sollte sie nicht fahren? »Ich bitte Mum um das Geld«, erklärte sie. »Als vorgezogenes Geburtstagsgeschenk.« Ihr Geburtstag war erst im August.

»Ich will nicht, dass du fährst«, sagte er. »Bitte fahr nicht.«

»Aber ich habe meine Freundinnen seit Ewigkeiten nicht gesehen. Ich sehe sie überhaupt nicht mehr.«

»Ich bin nicht eingeladen, oder?«

»Es ist ohne Partner, Dummkopf. Ein Wellness-Hotel ist doch sowieso nichts für dich.«

»Ich dachte, wir beide wollten im Juli zusammen verreisen.«

»Es ist doch bloß ein Wochenende, Ol.«

Und da hatte er die Worte gesagt, die sie so verärgert hatten. Er sagte, dass sie miteinander verbunden seien und ohne einander nicht existieren könnten. Sie sah ihn bestürzt an. So sah er ihre Beziehung also: Keiner durfte etwas ohne den anderen unternehmen. Das war doch nur eine Ausrede. In Wahrheit war es doch so, dass er einfach nicht wollte, dass sie wegfuhr.

»Du warst doch auch bei diesem Betriebsausflug.«

»Aber das musste ich, es gehört zu meiner Arbeit.«

»Und du spielst Squash mit Jago.«

»Du kannst doch mitkommen und zusehen.«

Sie schüttelte den Kopf. Natürlich hatte sie keine Lust, einen Abend in einer miefigen alten Squash-Halle zu verbringen. Sie verspürte einen Anflug von Panik. Wann war sie zuletzt mit einer ihrer Freundinnen ausgegangen? Es war Wochen her. Viele Wochen. Und dabei hatte sie die ganze Zeit die Uhr im Auge behalten, weil sie wusste, dass er es hasste, wenn sie spät nach Hause kam. Plötzlich wurde ihr klar, wie isoliert sie mittlerweile war.

»Ich fahre trotzdem«, sagte sie gereizt und sah erschrocken, wie Zorn Olivers Miene verdüsterte. Er holte sich ein Bier aus dem Kühlschrank, ging ins Wohnzimmer, ohne sie anzusehen, und schloss die Tür. Sie hörte Geschrei und dann Schüsse, die sie erschreckten … Es war nur der Fernseher, wurde ihr klar. In der Küche tickte die Uhr, während sie langsam den Tisch abräumte und Teller und Besteck in die Spülmaschine stellte. Sie scheuerte die

Töpfe, trocknete sie ab und wischte alle Oberflächen besonders sauber. Nachdem alles blitzblank war, ging sie ins Bett.

Als Oliver später hereinkam, beugte er sich mit nach Bier riechendem Atem über sie und flüsterte ihren Namen. Sie hatte getan, als würde sie tief schlafen.

Das Gitarrenspiel unter ihr brach abrupt ab, sodass sie aus ihrem Tagtraum erwachte. Sie lag auf der Seite und richtete den Blick auf die gegenüberliegende Wand, gegen die die Nachttischlampe den Schatten der Kommode warf. Was für komische Beine sie hatte. Sie sah aus wie ein o-beiniger Hund, dessen Bauch fast bis auf den Boden reichte. Sie kniff die Augen zusammen. Eigentlich hätte ein glatter Lichtstreifen zwischen den Beinen der Kommode hindurch auf die Fußleiste fallen müssen, aber stattdessen war der Schatten gewölbt, als ob dort etwas herunterhing. Sie rutschte auf dem Bett herum, bis sie unter das Möbelstück sehen konnte. Sie hatte recht gehabt, irgendetwas hing hinunter. Sie versuchte zu erkennen, was es war. Papier oder Stoff? Oder hing der Boden der Kommode durch?

Normalerweise hätte sie so etwas nicht bemerkt, oder es hätte sie nicht interessiert. Aber hier in der Dachkammer gab es sonst nicht viel, was für Unterhaltung sorgte. Ihre Gedanken waren für heute zur Ruhe gekommen, und in dieser Stille weckte die Kommode plötzlich ihre Neugier.

Sie ging hinüber zu der Kommode und kniete sich auf den Boden. Dann fasste sie die Griffe der untersten Schublade und zog, zuerst behutsam und dann fester. Die Schublade bewegte sich ein Stückchen und blieb dann stecken. Stef versuchte es erneut und zog die Lade zuerst links ein bisschen heraus und dann rechts, bis sich beide Seiten wieder auf gleicher Höhe befanden, dann zog und rüttelte sie gleichzeitig. Die Schublade bewegte sich ein paar Zentimeter, bevor sie erneut stecken blieb. Soweit sie sehen konnte, war das Fach leer. Ihr Arm passte gerade eben durch den Spalt, sodass sie die Hand hineinsteckte und in der Lade herumtastete. Ihre Fingerspitzen trafen auf etwas Hartes, Glattes, das auf dem Boden der Schublade lag. Ein Buch oder eine Zeitschrift. Sie versuchte, danach zu greifen, aber es entglitt ihr. Das ärgerte sie. Sie zog die Hand zurück und versuchte, unter das Möbelstück zu spähen, aber jetzt war die Schublade im Weg. Doch es war eindeutig Papier, was dort herabhing. Zwei Augen – das Gesicht einer Frau – erwiderten ihren Blick und schienen sie zu verspotten.

Sie stand auf und schaltete die Deckenlampe ein; dann schob sie ihre Stehlampe näher an die Kommode heran. Sie konnte das einfache Schrankpapier sehen, mit dem die Schublade ausgelegt war. Sie ließ sich immer noch nicht bewegen, daher fasste sie die Griffe der Lade darüber und zog daran. Diese Schublade leistete keinen Widerstand, und Stef zog sie ganz heraus. Sie stellte sie neben sich auf den Boden und sah sich an, was mit der Lade darunter das Problem war.

Die Rückseite der Schublade hatte sich gelöst und beim Herausziehen verhakt. Mehrere Zeitschriften waren eingeklemmt worden und durch die Lücke hindurchgerutscht. Mit ein wenig Ruckeln gelang es ihr, sie zu befreien, ohne etwas zu zerreißen.

Es waren vier alte, vergilbte Modezeitschriften. Drei der Titel erkannte sie wieder. Eine davon pflegte ihre Nan früher jede Woche zu kaufen. Manchmal hatte Stef die Zeitschrift auch gelesen, und ihr hatte der gemütliche, altmodische Stil gefallen; sie mochte diese Welt mit Fotos von Kindern und Haustieren und Artikeln über die richtige Kleidung für eine Kreuzfahrt oder wundersame Heilungen, die nicht ihre, sondern die ihrer Großmutter war. Sie mochte auch die Kurzgeschichten, obwohl sie sie unrealistisch fand. Sie glaubte nicht an Traumprinzen oder Liebe auf den ersten Blick; niemand aus ihrer Generation tat das. Ihre Großmutter allerdings hatte es getan. Sie hatte Grandad 1958 auf einem Jahrmarkt kennengelernt, als ihre Autoscooter zusammengestoßen waren, und damit war ihr Schicksal besiegelt gewesen.

Nan war gestorben, bevor Stef Oliver kennenlernte. Manchmal hatte sie sich gefragt, was Nan von ihm gehalten hätte. Ihre Mutter war oft viel zu sehr mit ihren eigenen Problemen beschäftigt, um die, die Stef hatte, zu bemerken.

Sie packte die Zeitschriften zusammen, nahm die Lampe und machte es sich wieder auf dem Bett bequem. Sie hievte den ganzen Stapel auf ihren Schoß und begann ihn durchzublättern.

An dem Datum auf den Titelseiten sah sie, dass die Magazine hauptsächlich aus den frühen Sechzigern stammten. Damals waren die Umschlagseiten noch nicht dick und glänzend wie heute, und viele Seiten waren in Schwarz-Weiß gedruckt. Das Papier fühlte sich rau an. Sie strich eine Titelseite glatt, die unter der kaputten Schublade eingeklemmt gewesen war. Das Mädchen auf der Titelseite sah sie an. Es hatte dick nachgezogene Augen und ganz dichte Wimpern und sah wunderhübsch aus. Das blonde Haar trug es zu einem Bob, und ein langer Pony fiel ihm in die hohe Stirn. *Einfache Strickmuster für den Herbst*, verkündete die Schlagzeile. Sie bezog sich auf den hochgeschlossenen Pulli, den das Model trug. Stef blätterte das Heft durch, sah die Bilder an und überlegte, wie einfach und unschuldig die Welt einst gewesen war.

Sie fand den Artikel über die Strickmode für den Herbst und studierte die Bilder derselben jungen Frau, die nun eine Wolljacke mit einem pfiffigen Streifen auf der Vorderseite trug. Ein anderes Foto zeigte sie mit einem Barett und einem Schal, die beide in dem gleichen Zickzackmuster gestrickt waren. Auf die stilisierte Art der damaligen Zeit war sie hübsch. Stef fragte sich, ob man damals die Fotos schon so retuschiert hatte wie heute. Es gab zwar noch keine Computer, aber andererseits konnte die Haut der Models doch nicht von Natur aus so makellos sein. Der cremeweiße Mantel mit den ausgestellten Ärmeln, den das Mädchen zu dem Barett und dem Schal trug, war wirklich wunderschön. Am liebsten hätte sie ihn gleich abgezeichnet.

Stattdessen betrachtete sie das Gesicht des Mädchens und das schwere Make-up und fragte sich, ob sie eines dieser berühmten Models aus den Sechzigern war, Jean Shrimpton vielleicht oder Sandra Paul, und wie hieß noch die andere, an die sie dachte? Nicht Twiggy, Twiggys Gesicht hätte sie überall wiedererkannt. Denn mit Twiggy hatten die »Swinging Sixties« begonnen, und Stef liebte die Kleider von damals. Sie griff nach der *Vogue*-Ausgabe. Auf dem Titel erkannte sie eindeutig Jean Shrimpton. Sie blätterte das Heft durch und blieb bei einem Artikel über Sommerkleider hängen. Ihr gefielen die einfachen, taillenlosen Schnitte und die kühnen Muster. Bei einem Kleid fächerten sich vom Halsausschnitt ausgehend rote und gelbe vertikale Streifen auf. Sie sahen aus wie Sonnenstrahlen und hatten auch genauso eine Wirkung auf Stef. Sie blätterte um und entdeckte ein Strandkleid mit Neckholder-Trägern und Cut-outs an den Seiten. Eingehend studierte sie dessen Wirkung und erkannte, wie geschickt das bunte Popart-Muster die Figur des Models betonte. Stef runzelte die Stirn. Das könnte auch mit einem modernen Material funktionieren.

Die nächste Zeitschrift, die sie zur Hand nahm, war ein paar Jahre später erschienen als die anderen. Sie stammte aus dem Jahr 1966. Jetzt waren vor allem Miniröcke und Minikleider in Mode. Dieses superschlanke Wesen mit den riesigen Augen war eindeutig Twiggy, die hier sportlich in einem knallgelben Hemdchen, Shorts und Baseballschuhen abgelichtet worden war. Sie trug einen kleinen Button mit einem Blumenmotiv an ihrem Shirt. Er ähnelte dem, den Stef sich an ihre Jacke gesteckt hatte. Zuletzt wandte sie sich einem Heft zu, das einst die Beilage einer Sonntagszeitung gewesen war, und las einen Artikel über Mary Quant. Eines der Models hätte die junge Frau aus den herbstlichen Strickmoden sein können, dachte sie, obwohl ihr Haar in einem vollkommen anderen Stil frisiert war.

Stef fiel diese Kleiderstange, die sie gesehen hatte, wieder ein, und sie hatte eine Idee. Sie legte die Zeitschriften beiseite, stand auf und ging auf den Treppenabsatz hinaus. Sie spitzte die Ohren. Im Haus war es ruhig; sie hörte eine Stimme aus einem weit entfernten Radio und das fröhliche Klirren und Klappern, mit dem jemand die Küche aufräumte. In der Luft schwebte ein feiner Hauch von Currygewürzen und überlagerte den leicht muffigen Geruch, den alte Häuser meist hatten. Im Vergleich zu den chemischen Ausdünstungen von neuem Holz und neuen Teppichen in Olivers Wohnung war dies ein Unterschied wie Tag und Nacht, und sie wusste, was ihr lieber war. Hier roch es behaglich, dieser Geruch vermittelte ihr das Gefühl, dass in diesem Haus wirklich jemand zu Hause war. Es war, als hätten all die Menschen, die einmal in diesem Haus gelebt hatten, eine Spur ihrer Anwesenheit zurückgelassen: einen Seufzer, das Rascheln eines langen Kleids, das den Staub auf den Treppenstufen aufwirbelt und ihn im Gegenlicht silbern aufblitzen lässt. Was Olivers Wohnung anging, so konnte man sich unmöglich vorstellen, dass dort schon einmal jemand gelebt hatte. Jede Erinnerung an die Vergangenheit war ausgemerzt worden; er mochte es, wenn alles nagelneu war. Er hasste es, wenn sie Kleidung in Secondhand-Läden kaufte. »Wie kannst du nur die abgelegten Klamotten anderer Leute anziehen?«, hatte er gefragt, als sie ihm eine kleine Pelzstola gezeigt hatte, die sie entdeckt hatte. »Wahrscheinlich hat sie Motten.«

Sie hatte sie tapfer zu einem Treffen mit Olivers Kollegen in einer Cocktailbar getragen, aber Oliver hatte den ganzen Abend sarkastische Bemerkungen über den Geruch von Mottenkugeln von sich gegeben. Danach hatte sie ein paar Wochen lang ungetragen in einer Schublade gelegen, bis Stef den Anblick nicht mehr ertrug und sie verschenkte.

Leonies Kleiderstange ragte gespenstisch auf dem halbdunklen Treppenabsatz auf. Sie schob sie in den Lichtkreis, den die Lampe in ihrem Dachzimmer warf, und zog die Plastikabdeckung an einem Ende herunter. Die Kleidungsstücke, von denen jedes einzeln in einer Hülle hing, kamen ihr vor wie Geheimnisse, die darauf warteten, gelüftet zu werden, und sie hatte ein ganz schlechtes Gewissen, weil sie herumschnüffelte. Schließlich konnte sie der Versuchung nicht widerstehen, einen Reißverschluss zu öffnen – nur einen.

Die Hülle klaffte auf und enthüllte etwas Rotes, Gehäkeltes, das sich zwischen ihren Fingern weich anfühlte. Sie zog den Reißverschluss ein Stück weiter auf, sodass an der Taille ein schwarzweißes Zackenmuster zum Vorschein kam. Es war ein ärmelloses Kleid, das mit einem Jäckchen getragen wurde. Sie schob es in seine Hülle zurück und zog den Reißverschluss wieder hoch. Nach kurzem, schuldbewusstem Zögern erkundete sie die nächste Hülle. Darin befand sich ein hübsches gepunktetes Kleid mit Rüschen am Saum und an den Manschetten; es war identisch mit einem Modell, das sie gesehen hatte, als sie die Zeitschriften durchblätterte. Aus einer dritten Hülle kam ein Overall mit weiten Beinen zum Vorschein. Diese Outfits waren großartig, aber was hatte das alles zu bedeuten, die Kleider und die Zeitschriften? Am Ende siegte doch ihr Gewissen, sie zog die Plastikhülle wieder über den Overall und schob die Kleiderstange zurück ins Halbdunkel. Hatte Leonie diese Kleider getragen? Sie könnte sie fragen. Allerdings durfte es nicht so aussehen, als hätte sie herumgeschnüffelt. Leonie selbst, das war Stef aufgefallen, brachte der Privatsphäre anderer Menschen großen Respekt entgegen, und etwas sagte ihr, dass sie von anderen dasselbe erwartete. Trotzdem hatte Stef den Wunsch, mehr über sie zu erfahren, und hoffte, dass sich eine Gelegenheit dazu ergeben würde.

## Rosa

Am nächsten Morgen räumte Rosa im Black Cat Café gerade die Spülmaschine aus, als ihr Handy klingelte.

»Spreche ich mit Rosa Dexter? Hier ist PC Sharp.« Sie erkannte die Stimme des jungen Polizisten wieder, der ihre Anzeige aufgenommen hatte, und war sofort alarmiert. Wie hieß er noch? Ben.

»Ja, hier ist Rosa.«

»Leider noch nichts Neues von Ihrem Bruder, aber ich weiß jetzt, wo sich Ihr Vater aufhält.«

»Oh! Danke. Wo ...?«

»Ich weiß nicht, wie ich es ausdrücken soll ... Das ist jetzt vielleicht ein Schock für Sie.« Er hielt inne und räusperte sich. »Miss Dexter, ist der Name Ihres Vaters Harry John Dexter, und ist er 1947 geboren?«

»Ja.«

»Miss Dexter, dann muss ich Ihnen leider mitteilen, dass ihr Vater im Gefängnis sitzt.«

*»Gefängnis?«* Ihr ganzer Körper kribbelte, so schockiert war sie.

»Hören Sie, ich finde, Sie sollten noch einmal auf der Wache vorbeikommen. Dann kann ich Ihnen alles richtig erklären und Ihnen helfen, einen Besuchstermin zu vereinbaren, wenn Sie möchten.«

»Danke«, flüsterte sie.

Als Rosa aufgelegt hatte, sah Karina sie neugierig an. »Was ist passiert?«, fragte die sie. »Du hast ja ganz rote Flecken im Gesicht.«

## Rick

Es war später Sonntagvormittag, und Rick saß in der Küche. Er hatte die Füße auf einem Stuhl hochgelegt, las ein Buch und nippte an einer dampfenden Tasse Früchtetee. Als Stef hereinkam, blickte er auf, lächelte und schloss das Buch, indem er einen Finger hineinsteckte, denn ihm war peinlich berührt eingefallen, dass er eine Socke als Lesezeichen benutzt hatte.

»Lass dich von mir nicht stören«, sagte sie und griff an ihm vorbei nach dem Wasserkessel. Sie musste laut sprechen, um das Scheppern der Waschmaschine zu übertönen, die gerade zu schleudern begann.

»Du störst mich nicht. Ich warte darauf, dass dieses Monstrum seine Arbeit beendet.«

»Magst du einen grünen Tee?«

»Ja.« Rick nickte. »Das Wasser ist noch heiß.« Das schrille Kreischen der Maschine hinderte sie daran, sich weiter zu unterhalten. Rick sah zu, wie Stef einen Teebeutel in einer Tasse heißem Wasser schwenkte, und fand, dass sie heute noch verlorener wirkte als sonst. Zu gern hätte er sie getröstet, aber ihm fielen nicht die richtigen Worte ein. Für einen Schriftsteller war das ein ziemliches Armutszeugnis. Als der lärmende Schleudergang zu Ende ging, beschloss er, es trotzdem zu versuchen.

»Und? Wie läuft es so?«

Sie verzog auf ihre reizende Art die Lippen: der Versuch eines Lächelns.

»Ich kann mich einfach zu nichts aufraffen.« Sie gähnte. »Sorry. Siehst du, was ich meine?«

»Vielleicht brauchst du die Ruhe.«

»Dafür gibt es eigentlich keinen Grund. Ich tue seit Monaten nichts.« Sie warf ihren Teebeutel in den Schwingdeckel-Mülleimer, trug die Tasse zum Tisch und setzte sich. Dabei zog sie ein Bein unter den Körper. Das war so eine Eigenart von ihr. Sie brachte einen Duft nach frischer Minze mit, der vom Tee herrührte, und etwas Blumiges, das ganz allein von ihr stammte. Als sie ihn ansah, fiel Rick auf, wie ungewöhnlich ihre Augen waren: In das Goldbraun der Iris mischten sich grüne Flecken. Ihre Wimpern glänzten vor Mascara. Ein verirrtes schwarzes Krümelchen hing an ihrer Nase wie ein Schönheitsfleck unter ihren Sommersprossen. Es machte ihm zu schaffen, dass er nicht wusste, ob er sie darauf hinweisen sollte.

»Kann ich dir irgendwie behilflich sein? Du weißt schon, bei der Suche nach einem Job.«

Sie trank einen Schluck Tee und strich ihr Haar zurück. »Weißt du vielleicht, wo ich suchen soll? Gibt es irgendwelche guten Webseiten oder so?

»Was für eine Art Job suchst du denn?«

Sie zuckte die Achseln. »Eigentlich egal. Wie sieht es da aus, wo du arbeitest, in dem Supermarkt?«

»Das weiß ich nicht genau. Aber ich kann fragen«, gab er zurück, obwohl er nicht glaubte, dass jemand gebraucht wurde. »Warte mal einen Moment, ich hole meinen Laptop.«

Nachdem er damit zurück war, suchte er für sie nach Stellenanzeigen auf der Homepage der örtlichen Arbeitsvermittlung und auf ein paar anderen Webseiten. Er wollte den Laptop schon herunterfahren, als sein Bildschirmhintergrund ihr einen bewundernden Ausruf entlockte. Er hatte ihn selbst erstellt. Es war das Bild, das er nach dem Foto von Julia, der Freundin seiner Schwester, gezeichnet hatte.

»Hast du das gezeichnet? Das Bild ist toll.«

»Es ist für eine Geschichte, die ich schreibe; ich meine, zeichne. Es ist ein Comicroman.«

»Wow, echt? Zeigst du ihn mir?«

Er sah, dass sie wirklich interessiert war, also öffnete er ein Dokument, zeigte ihr ein paar der Strips und erklärte ihr, was er tat.

»Das ist großartig«, flüsterte sie. »Du bist echt gut.« Er spürte Stolz in sich aufsteigen.

»Das muss ich auch. Auf dem Gebiet ist die Konkurrenz groß«, bemerkte er, während er die Datei schloss.

Plötzlich erstarrte sie, und eine Sekunde lang glaubte er, das läge an etwas, das er gesagt hatte, doch dann zog sie ein vibrierendes Handy aus der hinteren Tasche ihrer Jeans, tippte auf den Bildschirm und betrachtete das Display. Ein bestürzter Ausdruck verdunkelte ihr Gesicht.

»Alles in Ordnung, Stef?«

Seufzend senkte sie den Kopf. Die Trommel der Waschmaschine hörte auf, sich zu drehen, und ein schmatzendes Geräusch setzte ein.

»Wie blöd von mir. Es ist nicht alles in Ordnung, oder?«

»Ist schon okay«, murmelte sie. »Es ist Oliver. Er schreibt mir dauernd SMS. Ich hätte das Handy nicht einschalten sollen.«

»Oliver. Das ist dein Freund, stimmt's?«

Ein Nicken. »Ich fühle mich schrecklich. Er scheint sich wirklich große Sorgen zu machen. Vielleicht hätte ich nicht weggehen sollen.« Das scheußliche Pumpgeräusch brach abrupt ab.

»Warum hast du es dann getan?«, fragte Rick leise in die Stille hinein.

»Schwer zu erklären.« Die Maschine sprang wieder an, und der Schleudergang steigerte sich zu einem ohrenbetäubenden Jaulen, das mehrere Minuten andauerte. Rick fuhr seinen Laptop herunter und betrachtete voll Mitgefühl, wie Stef sich die Augen wischte, während sie auf ihrem Handy tippte. Als die Maschine zu einem leisen Winseln überging und mit einem Ruck stehen blieb, sah sie mit leerem Blick auf. Das Mascara-Klümpchen bildete jetzt eine schwarze Spur auf ihrer Wange.

»Deine Schminke ist verlaufen. Darf ich mal?« Er konnte nicht anders, als den Fleck mit dem kleinen Finger wegzuwischen. Ihre Wange war feucht, und sie sah ihn blinzelnd an, ließ sich seine Berührung aber gefallen.

»So ist es besser.« Ein wenig verlegen stand er auf, und während er die feuchte Wäsche aus der Maschine in einen Korb zerrte, war er sich bewusst, dass sie ihn beobachtete.

»Wenn du willst, helfe ich dir beim Aufhängen.«

»Danke«, sagte er. »Das kann ich nämlich nicht besonders gut.«

Draußen im Garten war es sonnig, und Stefs Laune schien sich aufzuhellen. Sie kicherte, als er ungeschickt versuchte, ein Bettlaken aufzuhängen, und zeigte ihm, wie man es zusammenlegte und in großen Falten drapierte, damit es nicht die Hälfte der Wäscheleine einnahm.

»Du bist genauso schlimm wie meine Schwester. Wenn ich mich an irgendwelchen Hausarbeiten versuche, lacht sie mich immer aus.«

»Das wundert mich nicht. Offensichtlich hast du nicht das geringste Talent dafür. So, halt mal dieses Ende hier fest.«

»Ich kann nichts dafür«, sagte er und nahm den Bettbezug. Es gefiel ihm, dass sie ihm Anweisungen erteilte. »Im Leben gibt es Wichtigeres, als die Wäsche zu machen.«

»Dann musst du eben reich werden«, meinte sie und griff in den Klammerbeutel, »und jemand anderen dafür bezahlen.«

»Tja, die Chancen dafür stehen im Moment nicht besonders gut.«

»Wer weiß, vielleicht bekommst du eines Tages Millionen für deine Geschichte.«

»Hoffentlich kommt der Tag schnell! Ich muss sie allerdings zuerst fertig schreiben.«

Er gab ihr Kleidungsstücke an und sah zu, wie sie sie geschickt auf die Leine hängte. Über ein Hemd mit einem Riss im Ärmel lachte sie. »Sieh besser zu, dass du diese Geschichte schnell fertig bekommst!«

»Das versuche ich ja!« Er grinste. Hier draußen war sie ein ganz anderer Mensch, nicht mehr so ein zusammengekauertes Häufchen Elend wie vorhin in der Küche. Die Frühlingsluft, vermutete er, und der Umstand, dass sie etwas zu tun hatte. Tief im Inneren wollte er sie beschützen, aber hier draußen im Garten gab sie an, was zu tun war, und lachte über ihn. Aber das machte ihm nichts aus. Im Gegenteil, es machte ihn glücklich.

In den letzten Jahren hatte er sich verkrochen, einen stumpfsinnigen Job angenommen und seine ganze Energie ins Schreiben gesteckt. Er war glücklich gewesen und dankbar dafür, dass Leonie ihn unterstützte. Aber jetzt spürte er, dass es noch mehr gab, eine Welt jenseits seiner graublauen Zimmertapete und der Abende, die er allein im grellen Schein seines Computerbildschirms verbrachte. Er hatte Freunde, um Himmels willen, er war kein Freak, aber viele davon hatte er eine Weile nicht mehr gesehen, obwohl sie auf Facebook chatteten. Jetzt überlegte er, ob er sich mit Sam auf einen Drink treffen und Sam und Tanya vielleicht Stef vorstellen sollte. In aller Freundschaft, natürlich, denn er wagte sich nicht vorzustellen … Er dachte zu weit voraus. Stef stand mit dem Klammerbeutel in der Hand da und starrte mit einer abwesenden Miene, die ihm das Herz brach, vor sich hin.

»Danke. Du warst mir eine große Hilfe«, sagte er, und sie warf ihm ein so zerstreutes Lächeln zu, als sei sie überhaupt nicht mehr bei ihm. »Ich werde an den Trick mit den Bettlaken denken.« Er nahm ihr den Klammerbeutel ab, griff sich den leeren Waschkorb und ging langsam zum Haus zurück. Als er die Hintertür öffnete, drehte er sich um und sah, wie sie mit verwirrter Miene noch einmal ihr Handy aus der Tasche zog und auf das Display starrte.

## *Leonie*

In einigen Punkten hatte ihre Freundin Trudi recht, und einer davon war definitiv Peter. Leonie war außer sich vor Wut auf ihn. Ab und zu stieg sie aus reiner Gutmütigkeit in seine Kellerräume hinunter und tat ihr Bestes, um sie zu säubern.

Als er sich an diesem Morgen nach dem Frühstück eine Büchse Schinken aufhebelte und sich einen Berg Sandwiches machte, wuchs ihre Hoffnung, und sie fragte ihn beiläufig, ob er ausgehe. »Jepp. Mit Jeff zum Angeln«, lautete seine ungewöhnlich muntere Antwort, während er die Sandwiches in einen Rucksack steckte. Jeff war ein alter Freund von Peter, der auf Märkten in ganz Europa herumreiste, antikes Silber verkaufte und sich ab und zu blicken ließ, wenn es ihm passte.

Und richtig, zwanzig Minuten später kehrte Peter mit einer Tasche voller Angelruten in die Küche zurück und ging zum Kühlschrank. Blitzschnell gesellten sich zwei Dosen Bier zu den Sandwiches im Rucksack. Er warf Leonie einen frechen Blick zu und zwinkerte ihr zu, wobei seine weißen Haarbüschel von hinten durch den Kühlschrank angeleuchtet wurden und einen Kranz um sein Gesicht bildeten. Stirnrunzelnd schüttelte sie den Kopf. Sie wussten beide, dass es nicht seine Bierdosen waren.

Nachdem er fort war, überlegte sie, wie sie ihren Tag gestalten sollte. Eigentlich sehnte sie sich danach, mit ihrer Arbeit weiterzukommen. Die Besitzerin von Arthur, dem Weimaraner, hatte schon angerufen, um sich nach dem Bild zu erkundigen, das sie ihrem Mann zum Geburtstag schenken wollte. Aber Leonie hatte schon sehr lange nicht mehr im Keller sauber gemacht, und der heutige Tag war eine unverhoffte Gelegenheit dazu. Es musste sein.

Sie band sich eine Schürze um, holte den Staubsauger, eine Rolle Mülltüten und allerhand Lappen und Sprays und stieg ein wenig beklommen die Treppe hinunter, die von der Diele aus in Peters Höhle hinunterführte. Die Tür besaß kein Schloss, aber als sie dagegen drückte, ließ sie sich nur schwer öffnen. Sie steckte den Kopf durch den Spalt und sah, warum. Ein Stapel fertiger Gemälde, die an der Wand gelehnt hatten, waren nach vorn gekippt. »Verdammt«, murmelte sie und tastete nach dem Lichtschalter. Dann schob sie sich mit ihrem ganzen Arsenal hinein und sah sich mit wachsender Verzweiflung in dem düsteren Wohnzimmer um. Die Vorhänge waren noch zugezogen, und in dem Zimmer stank es abscheulich, wie im Bau eines wilden Tieres, obwohl kein Tier außer Peter für den durchdringenden Geruch verantwortlich sein konnte.

Der Gemäldestapel an der Tür und eine Leinwand, die am Fenster auf einer Staffelei stand, waren die einzigen Zeichen von Organisation in dem Raum, der ansonsten ein Chaos aus Malzubehör, alten Zeitungen und diversem Gerümpel war. In einer dunklen Ecke stand ein uralter kleiner Fernseher, und neben einem fast auseinanderfallenden Sessel, in dem er wahrscheinlich saß, um fernzusehen, und auf dem Couchtisch in der Nähe stapelten sich die Überreste von einem Dutzend Mahlzeiten. Sie durchquerte den Raum, zog die Vorhänge zurück und riss das Fenster auf. Das helle Tageslicht, das von der Straße aus einfiel, beschien eine halb geleerte Dose gebackene Bohnen, die neben der Staffelei auf dem Boden stand. Sie hob sie auf und versuchte, angesichts der grünen Schimmelflecken auf ihrem ausgetrockneten Inhalt nicht zu würgen. Die Dose landete in der Mülltüte, rasch gefolgt von Obstschalen und mehreren Apfelkitschen, während Leonie sich rückwärts zum Couchtisch vorarbeitete.

Die fleckigen Bechertassen dort stellte sie auf ein herrenloses Tablett. Eine Pfütze milchiger Flüssigkeit blieb auf dem Holz zurück, das voller Kerben war, als hätte er sein Essen direkt darauf geschnitten. Dann waren die Teller und Müslischalen mit ihren eingetrockneten Essensresten an der Reihe. Scheppernd stellte sie sie zusammen und verfluchte dabei Peter halblaut mit allen Namen, die ihr einfallen wollten, die sie ihm aber natürlich niemals ins Gesicht sagen würde.

»Du elender, stinkender, egoistischer, unverschämter, fieser alter … alter … Schwachkopf … oh!« Als sie ein Handtuch vom Boden aufhob, kamen darunter graue Motten zum Vorschein, die um ein Loch im Teppich herumkrabbelten. »Ekelhaft!« Sie griff nach einer der Dosen und besprühte die Motten wütend. Hinter dem Wohnzimmer lag das Schlafzimmer, und sie wagte sich gar nicht vorzustellen, wie es dort aussah. Oder in dem winzigen Bad dahinter. Sie schnappte sich das Tablett mit dem Geschirr und stampfte damit die Treppe hinauf. Das würde alles im Spülbecken einweichen müssen, bevor sie versuchen konnte, es abzuwaschen.

Wütend ließ sie Wasser ins Becken, sodass es spritzte, und gab einen ordentlichen Schuss Spülmittel dazu.

Wieder unten angekommen, gab sie sich die größte Mühe, die Ordnung wiederherzustellen. Rund um die Staffelei waren Abdecktücher ausgelegt, aber an anderen Stellen verrieten Flecken auf dem Teppich, dass Peter die Farbe durch das Zimmer getragen hatte. Sie tauchte einen Lappen in Farbverdünner und rieb daran herum, richtete aber nur wenig aus. »Schwein!«, murmelte sie halblaut. *»Cochon, swine, pig.«* Sie fragte sich, wie Schwein auf Spanisch hieß.

Nicht nur für Trudi war Leonies Toleranz gegenüber Peter ein Rätsel – falls es denn überhaupt Toleranz war, denn sie empfand ihm gegenüber keinerlei Nachsicht –, sondern auch für all ihre Freunde, ganz zu schweigen von den anderen Hausbewohnern. Nur Leonie wusste Bescheid. Peter war ihre Bürde, der Preis, den sie dafür bezahlte, hier zu leben.

»Es geht auf ein Versprechen zurück, das ich einmal gegeben habe«, pflegte sie jedem, der zu fragen wagte, geduldig zu antworten. »Er ist kein schlechter Mensch, nur ein wenig durcheinander.« Peter war tatsächlich schon immer desorientiert gewesen. Als sie dieses Haus geerbt hatte, hatte sie auch Peter geerbt, der Wohnrecht auf Lebenszeit genoss. Er gehörte mit zum Paket, und sie musste sich einfach mit ihm abfinden.

Trudi hatte wirklich alles versucht. »Du könntest das Haus verkaufen«, hatte sie gesagt. »Dann müsste er auch ausziehen.«

»So einfach ist das nicht. Außerdem würde ich das Haus nie verkaufen. Dazu liebe ich es zu sehr.«

»Wenn du das Haus verkaufen würdest, könntest du für den Erlös zwei Wohnungen kaufen und eine ihm überlassen.«

»Das kann ich nicht, Trudi, ich kann einfach nicht. Wer würde sich um ihn kümmern? So hat er wenigstens sein eigenes Reich. Gewissermaßen. Und ich kann ihn im Auge behalten. So sehr stört er mich eigentlich nicht.«

»Was war mit den Ratten? Die haben dich schon gestört.«

»Ja, das war übel.« Leonie erschauerte. Vor fünf Jahren war das gewesen. Die Nachbarn hatten sich beschwert, und sie hatte den städtischen Kammerjäger kommen lassen müssen. Das Problem war das viele Essen, das Peter herumliegen ließ. Inzwischen zwang sie ihn, in seinem Wohnzimmer einen Teller mit Rattengift aufzustellen, und versuchte, regelmäßig sauber zu machen, aber das war viel Arbeit.

Peter war eine Last, aber keine unerträglich schwere. Manchmal konnte er ganz nett sein. Vor langer Zeit war er freundlich zu ihrer Tochter gewesen, und auch zu Jamie. Er mochte Kinder, er war selbst so etwas wie ein Kind und würde nie jemandem etwas zuleide tun. Er wurde auch nie wütend, er war bloß griesgrämig und egoistisch.

Als sie mit dem Putzen fertig war, war es Mittag, und sie ließ sich mit einer Tasse stark gesüßtem Kaffee und einem Seufzer der Erleichterung auf einen Stuhl am Küchentisch fallen. Im Moment war sie zu erschöpft, um sich etwas zum Mittagessen zu kochen. Sie entschied, dass sie nicht mehr die Kraft für solche Großeinsätze hatte. Entweder musste sie sich zwingen, sich regelmäßiger um Peters Zimmer zu kümmern, oder sie müsste jemanden dafür bezahlen, es an ihrer Stelle zu tun. Peter dazu zu bringen, es selbst zu tun, war ein hoffnungsloses Unterfangen. Alte Hunde lernten keine neuen Tricks mehr – bei Peter war da nichts mehr zu machen.

Aber wie sollte sie sich eine Putzfrau leisten? Sie konnte wohl kaum einen der anderen Hausbewohner dazu abkommandieren, oder? Im Rest des Hauses funktionierten die Absprachen ganz gut. Jeder war für sein eigenes Zimmer verantwortlich, und Bela putzte, ohne darum gebeten worden zu sein, regelmäßig, wenn auch sehr langsam, die beiden Badezimmer oben und fegte die Diele und die Treppen. So hatte sie etwas zu tun, pflegte sie zu Leonie zu sagen.

Um ihre Dankbarkeit zu zeigen, machte Leonie ihr gern kleine Geschenke wie selbst gebackenen Karottenkuchen, den Bela über alles liebte. Einmal hatte Leonie anhand eines Fotos ein Porträt von Haris und Belas geliebter Tochter gemalt, die in New Jersey lebte. Bela hatte dieses Geschenk unter so viel Tränen und Wehklagen entgegengenommen, dass Leonie sich sorgte, sie traurig gemacht zu haben. Aber seitdem tat Bela alles für Leonie, und die beiden waren Freundinnen geworden. Vor allem Bela zeigte mit kleinen Gesten ihre Besorgnis um Leonie, als Jamie gegangen war, denn sie allein konnte ermessen, wie sehr Leonie an dem Jungen hing und wie weh ihr die Trennung tat. Trotzdem wollte sie Belas Freundschaft nicht ausnutzen und sie bitten, noch mehr im Haus zu arbeiten. Auch Bela wurde älter, und ihre Gesundheit war alles andere als gut. Manchmal hörte Leonie sie beim Putzen husten und keuchen – der aufgewirbelte Staub.

Leonie war gerade dabei, sich einen Salat zum Mittagessen zuzubereiten, als Stef die Küche betrat.

Als Leonie aufblickte, sah sie sofort, dass etwas nicht stimmte. Stefs Augen wirkten in ihrem kleinen Gesicht riesig und ängstlich, und ihr Blick huschte durch die Küche, ohne sich auf etwas zu konzentrieren. Nervös ballte sie immer wieder die Hände zu Fäusten und öffnete sie dann wieder.

»Haben Sie schon etwas zu Mittag gegessen?«, fragte Leonie so ruhig, wie sie konnte. »Wenn Sie mögen, kann ich Ihnen ein Käsesandwich machen.«

»Oh, nein danke, ich bin nicht hungrig.«

»Vielleicht ein Glas Saft?«

»Ja, gern.«

Sie setzte sich auf ihre elegante, katzenhafte Art an den Tisch, zog ein Bein unter den Körper und stützte ihre Ellbogen auf den Tisch. In der einen Hand ruhte ihr Kinn, die Finger der anderen spielten mit ihrem Haar.

»Was ist los, meine Liebe?«, fragte Leonie und stellte ein Glas Saft vor sie hin. Dann streute sie geriebenen Käse über ihren Salat, trug die Schüssel an den Tisch und setzte sich Stef gegenüber.

»Ich weiß nicht, was ich tun soll. Ich kann mich einfach nicht entscheiden.«

»In welcher Hinsicht?«

»Oliver ...«

»Ihr Freund?«, fragte Leonie.

Stef nickte. »Ich kriege ständig SMS-Nachrichten von ihm. Er ist schrecklich besorgt, weil ich gegangen bin, und ... ich fühle mich deswegen furchtbar. Wahrscheinlich ... nun ja, liebe ich ihn immer noch, verstehen Sie.« Sie kämpfte mit den Tränen. Leonie spürte eine Welle der Zuneigung in sich aufsteigen.

»Warum haben Sie ihn denn verlassen, wenn Sie ihn lieben?«

»Ich ... Ich musste. Da war eine Diskussion in einer Vormittags-Talkshow, und ich wusste sofort, dass sie von mir reden. Nein, das stimmt natürlich nicht. Aber mir ist klar geworden, dass es exakt um meine Situation ging. Er hat ... mein Gott, jetzt klinge ich wie eine komplette Idiotin ... aber es ist, als hätte er die Kontrolle über mich. Aber das Schlimmste ist, dass ich es zugelassen habe. Das begreife ich jetzt. Ich habe es ihm erlaubt!« Bei diesen Worten schlug sie die Hände vors Gesicht und schniefte laut.

Leonie legte ihre Gabel hin und schob die Schüssel beiseite. Sie war müde und hungrig gewesen, aber nun war ihr der Appetit gründlich vergangen. Das Mitgefühl für Stef schnürte ihr die Kehle zu, und sie bekam kaum noch Luft. Ihr wurde ganz schummrig im Kopf, und sie leckte ihre Lippen, die plötzlich trocken geworden waren. Das geht vorbei, sagte sie sich, und tatsächlich legte sich ihre Beklemmung einen Moment später wieder.

»Stef«, sagte sie beinahe streng, und das Mädchen ließ die Hände sinken. Ihr Gesicht war von Sorgenfalten durchzogen, und sie sah erschöpft aus.

»Tut mir leid.«

»Es gibt nichts, was Ihnen leidzutun braucht.«

Einen Moment lang herrschte Schweigen, dann fischte Stef ein Papiertaschentuch aus ihrem Ärmel und putzte sich die Nase.

»Warum erzählen Sie mir nicht davon? Vielleicht hilft das.«

Gedanklich immer noch in ihrem privaten Elend versunken, zuckte Stef mit den Schulter.

Leonie suchte nach der richtigen Eröffnung. »Wie haben Sie ihn kennengelernt? Erzählen Sie mir davon.«

»Oh, das war komisch. Na ja, eigentlich auch wieder nicht.« Sie erzählte Leonie von dem Geschäftsessen, bei dem sie versehentlich einen Gast mit Essen bekleckert hatte. »Ich mochte Oliver gleich. Er hat alles so geschickt in Ordnung gebracht, und im nächsten Moment benahm er sich wie ein kleiner Junge und wollte Pudding.«

»Er heißt nicht zufällig mit vollem Namen Oliver Twist?«

»Nein, er heißt Redman.« Stef wirkte verwirrt. Dann verstand sie den Scherz und lachte. »Zuerst war es toll. Wir haben uns sofort gut verstanden. Es war, als wäre er ein Verwandter oder so, nur dass er es natürlich nicht war. Ich war seit ungefähr einem oder zwei Jahren in London, und bis dahin hatte eigentlich nichts richtig geklappt. Ich wohnte in dieser echt fiesen WG zusammen mit ein paar Leuten, die mit Drogen dealten, und ich wollte mir mit ein paar Frauen, die ich kannte, eine Wohnung suchen, aber das hat nicht geklappt.«

Je mehr sich Stef entspannte und auf ihre Geschichte konzentrierte, umso weniger förmlich sprach sie, was Leonie amüsierte.

»Aber dann, ein paar Monate, nachdem wir uns kennengelernt hatten, hat Oliver mich gebeten, zu ihm zu ziehen. Er wohnt in diesem tollen Komplex.« Sie beschrieb einen modernen Apartmentblock am Fluss, der um einen gemeinsam genutzten Park herum errichtet war. »Oliver verdient gut, er hat alles bezahlt.«

»Ich habe meinen Job gekündigt. Ich habe ihn gehasst, und die Chefs da hatten ebenfalls die Nase voll von mir. Dann habe ich eine

Zeitlang für eine Zeitarbeitsvermittlung gearbeitet, vor allem im Catering. Aber die haben mich ständig schikaniert, und Oliver meinte, dass ich doch eine Zeitlang Pause machen und darüber nachdenken solle, was ich gern machen will, und das habe ich dann auch getan. Aber da fing es an. Ich habe dann nachgedacht, und so verrückt das klingt, ich wollte etwas mit Textilien machen. Modedesign oder so etwas. Aber jede Idee, die ich hatte, war dumm.«

»Dumm?«

»Oliver hat mich darauf hingewiesen, dass ich dann aufs College gehen müsste. Aber da ich in der Schule nicht gut war, habe ich ein mieses Abi. Und als ich anfing, mir online Kurse anzusehen und es überall hieß, ich bräuchte eine Mappe, hat er mich nicht gerade ermuntert. Immer hat er meine Skizzen kritisiert und gesagt, sie wären nicht professionell genug, und schließlich habe ich mein Selbstvertrauen verloren. Das klingt erbärmlich, nicht wahr? Ich meine, ich sollte einfach an mich glauben und es angehen, aber die Wahrheit ist, dass mich das total verunsichert hat.«

Sie sah Leonie flehend an. »Das kann ich mir vorstellen«, sagte diese leise.

»Ich habe nie wirklich das Interesse verloren, aber nach einer Weile habe ich es nicht mehr so wichtig genommen. Ich habe mir gesagt, dass ich mich nach Weihnachten darum kümmern würde, und dann war Weihnachten vorbei, und ich habe nichts gemacht. Oliver fing an, sich über alles Mögliche zu ärgern: was ich anzog, wenn ich meine Sachen nicht ordentlich aufgeräumt habe. Und er mochte es nicht, wenn ich abends ausging, außer mit ihm. Es war albern, jetzt sehe ich das auch, aber es war auch meine Schuld. Ich hätte ihn ignorieren sollen, aber irgendwie war das nicht so einfach. Keine Ahnung, ich dachte, es wäre am besten zu tun, was er sagte, weil es sonst Streit geben würde.«

Leonie nickte. Sie kannte dieses Gefühl.

»Manchmal waren es Kleinigkeiten«, sagte Stef. Sie spielte wieder mit ihrem Haar, drehte eine Locke um ihren Finger und starrte ins Leere. Am liebsten hätte Leonie eine Hand ausgestreckt, damit sie damit aufhörte, wie sie es früher bei ihrer Tochter getan hatte, aber sie widerstand dem Drang.

»Er wollte nicht, dass ich zu einem Klassentreffen fahre. Er sagte, das würde ein ganzes Wochenende in Anspruch nehmen. Einmal, Sie würden es nicht glauben, hat er sich aufgeregt, weil eine der Fernbedienungen verschwunden war. Es war meine Schuld, wie sich herausstellte. Ich hatte sie aus Versehen mit ins Bad genommen, als ich es eilig hatte, und sie dort liegen gelassen. Wissen Sie, so etwas passiert so leicht, aber er hat gesagt, ich hätte sie absichtlich versteckt, und war richtig böse deswegen. Ich weiß, dass ich den Leuten auf die Nerven gehe. Ich kann ziemlich zerstreut sein und vergesse oft Sachen, aber ich mache das doch nicht mit Absicht.«

Wieder war es, als appelliere sie an Leonie. »Natürlich nicht«, meinte die Ältere. »Die meisten Menschen sind wie Sie. Ich weiß, dass ich es bin.«

»Aber ich fühle mich deswegen trotzdem schlecht, als hätte ich mir nicht genug Mühe gegeben. Ich habe versucht, mit ihm darüber zu reden, aber er findet nicht, dass es ein Problem gibt.«

»Was glauben Sie, warum er so ist?«

Stef seufzte. »Wahrscheinlich ist das so ein Kontrollding. Das würden Sie vermutlich sagen. Die Frauen im Fernsehen haben das auch gesagt. Sie sagten, dass Männer, die sich so verhalten, in Wirklichkeit unsicher sind.«

»Und? Ist er das?«

»Ja, ich glaube schon. Ich kenne seine Mum und seinen Dad nicht besonders gut, aber ich glaube, sie sind genauso. Ich meine, wahrscheinlich liegt es daran, wie er großgezogen worden ist. In ihrem Haus ist es überall blitzblank. Man kann zum Beispiel nicht einmal eine Kaffeetasse abstellen, wenn da kein Untersetzer liegt, und man muss die Schuhe ausziehen, wenn man reinkommt. Das gehört zu den Gründen, aus denen ich gern hier wohne.« Sie lächelte Leonie zu. »Niemand kümmert sich um so etwas.«

»Das hätten Sie nicht gesagt, wenn Sie mich vorhin gesehen hätten«, sagte Leonie leise lachend. »Ich habe den ganzen Vormittag damit verbracht, Peters Höhle sauberzumachen.«

»Tut er das denn nicht selbst?« Stefs sah erstaunt aus.

»Peter und saubermachen? Ich glaube, er bemerkt den Dreck gar nicht. Ich weiß genau, was er sagen wird, wenn er zurückkommt – er ist heute beim Angeln. Er wird nach unten gehen und dann wiederkommen und fragen: ›Wer hat meine Sachen angefasst?‹ ›Danke‹ hat er jedenfalls noch nie gesagt.«

»Ich kann nicht glauben, dass Sie das tun.« Stef sah jetzt geradezu entsetzt aus.

Leonie lachte. »Halb so wild. Aber Sie waren dabei, von Olivers Eltern zu erzählen.«

»Ja … Als wir zuletzt dort waren, nach Weihnachten, hatte sein Vater richtig schlechte Laune, weil Olivers Mum ein anderes Ehepaar zu Silvester eingeladen hatte. ›Ich bin es leid, dass wir nie etwas unternehmen‹, hat sie zu ihm gesagt. ›Wir müssen hier allein sitzen, während alle anderen sich amüsieren; deswegen habe ich die Sampsons eingeladen.‹ Ich habe unterdessen einfach dagesessen und gefrühstückt; ich glaube, die beiden haben kaum bemerkt, dass ich da war. Und er hat ihr einen Blick zugeworfen, den kann ich kaum beschreiben. Sein Gesicht wurde kalkweiß. Er war außer sich vor Wut. Sie ist aufgestanden und hat angefangen, den Tisch abzuräumen, aber ich habe gesehen, dass ihre Hände gezittert haben …«

»Stef«, sagte Leonie und versuchte, ihre Stimme gleichmütig klingen zu lassen. »Ich weiß, dass mich das nichts angeht, aber hat Oliver Ihnen schon einmal, Sie wissen schon, wehgetan?«

»Oh, das würde er nie tun«, antwortete Stef rasch. Doch als sie sich ansahen, war es, als wüssten sie es beide besser, und Leonie sah dem Gesicht des Mädchens an, dass eine Erkenntnis in ihr aufdämmerte.

»Denn wenn er das tut«, sagte Leonie langsam, »dann ist das vollkommen inakzeptabel, und es war richtig von Ihnen, etwas dagegen zu unternehmen.«

»Tut er nicht.« Stef zitterte. »Es ist nur ...«

»Sie meinen, er könnte es tun?«, flüsterte Leonie.

Stef hielt ihr Glas schräg, betrachtete stirnrunzelnd den Rest ihres Safts und nickte dann kurz.

Die Sonne war weitergewandert, und plötzlich lag die Küche im Schatten. Langsam griff Leonie nach Stefs Hand, die auf dem Tisch lag, und legte ihre darauf.

## Stef

Sie wusste es. Stef begriff, dass Leonie Bescheid wusste. Sie hätte nicht genau sagen können, wieso, ob es der mitfühlende Blick der Älteren war oder Stefs eigenes Unglück, das sich auf ihrem Gesicht abzeichnete, aber sie wusste Bescheid.

Bis jetzt hatte Stef sich das nicht einmal selbst eingestehen wollen, aber jetzt hatte Leonie ihr eine direkte Frage gestellt. »Um ehrlich zu sein«, sagte sie langsam, »habe ich manchmal Angst vor Oliver. Da waren ein paar Gelegenheiten – ach, Dummheiten eigentlich. Sie werden wahrscheinlich darüber lachen.«

»Nein, werde ich nicht.«

»Okay, also, an dem Tag, als die Fernbedienung für den Fernseher verschwunden war ...«

Es war, als würde sein plötzliches Unvermögen, den Fernseher zu bedienen, den Verlust der Kontrolle über sein ganzes Leben bedeuten. In jedem Fall aber hatte er die Beherrschung verloren.

Er war im Wohnzimmer herumgetrampelt, hatte Kissen auf den

Boden geworfen und seine Finger in die Spalten zwischen den Polstern des Sofas gesteckt, und dann hatte er bei seiner hektischen Suche einen Sessel auf den Rücken geworfen wie ein Wrestler. »Du musst sie zuletzt benutzt haben«, brüllte er. »Ich habe sie gestern Abend genau hier hingelegt.« Er schlug auf den Tisch, wo die Fernbedienungen für den MP3-Spieler, den DVD-Spieler und die Spielekonsole noch gehorsam nebeneinanderlagen. »Wenn du sie jedes Mal an den richtigen Platz zurücklegen würdest, hätten wir kein Problem.«

»Ich glaube nicht, dass ich das war«, hatte sie gesagt. »Ich habe heute nicht ferngesehen. Sei doch nicht so böse. Es ist doch bloß ein Gegenstand.«

Bei diesen Worten flammten seine Augen zornig auf. »Du weißt, dass mich das ärgert, und trotzdem tust du es immer«, schrie er. »Warum machst du das, obwohl du weißt, dass es mich stört?«

»Ich mache es nicht, um dich zu ärgern, Oliver.«

»Doch, denn sonst würdest du es nicht tun. Ich habe es dir schon so oft gesagt.« Er trat einen Schritt auf sie zu, und sie wich instinktiv nach links aus, sodass das Sofa zwischen ihnen stand. Ihre offensichtliche Angst schien ihn zu bremsen, denn die Wut auf seinem Gesicht verschwand abrupt, und er ließ sich in den zweiten Sessel sinken, kauerte sich schmollend zusammen und überließ es Stef, das verwüstete Zimmer aufzuräumen und weiterzusuchen.

Eine halbe Stunde später fand sie die Fernbedienung auf dem Schränkchen im Bad. Auf beiden Händen trug sie sie zu Oliver wie ein mittelalterlicher Page, der eine Krone oder ein Kissen bringt.

»Es tut mir leid«, sagte sie, als sie sie ihm hinhielt und sah, wie sich seine Miene aufhellte. »Ich bin es wohl doch gewesen. Mir ist wieder eingefallen, dass ich sie heute Morgen benutzt habe. Dann brauchte ich die Nagelschere, und wahrscheinlich habe ich sie einfach ins Bad mitgenommen. Ich habe es nicht mit Absicht getan, Oliver, und ich wollte dich nicht ärgern.«

Wie flehend sie damals geklungen hatte. Gleichwohl hatte es ihr wirklich leidgetan, dass sie ihn aufgeregt hatte. Aber sie fürchtete sich auch. Dieser Moment, als sie einander auf beiden Seiten des Sofas gegenübergestanden hatten ... Sie konnte sein wutverzerrtes Gesicht und seine geballten Fäuste immer noch vor sich sehen. Einen Moment lang hatte sie geglaubt, er würde ...

Das war nicht das einzige Mal gewesen. Sie erzählte von dem Abend, als er sie geschubst hatte. Nicht fest, aber ... Er wollte etwas aus dem Küchenschrank holen und konnte nicht, weil sie gerade die Spülmaschine ausräumte. »Geh mir aus dem Weg«, hatte er geknurrt und sie zur Seite geschubst. Er hatte ihr nicht wehgetan, aber seine Ungeduld hatte sie schockiert. An diesem Abend hatte er sowieso kaum ein Wort gesprochen. Auf der Arbeit war ein Geschäft gründlich schiefgegangen, so viel hatte sie erraten, und er hatte eine miserable Laune. Später im Bett entschuldigte er sich und erklärte ihr, was passiert war. Ein Kollege hatte ihm nicht rechtzeitig die richtigen Zahlen gegeben, und er war schlecht vorbereitet in das Meeting gegangen.

»Es tut mir leid, dass ich es an dir ausgelassen habe. Es tut mir so leid.« Seine Stimme brach fast vor Kummer, und das rührte sie. Sie drehte sich um und legte die Arme um ihn.

»Ist schon gut«, sagte sie beruhigend. Es war, als tröste sie ein Kind. Im Dunkeln klammerte er sich an sie, und es vermittelte ihr ein Gefühl von Glück und Bedeutsamkeit, ihm eine Quelle der Kraft und Vergebung zu sein. So sollten Beziehungen sein, dachte sie. Sie und Oliver sollten sich aufeinander verlassen können und sich gegenseitig unterstützen.

Ermuntert dadurch, dass Leonie einfach nur zuhörte und von Zeit zu Zeit nickte oder eine Verständnisfrage stellte, versuchte sie, ihr zu erklären, was sie mit Oliver verband.

»Und was ist mit Ihren Bedürfnissen, Stef«, fragte Leonie behutsam, als Stef fertig war. »Tut er das Gleiche für Sie?«

Stef setzte sich auf und lehnte sich in ihrem Stuhl zurück. »Selbstverständlich«, sagte sie. Während sie überlegte, schob sie das Haar mit den Händen zusammen. »Er hat mir ein Zuhause gegeben und alles bezahlt. Er war so nett zu mir, als ich mir so verloren vorkam.«

»Warum sind Sie dann gegangen?«

»Keine Ahnung ... wahrscheinlich ... habe ich mich unsichtbar gefühlt. Als wäre ich nichts wert.«

»Und jetzt?«

»Ich habe das Gefühl ... alles weggeworfen zu haben. Ich weiß nicht, was ich mit meinem Leben anfangen soll.«

»Genauso habe ich mich einmal gefühlt«, erklärte Leonie.

»Das kann ich nicht glauben. Sie scheinen so ein starker Mensch zu sein.«

Auf Leonies Gesicht blitzte ein kurzes Lächeln auf. »Das war damals, als ich hier eingezogen bin, anders. Aber dieses Haus hat etwas, das mir ein Gefühl von Sicherheit schenkt.«

»Ja, nicht wahr?«, sagte Stef, sah sich in der Küche um und spürte die tröstliche Atmosphäre. Es waren nicht nur der Kessel auf dem alten Aga-Herd, der massive Holztisch, an dem sie saßen, oder der Blick in den Garten, wo sich Frühlingsblumen im Wind wiegten. Es war, als könne sie die Präsenz der Menschen spüren, die in der Vergangenheit hier gelebt hatten, nicht auf eine unheimliche Art, sondern einfach so, als könnte sie in einen der Räume treten und ein Hausmädchen überraschen, das den Kaminsims abstaubte, oder einen Knaben, der auf dem polierten Boden seine Zinnsoldaten aufmarschieren ließ. Ob sie sie sehen würden? Oder würde sie ihnen wie ein Geist erscheinen?

»Glauben Sie, dass es hier spukt?«

Leonie sah sie verständnisvoll an. »Nicht so, wie man das normalerweise versteht, Gespenster und kalte Stellen, nein. Zumindest habe ich noch nie etwas gehört oder gesehen, aber man bekommt ein Gefühl für das Leben dieser Menschen und die heilende Wirkung der Zeit. Wissen Sie, eine Familie aus dem Nachbarhaus hat mich, als wir uns noch besser verstanden haben, einmal zu Weihnachten auf ein Glas eingeladen, und in dieser Wohnung hatte man das Gefühl, ihre Vergangenheit sei vollständig ausgelöscht worden. Ich hoffe, dass das hier nie jemand tut.« Stef gefiel es, wie Leonie sich voller Zuneigung in der Küche umsah. Es spielte keine Rolle, dass ziemliche Unordnung herrschte und die Möbel nicht zusammenpassten. Die zusammengewürfelten Teller auf der alten walisischen Kommode, die Trockenblumen, die neben dem Herd aufgehängt waren, oder der New Yorker Kalender, der an einer Pinnwand steckte – all diese Dinge sorgten dafür, dass sich das Haus behaglich und bewohnt anfühlte.

Stef begriff, dass es genau diese Dinge waren, die eine beruhigende Wirkung auf sie hatten. »Danke«, sagte sie unvermittelt. »Fürs Zuhören, meine ich.«

»Ach, das kostet nichts«, lachte Leonie.

»Aber was haben Sie damit gemeint, Sie hätten sich gefühlt wie ich?«

»Das ist alles sehr lange her. Sie wollen doch sicher nicht die Geschichte einer alten Frau hören.«

»Doch, das heißt, wenn Sie sie mir erzählen wollen. Ich möchte nicht neugierig erscheinen.«

»Ach herrje, Mädchen. Darum geht es doch nicht. Ich muss nur überlegen, welche Teile ich Ihnen erzählen soll, sodass es einen Sinn ergibt.«

»Dann erzählen Sie mir von Peter. Er muss schon ewig hier leben.«

»Ewig nicht, aber er war auf jeden Fall hier, als ich das Haus zum ersten Mal betrat. 1972 war das, und ich war achtundzwanzig Jahre alt. Der Mann, dem das Haus gehörte, war ein Freund von mir. Sein Name war George, George Stuart. Er war Fernsehregisseur, aber kein sehr erfolgreicher. Er hat Comedy-Serien für ITV gedreht, aber sie waren nicht besonders lustig, und ich glaube nicht, dass man sie heute noch kennt. Trotzdem war er ein sehr lieber Mensch. Er hatte dieses Haus von einem ziemlich unkonventionellen Großonkel geerbt, und da George selbst keine Familie hatte, lud er andere Menschen ein, hier zu wohnen. Viele davon waren Freunde oder Bekannte. Manche steckten in irgendwelchen Schwierigkeiten. Er hat lächerlich geringe Mieten verlangt, und natürlich konnten manche nicht zahlen – oder wollten nicht, besser gesagt.«

»Und Peter?«

»Als junger Mann hatte Peter ein sehr viel ... einnehmenderes Wesen. Ich glaube, man muss seinen Hintergrund kennen und wissen, was ihm zugestoßen ist, um nicht zu hart über ihn zu urteilen. Zum einen sah er außerordentlich gut aus, zu gut sogar. *Und* er war sehr verletzlich. Ich will hier nicht ins Detail gehen, aber er fiel immer wieder auf Menschen herein, die ihn ausnutzten. Aufsteiger, die zu schnell zu viel Geld verdient hatten und glaubten, sie hätten das Recht, sich zu nehmen, was sie wollten. George hat ihn gerettet, und wir haben die Kellerwohnung so eingerichtet, dass er dort malen konnte. Nachdem wir die Hecke heruntergeschnitten hatten, fiel genug Licht durch das Fenster herein. Sie haben, glaube ich, einige seiner Bilder in meinem Salon gesehen, oder?«

»Die mit den Farbwirbeln, ja, aber mir gefällt das Bild von Jamie, Ihrem Enkel, am besten.«

Stef bedauerte, Jamie erwähnt zu haben, denn ein betrübter Ausdruck huschte über Leonies Gesicht.

»Ja, natürlich. Ich hatte vergessen, dass Sie es gesehen haben. Nun ja, es ist nicht typisch für seine Arbeit. Die Wirbel sind es aber auch nicht. Am besten zeige ich Ihnen die Bilder. Ich glaube nicht, dass er etwas dagegen hätte.« Sie stand vom Tisch auf, und Stef folgte ihr hinaus in die Diele.

»Sie müssen mir glauben, wenn ich Ihnen sage, dass es dort unten jetzt zehnmal besser aussieht als noch vor ein paar Stunden«, erklärte Leonie finster, als sie die Tür zum Keller aufstieß.

»Oh«, sagte Stef und blinzelte in das plötzliche helle Licht. Im Zimmer roch es durchdringend nach Chemikalien, und sie musste niesen.

Leonie beugte sich über den Gemäldestapel, der an der Wand lehnte. Stef kniete sich neben sie. Zuerst war es schwer zu erkennen, was die Bilder, die Leonie ins Licht hielt, darstellen sollten. Energiewirbel in Impasto-Technik, die aus vielen dicken Farbschichten bestanden, die übereinander aufgetragen worden waren. Erst als Leonie die Bilder in einiger Entfernung hochhielt, konnte Stef etwas erkennen. Die Bilder zeigten dichte Wälder, deren Bäume hoch über winzigen Menschen und Tieren aufragten – der Stoff, aus dem Träume waren, größtenteils friedliche.

»Sie sind … gut«, meinte Stef vorsichtig und fragte sich, ob das die richtige Antwort war.

»Er hat Talent, nicht wahr?«, sagte Leonie. »Das Problem ist, dass er nichts malt, was jemand kaufen will. Oh, manchmal nimmt er einen Auftrag an, ein Porträt oder so etwas, aber er macht keine Werbung für sich, daher kommt das nicht so oft vor. Und er hat einen Freund, einen Kunsthändler, der ihm ab und zu ein Bild abnimmt; aber ich glaube, eher aus Sympathie als aus einem anderen Grund.«

Vor einem Bild, das eine Hütte im Wald zeigte, hielt Stef inne. Durch das Fenster spähte ein verhutzelter alter Mann, der wie ein Zwerg aussah, hinaus. Die Szene strahlte eine traumähnliche Stimmung aus, und Stef war fasziniert. »Das ist eigenartig«, meinte sie.

»Mm, nicht wahr?« Leonie nahm das Gemälde und stellte es aufs Sofa, und dann sahen sie es sich beide ein oder zwei Minuten lang an. »Es zieht einen in seinen Bann. Wissen Sie, Peter war derjenige, der mich zum Zeichnen und Malen gebracht hat. Dafür wird er immer etwas gut bei mir haben. Ich habe Tiere gemalt, weil ich gut darin war. Und es war mehr Geld damit zu verdienen.«

Stef nickte. »Dann haben Sie Peter kennengelernt, als Sie hier eingezogen sind?«

»Ja. George hielt große Stücke auf ihn«, sagte Leonie und machte sich daran, die Gemälde zurückzustellen. Stef half ihr, und sie gingen wieder nach oben. »Kommen Sie einen Moment herein«, sagte Leonie und öffnete die Tür zu ihrem Wohnzimmer. »Ich zeige Ihnen etwas.«

Sie ging zu einem Bücherregal, dessen unterstes Brett eine Reihe Bildbände und Fotoalben beherbergte. Sie nahm ein großes, quadratisches Fotoalbum heraus, dessen Plastikumschlag mit geometrischen Mustern geschmückt war.

Leonie setzte sich neben Stef auf das Sofa und öffnete es. Das Album war voller Bilder, und einige Seiten hatten sich vom Buchrücken gelöst. Leonie fand die Stelle, die sie suchte, und legte Stef das Album in den Schoß.

»Hier.« Sie zeigte auf ein Schwarz-Weiß-Bild in der Mitte des Albums. Das Bild zeigte zwei Männer in einem Raum, in dem Stef die Küche von Nummer 11 erkannte. Sie standen in einem Strahl Sonnenlicht. Einer von ihnen war älter und etwas korpulent. Er hatte die Hände in die Taschen gesteckt und lächelte fröhlich in die Kamera. Im Licht glänzten sein fleischiges Gesicht und seine Halbglatze. Der andere, der lachte, sich mit einer Hand durch das lockige Haar fuhr und in der anderen einen qualmenden Zigarettenstummel hielt, war eine ganz andere Sorte Mann, schlank und dunkelhaarig, und hatte den Blick auf etwas gerichtet, das sich außerhalb des Bilds befand. Stef brauchte eine oder zwei Sekunden, um Peter zu erkennen.

»Das ist George. Sie hätten ihn gemocht. Jeder hatte George gern. Das Bild ist kurz nach meinem Einzug aufgenommen. Da muss er zwei- oder dreiundvierzig gewesen sein.«

»Aber Sie hatten recht, Peter sah gut aus.«

»Ja, allerdings.« Leonie seufzte. »Das kann man heute kaum mehr glauben, oder? George war vernarrt in ihn, aber Peter hat sich immer nur für sich selbst interessiert. Deswegen hat George mir das Haus vererbt. Er ist 1980 an einem Hirntumor gestorben; er ist nach einer Operation nicht wieder aufgewacht. Das war eine sehr traurige Zeit.«

»Und er hat Ihnen das Haus hinterlassen. Warum hat er es nicht . . .?« Stef zögerte und fragte sich, ob sie zu neugierig war.

»Warum er es nicht Peter hinterlassen hat? Die Wahrheit ist, dass er mich für verlässlicher hielt. Gott weiß, was Peter mit dem Haus angestellt hätte. Er hätte es verkauft, denke ich mir, und das ganze Geld für … Na ja, er hätte es sinnlos vergeudet. Und wahrscheinlich wusste George, dass ich es nötiger hatte. Ich hatte nämlich ein Kind.«

Leonies Stimme drohte zu brechen, sodass Stef sie ansah. Aber Leonie hatte den Kopf gesenkt, und ihr Gesicht war hinter den Haaren nicht zu erkennen. Es raschelte, als Leonie das Seidenpapier umblätterte, das die Fotos auf der gegenüberliegenden Seite des Albums bedeckte. Stefs Blick fiel auf eine wunderschöne junge Frau neben einem kleinen Mädchen mit rosigem Gesicht, das einen blauen zugeknöpften Mantel und Gummistiefel trug.

»Das ist Tara.« Die beiden standen hier in Nummer 11 in dem verschneiten Garten hinter dem Haus neben einem Schneemann, der etwas trug, das eine rote Frauenmütze sein musste, obwohl die Zeit ein Orange daraus gemacht hatte.

»Sie ist so niedlich.«

»Sie ist mein einziges Kind. Jamies Mutter. Sie lebt in Brighton, und ich sehe sie nicht besonders oft.«

Stef betrachtete das Foto und sah sich die junge Leonie genauer an. Sie war wirklich eine auffällige Erscheinung gewesen. Etwas an dem Selbstvertrauen, mit dem sie in die Kamera sah, erweckte Stefs Neugierde. Wo hatte sie dieses helle Haar, das ihr Gesicht umwehte, und diesen Blick schon einmal gesehen?

»Es ist ein merkwürdiger Gedanke, dass ich eine Tochter habe, die in den Vierzigern ist. Ich komme mir so alt dabei vor«, meinte Leonie lachend, aber es klang nicht glücklich. »Ich wünschte wirklich, ich sähe sie öfter. Verstehen Sie …«

Draußen in der Diele läutete das Telefon. »Ach, herrje«, seufzte Leonie und stand auf, um dranzugehen. Durch die offene Tür hörte Stef, wie sie sich über Katzen und Ölfarben unterhielt, und fragte sich, was Leonie über ihre Tochter hatte sagen wollen. Sie betrachtete das Album, das offen auf dem Sofa lag, wo Leonie es abgelegt hatte. Ein Luftzug ließ das Seidenpapier flattern.

Stef streckte eine Hand aus und blätterte eine Seite zurück und dann noch eine und noch eine, und ihr Erstaunen wuchs. Da waren Dutzende Farbfotos von Leonie, aber von einer jungen Leonie, verwandelt in eines der Models, die sie oben in den alten Zeitschriften gesehen hatte. Eine zeigte Leonie in einem blauen Häkelanzug mit hochgestecktem Haar, makelloser Haut und von dichten Wimpern umkränzten Augen, die wie geheimnisvolle Seen wirkten. Auf einem anderen trug sie ein langes Neckholder-Abendkleid, und ihr hübscher Kopf war von einer Tiara gekrönt. Auf einem weiteren reichte ihr das Haar bis auf die Schultern und war an den Enden nach außen gedreht. Die Arme streckte sie aus wie Flügel, um ein Minikleid mit einem kurzen Cape, wie es die Polizisten trugen, zu präsentieren. Sie sah atemberaubend, kultiviert und selbstsicher aus.

Stef war so versunken in das Album, dass sie erst bemerkte, dass Leonie ihren Anruf beendet hatte, als sie sich wieder neben sie setzte.

»Tut mir leid«, murmelte Stef und legte das Album weg. »Ich hätte nicht hineinsehen sollen.«

»Es macht nichts, wirklich nicht.«

»Ich habe oben ein paar Zeitschriften gefunden … Mir ist gerade klargeworden, dass darin Fotos von Ihnen sind.«

»Ich hatte vergessen, dass ich sie behalten hatte. Für Sie muss das alles lange her sein.«

»Die Swinging Sixties sind echt in. Ich kann nicht glauben, dass Sie dabei waren. Es muss so aufregend gewesen sein.«

»Das war es wahrscheinlich auch, zumindest teilweise. Wenn ich jetzt daran zurückdenke, kann ich kaum glauben, dass ich dieser Mensch war.«

»Sie sahen so glamourös aus.«

Leonie lachte. »Wenn Sie jetzt Ihr Gesicht sehen könnten. ›Schwärmerisch‹ ist gar kein Ausdruck.«

»Ich finde es eben faszinierend. Kommen Sie schon, Sie müssen doch alle gekannt haben. Twiggy und solche Leute.«

»Ich bin ihr begegnet, Twiggy, ja. Sie war nett.«

»Und wie ist es Ihnen gelungen, da reinzukommen? Sind Sie zur Modelschule gegangen?«

»Ja, aber eigentlich fing es lange davor an.« Bildete Stef sich das ein, oder zitterte Leonies Stimme? »Das war, als ich achtzehn war und Billy kennenlernte, oder ...« Leonie hielt inne und dacht nach. »Vielleicht fängt es sogar noch früher an. Ich bin in Suffolk aufgewachsen, in einem kleinen Marktflecken an der Küste namens Saxford.«

## Suffolk, Januar 1958

Wie die meisten Teenager fand Leonie ihre Eltern peinlich. Ihr Dad war Harold Brett, Inhaber von H. E. Brett Textilien in Saxford, und ihre Mum, Dolly Brett, betrieb dort die Kurzwarenabteilung und verkaufte Bänder und Kunstblumen für Hüte, Spitze und Spulen mit Baumwollgarn, wenn sie nicht gerade damit beschäftigt war, sich um Leonie und ihren kleinen Bruder Bobby zu kümmern. Sie waren stolz darauf, dass ihre Tochter die Prüfung für die höhere

Schule bestanden hatte, wenn auch mit knapper Not, und nun in Ipswich die Oberschule besuchte. Aber da sie jetzt alt genug dazu war, waren sie auch froh darüber, dass sie in den Ferien hinter der Ladentheke aushalf. Diese Arbeit und die Lektüre der Kataloge für den Fachhandel, die ihr Vater immer bekam, nährten ihr frühes Interesse für Mode. H. E. Brett's hatte einige der neuen, pflegeleichten Stoffe im Angebot, die besonders bei der Jugend sehr beliebt waren, und sie hatte Freude daran, daraus ihre eigenen Kleider zu nähen oder alte geschickt zu ändern. Ihr Vater schenkte ihr die Reste von Stoffrollen, und ihre Mutter gab ihr Kleinteile aus ihren Schaukästen, vor allem Dinge, die länger im Laden gelegen hatten oder beschädigt und daher schwer zu verkaufen waren.

In ihrem späteren Leben sollte Leonie zu schätzen lernen, was für eine beherzte Frau ihre Mutter gewesen war, aber als junger Teenager schämte sie sich manchmal für sie. Sie wäre mit ihrem blonden Haar und den blauen Augen auf eine grazile Art hübsch gewesen, doch sie hatte eine dunkelviolette Narbe, die von ihrer Wange aus seitlich am Hals hinunter verlief. Sie pflegte sie, so gut sie konnte, durch Blusen mit hohem Kragen zu verdecken und trug oft einen Seidenschal um den Hals, sogar im Sommer. Die Narbe machte sie befangen und schüchtern, und auf Menschen, die sie nicht kannte und denen sie nicht traute, wirkte sie deshalb manchmal distanziert. Aber ihrem Dad machte die Nacht offensichtlich nichts aus. Auf jeden Fall sprach er nie davon. Sie war das Ergebnis eines Unfalls mit einem Kessel mit kochendem Wasser in ihrer Kindheit, aber für ihre Mutter stellte sie eine Behinderung dar, und Leonie fiel auf, dass sie sie berührte oder mit der Hand abschirmte, wenn sie mit Kunden sprach. Leonie hasste es, wenn sie das tat, obwohl sie nicht wusste, warum. Doch vielleicht bewunderte sie deswegen körperliche Schönheit so sehr und studierte die makellose Haut der Models in den Zeitschriften ihrer Mutter.

Während Leonie eines Tages im Januar im Laden aushalf, geschah etwas, das sie dazu brachte, über Saxford und das gewöhnliche Leben hinauszublicken. Sie würde bald vierzehn werden und wuchs rasch, aber wie eine kleine Giraffe hatte sie sich noch nicht an ihren neuen, ungelenken Körper gewöhnt. Als Kind war sie mollig gewesen, aber jetzt war der Babyspeck verschwunden. Trotzdem zog ihr Dad zog sie auf, weil sie so tollpatschig war. Es stimmte, ständig stieß sie gegen etwas und fiel über ihre eigenen Füße. Heute Morgen hatte er sie ausgeschimpft, weil sie einen Drehständer voll Schnittmuster umgeworfen hatte, und sie war noch immer dabei, sie aufzusammeln und in ihre Fächer zurückzustecken, als die Ladenglocke klimperte. Als Leonie aufblickte, sah sie eine schicke Dame reiferen Alters, die eine Kleiderschachtel unter dem Arm trug. Leonies Vater erwiderte ihr lebhaftes »Guten Morgen« und sah ihr neugierig nach, als sie auf die Kurzwarentheke zuging, wobei ihre Pumps auf dem Holzboden klapperten, bevor er sich schließlich wieder seiner Inventur zuwandte.

»Ich brauche einen neuen Reißverschluss für das hier«, sagte die Frau zu Leonies Mutter, öffnete die Schachtel und nahm ein Kleid aus einem wunderschönen, glänzenden apricotfarbenen Stoff heraus. »Das dumme Ding ist immer wieder steckengeblieben«, erklärte sie, während Leonies Mutter den defekten Reißverschluss abmaß. »Ich fürchte, ich habe zu fest daran gezogen. Was für ein Ärger. Ich bin im Hall abgestiegen und habe meine anderen Abendkleider in London gelassen. Eines der Zimmermädchen meinte, sie könnte es reparieren, wenn ich den richtigen Reißverschluss finde.«

»Der Reißverschluss hat keine reguläre Länge.« Ihre Mutter drehte sich um und begann, in den Schubfächern nach einem zu suchen, der die richtige Größe hatte. Leonie spürte, dass die Kundin sie beobachtete, wie sie auf der Suche nach den letzten Schnittmustern auf dem Boden herumkroch. Elegant bückte sich die Dame und hob eins auf, das fast unter die Theke gerutscht war.

»Das hier hast du übersehen, Liebes«, sagte sie und reichte es ihr.

»Danke«, sagte Leonie und verlor fast das Gleichgewicht, als sie es entgegennahm. Sie spürte, wie ihr die Röte ins Gesicht stieg, während sie den Staub von dem Muster wischte. Sie musste nach dem Herumkriechen auf dem Boden schrecklich aussehen, und sie war sich bewusst, dass ihre Haare zu Berge standen. Sie hatte sie gestern Abend gewaschen und darauf geschlafen, und nun standen sie um ihr Gesicht herum ab wie ein Heiligenschein.

Die Dame war so wunderschön gekleidet, dass sie nur aus London sein konnte. Leonie kam London wie ein weit entfernter Ort war, obwohl sie mit der Schule schon Ausflüge nach London unternommen und dort Museen besucht hatte. Einmal war sie zu ihrem Geburtstag auch bei Madame Tussauds gewesen. Sie hatte die prächtigen Parks geliebt und es genossen, in einem roten Bus an Selfridge's vorbeizufahren und die modisch gekleideten Menschen in der Regent Street zu betrachten. Aber bei trübem Wetter konnte es auch trostlos und laut sein, und wenn es regnete, was oft vorzukommen schien, sah man nichts als schwarze Regenschirme. Außerdem lächelten die Menschen einen auf der Straße nicht an und fragten »Wie geht's?« – wie in Saxford.

Diese Dame umgab ein Glanz, wie man ihn im ländlichen Suffolk selten zu sehen bekam. Sie war nur wenig jünger als ihre Mutter, aber Leonie schien sie mit ihrer schlanken Figur und ihrer selbstsicheren Haltung vollkommen zu sein. Ihr gefiel es, dass sie ihr Hütchen keck schief aufgesetzt trug. Ihr kirschroter Mantel war wunderbar weich; das wusste Leonie, weil der Ärmelaufschlag ihre Hand gestreift hatte, als sie das Schnittmuster entgegengenommen hatte.

»Ist diese junge Dame Ihre Tochter?«, fragte die Frau lächelnd, als Leonies Mutter sich wieder umdrehte und ihr triumphierend den richtigen Reißverschluss präsentierte. »Das muss sie sein, denn sie hat Ihr gutes Aussehen geerbt.«

»Ach, Unsinn«, sagte ihre Mutter und lachte verblüfft auf, während ihre Hand an ihre Wange flog, aber die Frau sah Leonie an und bekam nichts davon mit. Leonie fand die Bemerkung ein wenig zu persönlich, obwohl sie gleichzeitig das Kompliment begierig aufsog. Noch nie hatte jemand gesagt, dass sie gut aussah, oder sie eine junge Dame genannt, außer, um sie auszuschimpfen. Sowohl die Bretts als auch die Familie ihrer Mutter fanden so etwas suspekt. »Edel ist, wer edel tut« und »Schönheit liegt im Auge des Betrachters« pflegten sie zu sagen. Mrs. Brett senior, Leonies verwitwete Großmutter, war eine fromme Kirchgängerin und gab energisch den Ton an. Ob man hübsch war oder nicht, war unwichtig, es kam auf die inneren Werte an.

Gleichzeitig wusste Leonie aus gelegentlichen Bemerkungen, die Erwachsene machten, wenn sie glaubten, die Kinder hörten nicht zu, dass ihre Augen bemerkenswert waren. Daher achtete sie immer darauf, Blau zu tragen, wenn sie konnte, um ihre Augen zu betonen. An diesem Tag trug sie ein blassblaues Oberteil mit passendem Jäckchen, das nach der Suche nach den Schnittmustern allerdings ziemlich staubig war. Umso mehr verblüffte sie das, was die Dame aus London als Nächstes sagte. »Haben Sie schon einmal überlegt, ob sie Model werden könnte?«

Leonie war sprachlos und starrte die Dame an, und ihrer Mutter ging es ähnlich. Aber die Dame sprach weiter. »Ich meine es vollkommen ernst. Sie ist noch ein wenig jung, aber sie hat die richtige Größe und den richtigen Knochenbau.« Sie taxierte Leonie so kritisch, als wolle sie ein Pferd kaufen, und Leonie fühlte sich unbehaglich unter diesem Blick. »Ich schreibe für die *Vogue*«, fuhr die Dame fort, »und ich kann Ihnen versichern, dass die Zeitschriften ständig auf der Suche nach Mädchen wie Ihrer Tochter sind, Mädchen, die das gewisse Etwas haben.«

Leonie jubilierte innerlich, aber die Reaktion ihrer Mutter war enttäuschend. Sie erklärte, dass sich ihre Tochter im Moment um die Schule kümmern müsste; und die Dame sagte, natürlich verstehe sie das, bezahlte ihren Reißverschluss und ging.

»Was für ein Unsinn«, murmelte Leonies Mutter und starrte ihr feindselig nach. Sie sahen zu, wie die Frau sich auf dem Fahrersitz eines glänzenden grünen Autos niederließ, und in Leonie machte sich schiere Verzweiflung breit.

»Warum musst du immer alles kaputtmachen?«, schrie sie mit der ganzen Leidenschaft, zu der ein weiblicher Teenager fähig war. Sie war sich sicher, dass ihr eine wunderbare Gelegenheit entgangen war, eine Gelegenheit, die nie wiederkommen würde.

»Entschuldige dich bei deiner Mutter«, fauchte ihr Vater von einer Trittleiter im hinteren Teil des Ladens aus, wo er Schachteln zählte. »Und schlag dir die Flausen aus dem Kopf. Du hast hier reichlich genug zu tun, Mädchen.«

Aber es war sinnlos, denn die Worte der eleganten Dame hatten ihren Weg in Leonies Kopf gefunden und dort Wurzeln geschlagen. Im Lauf der nächsten ein, zwei Jahre sollten sie wachsen und gedeihen.

# Vier

## *Rosa*

»Warten Sie hier. Er wird gleich gebracht.« Der Wärter, der sie in den Besucherraum geführt hatte, klang gelangweilt und ging ohne ein Lächeln wieder hinaus. Sie hielt sich an dem alten, zerkratzten Resopal-Tisch fest, während sie sich auf den daran befestigten Stuhl setzte, und plötzlich schoss ihr ein Bild durch den Kopf: Sie saß wieder in einem kahlen Klassenzimmer und schrieb Rechenaufgaben von der Tafel ab. Obwohl Tisch und Stuhl im Boden festgeschraubt waren, waren sie klapprig und wackelten. Rosa sah sich nach den anderen Besuchern um. Paare saßen einander gegenüber, unterhielten sich ernst oder sahen in angespanntem Schweigen aneinander vorbei. Eine erschöpft wirkende Mutter umklammerte die Hände ihres hier einsitzenden Sohns, eines pummligen, kahl rasierten Kerls, der verdrossen auf den Tisch hinuntersah. »Das würde dir wohl so passen!« Eine empörte Stimme übertönte das allgemeine Stimmengemurmel, und alle Blicke richteten sich auf eine kleine, verhärmte Frau, die von ihrem Stuhl aufgestanden war. Ein Mann, der doppelt so groß und schwer wie sie war, griff nach ihrer Hand und flehte sie an, sich wieder zu setzen. Die zwei Wärter, die den Raum von gegenüberliegenden Seiten aus im Blick hatten, sahen genauso gelangweilt aus wie der, der Rosa hereingeführt hatte.

Es dauerte eine gefühlte Ewigkeit, bis eine andere Tür aufging und ein schmal gebauter Mann in dem vorschriftsmäßigen blauen Trainingsanzug hereinkam. Er strahlte Mutlosigkeit aus, und sein kurz geschorenes Haar war von Grau durchsetzt. Er sah sich im Raum um, und es dauerte einen Moment, bis Rosa ihn erkannte.

Bestürzt stand sie auf. Ihre Blicke trafen sich, er erkannte sie und wandte seinen Blick dann wieder ab. Er schlurfte auf sie zu, und sie sah schockiert, dass ihm seine Hausschuhe viel zu groß waren. Ihr Vater hatte sich immer durch seine kleinen, schmalen Füße in auf Hochglanz polierten Lederschuhen ausgezeichnet, und sie konnte nur erahnen, wie demütigend dies hier für ihn sein musste. Er versuchte nicht, sie zu küssen, sondern ließ sich stattdessen auf der anderen Seite des Tisches nieder. Endlich hob er den Blick, und sie sah in das freundliche Gesicht, an das sie sich erinnerte.

»Hallo, Rosie.« Er lächelte schwach.

»Daddy«, flüsterte sie, setzte sich wieder und sah voller Mitleid seine eingesunkenen Augen und die tiefen Falten auf seiner Stirn. Von seiner alten, feschen Art war nichts mehr übrig.

»Was machst du denn hier?«

»Ich ... Ich habe herausgefunden, wo du bist.«

»Wahrscheinlich hat Yvonne es dir gesagt, verdammt soll sie sein. Ich habe ihr gesagt, dass ihr nichts davon erfahren sollt, du und Micky.«

»Es war nicht Yvonne.« Kurz erklärte sie, dass Michal nach England gefahren war, um Arbeit zu suchen, und sie ihm gefolgt war, weil sie nichts von ihm gehört hatte. Sie erzählte von dem Polizisten, der ihren Vater aufgespürt und ihren Besuch arrangiert hatte.

»Er hat gesagt, dass du wegen ... Betrugs hier bist. Das heißt, du hast Geld gestohlen, oder?« Wieder spürte sie den glühenden Zorn darüber, dass er so etwas getan hatte – ihr eigener Vater! Sie hatte ihn nie auf ein Podest gestellt, dafür hatte schon ihre Mutter gesorgt, aber sie hatte doch immer zu ihm aufgesehen und gedacht, er sei jemand, der immer für sie da sei. Sie hatte ihn geliebt, ihm vertraut und ihn für einen im Grunde guten Menschen gehalten.

»Ja nun ... Es ist alles ein bisschen durcheinandergeraten. Die Rezession und alles.« Er klang unangenehm weinerlich.

»Du hast das Geld anderer Leute genommen!«, zischte sie und konnte ihre Emotionen nicht verbergen. Sie erinnerte sich noch an ihr Entsetzen, als Ben, der Polizist, ihr erzählt hatte, was seine Nachforschungen ergeben hatten. Er hatte Bauaufträge nicht erfüllt. Sich bei zweifelhaften Leuten bis über die Ohren verschuldet. Kautionen nicht zurückgezahlt und sich dann bei Nacht und Nebel davongemacht.

»Ich büße ja jetzt dafür, oder?« Sein Jammerton wurde immer schlimmer. »Das Haus ist weg. Aber die Bank hat es noch nicht verkauft, oder?«

»Ich weiß es nicht. Was ist aus Yvonne geworden?«

»Soweit ich weiß, lebt sie bei ihrer Schwester in Eastbourne. Sie will die Scheidung, Rosie.«

»Das kann ich ihr nicht verübeln.« Ihre eigene Boshaftigkeit verblüffte sie.

»Ich verstehe ja, dass du wütend bist. Deswegen wollte ich nicht, dass du es erfährst. Ich habe dich enttäuscht. Gott sei Dank ist deine Mutter tot und hat es nie erfahren.«

»Wie kannst du so etwas Schreckliches sagen? Du hast kein Recht dazu. Du bist nicht einmal zur Beerdigung gekommen.«

»Ich wollte euch nicht ... Na ja, das war mitten in den polizeilichen Ermittlungen. Wahrscheinlich hätten sie mich sowieso nicht fahren lassen. Aber du hast recht, ich hätte es versuchen sollen.«

»Du hast dich so gut wie nie gemeldet. Das hat Michal traurig gemacht, aber er hat trotzdem noch an dich geglaubt. Ich habe an dich geglaubt.« Der Wärter auf der gegenüberliegenden Seite des Raums sah sie interessiert an, daher sprach sie leiser. »Du hast uns so enttäuscht.«

Ihr Vater war ein Bild des Elends. »Was glaubst du, wo dein Bruder steckt?«

»Ich weiß es nicht. Das habe ich doch versucht, dir zu erklären. Ich mache mir solche Sorgen, und ich weiß nicht, wen ich fragen soll. Was kann ich tun?«

»Verdammt. Wie soll ich das wissen?« Während er nachdachte, fuhr er mit den Fingern an der Tischkante entlang. Seine Nägel waren ordentlich geschnitten, und dieses Detail beruhigte sie. Wenigstens achtete er noch ein wenig auf sein Äußeres. Wie musste es sein, hier einzusitzen? Ben hatte ihr erklärt, dass dies kein Gefängnis für Schwerkriminelle sei. Die Männer hier hatten nur minderschwere Straftaten begangen. Trotzdem, mehrere Jahre hier würden jedem zusetzen.

»Es gibt doch Organisationen, die nach Vermissten suchen, oder? Und du kannst bei der Stadtverwaltung nachfragen. Wenn er obdachlos war, hat er sich vielleicht an sie gewandt.«

»Die Polizei hat Nachforschungen angestellt. Sie haben es in Krankenhäusern und Notunterkünften probiert. Der Polizist, mit dem ich gesprochen habe, meint, ich solle nach Landsleuten suchen und fragen, ob sich jemand um ihn gekümmert hat. Mir hat jedenfalls jemand geholfen.« Sie erzählte ihm von ihrem Job im Black Cat Café und dass ihr eine fremde Frau ein Zimmer gegeben hatte. Mittlerweile machte er sich richtige Sorgen um Michal, das sah sie, und es stimmte sie gnädiger. Er liebte seine Kinder immer noch, aber ihr wurde klar, dass sie die Rollen getauscht hatten. Das, was ihm passiert war, und Yvonnes Verlust hatten ihn völlig aus der Bahn geworfen. Im Moment war sie stärker als er. Trotzdem wünschte sie sich sehnsüchtig, dass er dieses Problem lösen könnte, dass er etwas sagen würde, das ihr half, ihren Bruder zu finden. Aber was konnte er schon tun von hier drinnen aus?

Einer der Wärter rief, dass die Besuchszeit fast vorüber sei. Daher stand sie auf und knöpfte ihren Mantel zu.

»Kommst du wieder, Rosie? Bitte!«

»Ja, aber frag mich nicht, wann. Ich muss arbeiten.« Das war gemein von ihr, aber in diesem Moment genoss sie ihre Macht.

»Warte nicht so lange. Ich bekomme nicht oft Besuch.« Er berührte zum Abschied ihre Schulter. »Es war schön, dich zu sehen. Du siehst ...« Er sah ihr lange ins Gesicht. »Wunderschön aus«, entschied er dann. »Du bist immer noch meine wunderschöne Tochter. Ich habe dich nie danach gefragt, aber bist du inzwischen darüber hinweg?«

Sie erstarrte.

»Ich meine Eryk. Eine schreckliche Sache. Wie geht's seinen Eltern? Die armen Teufel!«

»Ich will nicht darüber reden«, erklärte sie mit ausdrucksloser Stimme.

»Tut mir leid, war dumm von mir zu fragen. Meine arme Rosie. Du wirst jemand anderen finden.« Er streckte die Hand aus und berührte ihre Wange, um sich zu verabschieden. Sie versuchte, nicht zurückzuzucken.

Dann stand sie da, hielt sich an der Stuhllehne fest, sah zu, wie er mit den anderen Gefangenen hinausschlurfte, und versuchte, ihre Fassung wiederzugewinnen. Um Michals willen war es wichtig, dass sie ruhig und stark blieb, aber sie fühlte sich so allein.

Als Rosa am nächsten Morgen im Café ihren Mantel aufhängte, blickte Karina von ihren Papieren auf.

»Ich werde dich in Zukunft manchmal im Café allein lassen müssen, Rosa«, sagte sie. »Schaffst du das? Jareds Mum muss ins Krankenhaus. Kaum zu glauben, aber vielleicht hat sie tatsächlich etwas.«

»Ach, du meine Güte, was denn?« Rosa band sich eine Schürze um, bevor sie die Lieferung vom Bäcker sortierte.

»Die Ärzte wissen es nicht. Sie müssen alle möglichen Untersuchungen machen, und jemand muss sie begleiten und nachher nach Hause bringen.« Sie trank einen großen Schluck Kaffee.

»Und Jared hat wahrscheinlich zu viel zu tun.«

»Du hast's erfasst.« Jared war Vorarbeiter bei einer großen Gerüstbaufirma. »Jedenfalls ist es besser, wenn ich das übernehme. Er ist nutzlos, wenn es darum geht, Informationen aus den Ärzten herauszukriegen.«

»Ja klar, natürlich helfe ich dir, aber was ist mit Beth oder Stu?« Beth und Stu arbeiteten in Teilzeit. Normalerweise wurden zwei Personen zum Servieren gebraucht und eine, die hinter den Kulissen arbeitete. Rosa erinnerte sich an das Gespräch mit Stef. Sie hatte sie nach einem Job gefragt. Hatte sie nicht erzählt, dass sie bei einem Lieferservice gearbeitet hatte? Rosa holte tief Luft. »Ich kenne eine Frau mit Kocherfahrung, die Arbeit sucht. Ich könnte sie fragen.«

»Großartig!«, sagte Karina und studierte stirnrunzelnd eine Lieferantenrechnung. »Ich rede mit Beth und Stu, aber wahrscheinlich brauchen wir noch eine Aushilfe. Sag deiner Freundin, sie soll vorbeikommen und sich bei mir vorstellen.«

Rosa war erfreut. Sie mochte Stef, und ihr gefiel auch die Idee, zur Abwechslung einmal ihrerseits jemandem einen Gefallen zu tun. Schließlich hatten ihr so viele Menschen geholfen.

## Leonie

Nun, da Stef Arbeit hatte, wirkte sie viel fröhlicher. Sie wanderte nicht mehr den ganzen Tag ziellos durchs Haus und machte Leonie Sorgen. Dennoch hatte Leonie das Gefühl, weiterhin ein besonderes Auge auf Stef haben zu müssen, und Stef schien dankbar dafür zu sein. Eines Morgens, als Stef nicht arbeiten musste, setzte sich Leonie zu ihr an den Küchentisch, und Stef nutzte die Gelegenheit und fragte, wie es auf ihrem Weg zum Model weitergegangen sei. »Ich interessiere mich so dafür«, erklärte sie, »weil ich immer noch sehr gern in der Modebranche arbeiten würde. Das muss damals alles ganz anders gewesen sein.«

»Oh, das war es, ja, aber wie immer hat der Zufall eine Rolle gespielt. In meinem Fall hatte ich nicht nur Glück. Mein nächster Schritt in Richtung Karriere entpuppte sich als sehr unangenehme Erfahrung.«

**London, Frühjahr 1960**

Kurz nach Leonies sechzehntem Geburtstag fuhr sie mit Jean, einer Schulfreundin, nach London. Jean schwärmte für den Sänger Adam Faith und hatte gehört, dass er an einem bestimmten Tag während der Osterferien in einem Plattenladen in der Oxford Street sein würde. Sie überredete Leonie, sie zu begleiten. Leonie war nicht so erpicht auf das Pop-Idol wie Jean, aber ein Treffen mit Adam Faith schien ihr immer noch aufregender als die Arbeit bei H. E. Brett's oder die Aussicht darauf, im Park herumzulungern und den Jungs beim Fußballspielen zuzusehen. Also plünderten die beiden ihre Sparschweine und nahmen am frühen Morgen den Zug nach London.

Als sie bei »His Master's Voice« ankamen, stellten sie sich in eine lange Schlange von Mädchen, die auf dem Bürgersteig stand. Als nach einiger Zeit Adams Taxi vorfuhr, schwappte die Menge kreischend auf die Straße. Sie erhaschten einen Blick auf hinreißend strohblondes Haar, während seine Begleiter ihn eilig in den Laden führten. Dann drängelten die Mädchen ihm alle nach, und Leonie fand, dass er von Nahem viel weniger strahlend wirkte als im Fernsehen. Aber Jean hielt ihn für traumhaft, und sie kauften jede eine Platte, deren Cover er für sie signierte.

Nachdem sie wieder auf der Straße standen, geschah etwas Seltsames. Sie verglichen gerade aufgeregt ihre kostbaren Autogramme, als ein Mann auf sie zukam, kurz hüstelte und höflich den Hut zog. »Darf ich die jungen Damen einen Moment stören? Könnte ich kurz mit Ihnen sprechen?«

Leonie staunte, einen so seltsamen Mann hatte sie noch nie gesehen. Er war ziemlich alt, mindestens vierzig, hatte lichtes graues Haar, das unter einem weichen Filzhut hervorschaute, einen Schnurrbart und einen kurzen, ordentlich gestutzten Vollbart, was beides keineswegs der damaligen Mode entsprach. Mit seinem langen Gehrock und der Nelke im Knopfloch sah er aus wie ein verwegener Gentleman aus viktorianischer Zeit. Später, als Leonie wusste, dass er sich immer so kleidete, begriff sie, dass dieser unverwechselbare Stil sein Markenzeichen war.

»Ich versichere Ihnen, dass meine Absichten vollkommen ehrenhaft sind«, erklärte er in kultiviertem Englisch, obwohl seine Sprachmelodie und die Art, wie er »ehrenhaft« sagte, ihnen verriet, dass er kein Engländer war. »Mein Name ist Rostov, Jerry Rostov – hier ist meine Karte –, und ich frage mich, ob Sie in Betracht ziehen würden, mich in meinem Atelier aufzusuchen, damit ich ein paar Aufnahmen von Ihnen machen kann.« Als er das sagte, sah er zu Leonies Verwirrung nicht Jean an, die so zierlich und hübsch war, sondern sie. Sie fühlte sich noch genauso unscheinbar wie vor zwei Jahren, als die Dame von der *Vogue* gefragt hatte, ob sie Model werden wolle.

Leonie nahm die Karte und murmelte etwas davon, dass sie erst ihre Eltern fragen müsse. Er verbeugte sich und sagte, natürlich, und es wäre ihm ein Vergnügen, auch ihre Eltern kennenzulernen, sollten sie sie begleiten wollen. Dann zog er erneut den Hut, und Leonie sah Jean an und versuchte, nicht zu kichern. »Sie werden kommen, oder?«, fragte er. »Ich bestehe darauf«, fügte er äußerst charmant hinzu, bevor er sich umdrehte und sich entfernte.

»Und? Gehst du hin?«, quietschte Jean, die Augen machte wie ein Goldfisch. Sie riss Leonie die Karte aus der Hand und untersuchte sie. »Er ist Fotograf, hier steht es. Oh, Leonie, du musst hingehen. Das ist deine Chance, verstehst du?«

»Ich weiß nicht«, meinte Leonie kühl, obwohl es ihr schwerfiel, ihre Aufregung zu verbergen. »Mum und Dad wären damit nicht einverstanden, das weiß ich.« Doch zu ihrer Überraschung sollte sie sich irren.

Bis dahin hatte ihre Mutter verzweifelt versucht, Leonie für die Schule zu interessieren – mit wenig Erfolg. Kunst war das einzige Fach, in dem sie sich wirklich Mühe gab. Dennoch hatte ihre Mutter die Vorstellung, dass Leonie die sechste Klasse absolvieren und schließlich mit ein bisschen Glück einen Verwaltungsjob im öffentlichen Dienst ergattern könnte oder, wenn sie sehr erfolgreich war, eine Stelle als Sekretärin, irgendeine Beschäftigung, die nach der Arbeit in einem Stoffladen einen Aufstieg bedeutete. Aber ihre Mutter und ihr Vater hatten in der Zwischenzeit auch erkannt, dass Leonies Ambitionen seit der Begegnung mit der Dame von der *Vogue* in eine andere Richtung gingen. Als sie beim Tee die Karte hervorzog und ihnen zeigte, reagierten sie daher nicht so ablehnend, wie sie befürchtet hatte. Ihr Bruder Bobby, der mit seinen vierzehn Jahren dabei war, eine Art abgeklärten Sarkasmus zu entwickeln, fand das alles rasend komisch und meinte, der Mann müsse sehr verzweifelt sein.

»Halt den Mund«, sagte sie zu ihm. »Ich will wirklich hingehen«, jammerte sie und stellte fest, dass sie Jeans Worte wiederholte. »Das ist meine Chance.« Ihre Eltern, die wussten, wie stur sie sein konnte, wechselten vielsagende Blicke.

»Du weißt doch gar nichts über diesen Mann«, begann ihre Mutter. Aber ihr Einwand klang so lahm, als wüsste sie schon, dass sie geschlagen war.

»Er ist kein Mädchenhändler, falls du das meinst, Mum. Das ist eine richtige Visitenkarte.« Triumphierend entdeckte sie später am selben Abend seinen Namen in einer der alten Ausgaben von *Woman's Weekly*, die ihre Mutter wegen der Modetipps und Rezepte abonniert hatte. Er war der Urheber einiger Fotos zu einem Beitrag über Sommerkleider. Die Aufnahmen waren in einem Park mit wunderschönen Rosenbeeten gemacht worden, wogegen man unmöglich etwas einwenden konnte. Schließlich erklärte ihr Vater sich bereit, sie zu begleiten, weil er ohnehin noch zu einem Großhändler in Nordlondon müsse. Und so wählte sie mit zitternden Fingern Mr. Rostovs Nummer und vereinbarte einen Termin mit ihm.

Das Atelier in Kentish Town, einem Teil von London, im dem sie noch nie gewesen war, erwies sich als Erdgeschoss eines lichterfüllten modernen Gebäudes, dessen Architektur irgendwie avantgardistisch wirkte. Es schien ganz aus offenen Treppenhäusern und weiß getünchten Wänden zu bestehen, die mit modernen abstrakten Gemälden und vergrößerten Fotos von Models geschmückt waren. Ein oder zwei von ihnen hatte Leonie schon in den Hochglanzzeitschriften gesehen, die bei ihrem Zahnarzt im Wartezimmer auslagen. Es waren elegante Debütantinnen-Typen, deren Wespentaillen in Twinsets und Ballkleidern steckten. Ihr wurde schwer ums Herz, als sie die Fotos musterte, denn sie glaubte, dass sie mit ihrer Stupsnase und flachbrüstig, wie sie war, nie wie diese Models aussehen würde, nicht in einer Million Jahren. Später sollte sie erkennen, dass jedoch genau das ihr Vorteil gewesen war. Die Welt der Mode war im Umbruch, und auch der Typ Model, der gefragt war, änderte sich gerade.

Die Architektur des Gebäudes schien nicht zu seinem altmodisch gekleideten Bewohner zu passen, war der exzentrischen Art des Mannes andererseits aber auch wieder merkwürdig angemessen. Mr. Rostov hieß Leonie und ihren Vater mit einer altertümlichen

Höflichkeit willkommen, die Letzteren sichtlich beeindruckte, und bestand darauf, sie Miss Brett zu nennen. Er führte Vater und Tochter in ein großes Fotoatelier, von dem mehrere kleinere Räume abgingen. Eine der vielen Türen, auf der »Dunkelkammer« stand, öffnete sich, und Rostovs Assistent kam heraus, ein junger Mann, der auf Leonie trotz seiner leuchtenden blauen Augen und seines glänzenden braunen Haars mürrisch wirkte. Rostov stellte ihn als Master Fletcher vor, ein Name, von dem sie sah, dass er ihn hasste. Master Fletcher nickte wortlos und machte sich daran, einige frisch entwickelte Fotos auf einer Leine zum Trocknen aufzuhängen. Die Bilder zeigten ein Mädchen mit großen Augen, das nicht viel älter war als Leonie und ziemlich verängstigt aussah, so als sei es zufällig in das blendende Licht eines Scheinwerfers geraten. Rostov schickte Master Fletcher zum Teekochen, half ihr dann aus ihrem Mantel und bat sie, sich auf einen Diwan zu setzen, der an einer Wand stand. Anschließend zog er sich das schwarze Tuch einer altmodischen Plattenkamera über den Kopf und werkelte leise murmelnd an dem Apparat herum. Der junge Mann kehrte mit drei Bechern zurück, die bis zum Rand mit starkem Tee gefüllt waren, und machte sich daran, die Scheinwerfer einzustellen.

»Mr. Brett«, sagte Rostov, als er wieder unter dem Tuch hervorkam, »Sie dürfen natürlich herzlich gern bleiben und zusehen, aber ich frage mich, ob Ihre Tochter sich nicht viel ... ähm ... ungezwungener fühlen würde, wenn Sie gehen und später wiederkommen würden. Eine oder zwei Stunden wären vollkommen ausreichend.«

»Das ist eine gute Idee«, sagte Leonies Vater dankbar, denn er hatte in dieser Umgebung sichtlich überfordert gewirkt. »Ich habe in der Tat noch etwas Geschäftliches zu erledigen ...« Eilig trank er seinen Tee aus, gab Master Fletcher seine Tasse zurück und ermahnte seine Tochter, ihr Bestes zu geben. Dann setzte er den Hut auf und ging.

Nachdem ihr Vater weg war, veränderte sich Rostovs Verhalten gegenüber Leonie. Er war noch aufmerksamer, ja sogar ein wenig vertraulich, und seine Finger streiften ihre Arme und ihr Haar, während er sie im Sitzen und Stehen für verschiedene Posen vor der Kamera zurechtrückte. Sie war sich des Assistenten bewusst, der sich im Hintergrund eifrig nützlich machte, seinem Arbeitgeber frische Fotoplatten brachte und belichtete wegnahm. bis Rostov ihm schließlich erklärte, dass sie jetzt erst einmal genug gearbeitet hätten, und ihm befahl, nach Hause zu gehen. Fletcher warf Leonie einen unglücklichen Blick zu, während er seine Jacke überstreifte. »Ja, dann will ich mal«, murmelte er, schien aber eigentlich gar nicht gehen zu wollen.

»Nun denn«, sagte Rostov, als sie allein waren, und rieb sich die Hände. »Es wäre schön, wenn Sie sich ein wenig mehr entspannen würden. Bitte setzen Sie sich wieder auf die Couch.« Sehr vorsichtig balancierte Leonie auf der Sofakante. »Richtig so, und nun öffnen Sie diese Knöpfe, denn es ist wichtig, dass wir Ihren ... ähm ... *embonpoint* erahnen können.« Äußerst zögernd öffnete sie den obersten Knopf ihrer Bluse und dann den nächsten, sodass der Rand ihres BHs sichtbar wurde. »Nein, so geht das nicht, ziehen Sie das schreckliche Ding ganz aus. Sie brauchen es nicht, Sie sind dort sehr klein.« Sie spürte, wie ihr Gesicht rot anlief. Es war ihr peinlich, dass sie nur Körbchengröße A hatte, dennoch drehte sie sich um und tat wie geheißen. Dann zog sie hastig wieder ihre Bluse an und knöpfte sie bis zum Brustbein zu. Auf seine Anweisung hin legte sie sich hin. Sie war ziemlich nervös, und ihr Unbehagen wurde noch dadurch gesteigert, dass er nur dastand, sie ansah und schwer atmete. Seine dunklen Augen blitzten.

»Werden Sie mich noch einmal fotografieren?« Sie versuchte, selbstbewusst zu klingen, hörte aber, wie ihre Stimme bebte.

»Ja, ja, alles zu seiner Zeit«, murmelte er, hob auf lächerlich ehrfürchtige Art ihren BH vom Boden auf und legte ihn auf den Stuhl zu ihrem Mantel und ihrer Handtasche. Dann schob er erneut Platten in seine Kamera, zog sich das Tuch über den Kopf, prüfte die Einstellungen und machte schließlich noch ein paar Aufnahmen. Nachdem er fertig war, setzte sie sich auf und knöpfte hastig ihre Bluse zu.

»Die Ergebnisse müssen wir noch abwarten, aber ich spüre, dass Sie das gewisse Etwas haben, das den meisten anderen Mädchen fehlt. Diesem zum Beispiel.« Er wies auf die inzwischen trockenen Abzüge des knabenhaften Mädchens, das steif posierte und so erschrocken in die Kamera blickte. »Sie sind natürlich unausgebildet, und Sie müssen sich noch mehr entspannen.« Hier beugte er sie vor und drückte Leonie aufmunternd den Oberschenkel. Sie versuchte wegzurücken, denn sie wollte ihn unbedingt loswerden, während sie ihn gleichzeitig nicht verärgern und ihre »Chance« aufs Spiel setzen wollte.

»Wann sind die Bilder denn fertig?«, fragte sie. Sie brannte darauf, sie zu sehen.

»Ich mache heute Abend ein paar Abzüge, und Sie können irgendwann nächste Woche kommen und sie sich ansehen.«

»Ich kann aber erst am Samstag«, erklärte sie, denn in der Woche musste sie ja in die Schule gehen.

Darüber dachte er kurz nach. »Kommen Sie nächsten Samstagnachmittag«, sagte er, und da sie die Rückkehr seiner neugierigen Hand fürchtete, stand sie auf, zog ihren Mantel an und stopfte den BH in ihre Handtasche.

»Ich warte draußen auf Dad«, erklärte sie. »Vielen, vielen Dank, Mr. Rostov. Das war sehr nett von Ihnen. Ich freue mich darauf, die Fotos zu sehen.« So schnell sie konnte, ohne unhöflich zu erscheinen, verließ sie das Atelier. Sie war unbeschreiblich erleichtert, als sie ihren Vater auf der anderen Straßenseite auftauchen sah! Seine Aktentasche war prall gefüllt mit Mustern für den Laden. Sie rannte ihm entgegen und war noch nie im Leben so froh gewesen, ihn zu sehen.

»Immer mit der Ruhe, mein Mädchen«, meinte er überrascht und erfreut, als sie ihn umarmte. »Es ist doch alles in bester Ordnung, hoffe ich?«

»Ja«, sagte sie voller Freude und Erleichterung. »Ja, in allerbester Ordnung. Ich freue mich nur, dich zu sehen, das ist alles.«

»Das ist schön«, sagte er und wirkte zufrieden. »Er schien ein sehr netter Gentleman zu sein, und ich hoffe, du hast dich bedankt und gesagt, dass du ihm sehr verbunden bist. Es war sehr freundlich von ihm, dich zu fotografieren.«

»Ja, das war es, nicht wahr?« Angesichts seiner kompletten Ahnungslosigkeit, was die Jerry Rostovs dieser Welt anging, verebbte ihre Erleichterung. »Ich soll nächsten Samstag wiederkommen und mir die Ergebnisse ansehen.«

»Dann musst du aber allein fahren, Liebes. Heute passte es ja, da ich etwas Geschäftliches zu erledigen hatte, aber deine Mutter und ich können uns nicht ständig im Laden freinehmen.«

»Er ist ein schmieriger alter Kerl«, erzählte sie Jean im Schulbus. »Am liebsten möchte ich ihn nie wiedersehen, aber ich muss wohl.« Leonie schilderte Jean, was geschehen war, und beim Erzählen erschien es gleich weniger grauenvoll. Die beiden brachen in so hysterisches Gekicher aus, dass ihre Schulkameradinnen ihnen den ganzen Vormittag zusetzten zu verraten, was passiert sei. Aber sie erzählten nichts. Auch ihren Eltern sagte Leonie nichts, denn sie wollte diese Fotos unbedingt sehen und wollte nicht riskieren, dass ihre Mutter und ihr Vater einen Aufstand machten. Angenommen, sie würden ihr dann verbieten, Model zu werden? Obwohl sie Mr. Rostov unheimlich fand, war sie entschlossen, wieder hinzugehen und mehr herauszufinden, damit sie den nächsten Schritt in Richtung ihres Wunschberufs tun konnte. Jean fand das töricht und versuchte, sie davon abzubringen, aber Leonie mochte einfach nicht auf sie hören.

Dieser Nachmittag bei Rostov hätte viele junge Mädchen gründlich vom Modeln abgebracht, aber Leonie hatte er stattdessen wachgerüttelt, und sie überlegte, ob sie vielleicht eine perverse Ader hatte. Sie hatte ihn nur mit Mühe von sich fernhalten können, aber unabhängig davon hatte sie das ganz neue Gefühl, fotografiert zu werden, genossen. Sie mochte das helle Studio, und es hatte ihr gefallen, den geheimnisvollen Vorgang der Fotografie mitzuerleben. Die Sache war für sie ein einziges großes Abenteuer.

Auf den Abzügen – ein halbes Dutzend, die wie ein Fächer auf einem Tisch ausgelegt waren – sah sie glamouröser aus, als sie zu hoffen gewagt hatte. Sie wirkte natürlich auch steif und gehemmt – Rostov hatte recht –, aber sie konnte sehen, was er in ihr entdeckt hatte: dass sie fotogen war. Sie sah der Kamera ins Auge; sie forderte sie heraus und schmeichelte ihr. Später sollte die *Vogue* begeistert über Leonies »knabenhaften Stil« schreiben, der in ihrem kleinen Gesicht, ihren großen Augen und ihrem spitzen Kinn schon jetzt zu erkennen war und der laut Rostov der neue, junge Look war. Und angesichts einer Aufnahme von der Seite wurde ihr zu ihrer Überraschung klar, dass sie ein gutes Profil besaß. Die Stupsnase, mit der Bobby sie ständig aufzog, erinnerte überhaupt nicht an eine Schweineschnauze, sondern sah ganz liebreizend aus.

Von den schlüpfrigen Bildern, die er letzte Woche aufgenommen hatte, nachdem Master Fletcher gegangen war, sah sie jedoch nichts mehr. Sie fragte sich, ob sie zu seinem persönlichen Gebrauch gedacht waren.

»Mit diesen Bildern können Sie sehr zufrieden sein«, erklärte Rostov und schenkte ihr zwei der besten Aufnahmen. »Aber mit sechzehn sind Sie noch ein bisschen zu jung, und sie brauchen auch noch ein wenig Ausbildung. Gehen Sie zur Model-Schule, machen Sie etwas mit Ihrem Haar und arbeiten Sie an Ihrer Haltung. Sie watscheln wie eine Gans, meine Liebe. Kommen Sie in einem Jahr wieder, und dann sehen wir, wo wir stehen.«

Leonie war verletzt und fragte sich, ob sie ihn verärgert hatte, indem sie seinem Drängen nicht nachgegeben hatte; aber nach reiflicher Überlegung und nachdem sie mit Jean darüber gesprochen hatte, die sehr scharfsinnig sein konnte, begriff sie, dass er nur ehrlich war.

Ihre Mutter hatte jeden einigermaßen großen Spiegel aus dem Haus verbannt, wahrscheinlich, weil sie unerwartete Blicke auf ihre Narbe nicht ertragen konnte, daher stellte Leonie vor dem großen Standspiegel im Schlafzimmer von Jeans Eltern eine Bestandsaufnahme ihrer selbst an. Sie war schlank und fast einen Meter fünfundsiebzig groß, was gut war, wie sie wusste. Aber sie machte beim Gehen den Rücken krumm, um ihre Größe zu kaschieren, und trug ihr langes Haar meist zu einem unvorteilhaften Pferdeschwanz zurückfrisiert, weil ihre Mutter meinte, das Haar sei die schönste Krone eines Mädchens und es abzuschneiden wäre eine Schande.

Aber sie musste es abschneiden, wenn sie Model werden wollte, also sparte sie ihren Verdienst aus dem Laden und ging ein paar Monate später zu einem guten Friseur in der Nähe des Oxford Circus. Wie sich herausstellte, war das eine der besten Entscheidungen, die sie je getroffen hatte.

## Stef

Zuerst fiel es Stef schwer, sich an das Arbeitstempo zu gewöhnen, denn der Job war anders als alle anderen, die sie bisher gehabt hatte, obwohl es auch hier darum ging, Essen zu servieren. Aber sie mochte die Kollegen, Rosa natürlich, Beth und Stu und Karina, wenn sie denn da war.

Die Gästeschar in dem Café war bunt gemischt und änderte sich je nach Tageszeit. Die ersten Gäste waren die Angestellten aus den Geschäften und Büros in der Nähe, die auf ein schnelles Frühstück hereinkamen oder sich einen Cappuccino zum Mitnehmen kauften. Dann folgten die Mütter mit kleinen Kindern, die beim Einkaufen eine Pause einlegten oder sich mit Freundinnen trafen, und ein paar Studenten vom nahegelegenen technischen College, die auf ihren Laptops tippten und sich eine Stunde lang an einem Kaffee festhielten. Wenn Leonie ins Café kam, bestand sie darauf, ihren Kaffee selbst zu bezahlen. Deshalb legte Rosa ihr hartnäckig Gratis-Plätzchen auf den Unterteller, denn deswegen einen Aufstand zu machen, wäre Leonie viel zu peinlich gewesen. Zur Mittagszeit wurde es im Café richtig voll, und die Schlange reichte bis zur Tür. Rosa teilte Stef zum Sandwichschmieren ein, weil sie schnell und geschickt arbeitete und auch bei komplizierten Bestellungen nie etwas vergaß. Die Arbeit war schwer, aber das kam ihr entgegen, da sie so keine Zeit zum Grübeln hatte, und sie begann, sich immer besser zu fühlen.

»Es ist vielleicht nur für eine Woche«, hatte Rosa sie gewarnt, als sie ihr von dem Job erzählt hatte, und Karina hatte das beim Vorstellungsgespräch noch einmal unterstrichen. Aber die Neuigkeiten von Cathy, Karinas »Schwiegermutter«, waren nicht erfreulich, und zu Beginn der zweiten Woche sah es aus, als müsse sie zu einer schweren Operation ins Krankenhaus; eine ihrer Herzklappen musste ersetzt werden. Das hieß, dass jemand bei Cathys alter Mutter, Jareds Großmutter, vorbeischauen und Cathys ängstlichen Windhund versorgen musste.

»Und nach der Operation gibt es auch noch jede Menge zu tun«, erklärte Karina an einem der Tage, an dem sie es geschafft hatte, zur Arbeit zu kommen, genervt. »Jared muss sich einfach freinehmen. Ich habe ihm gesagt, er soll um Sonderurlaub aus familiären Gründen bitten oder sich Urlaub nehmen. Dafür kann sein Chef ihn nicht entlassen. Das Problem ist, dass er, was Krankenpflege angeht, so nützlich ist wie ein Aschenbecher auf einem Fahrrad. Er ist super, wenn es darum geht, etwas zu reparieren; aber seiner Mum beim

Anziehen und so zu helfen, wäre ihm extrem peinlich. Ich werde also trotzdem noch gebraucht.«

Stef begriff, dass es mit dem Job noch eine Weile weitergehen würde, und war dankbar, obwohl Karina ihr natürlich leidtat. Es war herrlich, Geld in der Tasche zu haben, und zu den ersten Dingen, um die sie sich kümmerte, gehörte ein ordentliches Miet-Arrangement mit Leonie. Sie wusste, dass vierzig Pfund die Woche für London eine lächerlich geringe Miete darstellten, daher erbot sie sich zusätzlich, einmal pro Woche Peters Zimmer zu putzen. Leonie nahm dankbar an. Angenehm war die Arbeit nicht, und beim ersten Mal beklagte sich Peter, weil Stef ein paar Farbtuben weggeworfen hatte, die angeblich nicht leer gewesen waren. Deshalb musste Leonie zunächst vermitteln. »Stef verspricht, dass sie nichts Wichtiges bewegen wird«, erklärte sie ihm, »aber die Zimmer müssen geputzt werden.« Und darauf konnten sich beide Seiten schließlich einigen.

Der andere Vorteil an der Arbeit im Black Cat war, dass Stef Rosa besser kennenlernte. Eines Montags nach dem Mittagsansturm kam Karina unerwartet herein und bestand darauf, dass die beiden sich eine Stunde freinahmen, um selbst zu Mittag zu essen.

»Ich wette, ihr hattet keine Zeit für eine Pause, oder?«, schimpfte sie. Beth war ebenfalls eingetroffen und kümmerte sich um den Abwasch, also machte Karina ihnen ein paar Sandwiches zurecht und schickte sie dann weg.

Sie gingen in einen winzigen Park in der Nähe und setzten sich zum Essen auf eine Bank. Die Bank war Teil einer Kriegsgedenkstätte und stand vor dem Denkmal selbst, einem großen Steinkreuz, das unlängst gesäubert worden war, vielleicht aus Anlass des hundertsten Jahrestags des Beginns des Ersten Weltkriegs. In seinen Sockel waren Dutzende Namen von Toten aus zwei Weltkriegen eingraviert. Es war ein ziemlich warmer Tag, und die Sonne fiel durch die knospenden Äste der Bäume, die Muster auf den silbrigen Stein warfen. Stef streckte die Beine aus, während sie ein Sandwich aus der Tasche zog, und war froh darüber, draußen zu sein. Rosa saß einfach da, rauchte und betrachtete schweigend das Denkmal.

»Geht's dir auch gut?«, fragte Stef.

»Mm, ja. Tut gut zu sitzen. Heute war so viel los.«

Da Stef den Mund voll Thunfischsandwich hatte, nickte sie nur.

»Ich glaube, Karina wird dich noch einige Zeit brauchen. Die Mutter wird nicht so schnell wieder gesund werden. Karina hat es gerade nicht leicht.«

Stef schluckte den Bissen hinunter und wischte sich den Mund mit einer Serviette ab. »Na, ich brauche die Arbeit, für mich ist das gut.«

»Ja. Ich bräuchte aber freie Zeit, um nach Michal zu suchen.«

»Was willst du denn als Nächstes unternehmen?« Rosa hatte Stef von dem Besuch bei ihrem Vater im Gefängnis erzählt und ihr auch berichtet, dass Ben, der Polizist, immer noch im Hintergrund ermittelte. Ab und zu rief er sie an, um ihr Bericht zu erstatten, und es erstaunte Stef, dass er so viel Arbeit in den Fall investierte. Einmal hatte sie im Spaß gesagt, dass er vermutlich verschossen in sie sei oder so, aber Rosa hatte nur die Stirn gerunzelt. Sie fand das nicht lustig und vermittelte Stef das Gefühl, eine unsichtbare Grenze überschritten zu haben.

»Ich weiß nicht. Er ist in keiner der Notunterkünfte oder beim Arbeitsamt gewesen. Die Polizei hat nichts über ihn. Sie sagen, er sei ein leeres Blatt.«

»Ein unbeschriebenes Blatt?«

»Ja, das meine ich.« Rosas Stimme klang traurig. Stef sah zu ihr auf. Wieder einmal beeindruckte es sie, wie auffallend attraktiv ihre Freundin aussah. Heute trug sie ein praktisches dunkelrotes Trägerkleid und dazu Leggins und flache, knöchelhohe Stiefel. Ihr dunkles Haar hätte einen Schnitt gebraucht, aber der längere Pony passte zu ihrer hohen Stirn und betonte ihre schönen blauen Augen. Alles an ihr strahlte Tüchtigkeit aus. Sie lag in ihren sicheren Bewegungen, der Art, wie sie den Zigarettenstummel mit dem Absatz austrat, ihn in einen Papierkorb warf, sich die Hände abwischte und dann Stücke von ihrem Sandwich abbrach, das sie ohne sichtlichen Genuss aß. Und sie lächelte auch nicht, obwohl sie im Café immer professionell freundlich war und besonders nett mit Kindern sprach. Nur Stef schien die Traurigkeit in ihren Augen zu bemerken.

»Es muss in London doch Landsleute von dir geben«, meinte Stef vorsichtig. »Könntest du die nicht fragen?«

»Das habe ich versucht.« Rosas Stimme klang düster. »Drüben in der Autowerkstatt arbeiten ein paar Männer. Ich habe mit ihnen gesprochen, aber sie wissen nichts. Sie haben mir noch ein paar andere Orte genannt, wo ich es versuchen könnte: ein Restaurant in der Nähe der Bücherei, die katholische Kirche oben an der Straße. Also werde ich da mal vorbeigehen.«

»Wenn du magst, komme ich mit«, sagte Stef, obwohl sie nicht wusste, wie sie Rosa helfen sollte. Schließlich sprach sie ihre Sprache nicht. »Ich meine, um dir Gesellschaft zu leisten.«

»Danke.« Zum ersten Mal zeigte Rosa die Spur eines Lächelns. »Das ist sehr nett von dir, Stef. Ich glaube, ich komme zurecht, aber wenn ich Hilfe brauche, werde ich dich fragen.«

Das ermutigte Stef zu fragen: »Wie war es bei dir zu Hause? Du hast in einer großen Stadt gewohnt, oder?«

»In der Hauptstadt, in Warschau, ja.« Rosa zuckte die Achseln. »Es ist ... gut dort. Wie in jeder großen Stadt. Warschau ist teuer und laut, aber die Stadt hat auch viele schöne Seiten. Viele Gebäude sehen alt aus wie in London, aber sie sind es nicht. Es ist eine Illusion. Das meiste wurde von den Nazis komplett zerstört. Die Stadt musste neu aufgebaut werden.«

»Konnte dein Bruder denn dort keinen Job finden?«

»Doch, aber keinen gut bezahlten. Und er wollte mehr als nur Geld, er wollte ein anderes Leben. Nach dem Tod unserer Mutter hat er immer davon gesprochen, zu seinem Dad zu fahren, für seinen Dad zu arbeiten. Er war überzeugt davon, dass hier alles besser sein würde.« Sie scharrte mit ihren Füßen nervös über den Boden und sah zu dem Kriegerdenkmal hoch, ohne es richtig anzuschauen. Stef spürte, wie unglücklich sie war.

»Was glaubst du, was ihm zugestoßen ist?« Nein, das klang zu düster. Sie verbesserte sich. »Ich meine, was glaubst du, was er wohl getan hat, als er merkte, dass dein Dad nicht mehr in dem Haus wohnt?«

»Ich habe immer gedacht, dass er mich angerufen hätte, bevor er etwas unternommen hätte. Und ich frage mich, warum er es nicht getan hat. Etwas hat ihn daran gehindert. Das macht mir die größten Sorgen.«

»Sagtest du nicht, er hätte Probleme mit seinem Handy gehabt?«

»Es gibt andere Telefone. Es gibt Internet-Cafés. Er hätte mich auf jeden Fall irgendwie benachrichtigen können.« Sie klang zornig.

»Du hast recht. Es tut mir leid.«

»Ich bin böse auf Mik, nicht auf dich, Stef.« Sie legte Stef eine Hand auf den Arm. »Warum hat er mich bloß nicht angerufen?«

»Ich weiß es nicht, aber vielleicht ... konnte er nicht.«

»Davor habe ich ja Angst. Stef, ich lese die Zeitungen, und manchmal stehen da schlimme Geschichten drin, du weißt schon, jemand wurde tot aufgefunden. und dann habe ich Angst, dass er es ist.« Abrupt stand sie auf, warf ihr Sandwichpapier in einen Mülleimer und ging, die Arme um den Körper geschlungen, davon. Stef folgte ihr.

Als sie ins Café zurückkehrten, saßen nur zwei oder drei Gäste an den Tischen, und Beth, ein übergewichtiges und nicht besonders entgegenkommendes Mädchen, unterhielt sich an der Theke mit einem jüngeren Mann in dunklem Jackett. Bei ihrem Eintreten blickte er auf, erfasste die beiden mit einem kurzen Blick und verabschiedete sich dann von Beth. In diesem Moment sah Stef kurz ein listiges Gesicht unter kurzem, lichtem Haar.

Beths sah ihm misstrauisch nach. »Komisch«, murmelte sie und begann die Theke abzuwischen. »Er hat nach Namen und solchem Zeug gefragt. Wer hier arbeitet und so.«

»Was hast du ihm erzählt?«, sagte Rosa in scharfem Ton. Sie war alarmiert.

»Gar nichts«, gab Beth abwehrend zurück.

»Glaubst du, es ist wegen Michal?«, wollte Rosa von Stef wissen. Sie ging zurück auf die Straße und sah sich um. Kurz darauf kam sie wieder herein und schüttelte den Kopf. »Er ist weg«, sagte sie. »Wo ist Karina?«, fragte sie Beth.

»Milch holen.«

Die Sache war eigenartig, aber der junge Mann tauchte nicht wieder auf, und nach einer Weile vergaßen sie den Vorfall.

## Leonie

Es war kein guter Morgen. Erstens hatte Leonie wieder schlecht geschlafen. Der Vogel im Kamin war ein oder zwei Tage ruhig gewesen, und sie hatte in einer Mischung aus Trauer und Erleichterung angenommen, dass er gestorben war; doch dann war sie ganz früh am Morgen davon aufgewacht, dass er herumgeflattert war und leise gezirpt hatte, so als müsse er sich selbst Mut zusprechen. Zitternd hatte sie sich im Pyjama an den Kamin gehockt und ihm zugeflüstert, bis er sich beruhigt hatte.

Jetzt war sie müde und nervös, und obwohl sie sich wie üblich an der Staffelei zur Arbeit eingefunden hatte, schien sie sich nicht auf Mr. Jenkins konzentrieren zu können. Mr. Jenkins war die herzallerliebste Katze einer gewissen Sibyl May Worth, einer Amerikanerin, die in Mayfair lebte – konnte sich heutzutage wirklich noch jemand leisten, in Mayfair zu wohnen? – und die sich ein großes Ölgemälde des Tiers wünschte, um es über ihren Kamin zu hängen.

Sie studierte das Foto der weißen Katze und fertigte ein paar vorläufige Skizzen an, als sie die Postbotin an ihrem Fenster vorbeigehen sah und kurz darauf das Klappern des Briefkastens hörte. Die Katze sah wirklich außergewöhnlich aus. Sie war buchstäblich eine große Fellkugel mit zwei runden Augen, die ihren Blick erwiderten, und zwei spitzen Ohren. Sie hatte keine Ahnung, wie sie ihr auf der Leinwand irgendeine Form verleihen sollte. Sie würde es zuerst mit den Augen versuchen. Wenn sie den Ausdruck richtig hinbekam, würde der Rest vielleicht einfacher. Sie zeichnete sie mit Bleistift vor, dazu den Punkt für die rosa Nase, und fragte sich, ob sie genug weiße Farbe für das ganze Fell hatte. Vielleicht sollte sie erst einmal nachsehen, ob etwas Interessantes in der Post war, und sich dann noch einmal an Mr. Jenkins versuchen. Wirklich, was für ein merkwürdiger Name für eine Katze, andererseits war es mal etwas anderes als Snowball, dachte sie.

Sie ging hinaus in die Diele und sah, dass jemand – wahrscheinlich Hari oder Bela – die Briefe schon aus dem Briefkasten genommen und auf die Ablage gelegt hatte. Bis auf einen Brief vom Finanzamt für Rosa war die Post für sie: ein Brief und eine Postkarte. Ihr Herz setzte einen Schlag aus, als sie an Jamie dachte, aber die Karte war von Trudi, die sich auf einer Kreuzfahrt entlang der dalmatinischen Küste befand. *Keine Einladungen an den Kapitänstisch mehr*, beklagte sie sich in ihrer schwungvollen Handschrift. *Kein Stil, kein Glamour, aber ich habe einen reizenden Schriftsteller kennengelernt, der einen interessanten Vortrag gehalten hat. Glamour* war unterstrichen. Die zunehmende Vulgarität in allen Lebensbereichen war ein Dauerthema bei Trudi, die sich nach einer früheren, eleganteren Welt sehnte. Leonie steckte die Karte an den Spiegelrahmen und nahm den Brief zur Hand, auf dem der inzwischen vertraute Namen der Anwaltskanzlei stand.

»Was ist denn nun schon wieder«, murrte sie, zwang sich aber, den Umschlag zu öffnen. Rasch überflog sie das Schreiben und las es dann verwirrt noch einmal. *Betreff: Bellevue Gardens 11*, stand darüber. Das Schreiben bezog sich auf einen früheren Brief, an den sie sich nicht erinnerte, und sie schrieben etwas davon, dass eine Antwort dringend erforderlich sei.

Wenn sie genau überlegte, war da vielleicht doch ein anderer Brief gewesen. Sie zog die oberste Schublade der Garderobe auf und fand einen ganzen Berg Post. Sie holte den Stapel heraus und begann, ihn durchzugehen. Werbung. Briefe an ehemalige Bewohner, die keine Adresse hinterlassen hatten. Jamies Kontoauszüge, um die er sich nie gekümmert hatte. Der gesuchte Brief war nicht dabei. Sie zögerte, schloss die Schublade und zog dann mit einer Reihe kleiner Rucks die knarrende Kommode von der Wand. An einer Seite fiel dabei ein vollkommen verstaubter Umschlag heraus. Sie identifizierte ihn als den, nach dem sie suchte, und riss ihn auf. Nachdem sie den Brief gelesen hatte, stand sie lange da, starrte darauf hinunter und spürte, wie der Schock durch ihren Körper lief.

## Rick

Normalerweise machte sich Rick in seiner Kaffeepause aus dem Vorrat an Teebeuteln, den er in seinem Spind in dem winzigen Personalraum des Supermarkts aufbewahrte, einen grünen Tee und ging mit dem Plastikbecher in den Park am Kriegerdenkmal oder schlenderte damit die Straße entlang, um das Schaufenster des japanischen Manga-Shops zu betrachten.

In letzter Zeit allerdings ging er ins Black Cat, wenn er wusste, dass Stef und Rosa dort waren. Dann verbriet er zwei Pfund für einen Cappuccino und hoffte, dass sie Zeit zum Plaudern haben würden. Wenn nicht, genoss er es, sich mit einer Zeitung hinzusetzen und zuzusehen, wie sie eifrig hin und her eilten, und hatte das Gefühl, ein Teil von alldem zu sein. Wenn Karina nicht da war, um Einwände zu erheben, schenkte Rosa ihm manchmal umsonst nach. Stef hatte zu viel Angst davor, entlassen zu werden, um so etwas zu tun.

Ihm war allerdings aufgefallen, dass sie inzwischen viel munterer wirkte. Er sah, dass es ihr gefiel, wieder zu arbeiten, obwohl sie ihm erzählt hatte, dass sie diesen Job nicht als Dauerlösung betrachtete. Sie war nicht nur fröhlicher, sondern löste sich allmählich auch aus ihrem Zustand ängstlicher Befangenheit. Sie sah ihm in die Augen und lächelte ihm über die Theke hinweg zu, und er sah, wie sie mit ungekünstelter guter Laune einer jungen Mutter half, deren übergroßer Buggy zwischen zwei Tischen stecken geblieben war. Der Job machte es erforderlich, dass sie ihr Haar anders trug, zusammengebunden und unter einer Kappe. Das ließ sie älter und intellektueller aussehen. Ihm gefiel das, aber er fühlte sich in ihrer Gesellschaft jetzt auch ein wenig unsicher. Wenn er nun beim Rasieren in den Badezimmerspiegel sah, musterte er sein Spiegelbild kritischer. Er musste sich irgendwann mal einen richtigen Haarschnitt machen lassen, dachte er, und ein paar seiner T-Shirts hatten ihre besten Tage wirklich hinter sich. Doch all das kostete Geld, und Geld hatte er nicht viel. Er hatte sich das Geldausgeben sozusagen abgewöhnt.

Was ihm außerdem aufgefallen war, war die wachsende Freundschaft zwischen den Mädchen. Manchmal kochten sie sogar abends zusammen. Er kam die Treppe hinunter, um sich ein paar Nudeln zu kochen oder Gemüse zu braten, roch den köstlichen Duft von gebratenem Hähnchen und fand Rosa in der Küche, wie sie das Fleisch in der knisternden Pfanne herumschob, während Stef Zwiebeln und etwas, das wie rote Beete aussah, hackte. Bei seinem Eintreten blickten sie auf, grüßten ihn und setzten dann ihr Gespräch fort. Er pflegte dann aufmerksam zu lauschen, während er versuchte, so zu tun, als höre er nicht zu. Auf diese Art und Weise hatte er auch an einem Abend unter der Woche mehr über Rosas vermissten Bruder erfahren. Von Stef kannte er die nackten Fakten, aber er hatte Rosa noch nie über ihn reden hören.

»Ich habe ihn immer beschützt, seit er ein kleiner Junge war«, sagte sie. »Er ist sehr freundlich und sieht immer das Gute in anderen Menschen. Er vertraut ihnen, auch wenn das vielleicht dumm ist. Aber jeder mag ihn gern, das ist gut. Ich kann mir nicht vorstellen, dass er jemanden so verärgern könnte, dass derjenige den Wunsch hätte, ihm wehzutun.«

Stef stieß einen Schrei aus; sie hatte sich versehentlich mit dem Messer in den Daumen geschnitten. Rick sprang auf, riss ein Papiertuch aus einer Schachtel und faltete es zusammen, sodass sie es auf die Wunde drücken konnte.

»Wie alt ist denn dein Bruder?«, fragte er Rosa leise.

»Zweiundzwanzig. Aber die Leute halten ihn für jünger.«

»Das muss schrecklich für dich sein. Unsere Filialleiterin ist Ungarin, glaube ich. Wenn du magst, frage ich sie. Für den Fall, dass sich Michal nach Arbeit erkundigt hat oder so.«

Rosa maß ihn mit festem Blick und lächelte. »Danke, Rick. Ich habe mich auch schon in den Geschäften umgehört.«

»Warst du schon in der Kirche?«, fragte Stef und musterte ihren Daumen, der kaum noch blutete.

»Nein. Ich will am Sonntag hingehen. Ich war schon lange nicht mehr in der Messe.«

Rick fragte seine Chefin, aber die erklärte, es kämen ständig

Ausländer, um nach Arbeit zu fragen. Nein, sie erinnere sich an niemand Besonderen. Sie hätte ihn weggeschickt. Glaubte Rick wirklich, es sei gut investierte Zeit, ein Vorstellungsgespräch mit jemandem zu führen, der nicht richtig Englisch sprach?

## Rosa

Seit dem Tod ihres Verlobten Eryk war Rosa nicht mehr zur Messe gegangen, aber der Gottesdienst hatte eine beruhigende Wirkung auf sie. Die Liturgie war natürlich auf Englisch, aber der vertraute Rhythmus der Gebete wirkte tröstlich auf sie wie ein Wiegenlied. Sie wusste, ohne nachzudenken, wann sie aufstehen, sich setzen oder sich bekreuzigen musste. So musste sie sich nicht konzentrieren und konnte in Ruhe die anderen Gemeindemitglieder mustern. Ein kleiner Teil ihrer selbst hoffte überall, wo sie hinging, Michal zu sehen, aber sie war inzwischen so daran gewöhnt, enttäuscht zu werden, dass es sie nicht übermäßig traurig machte, dass er nicht da war.

Was sie stattdessen überraschte, war, wie gut besucht die Kirche war und wie schön sie von innen aussah. Sie besaß hohe Decken und ein wunderschönes Buntglasfenster über dem Altar, das Christus als Herrscher mit segnend erhobener Hand zeigte. Die weiß getünchten Wände und die dunklen Holzbalken erinnerten sie an die Kirche, die sie in ihrer Heimat besucht hatte und die vor wenigen Jahren auf den Ruinen einer alten Wachstation errichtet worden war.

Als sie sich umsah, erblickte sie einige Besucher, die Landsleute von ihr hätten sein können. Sie betrachtete sich nicht als Engländerin; ihre frühe Kindheit in London kam ihr wie ein ferner Traum vor. Ihr Zuhause war die polnische Stadt, in der sie zur Schule gegangen war und gearbeitet hatte, und Polnisch war die Sprache, die sie größtenteils gesprochen hatte. Warschau war auch die Stadt, in der sie Eryk kennengelernt hatte und ihn geheiratet hätte – und wo sie ihre Kinder großgezogen hätten, wären sie je geboren worden.

Mit diesem Gedanken kniete sie nieder, als die Wandlung begann. Sie rieb sich die brennenden, trockenen Augen mit dem Handballen und versuchte darauf achtzugeben, was der Priester sagte, und die traurigen Gedanken zu unterdrücken, die ihr durch den Kopf gingen.

Der Priester war mittleren Alters und Ire, wie sie an seinem Akzent erkannte. Er klang wie Rick, der in Dublin geboren war, aber, wie er erzählt hatte, noch als Kind von dort weggezogen war. Nach dem Gottesdienst sah sie zu, wie der Geistliche unter den Gemeindemitgliedern herumging, leise mit einigen sprach und mit den Kindern lachte. Seine ruhelosen hellen Augen blickten aufmerksam umher, damit ihm nichts entging. Und so bemerkte er sie. Sie stand mit ihrer Tasse lauwarmem Kaffee abseits, weil sie niemanden kannte, und er kam zu ihr und fragte sie, ob sie neu sei.

Sie nickte und erklärte, dass sie vor Kurzem in die Gegend gezogen sei und dass sie es bedauere, noch nicht hier gewesen zu sein.

»Es ist wichtig, dass Sie jede Woche kommen, Rosa«, sagte er. »Versprechen Sie mir, es zu versuchen? Sie werden feststellen, dass es eine gute Möglichkeit ist, Menschen kennenzulernen. Hier wohnen einige sehr nette Familien aus Ihrem Teil der Welt. Sie werden sehen, dass alle sehr freundlich sind.«

»Ja, danke. Ich versuche es. Aber, Pater …« Sie wurden unterbrochen, als eine Frau mit einem Tablett kam, um ihre leeren Tassen einzusammeln. Rosa nutzte die Zeit, um ihren Mut zusammenzunehmen. Dann sagte sie: »Ich suche nach meinem Bruder. Sein Name ist Michal, Michal Dexter. Wissen Sie, ob er je hier war?«

Sie schilderte dem Pfarrer rasch die Umstände und zeigte ihm auf ihrem Handy ein Foto von Michal.

Zum ersten Mal seit der Begegnung mit dem Mann, der in der Dartmouth Street der Nachbar ihres Vaters gewesen war, zeigte jemand wieder ein Zeichen des Erkennens. Das kurze Aufleuchten in seinem Blick ließ ihr Herz schneller schlagen.

»Sicher bin ich mir nicht«, erklärte der Geistliche. Sein Name war Pater Matthews, das hatte sie auf dem Anschlagszettel an der Kirchentür gelesen. »Michal, sagen Sie? Vielleicht, ich bin mir nicht sicher ... Es wird Sie nicht überraschen, dass hier öfter junge Männer wie er vorbeikommen. Die meisten sprechen nicht viel Englisch. In der Regel schicken wir sie zum Wohnungsamt. Aber warten Sie einen Moment. Ich will Ihnen Will vorstellen. Er arbeitet für die Stadtverwaltung, und normalerweise überlasse ich es ihm, sich um solche Fälle zu kümmern.«

Er führte Rosa zu einem hochgewachsenen, schlanken Mann von ungefähr dreißig Jahren, der sich mit drei jungen Leuten unterhielt, Studenten, nach ihrer fast identischen Kleidung und ihren ernsten Mienen zu urteilen. Pater Matthews zog Will zur Seite und stellte ihn Rosa vor. Samtbraune Augen sahen sie unter einem lockigen Haarschopf hervor an. Er musste den Kopf ein wenig neigen, um mit ihr auf Augenhöhe sprechen zu können. Dann hörte er mit nachdenklicher Miene dem Geistlichen zu, der erklärte, dass sie auf der Suche nach ihrem Bruder »Michael« sei. Pater Matthews sprach den Namen englisch aus.

»Michal«, beharrte sie und zeigte Will das Foto auf ihrem Handy.

»Michal«, wiederholte Will. Er bewegte das Handy in seinen großen, sensiblen Händen, um besser sehen zu können, und runzelte die Stirn. »Ja, da war jemand, der so aussah. Er kam einmal zu einem Gottesdienst, wissen Sie noch, Pater? Vor ... Ach, vor Monaten. Das muss im Sommer gewesen sein.«

»Ich erinnere mich an diese Augen«, meinte Pater Matthews zu Rosa. »Dieses Blau ist äußerst ungewöhnlich.«

»Ich habe ihm bestimmt erklärt, wo er eine Unterkunft finden kann«, fuhr Will fort. »Aber ich frage mich, ob er je dort angekommen ist. Ich weiß nur, dass er nicht wieder hergekommen ist. Hoffentlich habe ich ihn nicht verschreckt.«

»Welche Unterkunft bitte?«

Als Will es ihr sagte, war sie enttäuscht. Sie wusste, dass die Polizei sich dort bereits erkundigt hatte. Es war dieselbe Unterkunft, in der sie gewohnt hatte, und dort hatte man nichts über ihn gewusst, und falls doch, hatte man es ihr nicht gesagt. Es gab Datenschutzgesetze, hatte man erklärt, was sie geärgert hatte. Heilige Muttergottes, sie war seine Schwester.

»Es tut mir so leid, dass Sie solche Sorgen haben«, sagte Will zu ihr. Sie mochte ihn. Seine tiefe Stimme klang sanft, und sie spürte, dass er sich wirklich um sie sorgte. Aber sie war auch zornig. Anscheinend hatte sich damals niemand wirklich Mühe gegeben, Michal zu helfen, ihn zu beschützen.

Sie nickte und bedankte sich. Dann wandte sie sich zum Gehen, denn plötzlich wollte sie allein sein. »Warten Sie einen Moment«, sagte Will, holte sie ein und verlangsamte dann seine Schritte, um sie ihrem Tempo anzupassen. »Sagen Sie mir, wie ich Sie erreichen kann. Nur für alle Fälle.« Er drückte ihr eine Visitenkarte in die Hand. »Das bin ich.« Sie warf einen Blick darauf. *Will Turner*, stand da. *Jugendhelfer.* Er schrieb ihre Telefonnummer in ein kleines Notizbuch, das er dabeihatte. Sie dankte ihm und ging hinaus in die kalte Frühlingsluft. Sie machte sich immer noch Sorgen, war aber plötzlich auch ein bisschen optimistischer. Dies war eine weitere Gelegenheit, bei der Michal gesehen worden war, ganz gleich, wie lange sie zurücklag oder wie flüchtig sie gewesen war. Es war ein positives Zeichen, sagte sie sich. Wenn sie nur eine Idee hätte, wie sie herausfinden könnte, was danach aus ihm geworden war. Wills Karte in ihrer Hand gab ihr ein beruhigendes Gefühl. Er kam ihr vor wie ein Mensch, der sich um andere kümmerte.

# Fünf

## *Leonie*

»Wartezimmer« ist genau die richtige Bezeichnung für diesen Raum, dachte Leonie verärgert, die seit einer halben Stunde darin saß. Sie gab es auf, sich auf eine langweilige Broschüre mit dem Titel *Bevor Sie Ihren Anwalt aufsuchen* zu konzentrieren, und ließ sie wieder auf den Glastisch fallen. Stattdessen betrachtete sie nun das Ölgemälde, das den ursprünglichen Mr. Threlfall von *Kanzlei Threlfall & Hicks* darstellte. Er wachte mit strengem Blick über die schäbige Umgebung, die einst durchaus Eleganz besessen hatte.

Endlich öffnete sich die Tür des Raums, und die zierliche Empfangsdame steckte den Kopf herein. »Miss Brett, es tut uns so leid«, sagte sie mit ihrer leisen, hohen Stimme. »Lizzie erwartet Sie jetzt.«

*Lizzie?* Mr. Threlfall junior, den Leonie bei ihrem letzten Besuch vor ungefähr dreißig Jahren konsultiert hatte, hätte sich im Grab umgedreht.

Die Frau, die sie begrüßte, als sie die Treppe hinaufgestiegen war, war allerdings kein junges Mädchen, das frisch von der Uni kam, sondern eine gehetzt wirkende, unscheinbare Brünette von ungefähr vierzig in einem Kostüm mit kurzem Rock. Sie bat Leonie in ein behaglich unordentliches Büro.

»Setzen Sie sich doch. Es tut mir so leid, dass Sie warten mussten. Der neue Praktikant konnte die Akte nicht finden, und wir mussten alles auf den Kopf stellen. Aber natürlich ist es nicht seine Schuld. Es ist lange her, seit Sie zuletzt hier waren, oder?« Sie bedachte Leonie mit einem strengen Blick.

»Oh, ja«, sagte Leonie kleinlaut und fragte sich, ob sie automatisch im Unrecht war, weil sie seit über dreißig Jahren keinen Anwalt mehr gebraucht hatte. In der Broschüre unten hatte nichts davon gestanden, dass man sich regelmäßig bei seinem Anwalt vorstellen müsste. Sie hatte allerdings einen Hinweis darauf enthalten, dass sich die Honorare in der Zwischenzeit beträchtlich erhöht hätten.

»Also wie kann ich Ihnen heute behilflich sein?«

»Es geht um das hier.« Leonie reichte ihr den Brief, den sie kürzlich erhalten hatte, sowie den, den sie hinter der Flurgarderobe hervorgezogen hatte, und wartete, während die Frau die beiden Schreiben las.

»Verstehe«, murmelte Lizzie und legte die Briefe auf den Schreibtisch. Sie zog eine Aktenmappe heran, schlug sie auf und studierte zuerst eine auf dickes Papier gedruckte Urkunde und dann ein paar dünne, mit Schreibmaschine getippte Seiten, die darunter abgeheftet waren. »Ah ja«, meinte sie. In der Sache gibt es tatsächlich keinen Zweifel.«

»Woran gibt es keinen Zweifel? Stimmt es wirklich, was in den Briefen steht?«

»Die Briefe stammen von den Anwälten, die den Grundeigentümer von Bellevue Gardens 11 vertreten. Ich glaube sogar, dass ihm die gesamte Straße gehört.«

»Das ergibt keinen Sinn. Das Haus gehört doch wohl mir, oder? Mein Freund George Stuart hat es mir hinterlassen.«

»Genau genommen nicht, Miss Brett. Mr. Stuart war nur der Pächter, also war das Pachtverhältnis das Einzige, was er Ihnen hinterlassen konnte. Dieser Punkt verwirrt viele Menschen. Pächter haben nur das Recht, den Besitz für eine vertraglich vereinbarte Zeit zu bewohnen, die in Ihrem Fall hundert Jahre betrug. Der letzte

Erbpachtvertrag wurde 1915 aufgesetzt, daher fürchte ich, dass er Ende dieses Jahres ausläuft.«

»Nein!« In dem Büro war es sehr warm, aber Leonie zitterte.

Lizzie stützte die Ellbogen auf den Schreibtisch und verschränkte die Hände unter ihrem kantigen Kinn. »Miss Brett.« Sie musterte Leonie mit einem strengen Blick. »Da Sie anscheinend keine Vorkehrungen für die Erneuerung des Erbpachtvertrags getroffen haben, fordert der Grundbesitzer Sie vertragsgemäß auf, den Besitz zu räumen.«

*»Was?«*

»Sie müssen bis zum 31. Dezember aus Bellevue Gardens 11 ausziehen.«

Leonie schlug die Hände vors Gesicht.

»Ausziehen?«, schrie sie. »Mein Gott, das kann ich nicht. Das ist seit vierzig, nein dreiundvierzig Jahren mein Zuhause. Mein Freund hat mir das Haus 1980 hinterlassen.«

»Sie haben nur die Restlaufzeit des Erbpachtvertrags von dem vorgenannnten …« Sie warf einen Blick in die aufgeschlagene Akte »… George Stuart übernommen. Besitzen Sie kein Exemplar seines Testaments?«

»Vielleicht, ich weiß nicht. Falls ja, habe ich nicht die geringste Ahnung, wo es ist. Mr. Threlfall junior hat das alles erledigt. Ich habe mich bei ihm so gut aufgehoben gefühlt. Meine Güte, das ist inzwischen so lange her.«

»In dem letzten Brief, den Sie von der Firma, die die Grundbesitzerin ist, bekommen haben, heißt es, dass sie im Lauf der letzten Jahre bereits einige Schreiben bezüglich der Erneuerung des Erbpachtvertrags erhalten haben. Eines davon haben Sie mir gegeben, aber waren da nicht noch andere?«

»Ich … kann mich an keine erinnern.« Leonie umklammerte die Handtasche, die sie auf dem Schoß hielt, und schlug die Beine fest übereinander. Ihr dämmerte eine schreckliche Erkenntnis.

»Sind Sie sich sicher?« Lizzie klang ziemlich streng, und Leonie fühlte sich wie ein kleines Mädchen, das wegen schlechten Betragens zur Schuldirektorin geschickt worden ist.

»Nun ja«, sagte sie vorsichtig. »Die Sache ist die: Ich habe ab und zu Briefe von den Nachbarn bekommen. Ich meine, von deren Anwalt. Es ging um Baumaßnahmen, die angeblich dringend durchgeführt werden mussten. Und da ich mir das nicht leisten konnte, habe ich nach einer Weile aufgehört, Briefe zu öffnen, von denen ich dachte, dass sie von ihnen stammen.«

»Was haben Sie mit den Briefen gemacht?«

Leonie schloss die Augen, um die Erinnerung zu verdrängen. »Ich ... habe sie abgelegt. Hinter der Flurgarderobe.«

»Das verstehe ich nicht. Sie bewahren Ihre Post *wo* auf?«

»In meiner Diele steht eine große Flurgarderobe mit einem Spiegel. Die Leute im Haus legen die Post darauf ab. Manchmal lasse ich Briefe dahinterfallen.«

»Wie ungewöhnlich.« Lizzie sah sie ungläubig an, und Leonie kam sich umso mehr vor wie ein unartiges Schulmädchen. »Und was haben Sie sonst noch dahintergeworfen?«

»Alle Rechnungen, die mir zu viel waren. Ich weiß, das klingt dumm, aber ich habe nicht viel Geld, wissen Sie, und manchmal bin ich nicht in der Lage, mich Dingen zu stellen.«

»Verstehe«, sagte Lizzie, und jetzt sah Leonie, dass sie versuchte, ernst zu bleiben.

»Ich meine nicht, dass ich in richtigen finanziellen Schwierigkeiten stecke. Ich schaffe es, die Rechnungen zu bezahlen, so gerade eben. Die Gemeindesteuer ist allerdings manchmal ein Problem. Dafür lassen wir normalerweise den Hut herumgehen.«

»Den Hut.«

»Ja, bei meinen Untermietern.«

»Sie haben Untermieter?«

»Inoffiziell, ja. Ich habe keine offiziellen Mietverträge oder so etwas. Sie kommen und gehen mehr oder weniger. Ist das ein Problem?«

Lizzie stieß einen Laut aus, der wie ein Kichern klang, aber vielleicht auch ein Husten war.

»In diesem Fall müsste ich mich davon überzeugen, dass sie keinerlei Rechte haben«, erklärte sie und machte sich eine Notiz auf einem Block. »Die ganze Situation ist äußerst verfahren. Wenn Sie es wünschen, kann ich versuchen, in Ihrem Namen mit dem Grundeigentümer zu verhandeln, aber in diesem späten Stadium könnte es schwierig sein, etwas zu erreichen. Hier heißt es ...« Sie deutete auf einen der Briefe, »... dass sie das Haus zurückwollen, um es in Wohnungen aufzuteilen.«

»Oh Gott, wie furchtbar. Das ist mit den meisten anderen Häusern auch passiert.«

»Und selbst wenn sie einverstanden sind, den Vertrag zu erneuern, wird die Sache zu diesem späten Zeitpunkt wahrscheinlich sehr teuer. Sie haben bis jetzt dem Grundeigentümer wahrscheinlich eine kleine jährliche Summe gezahlt.« Sie überprüfte ihre Papiere. »Ja, da haben wir es. Dreißig Guineen. Also, wenn eine Guinee 21 Shilling war und ein Shilling 5 Pence ...« Sie tippte auf ihrer Rechenmaschine. »Das macht 31,50 Pfund pro Jahr.«

»Einunddreißig Pfund fünfzig? Diese Summe kommt mir bekannt vor, aber ich dachte immer, das sei eine Lebensversicherung oder so etwas.«

»Nein, das ist die Pacht für den Grundeigentümer. Eine winzige Summe, nicht wahr? Es ist das, was wir eine symbolische Pacht nennen. Ich kann mir vorstellen, dass der Grundeigentümer im Lauf der Jahre jede Menge Verhandlungen mit anderen Hausbesitzern in der Straße geführt hat, weswegen er die anderen Häuser auch alle schon umbauen konnte.«

»Ach, Lizzie. Über all das hätte ich Bescheid wissen müssen. Ich kann nicht glauben, dass ich so dumm gewesen bin. Die finanzielle

Seite hat mich nie interessiert. Wie soll ich das nur überstehen?« Leonie holte tief Luft, um die aufsteigende Panik abzuwehren.

»Es tut mir leid. Wir müssen einfach sehen, was wir erreichen können, aber versprechen kann ich Ihnen nichts.«

Erst als Leonie auf die Straße trat, wurde ihr klar, wie erschüttert sie war. Um sie herum drehte die Welt sich normal weiter. Ein Bus hielt an und entließ Fahrgäste. Sie ging an einem jungen Mann vorbei, der sich bückte, um einem Kleinkind Schokolade vom Gesicht zu wischen. Vor der U-Bahnstation stand wie immer die Verkäuferin der Obdachlosenzeitung, den Hijab quer übers Gesicht gezogen, um sich vor dem Wind zu schützen. Leonie kaufte eine Ausgabe und suchte in ihrer Tasche nach Münzen. Sie befand sich in einem merkwürdigen Schwebezustand, denn ihr Leben hatte sich gerade grundlegend verändert. Nach Hause konnte sie nicht. Das würde diese schreckliche Angelegenheit real erscheinen lassen. Stattdessen betrat sie ein Café – nicht das Black Cat – momentan hätte sie es nicht ertragen, jemanden zu sehen, den sie kannte –, sondern ein heruntergekommenes Lokal, in dem es nach gebratenen Zwiebeln roch. Sie bestellte einen Kaffee. Als er kam, war er kochend heiß und bitter, aber sie trank ihn in dem Gefühl, nichts Besseres verdient zu haben. Zumindest konnte sie hier in Ruhe sitzen und versuchen, die Sache zu verarbeiten, den Umstand, dass sie höchstwahrscheinlich ihr Zuhause verlieren und, was fast schlimmer war, schuld daran sein würde, dass andere ihres verloren. Wenn Lizzie den Grundeigentümer nicht überreden konnte, den Pachtvertrag zu erneuern, und zwar zu einem vertretbaren Preis, würde Leonie nichts mehr bleiben. Nichts. Ihr stand keinerlei Entschädigung zu, das hatte Lizzie deutlich gemacht.

Leonie saß da und nippte an dem Kaffee, bis er kalt war. Dann nahm sie ihr Handy aus der Tasche, wählte eine Nummer und wartete. Es klingelte wieder und wieder, bis die Mailbox anging. »Hier ist deine Mutter, Tara«, sagte sie nach dem Pfeifton. »Bitte, Liebling, es ist wichtig. Würdest du mich zurückrufen?« Eine Weile lag das Telefon mit schwarzem Bildschirm schweigend auf dem Tisch. Schließlich gab sie die Hoffnung auf, dass es läuten würde, steckte es wieder ein und machte sich auf den Heimweg.

Mehrere Tage vergingen, bis sie wieder von ihrer Anwältin hörte, und während dieser Zeit erzählte sie niemandem von ihrer schrecklichen Lage. Es ist sinnlos, argumentierte sie. Warum sollte sie andere aufregen, bevor sie Gewissheit hatte? Wenn der Pachtvertrag erneuert werden konnte und die neue Pacht nicht allzu hoch ausfallen würde, könnte das Leben normal weitergehen.

Stärker verletzte es sie, dass Tara nicht zurückrief, aber um ehrlich zu sein, hatte sie gelernt, mit diesem Schmerz zu leben.

## Stef

Stef spürte, dass etwas nicht stimmte, aber sie kannte Leonie nicht gut genug, um sie zu fragen, was. Sie wusste, dass sich Leonie Sorgen um Jamie machte und darunter litt, dass ein Vogel in ihrem Kamin saß. Als Leonie sie in ihr Zimmer gebeten hatte, war sie selbst bestürzt gewesen, als sie das arme Wesen gehört hatte. Das Zimmer gefiel ihr. Leonie schlief in einem breiten Bett, das auf drei Seiten von weißen schmiedeeisernen Gittern umgeben war, und auf der weichen weißen Bettwäsche lag eine Patchworkdecke. Leonie hatte nichts dagegen, dass sie sich die Decke genauer ansah. Sie hatte sie, wie sie erzählte, bei einer Wohltätigkeitsversteigerung gekauft. Soweit Stef das beurteilen konnte, bestand sie aus bis zu einem Dutzend unterschiedlich gemusterter Stoffe aus den letzten dreißig oder vierzig Jahren. Eine Mischung so vieler verschiedener Muster und Farben hätte unharmonisch wirken können, doch das war nicht der Fall.

Sie mochte auch den Schafsfell-Teppich vor dem Bett und die Bilder an den Wänden, die, anders, als sie erwartet hätte, keinem der Bilder von unten glichen, sondern Drucke von Landschaften und Tieren waren, die Art Bilder, die eher beruhigend als aufrüttelnd wirken. Das Zimmer lag auf der Rückseite des Hauses, über dem Garten, sodass die kühle Luft aus dem offenen Fenster Vogelgezwitscher und das ferne Surren eines Heckenschneiders hereintrug. Über den Häusern gegenüber stand eine blasse, dunstumwobene Sonne.

An diesem Morgen war Peter ausgegangen, um Malutensilien zu kaufen, und Stef hatte die Gelegenheit genutzt, um bei ihm staubzusaugen. Anschließend war sie in die Küche gegangen, hatte ihr Handy ans Ladegerät gehängt und saß nun am Küchentisch und zeichnete auf einem Blatt Papier, während sie darauf wartete, dass die Nudeln für ihr Mittagessen gar wurden. Als sich die Tür öffnete, blickte sie auf. Es war nicht Peter, der zurückkam, sondern Leonie. Sie lächelte Stef abwesend zu, und die Art, wie sie den Wasserkessel füllte und dann stehen blieb, bevor ihr wieder einfiel, dass sie ihn auf den Herd stellen wollte, zeigte deutlich, dass sie mit ihren Gedanken ganz woanders war.

»Sie arbeiten heute nicht?«, fragte Leonie schließlich.

»Doch«, sagte Stef und stand auf, um die Nudeln abzuschütten. »Aber erst ab zwei.«

Leonie öffnete die Kühlschranktür. »Wie geht es der Mutter von Karinas Freund?«, fragte sie und nahm die Milch heraus. »Mein Gott, manchmal glaube ich, es gibt nicht genug Begriffe für all die unterschiedlichen Beziehungen, die man heute haben kann.«

Stef streute Kräuter und geriebenen Käse auf ihr Mittagessen. »Cathy? Ich nenne sie einfach Jareds Mum. Ich glaube, es geht ihr schon wieder besser. Jared hilft jetzt endlich mit, daher kann Karina bald wieder richtig im Café arbeiten.« Sie machte eine kurze Pause. »Ich meine, ich möchte, dass Cathy gesund wird«, fuhr sie dann ernst fort, »aber irgendwie hoffe ich auch, dass Karina nicht allzu bald zurückkommt.«

»Ich weiß, was Sie meinen.« Leonie lächelte. »Können Sie Karina nicht fragen, ob sie Sie weiter beschäftigen kann?«

»Das hatte ich vor, ja, aber dazu ist es noch zu früh.« Stef setzte sich mit ihrem Essen hin und betrachtete noch einmal ihr Bild. Sie hatte ein Mädchen in einem eng anliegenden Kleid mit hohem Kragen gezeichnet, fand nun aber, dass es nicht gut gelungen war. Während sie nach einem Bleistift griff und es durchstrich, wurde sie sich bewusst, dass Leonie hinter ihr stand.

»Warum tun Sie das? Es war doch nicht schlecht.« Leonie nippte an ihrem Tee und zeigte auf die Zeichnung. »In den Siebzigern hatte ich so ein Kleid. Es war von Laura Ashley, glaube ich, und hatte Keulenärmel. Ich habe es oft auf Partys getragen.«

»Der Stil soll eigentlich edwardianisch sein. Ich mag diese Halsausschnitte und die Rüschen. Ich weiß, damals haben alle Frauen Korsetts getragen, und das wäre heute nicht mehr zeitgemäß, aber ich finde, dass spitzenbesetzte Ausschnitte einen schönen Rahmen für das Gesicht bilden, und das Gesicht ist schließlich der wichtigste Teil eines Menschen.« Sie dachte schon länger darüber nach. »Manche Menschen sind verklemmt, weil sie meinen, zu dick zu sein oder keine gute Figur zu haben. Dabei spielt das gar keine Rolle, denn eigentlich kann man einem Menschen alles, was man über ihn zu wissen braucht, vom Gesicht ablesen.«

»Da stimme ich Ihnen von ganzem Herzen zu.« Leonie hatte sich gesetzt und lächelte Stef so liebevoll zu, dass ihr ganz warm ums Herz wurde.

»Erzählen Sie mir mehr über Ihre Zeit als Model«, bat Stef spontan zwischen zwei Bissen Nudeln. »Wie sind sie dann schließlich eingestiegen?«

»Wenn Sie mögen. Bis wohin war ich gekommen? Hatte ich Ihnen von Lucie Clayton erzählt? Nein? Also, da ging es richtig los.«

## London, Sommer 1960

Mr. Rostov hatte gesagt, Lucie Claytons Schule sei die beste in London, und während der nächsten Monate setzte Leonie ihren Eltern deswegen zu. Sie wollte nach ihrem Schulabschluss dorthin. »Ich muss wissen, ob ich Model werden kann«, beharrte sie. »Wenn es nicht klappt, mache ich etwas anderes, versprochen.«

Das Problem war, dass man im Voraus zahlen musste, um Lucie Claytons Institut zu besuchen, und Leonie brauchte die stolze Summe von dreißig Pfund. Ihre Eltern mochten sich verständlicherweise nicht gern von so viel Geld trennen, aber schlussendlich schwatzte sie es ihnen ab. Sie arbeitete so viel wie möglich im Laden, um einen Teil der Gebühr selbst zu bezahlen. Für den Rest würde ihr Vater sein Sparkonto auflösen müssen, doch sie versprach, ihm das Geld von ihrem zukünftigen Verdienst zurückzuzahlen. Plötzlich hatte sie mehr als nur den Wunsch in ihren erwählten Beruf investiert.

Viel später fragte sie sich, wie viel von dem, was sie bei Lucie Clayton gelernt hatte, tatsächlich Ergebnis des Unterrichts war. Natürlich übten sie die richtige Haltung, wozu es auch gehörte, mit einem Buch auf dem Kopf umherzuspazieren, und lernten, sich zu schminken. Damals wurde erwartet, dass Models geschminkt und mit gut frisiertem Haar beim Fotoshooting auftauchten, da es keine Visagisten gab, die ihnen das Schminken und Frisieren abgenommen hätten. Die neueste Mode waren extrem dichte Wimpern, und Leonie hasste es einfach, diese langen falschen Wimpern aufzukleben, die auf dem Schminktisch zusammengerollt lagen wie boshafte Tausendfüßer.

Wertvoller war das, was man nebenbei aufschnappte, und die Kontakte, die man knüpfte. Lucie Clayton war auch die bekannteste und exklusivste Londoner Modelagentur, und wenn man am Ende des Kurses das Glück hatte, in die Kartei aufgenommen zu werden, konnte das einen echten Karrieresprung bedeuten. Leider war das bei Leonie nicht der Fall.

Die Schule selbst nahm jeden, ein Mädchen musste einfach in der Lage sein, die Gebühr zu zahlen. Trotzdem brachte es ein gewisses Prestige mit sich, dort ausgebildet worden zu sein. Oft lungerten dort junge, aufstrebende Fotografen herum, die Ausschau nach neuen Talenten hielten, und dies führte dazu, dass Leonie einige kleine Aufträge erhielt, größtenteils für Kataloge, für die sie einen Hungerlohn bekam. Besonders interessant war auch diese Arbeit nicht, denn von ihr wurde ja nicht mehr verlangt, als dass sie als Kleiderständer fungierte. Oft musste sie lange warten, und dann plötzlich ging es drunter und drüber, wenn sie fotografiert werden sollte und Kleidungsstücke schnell an- und wieder ausziehen musste, und manchmal wurde sie von den Kunden dabei ziemlich barsch behandelt. Doch jedes Geld war ihr willkommen. Sie lebte von dem wenigen, was ihre Eltern erübrigen konnten, in einer Mädchenpension in der Nähe von Marble Arch, und jeder zusätzliche Verdienst war rasch aufgebraucht. Es gab immer etwas, das man bezahlen musste: Accessoires, Make-up, Friseur, ganz zu schweigen von Essen und anderen Grundbedürfnissen.

Und dann das Nachtleben. In Suffolk hatte man abends eigentlich nie irgendwo hingehen können, höchstens ins Kino oder gelegentlich zum Tanz im Saal des Veteranenverbandes. In London dagegen war etwas los, aber mit so wenig Geld konnte sie nicht allzu viel ausgehen. Wenn ein Mädchen einen wohlhabenden Freund hatte, bezahlte er für sie, aber die meisten jungen Männer, die sie kennenlernte, hatten auch nicht viel Geld. Ein paar der pfiffigeren Mädchen gingen mit reichen älteren Männern aus und genossen es, sich verwöhnen zu lassen, aber das hätte Leonie nie getan. Sie war klug genug, um zu wissen, dass man am Ende immer einen Preis zu zahlen hatte.

Im Frühjahr 1961 war ihre Zeit bei Lucie Clayton fast vorbei, aber sie wartete immer noch darauf, entdeckt zu werden. Ihr Besuch bei Mr. Rostov war elf Monate her, und sie grübelte über seine Einladung nach, »in einem Jahr noch einmal vorbeizukommen«. Sie war siebzehn und besaß noch nicht viel Lebenserfahrung. Aber sie hatte sich verändert. Wenn sie jetzt in einen Spiegel sah, erblickte sie eine selbstbewusstere Erscheinung als das unbeholfene Schulmädchen, das sie noch vor einem Jahr gewesen war. In einen gänzlich makellosen Schwan hatte sie sich allerdings nicht verwandelt. Ihre Füße waren zu groß. Sie hatte ihre Füße schon immer gehasst. Der Rest von ihr sah nicht so übel aus. Sie trug ihr Haar in dem neuen Bob-Stil mit einem Pony, von dem jeder behauptete, er stehe ihr gut. Wenn sie sich sorgfältig schminkte, konnten ihre Augen so riesig wirken, wie es gerade Mode war. Sie hasste die schwere Grundierung, die sie zu den Shootings auftragen musste. Da ihre Haut im Allgemeinen gut war, trug sie lieber nur ein wenig Puder auf. Aber die Zeitschriftenredakteure behaupteten, dass sie zu blass sei und aussähe, als hätte sie nicht richtig geschlafen. Sie schrien ständig »Schminke, mehr Schminke«, wenn sie ohne das scheußliche Zeug im Gesicht zu einem Shooting kam.

»Ich mag das Gefühl nicht«, beklagte sie sich einmal bei einer schlecht gelaunten Frau mit einem Klemmbrett und rotem Lippenstift.

»Dann dürfen Sie gern nach Hause gehen, Liebes«, lautete die Antwort. »Es stehen genug Mädchen Schlange, um Ihren Platz einzunehmen.«

Danach schminkte sie sich und hielt den Mund. Es war auch schwierig, das Zeug wieder abzubekommen. Sie verbrauchte so viele Tiegel Cold Cream, dass sie immer Witze darüber machte, dass sie sich Ponds-Aktien zuzulegen sollte.

Bei Lucie Clayton wussten alle Möchtegern-Models, wer die echten Stars waren. Damals war der Name Jean Shrimpton in aller Munde. Sie hatte ihren Abschluss einige Monate vor Leonie gemacht, sodass sie ihr nie begegnet war, aber Lucie Clayton selbst sagte, Shrimpton sei das Gesicht der Zukunft. Neidvoll verfolgte Leonie Shrimptons Karriere, bewunderte die »Young Idea«-Aufnahmen, die sie für die *Vogue* mit David Bailey machte, und staunte, wie schnell sie sich in Amerika einen Namen machte. Models wie sie waren Zeichen einer wunderbaren Veränderung, die in der Luft lag, und Leonie sehnte sich danach, Anteil daran zu haben. Die Stimme der Jugend war das, was im Moment jeder hören wollte. Natürlich waren einige der Mädchen mit klassisch-elegantem Look, deren Fotos die Wände von Rostovs Atelier geschmückt hatten, noch gefragt, aber sie waren nicht mehr in, und Leonie hatte nicht vor, sich an ihnen zu orientieren.

Sie begriff, dass noch etwas anderes im Wandel war. Die neue Generation von Fotografen wie Bailey benutzte nur noch selten die alten Plattenkameras. Sie arbeiteten alle mit 35-mm-Film und setzten auf einen zwanglosen, beinahe ungestümen Schnappschuss-Stil. Es war die richtige Zeit, um etwas Neues zu beginnen, aber es war eine unsichere Welt. Es gab neue Models, neue Zeitschriften und neue Fotografen. Viele Menschen wollten etwas werden, und nicht alle konnten Erfolg haben. Würde Leonie zu Jerry Rostov zurückgehen müssen, oder konnte sie in der Welt der Jugend und des Neuen ihr Glück machen?

Es war ein Frühlingstag im Jahr 1962, und sie war stolz und glücklich, weil sie zu einem Fototermin bei einem sehr bekannten und geachteten Fotografen alter Schule, John French, eingeladen war. Eines der Models, die er für ein Shooting für *Vanity Fair* ausgewählt hatte, hatte im letzten Moment abgesagt, weil seine Mutter lebensgefährlich erkrankt war, und anscheinend hatte jemand Leonie vorgeschlagen, weil sie eine ähnliche Haar- und Hautfarbe hatte. Die Aufnahmen fanden in seinem Atelier im abgelegenen Clerkenwell statt, und nachdem Leonie eine Stunde lang Mr. Frenchs altmodische Höflichkeit genossen hatte, fühlte sie sich, als sei sie am Ziel ihrer Träume angelangt.

Als sie schließlich wieder ihre eigenen Kleider trug und vor sich hinsingend die Treppe nach draußen hinuntersprang, hörte sie eine kräftige männliche Stimme. »Miss Brett?« Sie gehörte zu einem jungen Mann, der unten auf der Straße stand, am Geländer lehnte und rauchte.

»Hallo«, sagte sie vorsichtig, als sie auf den Gehweg trat. Er warf die Zigarette weg, schob sich die schwere Kameratasche wieder über die Schulter und streckte die Hand aus, um ihre zu schütteln. »Billy Fletcher«, sagte er. »Sie werden sich nicht erinnern, aber wir sind uns begegnet, als ich für Jerry Rostov gearbeitet habe.« Sein Händedruck war warm und fest, und ihr gefiel seine Stimme. Er klang ein wenig heiser und sprach mit einem East-End-Akzent, den er nicht zu kaschieren versuchte.

Da fiel es ihr wieder ein. »Doch, ja, ich erinnere mich an Sie.« Es war die Art, wie er sein dunkles Haar zurückschob, während er sie auf eine, wie sie fand, angenehme Art von oben bis unten betrachtete. Er war Rostovs Assistent gewesen, der verdrossene junge Mann, den Rostov weggeschickt hatte. Als sie ihn jetzt wiedersah, war alles wieder da, auch ihre Nervosität in Rostovs Atelier und die eigenartige Atmosphäre bei den Aufnahmen.

»Ich hoffe, der alte Bock hat Ihnen keine Angst gemacht. Ich habe immer versucht, dazubleiben, wenn er die ganz jungen Mädchen kommen ließ, um ihn abzuschrecken.«

»Er war ein Widerling, aber nichts, womit ich nicht fertiggeworden wäre«, sagte sie in der festen Absicht, cool zu erscheinen. Sie wollte ihm auf keinen Fall erzählen, was passiert war, das wäre ihr zu peinlich gewesen.

»Ich hätte etwas unternommen, ihn angezeigt, wenn ich den Eindruck gehabt hätte, dass er zu weit gegangen ist, aber ich glaube, das ist er nie. Ein großes Mundwerk und nichts dahinter, wenn Sie verstehen, was ich meine.«

»Das würde ich nicht unbedingt so sehen«, gab sie zurück und erinnerte sich an Rostovs Hand auf ihrem Schenkel und daran, wie eingeschüchtert sie sich gefühlt hatte. Selbst bei der Erinnerung wurde sie noch rot. Jetzt erinnerte sie sich auch wieder genau an Billy, obwohl er sich in zwei Jahren ziemlich verändert hatte. Er hatte einen hungrigen Blick. Sie kannte diesen Ausdruck, hatte ihn auf den Gesichtern vieler junger Burschen gesehen, die in den Ateliers der etablierten Fotografen arbeiteten. Sie hatten das Gefühl, dass ihre Zeit gekommen sei, und waren ungeduldig.

»Nun ja, anscheinend hat er Ihnen die Sache ja nicht verleidet. Ich meine, da sind Sie, ganz und gar erwachsen.« Er sah zum Portal des Gebäudes hoch. »Sie müssen sich gut geschlagen haben, wenn Sie hier sind.«

»Es hätte schon mehr als einen Mr. Rostov gebraucht, um mich abzuschrecken«, erklärte sie und versuchte, überlegen zu klingen. Billy gab sich großspuriger als bei ihrer letzten Begegnung, und sie hatte nicht vor, ihm zu verraten, wie frisch ihr Erfolg war und dass sie zum ersten Mal in John Frenchs Atelier gewesen war.

»Wie steht's mit Ihnen?«, fragte sie ihn.

»Wie sieht's denn aus?«, erwiderte er grinsend. »Ich arbeite seit letzten Juli für French, aber ich versuche in letzter Zeit auch, auf eigenen Beinen zu stehen. Es gibt jede Menge Arbeit für mich.« Ja, dachte sie, er war ein weiterer junger Mann, der Karriere machen wollte. Sie vermutete, dass er übertrieb. Sicher, zurzeit boten sich viele neue Chancen, aber die Konkurrenz war groß.

»Dann viel Glück«, sagte sie. Aber als sie sich zum Gehen wandte, hielt er sie auf.

»Warten Sie, verraten Sie mir Ihre Telefonnummer? Wir sollten uns zusammentun, Sie und ich.«

»Hören Sie, ich bin schon spät dran.« Sie schlug einen abweisenden Ton an, den sie den erfolgreichen Models abgelauscht hatte. Seine arrogante Art ärgerte sie, andererseits lauerte dahinter auch eine Herausforderung, und es reizte sie, diese anzunehmen.

»Bei welcher Agentur sind Sie? Ich frage Sie an.«

Es konnte nicht schaden, ihm den Namen ihrer Agentin zu verraten. Geschäft war schließlich Geschäft. »Heather Ford«, sagte sie. Heather hatte klein angefangen, war aber wählerisch und hatte damit zunehmend Erfolg.

»Ich kenne sie«, meinte er. »Nicht übel. Sie schikanieren einen dort nicht, wie andere das bei uns jungen Leuten versuchen.«

Leonie lächelte und verabschiedete sich. Doch als sie im Café an der Ecke einsam ein Sandwich aß, musste sie unwillkürlich an diese durchdringenden blauen Augen denken und an die Energie, die sie ausstrahlten. Sie fragte sich, wie es wäre, mit ihm zu arbeiten. Höflich und gentlemanlike wie Mr. French würde er nicht sein, so viel war sicher.

Nach dem Shooting bei Mr. French drehte sie ein paar Tage lang Däumchen. Dann war sie das Warten leid und rief bei der Agentur an, um sich nach Arbeit zu erkundigen. Heather Ford berichtete ihr, dass sich ein neuer Fotograf ihre Mappe angesehen habe und sie vielleicht buchen würde. Leonie wusste sofort, dass dieser junge Mann Billy war. Am Dienstag darauf meldete sich die Agentur dann wieder, und Heathers hochnäsige Rezeptionssekretärin teilte ihr mit, dass ein Mr. Fletcher sie zu Aufnahmen in Kensington Gardens erwarte, falls das Wetter wie erhofft am Donnerstag gut werde. Sie gab Leonie außerdem die Adresse eines nahegelegenen Büros, wo sie sich umziehen konnte.

Die Aufnahmen waren für eine neue Monatszeitschrift, deren Zielgruppe smarte junge Frauen waren, und als Leonie die Kleider sah, war sie sofort begeistert. Besonders ein auf Figur geschnittenes

Hemdblusenkleid hatte es ihr angetan. Es wurde vorn mit kleinen Schleifen geschlossen und hatte einen weißen Schalkragen. Dazu trug sie weiße Handschuhe und ein hübsches Barett. Leonie liebte dieses Outfit und wollte es am Ende des Shootings gar nicht wieder ausziehen.

Billy war sehr gut; das war ihr schon klar, bevor sie die Bilder in der Zeitschrift gesehen hatte. Er war beim Shooting abwechselnd autoritär oder schmeichelte ihr. Er hatte etwas an sich, das in ihr den Wunsch erweckte, ihm zu gefallen. Doch sie spürte auch, dass er ungeduldig werden würde, wenn sie das nicht versuchte.

»Gehen Sie so«, befahl er. »Nein, entspannen, noch mehr. Jetzt stehen bleiben und umdrehen. Haken Sie den Daumen in die Tasche ein. Nein, so. Zu mir umdrehen.« Seine Anweisungen waren kurz und knapp, und die ganze Zeit blitzte die Kamera, oder er richtete die Schirme, mit denen das Licht reguliert wurde, aus und gab dann erneut Anweisungen. Er machte keine Pausen, und es war anstrengend, mit ihm zu arbeiten. Doch sie merkte ihm an, wie engagiert er war. Das erweckte auch in ihr den Wunsch, ihr Bestes zu geben. Als sie zum Beispiel einen knielangen Mantel mit Taillengürtel vorführte, wollte er, dass sie ein Stück ging und sich dann halb umdrehte, um die schmeichelhafte Linienführung zu betonen. Das ließ er sie wieder und wieder tun, weil ihn das Ergebnis nicht zufriedenstellte. Am Ende erreichte er die gewünschte Wirkung dadurch, dass er einen anzüglichen Pfiff ausstieß, sodass sie verblüfft über die Schulter sah. Natürlich wusste sie, dass sie niemals lächeln durfte; Models sollten unnahbar wirken, ausdruckslos, wie Puppen. So sollte die ganze Aufmerksamkeit auf die Kleider gelenkt werden. Der Redakteurin der Zeitschrift gefiel später genau diese Dynamik in der Aufnahme, und Leonie konnte nachvollziehen, warum. Sie sah aus wie ein scheues Waldtier, dass mitten auf der Flucht erwischt worden war, eingefangen vom Auge der Kamera.

Als sie ein paar Wochen später durch die Zeitschrift blätterte, konnte sie kaum glauben, dass dieses hinreißende Wesen in dem Mode-Feature sie sein sollte, Leonie Brett. Sie nahm die Zeitschrift am Wochenende mit nach Hause, nur um festzustellen, dass die halbe Stadt sie bereits gekauft hatte und ihre Mutter sie in der Verwandtschaft herumreichte. Bei H. E. Brett's boomte das Geschäft, da Frauen von Saxford plötzlich entdeckten, dass sie dringend Baumwollgarn oder Haargummi brauchten oder sonst etwas, das ihnen einen Vorwand dafür bot, vorbeizukommen und mit Mrs. Brett über ihre Tochter zu reden. Leonies Mutter war schrecklich stolz, aber auch ein wenig nervös. Die meisten Kunden hatten sich bewundernd geäußert, berichtete sie, aber eine oder zwei missbilligten die Sache, und das bestürzte sie ziemlich. Die Pfarrersfrau hatte gemeint, sie sollten Leonie nicht erlauben, »sich zu wichtig zu nehmen«. Das machte Leonie wütend. Warum, schimpfte sie, waren einige Leute immer darauf aus, anderen einen Dämpfer zu versetzen? Das war einer der Gründe, aus denen sie Billy bewunderte. »Zu wissen, wohin man gehört« war etwas, was in Billys Denken überhaupt keine Rolle spielte, und Menschen, für die das wichtig war, fochten ihn nicht im Geringsten an.

Es dauerte nicht lange, bis Billy sie wieder anforderte. Dieses Mal war es ein Shooting für ein Feature über Strickmuster für *Honey*. Es war nicht besonders anstrengend, da es nur um zwei Pullover ging, die beide sehr hübsch waren, aber es kam darauf an, sie mit den richtigen Kleidungsstücken und Accessoires zu kombinieren und einen freundlichen Hintergrund zu finden, in diesem Fall den Garten eines Reihenhauses in Hampstead. Die Redakteurin der Zeitschrift war furchtbar penibel, aber Billy spielte gut gelaunt mit. Das musste er natürlich, sonst würde sie ihn nicht wieder buchen.

»Dieser Rock bauscht sich hinten«, bellte Madame. »Probieren Sie noch einmal den anderen.« Und Leonie eilte nach drinnen, um sich zum fünften Mal umzuziehen.

Die Beziehung zwischen Fotograf und Model war eine sehr

intime, aber bevor sie Billy begegnet war, hatte Leonie nicht groß darüber nachgedacht. Sie war sich seines Blicks bewusst, der auf ihr ruhte, sie abschätzte und auf ihre Pluspunkte hinwies oder anmerkte, dass sie wohl spät zu Bett gegangen sei. Das ist mein Job, rief sie sich ins Gedächtnis. Manchmal konnte sie immer noch ungelenk und gehemmt sein, aber bei ihm lernte sie, sich instinktiver zu bewegen und, wenn möglich, ihre linke Seite zu zeigen, die vorteilhafter war als ihre rechte.

»Drehen Sie sich ein wenig, nein, in die andere Richtung. Kinn herunter, mehr, jetzt zu mir aufsehen. Versuchen Sie *das* mit Ihrem Haar zu tun.« Klick, klick, klick. »Kopf hoch, Schätzchen, sehen Sie mich an. Reißen Sie die Augen auf. Das ist gut, gut.« Klick, klick, klick.

Endlich war die Frau von der *Honey* zufrieden. Leonie zog ihre eigenen Sachen wieder an, und Madame ging. Im Garten packte Billy gerade seine Ausrüstung zusammen, als Leonie hinaustrat, um sich zu verabschieden.

»Am Ende ist es ja doch noch ganz gut gelaufen«, meinte er, zog ein Päckchen Zigaretten hervor und bot ihr eine an. Sie nahm sie, um nett zu sein, obwohl sie nicht viel rauchte. Als er sich zu ihr hinüberbeugte, um sie anzuzünden, spürte sie, wie ihre Haut prickelte. Die Flamme sprang zwischen ihnen auf, und er zog sich zurück. »Perfekt sogar«, meinte er und sah sie nachdenklich an. Sie spürte, wie sie errötete. »Sind Sie am Montag frei?«, fragte er. »Es ist nur ein Katalog, aber ich habe gesagt, dass ich ein gutes Model kenne.«

»Vielleicht«, sagte Leonie und entfernte einen Tabakkrümel, der zwischen ihre Lippen geraten war. Natürlich war sie frei, aber das würde sie ihm nicht verraten. »Fragen Sie lieber Heather.«

Er zuckte die Achseln. »Habe ich schon«, sagte er, und sie lachte.

Billy war attraktiv und strahlte eine geradezu elektrische Energie aus. Sein schweres braunes Haar war vorne lang und am Hinterkopf und an den Seiten kurz, wie es Mode war. Manchmal beobachtete sie ihn heimlich, denn sie war fasziniert von seinen blauen Augen, die scharf blicken konnten, und seinem Blick, der hin und her schoss, während er über Requisiten und Lichteinstelllungen nachdachte, oder durchdringend, wenn er ihr in die Augen sah. Dabei blitzten seine eigenen wie Diamanten. Er hatte weiche Züge und sah für gewöhnlich etwas mitgenommen aus. Sie vermutete, dass die Schatten unter seinen Augen der Preis für die langen Stunden in der Dunkelkammer waren und für die langen Abende, die er in verrauchten Bars verbrachte, obwohl er morgens zu den Shootings früh aufstehen musste. Nie aß er richtig, und er interessierte sich nicht im Geringsten dafür, was er anhatte, was in Anbetracht seines Berufs erstaunlich war. Seine Kleidung war eine Variation der immer gleichen Uniform: Hosen, Hemden, schwarzer oder dunkelgrauer Rollkragenpullover. Bei der Arbeit warf er sein Jackett ab wie eine alte Haut, und los ging es. Zwischen seinen schön geschwungenen Lippen klemmte eine unangezündete Zigarette, und seine geschickten Finger mit den kurz geschnittenen Nägeln legten einen Film nach dem anderen in die Kamera ein. Er strahlte etwas Rastloses aus, und doch wurde er manchmal auch still. Dann schien sein Blick nach innen gerichtet zu sein, so als wäre er in eine Erinnerung versunken. Aber selbst dann war immer ein Teil von ihm in Bewegung: Seine Finger klopften auf die Lehne seines Sessels, oder ein Fuß zuckte in einem Takt, den nur er hören konnte.

Damals ahnte sie noch nicht, wie wichtig er für ihr Leben werden würde, bis er ihre ganze Welt war …

## *Stef*

Leonie war verstummt. Sie wirkte, als wäre sie in Gedanken meilenweit weg. Sie ist traurig, dachte Stef besorgt.

Sie blickte auf ihr Papier hinunter. Während der ganzen Zeit, die Leonie gesprochen hatte, hatte sie gezeichnet. Das war ihr gar nicht aufgefallen. Wieder war es ein Mädchen, aber dieses Mal hatte es einen Bob und Ponyfransen wie Leonie und trug ein Etuikleid mit einem einzigen, kühnen V-förmigen Akzent am Hals, der einem Rangabzeichen ähnelte. Die Taille hatte Stef schattiert, um ihr mehr Form zu verleihen. Sie legte den Bleistift weg, denn sie fürchtete, dass sie gezeichnet hatte, könnte sie unhöflich erscheinen lassen, obwohl sie tatsächlich die ganze Zeit über aufmerksam gelauscht hatte. »Haben Sie Bilder von Billy?«, fragte sie leise. »Ich würde zu gern sehen, wie er ausgesehen hat.«

»Mm? Ja, ja, ich habe welche. Wenn Sie mögen, zeige ich sie Ihnen.« Leonie bat Stef, ihr in den Salon zu folgen. Sie ging zu dem Regal, in dem auch die Fotoalben standen, und zog ein dickes Buch mit dem Titel *Gesichter der Sechziger* heraus. Sie blätterte, schlug eine Seite auf und reichte das Buch dann Stef. »Hier, das ist er«, erklärte sie.

Stef nahm das Buch und hielt es so, dass Licht darauf fiel. Der junge Mann, der ihren Blick düster erwiderte, war bei der Arbeit in der Dunkelkammer unterbrochen worden. Sein Gesicht wurde von trocknenden Abzügen auf einer Leine umrahmt, und die Schatten betonten die scharfen Linien seines glatt rasierten Gesichts. Sein dunkles Haar war zerzaust, und er hatte Ringe unter den Augen, als wäre er die halbe Nacht auf gewesen, aber seine nachdenkliche Art, sein gutes Aussehen und seine Energie waren deutlich zu erkennen. »Wow.« Sie gab das Buch zurück und sah Leonies Blick, als sie das Bild ansah, bevor sie das Buch wieder zuschlug und wegstellte. Sie sah unendlich traurig aus.

Stef wollte gerade etwas fragen, als draußen in der Diele das Telefon klingelte. Leonie verließ das Zimmer, um dranzugehen, und ließ die Tür zum Salon offen. Stef schlenderte ans Fenster, um zu sehen, was auf der Staffelei stand, konnte aber nicht umhin, Leonies

Stimme zu hören, die matt, manchmal fragend klang, obwohl das Gespräch selbst nicht viel Sinn ergab. Den größten Teil der Unterhaltung schien die Person am anderen Ende zu bestreiten.

Aufmerksam betrachtete sie die Leinwand auf der Staffelei. Darauf war die Gestalt einer großen weißen Katze im Entstehen begriffen. Zumindest vermutete sie, dass es eine Katze war, das Bild war noch skizzenhaft. Doch die runden Augen, die sie verblüfft ansahen, entlockten ihr ein Lächeln. Plötzlich empfand sie einen unerwarteten Anflug von Glück und Freiheit, weil sie in diesem fremden Haus war, Geheimnisse mit einer Frau austauschte, die sie kaum kannte, und sich hier doch so zu Hause fühlte.

Eine Bewegung draußen ließ sie aus dem Fenster sehen. Auf der Straße stand ein Mann mit kurzem, dunklem Haar, der einen Gegenstand hochhielt, dann blitzte etwas auf und blendete sie. Sie blinzelte, und als sie wieder hinsah, sah sie ihn rasch davongehen. Er trug modische Jeans mit knöchelhohen Stiefeln, und die Ellbogen seiner Jacke waren mit Lederflicken besetzt. Hatte er sie fotografiert? Oder das Haus? Empört über das, was sie wie einen persönlichen Angriff empfand, rannte sie in die Diele und nahm kurz Leonies erstauntes Gesicht wahr, als sie die Haustür aufstemmte. In Sekundenschnelle war sie die Treppe hinuntergelaufen, doch der Mann war schon ziemlich weit entfernt. Ganz langsam ging sie zu der Stelle, an der er gestanden hatte, sah zum Haus auf und versuchte festzustellen, was ihn interessiert haben könnte. Leonies Wohnzimmer lag höher als die Straße, aber sie konnte deutlich die Staffelei und das Bild der flauschigen weißen Katze darauf erkennen.

»Was ist passiert?«, rief Leonie von der obersten Treppenstufe aus.

Stef schüttelte den Kopf. »Ich bin mir nicht sicher«, sagte sie, während sie zusah, wie der Mann aus ihrem Blickfeld verschwand. Sie erzählte Leonie, was sie gesehen hatte.

»Er hätte auch ein Ausländer sein können«, erklärte sie Leonie wenig überzeugend und blickte in Richtung Hauptstraße. »Ich meine, ein Tourist.«

»Glauben Sie?«, fragte Leonie. Sie klang ziemlich abwesend. Beide stapften wieder die Treppe hinauf. Drinnen angekommen, griff Leonie wieder nach dem Telefonhörer, sprach aber nicht hinein. Sie stand einfach nur da. Stef stellte erschrocken fest, dass es Zeit war, zur Arbeit zu gehen, und lief nach oben, um rasch ihre Tasche zu holen.

## *Leonie*

Mit dieser Nachricht hatte Leonie fast gerechnet, doch nun, da sie gekommen war, hatte sie das Gefühl, als hätte sich ein tonnenschweres Gewicht auf ihre Brust gelegt. Ihr war schwindlig, und sie war ganz durcheinander. Eine Weile stand sie mit dem Telefon in der Hand da, dann kam sie zu sich und stellte es zurück in die Ladestation, die ein leises, selbstzufriedenes Piepen von sich gab. Sie starrte das Gerät an und ging dann ganz langsam, als sei sie plötzlich um Jahre gealtert, in Richtung Küche. Sie drückte die Türklinke herunter, und der vertraute Geruch des Raums umfing sie, als sie eintrat. Die Küche war für gewöhnlich der Ort, an dem sie sich am sichersten fühlte. Doch jetzt sah sie sie mit anderen Augen, und plötzlich kam ihr dieser Ort nicht mehr sicher vor. Sie gehörte nicht einmal ihr, nicht wirklich. Sie stand mitten in dem fröhlichen Durcheinander und sah sich um. Auch sie hatte einiges in das Haus gesteckt – zahlreiche Möbelstücke, die Farbe an den Wänden, die gemusterten Kissen im Wintergarten, der schwächliche Eukalyptusbaum draußen im Garten und dem Haus damit ihren Stempel aufgedrückt. All das war jetzt umsonst gewesen. Ihr kam der Titel eines alten Songs von Dusty Springfield in den Sinn: »Breakin' up a happy home« – ein glückliches Heim zerstören. Wenn sie sich konzentrierte, könnte sie sich vielleicht an die Melodie erinnern. Aber statt Musik hörte sie die Stimme ihrer Anwältin aus dem Telefongespräch von eben. *»250 000 Pfund. Diese Summe hat der Grundbesitzer genannt, Miss Brett, um zu diesem späten Zeitpunkt noch den Pachtvertrag zu erneuern.«* Diese Summe war jenseits jeder Diskussion. Selbst die Hälfte davon würde sie niemals aufbringen können. Nein, sie würden alle ausziehen müssen.

Aber wo würden sie hingehen, nachdem sie aus ihrem Zufluchtsort ins Exil vertrieben worden waren? Sie hatte ihre Mieter furchtbar im Stich gelassen. Die jungen Leute – Rick, Stef, Rosa – würden wahrscheinlich zurechtkommen, sie hatten ihr Leben noch vor sich. Aber was war mit Bela und Hari? Soweit sie wusste, hatten sie kein Geld, keine Arbeit. Sie lebten von der gesetzlichen Mindestrente und, wie Bela angedeutet hatte, kleinen Geldgeschenken, die ihre Tochter in Amerika vom Familienbudget abzwackte. Sie stellte sich vor, wie die beiden ein möbliertes Zimmer in einem heruntergekommenen Haus bewohnten, oder ein Zimmer in einem Altenheim. Das wäre furchtbar. Aber am allerschlimmsten war, dass sie keine Ahnung hatte, was aus Peter werden sollte.

Sie musste es ihren Mietern sagen, irgendwie musste sie es ihnen beibringen, aber sie wusste nicht, wie. Ihre Vertreibung lag noch Monate in der Zukunft, aber jedes Zaudern wäre unfair gewesen. Sie würden Zeit brauchen, um sich an die Vorstellung zu gewöhnen und sich etwas Anderes zu suchen. Vergiss die anderen, ließ sich eine innere Stimme vernehmen. Wohin gehst du?

Sie war versucht, in ihr Zimmer zu gehen, sich ins Bett zu legen und sich ihrem Elend zu ergeben. Aber was hätte das genützt? Es brachte doch nichts, herumzuliegen und in Schwermut zu versinken. Sie musste stark sein. Sie dachte an die Menschen, die ihr geholfen hatten, und daran, wie es ihnen ergangen war. Sie dachte an ihre Mutter, die ihren Vater, nachdem er krank geworden war und den Laden verkauft hatte, beharrlich gepflegt hatte. Die beiden hatten einfach weitergemacht, obwohl ihre Welt auf den Lichtkreis der Schlafzimmerlampe in ihrem winzigen Cottage zusammengeschrumpft war und jeder neue Tag nur quälende Routinen mit sich gebracht hatte, die zu bewältigen waren, bevor sie sich wieder zur Nachtruhe legten und ein weiterer der gezählten Tage bis zum nahen Ende begann. Sie dachte an ihren Bruder, der als pensionierter Feuerwehrmann mit seiner materialistischen zweiten Frau, mit der Leonie wenig gemeinsam hatte, heute in Suffolk ein ruhiges Leben führte. Und sie dachte an George und seine Worte: »Hoffnung ist eine Form trotziger Herausforderung.« George war der optimistischste Mensch gewesen, den sie je gekannt hatte, doch selbst sein Funke war verloschen.

»Wie soll ich ihnen das nur sagen?«, flüsterte sie. Schließlich schlüpfte sie in ihre Gartenschuhe und ging hinaus, um das Gemüsebeet umzugraben. Wenn sie schnell war, konnte sie noch die Zucchini-Setzlinge einpflanzen, bevor es dunkel wurde.

Leonie konnte sich nicht erinnern, je zuvor eine Mieterversammlung einberufen zu haben. Das war nicht ihre Art. An diesem Abend jedoch waren alle nach dem Abendessen in Leonies Wohnzimmer zusammengekommen und machten einen ausgesprochen nervösen Eindruck, obwohl die künstlichen Flammen des elektrischen Kamins und ein paar Flaschen Wein ihr Bestes taten, um eine gesellige Atmosphäre zu erzeugen. Hari und Bela saßen stocksteif nebeneinander auf der äußersten Sofakante wie Statuen. Vor Bela stand ein Glas Fruchtsaft, das sie nicht angerührt hatte. Hari hatte noch nicht einmal ein Glas Saft gewollt.

»Also, das ist nett«, meinte Peter mit einem sardonischen Grinsen und prostete mit seinem randvollen Weinglas in die Runde. »Worum geht's?« Er hatte, ohne lange zu fragen, im besten Sessel am Kamin Platz genommen. Leonie hatte Stef den anderen angeboten und teilte nun die letzten Getränke aus. Dann stellte sie sich neben den Kamin, hielt sich mit einer Hand an dem gemeißelten Kaminsims fest und versuchte, dem ruhigen Blick Rosas, die auf der Sofalehne saß, auszuweichen. Nur Rick saß nicht in der Runde, sondern schlenderte durch den Raum, um die Bilder an den Wänden zu betrachten.

»Können wir nicht einfach ab und zu gesellig sein?«, sagte sie zu Peter, der daraufhin den Mund zu einem höhnischen Grinsen verzog. Das Problem war, dass er sie zu gut kannte. Nachdem sie schon so lange in einem Haus zusammenlebten, durchschaute er sie einfach. Die Leute nahmen oft an, sie und Peter seien ein Paar, doch zwischen ihnen war nie etwas gewesen, obwohl er es vor langer Zeit, als er betrunken gewesen war, einmal versucht hatte. Sie hatte sich nie auf diese Art von ihm angezogen gefühlt. Der einzige Mensch, den Peter wirklich liebte, war vermutlich er selbst. Diese Affäre jedenfalls hatte sich als einzig lebenslange erwiesen.

Sie betrachtete ihre Mieter und stellte fest, dass alle ihre Stimmung spürten, denn sie warteten still und sahen sie erwartungsvoll an. Sogar Rick kam herüber und bezog hinter dem Sofa Stellung, wo er mit nervösen, großen Schlucken seinen Wein trank, als wäre er mit Wasser verdünnter Sirup.

»Na ja, Peter, du hast ja recht«, begann sie seufzend. »Es ist schön, dass wir einmal alle so zusammensitzen, aber ich fürchte, der Grund dafür ist vor allem, dass ich etwas Wichtiges mitzuteilen habe.« Schweigen senkte sich über den Raum. Draußen fuhr ein Auto vorbei, und die Fenster klirrten.

Sie hatte den ganzen Nachmittag darüber nachgedacht, wie sie es ihnen sagen sollte, aber ihr war keine schonende Variante eingefallen. »Ende dieses Jahres«, erklärte sie daher schlicht, »wird mir dieses Haus nicht mehr gehören. Wir werden ausziehen müssen, wir alle.«

Bela ließ ein leises Stöhnen hören und schlug sich die mollige kleine Hand vors Gesicht. Hari legte seiner Frau einen Arm um die Schultern. »Aber wo sollen wir denn hin, Leonie? Ich verstehe das nicht.«

Die jungen Leute wirkten besorgt, aber ihnen kam das Ende des Jahres vermutlich noch sehr weit entfernt vor. Sie wagte es nicht, Peter anzusehen, hörte aber seinen leisen Fluch.

»Was meinst du? Das Haus gehört dir. Was ist das für ein Unsinn?«, knurrte er, und endlich sah sie ihn an. »Willst du mir damit sagen …?«

»Leider gehört es mir anscheinend nicht mehr.« Sie hob eine Hand, um seinen Fragen zuvorzukommen. »Das heißt, im Moment ist es zwar noch meins, aber in Zukunft wird das nicht mehr so sein. Der Erbpachtvertrag läuft Ende Dezember aus. Wir müssen uns alle eine andere Bleibe suchen. Ich auch.«

Bela schluchzte auf. »Das können sie nicht machen«, sagte Hari. »Wir haben Rechte«, meinte er. »Wir müssen doch Rechte haben.«

Leonie spürte das heiße Prickeln, mit dem sich die Tränen ankündigten, drängte sie aber entschlossen zurück. »Es tut mir leid, aber ich glaube, wir können nichts mehr tun. Ich habe mit meiner Anwältin gesprochen, und es sieht aus, als müssten wir ausziehen. Inzwischen gehört das Grundstück einer Immobilienfirma, und sie behaupten, es sei zu spät, den Pachtvertrag auf normale Art zu erneuern. Sie haben vor, das Haus zu entkernen und in Wohnungen umzubauen. Es gibt zwar noch eine Möglichkeit, sich mit ihnen zu einigen, aber die Summe, die sie genannt haben, ist weit höher als alles, was ich aufbringen könnte. Ich … Ich glaube, es ist meine Schuld. Ich hätte vor Jahren etwas deswegen unternehmen sollen, aber das war mir nicht klar. Es tut mir leid.« Als sie sich abwandte, um mit unsicherer Hand ihr Weinglas vom Kaminsims zu nehmen, erhaschte sie im Spiegel einen Blick auf ihr Gesicht. Entsetzt stellte sie fest, wie alt sie aussah. Sie nippte an dem Wein, aber er schmeckte ihr nicht, und sie stellte das Glas wieder weg.

Peter grollte verärgert, das sei unerhört und er werde dafür jemanden zur Verantwortung ziehen, aber seine Flut von Verwünschungen prallte an ihr ab. Rosa, Rick und Stef saßen immer noch still da. Stef hatte ihren Wein nicht angerührt, drehte aber unglücklich und gedankenverloren eine Haarsträhne zwischen ihren Fingern. Rosa sah auf ihre Stiefel hinunter, als denke sie an etwas anderes, das in weiter Ferne lag.

»Es tut mir leid, Leonie«, sagte Rick in die Stille, als Peter endlich schwieg, um Luft zu holen. Sie lächelte ihm aufmunternd zu.

Bela setzte zum Sprechen an, doch Peter unterbrach sie. »Sei doch bitte mal einen Moment still, Peter«, sagte Leonie und war erstaunt, als er gehorchte.

»Wohin sollen wir gehen?«, fragte Bela mit zitternder Stimme und rang die Hände. »Wir haben so wenig Geld, und in unserem Alter können wir nicht mehr arbeiten.«

»Ich weiß es nicht, Bela. Aber ihr werdet etwas finden. In diesem Land verhungert niemand.« Noch während sie das sagte, fragte sich Leonie, ob das stimmte. Man konnte auf vielerlei Art sterben, besonders wenn man arm und hilflos war.

»Die Stadt ... Die Stadt wird uns bestimmt helfen.« Hari klang so aufgewühlt wie seine Frau.

»Wir werden in irgendeinem Rattenloch landen, wo man mich bestimmt nicht all meine Sachen behalten lässt«, verkündete Peter düster und schenkte sich den Rest des Rotweins ein.

»So schlimm wird es schon nicht kommen«, sagte Rick in dem Versuch, ihn zu beruhigen, und Leonie schenkte ihm ein warmes Lächeln.

Peter zog listig die Augen zusammen. »Was hast du damit gemeint, Leo, als du sagtest, du hättest etwas unternehmen können?«

Leonie umklammerte das Kaminsims fester, als könne sie damit einen Anspruch auf das Haus erheben. Es war, als könne Peter in ihr Herz sehen und ihre Schuld dort erkennen. »Es sind Briefe gekommen«, erklärte sie. »Es gab wohl die Möglichkeit, den Erbpachtvertrag zu erneuern, aber ich habe nichts getan. Wahrscheinlich wäre es ohnehin zu teuer gewesen. Woher hätte ich so viel Geld nehmen sollen?« Sie wusste nicht, was es gekostet hätte, konnte aber der kleinen Notlüge nicht widerstehen.

»Keine Ahnung. Du hättest es dir leihen können? Stehlen?« Er ließ die Schultern sinken. Peter war vielleicht oft mürrisch, aber selten hatte sie ihn so sauer gesehen. Wieder beschlich sie die furchtbare Erkenntnis, dass sie ihn enttäuscht hatte und damit auch George, George, für den sie alles getan hätte.

»Ich werde tun, was ich kann, um euch zu helfen«, erklärte sie. Sie sagte es leise und verzagt, denn sie wusste, dass sie im Grunde nur wenig ausrichten konnte. Sie wusste nicht einmal, wie sie sich selbst helfen sollte.

## Rick

Als Rick wieder in seinem Zimmer war, dachte er nach. Leonie tat ihm furchtbar leid. Bela und Hari auch, sogar Peter, den er nicht leiden konnte, der aber erschreckend wütend und verwirrt gewesen war. Aber vor allem bedauerte er Leonie. Sie hatte so verloren und ängstlich gewirkt, als sie dort vor ihnen gestanden, sich am Kaminsims festgehalten und die Fotos genommen und wieder weggelegt hatte, ohne sie wirklich anzusehen. Diese Leonie war so ganz anders als die gelassene, tüchtige Frau, die er inzwischen so gern mochte, die Frau, die ihm ein Zuhause gegeben hatte und sich seine verworrenen Erzählungen über seine Ambitionen einfach anhörte, ohne über ihn zu urteilen.

Alle anderen in seiner Umgebung nahmen ihn einfach nicht ernst. Seine Schwester Claire zog ihn immer auf, weil er seine Zeit mit dem Zeichnen von Comics vergeudete. Das durfte sie nur, weil sie seine Schwester war und ihn gernhatte. Seine Mutter dagegen begegnete ihm immer gereizt, als werfe der Umstand, dass er ihrem Rat nicht gefolgt war, ein schlechtes Licht auf ihre Erziehung. Leonie jedoch hatte ihm gegeben, was er gebraucht hatte: ein billiges Zimmer, Frieden und die Freiheit, er selbst zu sein und sein Leben in Ordnung zu bringen. Es würde noch Monate dauern, bis er es verlassen musste, und es war zu früh, um sich Gedanken darüber zu machen, wo er hinziehen sollte, aber er sah, dass Leonie Angst hatte, alles zu verlieren, und wünschte, er könnte ihr helfen. Aber wie?

Darüber dachte er nach, während er im Lichtkreis seiner Lampe arbeitete, es um ihn herum Nacht wurde und er über seinen Kopfhörer leise Musik hörte.

Seine Arbeit lief gut. Inzwischen war das Mädchen für ihn geradezu lebendig geworden. Wenn er sie zeichnete, spürte er ihre Sehnsucht und ihren Schmerz. Die Geschichte hatte sich leicht verändert, war düsterer geworden. Sie hatte einen Mann kennengelernt, der sie über alles liebte, aber in einem Käfig hielt, nicht in einem realen Käfig mit Eisengittern, sondern in einem metaphorischen. Ein Käfig war es trotzdem. Dieser Mann mit seinen gemeinen Bemerkungen, seinen Lügen und seinen egoistischen Wünschen vertrieb all ihre Freunde und behielt sie für sich. Er dämpfte ihr strahlendes Temperament und ließ das Leuchten in ihren Augen verblassen. Nun, da sie ihm gehörte, war es wirklich, als wäre sie sein Besitz, ein Objekt, das man hütet und begehrt. Er dachte, dass er sie liebte, doch seine Liebe galt in Wahrheit ihm selbst; sie war nur sein Spiegel. Ricks Feder komplettierte die letzten, glatten dunklen Haarsträhnen. Auf diesem Bild saß sie zusammengekauert auf einem Küchenstuhl, die Arme um ihre Taille geschlungen, und sah tief unglücklich aus. Als er fertig war, studierte er ihren Gesichtsausdruck und ergänzte noch eine winzige, sanfte Linie an ihrem nach unten gezogenen Mundwinkel. Perfekt! Vorsichtig riss er die Seite aus seinem Skizzenbuch, legte sie beiseite und begann sofort mit der nächsten. Er zeichnete rasch, denn jetzt wusste er genau, wie sich die Erzählung entwickeln sollte. Sie würde in einen dunklen Tunnel hineinsehen und ganz hinten, an seinem Ende, einen winzigen Lichtpunkt entdecken. Erwartungsvoll griff er in eine Schublade, zog ein kleines Fläschchen aus einer Papiertüte und schraubte den Deckel auf. Der vertraute Geruch von Tinte stieg ihm in die Nase. Für den Tunnel würde er eine Menge Schwarz brauchen.

## Stef

Unterdessen hörte Stef in der Küche, wie die Haustür zufiel. Sie blickte von ihrer Zeichnung auf und sah, dass sich Leonie, die am Tisch gesessen und getan hatte, als würde sie lesen, sichtlich entspannte.

»Gott sei Dank ist er weg«, sagte Leonie, schob das Buch beiseite und strich sich durchs Haar. »Ich glaube, viel länger hätte ich ihn heute Abend nicht mehr ertragen.«

Stef legte ihren Stift weg und lehnte sich in ihrem Stuhl zurück. »Peter denkt nur an sich selbst, oder? Er ist der egoistischste Mensch, dem ich je begegnet bin.«

Sofort wünschte sie, dass sie ihre Worte zurücknehmen könnte, so bestürzt sah Leonie aus.

»Wahrscheinlich bin ich an ihn gewöhnt und verstehe ihn ein wenig besser. Aber ja, er ist egoistisch.«

»Tut mir leid, das war unhöflich von mir. Aber warum lassen Sie zu, dass er so unfreundlich ist?«

»Tue ich das? Ja, wahrscheinlich. Er hat mir immer ein bisschen leidgetan, weil er eine schwierige Kindheit hatte, und inzwischen ist es schwer, das noch mal zu ändern. Wie schon gesagt, er war netter, als er noch jünger war.« Sie steckte ein Lesezeichen in ihr Buch und klappte es zu. »Früher fand ich ihn schrecklich lustig. Ich glaube, die Enttäuschung hat ihn so verändert. Er mochte George furchtbar gern, und er hat diese merkwürdige Theorie, dass Georges Tod der Grund war, aus dem er mit seiner Malerei nie etwas erreicht hat. Der wahre Grund ist, vermute ich, dass seine Bilder einfach nicht der Mode entsprechen.«

»Schlecht sind sie nicht«, meinte Stef, »ich kann mir nur nicht vorstellen, dass jemand viel dafür bezahlt.«

»Genau. Wohingegen ich mit dem Malen meinen Lebensunterhalt bestreiten kann, obwohl ich weiß, dass Peter mich nicht für eine richtige Künstlerin hält. Das bin ich natürlich auch nicht, aber was ich tue, kann ich ganz gut.«

»Wir sind ein Haus voller Künstler, nicht wahr? Ich meine, Peter, Sie, Rick und jetzt ich. Ich finde Ihre Bilder wunderschön«, erklärte Stef und meinte es vollkommen ernst.

»Sie sind ein liebes Mädchen«, lachte Leonie, und die beiden lächelten einander an.

Sie hat mich gern, dachte Stef, sie mag mich wirklich. Sie waren Freundinnen. Der Gedanke erfreute sie. »Es tut mir so leid, Sie wissen schon, wegen dem Haus.«

»Danke.« Leonies Miene wurde wieder ernst. »Ich versuche mir ständig zu sagen, dass es auf lange Sicht nicht von Bedeutung ist. Wirklich, es ist nur ein Dach und Wände. Ich finde schon etwas anderes. Am meisten tun mir Peter, Hari und Bela leid. Glauben Sie nicht, dass ich mir um Sie nicht auch Sorgen mache, aber …«

»Machen Sie sich keine Gedanken«, fiel Stef ein. »Ich bin noch nicht lange hier, und ich schätze, es wird nicht lange dauern, bis ich weiterziehe. Ich meine, im Moment habe ich ehrlich gesagt nicht das Gefühl, irgendwo hinzugehören. Das hier ist wie ein wunderbarer Ort zum Ausruhen, bis ich weiß, was ich will.«

»Das ist eine gute Art, es zu betrachten. Der Dachboden ist auch kein besonders großartiges Zimmer.«

»Doch, er ist wunderbar, daran liegt es nicht. Es ist einfach … Ich lasse mich treiben, nicht wahr? Sogar ich weiß das.«

»Das wird schon werden, da bin ich mir sicher. Es muss sich nur erst alles klären, das ist alles. Ihre Generation – ach, ich klinge schon wie eine alte Granny. Aber heutzutage erwarten alle, dass alles sofort passiert. Sie wissen schon, auf Knopfdruck.«

»Oder indem man einen Touchscreen berührt.« Stef tippte ihr Handy an, das auf dem Tisch lag.

»Ich sehe, Sie verstehen, was ich meine. Jedenfalls ist das Leben in Wahrheit nicht so, jedenfalls nicht, wenn es um die wirklich wichtigen Dinge geht. Auf die muss man manchmal warten. Sie haben eine schwere Zeit hinter sich, stimmt's?«

Mit einem Mal fühlte sich Stef sehr müde. »Ja, aber ich glaube, das ist meine Schuld. Ich gebe mir nicht genug Mühe.«

»Was meinen Sie?«

»Ich gebe schnell auf und lasse den Dingen keine Zeit.« Sie dachte an all die verschiedenen Jobs, die sie gehabt hatte, und daran, dass nichts sie je richtig gefesselt hatte. Bis auf das Zeichnen. Sie nahm ihren Skizzenblock und betrachtete, was sie gezeichnet hatte. Die gewohnte weibliche Gestalt. Dieses Mal hatte sie sie in einen kurzen Rock mit großzügigen Falten gesteckt, der an das Gewand eines Fürsten aus der Tudor-Zeit erinnerte. Doch dieser Rock würde vermutlich nur jemandem stehen, der sehr schlank war. Sie fragte sich, wie man den Rock so gestalten könnte, dass er auch Frauen mit mehr Umfang schmeichelte. Vielleicht wenn man ihn an der Taille weniger einkräuselte … Sie drehte den Bleistift um, um die störenden Linien auszuradieren.

»Hübsch«, drang Leonies Bemerkung durch ihre Gedanken. »Ein gesmoktes Oberteil könnte gut dazu aussehen.«

Stef überlegte und fand, dass sie recht hatte. Allerdings müsste es aus einem leichten Stoff bestehen, vielleicht etwas Gazeartigem. Mit dünnen, schnellen Linien umriss sie ein solches Top.

»Hatten Sie eigentlich selbst mit den Entwürfen zu tun?«, fragte sie.

Leonie schüttelte den Kopf. »Die meisten Kleider musste man zurückgeben. Die, die oben hängen, habe ich gekauft. Oder jemand hat sie für mich gekauft. Es ist vielleicht seltsam für ein Model, aber ich habe mich nicht besonders für Kleider interessiert. Jedenfalls nicht so, dass es zur Besessenheit geworden wäre. Sich für die Kamera anzuziehen war immer so ein Theater. Das muss mir irgendwie den Spaß daran verdorben haben.«

»Sie haben mir von diesem Fotografen erzählt, Billy«, erinnerte sich Stef. »So wie es aussah, waren Sie sein bevorzugtes Model. Was ist dann passiert? Haben Sie weiter mit ihm zusammengearbeitet?«

»Ja«, sagte Leonie leise und sah Stef beim Zeichnen zu.

**London 1962**

Nach ihrer Zeit bei Lucie Clayton, aber bevor sie Billy kennenlernte, hatte sich Leonie ihren ersten Freund zugelegt, eine Zeitlang schwebte sie auf einer rosaroten Wolke. Sein Name war David, und er stammte aus einer wohlhabenden Familie. Seine Eltern waren nette Leute und bemerkenswert entspannt, denn es schien sie nicht zu kümmern, woher die Freundinnen ihres jüngeren Sohns kamen. David hatte eine kleine Privatschule in Nordlondon besucht und dann eine der neueren Universitäten, war aber rausgeflogen, weil er nichts für sein Studium getan hatte. Jetzt wohnte er wieder zu Hause und versuchte sich im Musikgeschäft. Er schlug sich recht gut und managte ein paar R-&-B-Bands, von denen eine, »The Melodymakers«, eine Zeitlang sehr erfolgreich war.

Leonie lernte ihn kennen, als sie eines späten Abends im Westend vor dem »100 Club« versuchten, in dasselbe Taxi zu steigen. Als sich herausstellte, dass die Ziele, zu denen sie unterwegs waren, nur ein paar Straßen auseinanderlagen, einigten sie sich darauf, zusammen zu fahren, und als sie bei Leonie ankamen, waren sie schon die dicksten Freunde. Er bat sie um ihre Telefonnummer und rief sie am frühen Abend des nächsten Tages an. Er fragte, ob sie sich in dem Club treffen wollten, in dem später die Melodymakers spielen würden? Ohne zu zögern, sagte sie ja.

Sie fand es toll, hinter der Bühne zu sein, die Musiker kennenzulernen und später mit ihnen in Nachtclubs zu gehen. Sie mochte David schrecklich gern; er war so gutmütig und hatte eine beruhigende Wirkung auf andere Menschen. Deshalb verstand er sich auch bestens darauf, die Meinungsverschiedenheiten in der Band zu schlichten. Nachdem sie zwei- oder dreimal ausgegangen waren, schien die Sache abgemacht. Leonie war Davids Mädchen. Das war ein angenehmes Gefühl, er war nett und unbeschwert, und obwohl ein großer Teil ihrer »Verabredungen« in Lokalen stattfand, in denen er geschäftlich zu tun hatte, machte es Spaß, dabei zu sein. Sie verstand nicht viel von Musik, was ihr manchmal peinlich war, und manchmal kam sie sich auch vor wie das fünfte Rad am Wagen; aber alle waren freundlich zu ihr, und es gelang ihr immer, sich zu entspannen und Spaß zu haben.

David hatte ein offenes, jungenhaftes Gesicht, das anderen Vertrauen einflößte, und warme braune Augen. Er hatte sehr gute Manieren und behandelte Leonie immer sehr höflich, machte auf dem Gehweg einen Bogen, um sie vor Pfützen zu behüten, und half ihr in den Mantel.

Auch Leonies Eltern waren beeindruckt – er brachte ihrer Mutter Blumen mit, als sie eines Sonntags mit dem Motorroller zum Mittagessen kamen. »Man merkt, dass er sehr gut erzogen ist«, meinte ihr Vater später. Ihre Eltern hatten sich ihm gegenüber allerdings auch ein wenig steif verhalten. Mit seiner Herkunft und seinem Oberschicht-Akzent war David jemand, den ihr Vater mit »Sir« angesprochen hätte, wenn er in den Laden gekommen wäre. Das hätte er natürlich nie getan, denn er kaufte seine Kleidung bei John Stephen's in der Carnaby Street. Enge Hosen, kurze Wildlederjacke und dazu einen knallgelben Schal: So etwas hatte das verschlafene Saxford noch nicht gesehen, und die beiden zogen allerhand neugierige Blicke auf sich, als sie an diesem Nachmittag über die Highstreet in den Park gingen.

Leonie glaubte, in David verliebt zu sein, aber sie musste erst Billy begegnen, um zu erkennen, dass es mehr als eine Art von Liebe gab. Es gab auch eine Liebe, die alles verzehrte, die einen fast verrückt vor Sehnsucht machte und alles andere in ödem Grau erscheinen ließ.

Etwas davon war damals schon zu merken gewesen, als sie sich vor John Frenchs Atelier in Clerkenwell getroffen hatten. Es war, als sprühten Funken zwischen ihnen. Damals dachte sie sich nichts dabei. Schließlich hatte sie David, und sie mochte ihn gern. Sie trafen sich jetzt seit ungefähr vier Monaten, und kürzlich hatte sie zum ersten Mal mit ihm geschlafen, in der schicken Wohnung in der Nähe des Marble Arch, die er zusammen mit einem alten Schulfreund und einem freundlichen Basset namens Keeper bewohnte. Sie war sich dabei sehr verrucht vorgekommen. Denn im Allgemeinen ging man immer noch davon aus, dass brave Mädchen so etwas nicht taten. Ihre Eltern wären jedenfalls entsetzt gewesen. Sie hätten zu fragen begonnen, wann sie heiraten würde, und auf alle möglichen Arten Druck ausgeübt. Daher war es ein großer Schritt für sie, auch wenn sie wusste, dass andere Models es regelmäßig taten. Darüber redeten sie allerdings nicht, denn damals behielt man so etwas für sich, und wenn bei einem Mädchen die Periode ausblieb, war das immer eine Katastrophe. Eines Abends kam Leonie früher nach Hause und fand Alison kalkweiß und weinend zusammengekrümmt im Bett vor. Trudi und sie errieten, was passiert war, wenngleich Alison nicht damit herausrücken wollte, dass sie eine Abtreibung gehabt hatte. Das lag nicht nur daran, dass sie sich schämte und es ihr so schlecht ging. Was sie getan hatte, war damals illegal, obwohl alle Models wussten, dass es passierte.

Billy wusste fast vom Anfang an über David Bescheid, und auch Leonie wusste, dass er jemanden hatte, eine »Verlobte«, wie ein anderes Model ihr hämisch mitgeteilt hatte.

Leonies und Billys Partnerschaft war zu Beginn rein professioneller Art, und die Funken zwischen ihnen gehörten zu den Faktoren, die sie als Duo so erfolgreich machten. Leonie wusste, dass sie von Natur aus fotogen war, obwohl sie sich manchmal immer noch so schüchtern und unbeholfen fühlte wie als Teenager. Sie versuchte sich auf ihre Stärken zu konzentrieren. Sie hatte eine Figur, an der Kleider gut aussahen. Sie war groß und hatte gelernt, das nicht zu verstecken. Ihr Busen war nicht mehr so schrecklich flach. Bei den neuen Kleidern im modernen Look war das von Vorteil. Sie war sehr dünn und brauchte nie auf ihr Gewicht zu achten. Damals konnte sie essen und essen und nahm doch nicht zu.

Doch wenn jemand sie schön nannte, konnte sie das nicht nachvollziehen. Sie besaß regelmäßige Züge und eine hohe Stirn, und die meisten Frisuren standen ihr. Über solche Bemerkungen pflegte sie immer zu lachen und zu sagen, dass sie »sich, so gut es ging, herausputzte«. Sie wusste Make-up so zu benutzen, dass es ihre schönen Augen größer erscheinen ließ. Vielleicht hatte sie bei Lucie Clayton ja nicht viel gelernt, aber man hatte ihr dort beigebracht, wie man selbstbewusst auftrat. Das war das Wichtigste. Niemand dort hatte gesagt, sie sei gut genug für den Laufsteg, aber das war ihr nur recht. Denn die Kamera war eine Sache, aber live vor Menschenmengen aufzutreten, hätte sie gehasst.

All das sollte sich im Januar 1963 verändern, kurz vor ihrem neunzehnten Geburtstag. Es war ein sehr kalter Winter gewesen, und Billy und sie waren zu einem Shooting in den Downs mit einem Wohnwagen nach Sussex hinuntergefahren. Dort in den Hügeln war es eiskalt, und an einigen Stellen lagen dreißig Zentimeter

Schnee. Leonie führte Winterkleider und Mäntel mit Pelzkragen für ein Wochenmagazin vor. Dabei musste sie jedoch modische Schuhe tragen statt richtiger Schneestiefel, und nach ein paar Minuten im Freien spürte sie ihre Füße nicht mehr. Sie mussten immer wieder unterbrechen, damit sie wieder ein bisschen Leben in sie hineinrubbeln konnte. Trotz der Kälte schien die Sonne, die der Schnee bläulich reflektierte. Es war schön, wunderschön, aber sie hatte sich noch nie im Leben so unbehaglich gefühlt.

Das Shooting schien ewig zu dauern. Anschließend saß das Team in Decken gehüllt und mit einem Paraffin-Kocher, der auf Hochtouren brannte, im hinteren Teil des Wohnwagens und aß heiße Suppe, die jemand auf dem winzigen Ofen erhitzt hatte. Einige der Kleidungsstücke waren nass geworden, und die Frau, die für sie verantwortlich war, untersuchte sie seufzend und leise vor sich hinschimpfend auf Beschädigungen und hängte sie dann wieder auf. Trotz der Suppe wurde Leonie einfach nicht warm. Billy wickelte sie in noch mehr Decken, damit sie aufhörte, vor Kälte zu zittern. Schließlich sah er sie an und lächelte so breit, dass seine Augen glitzerten.

»Was genau findest du komisch?«, fragte sie verärgert.

»Deine Nase ist tatsächlich blau gefroren«, sagte er und berührte staunend die Spitze. »Sie ist wirklich blau.«

»Danke«, gab sie zurück und rieb sich die kalte Nase mit der Hand. »Das macht meinen Tag perfekt. Und ich hatte gedacht, modeln wäre glamourös.«

Leise lachend sah er sie eine gefühlte Ewigkeit lang seltsam an. Sein dunkles Haar war vom Wind zerzaust, und seine Augen kamen ihr in dem halbdunklen Wohnwagen beinahe dunkelblau vor. Seine Aufmerksamkeit war ihr unbehaglich und gefiel ihr gleichzeitig.

»Das war der Moment«, würde er ihr Monate später erklären. »Der Moment, in dem ich begonnen habe, dich in einem anderen Licht zu sehen. Du hast so aufgelöst ausgesehen, eingewickelt in diese alten Armeedecken. Dein Haar stand zu Berge wie das eines Straßenkinds, und die Wimperntusche lief dir über die Wangen. Du warst wunderschön, du hättest ein Filmstar sein können – du weißt schon, eine Heldin, die aus einem Kriegsgebiet gerettet worden ist.«

Leonie erlebte ihren »Moment« ungefähr zwei Wochen später. Nach einem langen Tag in einem Atelier, wo sie die Sommerkollektion für einen Katalog fotografiert hatten, saßen sie in einer Bar in Soho. Es war merkwürdig gewesen, Badeanzüge und Strandkleider anzuziehen, während draußen Schneeregen herunterkam. Wenigstens hatten die Auftraggeber keine Strandaufnahmen verlangt, hatte Billy gescherzt. Stattdessen hatten sie vor einer gemalten Kulisse mit Palmen und strahlend blauem Meer gearbeitet und mit golden getöntem Licht die Illusion geschaffen, dass Leonie sonnengebräunt war.

Nun saßen sie mit einigen anderen Fotografen in dem Pub und tauschten Geschichten über ihren Tag aus: Ein Model hatte einen hysterischen Anfall gehabt; ein Moderedakteur hatte alle Bilder eines Shootings abgelehnt. Leonie saß still neben Billy und hielt sich an einem Tonic Water fest, weil sie von Alkohol Pickel bekam, als ihr auffiel, dass in seinem üppigen dunkelbraunen Haarschopf ein einziges weißes Haar leuchtete. Es faszinierte sie, und sie konnte nicht widerstehen. Sie legte ihm eine Hand auf den Arm, sagte: »Halt still«, streckte die Hand aus und riss das Haar heraus.

»Wirst ja schon grau wie dein Alter«, höhnte ein Witzbold, während Billy entsetzt auf das Haar starrte. Doch dann lächelte er, zog sie an sich und küsste sie kurz auf die Schläfe. »Wenigstens habe ich keine Geheimratsecken wie du, Gaz«, antwortete er seinem unverschämten Freund, während er seinen Arm noch ein wenig auf Leonies Schulter liegen ließ und mit den Fingern ihr Haar streichelte.

Sein Kuss war eine so einfache Geste gewesen, aber doch so intim, und den Rest des Abends freute sie sich an seinem warmen Körper neben sich auf der Bank und ihren Schenkeln, die einander berührten. Noch mehr Runden wurden gebracht, und das Gespräch wurde rauer, aber statt sich wie sonst gegen den Chauvinismus und die anzüglichen Scherze der Männer, von denen die meisten aus dem East End stammten, zu wehren, ließ Leonie alles an sich abgleiten und war zufrieden damit, einfach mit Billy zusammen zu sein. Als sie gehen musste, um sich mit David zu treffen, empfand sie das wie einen schmerzhaften Stich.

Von diesem Abend an begann sie das Interesse an David zu verlieren. Zuerst gab sie sich die größte Mühe, so zu tun, als sei alles in Ordnung und sie sei einfach in einer komischen Stimmung. Doch David war nicht dumm. Er spürte, dass Leonie nicht an ihn dachte, wenn er sie küsste, und registrierte, dass sie Ausflüchte fand, um nicht mit in seine Wohnung zu kommen. Sie kam sogar mit der Ausrede, dass sie allergisch gegen Hunde sei und in Keepers Nähe niesen müsse. Sie war damals einfach so unsicher in allem. Sie wollte David nicht wehtun, indem sie einfach sagte, dass sie nicht mehr seine Freundin sein wollte. Er war schließlich ein wirklich netter Mensch.

Doch schließlich stellte er sie zur Rede. »Es ist offensichtlich, dass du nichts mehr für mich empfindest, Leonie. Ich kann es nicht ertragen, dass du so tust, als ob.«

»Es tut mir leid.« Sie begann zu schluchzen. »Ich habe es versucht, wirklich versucht.«

»Es sollte gar nicht nötig sein, dass du es versuchen musst«, sagte er und kratzte sich mit der ihm eigenen verwirrten und gutmütigen Miene das hellbraune Haar. »Das ist es ja gerade.«

Mit Billys Verlobter war das eine ganz andere Sache. Leonie war ihr einmal unter den allerseltsamsten Umständen begegnet.

Kurz nach diesen Winteraufnahmen, bei denen ihre Nase blau gefroren war, hatten Leonie und Billy eine Cocktailparty besucht, die eine der Zeitschriften aus Anlass einer Jubiläumsausgabe veranstaltete. In dieser Ausgabe waren auch Fotos gewesen, die Billy von ihr in den aktuellen Cocktailkleidern der Saison gemacht hatte. Billy traf ungewöhnlich spät ein.

»Wo bist du gewesen?«, zischte sie. Sie kannte niemanden auf der Party und hatte das ein wenig anstrengend gefunden.

»Bei Shelagh«, erklärte er. »Wir fahren später zu ihren Eltern, deswegen habe ich sie von der Arbeit abgeholt.«

»Und wo ist sie jetzt?« Leonie ließ den Blick über die Menge schweifen, obwohl sie nicht einmal wusste, wie Shelagh aussah.

»Draußen natürlich, im Auto.«

»Im *Auto?* Warum holst du sie nicht herein?«

»Mach kein Theater. Sie ist ganz glücklich damit. Ich kann allerdings nicht lange bleiben.«

Sie blitzte ihn böse an, aber ihm schien das überhaupt nicht peinlich zu sein. Sie reichte ihm den Rest ihres Cocktails, den sie ohnehin nicht hätte trinken sollen, der aber wahrscheinlich für diesen plötzlichen Anflug von Mut verantwortlich war, und marschierte nach draußen. Dort blickte sie sich um, bis sie sein ramponiertes Auto entdeckte, einen älteren Ford, den er kürzlich einem Freund abgekauft hatte und der auf der anderen Seite der Mayfair Street parkte. Sie ging hinüber und sah durch das Fenster auf der Fahrerseite hinein.

Auf dem Beifahrersitz saß ein adrettes, zierliches Mädchen mit perfekt frisiertem blondem Haar. Sie strickte etwas Weißes, Flaumiges, vielleicht ein Babyjäckchen. Leonie ging auf die andere Seite und klopfte ans Fenster, und sie kurbelte es herunter, sodass Leonie sich vorstellen konnte. Shelagh war erstaunt darüber, zu der Party eingeladen zu werden, legte aber bereitwillig ihr Strickzeug beiseite, überprüfte in einem Schminkspiegel ihr Gesicht und stieg aus dem Auto. Ihre hochhackigen Schuhe klapperten über das Straßenpflaster.

»Ist das wirklich eine so piekfeine Veranstaltung?«, flüsterte sie nervös, während sie nebeneinander hergingen. Sie hatte einen breiten East-End-Akzent.

»Sie werden sich wohlfühlen«, sagte Leonie zu ihr. »Bleiben Sie nur bei mir.« Die Wahrheit war, dass Leonie dankbar war, sie bei sich zu haben. Solche Veranstaltungen waren selten und immer eine Tortur. Die Männer behandelten sie wie ein Püppchen, und die Frauen, die bei den Zeitschriften arbeiteten, konnten schroff sein. Schließlich war sie nur ein Model. Ein bezahlter Kleiderständer – und nicht einmal ein gut bezahlter.

Shelagh war einfach ein nettes, gewöhnliches, attraktives Mädchen. Sie arbeitete bei C&A in der Damenmodenabteilung und war schick angezogen, doch sie strahlte nicht die geringste Arroganz aus. Allerdings war sie sichtlich überfordert. Zuerst zeigte sich Billy beflissen und holte ihr einen Martini, der ihr nicht schmeckte. Doch als er sah, dass sie bei Leonie gut aufgehoben war, brach er zu seinem üblichen Zug durch den Raum auf, um mit den Leuten zu reden, mit denen er sprechen musste, und überließ die beiden Mädchen sich selbst. Leonie erfuhr an diesem Abend sehr viel über Shelagh. Billy und sie hatten sich in Bethnal Green in der Schule kennengelernt, als sie vierzehn Jahre alt waren, es war also eine Sandkastenliebe. Vor zwei Jahren hatten sie beschlossen zu heiraten, und seitdem sparten sie dafür. Sie teilte sich in Clerkenwell ein Zimmer mit einem anderen Mädchen, weil es zu Hause mit ihren drei Schwestern zu eng war, und sie schien es für ein ganz normales Benehmen zu halten, dass Billy sie bei einer Party draußen im Auto ließ.

Da hätten bei Leonie die Alarmglocken läuten sollen, aber aus irgendeinem Grund war sie davon überzeugt, dass Billy sie nie so behandeln würde wie Shelagh. Sie gehörte in sein altes Leben; das erkannte Leonie, während Shelagh von ihren Plänen erzählte, mit ihm »einen Hausstand zu gründen«. Shelagh schien keine Ahnung davon zu haben, dass die Welt der Zeitschriften und der Models und die Welt des großen Geldes miteinander verflochten waren; und sie schien nicht zu verstehen, dass sich Billy in den Zirkeln der Avantgarde bewegte, die neue Ideen über Kunst, Mode und Gesellschaft hatte. Shelagh dagegen wünschte sich sehnsüchtig, dass sie einander öfter sehen könnten und er einen Job finden würde, bei dem er nicht so oft von zu Hause fort sein müsse. Leonie tat sie leid, aber am liebsten hätte sie sie auch geschüttelt und sie gefragt, ob ihr nicht klar sei, dass das nicht passieren würde. Erkannte Shelagh denn nicht, dass er nicht mehr der Arbeiterjunge war, der auf dem Spielplatz mit ihr geflirtet hatte, sondern ein kluger und talentierter junger Mann, der auf Geld und Ruhm aus war? Das Leben, das sich Shelagh vorstellte, würde ihn langweilen, und zwar vermutlich früher als später. Natürlich konnte sich Leonie nicht einmischen, und so hörte sie Shelaghs unschuldigem Geplauder einfach zu, obwohl sie dabei zunehmend ein schlechtes Gewissen empfand, weil sie dabei war, ihren Platz in Billys Träumen einzunehmen.

In den folgenden Wochen entwickelten Billy und sie in der Zeit, die sie miteinander verbrachten, immer tiefere Gefühle füreinander. Leonie war sich nur zu schmerzhaft der Existenz von Shelagh bewusst, die geduldig darauf wartete, dass Billy endlich das Hochzeitsdatum festsetzte, und Babysachen strickte. (Glücklicherweise stellte sich heraus, dass die Sachen für einen neugeborenen Cousin waren und nicht für ein Kind, das Billy und sie vielleicht irgendwann bekommen würden.)

Nachdem sie mit David gebrochen hatte, wusste sie, dass es unvermeidlich war, dass sie und Billy zusammenkommen würden, obwohl sie sich auf Grund ihrer Schuldgefühle wegen Shelagh dagegen wehrte. Billy hätte gleich das Richtige tun und Shelagh die Wahrheit sagen sollen: dass er sie zwar liebte, aber ihre Leben dabei waren, sich in verschiedene Richtungen zu entwickeln. Dass er jung war und nicht an die Zukunft dachte und dass er es aufregend fand, im Augenblick zu leben.

Ein weiteres Problem war der Mangel an Privatsphäre: Sie hatten beide Mitbewohner, und ihre Wohnungen waren immer bevölkert von Menschen, die auf Sofas nächtigten und viel zu gut über die Angelegenheiten der anderen Bescheid wussten. Als der Winter in einen wunderschönen kühlen Frühling überging, fuhren sie einfach in Billys schrecklichem altem Auto aufs Land hinaus. Bei laufendem Motor und eingeschalteter Heizung saßen sie auf einem Parkplatz in den Epsom Downs oder auf Box Hill, sahen zu, wie es draußen regnete, unterhielten sich und fühlten sich wohl miteinander. Manchmal ließ sie sich von ihm küssen, obwohl es ihnen dann schwerfiel, es bei einem Kuss zu belassen, und am Ende weinte und protestierte sie, und er war verärgert.

Schließlich gingen ihm die Ausreden aus, und er erkannte, dass er bei Leonie nicht weiterkommen würde, wenn er Shelagh nicht die Wahrheit sagte. »Ich rede mit ihr«, versprach er bei mehreren Gelegenheiten, tat es dann aber doch nicht. Es sei nicht der richtige Zeitpunkt gewesen, argumentierte er, oder Shelagh sei es nicht gut gegangen, und da habe er ihr nicht auch noch wehtun können. Es war unglaublich frustrierend, aber auf der anderen Seite hatte sie ein so schlechtes Gewissen, weil sie der Grund für diesen ganzen Schmerz war, dass sie ihm gegenüber nicht so bestimmt auftrat, wie sie es hätte tun sollen.

Die ganze Zeit über arbeiteten sie als Fotograf und Model zusammen, und sie betrachtete die Zeitschriften und erwartete, dass die Bilder mit ihrer aufgestauten Leidenschaft aufgeladen sein würden. Sie fand, dass sie auf diesen Fotos besonders verträumt aussah; oder bildete sie sich das nur ein und machte sich Illusionen? Jedenfalls schien es niemand sonst zu bemerken. Ihre Kunden wollten einfach nur, dass die Kleider gut aussahen, und solange sie das taten, engagierten sie sie wieder.

Dann kam ein Samstag im Mai 1963, als sie mit Fieber und leichten Kopfschmerzen aufwachte. Die Ursache dafür waren vermutlich die langen und schwierigen Außenaufnahmen am Vortag, die sie immer wieder wegen schwerer Schauer hatten unterbrechen müssen. Sie tat sich selbst unglaublich leid und kuschelte sich in ihrem Morgenmantel aufs Sofa. Trudi brachte ihr Aspirin und dünnen Tee, bevor ihr Freund, der glamouröse Schauspieler, kam – er sollte später ihr erster Ehemann werden – und sie zusammen loszogen, um nach einer Schneiderei in Soho zu suchen, von der Leonie noch nie gehört hatte. Ihre andere Mitbewohnerin, Alison, war ausgegangen und steckte wer weiß wo. Leonie war erleichtert darüber, dass sie sich in Ruhe hinlegen und dösen konnte.

Einige Zeit später weckte sie das Läuten des Telefons, und sie schleppte sich hin, um abzunehmen. Es war Billy.

»Oh, du bist ja *doch* da«, sagte er.

»Ich bin krank, du hast mich geweckt«, sagte sie vorwurfsvoll.

»Tut mir leid. Was ist los? Kann ich vorbeikommen?«

»Nein, ich sehe schrecklich aus.«

»Ich bin in zwanzig Minuten da.« Dann hörte sie nur noch ein Tuten. Billy hatte aufgelegt.

Benommen und mit pochenden Kopfschmerzen taumelte sie verärgert ins Bad, um sich Wasser ins Gesicht zu spritzen und sich saubere Unterwäsche von der Wäscheleine zu schnappen. Als es an der Tür klingelte, hatte sie sich in einen für diese Umstände halbwegs präsentablen Zustand versetzt.

»Ich habe dir doch gesagt …«, setzte sie an, als sie die Tür öffnete. Da stand Billy mit dem größten Strauß roter Rosen, den sie je gesehen hatte, und einem Lächeln, das sie nur als verlegen bezeichnen konnte.

»Wofür sind die denn?«

»Darf ich nicht hereinkommen?«

Seufzend öffnete sie die Tür weiter, und er trat ein, streckte ihr den Strauß entgegen und sah dabei aus wie ein Kind, das der Queen Blumen überreicht.

Ein wenig argwöhnisch nahm sie sie ihm ab und ging in die kleine Einbauküche, wo sie den Strauß in die Spüle fallen ließ und sich haltsuchend ans Becken lehnte. Sie ließ das Wasser laufen und war froh über die kühlen Tropfen, die ihr ins Gesicht spritzten, und den Luftzug vom offenen Fenster her.

Sie spürte, wie sich Billys Arme um sie legten. Seine warmen Lippen strichen über ihren Hals, und sie schloss die Augen und erschauerte angesichts der Hitzewellen, die sie überliefen und entweder dem Fieber oder dem Begehren geschuldet waren. »Billy ...«, begann sie und drehte sich in seinen Armen um. Ernst sah er sie an, griff dann an ihr vorbei und drehte den Wasserhahn ab.

»Ich habe es ihr gesagt«, erklärte er. »Es ist vorbei. Erledigt.«

»Shelagh meinst du?« Sie hatte Schwierigkeiten, ihm zu folgen. Er nickte.

Und endlich durchströmte sie Erleichterung. Trotzdem hatte sie auch ein Gefühl von Schuld. »Ach, die arme Shelagh.«

»Nun ja«, sagte er und grinste wieder verlegen. »Eigentlich hat sie es mir gesagt. Wir waren uns einig, dass es so das Beste ist. Geweint hat sie aber trotzdem. Sie sagte, ihre Eltern würden enttäuscht sein.«

»Ja, das werden sie wohl«, meinte Leonie. In ihren Augen musste Billy so etwas wie eine gute Partie gewesen sein, und natürlich kannten sie ihn schon lange, hatten seine Ambitionen und seine Fortschritte verfolgt und wären vermutlich stolz gewesen, wenn er ihre Shelagh geheiratet hätte. Aber sicher würden sie, genau wie ihre Tochter, am Ende erkennen, dass es so das Beste war.

Aber nun lag sie in Billys Armen, und sie sahen einander glücklich an. Sie fühlte sich schwindlig und so leicht wie die Gardine, die im Wind wehte.

»Du siehst vollkommen aufgelöst aus«, sagte er lachend, und sie gab ihm eine gespielte Ohrfeige auf die Wange. Er erwiderte sie, und dann drückte er sie an sich und küsste sie auf den Mund. Anschließend löste er sich kurz von ihr und sagte: »Aufgelöst, aber schön. Wahnsinnig schön.« Und dann küssten sie sich wieder. Sie entspannte sich in seinen Armen und genoss die Erleichterung und das Glück, endlich all dieses aufgestaute Begehren herauslassen zu können. Wie durch ein Wunder waren ihre Kopfschmerzen verschwunden. Er nahm sie an der Hand und zog sie ins Wohnzimmer und auf das Sofa, das eben noch ihr Schmerzenslager gewesen war. Jetzt wurde es zu ihrem Liebeslager, auf dem sie mit den Händen ihre Körper erkundeten und Dinge taten, die ihr Fieber noch in die Höhe trieben.

Nachdem sie sich so wild und leidenschaftlich geliebt hatten, war sie völlig erschöpft. Ihr Kopf pochte wieder, und sie zitterte vor Fieber. Er hob sie hoch, trug sie in das Schlafzimmer, das sie mit Trudi teilte, legte sie zärtlich auf ihr schmales Bett und half ihr, einen frischen Pyjama anzuziehen. Den Rest des Tages schlief sie. Gelegentlich wachte sie auf und stellte fest, dass er bei ihr war, ihr die Stirn mit einem tropfnassen Waschlappen kühlte, ihr gebratene Bohnen brachte, die sie nicht essen konnte, oder auf Trudis Bett saß und sie ansah, während sie wieder in Schlaf sank.

Als sie in der Abenddämmerung erwachte, war er fort. Stattdessen saß Trudi an ihrem Bett. Sie trug nur Unterwäsche, weil sie ein neues Kleid, das sie gekauft hatte, anprobieren wollte, und wollte wissen, was in ihrer Abwesenheit los gewesen sei.

Für Leonie begann nun eine äußerst glückliche Zeit. Sie war zum ersten Mal in ihrem Leben bis über beide Ohren verliebt. Ihre Zuneigung zu David war im Vergleich zu der glühenden Leidenschaft, die sie für Billy fand, nur ein blasses Gefühl gewesen. Wenn sie nicht gerade mit ihm zusammen war und er all ihre Sinne erfüllte, dann dachte sie an ihn. Sie verbrachten die meisten Tage und bald auch viele Nächte miteinander. Denn kurz darauf fand er eine eigene Mietwohnung: die kleine, aber schick möblierte Wohnung eines Freundes, der in New York arbeitete. Sie lag nicht weit entfernt von Leonies Wohnung in der Edgware Road, und Billys Atelier war ebenfalls in der Nähe, sodass sie ihnen beiden perfekt gelegen kam. Von da an verbrachte sie viel Zeit bei ihm. Aber da ihre Eltern entsetzt gewesen wären, wenn sie gewusst hätten, dass ihre Tochter »in Sünde« mit einem Mann zusammenlebte, behielt sie ihre alte Wohnung. Es war auch schön, ab und zu dort zu sein und die Freundschaft und den Rückhalt der anderen Mädchen zu spüren. Sie passten aufeinander auf. Denn abgesehen von den üblichen Zankereien über Hausarbeit und Rechnungen verstanden sie sich gut.

Sie war vollkommen von Billy erfüllt. An den meisten Tagen war sie sich während der Arbeit seiner Aufmerksamkeit bewusst. Mit seiner Kamera nahm er sie in Besitz, bedrängte sie und schmeichelte ihr, damit sie sich nach seinen Wünschen hierhin und dahin drehte. Doch manchmal, wenn sich andere gerade über den Sitz eines Kleids oder die Länge eines Ärmels aufregten, bemerkte sie auch, dass er sie mit seinen durchdringenden blauen Augen ansah und ein düsterer, grüblerischer Ausdruck auf seinem Gesicht lag. Dann lächelte sie, und er lächelte zurück und war wieder wie immer. Sogar damals störten sie diese Stimmungsschwankungen; es war, als lauere irgendwo tief in ihm ein Billy, den sie nicht kannte. Das ist normal, beruhigte sie sich, schließlich waren sie noch dabei, einander kennenzulernen. Zu dieser Zeit war sie zu glücklich, um sich viel damit zu beschäftigen. Sie wusste, dass er sie liebte und sie ihm wichtig war, und das war mehr als genug.

Die Arbeit mit ihm lief gut. Sie waren ein Team, und normalerweise forderten die Redakteure sie gemeinsam an. Sie mochten Billys Fotos. Er hatte eine Art, das Beste aus einem Model herauszuholen, aber seine Bilder fingen auch etwas ein, das jeder wollte. Es war schwer, genau zu definieren, was es war: Zeitgeist, ein Gefühl der Leichtigkeit, Spaß, die Möglichkeiten der Jugend. Das alles war genau das, was man brauchte, um das Wichtigste von allem perfekt in Szene zu setzen: die Mode. Lange liebte sie es, sich in den Zeitschriften zu sehen, und genoss die Aufmerksamkeit, obwohl die Aufnahmen harte Arbeit waren.

Nachdem Billy sie einmal zu seiner Familie in Bethnal Green mitgenommen hatte, verstand sie ihn viel besser. Sein Elternhaus war ein Arbeiter-Cottage aus viktorianischer Zeit, dessen Haustür direkt auf die Straße ging. Die Gegend war während des Zweiten Weltkriegs schwer getroffen worden, und hier und da waren noch Trümmerberge zu sehen, aber in den Baulücken waren neue Gebäude entstanden, bei denen man sich auf verschiedene Art und Weise bemüht hatte, sie dem existierenden Stil anzupassen. Das Haus der Fletchers war von den Bomben verschont geblieben, obwohl das Wohnzimmerfenster verzogen war, ebenso die Haustür, die klemmte, als wolle sie dem Besucher ihr Willkommen verweigern. Misstrauisch spähte Mrs. Fletcher durch den Spalt. »Was ist an der Hintertür verkehrt, um Himmels willen«, sagte sie. Billy bat sie trotzdem zurückzutreten und drückte kräftig gegen die Tür, worauf sie sich öffnete.

Hilda Fletcher war eine kleine, sehnige Frau, die nicht weniger misstrauisch wirkte, als sie Leonie in einem ärmlichen Wohnzimmer, in dem ein Fahrrad an der Wand lehnte, anstarrte. »Schön, Sie kennenzulernen, Mrs. Fletcher«, sagte sie und streckte die Hand aus. Es dauerte einen Moment, bis Mrs. Fletcher sie nahm. Ihr Griff war kraftlos, und rasch ließ sie den Arm wieder sinken. Sie wirkte müde, erschöpft, als nage etwas an ihrem Inneren. Ihr Blick war nur kurz von Wärme erfüllt, als er auf Billy fiel. Doch das Licht in ihren Augen verlosch wieder, als ihr Mann ins Zimmer trat.

Ned Fletcher zu sehen war, wie einen kurzen Blick darauf zu erhaschen, wie Billy vielleicht in dreißig Jahren aussehen würde, wenn sein kräftiger, muskulöser Körper schlaffer geworden wäre, die tief in den Höhlen liegenden Augen von schweren Lidern beschattet sein würden und nur die kobaltblauen Augen weiter leuchteten. Nachdem er Leonie die Hand geschüttelt hatte, legte er den Arm um seine Frau, die starr und angespannt unter seiner Berührung verharrte. Billy und sein Vater bestritten das Gespräch allein. Ned Fletcher war Klempner, und Billy wollte sich von ihm einen Schraubenschlüssel leihen, mit dem er einen tropfenden Wasserhahn reparieren wollte. Sobald die Angelegenheit geklärt war, gingen sie wieder. Als seine Mutter ihnen vorsichtig eine Tasse Tee anbot, wehrte Billy ab.

»Hätten wir nicht noch bleiben können?«, fragte Leonie, als sie losfuhren. »Sie werden mich für unhöflich halten.«

»Es wäre sonst zu spät geworden«, sagte er nur und hupte ein paar Jungen an, die auf der Straße Fußball spielten. Gehorsam machten sie Platz, aber als Leonie sich nach ihnen umdrehte, traf ein Kieselstein ihr Rückfenster, und sie sah ihre mürrischen Mienen. »Verdammte Halbstarke«, fluchte Billy, bremste aber nicht ab. Er war seiner Heimat entwachsen und auf dem Weg in ein glanzvolleres Leben. Hier war er nicht mehr willkommen. Wieso sollte ihm das etwas ausmachen, fragte er sie später, als sie über den Zwischenfall sprachen. Diese Jungen steckten in ihren schmutzigen Straßen fest, aber er war ihnen entkommen.

Leonie konnte diesen Groll auf seine Herkunft nicht teilen. Sie liebte ihre Eltern sehr, und mit ihrem Bruder, der sich auf der Oberschule ganz gut schlug, kam sie inzwischen auch einigermaßen aus. Sie besuchte ihre Eltern oft, manchmal zusammen mit Billy. Sie beobachtete, wie er ihre Zuneigung gewann, denn er mochte sie und schaltete seinen Charme für sie an.

»Das ist ein elegantes Kleid«, sagte er zu ihrer Mutter, und sie errötete bei dem Kompliment, errötete tatsächlich und legte die Hand an die Wange.

»Finden Sie? Es war sehr leicht zu nähen. Ich weiß, dass es nicht so modisch ist wie die Sachen, die meine Tochter trägt, aber so etwas können wir uns nicht alle leisten.«

Billy half Leonie dabei, bei Selfridge's eine sehr hübsche Bluse für ihre Mutter auszusuchen, die sie ihr zum fünfzigsten Geburtstag schenken wollte. Sie war viel teurer als alles, was Leonie normalerweise gekauft hätte, aber er überredete sie. Er mochte ihre Eltern und auch den Stoffladen. Er unterstützte Leonies Mutter bei einer kleinen Modenschau im Gemeindesaal und fotografierte Leonie und ihre Freundin Jean in Kleidern, die im Nähunterricht ihrer Mutter entstanden waren. Das war nur ein kleiner Spaß, aber sie hatten ein großes Publikum und kamen in die Lokalzeitung.

Sie waren seit etwa zwei Jahren zusammen, als Leonies Eltern begannen, peinliche kleine Bemerkungen fallen zu lassen, ob sie und Billy nicht langsam Ernst machen wollten. Dem Himmel sei Dank sagten sie nie etwas in Billys Gegenwart, aber Leonie fühlte sich durchaus unter Druck gesetzt. »Er ist ein netter junger Bursche, und seine Arbeit scheint gefragt zu sein«, bemerkte ihr Vater. »Deine Mum und ich finden, du könntest es viel schlechter getroffen haben.«

»Danke, Dad«, sagte sie, drückte seinen Arm und grinste. »Ich werde zu gegebener Zeit daran denken.« Tatsächlich freute sie sich, dass sie ihn mochten, aber sie war noch nicht zu diesem Schritt bereit.

## *Leonie*

Es war tief in der Nacht, aber Leonie lag noch immer wach. Sie seufzte. Wie klar ihre Erinnerungen an diese Ereignisse waren, obwohl sie fünfzig Jahre zurücklagen. Der salzige Duft von Billys Haut, sein glänzendes Haar und die Art, wie es wippte, wenn es ihm ins Gesicht fiel. An einem seiner Ohrläppchen hatte er eine kleine Narbe, weil ihn einmal ein Hund gebissen hatte; jedenfalls hatte er das behauptet.

Ihre Gedanken wanderten weiter zu ihren aktuellen Sorgen. Was würde aus dem Haus werden? Oh, wenn sie nur schlafen könnte. Sie drehte sich um, und in dem grauen Streifen Mondlicht, der auf ihren Nachttisch fiel, sah sie das Ziffernblatt ihres Reiseweckers. Es war drei Uhr. Sie ließ sich zurück in ihre Kissen sinken und versuchte, sich daran zu erinnern, wie Billys Stimme geklungen hatte. Aber alles, was sie hörte, waren das Ticken der Uhr und das ferne Rauschen des Verkehrs. Wie Meer, das über Kies plätschert. Sie erinnerte sich an Urlaube in ihrer lange zurückliegenden Kindheit, an das eiskalte Meer, das über Kiesel läuft, und an den warmen Sand zwischen ihren Zehen. Zuckend schlossen sich ihre Augen, und Bilder aus der Vergangenheit begannen in ihr aufzusteigen. Sie erinnerte sich an einen herrlichen Sommertag mit Billy. Damals schien es, als würden ihre Jugend und ihr Glück ewig dauern; das Leben war schön, und die Welt war wie für sie geschaffen. Sanft und langsam nahm die Erinnerung von ihr Besitz und verwandelte sich in einen Traum …

*Es war ein herrlicher Augustsonntag, Der Himmel war kornblumenblau, und es herrschte eine lähmende Hitze. Sie waren mit einer ganzen Gruppe von Freunden – zuzüglich eines lebhaften Windhundes – in zwei Autos nach Westen, nach Oxfordshire hinausgefahren und hatten den ganzen Weg über gelacht und gesungen. In einem Pub an der Themse hatten sie angehalten und mit den Rinden der Sandwiches, die ihr Mittagessen darstellten, die Enten gefüttert. Der Fluss war breit und floss langsam dahin, und plötzlich stieß jemand – wahrscheinlich Trudi, es war eigentlich immer Trudi – einen der Jungs ins Wasser. Er schlug keuchend um sich, kletterte dann heraus und versuchte, sie zu fangen. Das war schwieriger, als er gedacht hatte, da ihn seine nassen Sachen behinderten. Aber er holte sie doch ein, und sie flog kreischend in den Fluss. Bald hatten sich auch die anderen bis auf die Unterwäsche ausgezogen und sprangen ebenfalls hinein. Die Mädchen quietschten angesichts des kalten Wassers, die Jungs brüllten laut und bespritzten einander mit*

*Wasser. Nur Billy blieb vollständig angezogen am Ufer stehen und sah zu. Und während Leonie sich lachend herumwarf, andere untertauchte und selbst untergetaucht wurde, sah sie, wie er seine Kamera nahm und Bilder von ihnen machte. Das war typisch Billy; er gehörte zur Gruppe und hielt sich doch fern. Als sie ihm zurief, er solle hereinkommen, zog er die Augen zusammen und schüttelte den Kopf. Trudi spritzte ihn nass und nannte ihn einen Spielverderber, aber er lachte und wich zurück. Während sie herumrannten, um sich zu trocknen, und sich wieder anzogen, stand er allein da, rauchte und sah über das Wasser hinaus. Leonie ging zu ihm und hakte ihn unter, und er lächelte sie an, als hätte sie ihn aus großer Ferne zurückgeholt.*

*Nachdem sie an diesem Abend nach London zurückgekehrt waren und die anderen abgesetzt hatten, fuhr er geradewegs in sein Atelier. Sie kochte Tee auf dem winzigen Ofen, während er in der Dunkelkammer die Negative entwickelte und Abzüge von einigen machte. Sie betrachtete die zum Trocknen aufgehängten Bilder und holte tief Luft, als sie sah, dass er nur Aufnahmen von ihr ausgewählt hatte. Hier stand sie mit tiefernster Miene im Wasser und streckte die Arme aus, als wolle sie einen Hechtsprung machen. Auf dem nächsten Foto schlug sie mit offenem Mund um sich. »Da hat mir jemand die Beine weggezogen«, erklärte sie lachend. Ein weiteres zeigte, wie sie Billys Freund Si nass spritzte, und auf einem anderen war sie mit Trudi zu sehen. Die beiden Mädchen umarmten einander, und Leonie zeigte erstaunt auf die Kamera. »Sie sind gut«, sagte sie, »aber hast du nicht auch welche von den anderen gemacht?« Er trat von hinten an sie heran, legte die Hände um ihre Taille und ließ sie dann hinaufgleiten, um ihre kleinen Brüste zu umfassen. Er strich mit den Lippen über ihren Hals und blies behutsam in ihr Ohr. »Es gibt nur dich, Liebling«, flüsterte er. »Nur dich, und du gehörst mir.«*

*»Nicht, Billy. Das klingt unheimlich«, lachte sie und dachte, dass er übertrieb, aber als sie sich in seinen Armen umdrehte, sah sie, dass es ihm vollkommen ernst war.*

*»Na, danke schön.« Er wirkte verletzt und ein bisschen verärgert, und sofort tat es ihr leid.*

*Sie streckte die Hand aus, streichelte seine raue Wange und lächelte entschuldigend. Er drückte sie an sich, als wolle er sie nie wieder loslassen.*

Ehe Leonie sich versah, war es Morgen, und sie hörte, wie unten die Haustür zufiel. Stef oder Rosa, vermutete sie. Dann wurde es wieder still im Haus. Eine Weile lag sie im Halbschlaf da und versuchte sich an den Traum, den sie gehabt hatte, zu erinnern. Sie hatte von Billy geträumt, mehr wusste sie nicht mehr. Sie erinnerte sich an ein flüchtiges Gefühl von Sonne, Glück und Lachen, bevor es dunkel geworden war. Der Traum lag über ihrem Bewusstsein wie ein Spinnennetz. Billy. Sie hatte seine Gegenwart seit vielen Jahren nicht mehr gespürt, die Leidenschaft, die sie für ihn empfunden hatte, die Art, wie er ihrem ganzen Leben Farbe verliehen und ihr den Atem geraubt hatte. Es musste das Gespräch mit Stef gewesen sein, das ihn zurück in ihre Träume geholt und sie so verletzlich gemacht hatte, sodass ihr jetzt Tränen in die Augen traten.

Dummes, sentimentales altes Weib, schalt sie sich und wischte sie weg. Warum heulst du über die Vergangenheit, obwohl dein Leben erfüllt ist und es so viel zu tun gibt?

## Frühjahr 1964

An einem stürmischen Märztag wurden Billy und Leonie in Saxford getraut. Jean war Brautjungfer, und Billys Freund Si Trauzeuge. Leonies Mutter hatte die Kleider für die Mädchen nach Leonies Wünschen genäht; ein knielanges Kleid aus Satin und Spitze für die Braut und ein hellblaues, leicht ausgestelltes für Jean. Leonies kecker

Schleier blähte sich wie eine Fahne auf einem Turm, als sie den Weg zur Kirche entlanggingen, und sie schrie bestürzt auf, als die Blüten ihres Brautstraußes im Wind davonwehten wie Konfetti. Ihr Vater hielt ihren Arm fest umfasst, als er sie den Mittelgang entlang zu Billy führte, der den schicksten dunkelblauen Anzug trug, den die versammelten Stadtbewohner je gesehen hatten. Er grinste verlegen. Dabei hatte er vorher Einwände erhoben und gemeint, dass sie das Ganze ohne Getue im Standesamt von Chelsea und mit ein paar Bier im World's End Pub schneller und besser erledigen könnten.

Während des Gottesdiensts wechselten die beiden Familien von den verschiedenen Seiten der Kirche aus verstohlene Blicke, und später versuchten sie sich im Gemeindesaal dann nervös an Gesprächen, während sie ihre Teller mit Schinkensalat und Sandwiches mit Dosenlachs beluden und die dralle Tante Maude ihnen Limonade nachschenkte. Leonies Bruder Bobby hatte trotzdem plötzlich leuchtende Augen und lallte, denn Billys starrköpfiger Onkel Reg hatte ihm heimlich etwas Alkoholisches aus einem Flachmann zu trinken gegeben. Doch sogar Granny Brett hatte keine Einwände, als Si Champagner zum Anstoßen auspackte. Es sollte in die Familiengeschichte eingehen, dass Si, Trudi und ihre anderen Londoner Freunde später dabei angetroffen wurden, wie sie in der Sakristei umgeben von leeren und vollen Flaschen Strippoker spielten.

Am Montag darauf flog das glückliche Paar nach Paris, wo Billy Leonie unter den knospenden Kastanienbäumen an der Seine für *Honey* fotografierte. Wie sie schon vor langer Zeit gelernt hatte, lebte Billy für seine Arbeit.

Zuerst waren sie sehr glücklich. Aber beginnen nicht alle Geschichten so? Es ist die Neuheit, die Hoffnung, die Erwartung, dass alles wunderbar werden wird. Und natürlich waren sie noch sehr jung. Leonie sollte sich oft daran erinnern, wie Billy davon sprach, dass sie weiter zusammen arbeiten könnten, dass es sogar einfacher werden würde, wenn sie heirateten, aber so war es nicht.

Sie war vor der Hochzeit zu Billy gezogen, da sein Freund Oswald, der Besitzer der Wohnung, mehr und mehr Zeit in New York verbrachte. Es gab allerdings ein Gästezimmer, das er bewohnen konnte, falls er sich doch einmal nach London verirrte. Die Wohnung war mit minimalistischem Mobiliar, vielen Teppichen und gerahmten Schwarz-Weiß-Filmpostern von Marilyn Monroe und Audrey Hepburn eingerichtet, was ihr eine glamouröse Ausstrahlung verlieh. Sie kauften sich bei Heal's auf Kredit ein neues Sofa, einen Fernseher und ein besseres Auto.

An die Wand über dem Fernseher hatte Oswald ein einzelnes Ölgemälde gehängt, einen grünlich getönten Akt. Da Leonie wusste, dass ihre Eltern nichts davon halten würden, fühlte sie sich nicht ganz wohl damit. Andererseits gefiel ihr das Bild, und sie sagte sich, dass ihre Eltern ihren Geschmack eben akzeptieren müssten, falls sie es je zu sehen bekämen. Später sollte sie erfahren, dass es von Lucian Freud stammte, von dem damals natürlich noch nie jemand gehört hatte. Sie fragte sich manchmal, ob Oswald es irgendwann verkauft hatte und wie viel er dafür bekommen hatte.

Billy und sie waren beide weiterhin sehr gefragt, und es gab reichlich Arbeit. Die Leute liebten Billys Bilder, und Leonies Gesicht war in vielen Zeitschriften zu sehen. Die beiden waren Profis, dafür sorgte Billy, der Leonies Zerstreutheit mit seiner Zuverlässigkeit wieder ausglich. Aber manchmal verärgerte er ihre Agentin, indem er einschritt, wenn sie über Vertragsklauseln diskutierten und er der Meinung war, dass sie ungerecht behandelt würde.

Gelegentlich bat man ihn auch, mit anderen Models zu arbeiten, was normal war und wogegen Leonie nicht das Geringste hatte. Doch es gefiel ihm nicht, wenn sie von einem anderen Fotografen angefordert wurde. Nie hätte er so etwas laut ausgesprochen, aber sie bemerkte es an seiner Laune. Sie sah, dass er eifersüchtig war. Er wollte der Einzige sein, der sie fotografierte. Leider konnte sie der Versuchung nicht widerstehen, ihn zu ärgern, indem sie diese Jobs annahm. Doch dann ärgerte sie sich am Ende nur selbst, weil er sie nicht fragte, wie die Arbeit gelaufen war, oder sich weigerte, die Fotos in der Zeitschrift zu bewundern. Sie stritten deswegen nicht, aber sie hasste die Art, wie er sie dann behandelte, und fühlte sich zurückgewiesen.

Als sie ein paar Jahre verheiratet waren, wurde es schlimmer. 1966 begann die Agentur Heather Ford auch Aufträge für Fernsehspots anzunehmen, und Leonie wurde gebeten, in einem davon aufzutreten. Es war nur eine Statistenrolle, aber es war etwas Neues, und sie war lächerlich aufgeregt deswegen. Ihr Auftritt hatte zwei bedeutsame Folgen. Er veränderte ihr Verhältnis zu Billy, und sie lernte George Stuart kennen.

Beruflich war das Leben bereits ziemlich aufregend. London galt allgemein als *die* angesagte Stadt. In den neuen Zeitschriften, die aus dem Boden schossen, und auf den Reklametafeln wurde propagiert, dass das Leben schön und alles möglich war, besonders, wenn man jung war und Geld hatte, was natürlich auf viele Menschen nicht zutraf. Jeder wollte Anteil an diesem Geschäft haben, und Billy war mittendrin, denn er war sehr gefragt, wenn es darum ging, die Schönen und Berühmten für Feature-Artikel zu fotografieren. In der *Sunday Times* erschien ein Artikel über The Who, bei dem er kurzfristig als Fotograf eingesprungen war, und einmal wurden Leonie und er für die *Vogue* nach New York geschickt. Diese Reise war toll, weil alles so neu war und weil sie als Londoner wie Könige behandelt wurden. Sie mussten schwer arbeiten, aber sie hatten Spaß daran, den Fotos einen Hauch von Jugendrebellion zu verleihen, was bei den Redakteuren der Zeitschrift außerordentlich gut ankam.

Doch die Wahrheit war, dass sie beide sich hinter der strahlenden Fassade veränderten und das Leben zu einem zu großen Teil überhaupt kein Spaß mehr war. Sie war erst zweiundzwanzig und er sechsundzwanzig, aber als man sie bat, die Fernsehwerbung zu drehen, war sie schon nicht mehr mit Herzblut dabei. Zu diesem Zeitpunkt arbeitete sie seit fünf Jahren als Model, und ihr sechzehnjähriges Ich hätte sie beneidet. Ihr Gesicht hatte auf den Titelseiten einer Unmenge von Zeitschriften geprangt, und wenn sie gewollt hätte, hätte sie an jedem Tag der Woche arbeiten können. Sie hatte in Paris, New York und Schweden gemodelt und einmal sogar in Südspanien, wo sie in der glühenden Sommerhitze fast umgekommen wäre. Inzwischen war sie jedoch gelangweilt, auch wenn sie es sich nicht eingestehen mochte. Was sie langweilte, waren nicht die Orte selbst, aber sie hatte keine Lust mehr, unaussprechlich früh mit der richtigen Frisur und dem richtigen Make-up irgendwo aufzukreuzen, um zu Locations in abgelegenen Gegenden gefahren zu werden, auf Redakteure oder andere Models zu warten, wie ein Gegenstand behandelt zu werden, in Kleider gequetscht und eingenäht zu werden, wegen Ringen unter ihren Augen oder einem Pickel im Gesicht grob kritisiert zu werden und in unbequemen Posen bei jedem nur denkbaren Wetter zu arbeiten, egal, ob sie vor Kälte zitterte oder fast vor Hitze starb. Morgens kroch sie mit immer weniger Begeisterung aus dem Bett.

Billy dagegen war ein unverwüstliches Arbeitstier. Er tat, was er sich immer gewünscht hatte, und er liebte es. Aber er wusste, dass ein Teil seines Erfolgs auf ihrer Partnerschaft beruhte, und wurde ungeduldig, wenn Leonie jammerte. »Wir brauchen das Geld«, erklärte er ihr jedes Mal, wenn sie ihn anflehte, einen Auftrag abzulehnen. Sie wusste, dass sie genug Geld hatten, aber sie vermutete, dass seine Haltung damit zu tun hatte, dass er sich hochgearbeitet hatte. Er konnte die Angst nicht abschütteln, alles könne mit einem Mal zu Ende sein und er würde sich dort wiederfinden, wo er angefangen hatte: in dieser gesichtslosen Straße in Bethnal Green, in der er sich ansonsten kaum noch blicken ließ.

Leonie billigte es, dass er seiner Mutter Geld schickte, damit sie nicht mehr putzen zu gehen brauchte. Sie wusste, dass sein Vater das nicht gern sah, und dachte, das liege daran, dass sich Ned Fletcher dadurch in seiner Männlichkeit gekränkt fühlte. Aber als sie diese Meinung äußerte, widersprach Billy. »Der alte Bastard hat mir nie verziehen, dass ich ihm Paroli geboten habe. Dafür habe ich allerdings auch an ihrer Stelle die Prügel bezogen.«

Leonie hörte zum ersten Mal, dass ihr Schwiegervater gewalttätig war, und sie war entsetzt. In ihrer Familie hatte es dergleichen nie gegeben; ihr Vater war der sanftmütigste Mensch, den man sich vorstellen konnte. Sie dachte an die arme schattenhafte Hilda Fletcher in diesem Haus, das ihr wie ein Gefängnis vorkommen musste. »Warum verlässt sie ihn nicht?«, fragte sie. »Ich würde mich nicht mit so etwas abfinden.«

Billy lachte freudlos. »Das würde sie nie tun. Sie kennt nichts anderes. Zumindest schlägt er sie heute nicht mehr so oft. Jedenfalls, soweit ich weiß. Ich habe ihm gesagt, was ich tun werde, wenn ich je wieder davon etwas höre.«

Leonie stellte sich vor, wie sich diese beiden kräftigen Männer, Vater und Sohn und einander so ähnlich und doch so unterschiedlich, vor Zorn glühend gegenüberstanden, und erschauerte.

Mit einer Ehe kann es auf vielerlei Arten bergab gehen, aber wie Trudi einmal erklärt hatte, geht es dabei oft um Macht.

Der Machtkampf begann mit Kleinigkeiten. Die Anlässe waren so belanglos, dass sie es zuerst nicht bemerkte oder sein Verhalten mit professioneller Aufmerksamkeit verwechselte. »Dieser Lippenstift lässt dich blass aussehen«, sagte er oder: »Du hättest dieses Cremeteilchen nicht essen sollen. Jetzt hast du einen dicken, fetten Pickel auf der Nase.« Natürlich musste sie fabelhaft aussehen. Das war ihr Job. Er brachte diese Bemerkungen immer gut gelaunt vor, sodass sie nicht unfreundlich klangen. Manchmal kamen sie auch als kleine Albernheit daher. Dann gab er ihr einen Klaps auf den Po oder stieß sie mit dem Ellbogen an, um seinem Kommentar die Schärfe zu nehmen.

Ihr fiel auf, dass sie immer diejenige war, die sich nach einem Streit entschuldigte und dafür sorgte, dass sie sich versöhnten. Statt sich ebenfalls zu entschuldigen, pflegte er danach sein Argument einfach leicht umformuliert zu wiederholen, wie um zu beweisen, dass er gewonnen hatte. Einmal, noch vor ihrer Hochzeit, war Leonie eingeschritten, als sein Freund Si seine Freundin in aller Öffentlichkeit abgekanzelt hatte. Sie hatte Si erklärt, dass er sich aufführe wie ein Tyrann, aber Si hatte sie ignoriert. Stattdessen erklärte er Billy, er solle sein Mädchen im Zaum halten.

»Du hättest das nicht sagen sollen«, sagte Billy später zu ihr. »Damit hast du wirklich für Unfrieden zwischen Si und mir gesorgt.«

»Aber sie hatte richtig Angst.«

»Halt dich da raus, Leonie. Deine Meinung war da nicht gefragt«, sagte er mit zornverzerrtem Gesicht. Sie war verwirrt. Sie war nicht diejenige, die im Unrecht war. Billy hatte sie Si gegenüber nicht nur nicht in Schutz genommen, sondern gab ihr jetzt die Schuld an der ganzen Sache. Dann beruhigte er sich wieder und war wieder ganz der liebevolle Billy, den sie kannte. Es gefiel ihm, wenn jeder wusste, dass sie sein Mädchen war. In der Öffentlichkeit war er zuvorkommend. Wenn sie in einer Gruppe unterwegs waren, saß er gern neben ihr und legte den Arm um sie. Oder er setzte sich ihr gegenüber an den Tisch, damit er sie ansehen konnte. Wenn sie mit jemand anderem sprach, hörte er oft mit, machte dabei aber ein mürrisches Gesicht. Manchmal irritierte sie das, und sie setzte sich dann zu einer Freundin, was ihn aber ebenfalls verärgerte.

Als sie frisch verheiratet waren, machte ihr das nicht viel aus, da jeder erwartete, dass sie nun als Paar auftraten. Doch als ein bisschen Zeit vergangen war und sie sich auch wieder allein mit ihren Freunden treffen wollte, war er jedes Mal eingeschnappt.

»Warum gehst du nicht mit Si und den Jungs aus?«, pflegte sie dann zu fragen.

»Heute Abend habe ich keine Lust«, gab er daraufhin oft zurück und verbrachte stattdessen den Abend im Atelier und erledigte Arbeit, die ebenso gut hätte warten können. Wenn sie spät von einem Treffen mit Trudi zurückkam und zu ihm ins Bett kletterte, streckte er dann allerdings die Arme aus, und sie legten ihre Differenzen bei, indem sie sich liebten. Denn sie liebte ihn, so einfach war das, und seine besitzergreifende Art gab ihr das Gefühl, sicher zu sein und begehrt zu werden. Mit der Zeit änderte sich dies jedoch, und sie begann, sich von seiner Liebe erstickt zu fühlen.

Sie übernahm auf seinen Wunsch hin immer noch viele Aufträge, aber oft musste sie sich zwingen und fühlte sich innerlich wie taub. Manchmal beklagte sie sich bei ihm über gewisse Kunden, wie den übermäßig kontrollierenden Moderedakteur, der nie zufrieden zu sein schien, oder den Mann vom Katalog, der sie mit »Miss« anredete, weil er sich ihren Namen nicht merken konnte. »Das gehört alles mit zum Paket«, pflegte er zu sagen. »Mach gute Miene zum bösen Spiel. Braves Mädchen.«

Die Werbeagentur, die sie bei Heather Ford für den Fernsehspot gebucht hatte, wollte jemand Frisches und einen Spot genau in dem Stil, den ihr Kunde in einer Modeaufnahme mit einem Morris Mini gesehen hatte. Sie sollte die Außentreppe des großen Gebäudes, in dem die Fernsehstudios untergebracht waren, hinuntereilen und in einem offenen Sportwagen Platz nehmen, der von einem Schauspieler gefahren wurde. Wie sich herausstellte, sah er beinahe wie ein Doppelgänger von Adam Faith aus. Bei ihrer ersten Begegnung erinnerte sie sich lächelnd daran, wie sie mit ihrer Freundin Jean den echten Faith getroffen hatte. Das Auto, für das geworben wurde, war knallrot wie ein Briefkasten der Royal Mail. Genauso rot waren ihre Pumps, die aufleuchteten, als sie die Füße in den Fußraum auf der Passagierseite schwang, die elegante Handtasche, die sie auf dem

Schoß hielt, und die Punkte auf ihrem Kopftuch, das im Wind wehte. Sie musste in die Kamera winken, während das Auto davonfuhr.

Bei der vierten Aufnahme bemerkte sie einen Mann, der hinter ihr aus dem Gebäude kam, oben an der Treppe stehen blieb und wartete, bis sie hinuntergegangen war. Sie winkte gehorsam aus dem Auto und stellte verblüfft fest, dass er zurückwinkte.

Bei der fünften Wiederholung sah er immer noch mit verwirrter Miene zu. Er war kräftig gebaut und trug einen schicken dunkelgrauen Anzug mit einer ebenfalls grauen Krawatte. In seiner Brusttasche steckte ein adrettes gelbes Taschentuch.

»Ich fürchte, ich habe nicht Ihnen gewinkt«, rief sie ihm zu, während sie die Treppe hinaufstieg. »Das gehört zu dem Werbespot.«

»Oh, verstehe. Tut mir leid. Es wäre auch zu schön gewesen, um wahr zu sein.« Er seufzte gespielt. Ihr gefielen sein rundes, fröhliches Gesicht, seine ehrlichen braunen Augen und das schüchterne Lächeln, das seinen kleinen Mund umspielte. Sein schütteres braunes Haar stand vorn hoch wie ein Fragezeichen und erinnerte sie an Tim aus »Tim und Struppi«. Sie lächelte.

»Ich fand es aber nett, dass Sie zurückgewinkt haben.«

»Sind Sie bereit, Miss Brett?« Die gelangweilte Stimme des stupsnasigen jungen Aufnahmeleiters drang von der Straße herauf.

Als das Auto sich dieses Mal vom Straßenrand löste, drehte sie sich auf ihrem Sitz um und winkte dem Mann auf der Treppe direkt zu, worauf er ein breites Grinsen zeigte und ihr salutierte. Sie lachte.

Was immer sie getan hatte, es musste richtig ausgesehen haben, denn der Aufnahmeleiter beendete die Aufnahme.

»George Stuart«, stellte sich der Mann mit den braunen Augen vor, und sie schüttelte seine ausgestreckte Hand. Er lachte sie an und wirkte dabei weder lüstern noch verschlagen, sondern einfach nur nett und freundlich. »Und Sie sind offensichtlich Miss Brett.«

»Leonie Brett beziehungsweise Fletcher. Fletcher ist mein Ehename.« Man hatte ihr geraten, bei der Arbeit keinen Ehering zu tragen für den Fall, dass ein Kunde Vorbehalte hatte, eine verheiratete Frau zu beschäftigen. Aus demselben Grund hatten Billy und sie sich darauf geeinigt, dass sie weiter den Namen Brett führen würde. Es hätte auch ihre alten Kunden zu sehr verwirrt, wenn sie ihn geändert hätte.

Falls sie gefürchtet hatte, dass die Feststellung, dass sie verheiratet war, ihn abschrecken würde, wurde sie angenehm überrascht. Diese unerschütterliche Herzlichkeit und Freundlichkeit, die er ausstrahlte, hatte sie noch nicht oft bei einem Mann gespürt.

»Ich wollte Ihre Aufnahme nicht stören«, erklärte er. »Ich war nur herausgekommen, um frische Luft zu schnappen, und fand mich mitten in einer Filmszene wieder. Ein wenig surrealistisch, oder?«

»Sind Sie nicht daran gewöhnt, wenn Sie hier arbeiten?«

»Leider drehe ich nur Familienkomödien. Das ist alles andere als glamourös, auch wenn die Leute das nicht glauben wollen.«

»Ach, das hier ist auch nicht glamourös, das kann ich Ihnen versichern. Abgesehen vielleicht von Mr. Faith da drüben.« Ihr Partner aus dem Spot lehnte am Auto wie ein Filmstar, rauchte und sah zu, wie Kabelträger um ihn herum Scheinwerfer abbauten und Leitungen aufwickelten.

»Faith? Ach ja, der gute Adam, ich sehe die Ähnlichkeit. Vielleicht wird er uns ja ›*You'll wanta my love, bay-beh!*‹ vortragen.«

»Bringen Sie ihn bloß nicht auf Ideen. Er ist schon eingebildet genug. Wir haben einmal den echten Adam getroffen, wissen Sie, meine Freundin Jean und ich. Das war mein Glückstag, der Tag, an dem ich als Model angefangen habe. Na ja, jedenfalls ist er das in meiner Erinnerung.« Sie erzählte ihm, wie Jerry Rostov sie auf der Straße entdeckt hatte. Wie sie durch Rostov zu Lucie Clayton gekommen war und auch Billy kennengelernt hatte.

Während sie sprach, ruhte George Stuarts interessierter Blick auf ihr. Es war einfach, mit ihm zu reden. Sie war enttäuscht, als eine junge Frau mit einem Maßband um den Hals auf sie zutrat und sie aufforderte, sich umziehen zu gehen.

»Warten Sie.« Er zog ein silbernes Etui aus der Tasche, nahm eine Karte heraus und reichte sie Leonie. »Das ist meine Nummer bei der Arbeit«, erklärte er. »Rufen Sie mich an, und kommen Sie mich besuchen, wenn Sie Zeit haben. Vielleicht habe ich eine Rolle für Sie. Nur eine kleine, aber ich brauche eine große Blondine.«

Sie musterte ihn ungläubig, aber er schien es ernst zu meinen. Er nickte, tippte sich grüßend an die Schläfe und ging die Treppe hinunter. Sie sah ihm nach und folgte dann dem Mädchen mit dem Maßband hinunter zu dem Transporter.

Tatsächlich besuchte sie George in seinem überfüllten Büro. Er teilte es sich mit mehreren anderen, und die Telefone klingelten unablässig, während merkwürdige Leute mit seltsamen Anliegen ein- und ausgingen. Die Rolle, von der er gesprochen hatte, war nur eine Komparsenrolle und wurde schlussendlich sogar herausgeschnitten, sodass Leonies Fernsehkarriere nie in Gang kam. Doch George und sie wurden enge Freunde. Sie hätte nie mit Gewissheit sagen können, was sie anfänglich zueinander hinzog. Ihre Herkunft hätte unterschiedlicher nicht sein können. George war das, was Shelagh einst piekfein genannt hatte, auch wenn er keinen Adelstitel besaß. Seine Familie gehörte einfach der begüterten Schicht an. Sein verstorbener Vater war ein bekannter Anwalt gewesen und hatte George auf eine gute Schule geschickt. Leonie hatte keine Ahnung, was seine Mutter davon gehalten hatte, dass er zum Fernsehen gegangen war. Er tat sich dort nicht besonders hervor. Doch das kommerzielle Fernsehen war erst vor Kurzem richtig ins Rollen gekommen, und es gab eine große Nachfrage nach neuen Sendungen. Georges Aufgabe bestand darin, neue Ideen zu entwickeln und festzustellen, ob sie funktionierten. Einige davon taten es; da war eine Comedy-Serie über einen Privatdetektiv, die auch Leonie sich regelmäßig ansah, aber keines seiner

Projekte ging in die Annalen der Fernsehgeschichte ein. Georges Talent lag auf einem ganz anderen Gebiet, das ihm allerdings kein Geld einbrachte: Er hatte die Gabe, ein wahrer Freund zu sein.

# Sechs

## *Stef*

Am nächsten Freitag war Stef morgens in aller Frühe im Café. Sie füllte frisches Kaffeepulver in die Kaffeemaschine, während Rosa die Tür aufschloss und das Schild umdrehte, sodass es *»Geöffnet«* verkündete. »Es regnet schon wieder«, rief sie über die Schulter zurück, während die Glocke anschlug und sie nach draußen trat. Die Tür fiel zu, und Stef war allein im Café. Sie liebte solche Momente, in denen sie die Wärme, den Kaffeegeruch und den Duft der frischen Teilchen genießen und sich der Illusion hingeben konnte, geborgen und glücklich zu sein. In solchen Momenten mochte sie das Café am liebsten, obwohl sie sich inzwischen an die geschäftigen Zeiten gewöhnt hatte.

Wieder durchbrach die Glocke über der Tür die Stille, und ein hochgewachsener, schlanker junger Mann mit dunklem Haarschopf kam herein. Er trug Fahrradkleidung und sah sich mit seinen ruhigen dunklen Augen suchend um. Stef lächelte ihm zu, als er an die Theke trat.

»Ist Rosa da?«, fragte er. Auch seine Stimme war dunkel, tief und weich.

»Rosa?« Einen Moment lang raste ihr Herz. Das konnte doch nicht Michal sein, oder? Nein, er sah älter und reifer aus als der Junge auf dem Foto, das Rosa ihr gezeigt hatte. »Sie ist Zeitungen kaufen gegangen, kommt aber gleich zurück.«

»Gut, dann warte ich«, erklärte er, nahm einen kleinen Rucksack von der Schulter und zog eine Brieftasche aus seiner Jacke. »Könnte ich bitte einen Kaffee bekommen, falls die Maschine schon läuft? Einfach schwarz.«

Als Stef ihm die Tasse hinstellte, kam Rosa mit einem Packen Zeitungen auf dem Arm zurück. »Oh«, sagte sie, als sie ihn sah. »Will.« Ihr Gesicht nahm einen besorgten Ausdruck an.

Aha, der Mann aus der Kirche. Rosa hatte Stef erzählt, wie freundlich und hilfsbereit er gewesen war.

»Komm, lass mich das machen.« Stef kam hinter der Theke hervor, nahm Rosa die Zeitungen ab, faltete sie zusammen und steckte sie ins Zeitungsregal. Dann begann sie, Tassen und Unterteller bereitzustellen, und bemühte sich, dabei ordentlich Krach zu machen, damit die beiden, die an einem Tisch am Fenster saßen und sich mit ernsten Mienen unterhielten, sich nicht von ihr belauscht fühlten.

Sie war froh, als ein Kunde hereinkam, obwohl es der unhöfliche Immobilienmakler mit dem kurz geschorenen Haar war, der wie üblich telefonierte, während sie seinen Cappuccino zubereitete und sein Croissant in eine Papiertüte steckte.

Aus den Augenwinkeln bemerkte sie, wie Will aufstand und Rosa kurz an der Schulter berührte, bevor er seinen Rucksack wieder schulterte und ging. Rosa saß völlig reglos da und sah ihm durch das Fenster nach. Dann kehrte sie mit ihren Gedanken wieder in den Raum zurück. Das Café füllte sich mit Gästen, die vor dem Regen flüchteten. Einige blickten verschlafen drein und waren schweigsam, andere waren munter und redselig, und die beiden Mädchen hatten keine Zeit, sich zu unterhalten.

Der Vormittag schritt voran. Waren wurden angeliefert, der Elektriker kam, um eine Steckdose zu reparieren, und schließlich tauchte völlig außer Atem auch Karina auf, um sie beim Mittagsansturm zu unterstützen. Unterdessen regnete es draußen unaufhörlich weiter, und Stef machte sich die ganze Zeit über Sorgen um Rosa und fragte sich, was für Neuigkeiten dieser Will wohl im Gepäck gehabt hatte. Am Nachmittag wurde es ein wenig ruhiger, und sie hörte, wie Rosa Karina fragte, ob sie um halb fünf gehen dürfe. Karina hatte nichts dagegen.

»Alles okay?«, fragte sie Rosa leise, während diese ihren Mantel anzog und sich den Schal um den Hals schlang. Rosa nickte. »Ich erzähl's dir später«, flüsterte sie im Gehen. Stef sah, wie sie rasch den Hügel hinaufging. Also ging sie nicht nach Hause. Stef überlegte, wohin sie dann ging, und machte sich daran, die Tische abzuwischen.

Um Viertel vor fünf drehte Karina das Schild an der Tür so um, dass es nun *»Geschlossen«* zeigte, und Stef half ihr beim Aufräumen, bevor sie dann beide darauf warteten, dass ein alter Herr sein Kreuzworträtsel in der Zeitung beendete.

»Rosa wirkte bedrückt«, bemerkte Karina beim Arbeiten. »Ist etwas passiert?«

»Ich weiß nicht. Heute Morgen war ein Freund von ihr hier, jemand, den sie aus der Kirche kennt. Danach machte sie einen niedergeschlagenen Eindruck, aber sie hat mir nichts erzählt.« Stef glaubte nicht, dass es etwas ganz Schlimmes war. Dann hätte Rosa doch bestimmt etwas gesagt. »Wie geht es Cathy?«, fragte sie zögernd, denn manchmal wurde Stef für ihre Anteilnahme mit einer Flut von Beschwerden belohnt.

»Sie war heute ganz aufgeräumt«, lautete die verblüffende Antwort. »Sie redet davon, zu Jareds Tante in Hastings zu ziehen. Dann könnten wir alle ein wenig aufatmen.«

»Das klingt, als gehe es ihr besser?« Stef hoffte, dass sie ihren Job im Café trotzdem behalten konnte.

»Klopfen wir auf Holz«, brummte Karina. Dann wandte sie sich dem alten Mann zu, um ihn zu verabschieden und die Tür hinter ihm abzuschließen. Anschließend ging sie zur Kasse und begann, das Geld zu zählen.

»Es wäre toll, wenn du noch eine oder zwei Wochen bleiben könntest«, sagte sie, während sie ein Bündel zehn-Pfund-Scheine in eine Geldtasche aus Plastik steckte. »Cathy braucht mich nicht mehr so, aber ich bin mit dem Papierkram und allem ordentlich ins Hintertreffen geraten.«

»Selbstverständlich. Sehr gern, danke«, sagte Stef erleichtert.

»Du lernst schnell, das muss ich sagen. Dir braucht man nichts zweimal zu erklären.«

»Ich bin gern hier«, sagte Stef. Das Lob verblüffte und erfreute sie, und als es Zeit wurde, in die Dämmerung hinauszutreten, war ihr Herz ganz leicht. Auch der Regen hatte endlich nachgelassen.

Auf ihrem Weg in Richtung Bellevue Gardens hörte sie plötzlich Ricks Stimme. Er rief ihren Namen. Sie drehte sich um und sah, dass er über die Straße auf sie zukam.

»Oh, hi«, sagte sie erfreut, als er neben ihr weiterging. »Wo kommst du denn her?«

»Von der Arbeit. Ein Kollege war krank und ist nach Hause gegangen, deswegen musste ich heute länger bleiben. Es war richtig viel los, und ich hatte keine Zeit für eine Pause.«

»Bei uns auch. Der Regen hat die Leute nach drinnen getrieben. Aber jetzt ist es ja noch richtig schön geworden.«

Von den dicken Wolken waren nur noch flatternde Fetzen übrig, die der Wind davontrieb. Der Himmel, den sie freigaben, war ein herrlicher Farbwirbel aus Orange-, Lila- und Blautönen.

## Rick

Er hatte keine Ahnung, woher er den Mut nahm, sie zu fragen. Die Worte kamen einfach aus seinem Mund.

»Was hast du denn heute Abend vor?«

»Eigentlich nichts.«

»Ich auch nicht. Ich habe mich gefragt, ob du vielleicht mit mir Pizza essen gehen würdest oder so?«

Sie zuckte die Achseln. »Okay.«

Sein Herz machte einen Sprung. Sie hatte Ja gesagt – oder zumindest okay. Ein Okay war ein Ja, wenn auch kein begeistertes. Es war lange her, seit er ein Mädchen eingeladen hatte. Er konnte kaum glauben, dass er genau das gerade getan hatte. Jetzt musste er sich Gedanken machen, wohin genau sie gehen sollten und was er anziehen sollte. Er ging im Kopf seine Garderobe durch. Sie bestand größtenteils aus Jeans. Wenigstens war eine davon sauber. Er dachte an das mitternachtsblaue Baumwollhemd, das ihm seine Schwester zu Weihnachten geschenkt hatte und das er ganz gern mochte. Das würde gehen. »Sollen wir ins Westend fahren?«, fragte er. Das wäre teurer, aber das war ihm egal.

»Irgendwo hier in der Nähe wäre vielleicht besser«, meinte Stef, und Rick war insgeheim erleichtert. Hier kannte er auch ein gutes Lokal. Eines Tages würde er sie gern richtig schick ausführen. Aber eins nach dem anderen. Sie war verletzt worden, und er war bescheiden. Im Moment war er einfach damit zufrieden, mit ihr befreundet zu sein. Statt in seinem gewohnten Schnellschritt verbissen die Straße entlangzuhasten, schlenderte er jetzt gemächlich neben ihr her und freute sich. Sie war so zart und elegant, und ihr feines honigblondes Haar wehte im Wind und sah so hübsch aus, dass er es am liebsten berührt hätte.

»Wäre sieben Uhr in Ordnung?«, fragte er, als sie die Haustür aufschloss. »In dem Lokal, das ich im Kopf habe, wird es später voll.«

»Sieben Uhr ist gut«, sagte sie und schenkte ihm ein Lächeln, bevor sie nach oben in ihr Zimmer rannte.

Er hatte noch anderthalb Stunden, genug Zeit, um noch ein wenig zu zeichnen, bevor er sich fertig machte.

Als sie sich in der Diele wiedertrafen, war es fünf nach sieben, und er sah erleichtert, dass sie genauso lässig gekleidet war wie er. Sie hatte sich allerdings die Haare gewaschen und sie an beiden Seiten mit glitzernden Spangen hochgesteckt. Ihr Gesicht wirkte blass und maskenhaft, und ihre Augen waren dick mit Kajal umrandet, was diesen Eindruck noch unterstrich. Ihr Blick war allerdings fest, als sie ihn belustigt anlächelte.

»Stimmt etwas nicht?«

»Nein. Ich habe dich nur noch nie so schick gesehen. Das ist ein schönes Hemd.«

»Danke.« Er grinste und fühlte sich plötzlich sehr glücklich. Doch als er den Reißverschluss seiner Jacke hochzog, klingelte das Handy in seiner Tasche. Er fischte es heraus und sah auf das Display.

»Meine Schwester«, sagte er und verdrehte die Augen. »Hi, Claire.«

*»Wie geht's dir, Ricky?«* Aber sie sprach weiter, ohne auf seine Antwort zu warten. *»Hör mal, kannst du heute Abend kommen? Ich muss um halb neun zu diesem Arbeitstreffen. Hey, hört auf damit, alle beide. Tut mir leid, Rick. Liam sollte die Jungs nehmen, aber er hat gerade aus Oxford angerufen. Sein Zug hat Verspätung.«*

»Claire, ich gehe selbst aus. Ich stehe gerade an der Tür.«

*»Ach, Ricky, ich bin verzweifelt. Was hast du denn vor, was so wichtig ist?«*

Nein, heute Abend würde er nicht nachgeben. »Ich gehe essen.«

*»Mit einem Mädchen, Rick? Nein, sag's mir nicht, es ist ein Mädchen.«*

»Ja.« Er war sich nur allzu bewusst, dass Stef zuhörte, obwohl sie tat, als würde sie nicht lauschen, und in ihrer winzigen Schultertasche herumkramte.

*»Dann bring sie doch mit. Ihr kriegt beide etwas zu essen.«*

»Können die Jungs denn nicht bei einem ihrer Freunde bleiben? Oder bei jemandem von deinen? Was ist denn mit Julia?« Das war die Frau, die er fotografiert hatte.

*»Julia wohnt noch hinter Clampham, Rick. Und ich kann nicht einfach ohne Vorwarnung jemandem zwei kleine Jungs aufs Auge drücken.*

*Bitte, bitte. Ich zahle auch ein Taxi. Na ja, der Kunde bezahlt dafür.«*

»Wir können hinfahren, wenn du willst«, sagte Stef und blickte auf. Er sah sie erstaunt an.

»Warte mal, Claire.« Er ließ das Handy sinken.

»Es macht mir nichts aus babyzusitten.« Sie zuckte die Achseln. »Ich meine ja nur.«

»Aber wir wollten essen gehen.«

»Das können wir auch ein andermal. Wirklich, es ist okay. Das heißt, wenn deine Schwester nicht zu spät nach Hause kommt. Ich muss morgen früh arbeiten.«

Er seufzte und gab sich geschlagen. Vielleicht war das auch besser, denn er hätte sich in der Pizzeria die ganze Zeit über schlecht gefühlt, wenn er Claire nicht geholfen hätte.

»Okay, wir kommen – wenn du das Taxi bezahlst. Aber wir müssen um zwölf wieder zu Hause sein.«

*»Toll! Ich habe noch Champagner, den mir jemand geschenkt hat. Ich lege ihn gleich in den Kühlschrank.«*

»Wie konnte das passieren?«, fragte er Stef, während er sein Telefon wegsteckte. Anscheinend hatte er hier nichts mehr zu sagen. »Die Warnung kommt ein wenig spät, aber die Jungs können ein bisschen lebhaft sein.«

Stef sah ihn mit einem Lächeln an und strich sich eine Haarsträhne aus dem Gesicht. »Also genau wie meine Brüder früher. Das klingt lustig«, sagte sie. Nein, er hatte sich das nicht eingebildet, ihre Augen glitzerten. Es war ihr Ernst.

## *Rosa*

Es wurde schon dunkel, als sich Rosa im Nieselregen den Hügel hinaufschleppte und darauf achtgab, sich weit genug von der Bordsteinkante und den Autos, die im Vorbeifahren das Wasser aus den Pfützen hochspritzten, fernzuhalten. Nach dem langen Tag konnte sie vor Müdigkeit kaum noch die Füße heben, aber die Anspannung und die Erwartung trieben sie voran.

Als sie die Kirche erreichte, war Will wie versprochen dort. Er schloss gerade die Tür zu dem kleinen Gemeindesaal ab. Er trug einen Fahrradhelm und eine Neonweste, doch auch sonst war seine hochgewachsene, schlanke Gestalt nicht zu verwechseln. Er bemerkte sie und winkte; dann nahm er den Lenker seines Rennrads, das an der Mauer lehnte, und schob es neben sich her, während er auf sie zukam.

»Wenn Sie nichts dagegen haben, bringe ich das Rad unterwegs zu Hause vorbei«, sagte er, als sie sich ihm anschloss. Sie passierten die Querstraße, die zum Haus ihres Vaters führte, und liefen noch eine halbe Meile weiter, bis sie einen großen, belebten Kreisverkehr erreichten, wo die Straßen in alle Richtungen verstopft waren. Über eine Treppe, auf der Will sein Fahrrad trug, als habe es kein Gewicht, ging es hinunter in eine Unterführung und dann einen grauen Betontunnel mit grellbunten Graffiti entlang. Auf der anderen Seite saß auf der untersten Treppenstufe ein junger Mann und umarmte einen Hund mit einem dicken, runden Kopf. Der Hund schien in besserer Verfassung zu sein als sein Herr. Will sprach den Jungen kurz an, legte ein paar Münzen in seinen Pappbecher und gab ihm einen Zettel.

»Darauf stehen Informationen darüber, wo er sich Hilfe holen kann«, erklärte Will, als Rosa sich erkundigte. Was er tat, machte ihn ihr sympathisch. Sie gingen ein Stück weiter und erreichten eine Straße mit Arbeiter-Reihenhäuschen, die den schmalen Gehsteig säumten und in den Strahlen der untergehenden Sonne, die durch die Wolken fielen, ganz hübsch aussahen. Auf halbem Weg blieb er stehen und schloss eine dunkelrot gestrichene Haustür auf. Er hob das Rad über die Schwelle, knipste das Licht an und sagte: »Kommen Sie doch einen Moment herein.« Sie folgte ihm und fand sich in einem freundlichen Wohnzimmer voller Bücherregale wieder. Zwei große durchgesessene Sessel standen an einem niedrigen Couchtisch, auf dem ein leerer Kaffeebecher stand und Papierkram ausgebreitet war. Durch das nach hinten hinausgehende Fenster erhaschte sie einen Blick auf einen winzigen Garten voller Büsche. Will lehnte das Fahrrad an ein Bücherregal und zog Helm und Warnweste aus. »Es dauert nicht lange«, erklärte er, öffnete die Tür zu einer kleinen Küche, kramte in einem Schrank herum und tauchte eine Minute später mit einem offenen Päckchen Schokokekse und einer vollen Einkaufstüte wieder auf. »Dosen?«, fragte Rosa verwirrt.

»Größtenteils Suppe«, antwortete Will fröhlich und hielt ihr die Kekspackung hin. »Und Fleischklößchen. Alkohol und Zigaretten sind streng verboten.«

Rosa zuckte die Achseln, nahm aber einen Keks und folgte Will wieder hinaus auf die Straße.

»Wir nehmen den Bus. Falls keiner kommt, ist es aber auch nicht weit zu laufen«, sagte er und warf ihr einen Blick zu. Er hatte ein freundliches Gesicht. Sie wischte sich Krümel von den Lippen und steckte die Hände in die Manteltaschen, um sie zu wärmen, aber auch, um sich Mut zu machen.

»Geht es Ihnen auch gut?«, fragte er und berührte kurz ihre Schulter. Sie nickte, obwohl in Wahrheit ihre unguten Vorahnungen wuchsen. Sie wagte es nicht, sich allzu große Hoffnungen zu machen, falls sie doch wieder zerstört werden würden.

Heute Morgen im Café hatte er ihr schon alles erzählt, was er wusste. Über einen Kontakt bei der Arbeit hatte er von einem Lagerplatz für Obdachlose gehört, unter denen viele Osteuropäer sein sollten. Immerhin war es die Mühe wert, ihn sich anzusehen. Er hatte vorgeschlagen, dass Rosa mitkommen sollte. Da er nur Englisch sprach, würde es nützlich sein, wenn sie ihn begleitete, und sie wollte natürlich auch unbedingt dabei sein.

Unterwegs fragte er sie behutsam, aber eindringlich nach Michal und ihrer gemeinsamen Kindheit und Jugend, und sie erzählte ihm vom Tod ihrer Mutter und Michals Ruhelosigkeit. Aber von dem, was Eryk zugestoßen war, von ihrer eigenen, persönlichen Tragödie, erzählte sie ihm nichts. Sie spürte, dass sie ihm vertrauen konnte, und vielleicht würde sie es ihm irgendwann erzählen, aber nicht jetzt. Vielleicht müsste sie weinen, und im Moment musste sie stark sein, für Michal. Stattdessen erzählte sie ihm von ihrem gemeinsamen Vater und dem Besuch im Gefängnis. »Das klingt, als sei es dort nicht allzu schlimm«, sagte er. »Ich meine, ich habe schon ganz anderes gesehen, zum Beispiel die Anstalten, in denen Schwerkriminelle untergebracht sind. Dort würden Sie ihn wirklich nicht sehen wollen.«

Die Sonne war inzwischen untergegangen, und es wurde dunkel. Straßenlaternen beleuchteten ihren Weg über die Hauptstraße, vorbei an schäbigen kleinen Läden, von denen einige noch geöffnet waren, während bei anderen schon die Rollläden heruntergelassen waren. Ab und zu fiel ein Lichtstrahl auf die Straße, und Musik oder Gelächter drangen aus einer offenen Tür. Manchmal erhaschten sie einen Blick auf bunte Waren und rochen Gewürze oder gebratenes Fleisch. Das war ein London, das Rosa noch nie gesehen hatte, fremdartig und anheimelnd zugleich. Der Bus kam leider gerade, als sie sich zwischen zwei Haltestellen befanden, aber auf ihrem Weg kamen sie auch an der Zentrale eines Minitaxi-Unternehmens vorbei. »Wir können später mit dem Taxi zurückfahren«, erklärte Will. Die Läden wichen Lagerhäusern. Die Straße wurde schmaler und führte über eine schmale Brücke, auf der sie hintereinander laufen mussten. Durch den metallenen Gitterzaun sah sie in einen tiefen Abgrund hinunter, auf dessen Grund kreuz und quer Eisenbahnschienen verliefen. In der Ferne hörte sie das traurige Hupen eines Bahnsignals. Eine halbe Meile vor ihnen bewegten sich Autoscheinwerfer über das breite Betonband einer Hochstraße. Das Rauschen des Verkehrs auf den nassen Straßen und der Abgasgestank erfüllten ihre Sinne.

Auf der anderen Seite der Brücke verbreiterte sich die Straße und stieg plötzlich zur Hochstraße hin an. Will blieb unter einer Straßenlaterne stehen, um ein Stück Papier zu studieren, das er aus seiner Brieftasche zog. Er runzelte die Stirn. »Hier hinunter, glaube ich«, erklärte er und führte sie durch eine Lücke in der Leitplanke, die sie gar nicht bemerkt hatte. Dann ging es einen steilen Fußweg hinunter, der seitlich am Hang klebte, wobei die Aussicht leider von einer Reihe verrosteter Metallplatten versperrt wurde.

»Sind Sie sich sicher, dass wir hier richtig sind?«, fragte Rosa, die fast auf lockeren Steinen ausrutschte. »Mir gefällt es hier gar nicht.«

»Tut mir leid. Das ist eine Abkürzung, die der Typ, den ich kenne, mir empfohlen hat. Sonst müssen wir komplett um die Häuser herumgehen.« Er lachte leise. »Buchstäblich.«

Sie konzentrierte sich auf seine breiten Schultern, die ihr Blickfeld ausfüllten. Will lief vor ihr her, und seine Stiefel knirschten auf dem kaputten Beton, der im flackernden Licht der Scheinwerfer, das von der Hochstraße kam, weiß aufleuchtete.

Dann verbreiterte sich mit einem Mal der Weg, und sie waren unten angekommen. Hier betraten sie eine andere Welt. Links von ihnen ragte der Bahndamm auf, dessen schwarze Silhouette von den leicht einwärts gebogenen Pfeilern eines Schutzzauns gekrönt wurde und bald hinter ihnen zurückblieb. Vor ihnen lag eine große Fläche schlammiger, von Reifenspuren durchzogener Tundra, die sich bis zu den gigantischen Pfeilern der fernen Hochstraße erstreckte. Auf dem Boden unter der Hochstraße brannten mehrere Feuer, die ihnen aus der Dunkelheit wie rot glühende Augen entgegensahen. Als sie in diese fremdartige Landschaft aufbrachen, im Schlamm ausrutschten und sich an Dornbüschen kratzten, erkannte sie nach und nach im Licht der Lagerfeuer die Umrisse von Gestalten, die um sie herumsaßen oder -standen, und die Silhouetten von Zelten. Mit Erstaunen stellte sie fest, dass es zwanzig oder dreißig Personen waren. Während sie sich dem Lager näherten, war sie sich unangenehm bewusst, dass diese Gestalten sie beobachteten. Will winkte freundlich, doch niemand winkte zurück. Schließlich löste sich ein Mann aus der Menge und kam ihnen, die Hände tief in den Taschen seiner Regenjacke vergraben, entgegen. Will und er blieben stehen, als sie noch mehrere Meter trennten. Das fleischige Gesicht des Mannes wirkte hart und abweisend. Er hatte schütteres schwarzes Haar und sagte etwas zu ihnen in einer Sprache, die Rosa nicht verstand. Will fragte, ob er Englisch spreche. »Ja«, antwortete er. »Was wollt ihr hier?«

»Meine Freundin hier vermisst ihren Bruder«, erklärte Will. »Wir sind auf der Suche nach ihm.«

Der Mann musterte Rosa langsam von oben bis unten. »Mein Bruder heißt Michal«, sagte sie. »Michal Dexter. Er ist zweiundzwanzig. Ist er hier?«

Ein Achselzucken. »Im Moment ist niemand mit diesem Namen hier.« Ihre Hoffnungen waren auf einen Schlag zunichtegemacht.

»Aber er war hier?«, fragte Will eifrig.

»Wir fragen die anderen, ja?« Er neigte den Kopf zur Seite, und sie folgten ihm zu einem der Feuer. Von dort rief ein Mann ihnen etwas zu, und der Mann mit dem schwarzen Haar antwortete ihm in derselben Sprache. Rosa hörte, wie der Name ihres Bruders genannt wurde. An diesem Punkt ließen sich weitere Stimmen vernehmen, und ein paar Gestalten kamen von den anderen Feuern herüber. Sie sah, dass es fast ausschließlich Männer waren. Die meisten davon waren in demselben unbestimmbaren Alter wie der erste, in ihren Dreißigern vielleicht. In dem flackernden Licht, das ihre Gesichter ausgehöhlt erscheinen ließ, war das schwer festzustellen. Die, die auf dem Boden saßen, waren in Schlafsäcke gehüllt oder hatten sich Decken um die Schultern geschlungen. Eine junge Frau mit langem, schmutzigem blondem Haar sah sie mit so verzweifelter Miene an, dass Rosa den Blick abwenden musste.

Will stand neben ihr und begann, die Dosen aus seiner Tüte zu verteilen. Sie wurden kommentarlos, aber sichtlich erfreut entgegengenommen. Das Mädchen riss den Deckel einer Suppendose ab und begann gierig zu trinken. Wie hungrig sie sein musste, um das zu tun, dachte Rosa entsetzt. War Michal wirklich hier gelandet? War er genauso obdachlos und hungrig wie dieses Mädchen? Das Kreischen eines vorbeifahrenden Expresszugs gellte in ihren Ohren, und wie zur Antwort folgte ein kräftiger Windstoß, wirbelte Staub und Müll auf und ließ die Feuer kurz auflodern. Hier unter der Hochstraße war das Lager vielleicht vor Regen geschützt, aber ansonsten war es den Elementen ausgeliefert.

An der entferntesten Feuerstelle stand ein schmaler Mann mit wettergegerbtem Gesicht auf und kam zu ihnen. Er sprach sie in ihrer Sprache an. »Sind Sie aus Polen?«, fragte er.

»Aus Warschau, ja.«

»Aha, ich auch. Mein Name ist Tomasz«, sagte er.

»Rosa«, gab sie zurück und schüttelte seine Hand, die rau und schwielig war. »Und das ist Will.«

Tomasz gab auch Will die Hand und wendete sich dann wieder Rosa zu. »Sie suchen Ihren Bruder, ja? Ich glaube nicht, dass er hier war. Tut mir leid, das ist sicher nicht die Nachricht, auf die Sie gehofft haben.«

Rosa wandte das Gesicht ab, um ihre Enttäuschung zu verbergen.

»Wo haben Sie denn sonst noch nach ihm gesucht?«

»In den Notunterkünften und bei der Kirche, und natürlich war ich bei der Polizei, die bei allen üblichen Stellen nachgefragt hat.« Sie zählte die Ämter und Einrichtungen auf.

»Ah ja. Ich hoffe, Sie finden ihn. Es ist nicht leicht, wenn man keine Arbeit hat und nicht weiß, wohin man sich wenden soll.«

Sie betrachtete die Menschen an den Feuern, bis Will die Hand auf ihren Arm legte. »Er war nicht hier?«, fragte er.

»Tomasz sagt Nein.«

»Dann haben wir mit diesem Ausflug unsere Zeit vergeudet. Tut mir leid.« Will wendete sich an Tomasz. »Mein Kollege hat mit jemandem in einer der Notunterkünfte gesprochen, der dachte, der Junge sei vielleicht hier gewesen. Das dürfte allerdings schon einige Zeit her sein, vielleicht im November.«

»Da war ich nicht hier. Kommen Sie, ich frage die anderen.«

Tomasz führte Rosa zu einem Feuer, an dem ein halbes Dutzend Menschen versammelt war. Ihr fiel die Resignation auf, die von diesen Menschen ausging. Fast teilnahmslos sahen sie Will und sie an.

»Dieses Mädchen sucht nach ihrem Bruder. Sein Name ist Michal, Michal Dexter«, sagte Tomasz auf Englisch.

Halblaut wiederholten sie den Namen. Einige zuckten die Achseln, aber dann stand ein stämmiger Mann mit kurz geschorenem grauem Haar und einer Knollennase auf. Er drehte sich um und rief in die Dunkelheit. Kurz darauf kletterte aus einem Zelt einer schmaler Jugendlicher hervor, rieb sich die Augen und gähnte.

Der untersetzte Mann bellte dem Jungen eine Frage zu. Das Einzige, was Rosa verstand, war Michals Name. Der verschlafene Neuankömmling blinzelte in den Feuerschein hinein und sprach sie dann in gebrochenem Polnisch an.

»Ich erinnere mich an Ihren Bruder«, erklärte er. Seine Stimme klang heiser, vielleicht vom Rauch. »Er war vielleicht vier, fünf Tage hier. Er hatte kein Geld. Es war ihm gestohlen worden. Wir haben ihm zu essen gegeben, und er hat hier geschlafen, in meinem Zelt. Irgendwann ist er nicht mehr wiedergekommen.«

»Wo wollte er hin?« Rosa verspürte eine Mischung aus Erleichterung und Schrecken. Michal hatte sein Geld verloren. Was war passiert? Warum hatte er sie nicht um Hilfe gebeten? Sie hätte ihm doch geholfen.

»Ich weiß es nicht. Er hat gesagt, dass er sich mit jemandem treffen wolle, der vielleicht Arbeit für ihn hätte. Um was es genau ging, habe ich vergessen. Dann ...« Wieder dieses Achselzucken, diese Resignation. »Er ist nicht wiedergekommen. Hier kommen und gehen die Leute ständig.«

»Was sagt er?«, fragte Will leise, und Rosa erklärte es ihm.

»Fragen Sie ihn, wen er treffen wollte und um welche Arbeit es ging«, sagte er, und Rosa übersetzte.

»Ich kann mich nicht erinnern. Vielleicht habe ich gar nicht gefragt. Das ist schon so lange her. Wie soll ich das noch wissen?« Seine tiefschwarzen Augen glänzten im Feuerschein.

»Hier!« Von dem anderen Feuer her näherte sich eine junge Frau, die sich eine Wolldecke umgeschlungen hatte und in den Händen zwei schmuddelige Tassen hielt, die bis zum Rand mit etwas Dampfendem gefüllt waren. »Tee«, erklärte sie. »Ich hoffe, Sie finden Ihren Bruder.«

Rosa und Will nahmen jeweils eine Tasse und dankten ihr. Der Tee war schwarz und schmeckte bitter, aber Rosa nippte höflich daran und war dankbar für die warme Tasse in ihren Händen. Dann bedankten sie sich und gingen über das Brachland wieder zurück.

Sie liefen schweigend nebeneinander her, während die Stimmen hinter ihnen leiser wurden. »Es tut mir leid«, murmelte Will dann.

»Wenigstens wissen wir, dass er dort war«, sagte Rosa. Sie konnte nicht verhindern, dass ihre Stimme brach, und wieder spürte sie sein Mitgefühl, als er ihren Arm berührte.

»Das stimmt.«

»Aber wenn er Arbeit gefunden hat, kann die Polizei ihn vielleicht aufspüren.«

»Nicht, wenn es Schwarzarbeit war«, sagte er. »Ich meine, wenn er bar bezahlt worden ist«, erklärte er, als er ihre verwirrte Miene sah.

»Natürlich, aber wo sollen wir jetzt suchen? Hier in der Gegend vielleicht?« Sie drehte sich um und ließ ihren Blick über die trostlose Ebene zu den fernen Feuern schweifen. Alles sah so aus wie vorher. Über ihnen fuhren weiter die Autos, und die Lichter ihrer Scheinwerfer huschten über das Ödland, während sie gleichgültig ihren Weg fortsetzten. Wie konnten die Menschen unter der Hochstraße so leben? Was würde aus ihnen werden? Während sie über den schmalen Pfad zur Straße und zur Minitaxi-Zentrale zurückgingen, grübelte sie über die Frage nach, die sie am stärksten beschäftigte: Was war aus Michal geworden?

## Stef

Das Taxi setzte sie vor einem modernen Wohnblock südlich des Flusses ab. Obwohl sie nur eine halbe Meile von ihrer alten Wohnung entfernt lag, kannte Stef die Straße nicht. Sie war breit und vielbefahren, und weil sie in einem Ausgehviertel lag, waren viele fröhlich wirkende Menschen unterwegs. Die Gebäude selbst hatten fünf oder sechs Stockwerke und Vorgärten mit Blumenbeeten. Die Wege dazwischen waren beleuchtet und von kleinen Rasenflächen gesäumt.

Ricks Schwester drückte den Türöffner, und sie betraten ein sehr funktionales Foyer. Durch ein hallendes, mit Linoleum ausgelegtes Treppenhaus, das nach Fichtennadeln roch, stiegen sie nach oben. Im vierten Stock flog eine Tür auf, aber niemand war zu sehen. Kindergeschrei drang aus der Wohnung, und dann polterten zwei kleine Jungen heraus und gingen zu ihren Füßen als zappelnder Haufen aus Gliedmaßen und fliegenden Bademantelgürteln zu Boden.

»Hey, Moment mal«, schrie Rick und bückte sich, um die Jungen auseinanderzubringen.

»Er hat angefangen«, keuchte der Größere, der pechschwarze Haare hatte. Dann ging er erneut auf den Jüngeren los, der heftig um sich trat. »Hört auf«, befahl Rick und trat zwischen die beiden. »Seid höflich und sagt hallo zu Stef.«

Als sie ihren Namen hörten, setzten sich beide Jungen auf und starrten Stef aus großen Augen an. »Hi«, sagte der Ältere und streckte die Hand aus. Verblüfft über diese jähe Verwandlung schüttelte Stef sie.

»Das ist Henry, er ist sechs, und das ist Terry.«

»Nein, er heißt Terror«, sagte Henry, was ihm weitere Tritte eintrug.

»Hey, hey«, sagte Stef und hockte sich hin, um die beiden erneut zu trennen. Der kleine Terror wich zurück und entzog sich ihrem Griff. Zusammengekauert, mit dem Daumen im Mund, blickte er zu ihr auf und sah mit seinen großen wütenden Augen und dem aufgeplusterten rötlichen Haar wie eine flaumige Eule aus.

»Und wie alt bist du, Terry?«

»Viernhalb.« Er nahm den Daumen gerade lange genug aus dem Mund, um die Zahl auszusprechen.

»Jungs, geht aus dem Weg, und lasst sie herein, um Himmels willen. Hallo, Rick. Und das ist …«

»Claire, das ist Stef.«

Stef wurde von einer lebhaften Brünetten in einem engen schwarzen Etuikleid und modischen Highheels auf beide Wangen geküsst. »Freut mich sehr, dich kennenzulernen, Stef. Toll, dass du mitgekommen bist. Lass dir Rick nicht von den Jungs madig machen. Manchmal können sie auch richtig nett sein. Schokolade hilft. Im Kühlschrank liegen ein paar Kitkats. Sie dürfen vor dem Zähneputzen jeder eins essen.« Sie sprach mit dem gleichen schwachen irischen Akzent wie Rick, und auch ihre blasse Haut und grünlich-blauen Augen verrieten ihre Herkunft. Rick und sie sahen einander nicht besonders ähnlich, doch der kleine Terry kam zumindest äußerlich auf seinen Onkel. Sie konnte sich allerdings nicht vorstellen, dass der sanfte Rick jemals so temperamentvoll gewesen war wie sein Neffe.

»Ich bin sicher, dass wir uns gut verstehen werden«, meinte Stef lächelnd. »Ich bin an Jungs gewöhnt. Ich habe Zwillingsbrüder.«

Unter unaufhörlichem Geplauder führte Claire die beiden in ein unordentliches Wohnzimmer, wo Terry inzwischen auf dem Sofa hockte, während sein Bruder im Schneidersitz auf dem Boden saß und durch die Fernsehkanäle zappte. Dann ging es weiter in eine ebenso unordentliche Küche.

»Da wären wir. Der Flyer vom Pizzadienst liegt irgendwo in diesem Haufen. Getränke sind im Kühlschrank, und Käsekuchen ist auch noch da.« Sie fädelte sich Ohrringe in die Ohrläppchen, schnappte sich dann eine Handtasche, kramte ihr Portemonnaie hervor und nahm ein paar Geldscheine heraus. Stef fiel auf, dass Rick verlegen wirkte, daher zog sie sich taktvoll zurück und setzte sich neben Terry, der sich einen Cartoon ansah. Die Hauptfiguren waren ein paar Eichhörnchen, die T-Shirts trugen. Zumindest glaubte sie, dass es Eichhörnchen waren. Dann rief Claire ihnen einen Gute-Nacht-Gruß zu und stürzte aus der Tür.

Nach einer Weile rückte Terry näher an Stef heran und lehnte den Kopf an ihren Arm. Er schien müde zu sein.

»Hier herrscht ja Ruhe und Frieden«, sagte Rick, als er ins Wohnzimmer kam. Er hatte die Kitkats dabei. Hypnotisiert vom Fernsehen und ruhiggestellt durch die Schokolade blieben die Jungs tatsächlich auch weiterhin friedlich; und als die Eichhörnchen-Episode beendet war und Rick erklärte, es sei Bettzeit, leistete nur Henry leichten Widerstand.

»Wenn ihr mögt, lese ich euch noch etwas vor«, schlug Stef vor, und Henry nickte begeistert. Sie fand die beiden wirklich sehr folgsam, und sie wirkten vollkommen entspannt bei Rick, der alles darüber zu wissen schien, wie man sich die Zähne putzte und warum es unklug war, vor dem Schlafengehen noch zu trinken.

»Henry, gib Terry seinen Teddy zurück«, befahl er in nüchternem

Ton, als sie alle im Zimmer der Jungs neben den zwei kleinen Betten standen.

Es rührte sie, dass die Jungs, obwohl sie sie erst heute Abend kennengelernt hatte, bereitwillig zu ihr kamen, nachdem Henry ein Buch ausgesucht hatte. Rick räumte das Zimmer auf, während sie ihnen laut die Geschichte über einen Jungen und seinen Hund vorlas, die durchs Weltall reisten und einen intergalaktischen Verbrecher verfolgten, weil er die Katze der Familie gestohlen hatte. Sie las alle Rollen mit verstellter Stimme, aber die Geschichte war so albern, dass sie lachen musste, als sie Ricks Blick auffing. Er saß, die Arme um die angezogenen Knie geschlungen, auf dem Bett gegenüber und zog ein Clownsgesicht.

»Lies *weiter*«, befahl Henry, daher schluckte sie ihr Gelächter herunter und fuhr fort. Die Katze war entführt worden, um über einen von Katzen bewohnten Planeten zu herrschen, und beschloss, dort zu bleiben. Als das Buch zu Ende war, versuchte Henry, den Moment, in dem das Licht ausgeschaltet wurde, hinauszuzögern, indem er eine Diskussion darüber vom Zaun brach, wie die Katzen auf dem Planeten atmen sollten, denn die Illustration, die die Geschichte begleitete, zeigte keinerlei Atmosphäre.

»Ist das etwa das Einzige, was du an der Geschichte nicht geglaubt hast?«, zog Rick ihn auf, während er Teddys, Pinguine und Dinosaurier um den kleinen Terry herum drapierte. »Die sprechenden Katzen waren also okay? Und dass der Junge eine Rakete gebaut hat, die wirklich geflogen ist?«

»Verdirb ihnen doch nicht den Spaß«, sagte Stef, aber Henry war der Meinung, jeder könne eine Rakete bauen.

»Man braucht nur eine Batterie, die groß genug ist«, erklärte er. Dann gähnte er und kuschelte sich unter seine Bettdecke.

Als die Jungs ruhig in ihren Betten lagen, schalteten sie Terrys kleines Nachtlicht an und gingen in die Küche, wo Rick den Champagner öffnete.

»Sie sind lieb«, seufzte Stef und dachte daran, wie ihre eigenen Brüder gewesen waren, als sie noch so klein waren. Vince und Mark waren jetzt siebzehn und überhaupt nicht mehr lieb, und inzwischen rochen sie auch nicht mehr nach Schaumbad, sondern nach von Axe-Deo überlagertem Schweiß. Sie hatte sie seit Weihnachten nicht gesehen und sehnte sich plötzlich nach ihnen. »Du kannst sehr gut mit ihnen umgehen, Rick.«

»Sie sind tolle kleine Jungs«, sagte Rick, schenkte den Champagner ein und stellte sich dabei furchtbar ungeschickt an.

»Lass mich mal.« Sie erledigte es fachmännisch. »Das habe ich bei meinem Catering-Job gelernt«, erklärte sie, als sie seine beschämte Miene sah.

»Ich kriege nicht oft Champagner zu trinken. Claire sagt, er ist von einem Kunden. Sie muss oft diese Konferenzen und Geschäftstermine organisieren und kriegt immer solche Sachen geschenkt.«

Sie bestellten sich Pizza, und als sie kam, bauten sie alles auf dem Couchtisch auf, setzten sich aufs Sofa und aßen hungrig, während im Hintergrund eine Comedy-Serie lief.

»Was hast du vor, wenn wir ausziehen müssen?«, fragte Rick.

»Ich habe noch nicht darüber nachgedacht. Oder darüber, wo ich im Herbst wohnen soll, falls ich aufs College gehe. Es gibt noch eine Menge Wenns, und bis Dezember ist es noch ewig hin.«

»Ja, wahrscheinlich. Aber Leonie tut mir leid.«

»Mir auch. Das Haus bedeutet ihr so viel. Sie hat mir davon erzählt.«

»Was hat sie gesagt?«

Stef überlegte. Sie hatte das Gefühl, dass Leonie ihr einen ganzen Teil der Geschichte im Vertrauen erzählt hatte, dass sie nur für ihre Ohren bestimmt war. So gern sie Rick mochte und obwohl sie ihm vertraute, konnte sie dieses Vertrauen nicht verraten.

»Sie war verheiratet, und ich glaube, das ist nicht gut ausgegangen«, erklärte sie vorsichtig. »Das Haus hat ihrem Freund George gehört. Von ihm hat sie es geerbt. Er ist gestorben, weißt du.«

»Sie hat gesagt, dass sie es geerbt hätte, aber ich hatte keine Ahnung, von wem.«

»Ich kenne noch nicht die ganze Geschichte. Sie ist ziemlich lang. Leonie war früher Model, ich habe die Fotos gesehen. Sie hat toll ausgesehen. Du weißt schon, wie Jean Shrimpton.«

Rick hatte noch nie von Jean Shrimpton gehört, daher musste sie es ihm erklären. Sie googelte auf ihrem Handy nach Fotos von Shrimptons hübschem, schmalem Gesicht. Dann gab sie Leonies Namen ein und stellte erstaunt fest, dass mehrere Bilder angezeigt wurden, darunter eines, das sie in dem Album, das Leonie ihr gezeigt hatte, schon gesehen hatte.

»Das ist Leonie.« Sie reichte Rick das Handy, und er strich verblüfft mit dem Finger über den Bildschirm.

»Sie sieht ... wie ein Filmstar aus!«

»Sie war wunderschön, nicht wahr?«, sagte Stef und stopfte das Handy wieder in ihre Handtasche. Sie fand Leonie immer noch schön, so elegant und anmutig. Sie konnte kaum glauben, dass sie in ihrer Jugend wirklich ungelenk gewesen war.

»Was willst du machen, wenn wir aus Nummer 11 ausziehen müssen?«

Er seufzte. »Keine Ahnung. Vielleicht ist das ja so etwas wie ein Weckruf. Vielleicht wird es Zeit, dass ich etwas anderes mache.«

»Etwas anderes? Willst du deine Geschichte denn nicht fertig schreiben?«

»Doch, schon, aber ... ich kann nicht ewig so weitermachen, oder?«

»Was hält dich davon ab, wenn dir das wirklich wichtig ist, das Schreiben und alles? Was du mir gezeigt hast, ist gut, Rick, richtig gut.«

Erfreut lächelte er ihr zu, doch dann verdüsterte sich seine Miene.

»Aber ich komme nirgendwohin, oder? Claire meint, ich verträume mein Leben, und vielleicht stimmt das.« Er spielte mit einem Untersetzer, der auf dem Tisch lag, und drehte ihn wieder und wieder in den Händen.

Rick war ein Träumer, das sah Stef. Er war ein tiefsinniger Mensch, besaß aber keins von Olivers Talenten. Oliver war ehrgeizig, spielte nur, um zu gewinnen, und wusste, wie man Champagner eingoss und sich schick anzog. Rick sah heute Abend in seinen Jeans und seinem blauen Hemd schon gut aus, aber sein struppiges Haar, seine Stupsnase und sein sanfter Blick und die Art, wie er nervös den kleinen Untersetzer drehte, weckten eher ihr Mitleid. Er war inzwischen ihr Freund, und Freunde brauchte sie dringend. Dieses Haus in Bellevue Gardens war wunderbar für sie gewesen, ein Zufluchtsort, und dort hatte sie die Menschen gefunden, die sie brauchte: Leonie, Rick und Rosa.

»Jedenfalls denke ich über das alles nach. Es dauert nicht mehr lange, dann ist die Geschichte fertig, und dann sehe ich weiter. Vielleicht muss ich tun, was Claire sagt, und mir einen richtigen Job suchen. Nur, dass mir nichts einfällt, worin ich gut wäre.«

»Da muss es doch jede Menge geben«, beharrte Stef, obwohl auch ihr nicht sofort etwas einfiel. »Du könntest vielleicht Lehrer werden. Darin wärest du gut.«

»Das sagt Claire auch«, meinte Rick seufzend. »Ich habe mal ein Berufspraktikum in einer Schule gemacht, aber vielleicht war das zu kurz nach meiner eigenen Schulzeit. Ich habe mich eingesperrt gefühlt.«

»Ich verstehe, was du meinst.«

Sie tranken den Champagner aus und öffneten dann die Schachtel mit dem Käsekuchen, die sie im Kühlschrank gefunden hatten. Er schmeckte synthetisch. Rick machte das nichts aus, aber Stef aß nur die Mandarinen von ihrem Stück herunter. Dann machten sie gemeinsam den Psychotest in einem Hochglanzmagazin, das unter dem Couchtisch lag. Sie beantworteten die Fragen abwechselnd, und es stellte sich heraus, dass Stef durchsetzungsfähiger war als Rick, was sie erstaunte, seine Stimmung aber noch weiter verdüsterte.

»Heißt das, dass ich mich unterbuttern lasse?«

»Die Sache ist die«, erklärte sie ihm, »dass ich erkannt habe, welche Antworten richtig waren, zum Beispiel bei der Frage, bei der es darum ging, mit deinem direkten Vorgesetzten über einen schwierigen Kollegen zu reden. Natürlich muss man vernünftig rüberkommen und niemanden schlechtmachen. Es ist nur so, dass ich im richtigen Leben wahrscheinlich gar nicht den Mut hätte, mich zu beschweren.«

»Dann hast du eigentlich geschummelt?« Vor Erleichterung lachte er auf.

»Und du warst zu ehrlich«, sagte sie und zeigte mit dem Kugelschreiber auf ihn. »Manchmal muss man im Leben Theater spielen.« Jetzt wurde sie auf einmal traurig.

Er sah sie besorgt an. »Hast du das Gefühl, das tun zu müssen?«

»Ja. Einen großen Teil der Zeit muss ich so tun, als ob.«

## Rick

Er mochte es, wie Stef ihr Haar zurückschob. Es war, als zöge sie einen Vorhang zurück, um ihr Gesicht zu enthüllen. Ihr Blick war aufrichtig und direkt und ein wenig traurig. Nur vorhin, als sie von ihren Zwillingsbrüdern gesprochen hatte, da hatte ihr Gesicht einen ganz weichen Ausdruck angenommen. Er mochte auch die Art, wie sie im Schneidersitz auf dem Sofa saß. Es sah gut aus und ließ sie entspannter und zuversichtlicher wirken, als er sie je erlebt hatte. Da war immer noch diese Schüchternheit. Sie lächelte immer nur zögernd, als müsse sie erst um Erlaubnis dafür bitten, aber gerade eben mit den Jungs hatte sie das ganz vergessen. Als sie bei einer von Henrys Bemerkungen über die Katzen auf dem Planeten lachend den Kopf zurückgeworfen hatte, sodass ihr langer weißer Hals entblößt wurde, hatte er ein Gefühl von Zärtlichkeit verspürt.

Er durfte sich nichts vormachen, sie war immer noch argwöhnisch. Als sie ihm die Flasche abgenommen hatte, um den Champagner einzugießen, hatte sie es vermieden, seine Hand zu berühren. Außerdem war er sich nicht sicher gewesen, ob er sich neben sie auf das Sofa setzen sollte, daher hatte er sich stattdessen für den Sessel entschieden, weil er sie auf keinen Fall einschüchtern wollte. Er spürte, dass ihre persönliche Distanz ihr wichtig war und er auf eine Aufforderung warten sollte, sich ihr zu nähern, auch wenn das vielleicht nie passieren würde. Plötzlich spürte er einen Kloß im Hals und musste schlucken.

Der Psychotest zur Durchsetzungsfähigkeit und die Diskussion, die sich daraus ergeben hatte, bestürzten ihn mehr, als er ausdrücken konnte. Sie hatten an die Wurzeln einer tief in ihm sitzenden Angst gerührt. Es machte ihm nichts aus, dass er kein allzu zielstrebiger Mensch war, aber ihm wurde klar, dass er durchaus etwas gegen das Gefühl hatte, auf der Stelle zu treten. Würde er jemals aus seinem Schneckenhaus hervorkommen und den Mut finden, seinen Platz in der Welt einzunehmen?

Seine Schwester kam erst lange nach Mitternacht nach Hause; sie fiel beinahe durch die Tür. Ihr Make-up war verschmiert, und sie war zwar nicht richtig betrunken, aber auch nicht nüchtern, und erzählte überdreht von einem glitzernden Restaurant in der obersten Etage eines gläsernen Wolkenkratzers, von exotischen Cocktails und nichtssagendem Smalltalk.

»Ich bin gegangen, sobald ich konnte«, versicherte sie den beiden. »Tut mir leid, dass es später geworden ist, als ich gesagt hatte.«

Auf der Taxifahrt nach Hause wirkte Stef bedrückt, wandte das Gesicht zum Fenster und schirmte es mit der Hand ab. Er fragte sich, ob sie weinte, und streckte mutig die Hand aus und berührte sie an der Schulter. »Alles in Ordnung?«, fragte er, aber als sie sich umdrehte und ihn anschaute, sah er keine Tränen.

»Ich musste nur daran denken, dass ich früher hier in der Gegend gelebt habe«, erklärte sie. »Wir sind gerade an der Wohnung vorbeigefahren.«

Der Park und die Häuser von Bellevue Gardens lagen still im Mondschein da. Rick steckte den Schlüssel in das Türschloss von Nummer 11, sie schlichen hinein und schlossen leise die Tür. »Möchtest du noch eine Tasse Tee oder so?«, flüsterte er im lavendelduftenden Halbdunkel der Diele. Ihr helles Haar schimmerte, als sie den Kopf schüttelte.

»Nein, ich gehe gleich ins Bett. Ich bin erledigt.« Sie machte einen vorsichtigen Schritt auf ihn zu, wie ein scheues Reh, und er spürte ihren warmen Atem auf seinem Gesicht. »Danke, Rick, das war ein schöner Abend, und deine Familie ist toll.« Sie beugte sich vor und küsste ihn auf die Wange. Er spürte es so zart wie die Berührung eines Schmetterlings. Sie legte kurz ihre Hand auf seine Schulter, flüsterte: »Gute Nacht«, und dann war sie fort. Sie stieg leichten Schritts die Treppe hinauf und war bald im Dunkel verschwunden.

## Stef

Stef hatte am Samstag vormittags gearbeitet und den Nachmittag dann damit verbracht, die Website des Colleges zu studieren und ein Bewerbungsformular auszufüllen. Rosa hatte sie den ganzen Tag über nicht zu Gesicht bekommen. Erst am Abend konnte sie mit ihr sprechen und hörte, dass Michal zwar gesehen worden war, aber keiner wusste, wohin der Junge anschließend verschwunden war. Die

Geschichte war herzzerreißend, und sie umarmte Rosa fest. Erneut dachte sie, wie schrecklich es wäre, wenn einer ihrer eigenen Brüder vermisst würde.

Am Sonntag wachte sie aus reiner Gewohnheit früh auf, und nachdem sie sich angezogen hatte, ging sie in den frischen Morgen hinaus, um zu frühstücken. Sie mochte das winzige Café um die Ecke, das noch kleiner als das Black Cat war, gern. Es hatte keine Tische und Stühle, sondern eine Frühstückstheke und hohe Hocker vor dem Fenster, aber dort gab es die köstlichsten Mandelcroissants, die sie je gegessen hatte. Sie bestellte eines, zusammen mit einem großen, schaumigen Kaffee. Während sie frühstückte, blätterte sie in einer Modezeitschrift, beobachtete die Jogger und Hundebesitzer, die früh unterwegs waren, und lauschte Ana und María hinter der Theke, die auf Spanisch plauderten, einer Sprache, die sie nicht verstand, aber sehr melodisch fand.

Sie überlegte, was sie heute vorhatte. Später wollte sie auf jeden Fall ihre Mum anrufen. Sie hatte vor, sie ein paar Tage zu besuchen, sobald der Job im Black Cat zu Ende war. Dann musste sie noch an ihrer Mappe arbeiten und das Bewerbungsformular fertig ausfüllen und beim College einreichen. Der Abgabetermin war nicht mehr allzu weit entfernt. Sie hoffte, dass Leonie ihr erlauben würde, sie als Referenz anzugeben; das würde Eindruck machen. Wen konnte sie sonst noch nennen? Vielleicht einen Lehrer aus der Schule. Ihre Mutter war mit ihrer alten Kunstlehrerin befreundet. Sie könnte sie vielleicht einmal fragen.

Es war merkwürdig: Stef zeichnete gern, und während sie es tat, war sie völlig von ihren Zeichnungen überzeugt, steckte alles hinein und führte sie selbstbewusst und sorgfältig aus, aber später, wenn sie die Skizzen wieder zur Hand nahm und betrachtete, kamen ihr Zweifel. Angenommen, sie waren nicht gut genug und Leonie hatte nur nett sein wollen, als sie gesagt hatte, dass sie ihr gefielen. Gerade arbeitete sie an einem Brautkleid, das sie sich als Etuikleid aus Spitze vorstellte, mit langen Ärmeln, einer schmeichelhaften Taille und einer großen Schleife auf dem Rücken. Es juckte sie in den Fingern, es aus unterschiedlichen Perspektiven zu zeichnen und das Schnittmuster zu entwerfen. Fast konnte sie spüren, wie die Schere durch die Spitze und das Futter aus schimmerndem Satin glitt. Wenn sie Zeit hatte, würde sie nach Stoffmustern suchen.

Als sie ihr Geschirr zurück an die Theke brachte, lächelte sie den Spanierinnen zu, die ihr in ihrem weichen, melodischen Englisch dankten. Als sie hinaustrat, stellte sie fest, dass der Nebel sich aufgelöst hatte und eine zitronengelbe Sonne zwischen flaumigen Wolken hervorlugte. Sie machte sich auf den Heimweg und zitterte in dem kühlen Wind. Als sie Bellevue Gardens erreichte, fielen ihr die vielen silbernen Autos auf, die auf der Straße parkten. Warum kauften sich bloß alle Leute silberne Autos, die alle gleich aussahen, obwohl es so viele schöne Farben auf der Welt gab?

Kaum dass sie die Haustür geöffnet hatte, bemerkte sie, dass etwas anders war als sonst. Eine Jacke, die sie kannte, hing über dem Treppenpfosten am Fuß der Treppe, und in der Luft lag ein vertrauter Geruch nach Limette und Basilikum. Die Küchentür war geschlossen, und sie folgte mit klopfendem Herzen den leisen Stimmen. Als sie die Küchentür öffnete, wurde sie von der Sonne geblendet, doch sie konnte zwei Gestalten erkennen. Die eine war Rick, der am Herd stand und sich mit dem Wasserkessel in der Hand zu ihr umdrehte. Die andere, die ihr entgegenkam und beinahe flehend die Hände ausstreckte, war …

»Oliver!«, flüsterte sie.

## *Rick*

Er hatte aus seinem Zimmerfenster gesehen und sofort gewusst, wer dieser Mann an der Haustür war, der nach Stef fragte. Er war hinuntergerannt, aber es war schon zu spät, um selbst zu öffnen. Oliver hatte sich bereits Einlass verschafft, indem er auf Hari einredete, die eine Schüssel mit etwas, das wie Obstsalat aussah, in den Händen hielt. Nun starrte er den Neuankömmling in der Diele an.

»Das ist Rick«, sagte Hari zu Oliver. »Rick, dieser junge Mann möchte Stef besuchen.«

»Ich glaube, sie ist unterwegs«, erklärte Rick und taxierte Oliver. Lässige, schicke Jeans, Hemd und Jackett und eine entspannte Anspruchshaltung, die zu dem Schlüssel des topmodernen Autos, den er in der Hand hielt, und seinen polierten Lederstiefeln passte. Aalglatt, das war sein Eindruck von Oliver, aalglatt und ungeduldig. Bildete er es sich nur ein, oder lag Herablassung in der Art, wie Oliver ihm die Hand schüttelte und sich von Hari die Jacke abnehmen ließ? Oder darin, wie er sich mit der Hand übers Haar strich und erklärte, dass er zufällig in der Nähe gewesen wäre und Stef angerufen hätte. Rick unterdrückte sein Erstaunen und das Gefühl von Verrat, das er empfand. Doch dann dämmerte es ihm, dass Oliver vielleicht nur bluffte.

Sichtlich erleichtert entschuldigte sich Hari, drückte ihren Obstsalat an sich und huschte die Treppe hinauf.

In der Küche fühlte Rick sich verpflichtet, Oliver Kaffee anzubieten. Oliver runzelte die Stirn, als er das Glas Instantkaffee in Ricks Hand sah, und schien ablehnen zu wollen. Doch dann überlegte er es sich anders. »Warum nicht? Gern.« Während Rick den Kessel füllte, sah sich Oliver in der Küche um, drehte den Autoschlüssel in seiner Hand und pfiff tonlos vor sich hin. Die helle Morgensonne schien absichtlich die abgeblätterten Stellen der Möbel und die Risse im Linoleum auszuleuchten.

»Interessantes Haus«, sagte Oliver mit freundlicher Stimme. »Wie ist denn die Konstellation hier?«

»Konstellation?«

»Wem gehört es, und wer wohnt hier?«

»Nun ja«, gab Rick stirnrunzelnd zurück, »das Haus gehört Leonie. Stef hat Ihnen doch sicher von Leonie erzählt?« Oliver sah verwirrt aus. »Das Haus gehört Leonie, aber sie vermietet die Zimmer, und wir teilen uns die Rechnungen. Wir verstehen uns alle gut, und mir gefällt's.«

Das Wasser schien ewig zu brauchen, bis es kochte. Oliver ging auf und ab, sah auf die teure Uhr an seinem Handgelenk und spähte mit ungeduldiger Miene aus dem Fenster in den Garten. Ab und zu stellte er Rick eine Frage über die anderen Bewohner des Hauses – »das inzwischen ein hübsches Sümmchen wert sein dürfte« – und wollte wissen, wer sie waren und was sie taten und ob Leonie Hilfe im Garten hatte. Rick hatte das unbehagliche Gefühl, dass Oliver versuchte, ihn über Stef auszuhorchen, und antwortete so ausweichend, wie es möglich war, ohne unhöflich zu erscheinen.

»Ich habe keine Ahnung, wo Stef steckt«, erklärte er, während er Pulverkaffee in Tassen löffelte. »Sie führt ihr eigenes Leben, wissen Sie.«

»Klar. Ich warte gern«, sagte Oliver gerade, als sie draußen die Haustür hörten, und dann stand Stef persönlich in der Küche.

Rick war bestürzt, als er den Ausdruck auf ihrem Gesicht sah. Verblüffung, sogar Schock. Aber da war noch etwas anderes, ein seltsamer Ausdruck von Schicksalsergebenheit, als hätte sie die ganze Zeit über auf Oliver gewartet.

## Stef

In ihrer Verblüffung machte Stef einen Schritt zurück. Dabei stieß sie mit dem Absatz gegen die Stufen und wäre fast gefallen.

»Oha.« Oliver griff nach ihrem Arm und zog sie hoch. »Ich wollte dir keine Angst einjagen.«

»Was machst du denn hier?«, fragte sie mit zitternder Stimme.

Oliver. Seine Ausstrahlung überwältigte sie. Seine Attraktivität. Das einst so geliebte Gesicht. Sein sehnsüchtiger Blick, der über ihren Körper strich. Ein Teil von ihr hätte sich am liebsten in seine Arme gestürzt, aber sie unterdrückte diesen Impuls. Sie wollte ihn hier in ihrem neuen Leben nicht haben.

»Dich besuchen natürlich. Ich wollte sehen, ob es dir gut geht. Wir müssen reden, Stef. Ich will nur reden. Es ging alles so schnell, verstehst du.«

Der Kessel klapperte auf dem Herd, und Stef und Oliver sahen Rick an. »Ähem, ich überlasse es euch, den Kaffee aufzugießen, ja?«, sagte er. »Ich meine, ich habe oben etwas zu tun. Arbeit, ihr wisst schon.«

»Rick ...«, sagte Stef, aber er ging an ihnen vorbei, ohne sie anzusehen. Mit einem leisen Klicken fiel die Tür hinter ihm zu.

Sie drehte sich wieder zu Oliver um.

»Woher wusstest du, wo ich bin?« Doch plötzlich begriff sie; es passte alles zusammen.

»Da war dieser Zeitungsartikel. Ich habe dir doch erzählt, dass ich ihn gesehen hatte.«

»Oh, der Unfall.«

»Darin stand, in welches Krankenhaus du gebracht worden warst. Danach ... Nun ja, sagen wir es so: Es gibt Möglichkeiten, so etwas herauszufinden. Wenn man weiß, wen man fragen muss.«

»Dieser Mann ... der mich fotografiert hat ...« Entsetzt stöhnte sie auf.

»Ich musste dich finden, Stef.«

»Aber einen Detektiv auf mich anzusetzen?«

Die Sonne verschwand hinter einer Wolke, und plötzlich lag ein Schatten über dem Raum. Oliver zog sich einen Stuhl heran und setzte sich mit gespreizten Beinen und verschränkten Armen darauf. Eine aggressive Haltung war das, als erwarte er eine Erklärung von ihr, und mit einem Mal hatte sie Angst.

Langsam suchte sie sich ebenfalls einen Stuhl und ließ sich daraufsinken. Unter dem Tisch ballte sie ihre Hände zu Fäusten und drückte sie so fest zusammen, dass sich die Nägel ins Fleisch bohrten. Aber der Schmerz half.

»Es tut mir sehr leid«, begann sie. »Ich hätte nicht einfach so gehen sollen, ohne Vorwarnung.«

»Nein«, sagte er leise und beugte sich auf sie zu. Seine Unterarme lagen auf seinen Schenkeln. »Das hat wehgetan, Stef, wirklich wehgetan.«

»Ich habe versucht, es dir in meinen SMS zu erklären ...«

»SMS. Nach allem, was wir zusammen hatten, nur ein paar SMS, in denen ... nichts stand, was irgendeinen Sinn ergeben hätte. Du hast geschrieben, bei mir könntest du nicht du selbst sein. Was habe ich falsch gemacht? Ich habe immer für dich gesorgt, dir Geld gegeben, um Himmels willen.«

»Ich zahle es dir zurück. Das hatte ich immer vor, und jetzt verdiene ich ein bisschen Geld.«

»Vergiss es. Es geht nicht ums Geld.«

Er sah sie an, und sie las Kummer in seinen Augen. Ihr ging auf, dass sie bisher nicht darüber nachgedacht hatte, wie er sich vielleicht fühlte. Sein Gesicht wirkt müde, dachte sie, und auch schmaler, und um seine Augen lagen dunkle Schatten, als habe er nicht geschlafen. War sie daran schuld? Auch sein Haar hätte einen Schnitt vertragen können; er sah noch immer gut aus, aber er hatte immer großen Wert darauf gelegt, regelmäßig zu dem italienischen Friseur in der Nähe der Bushaltestelle zu gehen. Von seiner Aggression war im Moment nichts zu spüren, im Augenblick kam er ihr vor allem verletzlich vor. Verletzlich und verloren.

»Ich ... ich wollte dir nicht wehtun, Oli, ich hatte nur nicht die Kraft, es dir ins Gesicht zu sagen. Ich war feige, ich weiß, aber anders hätte ich es nicht tun können.«

»Du fehlst mir, Stef. Ich vermisse dich jeden Tag. Ich wünschte, du würdest es mir richtig erklären, denn es ergibt immer noch keinen Sinn. Wir haben uns doch so geliebt.«

»Oli.« Sie schloss kurz die Augen und suchte nach den richtigen Worten. »Ja, das haben wir. Ich habe dich so sehr geliebt, und das ist ein Teil des Problems.« Sofort sah sie, dass sie das Falsche gesagt hatte, weil ein hoffnungsvoller Ausdruck in seine Augen trat. Rasch sprach sie weiter. »Ich hatte das Gefühl zu ... verschwinden. Ich hatte mich selbst verloren, jedes Gefühl dafür, wozu ich existierte.«

»Und jetzt, hier ...« Mit einer Handbewegung umfasste er die Küche. »Bist du jetzt in diesem Haus auf magische Weise wieder du selbst?« Plötzlich sah sie alles mit seinen Augen: das schäbige Haus, die abgesprungenen Ecken der Spüle, das billige Linoleum auf dem Boden. »Du arbeitest in einem lächerlichen, heruntergekommenen Café, zweifellos für ein Taschengeld, und lebst in dieser ... Kommune.«

»Kommune? Das ist keine Kommune. Ich bin gern hier. Alle sind wirklich nett zu mir.«

Oliver schnaubte verächtlich und schien dann zu erkennen, dass er den Bogen überspannt hatte. »Tut mir leid. Das hier ist einfach nicht mein Fall, das ist alles. Ich meine, da war dieser alte Knabe, der aussah wie ein Späthippie. Und dann dieser Rick, der bei Tesco oder Asda oder so arbeitet.«

»Er ist Schriftsteller, Oli.«

»Oh, *Schriftsteller.*« Wieder dieses höhnische Grinsen. Er trommelte zu einer Melodie, die nur er hören konnte, mit den Fingern auf den Tisch. Das war eine Unart von ihm. »Hör zu«, sagte er unvermittelt. »Warum fährst du nicht mit mir nach Hause und wir reden vernünftig? Hier fühlt es sich nicht richtig an. Ich bin mit dem Auto da, wir können alle deine Sachen mitnehmen. Es gefällt mir nicht, dich hier zu sehen, in dieser primitiven Umgebung.«

»Oli, dieses Haus ist nicht primitiv, das ist eine Beleidigung, begreifst du das denn nicht? Im Moment bin ich hier glücklich. Ich will nicht mit dir zurückfahren.« Sie holte tief Luft. »Genau das hat mir nicht gefallen, dass du versucht hast, mein Leben zu lenken. Es liegt nicht daran, dass ich dich nicht liebe – geliebt habe –, sondern daran, dass du mich völlig vereinnahmt hast. Du warst so großzügig, versteh mich nicht falsch, und hast mir ein Zuhause, Geld und alles Mögliche gegeben, aber ich konnte nicht ich selbst sein. Ich will versuchen, etwas aus meinem Leben zu machen, Erfolg zu haben. Ich habe mir diese Chance nie zugestanden, und irgendwie habe ich durch das Zusammenleben mit dir den Willen dazu eingebüßt. Ich habe mich verloren gefühlt, unsichtbar.«

Besser konnte sie es nicht erklären, aber er schien nicht zu begreifen, was sie meinte. »Das ist doch Unsinn«, sagte er. »Du hättest dir doch irgendeinen Job suchen können, wenn du gewollt hättest. Ich dachte, du wärest glücklich, so wie es war. Und wir hatten doch eine tolle Zeit zusammen. Ich hätte nicht gedacht, dass wir dazu andere brauchen. Das ist es doch, was Paare tun: Sie machen etwas zusammen.«

»Natürlich tun sie das. Aber es ist auch wichtig, Freunde zu haben und andere Menschen zu treffen. Und ich hatte das Gefühl, dass du mir das nicht gönnst. Du bist immer richtig sauer geworden, wenn ich mit Freunden ausgehen wollte. Weißt du noch, Mandys Geburtstag? Du warst so wütend, als ich spät nach Hause kam, Oli.«

»Krank vor Sorge war ich. Du hättest auf meine SMS antworten können.«

»Deine SMS war so gemein, warum hätte ich das tun sollen?«

»Gemein? Ich war in Panik! Etwas anderes fällt dir nicht ein.«

»Ja, Oli, etwas anderes fällt mir dazu nicht ein. Ich fahre nicht mit dir zurück, ich bleibe hier. Bei Menschen, die nicht gemein zu mir sind und nicht denken, dass ich zu nichts zu gebrauchen bin.«

»Ich habe nie gesagt, dass du zu nichts zu gebrauchen bist.«

»Nein, das hast du nicht. Aber du brauchtest es auch nicht auszusprechen, ich habe dir trotzdem angesehen, dass du es denkst. Als ich mich für diesen Modedesign-Kurs bewerben wollte, hast du gesagt, dass das eine Nummer zu groß für mich wäre und dass ich mir keine Hoffnungen machen sollte. Du hast immer so getan, als ob ich dumm wäre, und mir eingeredet, dass ich zu anderen Leuten immer das Falsche sagen würde, und dann habe ich nichts gesagt, und du bist auf mich losgegangen, weil ich kein Wort gesagt habe.«

»Stef, ich ...« Seine Augen blitzten jetzt gefährlich.

»Und dann alles andere, was ich ständig falsch gemacht habe«, fuhr sie fort. »Ich habe die Küche nicht richtig geputzt, ich habe den Badvorleger nicht vom Boden aufgehoben oder eine CD nicht weggeräumt, nachdem ich sie gehört hatte.«

»Du musst schon zugeben, Stef, dass du ein kleiner Dreckspatz bist.«

»So schlimm bin ich auch nicht, aber du hast ohne Ende davon geredet, als wäre es das Einzige, worauf es ankommt.« Es war sein Tonfall gewesen, der sie so verletzt hatte, ein unablässiger Strom von Klagen. Und einmal hatte er ihre Kleider nach ihr geworfen, als sie sie über das Bett verstreut hatte. Er hatte sie voller Wut zusammengeknüllt und nach ihr geworfen.

»Bist du jetzt fertig?«

»Ja«, gab sie seufzend zurück. Sie hatte nicht das Gefühl, alles gesagt zu haben, aber sie war erschöpft. Sie war erstaunt über sich selbst, dass sie den Mut aufgebracht hatte, das alles zu sagen. Aber es hatte auch bis jetzt gedauert, dass sie es sagen konnte. All das hatte sich in ihr aufgestaut, und jetzt war es aus ihr herausgeplatzt.

Über den Tisch hinweg starrten sie einander an. »Du kleine Schlampe«, sagte Oliver dann mit tiefer, drohender Stimme. »Wenn ich daran denke, was ich alles für dich getan habe.« Und bevor sie etwas tun oder sagen konnte, holte er über den Tisch hinweg aus und schlug ihr ins Gesicht. Vor Schmerz und Schock schrie sie auf.

## *Rick*

Eine Weile hatte er einfach auf seinem ungemachten Bett gekniet und die Stirn an ein Bücherregal gelehnt. Diese Haltung war unbequem, aber der Schmerz im Nacken gab ihm das Gefühl, lebendig zu sein, obwohl in seinem Inneren gerade etwas starb. Oliver war gekommen, und im Kopf spann Rick die Geschichte schon weiter. Er wusste, was als Nächstes passieren würde. Unten würde sich Oliver bei Stef entschuldigen, und dann würde Stef nach oben kommen und an seine Tür klopfen, und ihr Gesicht würde ... ja, was zeigen? Erleichterung, Freude? Sie würde ihm erklären, dass sie zu Oliver zurückkehrte und nur noch ihre Sachen holen wollte.

Er veränderte seine Haltung und setzte sich auf seine Fersen, wobei er fast vom Bett fiel. Seine Stirn pochte, weil er sie so fest gegen das Bücherregal gedrückt hatte. Schließlich drehte er sich um und setzte sich auf ganz konventionelle Art aufs Bett, die Füße auf dem Boden. Seine Hände lagen auf seinen Schenkeln, und er sah zu, wie sie sich ohne sein Zutun zu Fäusten ballten und wieder öffneten. Er spitzte die Ohren und wartete darauf, dass etwas passierte, aber nichts geschah. Alles, was er hörte, war das entfernte Konserven-Gelächter aus Haris und Belas Fernseher, das ihn ärgerte, weil es alles andere übertönte.

Er stand auf, öffnete die Tür und hörte von unten laute Stimmen. Er konnte nicht verstehen, was gesagt wurde. Vor allem hörte er Olivers tiefe Stimme. Er schlich zur obersten Treppenstufe, blieb dort nervös stehen und fragte sich, ob alles in Ordnung war. Er fühlte sich unbehaglich, weil er hier stand und ganz offensichtlich lauschte. Er mischte sich nicht gern in anderer Leute Angelegenheiten ein, und vermutlich war alles in Ordnung, aber hier ging es um Stef, und Stef war ihm wichtig. Wenn Oliver unfreundlich zu ihr war, sollte er hierbleiben, falls sie ihn brauchte. Er spürte, dass sein Herz schneller schlug. Was sollte er sagen, wenn jemand kam und ihn hier stehen sah? Die Stimmen wurden lauter, und Olivers Tonfall klang drohend. Rick konnte nicht anders, als die Treppe hinunterzuschleichen, um besser zu hören. Als dann mit lautem Krachen ein Stuhl umfiel und er Stefs Schmerzensschrei hörte, hielt ihn nichts mehr auf. Er rannte die letzten Stufen hinunter und stürmte in die Küche.

Stef hielt sich die Wange, und in ihrem Blick lag ein solcher Schmerz, dass er sie am liebsten in die Arme genommen und getröstet hätte. Aber sie schien ihn gar nicht wahrzunehmen. Stattdessen starrte sie Oliver an, der sie beide ignorierte und sich seinen Weg zur Tür bahnte. Dabei schob er Rick beiseite, als spiele er gar keine Rolle.

Dann hörten sie das Knallen der Haustür und das Aufheulen eines Autos, das sich anschließend über die Straße entfernte.

Rick sah noch kurz die Tränen in Stefs Augen, dann rannte sie ebenfalls an ihm vorbei aus der Küche und die Treppe hinauf. Er folgte ihr und rief ihren Namen, aber sie flüchtete vor ihm wie ein verwundetes Tier, das nur die Dunkelheit und Sicherheit seines Baus sucht. Als sie die Dachkammer erreicht hatte, schlug sie ihm die Tür vor der Nase zu. »Stef?« Er versuchte es mit einem schüchternen Klopfen.

»Mir geht's gut«, antwortete sie mit dumpfer Stimme. »Geh weg! Lass mich in Ruhe!«

Ein paar Minuten drückte er sich vor der geschlossenen Dachbodentür herum, dann zog er sich verletzt und aufgewühlt in sein Zimmer zurück. Er wünschte, Leonie wäre hier; sie hätte gewusst, was zu tun wäre. Aber sie war nicht da, und er musste allein damit klarkommen. So lag er auf seinem Bett und schickte, wie er hoffte, gute Gedanken zu Stef hinauf, deren Zimmer ungefähr über seinem lag. Er dachte daran, wie schön sie am Freitagabend ausgesehen hatte. Er sah sie vor sich, wie sie über die alberne Geschichte gelacht hatte, die sie den Jungs vorgelesen hatte, wie sie sich katzenhaft auf dem Sofa zusammengerollt hatte, wie sie ihn angelächelt hatte. Wie konnte sie jemand nur so behandeln, wie Oliver es getan hatte? Und wie hatte sie Oliver nur so ansehen können, so, als *gehöre* sie ihm? Empfand sie wirklich noch so für ihn, nach allem, was er ihr angetan hatte?

Er seufzte und schaltete seinen Laptop ein. Sein Blog half ihm dabei, die letzte hässliche Szene aus seinem Kopf zu verbannen. Hier hatte er das Sagen. Seine Geschichte war jetzt fast fertig, und er betrachtete, was er zuletzt online gestellt hatte: drei Bilder seiner Heldin in tiefster Verzweiflung. Dies war eine der allerletzten Szenen. Bald würde sie frei sein. Er wusste schon, wie die nächsten Bilder aussehen würden: die Entschlossenheit, mit der sie den Schlüssel ihrer Zellentür umdrehte, dann das Licht, das auf ihr Gesicht fiel, der frohe Ausdruck darauf …

Erfreut sah er, dass er mehrere Kommentare von Followern hatte. Einer war besonders schmeichelhaft; er las ihn zweimal. Dann scrollte er hinunter und seufzte, als er »darkstar494« las. Verblüfft sah er noch einmal genauer hin. *Ich weiß, wie man sich dabei fühlt,* hatte »darkstar494« geschrieben. Jamie zeigte Mitgefühl! Das sah ihm gar nicht ähnlich. Die anderen Kommentare waren aufmunternd, wenn auch wenig originell. Er dankte allen. Bei Jamies Kommentar hielt er inne, und seine Finger schwebten über den Tasten. Er sollte sich nicht in die Angelegenheiten anderer Leute einmischen. Das hatte er heute schon einmal gedacht, aber dann hatte er es trotzdem getan. Wenn er nicht in die Küche gestürmt wäre, nachdem Oliver Stef geschlagen hatte, was hätte er ihr dann sonst noch angetan? Was würde passieren, wenn er Jamies von Verletzungen kündenden Kommentar ignorierte, wenn er eine ironische Antwort gab oder etwas Nichtssagendes schrieb wie: *Tut mir leid, das zu hören, Kumpel?* Denn auf mehr ließ er sich für gewöhnlich nicht ein.

Doch dann tippte er plötzlich: *Warum kommst du uns nicht besuchen? Dein Zimmer wartet noch auf dich.* Er schickte die Nachricht ab und hoffte, dass er es nicht bereuen würde. Mit etwas Glück ging es Jamie gut; oder er würde erkennen, dass es eine Katastrophe wäre, wenn er zurückkäme. Dann würde er einfach eine weitere, wahrscheinlich hämische Nachricht schicken. Egal, Rick hatte sein Bestes getan, und Leonie würde sich freuen, wenn sie davon wüsste. Er fragte sich, ob er ihr davon erzählen sollte oder ob sie sich nur Sorgen machen würde, dass Jamie unter Depressionen litt.

Um seine aufgewühlte Seele zu beruhigen, knipste er seine Schreibtischlampe an, zog seinen Skizzenblock hervor, nahm einen Bleistift und begann zu zeichnen.

## Stef

Stef lag aufgewühlt und schluchzend auf ihrem Bett. Oliver hatte sie geschlagen. Ihr Gesicht brannte immer noch von dem Hieb, der sie am Nasenflügel und auf den Wangenknochen getroffen hatte; aber der Schock schmerzte schlimmer als jede körperliche Verletzung. Sie konnte nicht vergessen, wie er sie angesehen hatte, kurz bevor er sie geschlagen hatte: seine finstere, kalte Miene; der Mund, der eher verächtlich als wütend verzerrt war; die düsteren, blitzenden Augen. Sie erschauerte und schluchzte noch einmal auf. Immer noch weinend wälzte sie sich vom Bett und ging zum Spiegel, um ihr Gesicht zu untersuchen. Sie stöhnte entsetzt auf. Olivers Faust hatte einen dunkelroten Fleck auf ihrer Wange hinterlassen, als hätte sie sich verbrüht. Die Wange wirkte angeschwollen, und durch die Tränen war ihr Make-up verlaufen. Sie berührte das Mal mit den Fingerspitzen und überlegte, ob sie ins Bad gehen und es kühlen sollte. Aber sie wollte niemandem begegnen, nicht einmal Rick. Sie wollte allein sein. Sie tupfte Feuchtigkeitscreme darauf und ließ sich wieder aufs Bett sinken.

Es dauerte eine Weile, bis ihr Herzschlag sich beruhigte, sie ruhiger atmete und ihr Kopf klarer wurde. Aber die Erinnerung an dieses Gesicht und seine Worte hielt sich hartnäckig, und nach und nach nahmen ein paar unangenehme Wahrheiten Gestalt an. Zuerst hatte sie gedacht, er sei gekommen, um sie zu überreden, zu ihm zurückzukehren, weil er sie liebte und vermisste. Aber in der ganzen Zeit, in der er hier gewesen war, hatte er nicht ein einziges Mal von Liebe gesprochen oder den Dingen Beachtung geschenkt, die sie gesagt hatte. Stattdessen hatte er abgestritten, dass ihre Klagen berechtigt waren.

Es war fast so, als wäre sie ein wertvolles Haustier, das ihm weggelaufen war, dachte sie bitter. Ja, genauso hatte es sich angefühlt. Was ihn zornig machte, war nicht Liebe, sondern der Umstand, dass er die Kontrolle über sie verloren hatte. Ihre Unabhängigkeit konnte er nur akzeptieren, wenn er sie zu einem Gegenstand seiner Verachtung machte, der seiner nicht wert war. Genau das hatte seine Miene ausgedrückt, als er sie geschlagen hatte: Verachtung. Im Gehen hatte er etwas gesagt, das sie zunächst kaum registriert hatte. »Nichts.« Nein. »Du bist ein Nichts.« Genau. In seinem Job war er daran gewöhnt, einzuschätzen, welchen Profit ein Fonds einbringen würde. Die Angestellten wurden entsprechend dem Wert entlohnt, den sie für die Firma darstellten. In seinem Privatleben wählte er sorgfältig aus und entschied sich für das Beste – sein Auto, seine Wohnung, seinen Designerkühlschrank. Er hatte jemanden dafür bezahlt, herauszufinden, wo sie geblieben war. Das war seine schlimmste Beleidigung für jemanden oder etwas – dass es keinen Wert hatte. Und sie hatte er gerade als wertlos eingestuft. Er hatte sie nach seinen hohen Ansprüchen beurteilt und für mangelhaft befunden. Oder hatte seine Reaktion einen tieferen, komplizierteren Beweggrund? Dass er sich sagte, sie sei es nicht wert, war seine Art, damit fertigzuwerden, dass sie nicht zu ihm zurückkehren würde. Dann könnte er sich von ihr lösen und sie vergessen.

Wie fühlte sie sich dabei? Wieder wurde sie von Trauer überwältigt. Als sie vom Frühstücken zurückgekommen war und ihn gesehen hatte, war sie erschrocken, aber ihr verräterisches Herz hatte sich auch daran erinnert, dass es sich nach ihm sehnte. Schließlich hatte sie ihn verlassen, weil sie musste, nicht weil sie ihn nicht mehr geliebt hätte. Diese Liebe hatte es ihr so schwer gemacht. Das war auch ein Teil der Wahrheit. Er hatte sie wertlos genannt, weil sie sich nach und nach so gesehen hatte, als hätte sie keinen Wert außer dem, den er ihr zugestand.

Erschöpft lag sie da, und in ihrem Kopf kreisten die Gedanken. Schließlich schlief sie ein. Sie hörte weder, wie Leonie nach Hause kam, noch ihren verblüfften Aufschrei, als sie die Küche betrat und die umgefallenen Stühle und Stefs Handtasche sah, deren Inhalt über den Boden verstreut lag.

## Leonie

Erst später konnte sich Leonie zusammenreimen, was passiert war. Sie hatte die Münzen, den Lippenstift und ein Blisterpaket mit Tabletten vom Linoleum aufgehoben, sie wieder in die Handtasche gesteckt und sie dann nach kurzem Zögern zu Stefs Dachboden hinaufgetragen, wo sie vor verschlossener Tür gestanden hatte. Wieder hatte sie gezögert und dann leise an die Tür geklopft. Als sie keine Antwort bekam, drehte sie den Türknauf und spähte hinein. Als sie sah, dass Stef schlief und sichtbar atmete, schloss sie die Tür, hängte die Tasche an die Türklinke und trat den Rückzug an. Vielleicht war ja doch alles in Ordnung. Trotzdem spürte sie in ihrem Innern eine nagende Sorge.

Ricks Tür war geschlossen, und bei Bela und Hari lief der Fernseher, daher ging sie in den Keller hinunter, um Peter, der an seiner Staffelei stand und malte, zu sagen, dass sie um zwei Uhr essen würden. Dann versuchte sie, ihre Sorgen durch Aktivität zu verdrängen, räumte die Küche auf und machte sich daran, ein Hähnchen zu braten. Im Großen und Ganzen mochte sie Sonntage und die alten Rituale ihrer Kindheit: zuerst der morgendliche Gottesdienst in der anglikanischen Kirche, der von einer beliebten Pfarrerin geleitet wurde und in dem man sich über viele junge Familien freuen konnte, und dann ein Sonntagsbraten, den Peter immer zu schätzen wusste. Aus einer Supermarkt-Zeitschrift hatte sie ein Rezept für eine Weincreme mit Himbeeren ausgeschnitten, das sie heute ausprobieren wollte. Wenn es etwas wurde, würde sie für Trudi die kalorienarme Variante zubereiten, wenn sie in vierzehn Tagen zum Essen kam. Trudi liebte Desserts, verzichtete aber normalerweise darauf.

Sie füllte das Hähnchen, legte es zusammen mit Wurzelgemüse in eine Form und schob es in den Ofen. Falls noch jemand kam, konnte er gerne mitessen, ansonsten würde es den Rest heute zum Abendessen geben.

Während Peter und sie aßen, kam Rick in die Küche. »Es ist reichlich da, falls Sie etwas möchten«, erklärte sie ihm.

»Danke, aber ich bin nicht hungrig«, sagte er, aber es klang nicht überzeugend. Sie beobachtete ihn, wie er dastand und darauf wartete, dass das Teewasser kochte, und fand, dass er bedrückt wirkte. Peter erzählte ihr unterdessen von einem toten Maler, von dem sie noch nie gehört hatte und dessen Ausstellung im Fernsehen angekündigt worden war, sodass sie keine Chance hatte, Rick zu fragen, was los gewesen war.

Während Leonie abwusch, schwebte Stef herein wie ein Geist, um sich einen Jogurt aus dem Kühlschrank zu holen. Das Haar fiel ihr wie ein Vorhang vors Gesicht, und Leonie war alarmiert. Es war, als hätte sich Stef wieder in das verschlossene Wesen zurückverwandelt, das sie bei ihrer Ankunft vor über einem Monat gewesen war. »Geht es Ihnen gut?«, fragte sie sie. Stef nickte nur, murmelte: »Prima, danke!«, und verschwand wieder.

»Merkwürdig«, meinte Leonie zu Peter, der zum Rauchen draußen gewesen war. »Weißt du, ob hier heute Morgen etwas passiert ist?«

»Keine Ahnung. Während du weg warst, hat es einen kleinen Streit gegeben, Türenknallen und so, aber ich habe mich nicht eingemischt. Die jungen Leute sind alt genug, um auf sich selbst aufzupassen.«

»Da bin ich mir nicht so sicher«, meinte Leonie. *Du kannst es schließlich auch nicht*, hätte sie am liebsten hinzugefügt, aber sie biss sich auf die Zunge. »Ich mache uns jetzt einen Tee, und dann gehe ich ein wenig Unkraut jäten.« Gärten waren so viel einfacher als Menschen.

Am nächsten Morgen kam Leonie kurz vor acht nach unten und fand auf dem Tisch einen Umschlag, der in Stefs schöner, fließender Handschrift an sie adressiert war. Darin langen mehrere Geldscheine und ein kurzer Brief:

*Liebe Leonie,*

*es tut mir leid, dass ich fortgegangen bin, ohne Ihnen Bescheid zu geben, aber ich brauche eine Auszeit von allem, deswegen bin ich zu meiner Mum gefahren. Rick wird es Ihnen wahrscheinlich erzählen, aber im Wesentlichen war es so: Oliver hat herausgefunden, dass ich hier war, und war gestern da. Sein Besuch hat ein schlechtes Ende genommen, und ich muss nun endlich versuchen, von ihm loszukommen. Ich hoffe, das beiliegende Geld reicht für die Miete bis Ende der Woche. Sie waren wirklich nett zu mir, und ich habe gern hier gewohnt, aber ich kann es verstehen, wenn Sie beschließen, mein Zimmer wieder zu vermieten, denn ich weiß noch nicht, wann ich zurückkomme.*

*Liebe Grüße, und nochmals danke.*

*Stef*

»Verdammt«, sagte Leonie zu sich selbst. »Verdammt, verdammt, verdammt.« Warum hatte sie sich nicht doch eingemischt und Stef gestern darauf angesprochen? Vielleicht hätte sie helfen können. Jetzt war es zu spät.

Sie schleppte sich die Treppe zum Dachboden hinauf. Die Tür war offen, und ihr wurde schwer ums Herz. Stef hatte ihre gesamten Sachen gepackt und mitgenommen. Das Bett war abgezogen und die Bettwäsche ordentlich zusammengefaltet. Die Botschaft war klar. Stef wusste nicht, ob sie zurückkommen würde. Leonie nahm die Bettwäsche und drückte sie an sich. Sie duftete nach Stefs blumigem Parfum, und Leonie fühlte sich schrecklich traurig. Sie stopfte sich das kleine Bündel unter den Arm und wandte sich zum Gehen. Plötzlich entdeckte sie aus dem Augenwinkel etwas, das halb hinter der Kommode steckte, etwas, das sie mit großer Bestürzung wiedererkannte: Stefs Mappe. Darin waren alle Zeichnungen und Entwürfe von Stef. Hatte sie die Mappe vergessen, hatte sie sie nicht tragen können, oder hatte sie sie – das war der schlimmste Gedanke – zurückgelassen? Hatte Stef wirklich all ihre Hoffnungen und Träume aufgegeben?

Sie legte die Mappe zurück in ihr Versteck, griff erneut nach der Bettwäsche und blickte sich ein letztes Mal um. Stef hatte ihr Refugium mit einer Vase voller Narzissen auf der Kommode und einer Lichterkette verschönert, die noch um den Spiegel drapiert war, aber ohne sie fehlte hier etwas. Leonie empfand Stefs Abwesenheit schmerzlich und erkannte, dass Stef ihr wichtig geworden war; sie vermisste sie so wie ihre eigene Tochter, so wie sie Tara vermisst hatte, als sie zu Billy gezogen war.

Die Erinnerung tat so weh, dass sie kurz die Augen schloss. Das war der schlimmste Moment ihres Lebens gewesen.

## London 1982

Tara war vierzehn. Sie schien in diesen Tagen rasend schnell groß zu werden, und doch war sie in allen Punkten, auf die es ankam, noch ein Kind. »Das ist nicht fair«, lautete der Dauerspruch auf ihren erdbeerrosa geschminkten Lippen, die abgesehen davon, dass sie meist schmollend nach unten gezogen waren, einfach perfekt waren.

Tara war hübsch und gertenschlank. Mit ihrer zarten Figur, dem Minikleid, den Leggins und Stiefelchen und ihrem kurzen stachelig geschnittenen Haar sah sie aus wie ein Kobold, wie ein sehr wütender Kobold allerdings meistens.

»Warum kann ich nicht zu der Party gehen?« Es hätte nur noch gefehlt, dass sie mit den Füßen aufstampfte.

»Weil alle älter sind als du«, gab Leonie seufzend zurück. »Der Himmel weiß, was sie anstellen werden.«

»Aber sie sind lustig, und sie passen auf mich auf. Ich trinke auch nichts, versprochen.«

»Das Risiko kann ich nicht eingehen.«

»Das ist nicht fair, Mum. Du bist so langweilig. Alles ist hier so langweilig. Öde, öde, öde. Ich ertrage das nicht.« Sie verzog ihr hübsches, herzförmiges Gesicht, brach in Tränen aus, rannte aus der Küche und knallte die Tür zu. Als Leonie kurz darauf vor Taras Zimmer stand, war die Tür abgeschlossen, und auch noch so viel Klopfen und Flehen bewegte Tara nicht dazu, aufzumachen.

Nicht zum ersten Mal fragte sich Leonie, ob sie Tara falsch erzogen hatte. Aber die letzten Jahre waren so traurig und so schwierig gewesen. George war krank geworden und dann gestorben, und sie trauerten alle um ihn.

Während einer der Behandlungsrunden wegen seines Hirntumors hatte Leonie an einem warmen Tag mit ihm im Garten gesessen und versucht, nicht darüber nachzudenken, wie abgemagert und krank er aussah. Die Haut schien um seinen Körper zu schlackern, als ob er sie nicht mehr richtig ausfüllte, und er hatte nun auch noch seine letzten Haare verloren. Sie hatten über die Zukunft geredet.

»Du weißt, was das heißt, wenn es nicht funktioniert, oder, Leo? Das ist eine sehr riskante Operation.«

Sie sah ihn an und hasste, was ihr sein ernstes Gesicht verriet. »Aber es wird klappen, oder? Du hast doch auf jeden Fall eine Chance, oder?«

Er drückte ihre Hand. Es war absurd, dass er sie trösten musste, obwohl er derjenige war, der lebensgefährlich erkrankt war.

»Natürlich habe ich die«, sagte er sanft. »Aber trotzdem muss ich mit dir über etwas reden. Es geht um Peter.«

Sie runzelte die Stirn. »Peter?«

»Ich mache mir Sorgen, wie er zurechtkommen wird, falls mir etwas zustößt. Wo soll er wohnen? Auf seine Familie kann er sich nicht verlassen. Wie du weißt, hat sie ihn hinausgeworfen. Als ich ihn gefunden habe, hat er buchstäblich auf der Straße gelegen. Er war fast noch ein Kind und versuchte, Passanten seine Bilder zu verkaufen. Es hat in Strömen geregnet, um Himmels willen.«

»Ach, George«, sagte Leonie voller Zuneigung und schüttelte den Kopf. »Die meisten Leute hätten ihm einfach etwas Geld gegeben und wären weitergegangen.«

»Ich konnte ihn nicht einfach dort zurücklassen. Er hat mich angesehen wie ein streunendes Hündchen. Ich habe ihm erklärt, dass ich etwas hätte, wo er ein oder zwei Nächte bleiben könne, und dann haben wir seine Bilder eingesammelt und ein Taxi genommen. Vor vierzehn Jahren war das.«

»Kurz, bevor du mich kennengelernt hast.«

»Ja.« Abgelenkt von einer Amsel, die von einem Baum herabflog, blickte George auf. »Leo«, sagte er dann fast im Plauderton, »wenn es zum Schlimmsten kommt, würdest du dann an meiner Stelle auf Peter aufpassen? Ich würde mich angemessen erkenntlich zeigen.«

Leonie war bestürzt. »Bitte rede nicht so, George.«

»Würdest du es tun, Leo? Das ist mein Ernst.«

»Du hast ihn gern, oder?«

»So merkwürdig es erscheinen mag, ja, ich mag ihn wirklich.«

»Ja, George, dann sorge ich für ihn. Aber so weit wird es nicht kommen.«

»Danke, mein liebes Mädchen, ich danke dir. Das nimmt mir eine Last von der Seele.« Er schloss die Augen, und Leonie sah erschrocken, wie erschöpft er war.

Nur zwei Monate später war George tot.

Er hatte Leonie das Haus hinterlassen, was wunderbar war. Etwas weniger wundervoll war eine Klausel, die dem Testament erst kurz vor seinem Tod hinzugefügt worden war. Sie verfügte, dass Peter dort mietfrei lebenslanges Wohnrecht genoss.

In der Zeit, in der George so krank war, hatte Leonie ihre Tochter ein wenig aus den Augen verloren. In ihrem Kummer und dem allgemeinen Chaos nach seinem Tod war sie zu sehr mit sich selbst beschäftigt gewesen, um sich um Tara zu kümmern, die von ihrer besten Freundin fallen gelassen worden war. Sie hätte einschreiten sollen, als Tara bei einer Schuldisco etwas mit einem älteren Jungen anfing und begann, sich mit seiner Clique, in der alle zwei Jahre älter waren als sie, herumzutreiben.

Als dieser Junge wiederum mit Tara Schluss gemacht hatte, stürzte das Selbstwertgefühl ihrer Tochter noch weiter ab, und genau in diesem falschen Moment trat Billy erneut in ihr Leben.

Nachdem er Leonie und Tara ein Jahr lang kaum gesehen hatte, stieg er eines sonnigen Sonntags im Mai aus einem Taxi. In den Händen hielt er einen Strauß Rosen – dieses Mal gelbe – für Leonie und eine Flasche Giorgio-Parfüm aus dem Duty-Free-Shop für Tara, bei der dieses Geschenk helle Begeisterung auslöste, denn niemand sonst in der Schule besaß so etwas Teures und Exotisches. Das war der Moment, in dem Tara sich in ihren Vater verliebte.

Er lebte jetzt, nachdem seine zweite Ehe zerbrochen war, in New York, aber das Alleinsein hatte in ihm offenbar eine nostalgische Sehnsucht nach Familienleben geweckt, und er hatte beschlossen, Leonie und seine Tochter zu besuchen.

Billy sah anders aus. Er hatte noch immer volles Haar, aber inzwischen trug er es den Gesetzen der Schwerkraft zum Trotz über der Stirn ordentlich hochgebürstet. Außerdem hatte er offensichtlich ein Interesse an Mode entwickelt, denn er trug einen schicken Anzug. Aus einer der vielen Taschen seines Jacketts zog er eine goldgerahmte Brille, um sich die schrecklichen Zeugnisse seiner Tochter anzusehen. Er ist eitel geworden, dachte Leonie und unterdrückte ein Lächeln. Aber die Eitelkeit hatte zumindest immer noch eine Berechtigung. Seine gebräunte Haut war nach Urlauben in der kalifornischen Sonne zwar ein wenig wettergegerbt, aber seine blauen Augen strahlten wie eh und je, und er war schlank und fit.

Er lachte nur über die Zeugnisse, worauf ihn Tara, die auf seiner Sessellehne saß, noch bewundernder ansah. »Wie wäre es, Mädchen, wenn du den Sommer über zu mir kommst?«, meinte er und strahlte sie an. »Wir zwei könnten viel Spaß zusammen haben. Vergiss diesen ganzen Quatsch.« Verächtlich warf er die Zeugnisse auf den Couchtisch.

»Billy ...«, wandte Leonie schwach ein. »Ich glaube nicht, dass das möglich ist. Sie soll den Sommer bei meinen Eltern verbringen ...« Aber als sie sah, wie die beiden einander ansahen, wusste sie, dass sie geschlagen war.

Womit sie nicht gerechnet hatte, war, dass das Verlustgefühl, das sie empfand, als sie in der Woche darauf ihr elfenhaftes Kind am Flughafen verabschiedete, für immer andauern sollte. Denn Tara fühlte sich in Amerika so zu Hause, dass sie gleich ein paar Jahre blieb. Als sie zurückkehrte, war sie zu einer wunderschönen, ziemlich harten jungen Frau herangewachsen, die der Meinung war, dass die Welt ihr etwas schuldete. In den folgenden Jahren versuchte sie sich planlos in den unterschiedlichsten Jobs, von der Restaurantchefin bis zur Reiseleiterin, und wurde bei finanziellen Engpässen immer wieder von ihrem Vater unterstützt. Auch eine Reihe von Männern gab es. Jamie war das Ergebnis einer kurzen Affäre mit Alastair, ihrem Geschäftspartner in dem Restaurant. Als die Affäre im Streit endete und Billy sich weigerte, dem Lokal erneut aus der Klemme zu helfen, ward Alastair nie wieder gesehen. Anscheinend hatte er überhaupt nie Vater werden wollen. Im Lauf der Jahre sah Leonie Tara dann und wann, aber es war zu spät, um noch großen Einfluss auf sie zu nehmen. Die einstige Nähe zwischen ihnen existierte nicht mehr und war Argwohn auf beiden Seiten gewichen. Das war Billys Schuld, obwohl man fairerweise sagen musste, dass es nicht seine Absicht gewesen war.

Seufzend verließ Leonie die Dachkammer und zog die Tür behutsam hinter sich zu. Sie hoffte, dass Stef nicht vom Weg abkommen würde wie Tara.

Als sie wieder unten war, kam Rick auf dem Weg ins Bad aus seinem Zimmer. Sie erklärte ihm kurz, dass Stef fort war, und registrierte erschrocken, wie unglücklich er plötzlich aussah.

»Sie kommt sicher bald wieder«, sagte sie in dem Versuch, ihn zu trösten. »Haben Sie ihre Nummer? Dann schicken Sie ihr doch eine SMS oder so etwas und fragen Sie sie, ob es ihr gut geht.«

»Ich habe die Nummer nicht«, sagte er. »Ich habe sie nie gebraucht.«

»Na gut, vielleicht hat Rosa sie.« Sie beschloss, Rick noch nicht von der zurückgelassenen Mappe zu erzählen und nicht darüber zu spekulieren, was das bedeuten konnte. Für den Moment hatte sie für Stef getan, was sie konnte. Jetzt musste sie einfach abwarten.

## Rosa

Tut mir leid, dass ich mich nicht verabschiedet habe. Mir geht's nicht gut ... Fahre zu meiner Mum. Vielleicht bis bald. Sag Karina sorry von mir. X

Das war die SMS, die Rosa auf der Arbeit von Stef bekam. Sie zeigte die Nachricht Karina, weil sie nicht sicher war, dass sie alles richtig verstanden hatte, und dann antwortete sie.

Hoffe, du bist okay. Ja, bis bald. Karina lässt dich grüßen, und du sollst dir keine Gedanken machen. X

In Wahrheit war Karina ein wenig ärgerlich gewesen, aber es würde Stef nicht helfen, wenn sie ihr das schrieb.

Stef fehlte ihr schon jetzt, auch wenn es gut war, dass Karina jetzt wieder richtig mitarbeitete. Manche Dinge hatte Rosa nicht gekonnt, zum Beispiel die Tiefkühltruhe in Ordnung zu bringen, die ständig vereiste, oder zu reklamieren, dass die letzte Lieferung des Großhändlers falsch gewesen war. Vor allem aber fehlte ihr Stefs Freundschaft. Sie hatten als Team im Café gut zusammengearbeitet, und Stef war sehr mitfühlend gewesen, was Michal anging. Sie war genauso enttäuscht wie Rosa gewesen, als diese ihr von dem Besuch im Lager unter der Hochstraße erzählt und berichtet hatte, dass sie seine Spur wieder verloren hatten.

Vier Tage nach Stefs Abreise, am Karfreitagnachmittag, bediente Rosa einen Gast, als draußen ein Polizeiwagen vorfuhr und Ben, der Polizist, der sich um Rosa gekümmert hatte, das Café betrat, dicht gefolgt von einer weiblichen Beamtin. Höflich hielten sie sich im Hintergrund, bis Rosa den Gast bedient hatte, dann trat Ben an die Theke.

»Tut mir leid, aber haben Sie einen Moment Zeit?«

»Karina? Kannst du bitte hier mal aushelfen?«, rief sie nach hinten. Ihre Chefin kam aus dem Hinterzimmer, erfasste die Lage sofort und übernahm das Regiment. Rosa quetschte sich an der Theke vorbei, und Ben stellte sie seiner Kollegin Cheryl vor, einer jungen Frau mit rundem Gesicht, einer hübschen Figur und einer freundlichen Art.

»Vielleicht sollten wir nach draußen zum Wagen gehen?« Bens Miene wirkte düster, und Rosa sah gleich, dass er keine guten Nachrichten hatte. Angst stieg in ihr auf, und ihr wurde ein wenig schwindelig, aber sie riss sich zusammen.

»Nein, wir können hier reden.« Sie führte die beiden zu einem Tisch in einer ruhigen Ecke.

Ben sah sich ziemlich nervös im Café um, dann seufzte er und wandte ihr seine ganze Aufmerksamkeit zu. »Es ist etwas passiert. Es tut mir leid, aber heute am frühen Morgen wurde in einem Kanal oben am Camden-Market die Leiche eines jungen Mannes gefunden.«

»Nein!« Rosa schlug die Hände vors Gesicht.

»Bitte versuchen Sie, ruhig zu bleiben«, sagte Cheryl. Ihre Stimme klang weich wie goldener Honig. »Wir haben noch keinen Grund zu glauben, dass es Michal ist.«

»Aber er könnte es sein?«, flüsterte sie.

»Die Sache ist die«, sprach Ben schnell weiter, »dass dieser Junge das richtige Alter und den richtigen Körperbau hat und wir allen Möglichkeiten nachgehen müssen. Trotzdem muss er es nicht sein, und normalerweise hätten wir Ihnen zu diesem frühen Zeitpunkt auch noch nichts gesagt. Aber wir müssen Sie um einige Informationen bitten. Wir brauchen den Namen des Zahnarztes Ihres Bruders, und alles, was sie uns über seine Krankengeschichte erzählen können, so etwas.«

Plötzlich sah Rosa nur noch wirbelnde Dunkelheit vor sich. Alles, was sie spürte, war das Gewicht von schwarzem Wasser, und das Blut pochte in ihrem Kopf. Dann fühlte sie die warme Hand der Polizistin auf ihrem Arm. »Ganz ruhig, Rosa«, sagte sie.

»Ich muss ihn nicht ... sehen?«

»Wir ... nein. Die Leiche ... der Junge hatte seit längerer Zeit im Wasser gelegen, verstehen Sie. Sogar seine Kleidung ...«

»Sein Gesicht ist ...«, flüsterte Cheryl und brach ab, als Karina mit einem Tablett voller Kaffeetassen zu ihnen kam. »Können wir bitte ein Glas Wasser haben? Die junge Frau hier steht ein wenig unter Schock.«

Rosa spürte, dass Karina ihre Schulter berührte. Sie öffnete die Augen. »Sie haben ihn vielleicht gefunden«, brachte sie heraus. »Oh, Karina, vielleicht ist er ...« Sie konnte das Wort nicht aussprechen.

»Es tut mir so leid, Rosa. Hör mal, du musst nach Hause gehen.«

»Nein.«

»Wir fahren Sie«, sagte Cheryl.

Rosa schüttelte den Kopf. Sie wusste nicht, wo sie gern gewesen wäre, aber auf jeden Fall nicht zu Hause, ohne etwas zu tun, allein mit ihren Gedanken.

»Ich komme hier besser zurecht«, erklärte sie, und Karina seufzte.

Rosa suchte Nummern aus ihrem Handy heraus und gab den Polizisten die Informationen, die sie brauchten. Ben und seine Kollegin versprachen, sich zu melden, sobald sie etwas wüssten. Dann verließen sie das Café. Das Polizeiauto löste sich leise und langsam wie ein Leichenwagen von der Bordsteinkante. Während der nächsten Stunde arbeitete sie wie ein Automat, wischte Tische ab, gab Kleinkindern heruntergefallenes Spielzeug zurück, legte Kuchen auf Teller, füllte Tassen und betrachtete den strudelnden Schaum aus Milch und Kaffee und versuchte, nicht zu denken.

Als es ruhiger wurde, bestand Karina darauf, dass sie Pause machte. Rosa zog ihren Mantel an und huschte hinaus, um in den Park mit dem Kriegerdenkmal zu gehen. Dort setzte sie sich auf die Bank, zündete sich mit zitternden Händen eine Zigarette an und versuchte, die Gedanken, die sich in ihrem Kopf überschlugen, zu ordnen. Es konnte nicht Michal sein, oder? Sie betete darum, dass er es nicht war. Sie sagte sich, dass es keinen wirklichen Grund gab, weshalb er es sein sollte. Aber hätte sich die Polizei die Mühe gemacht, ihr Bescheid zu geben, wenn die Möglichkeit nicht ernsthaft in Betracht käme? Wenn sie nur etwas tun könnte, um mehr herauszufinden, aber sie hatte keine Ahnung, was. Alles, was sie tun konnte, war warten.

Sie starrte das Kriegerdenkmal an, ohne es wirklich zu sehen. Plötzlich fiel ihr Blick auf ihren eigenen Namen, der dort eingraviert war. *Dexter.* Der Vorname des Soldaten war John gewesen, und es war unwahrscheinlich, dass es eine Verbindung zu ihrer Familie gab. Sie wusste, dass Dexter in England kein ungewöhnlicher Name war. Trotzdem erlaubte sie sich, über ihn und die Umstände seines Todes nachzudenken. November 1918, sagte die Inschrift. Ganz am Ende des Krieges war er also gefallen; das war besonders tragisch. Vor ihren inneren Augen nahm John Michals Züge an: unschuldig, jungenhaft und ungestüm. Sie konnte sich vorstellen, dass seine Familie untröstlich über seinen Verlust gewesen war. In ihrer Heimatstadt standen überall solche Denkmäler. Manchmal war sie erstaunt über das Ausmaß von Leid in der Welt und darüber, wie manche Leben zu einer langen Abfolge von Verlust und Trauer werden konnten. Sie dachte an ihre Mutter, ihren toten Verlobten Eryk und daran, dass sie in ihrem jungen Leben einen Menschen nach dem anderen verloren hatte. Sogar ihren Vater … *Gott!* Ihr Vater. Sie warf die Zigarette auf den Boden und trat sie aus. Sie würde ihm von dieser neuen Entwicklung erzählen müssen, am besten noch heute Nachmittag. Mit wem sollte sie sonst noch sprechen? Sie dachte daran, Stef eine

SMS zu schreiben, aber sie wollte sie nicht aufregen, schließlich hatte sie genug eigene Probleme. Leonie würde sie später zu Hause alles erzählen. Dann wurde ihr klar, mit wem sie am liebsten sprechen wollte. Sie tastete in ihrer Handtasche nach ihrem Telefon, rubbelte mit dem Ärmel einen fettigen Fingerabdruck vom Display und rief Wills Nummer an.

Das Abendessen am Küchentisch verlief größtenteils schweigend. Rick hatte einen großen Topf Spagetti Bolognese gekocht. Erstaunt und dankbar dafür, diese Freunde zu haben, blickte sich Rosa am Tisch um, wo sich ihre Mitbewohner versammelt hatten, um sie zu unterstützen. Leonie, die immer so taktvoll war und sich um alle sorgte, saß am Kopfende des Tisches, strahlte Ruhe aus und sorgte dafür, dass der Abend in geordneten Bahnen verlief. Peter, der neben Leonie saß, hatte von irgendwo ein paar verstaubte Flaschen Claret hervorgeholt und füllte Rosas Glas immer wieder nach. Das war seine Art, sie zu unterstützen. Rosa war sich bewusst, dass sie mehr trank, als gut für sie war. Sie musste sich Mühe geben, überhaupt etwas zu essen, was natürlich die Wirkung des Alkohols noch verstärkte. Jedes Mal, wenn sie an Michal dachte, spürte sie, wie ihr die Tränen in die Augen stiegen.

»Rosa.« Sie blickte auf und sah, dass Will, der ihr gegenübersaß und einen Riesenberg Spagetti vor sich hatte, seine Gabel beiseitegelegt hatte und sie mitfühlend ansah.

»Tut mir leid«, schniefte sie, blinzelte und trank noch einen Schluck Wein. Neben ihr schenkte Rick aus einem Krug Wasser in ein Glas und schob es ihr demonstrativ hin.

Das Treffen mit ihrem Vater, das Ben so schnell arrangiert hatte, dass es gegen alle Gefängnisregeln verstoßen haben musste, war sehr schmerzlich gewesen. Aber sie hatte das Gefühl gehabt, ihn über die Entwicklungen auf dem Laufenden halten zu müssen.

Wieder war sie erschüttert darüber gewesen, wie alt er geworden war. Aber nach dem heutigen Gespräch hatte er noch mitgenommener ausgesehen. Um Jahre gealtert, gebeugt und mit traurig gesenktem Kopf hatte er den Besuchsraum verlassen. Ben hatte ihr erklärt, die Polizei habe ihn nicht über den grausigen Fund im Kanal informiert, da nichts sicher war. Mit Rosa hatten sie nur darüber gesprochen, weil sie weitere Informationen von ihr benötigten. Als Rosa ihm stockend ihr Gespräch mit dem Polizisten geschildert hatte, da hatte ihr Vater leise aufgeschrien.

»Nein«, sagte sie, als er fragte, ob bei der Leiche ein Ausweis gefunden worden sei. »Sie glauben es nicht.«

»Dann besteht noch Hoffnung? Sag es mir, Rosa, gibt es noch Hoffnung?«

Und dann hatte sie ihn getröstet, obwohl sie selbst Trost gebraucht hätte. »Es gibt Hoffnung, Papi, ja.« War es falsch zu hoffen? Sie war es so müde, immer weiterzumachen, aber es war das Einzige, was sie tun konnte.

»Es tut mir leid, Mädchen, aber nach deinem letzten Besuch musste ich immer wieder daran denken, was für ein schlechter Vater ich euch gewesen bin, oder? Ich habe euch beide enttäuscht, und deine Mum auch. Und dann sind da auch noch all die Dinge, wegen denen ich hier sitze. Ich habe es verbockt. Keine Ahnung, warum, aber ich habe in meinem Leben ein paar schlechte Entscheidungen getroffen.«

Sie nickte matt. Im Moment wollte sie nichts davon hören. Sie wünschte sich nur, dass Michal am Leben wäre.

»Yvonne und ich hätten ein glückliches Leben führen können, wenn ich nicht alles vermasselt hätte. Schuld war dieser Kerl von gegenüber. Lenny. Er hat mich da hineingezogen. Er meinte, es wäre ein guter Plan. Es versprach so viel Gewinn, aber ich hätte es besser wissen müssen. Na ja, seitdem ist so viel Wasser die Themse hinuntergeflossen …«

Er verstummte, als er sah, dass sie angesichts seiner unglücklichen Wortwahl zusammenzuckte. Das war nicht der Mann, an den sie sich erinnerte. Früher war er immer so fröhlich und stark gewesen, nicht so ein selbstmitleidiger Jammerlappen.

»Ich muss gehen«, sagte sie und streckte die Hand aus, um seine Finger zu berühren, die die Tischkante umklammerten. Er ergriff ihre Hand und sah sie aus betrübten, flehenden Augen an.

»Bitte lass mich wissen, wenn du etwas Neues erfährst, ja, Liebes? Sie sagen mir Bescheid. Das tun sie hier für einen. Aus Mitleid oder so.«

»Natürlich, Papi, ich sorge dafür, dass du alles erfährst. Ich komme dich wieder besuchen. Ich ... ich weiß nicht wann, aber ich komme.«

Nach dem Abwasch zogen sich alle leise zurück und ließen Rosa mit Will allein. Die beiden zogen Mäntel an und gingen in den Garten hinaus, damit sie rauchen konnte. Sie war erstaunt, als Will sie um eine Zigarette bat, aber sie gab ihm gern eine.

»Früher habe ich geraucht«, erklärte er ihr. »Eigentlich habe ich aufgehört, aber manchmal kann ich nicht anders.«

»Das ist nicht gut«, meinte sie mit einem traurigen Auflachen. »Ich habe einen schlechten Einfluss auf Sie, nicht wahr?«

»Was das Rauchen angeht, schon«, sagte er, als sie ihm das Feuerzeug reichte. Er sah ihr in die Augen, und sein Blick war nicht zu deuten.

Ihr wurde klar, dass sie sehr wenig über ihn wusste; nur dass er dreißig war und als Angestellter der Stadt mit Jugendlichen arbeitete. Dass er freundlich und respektvoll war und sie ihm vertraute.

Die Abendkühle ließ die Wirkung des Alkohols verfliegen. Über dem Garten ging der Vollmond auf, und kalte Sterne funkelten an einem indigoblauen Himmel. Schön. Zu schön. Sie saßen an dem schmiedeeisernen Tisch, rauchten und sahen zu, wie sich die Bäume im Wind wiegten. Ihre Gedanken schweiften immer wieder ab und führten sie an den Abgrund ihrer Ängste.

»Erzählen Sie mir von Ihrer Arbeit«, sagte sie, um sich abzulenken.

Sie spürte Wills aufmerksamen Blick. »Wollen Sie das wirklich hören?«

»Ja.«

»Wir haben ein Zentrum in der High Street. Die Jugendlichen können zu uns kommen, um sich beraten zu lassen, zu plaudern oder einfach nur abzuhängen. Und wenn es nötig ist, besorgen wir ihnen Hilfe, einen Platz im Entzug oder eine Unterkunft, so etwas, obwohl wir eigentlich kein Geld dafür haben. Wir kooperieren mit vielen Wohlfahrtseinrichtungen, dort arbeiten großartige, tolle Menschen. Es gibt in diesem Land so viel Bedürftigkeit, nicht nur Armut und Arbeitslosigkeit, sondern auch in emotionaler, spiritueller Hinsicht. Alles, was wir machen, fühlt sich an, als würde man einen See mit einem verdammten Teelöffel ausschöpfen, aber es ist wenigstens etwas.«

»Es klingt, als sei es eine gute Sache, Will. Ich wünschte ...« Sie unterbrach sich. »Ist Michal in Ihr Zentrum gekommen? Haben Sie ihn dort gesehen?«

»Davon erzählt habe ich ihm. Er kam zur Kirche, und ich habe ihn zu der Unterkunft geschickt. Ich hatte damit gerechnet, ihn im Zentrum zu treffen, aber er ist nicht aufgetaucht. Ach, es tut mir so leid, Rosa. Jetzt wünschte ich, ich hätte mehr getan. Es ist ... Aber man kann Menschen zu nichts zwingen.«

»Nein.« Rosas Stimme klang traurig.

»Wenn ich irgendwie helfen könnte ... Aber mir fällt nichts ein. Rosa, ich hoffe so sehr, dass dieser Junge nicht Ihr Bruder ist; aber was für eine Tragödie für ...«

»Ich weiß, was Sie sagen wollen. Dann ist er der Bruder von jemand anderem. Ich weiß das, aber ich will nicht, dass es Michal ist.

Soll dieses Mal jemand anderer leiden, nicht ich, nicht schon wieder.« Den letzten Teil flüsterte sie beinahe. Manche Dinge waren immer noch zu schmerzhaft, um darüber zu sprechen, aber er hatte es gehört.

»Was meinen Sie mit ›nicht schon wieder‹? Rosa?«

Sie ignorierte ihn und starrte stattdessen auf das Display ihres Handys und wünschte sich sehnlichst, es würde klingeln. Ben hatte gesagt, dass sie ihn jederzeit anrufen könne, aber das wollte sie nicht. Sie stellte sich vor, dass sie ihn beim Essen mit seiner Freundin störte oder wenn er seine Kinder ins Bett brachte oder in einem lauten Pub, wo er sich anstrengen musste, um sie zu verstehen. Sie vertraute darauf, dass er sich melden würde, wenn es etwas zu berichten gab.

Will drückte seine Zigarette aus und stand auf. »Ich sollte jetzt wohl gehen.« Er wirkte bedrückt, vielleicht hatte sie ihn gekränkt.

»Bitte nicht.« Sie legte das Handy wieder auf den Tisch. »Ich weiß, dass ich heute Abend keine besonders gute Gesellschaft bin. Tut mir leid.«

»Ist schon gut«, sagte er sanft und setzte sich wieder. »Aber möchten Sie nicht lieber allein sein? Ich will mich nicht aufdrängen.«

»Nein, Sie stören mich nicht. Bitte bleiben Sie, Will. Nur noch ein bisschen.« Sie sah ihn an und lächelte matt. Das war alles, was sie zustande brachte. Er nickte.

Da es langsam kalt wurde, gingen sie zurück in die Küche. Rosa setzte den Wasserkessel auf, und bald saßen sie mit einem heißen Tee am Küchentisch. Will fuhr sich mit der Hand durch seine dunklen Locken. »Sie haben da vorhin etwas gesagt, Rosa. Darf ich Sie danach fragen?«

»Nach was?«, fragte sie, obwohl sie genau wusste, worauf er hinauswollte. Seit es passiert war, hatte sie mit niemandem darüber reden wollen, nicht einmal mit ihrem Vater. Aber vielleicht war jetzt die Zeit dafür gekommen. Es würde eine Erleichterung sein, diesen großen Kummer, den sie mit sich herumtrug, mit einem anderen Menschen zu teilen.

»Sie sagten etwas davon, dass *dieses Mal* jemand anderer leiden solle«, sagte er. »Aber bitte entschuldigen Sie, vielleicht wollten Sie das gar nicht sagen. Ich weiß so wenig über Sie, Rosa. Aber vielleicht kann ich trotzdem helfen. Sie wissen ja, dass ich ein guter Zuhörer bin.«

Einen Moment lang schwieg sie und strich mit dem Zeigefinger über den Rand ihrer Tasse.

»Nicht so schlimm«, sagte sie schließlich und zuckte die Achseln.

»Was denn, Rosa?«, fragte er aufmunternd. »Sie scheinen ein ziemlich schweres Leben zu haben. Vor nicht allzu langer Zeit haben Sie Ihre Mutter verloren, und ihr Bruder ... nun ja.« Er sah sie voller Mitleid an. »Ich kann mir gar nicht vorstellen, wie das ist. Ich habe noch beide Eltern, und meinem Bruder geht es gut. Er heißt Max und verdient mit Finanzberatung ein Vermögen. Wir verstehen uns ganz gut, aber keiner von uns begreift die Berufswahl des anderen.«

Rosa holte tief Luft. »Ich habe Michal immer sehr nahegestanden. Er braucht meinen Schutz. Er vertraut anderen Menschen zu sehr. Er glaubt, dass alle nett zu ihm sein werden, und ist dann überrascht, wenn er verletzt wird. Oft muss ich sagen, nein Michal, freunde dich nicht mit diesem oder jenem an, er will nur dein Geld.« Sie hatte das Gefühl, sich nicht richtig verständlich machen zu können. Ihr Bruder war die Art von jungem Mann, die bereit wäre, auf den Rucksack eines Fremden aufzupassen und dann erstaunt wäre, wenn der Zoll illegale Drogen darin fand. Er würde für einen trübäugigen Bettler die Brieftasche öffnen, obwohl jeder vernünftige Mensch gewusst hätte, dass er das Geld für Wodka ausgeben würde. Seine Freundlichkeit war der Grund, aus dem sie ihn so sehr liebte und sich um ihn sorgte, aber sie brachte sie auch zur Verzweiflung.

Deswegen hatte sie auch damit gerechnet, Michal unter den Bewohnern des Lagers unter der Hochstraße zu finden, obdachlos.

Sie wandte den Blick ab und versuchte gegen den Gedanken anzukämpfen, dass es wirklich Michal sein könnte, dessen Körper jetzt in der Leichenhalle lag. Vielleicht würde sie doch dorthin gehen müssen, um ihn zu identifizieren. Sie würde tapfer sein müssen, denn das wäre ihre Pflicht. *Wie schon einmal.*

Sie kämpfte gegen die Tränen, die in ihren Augen brannten, und wandte sich wieder Will zu, der sie nervös beobachtete.

»Vor drei Jahren wollte ich heiraten«, sagte sie mit brechender Stimme. Sie sah, wie sich seine Augen weiteten. »Sein Name war Eryk.«

Kurz schlug sie die Hände vors Gesicht, wischte sich dann die Augen und fuhr fort. »Er war Polizist, und wir lernten uns in dem Café kennen, in dem ich gearbeitet habe. Manchmal kam er nach seiner Schicht dort vorbei, und eines Tages verabredeten wir uns. Er war ein besonderer Mensch, weil er das Leben so genoss. Aber er mochte auch seine Arbeit, und er war ein bisschen wie Sie, Will. Immer versuchte er, anderen zu helfen und ihr Leben besser zu machen. Er redete mit den Jugendlichen, als wäre er auf ihrer Seite, und versuchte zu verhindern, dass sie in Schwierigkeiten gerieten.«

Sie hielt inne, blickte auf, sah, dass Will ihr zuhörte, und fuhr fort. Die ganze Geschichte sprudelte plötzlich aus ihr heraus.

Sie kannten sich seit einem Jahr, als Eryk vorschlug, dass sie heiraten sollten. Rosa sagte gern Ja, denn sie liebte ihn. Er war witzig, und sie fühlte sich bei ihm wohl. Ihre Mutter war anfänglich misstrauisch gewesen, weil er Polizist war. Sie erinnerte sich noch an eine Zeit, als Besuch von der Polizei in der Regel Ärger bedeutete. Aber selbst Rosas Mutter ließ sich schließlich überzeugen. Seine Scherze brachten sie zum Lachen, und oft kam er und hatte eine Tüte mit den Mandelplätzchen dabei, die sie so liebte. Seine Perspektiven waren gut. Er würde für ihre Rosa sorgen können, sodass sie in

Zukunft vielleicht nicht mehr so viel arbeiten müsste. Die Familie begann, Hochzeitspläne zu schmieden.

Rosa sah die unscharfen Bilder zuerst in den Abendnachrichten. Die Polizei hatte einen Tipp bezüglich eines Einbruchs in einem Lagerhaus erhalten. Aber als die Beamten dort eintrafen, entpuppte sich die Sache als Hinterhalt, und ein Polizist wurde getötet. Als sie die Nachrichten sah, überlief sie ein Schauer. Was, wenn das eines Tages Eryk zustoßen würde? Erst als kurz darauf verzweifelt und völlig aufgelöst Eryks Vater vor der Tür stand, wurde ihr klar, dass das Schlimmste schon passiert war. Sie hatte Eryks Eltern ins Krankenhaus begleitet, um ihn zu identifizieren, und versucht, Eryks Mutter zu trösten, die ihr einziges Kind verloren hatte. Bis zu ihrer Abreise aus Polen hatte sie die beiden, so oft sie konnte, in ihrer düsteren Wohnung besucht, wo überall Fotos ihres Sohns standen und die Zeit nicht weitergegangen war.

»›Du bist noch jung‹, sagten alle zu mir. ›Du wirst darüber hinwegkommen und jemand anderen finden.‹ Aber ich wollte niemand anderen. Ich wollte, dass Eryk zurückkam, uns besuchte, meiner Mutter eine Tüte ihrer Lieblingsteilchen mitbrachte und uns Geschichten von seinem Tag erzählte. Seinetwegen wollte Michal Polizist werden, aber nach Eryks Tod flehten wir ihn an, es nicht zu tun. Heute frage ich mich, ob das vielleicht falsch von uns war.«

Während sie sprach, hörte Will die ganze Zeit schweigend zu und nippte an seinem Kaffee. Als sie schließlich verstummte, fragte er vorsichtig: »Ist jemals aufgeklärt worden, warum die Verbrecher das Feuer auf die Polizei eröffnet haben? Wussten sie, wer Eryk war? Ich meine, war das etwas Persönliches?«

Sie schüttelte den Kopf. »Diesen Leuten war egal, wen sie umbrachten; Polizisten waren für sie alle Feinde. Es war die Rache dafür, dass die Polizei ihre Bande zerschlagen hatte. Eryk hatte eine Waffe, aber er hatte keine Chance, sie auch nur zu ziehen. Das Ganze kam vollkommen unerwartet.«

»Es tut mir leid, Rosa. Sie müssen sich sehr allein fühlen. Ihrem Vater stehen Sie nicht nahe, oder?«

Sie schüttelte den Kopf. »Wir haben ihn im Lauf der Jahre nicht oft gesehen. Und jetzt, nun, da ist es schwierig, ihm zu helfen, obwohl ich es versuchen werde. Aber ich habe das Glück, gute Freunde hier zu haben.«

»Ich hoffe, Sie rechnen mich dazu.« Er lächelte.

»Natürlich, Will. Ich kann Ihnen nicht genug danken für alles, was Sie für mich getan haben.«

Er stand auf und trug ihre Tassen zum Spülbecken. Dann begleitete sie ihn in die Diele. Nachdem er sich seinen warmen Schal um den Hals geschlungen hatte, reichte sie ihm seinen Mantel und seinen Fahrradhelm.

»Auf Wiedersehen«, sagte er und legte zum Abschied kurz den Arm um sie. »Ich rufe morgen an, um zu hören, wie der Stand der Dinge ist. Sie geben mir doch Bescheid, wenn ... sich etwas tut, oder?«

»Ja, das mache ich.«

Sie hielt die Tür auf, während er sein Fahrrad die Treppe hinuntertrug, und sah ihm dann nach, wie er sich entfernte. Seine Schutzweste leuchtete im Licht der Laternen und ließ ihn wie einen modernen Engel wirken, der über die stille Straße davonglitt.

Als sie zurück in der Küche war, lag ihr Telefon schwarz und schweigend auf dem Tisch. Zum tausendsten Mal hob sie es auf, um nachzusehen, ob sich jemand gemeldet hatte, und spürte wieder die vertraute Besorgnis in sich aufsteigen. Aber niemand hatte angerufen. Wie sie sah, war es kurz nach Mitternacht.

Sie schloss die Hintertür ab und ging nach oben, um wenigstens zu versuchen, etwas zu schlafen. Sie fragte sich, ob sie ihr Telefon ausschalten sollte. Schließlich hatte die Polizei die Festnetznummer des Hauses, falls man in der Nacht mit ihr sprechen wollte. Aber sie war daran gewöhnt, es immer eingeschaltet zu lassen. Das Handy abzuschalten, wäre ein Verrat an Michal gewesen. Angenommen, er brauchte ihre Hilfe und konnte sie nicht erreichen, weil sie ihr eigenes Wohl über seines gestellt hatte? Das hatte sie noch nie getan, sie hatte immer auf ihn aufgepasst.

Als sie schlaflos auf ihrem Bett lag und die Ereignisse des Tages Revue passieren ließ, fiel ihr wieder ein, dass heute Karfreitag war, der Tag, an dem Jesus Christus am Kreuz gelitten hatte und gestorben war. Will war direkt aus dem Gottesdienst hierhergekommen, nachdem sie ihn angerufen hatte. Es war in der Tat ein Tag voll Dunkelheit und Trauer gewesen. Morgen ... Nein, sie durfte nicht an morgen denken. Sie war erschöpft, und so sank sie trotz allem in einen unruhigen Schlaf, aus dem sie kein Telefonklingeln weckte.

# Sieben

## *Rick*

Das elektrische Rasseln der Schulglocke riss ihn aus seinem Prüfungstraum. Es war nicht die Schulglocke, sondern sein Wecker. Er tastete nach seinem Handy, um es zum Schweigen zu bringen, und zog angesichts des grellen Tageslichts, das ins Zimmer fiel, ein Kissen über den Kopf. Gestern Abend hatte er vergessen, die Vorhänge zuzuziehen. Es war sieben Uhr am Ostersamstag. Er stöhnte. Alle Mann an Deck, war heute das Motto im Laden. Die Arbeit würde ein Albtraum werden. Einkaufswagen würden die Gänge verstopfen, an den Kassen würden lange Schlangen stehen, die Kunden würden sich um die letzten Schokoladeneier prügeln, und über allem würde der Geruch nach heißen Karfreitagsbrötchen hängen, der aus der zum Laden gehörenden Bäckerei herüberzog. Früher hatte Rick den Duft gemocht, bis er ihn einen ganzen Tag lang hatte riechen müssen. Er hatte noch keine Eier für die Jungs gekauft und musste noch ein paar schöne große aussuchen, bevor der Ansturm losging. Außerdem brauchte er ein besonders schickes für Claire, die schön eingepackte Geschenke liebte. Seinen Neffen kam es nur darauf an, wie groß sie waren und wie lange es dauerte, die Verpackung herunterzureißen.

Wenn Stef hier wäre, hätte er vielleicht auch ein Ei für sie gekauft, überlegte er, während er sich hinüber ins Badezimmer schleppte. Vor einer Woche hatte er ein Auge auf ein besonders hübsches geworfen, dessen Zellophanhülle mit Gold besprüht und mit Blumen bemalt war. Während er sich die Hände wusch, warf er einen Blick in den Spiegel. Er hasste sein unglücklich aussehendes Spiegelbild. Er empfand das Rasieren als anstrengend, wie alles andere im Moment, aber er zwang sich dazu. Wenn er zu ungepflegt aussah, würde seine Filialleiterin ihm im Nacken sitzen. Der Kittel verdeckte ein schäbiges T-Shirt, aber kein Stoppelkinn.

Er hatte sich durch die vergangene Woche geschleppt wie durch einen Nebel aus Unglück. Mit Olivers Auftauchen in Nummer 11 war ihm erst richtig klar geworden, wie ernst Stefs Lage war. Jetzt begriff er, warum sie sich so in sich selbst zurückgezogen hatte, und verstand ihre Zurückhaltung, ihre Verletzlichkeit und ihre Angst vor der ganzen Welt.

Seit sie hier wohnte, hatte sie sich verändert, kein Zweifel. Er hatte miterlebt, wie sie nach und nach vorsichtig aus ihrer Deckung hervorkam, schüchtern wie ein Fuchsjunges und neugierig auf die Freiheit, aber eindeutig noch misstrauisch. In diesen Wochen hatte er kurze Blicke auf die Person erhascht, die sie wirklich war. Es war in der wachsenden Zuversicht ihrer Modeentwürfe zu spüren gewesen, in ihren aufmunternden Bemerkungen über seine Geschichte und, oh, in der Art, wie sie an jenem Abend mit Henry und Terry gelacht hatte.

Als er sich den Schaum vom Kinn wischte, sah er statt seines eigenen Gesichts Stefs ängstlichen Gesichtsausdruck vor sich und ihre in Tränen schwimmenden Augen, als sie an ihm vorbei die Treppe hinaufgerannt war.

Tagelang war er diesen Moment in Gedanken immer wieder durchgegangen und hatte versucht, sich darüber klar zu werden, was er hätte tun sollen, was er zu Oliver hätte sagen sollen. Er erinnerte sich, wie er Oliver angestarrt hatte, aber dann hatte sich Oliver irgendwie an ihm vorbeigezwängt und war aus der Küche gestürmt. Er hätte ihn schlagen sollen. Ein richtiger Mann hätte das getan, aber Rick hatte noch nie jemanden geschlagen. Jedenfalls nicht mehr seit der Grundschule, als ihm nichts anderes übrig geblieben war, weil ein größerer Junge auf ihm saß und ihm sämtliche Luft aus den Lungen quetschte. Er ging in die Dusche und schrie kurz auf, als ihn der erste eiskalte Wasserstrahl traf, aber er war froh darüber, dass das kalte Wasser die Erinnerungen vertrieb.

Unten in der Küche wies einiges darauf hin, dass Leonie schon munter war. Die Gartentür stand offen. Während er noch immer ein wenig schlaftrunken sein Müsli aß, blätterte er die Seiten eines Pflanzenkatalogs um, den sie auf dem Tisch hatte liegen lassen. Grellbunte Blüten mit unaussprechlichen Namen: Gärtnern war für ihn eine fremde Welt.

Die Küchentür wurde geöffnet, und Peter kam hereingepoltert. »Hallo. Wir sind früh auf, was?« Seine Stimme triefte vor Ironie. Er schleppte einen großen vergoldeten Bilderrahmen durch die Küche und machte sich daran, ihn halblaut pfeifend unter dem aufgedrehten Wasserhahn zu säubern.

»Ostersamstag«, erklärte Rick, während er Müsli herunterschlang. »Im Laden ist heute die Hölle los.«

Peter, der damit beschäftigt war, den Rahmen zu untersuchen, brummte eine unverständliche Antwort. Er nickte zufrieden und trocknete den Rahmen mit einem Geschirrtuch ab, das er anschließend auf den Tisch warf. Es war voller öliger Flecken. Er verließ die Küche, nur um wenige Minuten später mit dem Rahmen und einem Stück Hartfaserplatte zurückzukehren. Er lehnte beides an die Wand, öffnete einen Wandschrank und wühlte darin herum. Rick hörte, wie darin eine Reihe kleiner, harter Gegenstände zu Boden fiel, begleitet von Peters gemurmelten Flüchen.

Rick sah draußen Leonies Schatten, der sich näherte. Er warf einen Blick auf seine Uhr und beschloss, sich zu verdrücken, ehe der unvermeidliche Streit ausbrach. Was für ein Meisterwerk Peter da auch rahmte, Leonie würde nicht glücklich über das Chaos sein.

Der Vormittag verlief genauso arbeitsreich, wie Rick erwartet hatte. Er saß an Kasse 3, deren Transportband nicht einwandfrei funktionierte. Es bewegte sich eher ruckend als gleitend, sodass Flaschen umfielen und manchmal auf dem Boden zerschellten, wenn man nicht schnell genug war. Ständig reichten Kunden ihm die unerwünschten Artikel, die ihre Kinder heimlich zu den Einkäufen gelegt hatten, und noch mehr Teenager als sonst versuchten, mit offensichtlich geliehenen Ausweisen Alkohol zu kaufen.

»Sie können jetzt Mittagspause machen«, teilte ihm die Filialleiterin um Viertel vor zwölf mit. Wer wollte schon um Viertel vor zwölf zu Mittag essen? Trotzdem glitt er dankbar von seinem Stuhl und machte sich auf den Weg zu seinem Spind, um seine Sachen zu holen. Dabei ging er durch den Gang mit den Süßigkeiten, denn er wollte noch ein paar liegen gebliebene Cremeeier an ihren Platz zurücklegen.

Vor dem Regal, das sein Ziel war, stand eine Frau, deren Einkaufswagen schräg in den Gang hineinragte. Sie diskutierte mit zwei kleinen Mädchen in Disney-Prinzessinnenkleidern, von denen sich plötzlich eines auf den Boden warf, mit den Fäusten auf das PVC trommelte und laut heulte. Während er mit den Cremeeiern danebenstand und höflich darauf wartete, dass die Frau von dem Regal wegtrat, bemerkte er, dass ihre Handtasche offen an ihrem Einkaufswagen hing. Ein großes Portemonnaie schaute heraus.

In diesem Moment zwängten sich andere Kunden an ihnen vorbei, und Rick fiel dabei ein ziemlich großer junger Mann auf. Als der Typ an dem Einkaufswagen vorbeiging, streckte er die Hand aus und legte sie auf das Portemonnaie.

»Nein«, rief Rick und trat dem Jugendlichen in den Weg, der den Arm sinken ließ. Verblüfft sah Rick den jungen Mann an, und dieser starrte zurück.

»Ich bin vorbeigekommen, weil ich nach dir gesucht habe«, murmelte der Junge. »Ich dachte, du würdest heute Morgen vielleicht arbeiten.«

»Jamie!«, sagte Rick und stellte die Cremeeier ab.

»Ihre Handtasche ist offen, Madam«, sagte er zu der Frau. Dann schnappte er Jamie am Ärmel seiner Lederjacke und zerrte ihn in den Gang mit dem Tierfutter, wo es ruhiger war.

»Was zum Teufel war das denn? Ich sollte dich anzeigen.« Mit verschränkten Armen stand Rick vor Jamie und starrte ihn wütend an. »Wenn dich jemand anderer ...«

»Ich weiß, ich weiß«, sagte Jamie und machte eine hilflose Handbewegung. »Das wollte ich nicht. Ehrlich, ich habe dich gesucht, und dann hing die Tasche einfach da, und das Portemonnaie flehte mich an, es mitzunehmen. Ich meine, wie blöd kann man sein?«

»Diebstahl ist Diebstahl, Jamie. Das brauche ich dir wohl nicht zu erklären. Hör mal, warte hier, ich hole meine Jacke und wir unterhalten uns irgendwo. Aber versprich mir, dass du hierbleibst.«

»Ja.«

Rick verspürte so etwas wie Panik, während er in den hinteren Teil des Ladens schoss und seine elektronische Karte schwenkte, damit sich die Personaltür öffnete. Drinnen riss er seine Jacke aus dem Spind und sah in den Taschen nach, ob er Brieftasche und Telefon dabeihatte. Typisch, dass Jamie sich diesen Moment und diese besondere Art ausgesucht hatte, um zurückzukehren. Es war, als rieche der Junge Ärger und werde von ihm angezogen wie eine aufgebogene Büroklammer von einem wackligen Schloss. Na ja, wenigstens würde Leonie sich freuen, und das war das Wichtigste. Er hoffte sehr, dass er Jamie überreden konnte, mit nach Bellevue Gardens zu kommen und sie wenigstens zu besuchen.

Er rannte zurück und stellte fest, dass Jamie tatsächlich noch dort stand, wo er ihn zurückgelassen hatte, und stirnrunzelnd eine Katzenfutter-Auslage betrachtete. »Das hier ist ja wohl unglaublich!«

Jamie zeigte auf eine Dose, die behauptete, eine Gourmet-Mahlzeit zu sein. »Es gibt Menschen, die nicht so gut zu essen kriegen.«

»Da hast du recht«, pflichtete Rick ihm hastig bei. Er hatte die Frau mit den beiden Disney-Mädchen entdeckt, die inzwischen mit rotfleckigen Gesichtern und mürrisch verzogenen Mündern vor dem Meerschweinchen-Futter standen, und wollte Jamie schnell aus dem Laden lotsen. Vielleicht hatte die Frau ja mitbekommen, dass er sie bestehlen wollte.

»Komm mit. Nein, hier entlang.«

Er ging mit Jamie über die Straße zum Black Cat Café, um zwei Fliegen mit einer Klappe zu schlagen und zu sehen, ob Rosa dort war und es ihr gut ging. Aber statt Rosa war nur das andere dumme Mädchen da, Beth. Während er Cappuccinos und getoastete Sandwiches bestellte, kam Karina an die Theke, und als er fragte, bestätigte sie seine Befürchtungen.

»Sie hat mir ganz früh eine SMS geschrieben, dass sie nicht gut geschlafen hätte. Deswegen habe ich ihr gesagt, dass sie später kommen soll. Armes Ding! Aber es war natürlich auch ziemlich anstrengend ohne sie. Hier war der Teufel los. Ich hätte Stef gut gebrauchen können.«

»Ja, da bin ich mir sicher«, sagte Rick und wandte den Blick ab, um zu verbergen, dass er sie ebenfalls vermisste. Er reichte Jamie einen Kaffee, und sie schlängelten sich zu einem Zweiertisch an einem Fenster durch, der gerade frei geworden war. Sie setzten sich, und Karina brachte ihnen die Sandwiches. Weil er nur noch zwanzig Minuten Zeit hatte, beschloss Rick, dass direkte Konfrontation die effizienteste Strategie für das Gespräch mit Jamie sein würde.

»Du kannst nicht so weitermachen, verstehst du? Du musst aufhören zu klauen. Ehe du dich versiehst, wirst du geschnappt, und dann?«

Jamie, der sein Sandwich hinunterschlang, schluckte und wischte sich den Mund mit einer Serviette ab. »Glaub mir, das war das allererste Mal, dass ich tatsächlich in Versuchung geraten bin. Und ich hätte es nicht gemacht, ehrlich. Es war meine Hand, die das ausprobieren wollte.«

Rick beschloss, ihm seine krude Argumentation durchgehen zu lassen.

»Und überhaupt, wo hast du gesteckt? Deine Gran hat sich solche Sorgen gemacht. Du bist einfach abgehauen, ohne dich von ihr zu verabschieden.«

»Ja, deswegen fühle ich mich auch schlecht. Ich habe bei einem Kumpel gepennt. Na ja, zuerst bei meinem Freund und dann bei einem Kumpel von ihm. Das war okay, aber dieser zweite Kumpel hat jetzt eine Freundin, und sie mag es nicht besonders, wenn ich da bin.«

Kann ich ihr nicht verübeln, dachte Rick. »Wie ich schon sagte, Leonie hat dein Zimmer für dich freigehalten«, erklärte er stattdessen. »Es ist sozusagen ein Schrein, mit dem deiner liebend gedacht wird.«

»Oh, das ist toll, nicht?« Jamies Augen strahlten vor Freude. »Ich meine, damit habe ich nicht gerechnet.«

»Ich hätte es nicht getan, aber du bist ihr Enkel. Aus irgendeinem Grund liebt sie dich über alles.«

Jamie aß den letzten Rest seines Sandwichs und grinste verlegen.

Rick hob warnend die Hand. »Aber«, sagte er, »denk bloß nicht daran, zurückzukommen und einfach so weiterzumachen wie vorher! Und bevor du jetzt sauer auf mich bist, lass es mich erklären. Deine Grandma macht gerade eine schwere Zeit durch.« Rick berichtete ihm, dass sie das Haus zu verlieren drohte, und erzählte ihm auch kurz von den neuen Bewohnern und ihren diversen Problemen.

»Wow«, meinte Jamie, als er von Rosa und Michal hörte. »Das ist nicht cool.«

Rick sprach eilig weiter. »Ich habe es dir schon einmal gesagt, und schon damals hat es dir nicht gefallen, aber ich finde, Leonie hat recht. Du würdest weder dir noch sonst jemandem einen Gefallen tun, wenn du zurückkommst und dich so wie früher aufführst. Es würde sich alles wiederholen, aber diesmal gingen dir vielleicht die Freunde aus.«

»Meinst du, darüber habe ich nicht nachgedacht?« Der aufrichtige Unterton in Jamies Stimme verblüffte Rick. »Das hab ich nämlich, weißt du. Ich habe vor zu arbeiten.«

»Oh gut«, sagte Rick erstaunt. »Was für einen Job suchst du denn?«

»Ich suche gar nicht. Ich meine, ich habe schon einen, bei diesem Typ, der so eine Art Journalist ist. Ich fahre ihn herum und besorge ihm Dinge, organisiere Sachen für ihn. Ich habe ihm ab und zu geholfen, und dann hat er mich gefragt, ob ich nicht Vollzeit für ihn arbeiten könnte. Viel verdiene ich nicht, aber es ist ein Anfang.«

Rick konnte kaum glauben, was er hörte. »Was meinst du damit, dass er eine Art Journalist ist?« Für ihn klang das zwielichtig.

»Er ist ein toller Bursche, ohne Scherz. Weißt du noch, als vor ein paar Wochen dieser Wohnblock an der Hochstraße abgerissen wurde? Es kam in den Nachrichten.«

Rick erinnerte sich vage.

»Ich war da und er auch. Er hat gefilmt, und wir sind ins Gespräch gekommen. Er hat gesagt, dass er einen Film über die Menschen macht, die dort gewohnt hatten, und recherchiert, was aus ihnen geworden ist. Viele von ihnen wollten nicht ausziehen, sie lebten gern dort, obwohl der Block baufällig war. So etwas macht Blake. Und ich will ihm dabei helfen!«

Blinzelnd und nicht ohne einen Anflug von Neid sah Rick Jamie an. Der Junge erstaunte ihn. Er strahlte diese Präsenz aus. Freilich, er sah gut aus, aber er hatte auch eine solche Energie. Dieser Blake musste etwas in Jamie gesehen haben, das ihn bewogen hatte, ihm eine Chance zu geben. Ja, er war neidisch. Er krebste herum mit seinem Schreiben und seinem bescheidenen Job an der Kasse, und Jamie ging ab wie eine Rakete. Okay, der Job selbst war vielleicht nichts Besonderes, Fahrer und Mädchen für alles, aber er besaß einen gewissen Glamour, zumindest so, wie Jamie davon erzählte.

»Falls ich also nach Bellevue Gardens zurückkomme«, fuhr Jamie fort, »dann vermutlich nur für kurze Zeit. Bis ich mich etabliert habe.« Er betonte das »etabliert«, als ob es ein Fremdwort für ihn wäre, aber dann lächelte er, als gefalle ihm der Klang, denn er sagte es noch einmal. »Bis ich mich etabliert habe. Und diesmal wäre es anders. Zuerst mal wäre ich nicht die ganze Zeit da. Blake muss natürlich reisen, um zu recherchieren.« So, wie er es aussprach, klang es geheimnisumwittert.

»Ja, dann ist ja alles prima!«, meinte Rick und versuchte, nicht zu betrübt zu klingen. »Ich freue mich echt für dich.« Und nachdem er es gesagt hatte, empfand er es auch wirklich. Zuerst hatte er gedacht, Jamie sei noch ganz der alte, aber nun sah er ihn in einem neuen Licht. Er hatte sich verändert.

»Wenn du magst, hole ich dir noch einen Kaffee«, sagte Jamie. »Ich lade dich ein.«

Rick warf einen Blick zum Supermarkt auf der anderen Straßenseite, wo sich zwei ältere Frauen um den letzten Einkaufswagen in dem Gestell vor der Tür stritten. Er seufzte. »Danke, aber ich habe keine Zeit mehr. Ich muss in einer Minute wieder zur Arbeit.«

Er stand auf, um sich die Jacke anzuziehen und wollte Jamie gerade fragen, ob er ihn später zu Hause sehen würde, als er eine vertraute Gestalt sah, die am Fenster vorbeieilte. Dann wurde die Tür aufgerissen, und Rosa stürzte herein. Sie lief an der kurzen Schlange vorbei nach vorn zur Theke. Er drängte sich zwischen den Tischen durch, um ebenfalls zur Theke zu gelangen, und hörte, wie sie Karina etwas zurief, verstand aber nicht, was. Karina kam ihr entgegen, und dann brach Rosa vor der überraschten Kundenschlange in Tränen aus.

Eine Sekunde stand Rick wie vom Donner gerührt da. Er hatte Rosa noch nie weinen gesehen. Sie hatte immer so unverwüstlich gewirkt, obwohl er spürte, dass unter ihrer stoischen Oberfläche tiefe Gefühle brodelten. Dann riss er sich zusammen und erklärte Karina, dass er sich um Rosa kümmern werde. Er bugsierte das weinende Mädchen zu dem Stuhl, den er gerade geräumt hatte. Vor Jamie, der ihr natürlich fremd war, beruhigte sie sich ziemlich schnell. Jamie murmelte etwas davon, dass er kurz rausgehen müsse, um jemanden anzurufen, und verschwand. Auf seinen frei gewordenen Stuhl setzte sich Rick.

»Was ist denn los?«, fragte er Rosa, an deren strahlenden Augen er ablesen konnte, dass sie gute Neuigkeiten hatte.

»Er ist es nicht, oh, er ist es nicht«, flüsterte sie Rick zu, der sofort begriff.

»Ah, fantastisch. Die Polizei hat dich angerufen?«

»Ja, vor ungefähr einer halben Stunde. Leonie war da, und ich ihr sagen.« Unter der Aufregung litt ihr Englisch. »Es ist so traurig, ich meine traurig für die Familie des armen Jungen. Ich denke ständig daran, aber ich kann nicht anders, als glücklich zu sein. Findest du, ich bin schlecht? Es ist nicht mein Michal. Oh, mein Gott, ich hoffe, sie sagen es meinem Dad, ich Nachricht hinterlassen.«

»Kannst du denn so einfach im Gefängnis anrufen?«

»Ich habe einfach angerufen.« Rosa überlegte und sagte dann: »Ich meine, ich habe einen Besuchstermin für morgen vereinbart, also erfährt er es so oder so. Hey, da kommt dein Freund.«

»Ich habe mit Blake gesprochen«, sagte Jamie mit aufgesetzter Lässigkeit. »Du weißt schon, meinem neuen Chef.«

Rick stellte ihn Rosa vor. »Jamie ist Leonies Enkel, Rosa. Er hat auch gute Neuigkeiten.«

Die beiden waren einander gleich sympathisch, und Jamie erkundigte sich genau über Michal und hörte Rosa aufmerksam zu. Besonders interessiert schien er an dem Obdachlosenlager unter der

Hochstraße zu sein, in dem Michal kurz untergekommen war. Er murmelte etwas davon, dass Migration einer von Blakes »Rechercheschwerpunkten« sei, und erzählte, dass Blake »irgendeine Sendung über Einwanderer« drehte und das Lager kannte. Jamie bot an, die beiden einander vorstellen, falls Rosa nichts dagegen hätte.

Rosa nickte. Rick sah, dass sie nicht konzentriert bei der Sache war, sondern nach der ganzen Aufregung des Tages recht erschöpft war.

Als sich die Kundenschlange zerstreut hatte, brachte Karina ihnen auf einem Tablett drei Kaffees und drei dicke Stücke Schokoladenkuchen. »Oh nein, nein«, rief Rosa und sprang auf. »Ich bin zum Arbeiten gekommen.«

»Ich wette, du hast nicht gefrühstückt, oder?«

»Nein«, gestand Rosa. »Ich habe mir zu große Sorgen gemacht, um zu essen.«

»Dann iss. Ich will nicht, dass du mir bei der Arbeit umkippst.«

Rick bedankte sich bei Karina und bat sie um eine Serviette, um seinen Kuchen einzupacken. Aus seiner Viertelstunde Pause war bereits eine halbe Stunde geworden.

## Leonie

Der Morgen war wie gemacht für Gartenarbeit. Leonie war kurz nach Tagesanbruch aufgewacht und konnte nicht wieder einschlafen. Da sie von allen möglichen bedrückenden Gedanken heimgesucht wurde, hatte sie es aufgegeben, es zu versuchen. Nach dem Frühstück hatte sie Gummistiefel und Gartenhandschuhe angezogen und war nach draußen gegangen. Die Pflanzkübel vom letzten Jahr mussten vom Unkraut befreit werden, und dann machte sie sich entschlossen daran, das zweite Gemüsebeet umzugraben, weil sie dort Stangenbohnen pflanzen wollte. Das Wetter war schön, nur ein bisschen windig, und der Boden war nach dem Regen weich, daher ging ihr die Arbeit leicht von der Hand. Ab und zu musste sie das Graben unterbrechen, um Steine oder verirrte Wurzeln zu entfernen, aber sie fand es recht meditativ.

Während sie das Beet umgrub, kam Rosa nach draußen gelaufen, um ihr die gute Neuigkeit zu erzählen: Der arme tote Junge war nicht Michal. Sie hatte das Mädchen noch nie so aufgewühlt erlebt; sie zitterte buchstäblich vor Erleichterung, und Leonie ging auf, wie viel Stress Rosa unterdrückt haben musste, besonders während der letzten Tage, als sie in diesem Schwebezustand ausgeharrt und das Schlimmste für ihren Bruder befürchtet hatte.

»Dann gibt es noch Hoffnung, oder, Leonie? Dass ich Michal finde.«

»Natürlich. Es besteht jede Hoffnung. Und es klingt, als suche die Polizei wirklich nach ihm.«

»Ich glaube ja, aber ich bin sicher, dass ich noch mehr tun kann. Es muss etwas geben.«

Leonie dachte daran, wie groß London war, und wusste nicht, was sie sagen sollte.

»Gestern Abend habe ich an etwas gedacht, was mein Vater gesagt hat, als ich ihn besucht habe. Gegenüber von meinem Vater wohnt ein Mann namens Lenny. Papi sagte, dass Lenny ihn in diese Schwierigkeiten gebracht hätte und dass er deswegen im Gefängnis sei. Vielleicht hat Lenny ja Michal gesehen. Möglich, dass er etwas weiß.« Rosa war so aufgeregt, dass Leonie sich Sorgen machte.

»Ich finde, Sie sollten vorsichtig sein, Rosa ...«

»Ja, ja.«

Rosa schien ihr gar nicht zuzuhören, sondern im Kopf schon dieser neuen Spur nachzugehen.

»Rosa, wenn dieser Mann kriminell ist, sollten Sie nichts auf eigene Faust unternehmen. Erzählen Sie stattdessen der Polizei davon, überlassen Sie es diesen Leuten.«

Rosa seufzte. »Wahrscheinlich haben Sie recht.« Tief in Gedanken versunken stand sie einen Moment lang da. »Wie spät ist es?«, fragte sie dann immer noch ein wenig geistesabwesend. »Ich muss zur Arbeit.«

Leonie stützte sich auf ihren Spaten und sah der hoch aufgerichteten, entschlossen wirkenden Gestalt nach, die sich entfernte. Sie schüttelte den Kopf. Die Nachricht heute Morgen war zwar eine Erleichterung, aber sie hatte Rosa dem Ziel, ihren Bruder zu finden, keinen Schritt nähergebracht. Diese Ungewissheit war schrecklich für sie. Leonie hatte den jungen Mann namens Will, der gestern zum Abendessen gekommen war, sehr sympathisch gefunden. Vielleicht würde er Leonie ja recht geben und Rosa ebenfalls raten, den Kumpan ihres Vaters in Ruhe zu lassen.

Mit weniger Begeisterung als zuvor machte sie sich wieder ans Umgraben, jeder Stich des Spatens erschütterte ihren inneren Frieden. So viel in ihrer Welt war verkehrt, und es waren keine Lösungen in Sicht. Da war Stef, die liebe Stef, die wieder auf der Flucht war, und der arme Rick, der trauerte. Sie machte sich wirklich Sorgen um den Jungen. Er hatte in einer selbst gemachten Seifenblase gelebt, sich in ein Einsiedlerleben zurückgezogen, obwohl er in Wahrheit so viele Talente besaß, die er draußen in der Welt nutzen sollte. Stattdessen verbrachte er zu viel Zeit in seinem Zimmer vor diesem elenden Computer. Sie sah keinen großen Unterschied zwischen ihm und Stef, die in einer Welt aus Angst eingeschlossen war. Wenn Stef geblieben wäre, hätten sie sich vielleicht gegenseitig retten können. Seufzend bückte sie sich, um eine lange weiße Giersch-Wurzel auszureißen. Die Wurzel brach ab, was hieß, dass Leonie tiefer graben musste, um den Rest herauszuholen, und als sie das tat, spürte sie ein Stechen und Reißen im Rücken. Verdammt. Langsam richtete sie sich auf, rieb sich die schmerzende Stelle und dehnte den Rücken. Es wurde dunkler, ein kalter Wind kam auf, und als sie aufblickte, sah sie eine Wolke, die die Sonne verdunkelte. Die Luft roch nach

Regen. Sie klopfte Erde vom Spaten und humpelte zum Schuppen, um ihn wegzuräumen. Als sie steif zum Haus ging, klatschten ihr die ersten Regentropfen ins Gesicht.

Während sie Schuhe und Handschuhe auszog, hämmerte der Regen auf das Dach des Wintergartens. Doch durch den Regen drang auf einmal auch ein sägendes Geräusch an ihr Ohr. Sie drehte sich um, ging in die Küche und schrie entsetzt auf. Der Raum sah wie eine Müllhalde aus. Aus offenen Schränken fielen Gegenstände, und Leinwände lehnten am Kühlschrank. Inmitten des Chaos stand Peter über den Küchentisch gebeugt und zersägte ein Stück Holz. Er blickte auf und zuckte zusammen, als er sie sah. Plötzlich brach ein Endstück ab und polterte über den Boden.

»Was in aller Welt treibst du da?«

»Ich rahme ein paar Bilder.« Er folgte ihrem Blick, und es war, als sähe er das Durcheinander, das er angerichtet hatte, zum ersten Mal, denn er legte die Bügelsäge weg, wischte sich mit dem Handrücken die Nase und grinste sie an.

»Ja, das sehe ich. Aber warum hier?«

»Unten habe ich keinen Platz mehr, oder?«

Leonie spürte, wie heißer Zorn in ihr hochstieg. »Das ist die Küche, Peter, keine Werkstatt.« Über Nägel und Holzsplitter hinweg ging sie zum Herd und nahm den Wasserkessel herunter.

»Ich trinke auch einen Kaffee, wenn du einen kochst.«

Sie drehte sich um und warf ihm einen tödlichen Blick zu.

»Schon gut, schon gut. Reg dich nicht künstlich auf. Ich räume ja gleich auf.«

»Alles, restlos, Peter.« Von dort, wo sie jetzt stand, konnte sie weitere Leinwände erkennen, die an der Wand hinter ihm lehnten, und kurz gewann ihre Neugierde die Oberhand über ihren Ärger. »Was hast du eigentlich vor?«

»Nichts.«

Sie sah ihn aus zusammengekniffenen Augen an, und seine Miene nahm einen rebellischen Ausdruck an. »Peter? Sag es mir.«

»Noch nicht. Du musst warten. Du und alle anderen. Das ist nur mein Beitrag zur guten Sache, nichts weiter«, fuhr er dann leiser fort.

»Die gute Sache? Wovon redest du, Peter?«

»All die Jahre bin ich dir eine Last gewesen. Ich weiß, dass du das so siehst.« Er stand jetzt aufrecht da, wie ein alter Soldat in einem Anfall von Nostalgie, aber in der nachdrücklichen Art, in der er sprach, hörte sie auch eine Spur seines jüngeren Ichs. Hier sprach der Peter, der er gewesen war, bevor das Gefühl, als Künstler gescheitert zu sein, ihn vernichtet hatte, bevor er alle Hoffnung und jeden Ehrgeiz aufgegeben hatte. »Na, jetzt versuche ich eben zu helfen, nichts weiter. Und wenn du mich weiterarbeiten lässt, bin ich umso schneller fertig und aus dem Weg.«

Seine würdevolle Haltung verblüffte sie und ließ ihren Zorn verfliegen. Sie zuckte die Achseln, machte ihnen beiden Kaffee und ging mit ihrer Tasse wieder nach draußen. Der Regen hatte sich schon wieder verzogen, und sie nahm das Sonnenlicht im Garten, das Vogelgezwitscher und den Duft nach frischer Erde dankbar in sich auf. Sie war gerührt von Peters neuer Art und fragte sich, was er vorhatte. Er hatte seit Ewigkeiten keine Bilder mehr verkauft. Er machte sich doch jetzt sicher keine Hoffnungen? Obwohl Peter und sie schon so viele Jahre zusammen in diesem Haus lebten, hatte er ihr nur sehr wenig von sich gezeigt. Er war nicht immer eine Last gewesen, dachte sie voller Zuneigung, denn sie erinnerte sich daran, wie liebevoll er mit Tara umgegangen war. Er hatte selbst etwas Kindliches an sich, und er hatte bei Leonies kleiner Tochter endlose Geduld aufgebracht, ganz gleich, ob er ihr das Fahrradfahren beigebracht oder im Garten mit ihr Schneckenrennen veranstaltet hatte.

Auch Leonie hatte er unterstützt und ihr geholfen, ihr künstlerisches Talent von dem Niveau eines Schulmädchens auf eine Ebene zu heben, auf der sie sich damit ihren Lebensunterhalt verdienen konnte. Und trotz seiner Schüchternheit war er ihr in schweren Zeiten ein Freund gewesen – nach Georges Tod, als Tara fortging und viel später in einer weiteren traurigen Zeit. Mit Anfang vierzig hatte Leonie noch einmal die Liebe gefunden. Auf einer der berühmten Partys, die Trudi zu veranstalten pflegte, als sie mit ihrem dritten Mann verheiratet war (demjenigen, der sich später beklagen sollte, Trudi liebe es, »der Star ihrer eigenen Show zu sein«), hatte Leonie Guillaume kennengelernt, einen bekannten französischen Pianisten, der in Paris lebte, aber häufig in London auftrat.

Guillaume lebte getrennt von seiner Frau Véronique, die einer sehr alten und sehr prozessfreudigen französischen katholischen Familie entstammte. Und obwohl Leonie und er sich fünf wunderbare Jahre lang häufig sahen, scheiterte die Beziehung daran, dass Leonie unglücklich war, weil er schlussendlich nicht bereit war, eine Scheidung von Véronique zu erzwingen, die zugegebenermaßen teuer und unangenehm geworden wäre.

Leonie erinnerte sich daran, dass Peter Guillaume gemocht hatte und nett zu ihm gewesen war, wenn er zu Besuch kam. Peter hatte auch den stetigen Strom von Heimatlosen und Streunern akzeptiert, die im Lauf der Jahre mit in Nummer 11 gewohnt hatten, hatte sich mit ihren Krisen, ihren Verschrobenheiten und sogar ihrer Feindseligkeit abgefunden und nie geklagt – jedenfalls nicht besonders viel.

Während sie in dem vom Regen frisch getränkten Garten saß und ihre Gedanken wandern ließ, versuchte sie, sich keine Sorgen darüber zu machen, was Peter und sie tun würden, wenn es Zeit war, das Haus zu verlassen. Irgendwann würde sie mit ihm darüber sprechen müssen. Trudi hatte Leonie eingeladen, zu ihr in die herrliche Wohnung in Chelsea Reach zu ziehen, um »festzustellen, wie sie sich verstehen würden«. »Das könnte lustig werden«, hatte Leonie geantwortet und sich an die guten alten Zeiten erinnert, als sie sich dieses Zimmer in der Wohnung über dem Textilgroßhandel in der Edgware Road geteilt hatten. »Aber wir sind keine neunzehnjährigen Mädchen mehr, und wir würden einander furchtbar auf die Nerven gehen«, hatte sie Trudi dann erklärt. »Zumindest ich dir«, hatte sie hastig hinzugefügt, weil sie fürchtete, dass ihre Worte unhöflich geklungen hatten. Nein, sie waren jetzt ältere Frauen, und jede hatte ihre eigene, lange Geschichte und ihre eigenen Gewohnheiten und Halsstarrigkeiten. Trudi hatte protestiert, aber Leonie war standhaft geblieben. »Ich will für immer mit dir befreundet bleiben, und zusammenzuleben wäre da nicht gut«, hatte sie insistiert.

Peter und sie verstanden einander wenigstens und kamen mit den Eigenarten des jeweils anderen zurecht, auch wenn er sie manchmal wütend machte, richtig wütend. Doch in ihrer Form des Zusammenlebens hatte jeder seinen Freiraum. Seit der Trennung von Guillaume wollte sie von Männern oder vom Thema Beziehung nichts mehr wissen. Heutzutage zog sie es vor, spontan kommen und gehen zu können, zu Bett zu gehen, wann es ihr gefiel, die halbe Nacht wach zu bleiben und zu lesen, wenn sie Lust dazu hatte. Freilich hatte auch ihre Freiheit manchmal Grenzen – man hatte immer Verpflichtungen –, aber inzwischen behagte ihr das Singledasein. Wenn sie wollte, hatte sie schließlich jede Menge Gesellschaft.

Sie stellte ihre leere Tasse auf dem Metalltisch ab und ging, ein wenig steif wegen ihres Rückens, über die Wiese, um sich wieder der Gartenarbeit zu widmen. Sie wollte bis zum Mittagessen mit dem Graben fertig sein, und, wenn sich das Wetter hielt, am Nachmittag mit dem Pflanzen beginnen. Inzwischen war es angenehm warm geworden, und es duftete nach Flieder und feuchter Erde. Das Summen einer einzelnen Hummel ließ sie bereits an den Sommer denken. Ihr Garten war ihr immer ein Trost. Klirrend stieß der Spaten auf einen Stein. Sie würde den Garten verlieren! Der Gedanke traf sie wie ein Schlag. Im nächsten Frühling würden Arbeiter vielleicht die Blumen in den Schlamm trampeln. Große Haufen von Ziegelsteinen und Sandberge würden das Gras ersticken. Leitern, Bretter, herausgerissene Badewannen und Schränke würden die Hecken zermalmen. Die Vögel hätten keinen Platz mehr, um ihre Nester zu bauen, und auch die Füchse würden aus dieser fremden, unwirtlichen Welt fliehen. Eine Weile stand sie reglos vor Schock da und sah dieses albtraumhafte Szenario vor sich. Dann kehrte sie langsam wieder in die Gegenwart zurück und stieß den Spaten wieder in die Erde. Nun kam ihr jeder Spatenstich entsetzlich mühsam vor. Der dumpfe Schmerz in ihrem Rücken passte zu ihrer Stimmung.

Sie war fast fertig, als das Geräusch einer sich öffnenden Tür in ihr Bewusstsein drang. Dann hörte sie flotte Schritte auf Steinplatten. Sie vermutete, dass es Peter war, und hoffte, dass er dabei war, aufzuräumen, sonst würde er etwas zu hören bekommen.

Mittlerweile taten ihr auch die Arme weh, aber sie grub verbissen weiter, bis der scharfe Schmerz im Rücken sie zum Aufhören zwang. Als sie sich auf den Spaten stützte, um sich den Rücken zu reiben, nahm sie zwischen den Hecken eine Bewegung wahr. Jemand kam durch den Garten auf sie zu. Es war nicht Peter und auch nicht Hari, sondern ein jüngerer Mann. Sie erkannte ihn an seinem Gang, an diesem übermütigen, leicht o-beinigen Gang. Sein Harr war kürzer als beim letzten Mal, als sie ihn gesehen hatte, und ordentlich geschnitten, und seine Haltung wirkte selbstbewusst.

Sie war so verblüfft, dass sie sich weder rühren noch etwas sagen konnte. Sie stand einfach da und sah zu, wie er näher kam.

»Hi, Gran«, sagte er und grinste ganz wie der alte Jamie. Aber als er dann vor ihr stand, tat er etwas, was er seit Jahren nicht getan hatte: Er breitete die Arme aus, beugte sich zu ihr herunter und umarmte sie verlegen.

»Mein lieber Junge«, flüsterte sie. Sie drückte ihr Kinn an seine Schulter, hielt ihn mit geschlossenen Augen fest und konnte kaum glauben, dass er es war. Doch sie spürte ihn warm und lebendig und roch seinen vertrauten Duft nach Leder und Axe-Rasierwasser. Wo hatte er gesteckt? Würde er bleiben? Hatte er Tara verraten, wo er war? Sie biss sich auf die Zunge, denn sie spürte, dass solche Fragen warten mussten. Einstweilen war es genug, dass Jamie nach Hause gekommen war. Zu Ostern, fiel ihr plötzlich ein. Morgen war Ostersonntag, und sie wollten den Tag mit einem besonderen Mittagessen feiern. Leonie hatte sich Sorgen gemacht, dass die Ungewissheit über die Zukunft von Nummer 11 die Stimmung trüben würde, aber nun gab es wirklich etwas zu feiern, denn Jamie war nach Hause gekommen.

# Acht

## *Stef*

Stef schlug die Augen auf und erblickte einen Mann mit gebleckten schwarzen Zähnen, der sie hasserfüllt anstarrte. Wenn sie sich umdrehte, war da noch einer. Er hatte blutige Wunden im Gesicht, als sei er von einem Monstrum angegriffen worden, und drückte eine schädelförmige Gitarre an sich. Die sicherste Aussicht bot noch die Decke, wo eine dicke Schmeißfliege sich ausruhte und ihre Flügel putzte. Daher blieb sie steif auf dem Rücken liegen, beobachtete die Fliege und versuchte, den durchdringenden Geruch nach Teenager-Schweiß zu ignorieren.

Unten hörte sie das Klirren von Geschirr und die Stimme ihres Stiefvaters, ein grollender, tiefer Bass, der die Wände vibrieren ließ. Ihre Mutter antwortete mit einem hellen Lachen. In Vince' Zimmer nebenan, das sonst ihm allein gehörte, schliefen die Jungs wahrscheinlich noch. Während der Schulferien sah man sie selten vor Mittag, aber zu ihrer Zeit war sie auch nicht viel besser gewesen. Als sie vor sechs Tagen völlig verzweifelt hier angekommen war, hatte sie erst einmal nur schlafen wollen. In den letzten ein, zwei Tagen hatte sie dann kurze Spaziergänge unternommen und die Umgebung erkundet. Der Vorort von Derby, in dem ihre Familie nun lebte, gefiel ihr ganz gut, aber sie fühlte sich hier nicht zu Hause.

Sie setzte sich auf, rieb sich die Augen und registrierte blinzelnd die prall gefüllte Einkaufstüte, die neben ihrer offenen Reisetasche auf dem Boden stand. Natürlich, heute war Ostern, und sie hatte Eier für alle gekauft. Als kleines Kind hatte sie Ostern immer geliebt, obwohl ihre Familie nicht religiös war und Ostern daher auch nicht feierte. Für die anderen war es einfach ein Tag, an dem die Geschäfte geschlossen waren und die Leute zu viel Schokolade aßen, aber Stef hatte den Ostersonntag immer als schönen Tag empfunden, an dem die Vögel lauter zu singen schienen, die Blüten heller strahlten und das Leben von Hoffnung erfüllt war. Aber heute war es nicht so.

Ab wann war bei ihr alles schiefgelaufen? Und wo kam dieses Gefühl her, nirgendwo hinzugehören? Ihre Familie hatte zweimal umziehen müssen, um ihrem Vater zu folgen, der Vermessungstechniker war, und sie hatte jedes Mal in einer neuen Schule von vorn anfangen müssen. Außerdem war da noch die lange Zeit, in der sich ihre Mutter und ihr Vater ständig gestritten hatten. Damals war sie sieben Jahre alt gewesen, und es hatte ihr Angst gemacht. Nachdem ihr Vater die Familie schließlich verlassen hatte, war er weggezogen, und sie sah ihn nur noch selten. Inzwischen lebte er mit seiner viel jüngeren Freundin in Schottland, und wenn sie Glück hatte, bekam sie ihn einmal im Jahr zu Gesicht. Ihr Stiefvater war in Ordnung, eigentlich war er sogar sehr nett, aber sie hatte ihn lange abgelehnt, und als sie neun war, wurden dann die Jungs geboren, und sie fühlte sich aus dieser neuen Familie ausgeschlossen.

Sie seufzte, schob die Bettdecke mit dem Manchester-United-Bezug weg und schwang die Beine auf den Boden. Wenn sie es nicht als Erste in das winzige Bad schaffte, würden die Jungs sich darin breitmachen, das ganze heiße Wasser verbrauchen und eine Schweinerei veranstalten. Sie verzog das Gesicht, als sie ihr eigenes Handtuch, das noch feucht und zusammengeknüllt in der Ecke lag, vom Boden auflas. Dann schnappte sie sich ihren Waschbeutel und verließ leise das Zimmer. Exakt in diesem Moment drang aus einem der Räume im Erdgeschoss die Stimme ihres Stiefvaters zu ihr herauf.

»Was glaubst du, wie lange sie bleibt?« Es klang wie eine normale

Frage, nicht vorwurfsvoll. Aber trotzdem hörte sie Besorgnis darin, und ihr wurde das Herz schwer. Sie konnte nicht verstehen, was ihre Mutter antwortete. Schnell huschte Stef ins Bad und schloss ganz leise die Tür, damit die beiden nicht bemerkten, dass sie belauscht worden waren.

Der Morgen verlief durchaus angenehm. Sie half ihrer Mutter, einen kolossalen Bananentoffee-Kuchen zu backen. Die Jungs kamen einer nach dem anderen herunter und wollten Schokoflocken zum Frühstück, die sie aßen, während sie ein Computerspiel spielten, bei dem viel und laut geschossen wurde. Riesige Ostereier wurden hin- und hergeschenkt, und das Einpackpapier blieb in dem vollgestopften Wohnzimmer liegen, wo die Katze damit spielte.

Sie kehrten zurück in die Küche, und Stefs Mutter schob ein großes Huhn in den Ofen, während ihr Stiefvater Gemüse putzte. Er öffnete eine Flasche Rosé-Sekt, und sie setzten sich gegen drei zum Mittagessen. Sie redeten über normale Dinge, wie es eine Familien so tut: Tischmanieren, Fußballspiele, die Unwahrscheinlichkeit außerirdischen Lebens, Pläne für den Ostermontag. Stef schob ihr Essen auf dem Teller herum und versuchte, sich an der Unterhaltung zu beteiligen, ihr fiel aber nichts ein, was sie von sich erzählen konnte.

»Was hast du denn vor, Stef?«, fragte ihre Mutter irgendwann. Es wurde still, und sie spürte, wie sich alle Blicke auf sie richteten.

»Ich … Ich weiß nicht«, stammelte sie und stellte den Teller mit dem Bananentoffee-Kuchen beiseite, aus dem sie nur die Bananenstücke herausgepickt hatte. »Vielleicht frage ich Mel, ob sie Zeit hat.« Eine oder zwei ihrer Schulfreundinnen arbeiteten in Derby, aber sie hatten viel zu tun, und natürlich hatten sie auch längst neue Freunde. Stef fühlte sich wie ein Fisch auf dem Trockenen.

Als sie letzten Montag angekommen war, hatte sich die ganze Familie gefreut, sie zu sehen. Mark war in Vince' Zimmer gezogen, damit sie einen Schlafplatz hatte, ihr Stiefvater hatte sie zur Begrüßung herzlich gedrückt, und ihre Mutter hatte den ersten Abend über am Fuß von Marks Bett gesessen, mit ihr geredet und versucht herauszufinden, was los war. Gleichzeitig hatte sie den Eindruck, dass alle dies als Kurzbesuch betrachteten. Sie würde sich erholen, sich verabschieden und nach London zurückkehren. Mark hätte sein Zimmer zurück, und das Leben würde weitergehen wie vorher. Aber es war fast eine Woche vergangen, und sie war noch immer hier und hatte, soweit man erkennen konnte, keine Pläne. Mark klopfte immer an, wenn er etwas aus seinem Zimmer brauchte, aber ihr fiel auf, dass er dabei immer weniger mit ihr sprach, und wenn sie in Vince' Zimmer spähte, wo Mark auf einer Matratze auf dem Boden schlief, dann sah sie, dass dort totales Chaos herrschte. Sie wurde sich bewusst, dass ihre Anwesenheit für den Rest der Familie zunehmend zu einer Belastung wurde.

»Falls das okay ist, mache ich einen Spaziergang«, erklärte sie ihrer Mutter, nachdem sie die Spülmaschine eingeräumt hatten und die Jungs im Wohnzimmer verschwunden waren.

»Geh nur, ich komme hier sehr gut allein zurecht«, antwortete ihre Mutter.

Wie sie herausgefunden hatte, war in der Nähe des Hauses ein großer öffentlicher Park, der früher zu einem Herrenhaus gehört hatte. Das Haus selbst war heute in städtischem Besitz und beherbergte ein Museum und eine Galerie. Es gab einen See zum Bootfahren, einen Spielplatz und viele Morgen grasbewachsener Hügel, über die sie jetzt lief. Sie hielt kurz inne, um sich zu anderen Zuschauern am See zu gesellen, die Männer größtenteils mittleren Alters beobachteten, die mit lauten Modellbooten Rennen auf dem Wasser veranstalteten. Aber etwas an den besessenen Mienen der Männer, dem Motorengeheul ihrer Boote, die wie Rasenmäher klangen, und dem Benzingestank deprimierte sie, sodass sie sich abwandte und den Hügel hinauf zum Haus schlenderte.

Es war sehr schön und wahrscheinlich um die gleiche Zeit errichtet worden wie Bellevue Gardens 11. Jedenfalls erinnerten sie die Schiebefenster und der weiße Stuck daran, und deswegen gefiel es ihr außerordentlich gut. Das Museum war geöffnet, und sie folgte der Besucherschlange in die Eingangshalle. Sie hatte vor, sich in dem Museumscafé eine Tasse Tee zu besorgen, aber ein Poster, das in der Halle hing, lenkte sie ab. Es warb für eine Ausstellung mit Naturfotos aus einem örtlichen Wettbewerb, und sie ging hinein – sowohl, um die Räume des Hauses als auch um die Fotos anzusehen.

Der Ballsaal musste einst riesig gewesen sein. Das erkannte sie an der einheitlichen Gestaltung der Decke, die mit hellblauem Stuck und einer Reihe Kronleuchter geschmückt war. Der Holzboden war dunkel lasiert, aber verkratzt und abgenutzt, und der Raum war durch provisorische, mit Stoff bezogene Trennwände aufgeteilt, sodass man das ursprüngliche Raumgefühl in dem riesigen Saal nur noch ahnen konnte.

Die Fotos hingen in Augenhöhe an den Raumteilern und waren in verschiedene Kategorien unterteilt: Landschaften, Tiere, Vögel und eine, die geheimnisvoll »Abenteuer im Licht« hieß. Als sie durch den Raum schlenderte, fiel ihr ein Landschaftsbild ins Auge. Das Foto zeigte eine graue Landschaft aus Felsen und knorrigen Bäumen, aus der sich ein Vogel löste und davonflog. Seine Schwingen schimmerten braun und blau. Sie sah den Häher an und spürte die Freude und Erleichterung, die dieses Wesens angesichts seiner Freiheit empfand, und das Gefühl unbegrenzter Möglichkeiten, die der lichtüberflutete Himmel verhieß. Und während sie dieses Bild ansah, spürte sie, wie plötzlich etwas in ihrem Inneren frei wurde, wie sich etwas ausbreitete, als sei das, was sie gefesselt hatte, mit einem Mal gelöst worden. Den anderen Fotos schenkte sie danach kaum noch Beachtung. Stattdessen kehrte sie immer wieder zu diesem zurück. Es hatte den Preis in der Kategorie »Abenteuer im Licht« gewonnen und hieß ganz einfach *Ekstase*. Sie fühlte sich an das Gemälde mit dem fliegenden Vogel in Leonies Wohnzimmer erinnert.

Ostern, dachte sie an diesem Abend, als sie auf ihrem Bett saß, das eigentlich Mark gehörte, und den Hasen aus weißer Schokolade aß, den die Zwillinge ihr geschenkt hatten. Sie hatte wirklich das Gefühl, dass etwas Neues begann. Bei ihrer Mutter konnte sie nicht mehr lange bleiben, das war ihr klar, nicht weil sie nicht erwünscht gewesen wäre, sondern weil hier einfach nicht genug Platz war. Außerdem hatten alle außer ihr ein eigenes Leben. Sie würde sie immer besuchen können, aber jetzt gab es andere Dinge zu tun. Sie dachte noch einmal über die Frage ihres Stiefvaters von heute Morgen nach und interpretierte sie jetzt anders. Vermutlich hatte es nicht klingen sollen, als ob er wollte, dass sie verschwand. Die Frage war stattdessen ein Ausdruck seiner Besorgnis gewesen. Denn natürlich machten sie sich Sorgen um sie. Wie hätte es auch anders sein können, nachdem sie letzte Woche so unglücklich und grün und blau geschlagen aufgetaucht war?

Ihr neu entdecktes Freiheitsgefühl rührte aus dieser Erkenntnis, aber es hatte auch mit Oliver zu tun. Der lange Schatten, den er über ihr Leben geworfen hatte, war endlich verschwunden. Sie war stark genug gewesen, um ihm zu sagen, dass es vorbei war, und hatte mit einer Ohrfeige dafür bezahlt. Sie tastete behutsam über ihre Wange und spürte, dass die Stelle, wo er sie getroffen hatte, immer noch ein wenig empfindlich war. Aber sie hielt es nicht für wahrscheinlich, dass er noch einmal versuchen würde, sie zurückzuholen. Sie hatte ihn einmal geliebt, und auch er hatte sie geliebt, aber seine Liebe hatte sich in etwas Besitzergreifendes, Erstickendes verwandelt, das schließlich ihre Liebe zu ihm zerstört hatte. Jetzt war sie frei von ihm.

Plötzlich dachte sie voller Sehnsucht an das Haus in Bellevue Gardens. Sie erkannte, dass sie dort glücklich gewesen war. Sie liebte ihre kleine Dachkammer, obwohl sie noch ein wenig in Schuss gebracht werden musste. Sie dachte an ihre Mappe, die sie dort gelassen hatte, und überlegte, warum sie das eigentlich getan hatte. Die Mappe war mittlerweile ziemlich schwer, und es wäre schwierig gewesen, sie zusätzlich zu ihren Taschen noch zu tragen. Doch jetzt begriff sie, dass sie sie noch aus einem ganz anderen Grund zurückgelassen hatte. Die Mappe stand für ihren Ehrgeiz, für ihre Zukunft, und auch die waren ihr zu schwer gewesen. Doch nun war sie froh darüber, dass die Mappe noch dort war. Sie war etwas, wozu sie zurückkehren konnte.

Sie biss noch einmal von der süßen Schokolade ab, schloss die Augen und empfand mit einem Mal großes Glück. Sie freute sich darauf, nach London, nach Bellevue Gardens und zu ihren neuen Freunden zurückzukehren. Leonie war so freundlich gewesen und hatte ihr so viel über das Mode-Business erzählt. Sie wusste, dass Leonie etwas Ähnliches durchgemacht hatte wie sie und sie deswegen verstand und ihr nicht das Gefühl vermittelte, dumm zu sein. Sie hatte außerdem einen Job dort – falls Karina vom Café sie zurücknahm; und sie hatte das Gefühl, Rosa im Stich gelassen zu haben, indem sie weggelaufen war. Aber vor allem war dort jemand gewesen, der freundlich zu ihr gewesen war, ein junger Mann, der so anders als Oliver war, wie es nur möglich war. Sie sah Ricks liebes, freundliches Gesicht vor sich. Sie zog ihr Handy heraus, schrieb Rosa eine SMS und fragte sie nach seiner Nummer.

## *Rick*

An diesem Morgen setzte sich Rick um neun im Bett auf, sah zum Fenster hinaus und erinnerte sich daran, dass heute Ostersonntag war und Bela und Hari etwas Besonderes zum Mittagessen kochten. Alle Bewohner von Nummer 11 waren eingeladen, außerdem Will, dem am Freitag herausgerutscht war, dass er an Ostern noch nichts vorhatte. Als Rosas Freund war er sofort dazugebeten worden. Plötzlich fiel ihm ein, dass er gestern in der ganzen Aufregung um Jamies Heimkehr vollkommen vergessen hatte, Ostereier für Claire und die Jungs zu kaufen. Da er am späten Nachmittag bei ihnen erwartet wurde, würde er sich besser bald einen Eckladen suchen, der geöffnet hatte, und das in Ordnung bringen. Mit etwas Glück würde er dort auch eine anständige Flasche Wein finden, seinen Beitrag zu dem Mittagessen. Er schlug seine Bettdecke zurück, stand gähnend auf und stellte fest, dass er sich jenseits seines Liebeskummers gar nicht so schlecht fühlte. Leonie war so glücklich über Jamies Rückkehr, dass es unmöglich war, sich nicht von ihrer Freude anstecken zu lassen. Jamie schien wirklich ein neues Leben begonnen zu haben, also würde es vielleicht gar nicht so übel sein, ihn wieder eine Zeitlang um sich zu haben.

Auch aus anderen Gründen war Rick heute Morgen positiver gestimmt. Er war gestern Abend lange aufgeblieben, um seine Geschichte zu beenden; erst gegen eins hatte er mit einem zufriedenen Seufzer seine Feder weggelegt. Nachdem er die letzten Bilder hochgeladen und online gestellt hatte, hatte er allerdings auch ein Verlustgefühl empfunden, als wäre sein Projekt flügge geworden und hätte ihn allein zurückgelassen. Natürlich müsste er alles noch einmal überprüfen und kontrollieren, ob der Aufbau schlüssig war, aber die harte Arbeit war abgeschlossen, und er war stolz auf das Ergebnis. Er zog seinen Morgenmantel an, setzte sich vor seinen Laptop und wartete darauf, dass er hochfuhr. Er öffnete seinen Account und sah erfreut, dass er schon ein Dutzend Kommentare hatte, von denen einige ziemlich lang waren. Die Worte *großartig* und *toll, Mann* erfüllten ihn mit Freude. Sorgen dagegen bereitete ihm das *du hast mein Leben verändert,* das er ebenfalls las. Das fühlte sich nach einer Last an. Er wollte nicht für das Leben von jemand anderem verantwortlich sein, sondern nur zeichnen und Geschichten schreiben. Er fuhr den Laptop herunter, steckte die Hände in die

Taschen und legte sich dann aufs Bett, um ein wenig nachzudenken.

Er hatte Stef nicht vergessen und hoffte auf eine Nachricht von ihr, aber ansonsten versuchte er, so gut er konnte, mit seinem Leben weiterzukommen. Ein Beweis dafür war, dass er die Geschichte beendet hatte. Ihm war auch klar, dass damit eine Phase in seinem Leben zu Ende ging. So vieles deutete darauf hin. Irgendwann, wenn auch erst in einigen Monaten, würde er wie alle hier das Haus verlassen müssen. Vielleicht war das sogar gut, weil es zu seiner allgemeinen Unzufriedenheit mit seiner Lage passte. Die Geschichte hatte ihn vereinnahmt, aber jetzt war sie fertig, und er musste hinausgehen und seinen Platz in der Welt finden – falls er denn über die Follower in seinem Blog hinaus einen hatte. Er hatte die Arbeit im Supermarkt satt, und auch mit sich selbst war er unzufrieden. Er sah auf seinen abgerissenen Morgenmantel hinunter und blickte sich dann in seinem Zimmer um. Er war kein Mann, der Wert auf materielle Güter legte und würde das auch niemals werden, aber sicher konnte er doch Besseres erreichen als das hier: ein paar Kleidungsstücke in einem Schrank, eine kaputte Gitarre, Bücher- und Papierstapel in den Regalen und ein paar Poster an der Wand.

Im Kopf hörte er die Stimme seiner Schwester. Er sollte sich einen besseren Job suchen, mehr nach draußen gehen, sich mit Gleichgesinnten treffen und aufhören, an den Nägeln zu kauen. Seufzend setzte er sich auf und griff nach seinem Handtuch, das am Bettpfosten hing. Im Moment konnte er sich nur einen Haarschnitt und ein paar neue Jeans leisten. Aber das war immerhin ein Anfang.

Als er auf den Treppenabsatz trat, um zum Bad hinunterzugehen, hörte er unten einen Tumult, das Stampfen von Stiefeln und einen Schrei von Leonie. Plötzlich stürmte Jamies kräftige Gestalt die Treppe hoch. In dem Halbdunkel glitzerte sein Ohrring, und er grinste so wild, dass seine Zähne aufblitzten. Er trug einen riesigen, rostigen Hammer in der Hand.

Diese schreckliche Erscheinung stürmte in Leonies Zimmer. »Jamie!« Unten in der Diele tauchte Leonie auf, lief ebenfalls die Treppe hoch und stürzte hinter ihrem Enkel in ihr Zimmer. Rick machte einen vorsichtigen Schritt nach vorn und erstarrte dann, als er einen Schlag hörte, ein Krachen von Metall auf Backstein, das die Wände erbeben ließ. Einen kurzen Moment befürchtete er das Schlimmste, doch dann hörte er erleichtert Leonies Stimme. »Hör auf damit, du dummer Junge, du erschreckst das arme Wesen ja zu Tode.« Wieder schlug der Hammer zu. Rick ging die Stufen hinunter und schob Leonies Zimmertür auf.

Was für ein Anblick! Er brauchte nicht zu fragen, was los war, es war vollkommen klar. Jamie stand neben dem Kamin und schlug mit dem Hammer auf die bogenförmige Einfassung aus Ziegelsteinen ein, während Leonie in der Nähe hockte und in schon fast komischer Verzweiflung die Hände rang. Der Hammer ging nieder, und Ziegelklümpchen rieselten auf den Kaminrost.

»Was um Himmels willen ...?«, fragte Rick schwach. Hinter ihm erschienen die anderen Hausbewohner.

Peter schob sich an ihm vorbei. »Verdammt.«

»Ich habe den Vogel wieder gehört«, schluchzte Leonie beinahe, »und Jamie ist offensichtlich verrückt geworden.«

Jamie grinste und holte noch einmal aus. Ein halber Backstein war verschwunden. Dann hörten sie ein verzweifeltes Scharren im Kamin. »Oh mein Gott«, stöhnte Leonie.

»Hier.« Peter zog ein mit Farbe bespritztes Taschenmesser aus der Jackentasche und klappte die Klinge aus. Jamie trat zurück, und Peter kniete sich steifbeinig hin, begann, den Mörtel um den Ziegelstein wegzukratzen, bis er vollständig freigelegt war. »Einmal noch, dann sollte es reichen«, meinte er und trat zur Seite, damit Jamie Platz hatte, um seinen Hammer zu schwingen.

Es folgten ein weiteres Krachen, das Knacken zerbrechender Ziegelsteine, ein kleiner Erdrutsch aus zerbröseltem Mauerwerk und eine Rußwolke. Dann rutschte etwas Riesiges, Schwarzes flügelschlagend und krächzend den Kamin hinunter, richtete sich auf und erhob sich als kreischendes, wütendes und übel riechendes Bündel aus Staub und Federn in die Luft. Das Wesen, das nach den Wochen in der Finsternis halb blind war, prallte gegen Wände und Möbel und hinterließ überall, wo es auftraf, geisterhafte Abdrücke seiner selbst. An der Decke schwang die Lampe gefährlich hin und her.

Jamie stand mit vor Freude aufgerissenem Mund da, während Leonie angstvoll aufschrie. Peter sprang dem Vogel fluchend hinterher, verfehlte ihn aber und verlor fast das Gleichgewicht. Rick schlüpfte zwischen allen hindurch, rüttelte am Fenstergriff und schob das Fenster hoch. Schließlich gelang es ihnen mit vereinten Kräften, den panischen Vogel in die Enge zu treiben und nach draußen zu befördern.

Rick sah zu, wie die Krähe – denn erst jetzt registrierte er, was es für ein Vogel war – ziellos über die Gärten davontrudelte wie ein abstürzendes Flugzeug. Dann krachte sie durch die Zweige einer ausschlagenden Buche, landete wie betrunken schwankend auf einem Ast, kam langsam zu sich und begann, ihr Gefieder zu putzen.

Er drehte sich wieder zu den anderen um. Bela, Hari und Rosa standen aufgereiht neben der Tür und machten einen verstörten Eindruck. Rosa wirkte in einem kurzen rosa Morgenmantel aus glänzendem Satin auf reizende Weise zerzaust. Alle standen schweigend da und schienen wie vor den Kopf geschlagen von der Wucht dessen, was da losgelassen worden war. Leonie setzte sich auf eine saubere Stelle auf ihrem Bett und starrte mit einem ungläubigen Ausdruck im Gesicht auf den Schutthaufen in ihrem Kamin.

»Ich dachte, es wäre etwas viel Kleineres, eine Amsel oder eine Blaumeise. Es hat sich so angehört. Und als es so lange still war, war ich mir sicher, dass der Vogel entweder entkommen oder tot ist.«

»Vielleicht war er zuerst klein und ist dann in der Finsternis gewachsen«, sagte Jamie mit schauriger Stimme.

Rick stieß ein kurzes, amüsiertes Schnauben aus und hatte plötzliche eine künstlerische Vision davon, wie das aussehen könnte. Das dunkle Gefängnis, in dem das Regenwasser über rußverkrustetes Mauerwerk rieselte, hatte vielleicht ein Ungeheuer hervorgebracht. Es juckte ihn in den Fingern, es zu zeichnen.

Peter trat wieder an den Kamin und versuchte, die kaputten zerbrochenen Ziegel wie Teile eines Puzzles wieder an ihren Platz zu stecken. Es war ein aussichtsloses Unterfangen.

»Oben an der Straße steht ein Baucontainer voll alter Ziegelsteine«, meinte Jamie. »Ich schau mal, ob ich das was Passendes finde.«

»Ich hole die Kehrschaufel«, erklärte Bela. Die Vorstellung war vorbei, und nach und nach zogen sich alle zurück.

Bald waren nur noch Peter und Rick übrig und Leonie, die immer noch auf dem Bett saß und verzweifelt die Hände rang.

»Geht es Ihnen gut?«, fragte Rick besorgt und trat von einem Fuß auf den anderen. Bela kehrte mit Putzzeug und Bergen von Zeitungspapier zurück.

Leonie schüttelte den Kopf, sagte aber nichts. Sie sahen zu, wie Bela und Peter sauber machten, und dann tauchte Jamie wieder auf. Er trug in jeder Hand einen Ziegelstein, und an seinem Arm baumelte eine schmutzige Plastiktüte. »Da war auch ein Sack Zement«, sagte er. »Ich dachte, dass sie so ein bisschen schon nicht vermissen würden.«

»Oh, Jamie, du bist ein böser Junge«, sagte Leonie mit schwacher Stimme, aber sie strahlte ihren Enkel voller Zuneigung an.

Peter grinste beifällig und nahm die Ziegelsteine. Bela sammelte ihr Putzzeug ein und ging nach unten, um Hari bei der Zubereitung des Mittagessens zu helfen. Rick kam sich überflüssig vor und beschloss, Peter und Jamie sich selbst zu überlassen und sich anziehen zu gehen. In seinem Kopf nahm schon eine neue Geschichte Gestalt an. Darin ging es um einen jungen Mann, der sich in einem Höhlensystem verirrt hatte. Draußen in der Dunkelheit war etwas, das ihm Angst einjagte, aber um zu überleben, musste er diese Furcht besiegen. Er würde nur schnell ein paar Skizzen zeichnen, ehe ihn die Muse wieder verließ.

## Leonie

Als die Krähe ungestüm und zornig aus ihrem Gefängnis in dem Kamin hervorgebrochen war, hatte sie mehr zerstört als nur die Schönheit und Ruhe ihres Zimmers. Der Vogel, der so lange ihre Fantasie beschäftigt hatte, war klein und liebreizend gewesen, sodass sie sich nach und nach mit ihm identifiziert und seine Angst und sein Leid geteilt hatte. Sie hatte geglaubt, dass sie sich tief im Inneren so fühlte wie dieser Vogel: besorgt angesichts dessen, was vor ihr und Peter lag, und bemüht, sich vorausschauend auf den Verlust des Hauses einzustellen. Doch mit dem Ausbruch der Krähe hatte sie sich zum ersten Mal das wahre Ausmaß ihrer Angst eingestanden. Sie wusste nicht warum, aber ihr war klar geworden, dass die Angst in ihr tatsächlich viel größer war. Das Haus zu verlieren, wäre eine Katastrophe. Während sie auf dem Bett saß und zusah, wie Peter und Jamie ihren Kamin einigermaßen reparierten, kämpfte sie mit den Tränen.

Gleichzeitig war sie ärgerlich auf sich selbst. Peter und sie würden zurechtkommen, sie würden nicht obdachlos werden, irgendeine Wohnung würden sie schon finden. Warum war es ihr dann so wichtig? Sie war alt, sagte sie sich, das war der Grund. Sie mochte keine Veränderungen.

Sie stand auf und trat ans Fenster. Im Garten nebenan saß in einer Buche eine Krähe und putzte sich die Federn. Ihre Krähe, dachte sie. Angesichts der Tortur, die hinter ihr lag, wirkte sie erstaunlich munter. Sie sah zu, wie sie auf einen tiefer liegenden Ast hinunterhüpfte, dann die Flügel ausbreitete und davonflog, bis sie nicht mehr zu sehen war. Sie ließ den Vorhang los, den sie umklammert hatte, ohne es zu bemerken, und blickte sich im Zimmer um. Sie würde das Bettzeug waschen und den Ruß von den Wänden schrubben müssen. Sie schlug die Patchworkdecke zurück und begann, den Bezug vom Oberbett abzuziehen. Dann bemerkte sie, dass Peter sie mit besorgter Miene ansah.

Er kam vom Kamin zu ihr herüber.

»Mach dir keine Sorgen, Leo«, sagte er und berührte ihre Schulter. »Wir lassen uns schon etwas einfallen. Wegen des Hauses, meine ich.«

»Woher wusstest du, woran ich gedacht habe …?«

»Das ist doch offensichtlich, oder? Ich arbeite da an einer Idee, versprochen.«

»Ach, Peter. So einfach ist das nicht. Woher sollen wir so viel Geld nehmen? Eine Viertelmillion Pfund!«

»Ich sage dir doch, ich arbeite daran.«

*Wenn du meinst, dass du versuchen willst, deine Bilder zu verkaufen, dann glaube ich nicht, dass das funktioniert*, hätte sie am liebsten gesagt, verkniff sich aber die Worte. Es war nicht nötig, ihn vor den Kopf zu stoßen, besonders, da er zu helfen versuchte.

»Was ist los?«, fragte Jamie vom Kamin aus. Leonie, die vergessen hatte, dass sie ihm nicht davon erzählt hatte, setzte ihn rasch ins Bild.

»Ach ja, Rick hat so etwas gesagt. Wir können doch Grandpop fragen«, meinte Jamie fröhlich. »Der schwimmt schließlich im Geld.«

»Versuchen kannst du es, aber ich glaube nicht, dass du Glück hast.« Die Wahrscheinlichkeit, dass Billy ihr nach der vor langer, langer Zeit hart erkämpften Scheidungsvereinbarung noch irgendetwas geben würde, war gleich null. »Aber vielleicht unterstützt er dich dabei, dir eine eigene Wohnung zu kaufen.«

»Das hat noch Zeit«, meinte Jamie achselzuckend. »Erst einmal möchte ich eine Weile für Blake arbeiten und mein eigenes Ding machen.« Er lachte. »Warum runzelst du die Stirn? Glaubst du mir etwa nicht?«

Sie öffnete den Mund, aber ihr fehlten die Worte. Jamie hatte sie soeben sprachlos gemacht. Konnte das derselbe Jamie sein, der keinen Finger gekrümmt hatte, um etwas aus seinem Leben zu machen, der den halben Tag im Bett gelegen und nichts verdient und nur auf Kosten anderer gelebt hatte? Sie betrachtete ihn, wie er so mit verschränkten Armen und seinem glänzenden, dunklen Haarschopf dastand, und war mit einem Mal stolz auf ihn. Er sieht Billy so ähnlich, durchfuhr es sie. Sie dachte daran, wie sie Billy damals kennengelernt hatte, an die Zeit, als sie ihr gemeinsames Leben begonnen hatten und die Zukunft verheißungsvoll vor ihnen gelegen hatte. Bevor Langeweile, Enttäuschung und Wut alles zerstört hatten. Sie seufzte.

»Ich bin mir sicher, dass du alles erreichen kannst, was du willst, Jamie, aber es ist nicht gut aufzugeben, wenn es schwierig wird.«

»Nur her mit den Schwierigkeiten«, sagte Jamie lachend, und diese Entschlossenheit hatte sie schon lange, lange nicht mehr in seinem Blick gesehen. Sie machte sie glücklich.

# Neun

## *Rosa*

Im Auto war es zu heiß, und es roch ekelhaft süß nach Vanille. Rosa saß auf der Rückbank, legte das Gesicht an das kühle Fenster und betrachtete die vorbeiziehende Landschaft. Seit vielen Meilen hatte sie sich nicht verändert. Auf der schnurgeraden, einspurigen Straße passierten sie ein Feld nach dem anderen: grün-lila Kohlköpfe in militärisch anmutenden Reihen oder Kartoffelpflanzen, die aussahen wie Miniatur-Büsche. Manchmal sah sie auch einfach nur dunkle, nackte, fruchtbare Erde, in die frische Furchen gepflügt waren. Die Landschaft war so flach, und die Regenwolken, die am Himmel hingen, waren so gewaltig, dass der Anblick sie geradezu bedrückte. Ab und zu wurden die Felder von einem schmalen Wasserlauf unterbrochen, der so gerade verlief und so charakterlos war, dass man vermuten konnte, er sei von Menschen angelegt worden und diene rein praktischen Zwecken. In dieser Landschaft existierte keine Schönheit, die das Herz erfreut und dem Auge Vergnügen bereitet hätte. Es gab keine Hügelkette, keinen glitzernden Ozean, und das einzige Gefühl von Hoffnung vermittelte gelegentlich ein Kirchturm, der am Horizont hinter Bäumen aufragte.

Blake, Jamies Chef, fuhr, und Jamie saß neben ihm, drehte an den Knöpfen des Radios und arbeitete sich durch die Stationen. Im Moment hörten sie die eindringliche Stimme eines Mannes, der, wie es klang, von einem Kriegsschauplatz berichtete, aber hinten im

Wagen konnte Rosa die Worte nicht verstehen. Sie beugte sich vor. »Wie weit ist es noch? Können Sie mir das sagen?«, fragte sie, aber die beiden schienen sie nicht zu hören. Dann spürte sie, wie Will kurz ihre Hand berührte, und sie wandte sich ihm zu. Sein Lächeln bat sie um Geduld. Seufzend lehnte sie sich zurück, schloss die Augen und versuchte, ihre Sorgen zu vergessen, aber es gelang ihr nicht.

Das Ganze war Blakes Idee gewesen. Auf Jamies Vorschlag hin hatte sie sich mit seinem neuen Chef zu einem Gespräch getroffen. Blake war eines Nachmittags kurz vor Feierabend ins Black Cat gekommen und hatte bei einem Kaffee gewartet, bis sie Zeit hatte, mit ihm zu reden. Sie hatte ihn gleich gemocht. Er war ungefähr vierzig, klein und stämmig und hatte schütteres blondes Haar, ein Funkeln im Blick und eine mitfühlende Art, anderen zuzuhören. Sie hatte das Gefühl, das er alles, was er für wichtig hielt, ganz genau abspeicherte, ohne dass er zu erkennen gab, was genau oder warum. Sie erzählte ihm alles, was sie über Michal und seine Stationen nach der Ankunft in London wusste. Blake war besonders an dem Lager unter der Hochstraße interessiert gewesen und an dem Betrüger, von dem ihr Vater gesprochen hatte: Lenny, der gegenüber von ihrem alten Haus in der Dartmouth Street wohnte. Ein paar Tage nach diesem Gespräch hatte Blake sie angerufen und gesagt, dass er »Erkundigungen eingezogen« habe. Er hatte geheimnisvoll getan und gemeint, dass er »da vielleicht einer Sache auf der Spur« sei und ihre Hilfe brauche. Diese Bitte war der Grund, aus dem sie jetzt hier zu viert unterwegs waren und durch diese endlose flache Landschaft nordöstlich von London fuhren. Aber sie hatte immer noch keine Ahnung, wohin sie unterwegs waren.

Trotz all ihrer Sorgen musste sie eingeschlafen sein, denn als sie das nächste Mal die Augen aufschlug, ruhte ihre Wange an Wills Schulter, und er hatte den Arm um sie gelegt. Der Wagen bremste ab, sie hörte ein tiefes Vibrieren, und kleine Partikel, die wie Gras oder Stroh aussahen, rieselten gegen das Fenster. Sie setzte sich auf und sah, dass das Auto hinter einem großen, mit Strohballen beladenen Traktor herkroch. Aus der Gegenrichtung kam ein Auto nach dem anderen, sodass sie auf der schmalen Straße nicht überholen konnten. Will nahm seinen Arm weg und gab damit den Blick durch das Rückfenster wieder frei. Sie drehte sich um und wurde von der tief im Westen stehenden Sonne geblendet.

Schließlich ergriff Blake die Gelegenheit, die eine Lücke im Gegenverkehr bot, und sie zogen mit jaulendem Motor an dem Traktor vorbei. Vor ihnen war die Straße frei, und sie fuhren auf einen dunkler werdenden Himmel zu. Bald klatschten statt Stroh Regentropfen gegen das Fenster.

Sie überquerten einen Fluss, kamen an einem Schild vorbei, das die Grenze zur nächsten Grafschaft markierte, und passierten eine lange Reihe Gewächshäuser, die in den Strahlen der tief stehenden Sonne orangefarben leuchteten. Die Straße führte durch eine seltsame Ansammlung trostloser Gebäude am Straßenrand, die man kaum ein Dorf nennen konnte. Dazu gehörten ein Gartenzentrum inklusive Gartenzwergen und winzigen Modelltraktoren, ein Motel und ein staubiges Café, dessen Front von einem davor geparkten Umzugslaster verdeckt wurde. »Hier sieht es aus wie im amerikanischen Mittelwesten; ich komme mir vor wie in einem Roadmovie«, sagte Will ihr leise ins Ohr, und sie nickte, denn sie verstand genau, was er meinte. Bald ließen sie auch diese Gegend hinter sich.

Inzwischen regnete es heftig, und Rosa kam es vor, als führen sie durch einen Wasserfall. Doch dann ließ der Wolkenbruch plötzlich nach, und das scharfe Licht, das durch die Wolken fiel, schuf einen dramatischen Hell-Dunkel-Kontrast. Die nassen Felder und das Wasser, das über den Boden rann, tauchten die Landschaft endlich in eine funkelnde Schönheit.

»Jetzt ist es nicht mehr weit«, rief Blake fröhlich nach hinten. Im Rückspiegel sah er Rosa aus seinen klugen Augen an, und sie nickte.

Nicht weit bis wohin? Bald würde etwas passieren. Sie spürte, wie ihr plötzlich Adrenalin durch die Adern schoss, und wieder fühlte sie Wills Hand auf ihrer. Dieses Mal hielt sie sie fest und war froh über ihre tröstliche Wirkung.

War Michal wirklich hier draußen in diesen weiten Feldern, oder war hier wenigstens ein Hinweis auf ihn zu finden? Erst jetzt wurde ihr klar, dass sie die ganze Zeit über keine Menschen gesehen hatte. Sie hatte nichts gesehen als den Rauch, der von den Cottages am Straßenrand aufstieg, und einmal, in der Ferne, einen Traktor, der einen großen Bogen in ein Feld pflügte. Die einzigen Gestalten auf den Feldern waren Vogelscheuchen mit ausgestreckten Armen. Sie drückte Wills Hand.

Das Auto bremste ab, und ein grelles Licht neben der Straße zog Rosas Aufmerksamkeit auf sich. Es sah aus wie ein winziges Fußballstadion, war aber eine alte Tankstelle. Eine gelbe Reklametafel zog vorbei, und dann bremste Blake abrupt, bog von der Straße ab und lenkte den Wagen polternd über einen Hof voller Schlaglöcher. Lampen tauchten den Platz in ein grelles gelbes Licht, das Rosa blendete. Blake ließ das Auto langsam ausrollen und hielt an. Dann drehte er sich um. »Keinen Ton«, sagte er leise, aber in nachdrücklichem Ton zu Rosa. »Was immer Sie sehen, verhalten Sie sich ruhig, und tun sie nichts. Haben Sie verstanden?«

Sie nickte stumm und sah dann hinaus auf den Hof, wo geschäftiges Treiben herrschte.

## *Michal*

Als es heute Morgen hinter den dünnen Vorhängen am Himmel hell wurde, hatte der Mann, der Marek hieß, die Leute wie üblich geweckt. Einen kostbaren letzten Moment lang blieb Michal still liegen und schlummerte immer wieder ein, während die anderen sich unter Stöhnen und Kratzen von ihren Matratzen erhoben und abwechselnd übereinander hinwegstiegen, um das winzige, schmuddelige Bad auf der anderen Seite des Treppenabsatzes aufzusuchen.

Sie teilten sich zu viert dieses Zimmer, das im Winter mit einem kleinen Elektroradiator beheizt wurde, den man ihnen nun aber, da es wieder Frühling wurde, weggenommen hatte. Michal rieb sich eine Stelle mit roten Stichen am Bauch und versuchte, das Kribbeln auf seiner Kopfhaut zu ignorieren, dann schlug er das klumpige Oberbett zurück und griff in seinen Rucksack, um nach etwas einigermaßen Sauberem zum Anziehen zu suchen. Als Erstes zog er ein T-Shirt mit dem Aufdruck *I love London* hervor, das er sich am Morgen seiner Ankunft dort in einem Moment übersprudelnder Freude gekauft hatte. Er bemerkte die Worte auf der Brust gar nicht mehr, und seine Zimmergenossen hatten schon lange aufgehört, auf die bittere Ironie hinzuweisen, die sie hier an diesem Ort besaßen. Es war einfach ein Kleidungsstück, das er unter seinem Overall trug. Weil es nun, da das Wetter wärmer wurde, unter der wasserdichten Schutzkleidung heiß werden konnte, entschied er sich außerdem für Shorts. Jeans wurden zu schwer, wenn sie durchnässt waren. Problematisch waren auch seine alten Segelschuhe. Sie hatten inzwischen an einigen Stellen Löcher, sodass die Chemikalien, mit denen sie die Autos wuschen, ihm die Füße verbrannten. Marek hatte ihm ein wenig Geld versprochen, damit er sich Ersatz besorgen konnte, aber das war auch schon wieder Tage her.

Als Michal Marek kennengelernt hatte, hatte er ihn eigentlich ganz sympathisch gefunden. Lenny Block, der Mann, der im Haus gegenüber von Michals Vater lebte, hatte den Jungen einem Kroaten namens Igor vorgestellt, und der hatte ihn an Marek weitergereicht. Als Michal ein paar Tage nach seiner Ankunft in London klargeworden war, dass sein Vater nicht mehr in dem Haus in der Dartmouth Street lebte, hatte er nicht gewusst, was er tun sollte. Ein paar Nächte hatte er im Freien geschlafen, einmal in einem Park, wo er nach dem

Aufwachen seine Brieftasche und sein Handy vermisst hatte, dann auf einer Baustelle unter einer Hochstraße. Kurz darauf hatte er in einer Kirche, in die er sich gesetzt hatte, eine Frau kennengelernt. Sie putzte dort und hatte ihn einem jungen Mann vorgestellt, der ihm von der Notunterkunft erzählt hatte. Alles wäre gut gewesen, wenn er gleich getan hätte, was der Mann ihm vorgeschlagen hatte. Doch stattdessen war Michal noch ein letztes Mal in die Dartmouth Street gegangen und hatte das Pech gehabt, Lenny zu begegnen.

Lenny Block war eine imposante Gestalt, bullig wie ein Stier und schick angezogen. Er sprach Michals Sprache, wenn auch mit schwerem Akzent. Nachdem er den Jungen, der auf Harry Dexters Türschwelle saß, entdeckt hatte, hatte er ihn in seine Wohnung eingeladen, jemanden namens Igor angerufen und ihm Igors Adresse aufgeschrieben. Igor hätte Arbeit für ihn, kein Problem, hatte Lenny gesagt, und auch eine Unterkunft. Als Michal ihm stammelnd gedankt hatte, hatte Lennys fettes Gesicht einen weichen Ausdruck angenommen. Er holte eine dicke Rolle Geldscheine aus der Tasche, zog einen Zwanziger heraus, gab ihn Michal und winkte ab, als der Junge ihm dankte.

Igor hatte ihn hierher, weit hinaus aufs Land, gefahren und bei Marek und Paula abgesetzt. Michal glaubte nicht, dass Paula und Marek verheiratet waren, denn sie hatte einen anderen Familiennamen als er. Das wusste Michal, weil er ihren Namen auf einem Briefumschlag gelesen hatte, den sie herumliegen gelassen hatte. Das Haus, in das man ihn gebracht hatte, stand allein in einem Waldstück am äußersten Rand einer Kleinstadt. Marek und die Frau bewohnten eine gut ausgestattete Wohnung neben einer großen Garage, die im rechten Winkel zum Haus stand. Gegenüber bildete eine Art Scheune die dritte Seite eines Komplexes, in dessen Mitte sich ein schlammiger Innenhof befand. Marek hatte Michal in die Wohnung gebeten, ihm die Arbeit erklärt und ihm dann den Pass abgenommen, um ihn »sicher aufzubewahren«. Dann hatte Paula ihn zum Haus gebracht und ihm gezeigt, wo er schlafen sollte. Er war entsetzt gewesen, als er die fleckige Matratze auf dem Boden und den Dreck in dem kleinen Zimmer gesehen hatten, aber bevor er den Mund öffnen konnte, um zu protestieren, hatte sie schon die Tür hinter sich geschlossen und war verschwunden.

Im ersten Stock lagen drei Zimmer. Eines davon bewohnte Mareks Bruder, ein ungepflegter, rüpelhafter Kerl namens Boris. In den beiden anderen und in einem Zimmer im Erdgeschoss drängten sich elf Männer zusammen. Michal kannte nur die in seinem Zimmer. Es waren Kroaten, die man anscheinend mit dem Versprechen von Geld und Arbeit nach Großbritannien gelockt hatte. Niemand im Haus sprach seine Sprache, und nur wenige verstanden mehr als ein paar Brocken Englisch. Trotzdem schafften sie es, sich irgendwie zu verständigen. Die Witze über seine Herkunft und darüber, dass er so mager war, waren ein bisschen nervend, aber er merkte schnell, dass sie nicht böse gemeint waren. Vielmehr konnten seine Mitbewohner auf eine raue, spöttische Art freundlich sein, weil er der jüngste war, alleine hier war und das stärkste Heimweh hatte. Trotzdem passte er auf, dass sie ihn nicht hörten, wenn er nachts weinte.

Der Hunger war sein ständiger Begleiter, ein knurrendes Tier, das an seinen Eingeweiden nagte. Als er sich heute Morgen anzog, hielt er es kaum noch aus. Beinahe panisch eilte er nach unten in der verzweifelten Hoffnung, dass ihm die anderen noch etwas vom Frühstück übrig gelassen hatten. Aber unten stand Mareks massige Gestalt schon in der Haustür, sodass kein Licht mehr hindurchfiel. Er brüllte, dass es Zeit zum Aufbruch sei, und rasselte dabei mit dem Schlüsselbund an seinem Gürtel wie ein Gefängniswärter. Michal duckte sich in die Küche, ergriff das Sandwich, das der älteste und freundlichste seiner Zimmergenossen ihm hinstreckte, und biss ein großes Stück ab, während er den anderen zitternd in den kalten frühen Morgen zu dem wartenden Lieferwagen folgte. Er hasste diese einstündige, Übelkeit erregende Fahrt in dem fensterlosen

Laderaum, in dem sich elf Männer zusammendrängten, bevor sie an einem von drei Bestimmungsorten abgesetzt wurden. Er war für gewöhnlich der Letzte und jedes Mal beinahe erleichtert, wenn er auf den windigen Hof hinaustrat und sich am Schuppen in die Schlange stellte, um unter dem scharfen Blick des Vorarbeiters seinen Overall entgegenzunehmen.

## Rosa

Das künstliche Licht war so grell, dass es schmerzte. Sie hörte das Knirschen und Rattern einer Maschine, das Zischen von Wasser, harte Männerstimmen, die einander Kommandos zuriefen, und lautes, bellendes Gelächter. Blake ließ sein Fenster herunter, und ein Schwall kalter Luft und das Gesicht eines Mannes kamen ihm entgegen.

»Ja, Sir, was kann ich heute für Sie tun?«

»Nur die Autowäsche für vier Pfund.«

»Selbstverständlich. Parken Sie bitte hier drüben.«

Das Gesicht zog sich zurück, und Rosa hörte, wie der Mann in einer Sprache, die ihrer eigenen ähnelte, Anordnungen brüllte. Blake manövrierte den Wagen vorsichtig an die gewünschte Stelle und schaltete dann den Motor ab.

»Ihr bleibt alle hier, ja? Ich muss mich umsehen.« Er löste seinen Gurt, stieg aus dem Wagen und knallte die Tür hinter sich zu.

»Wohin will er?«, fragte Rosa und sah Will an.

»Ich weiß es nicht. Tun wir einfach, was er sagt.«

Plötzlich stürzten sich drei Männer in Overalls auf das Auto, und Seifenwasser schwappte über die Fenster. Rosa wurde immer unruhiger. Sie konnte nichts mehr sehen, und sie hatte das Gefühl, nicht atmen zu können. Mehr Wasser kam herunter, es wurde weiter gewischt, und auf dem Autodach waren schabende Geräusche zu hören. Dann wischten trockene Tücher über die Fenster und polierten den Lack, und mit einem Mal konnte sie wieder hinaussehen. Ein mit einem Overall bekleideter Bauch zog dicht vor ihrem Gesicht vorbei, eine Hand wischte ein letztes Mal über die Frontscheibe, und als der Arbeiter dann zurücktrat, erhaschte sie sieben oder acht Meter hinter ihm einen Blick auf einen schmalen jungen Mann, der einen Gummischlauch aufwickelte. Seine nackten Finger waren gerötet und wund, und sie hatte Mitleid mit ihm. Im selben Moment dachte sie: Er erinnert mich an …

Draußen schrie jemand etwas, und der Junge hob den Kopf. Sie sah seine Augen, und es war, als blicke sie in ihre eigenen …

»Michal!« Sie klopfte an das Fenster und drückte auf den elektrischen Fensterheber, aber er reagierte nicht. Er hörte sie nicht, machte sich wieder an die Arbeit und rollte weiter den Schlauch auf. Sie tastete nach dem Türöffner, riss daran und stieß die Tür mit der Schulter auf.

»Nein, halt sie auf!«, rief Jamie, und sie spürte, wie Will sie zurückzog und die Tür wieder zuschlug. »Lassen Sie mich los«, schrie sie in ihrer Sprache und dann auf Englisch. »Er ist es, mein Bruder.«

»Rosa …« Will hielt sie fest. Rosa schlug um sich und trat nach ihm und nahm dabei kaum wahr, dass Jamie ausstieg und dann zusammen mit Blake wieder zurückkam. Dann startete Blake den Motor und fuhr langsam und ohne Eile davon, als sei alles in Ordnung, als ließen sie nicht den wichtigsten Menschen in Rosas Leben an einem Ort zurück, an dem er in Gefahr schwebte.

»Nein, nein, es ist Michal. Wir können nicht ohne ihn fahren.« Inzwischen war sie praktisch hysterisch, aber Blake reagierte nicht, sondern fuhr weiter. Er wartete eine Lücke im fließenden Verkehr ab, fädelte sich ein und beschleunigte.

Will hielt sie fest im Griff und flüsterte ihr besänftigende Worte ins Ohr. »Wir retten ihn, keine Sorge. Halten Sie einfach durch. Es ist so, wie Blake uns in London schon erklärt hat. Wenn er Sie gesehen hätte, dann hätte das alles ruiniert.«

Ihr Kampfgeist verließ sie, und sie sackte erschöpft und schluchzend in seinen Armen zusammen. Er hielt sie fest und tätschelte ihre Schultern. »Es wird alles gut, gut«, flüsterte er. Nach und nach ließ ihr Schluchzen nach, und sie hörte auf zu zittern.

Nachdem sie in der einbrechenden Dunkelheit ein oder zwei Meilen auf der Straße zurückgelegt hatten, lenkte Blake das Auto auf einen Parkplatz, schaltete den Motor ab und drehte sich mit düsterer Miene zu ihr um. »Der Junge mit den blauen Augen . . .?«

»Er war es.« Rosas Stimme war nur ein Krächzen.

Blake nickte, dann nahm er sein Handy aus einem Fach im Armaturenbrett und musterte es. »Verdammt, kein Empfang«, sagte er und legte es wieder zurück.

»Ich hab auch keinen«, erklärte Jamie, der sein Handy ebenfalls hervorgezogen hatte.

»Hören Sie mir zu, Rosa«, sagte Blake zu ihr. »Für so etwas gibt es die Polizei. Überlegen Sie doch, was passiert wäre, wenn wir ihn einfach mitgenommen hätten. Die Verantwortlichen hätten uns vielleicht angegriffen. Das sind Kriminelle, Rosa. Sie können gewalttätig werden.«

Sie nickte unglücklich, er hatte ja recht. Aber sie erinnerte sich auch daran, wie ihr Bruder ausgesehen hatte, an seine geröteten Hände, seine durchweichten Schuhe und sein erschöpftes Gesicht.

»Und was wäre aus all den anderen geworden, die dort arbeiten? Man hätte sie vielleicht weggebracht, irgendwohin, wo wir sie nicht mehr finden können. Nein, wir müssen zur Polizei. Ich weiß, was zu tun ist. Vertrauen Sie mir.«

Sie zuckte mit den Schultern, saß ganz ruhig da und blickte auf ihre Hände hinunter, die ineinander verschlungen in ihrem Schoß lagen.

Blake startete den Motor, und das Auto fuhr an; dann bremste er kurz und fädelte sich wieder in den Verkehr ein.

»Es ist nicht weit«, sagte er über die Schulter, und während sie auf der zweispurigen Schnellstraße davonfuhren, schloss sie die Augen und spürte, wie sich endlich die Anspannung in ihrem Inneren löste. All die Monate der Sorge, die Wochen der Suche in London, der Schmerz und die Enttäuschung über die zerschlagenen Hoffnungen. Und jetzt hatte sie Michal endlich gefunden. Sie wusste, wo er war und dass er lebte. Und obwohl er ihr erneut entrissen worden war und er sie vorhin wahrscheinlich nicht einmal gesehen hatte, hatten sie etwas Wichtiges erreicht. Sie würde zwar keinen Frieden finden, bevor sie ihn nicht sicher in den Armen hielt, aber zumindest wagte sie nun, sich vorzustellen, dass dieser Moment kommen würde.

Will streckte seine Hand aus und legte sie auf ihre. Die Wärme und Beständigkeit, die er ausstrahlte, beruhigten sie. Sie verließen die Schnellstraße und erreichten hell erleuchtete Einkaufszentren und dann die Außenbezirke einer großen Stadt, wo sie sich durch den Berufsverkehr schoben.

## *Michal*

»Hey, Michal, aufstehen, Junge.«

Jemand rüttelte ihn wach. Vlad, einer seiner Zimmergenossen, hockte neben ihm, und sein eindringlicher Tonfall machte Michal Angst.

»Was ist?«

Von draußen fiel ein merkwürdiges Licht ins Zimmer und glitt über die Vorhänge. Es waren Autoscheinwerfer. Michal hörte das Vibrieren schwerer Motoren und leises Stimmengewirr. So ein seltsames nächtliches Treiben hatte es schon öfter gegeben; am Morgen tauchte dann vielleicht ein neues Gesicht beim Frühstück auf, manchmal still und argwöhnisch, manchmal verschlossen und traumatisiert. Aber heute Nacht spürte er, dass etwas anders war. Aufregung lag in der Luft.

Vlad spähte durch die Vorhänge. »Polizei!«, zischte er. Die beiden anderen stolperten im Zimmer herum wie die Bären, zogen sich hastig an und packten im Dunklen ihre Taschen. Dann klopfte es an der Tür, sie wurde geöffnet, und grelles Licht fiel herein. Michal hob die Hand, um seine Augen zu schützen.

»Polizei.« Der Mann mit der Lampe, dessen Gesicht er nicht erkennen konnte, gab einen Befehl, den Michal nicht verstand. Aber er tat es den anderen nach, stand auf und hob die Hände. Plötzlich flammte die Deckenlampe auf, und das Zimmer füllte sich mit Fremden, die die Männer und das Zimmer nach Waffen durchsuchten. Der Polizist erteilte einen weiteren Befehl.

»Sie sagen, packen und mitkommen«, murmelte Vlad Michal zu. »Jeans, T-Shirt, gehen.«

Während er sich anzog, erinnerte er sich an den Traum, aus dem er eben hochgeschreckt war. Er hatte seine Schwester in einem Auto sitzen gesehen. Vielleicht war es doch kein Traum gewesen. Er hatte dem Auto nachgesehen und sich gefragt, ob es eine Sinnestäuschung gewesen war. In dem Wagen hatte ein Mädchen gesessen, das wie Rosa aussah. In seinem Traum hatte der Wagen dann angehalten, und sie war ausgestiegen und mit ausgestreckten Armen auf ihn zugekommen. Aber das war nur ein Traum gewesen, oder?

Seine Finger rutschten ab, als er versuchte, den Reißverschluss seiner Tasche zuzuziehen. Er hatte das Gefühl, als hätte er seine Sachen verkehrt herum angezogen, und er war so müde, dass er die Augen kaum offen halten konnte. Der Reißverschluss klemmte, also warf er sich die weit offene Tasche über die Schulter und folgte den anderen zu der schmalen Treppe, deren Holzstufen bebten, als sie einer nach dem anderen hinuntergingen. An der Haustür dirigierte ein weiterer Polizist sie nach draußen.

Auf dem Hof traf ihn die kalte Luft wie ein Schlag, aber stärker beeindruckte ihn der Anblick, der sich ihm bot. Der schlammige Hof war voller Fahrzeuge. Marek und Paula wurden mit vor dem Körper gefesselten Händen und gesenktem Kopf in den hinteren Teil eines Polizeitransporters bugsiert. Hinter ihnen trugen Beamte mit Handschuhen Kartons mit Papieren, eine prall gefüllte schwarze Mülltüte und einen Computer aus der Wohnung.

Der Polizist, der als erster in Michals Zimmer aufgetaucht war, kam zu den Arbeitern und sprach mit ihnen in ihrer Sprache. Michal verstand die Worte nicht, aber er begriff, dass man ihnen nichts vorwarf. Sie sollten das Haus verlassen und mitkommen. Ein Minibus wartete auf sie. Michal sah erfreut, dass er Fenster hatte. Sie sollten sofort einsteigen.

Während sie in den Bus kletterten, sah sich Michal um und erhaschte einen Blick auf eine massige Gestalt, die sich aus dem Schatten des Hauses löste und sich anschickte, in dem dunklen Wald zu verschwinden. »Hey, da ist Boris«, schrie er und gestikulierte wild. Die Männer hinter ihm drehten sich um und sahen in die Richtung, in die er zeigte. Plötzlich leuchteten Polizeischeinwerfer die Szene aus und erhellten den Rücken von Mareks Bruder, der davonwatschelte, während ihm die Hosen über die dicken Pobacken davonrutschten. Von seinem Platz im Bus aus beobachtete Michal zufrieden, wie der Mann festgenommen wurde. Boris war ein Dummkopf mit einem Hygieneproblem, der ein Regiment der Angst geführt und seine Schützlinge bei Nacht eingesperrt hatte wie Tiere.

Während der Fahrt konnte Michal endlich die Landschaft rund um das Haus, in dem er gefangen gehalten worden war, sehen. Was seine Schwester flach und langweilig gefunden hatte, kam ihm im Morgenlicht dieses Frühlingstags überwältigend schön vor. Er dachte an seine Kerkermeister und daran, dass sie ihn nicht geschlagen oder gequält hatten, aber sie hatten ihn auch nicht wie einen Menschen oder gar freundlich behandelt. Für sie war er eine Art Sklave gewesen. Sie hatten den Großteil seines Lohns einbehalten, ihm nicht genug zu essen gegeben und sie alle in einem engen Raum zusammengepfercht und jede ihrer Bewegungen überwacht.

Er warf den anderen einen Bick zu und sah eine merkwürdige Bandbreite von Gesichtsausdrücken: Angst bei einigen, Erschöpfung und Verunsicherung bei anderen, aber in keinem Gesicht waren Freude oder Hoffnung zu sehen. Der Polizist hatte davon gesprochen, dass sie an einen sicheren Ort gebracht würden, aber diese Männer hatten so viel durchgemacht, dass sie sich einen solchen Ort nicht vorstellen konnten. Nur Michal, der jüngste, der am wenigsten abgestumpft war, genoss den Blick aus dem Fenster. Er dachte an Rosa, die sich zu Hause in Warschau schreckliche Sorgen um ihn machen musste, und spürte, wie sich seine Welt wieder mit Licht und Hoffnung füllte.

## Rick

Er stand am Busbahnhof und kam sich vor wie ein Fisch in einem riesigen Aquarium. Durch das Glas der Ankunftshalle sah er hinaus und hielt auf dem Vorplatz Ausschau nach dem Bus aus Derby. Als er mehr oder weniger pünktlich eintraf und er Stefs elfenhafte Gestalt aussteigen sah, machte sein Herz einen Sprung. In der einen Hand hielt sie die vertraute gemusterte Reisetasche, und mit einem Gefühl von Zärtlichkeit sah er zu, wie sie die andere Hand in den Nacken legte und mit ihrer charakteristischen Handbewegung das Haar über die Schulter zurückstrich, bevor sie sich umsah und den anderen Fahrgästen in Richtung Ankunftshalle folgte. Die Erkenntnis, dass sie nach ihm suchte, ließ ihn zur Tür eilen, und das überraschte Lächeln, das sich über ihr Gesicht ausbreitete, als sie ihn sah, erfüllte ihn mit Glück. »Wow, tolle Frisur!«, sagte sie lachend, und er strich verlegen über sein kurz geschnittenes Haar. »Du siehst schick aus, irgendwie ... anders.«

»Ich bin immer noch derselbe«, erklärte er bestimmt. Ungelenk umarmten sie einander, und er atmete ihren vertrauten blumigen Duft ein.

»Toll, dass du mich abholst«, sagte sie und ließ sich von ihm die Reisetasche abnehmen. Rick bahnte ihnen einen Weg durch die Menschenmengen, aber als sie die Halle verlassen hatten, versuchte sie, ihre Autonomie zurückzugewinnen. »Ich kann das selbst tragen«, erklärte sie und versuchte, ihm die Tasche wieder abzunehmen. Schlussendlich nahm jeder von ihnen einen Griff.

»Möchtest du einen Kaffee?«, fragte er.

»Nein. Lass uns nach Hause fahren, ja?«

Nach Hause. Sie hatte die Worte betont, und er begriff, was sie meinte. Bellevue Gardens 11 war ihr Zufluchtsort.

Sie überlegten, dass es netter wäre, mit dem Bus weiterzufahren als mit der U-Bahn, und hatten das Glück, vorn im Wagen freie Plätze zu finden. Und während sie so nebeneinandersaßen und die vorbeiziehende Stadt betrachteten, fiel ihnen das Reden leicht.

»Wie geht's denn den anderen?«, wollte Stef wissen. Von Rosa hatte sie in einer ganz kurzen, aufgeregten SMS gehört, dass sie Michal gefunden hatte. Rick berichtete ihr, dass Rosa darauf wartete, ihn endlich sehen zu dürfen. Jamie und sie waren gestern Abend spät zurückgekommen, und heute Morgen war Rosa ein einziges Nervenbündel gewesen.

»Und Leonie ist so erleichtert darüber, dass Jamie wieder zu Hause ist«, fuhr Rick fort. »Allen anderen geht es ebenfalls gut, obwohl Peter sich merkwürdig benimmt. Also nicht schlecht, sondern bloß komisch. Er hat irgendetwas vor.«

Stef nickte und schwieg.

»Wie geht's denn deiner Familie?«, fragte Rick vorsichtig. Er hätte sie gern so viel gefragt, über Oliver und warum sie nach Derby gefahren war.

»Meiner Familie geht's prima«, sagte sie. »Die Jungs verbringen die meiste Zeit mit Spielen.« Sie bewegte ihre Daumen, als glitten sie über eine Fernbedienung. »Und Mum und mein Stiefvater, also, sie haben sich große Mühe gegeben, aber ... ich gehöre dort nicht hin.«

Rick sah sie an, aber eine Strähne ihres honigblonden Haars verdeckte ihr Gesicht. Doch das Stocken in ihrer Stimme war ihm nicht entgangen, und am liebsten hätte er ihre Hand genommen, um sie zu trösten, aber er war sich nicht sicher, ob er das durfte. Er fürchtete sich davor, etwas zu tun, was sie verschrecken könnte. Schließlich war die Sache mit Oliver noch nicht so lange her. Vor seinem inneren Auge sah er Olivers arrogantes Gesicht, das vor Zorn und Frustration verzerrt war.

»Diese Sache mit dem Hingehören ist verzwickt, oder?«, sagte er behutsam. »Ich frage mich, ob man dieses Problem irgendwann löst.«

Sie schüttelte den Kopf. »Ich weiß es nicht. Es geht darum, zu entscheiden, wo man sein will und was man machen will. Und mit wem, mit welchen Leuten. Mit seinen Freunden und seiner Familie. Es geht um all das zusammen.«

»Ja.« War jetzt der richtige Zeitpunkt, es ihr zu erzählen? Vielleicht. »Meine Geschichte ist fertig«, erklärte er. »Das heißt, ein paar Kleinigkeiten muss ich noch in Ordnung bringen, aber es ist alles da.«

»Das ist fantastisch, Rick!« Sie schob die Haarsträhne zurück, und er sah, dass sie lächelte.

»Da ist noch etwas.« Er hatte die Nachricht heute Morgen gesehen, als er seine Mails gecheckt hatte. Ein Verleger hatte ihm geschrieben. Es war ein sehr kleiner Verlag, der ihm nur einen winzigen Vorschuss zahlen konnte, aber immerhin. »Ein Verlag will meine Geschichte als Buch herausbringen!« Stef strahlte vor Freude tatsächlich über das ganze Gesicht und drückte seine Hand, einfach so. Sie ließ es so einfach erscheinen. »Das ist ja großartig, Rick!« Er erwiderte ihren Händedruck und spürte Stolz und Zufriedenheit.

Später würde er ihr erzählen, worüber er nachgedacht hatte. Denn er war zu dem Schluss gekommen, dass seine Schwester recht hatte und er mehr aus sich herausgehen musste. Er wollte sich einen Job suchen, in dem er mehr Verantwortung trug. Was für einen, da war er sich noch nicht sicher, aber schon die Entscheidung zu treffen, war ein Anfang. Er kam sich vor wie ein Boot, das an seinen Tauen zerrt und aufgeregt den Wellengang spürt. Da draußen musste es doch etwas geben, was er tun konnte und das ihn interessieren würde. Es war Zeit, herauszufinden, wohin er gehörte.

## Stef

Sie sah die Veränderung an ihm sofort. Natürlich lag es an der neuen Frisur. Sie stand ihm. Er trug die Haare nun hinten und an den Seiten kurz und vorne länger und hatte einen Seitenscheitel. Aber es war auch einfach der Umstand, dass er sich die Haare überhaupt hatte schneiden lassen, statt sie einfach zerstreut mit einem Haargummi zusammenzubinden. Als sie den Busbahnhof verließen und sie hinter ihm herging, fiel ihr auf, dass er auch ein neues Hemd trug. Das Hemd aus weichem grünen Baumwollstoff war schmal geschnitten, und er hatte den obersten Knopf offen gelassen, sodass seine Schlüsselbeine zu sehen waren. Insgesamt wirkte er anders, erwachsener, selbstbewusster. Konnte das alles wirklich in nur zwei Wochen passiert sein? Sie konnte kaum glauben, dass ihre Auseinandersetzung mit Oliver erst vierzehn Tage her war. Es kam ihr viel länger vor. Vielleicht war das ja ähnlich wie bei einem Arm- oder

Beinbruch: Nach einem sauberen Bruch heilte der Knochen oft sehr schnell wieder zusammen.

Es fühlte sich auch anders an, Haus Nummer 11 zu betreten. Zuerst einmal lehnten jede Menge Gemälde an den Wänden in der Diele. Jedenfalls vermutete sie, dass es sich um Bilder handelte, denn sie waren in braunes Papier verpackt und verschnürt und warteten darauf, abtransportiert zu werden. Aber wohin? Sie wollte Rick gerade fragen, als Peter mit einem weiteren Bild die Kellertreppe heraufkam.

»Sie sind also zurück, was?«, meinte er, als er sie sah. »Schön, Sie zu sehen«, fuhr er dann erstaunlicherweise fort, auch wenn seine Worte ein wenig ruppig klangen.

»Freut mich auch, Sie zu sehen«, sagte Stef verblüfft, während Peter seine Last abstellte und in den Keller zurückkehrte. Peter war freundlich? Was um Himmels willen war passiert, während sie fort gewesen war?

Auch Bela erschien zur Begrüßung. Steif kam sie die Treppe hinunter, schob den Staubsauger vor sich her, und der lange, durchscheinende Schal um ihren Hals wehte hinter ihr her. »Willkommen zurück«, sagte sie. »In diesem Durcheinander.« Mit einer Kopfbewegung deutete sie auf die Bilder. »Wie soll ich da sauber machen, was? Egoistisch, das ist er. Er ist ein egoistischer Mann.« Sie kam unten in der Diele an und öffnete mit einem empörten Gesichtsausdruck den Besenschrank unter der Treppe.

»Komm«, sagte Rick zu Stef. »Suchen wir Leonie.«

»Sie ist irgendwohin gegangen«, erklärte Bela und schob den Staubsauger in den Schrank. »Sie hatte es schrecklich eilig. Gehen Sie nach oben, Mädchen, Ihr Zimmer ist fertig und wartet auf Sie. Ich habe es Ihnen gerade schön sauber gemacht.«

»Danke, Bela.«

Rick trug ihr die Tasche hinauf auf den Dachboden. Sie dankte ihm, und dann ließ er sie allein.

Wieder stand sie im Türrahmen der Dachkammer. Das Bett war frisch gemacht, der Boden gefegt, und auf der Kommode stand eine Vase mit Tulpen. Die liebe Bela. Vor allem aber steckte ihre Mappe nicht mehr hinter der Kommode, sondern lag auf einem Tisch unter dem Fenster, als warte sie darauf, dass sie ihr ihre Aufmerksamkeit widmete. Leonie musste sie dort hingelegt haben. Stef stellte die Reisetasche ab, ging hinüber, schlug die Mappe auf und blätterte schnell durch die Zeichnungen.

Erstaunt sah sie, dass sie besser waren, als sie sie in Erinnerung hatte. Auf der Fahrt nach Derby hatte sie sich die Skizzen schlechtgeredet, sich gesagt, sie könnten unmöglich gut genug sein. Damit hatte sie auch gerechtfertigt, dass sie die Mappe zurückgelassen hatte. Nun nahm sie die Skizze eines Kleides heraus, dessen Stoffbahnen schräg geschnitten waren. Es besaß ein schmeichelndes, eng anliegendes Mieder und ellbogenlange Ärmel. An die Zeichnung hatte sie ein Stück Stoff geheftet, einen Jersey-Stoff in einem warmen, orangestichigen Braun, der aus einem Second-Hand-Laden in der Nähe des Black Cat Cafés stammte. Ein ganz schmaler Gürtel würde den Look vervollständigen, dachte sie. Sie nahm sich vor, einen zu zeichnen. Und morgen, sagte sie sich, würde sie ihre Bewerbung fürs College fertigmachen und abschicken. Sie hatte eine E-Mail ihrer ehemaligen Kunstlehrerin erhalten, die damit einverstanden war, dass Stef sie als Referenz angab.

Aber jetzt würde sie erst mal auspacken. Dann würde sie schauen, ob Leonie schon zurück war, und später mit Rosa sprechen. Sie wollte die ganze Geschichte über Michal hören.

Sie fand Leonie in der Küche, wo sie gerade ein Päckchen Kekse öffnete. Als sie Stef sah, leuchteten ihre Augen.

»Stef!« Leonie streckte die Arme aus, Stef flog hinein, und die beiden umarmten einander. »Ich bin so froh, dass Sie zurück sind,

Liebes.« Leonie ließ Stef los, und die beiden sahen sich lachend an.

»Es ist so schön, dass Sie mich zurücknehmen«, erklärte Stef. »Tut mir leid, dass ich einfach so verschwunden bin. Sie müssen mich für sehr unhöflich gehalten haben.«

»Das war das Letzte, was ich gedacht habe. Sie armes Mädchen! Ich hoffe, es macht Ihnen nichts aus, aber ich habe Rick dazu gebracht, mir das Wesentliche zu erzählen.«

»Nein, das macht gar nichts«, sagte Stef schnell. »Es war schrecklich. Oliver hat mich beschatten lassen. Ich bin erst später darauf gekommen. Zuerst hat er den Zeitungsartikel über meinen Unfall gefunden, und dann hat er einen Privatdetektiv beauftragt. Dabei habe ich so aufgepasst, ihm nicht zu sagen, wo ich war, ich habe es weder auf Facebook noch sonstwo gepostet, aber vielleicht hat der Detektiv das Krankenhauspersonal getäuscht, sodass sie ihm gesagt haben ... Das muss auch der Mann gewesen sein, der vor dem Haus fotografiert hat. Wissen Sie noch?«

»Dann war das also kein Tourist?«

»Nein. Vorhin war ich im Black Cat, und Karina hat mich daran erinnert, dass vor ein paar Wochen ein Mann da war und Beth ausgefragt hat. Rosa dachte, es hätte mit Michal zu tun, aber vielleicht war es ganz anders, und er wollte etwas über mich erfahren.«

Leonie wirkte verwirrt. Stef war sich wegen dieses Details noch nicht sicher. »Aber egal, wie genau Oliver mich gefunden hat, er hat es jedenfalls getan«, sagte sie.

»Ich wünschte, ich wäre da gewesen, als er gekommen ist. Dem hätte ich schon die Meinung gesagt.«

»Ich wünschte, Sie wären da gewesen. Aber komischerweise bin ich irgendwie auch froh, dass er hier war. Natürlich bin ich nicht froh, dass er mich geschlagen hat. Aber ohne sein Auftauchen hier würde ich mir immer noch Gedanken machen wegen Oliver. Ich würde mich fragen, ob es richtig war, dass ich gegangen bin, und ob das, was bei uns schiefgelaufen ist, meine Schuld war. Ich meine, einiges davon war es vielleicht schon. Ich weiß, dass ich anderen oft auf die Nerven gehe.«

»Das tun wir alle manchmal.«

»Aber sein Besuch hier hat mir noch einmal deutlich gemacht, wie sehr er mich erdrückt hat – und dass ich längst frei von ihm war. Die ganze Zeit hier habe ich geglaubt, dass ich ihn noch liebe, aber als ich ihn dann hier gesehen habe und er sich so abstoßend benommen hat, da habe ich plötzlich begriffen, dass das nur Einbildung war. Es war, als wäre eine hübsche, bequeme Seifenblase geplatzt. Plötzlich war sie weg.«

Leonie nickte.

»Es hat mir wirklich geholfen, Ihnen davon zu erzählen. Es ist, als ob ich es erst jetzt ganz klar sähe.«

»Das ist häufig so. Ich bin sehr froh, dass Sie wieder da sind, Stef.«

Gerührt von Leonies Herzlichkeit sah Stef sie nachdenklich an und schalt sich für ihren Egoismus. In den letzten Wochen hatte Leonie Stef ihre Geschichte erzählt, eine Geschichte von wunderschönen Models und berühmten Fotografen, von einer aufregenden, epochemachenden Zeit, die Leonie erlebt hatte, von der sie ein Teil gewesen war. Nicht zuletzt wegen ihres Glamours hatte diese Geschichte Stef in ihren Bann geschlagen. Aber sie hatte begonnen, eine bedrückende Wendung zu nehmen, und Stef hatte wegen allem, was passiert war, keine Zeit gehabt, Leonie zu fragen, wie die Geschichte ausgegangen war. Nun ja, vielleicht hatte es nicht nur an der mangelnden Zeit gelegen, vielleicht hatte sie es tief im Herzen auch gar nicht wissen wollen. Sie hatte gespürt, dass Leonies Geschichte ihren eigenen Erfahrungen zu ähnlich war, und hatte Angst gehabt, sie könne schlecht enden. Doch das war im Grunde ja unlogisch, denn hier stand Leonie vor ihr, stark und strahlend. Was immer in ihrer Vergangenheit geschehen war, sie hatte es überstanden.

Ich sollte mehr Vertrauen haben, sagte sie sich. »Leonie«, sagte sie jedoch laut, »darf ich Sie um etwas bitten? Ich brauche ein wenig Hilfe bei meiner Mappe fürs College. Würde es Ihnen etwas ausmachen, sie mit mir durchzugehen?«

»Das mache ich sehr gern«, sagte Leonie. »Ich wollte gerade eine Teepause einlegen. Wenn Sie also mögen, machen wir es gleich.«

»Das wäre fantastisch. Ich geh die Mappe holen.« Immer zwei Stufen auf einmal nehmend, stürmte Stef die Treppe hoch und stieß dabei fast mit Bela zusammen, die Sachen in den Wäscheschrank räumte.

## Leonie

Das Mädchen hat sich auf bemerkenswerte Weise verändert, dachte Leonie, während sie ein Tablett mit Tee und Keksen in ihr Wohnzimmer trug und auf dem Couchtisch abstellte. Sie hatte ein neues Leuchten in den Augen, als sei sie dabei, sich dem Leben endlich vollständig zu öffnen. Stef kam mit der Mappe wieder und reichte sie Leonie. Sie war noch genauso dick wie damals, als sie sie nach Stefs Flucht auf dem Dachboden kurz in der Hand gehabt hatte.

Leonie schlug die Seiten um. Einige der Zeichnungen hatte sie früher schon einmal gesehen, denn Stef hatte am Küchentisch daran gearbeitet und ihr gelegentlich eine Skizze gezeigt, aber viele kannte sie noch nicht. Sie bemerkte eine zunehmende Zuversicht, die aus den Zeichnungen sprach, und bewunderte die Kunstfertigkeit, mit der Stef jede der angezogenen Gestalten in unterschiedlichen Posen gezeichnet hatte. In der Mappe war auch ein dickeres Heft voll mit Skizzen, aus Zeitschriften herausgerissenen Bildern, Stoffstücken, Fotos von Accessoires, von Menschen auf der Straße und in einem Park. Auch Entwürfe, die sie auf einem Computer erstellt und ausgedruckt haben musste, waren darin.

»Ach, die habe ich gemacht, bevor ich hergekommen bin«, erklärte sie auf Leonies Frage. »Heute wird sehr viel mit Hilfe von Computersoftware gearbeitet. Da muss ich noch viel lernen.«

»Dazu gehen Sie ja aufs College«, erklärte Leonie energisch, und Stef lachte.

»Die ganze Sache macht mich ziemlich nervös!«, gestand sie.

»Nach dem, was ich so höre, geht das jedem so. Hören Sie, Stef, ich bin keine Expertin und weiß nicht, wie das heute so abläuft, aber für mich sehen Ihre Entwürfe wirklich gut aus. Das ist mein Ernst. Sie haben Talent, das kann ich Ihnen nur immer wieder sagen. Ich kann ein paar Vorschläge dazu machen, wie Sie die Arbeit für das Vorstellungsgespräch besser organisieren können, oder Ihnen ein paar Lücken aufzeigen, hier zum Beispiel ...« Sie schlug eine Doppelseite auf, auf der Stef eine Reihe Ensembles gezeichnet hatte, die mit Laschen versehen waren, um sie an einer Papierpuppe, die Stef ebenfalls gezeichnet hatte, zu befestigen. »Sie könnten hier ein paar der Farben andeuten, einfach mit Schraffierungen.«

»Das ist eine gute Idee. Danke.«

»Und hier«, sagte sie und blätterte eine Seite um. »Dieses Mädchen hat einen schrecklich dicken Hals.«

»Oh, oh. Ich hatte mich schon gefragt, warum es so komisch aussieht. Das kann man korrigieren.«

So ging es noch eine ganze Weile weiter. Leonie blätterte die Seiten des großen Skizzenbuchs um, bewunderte die Vielfalt der Outfits und Stefs Fantasie und machte gelegentlich eine Bemerkung.

Schließlich packte Stef alles wieder ein, lehnte die Mappe an einen Stuhl und setzte sich dann in ihrer typischen Haltung, ein Bein unter den Körper gezogen, wieder aufs Sofa. »Das war toll! Danke.«

»Keine Ursache. Es ist einfach so, dass ich früher einmal die Person war, die die Kleider tragen musste, daher habe ich Ihre Arbeit aus diesem Blickwinkel betrachtet.«

»Das klingt logisch.« Stef nahm ein Plätzchen, und Leonie sah zu, wie sie nachdenklich die Schokolade abknabberte. »Wann haben Sie mit dem Modeln aufgehört?«, fragte Stef und lehnte sich zurück.

Leonie dachte über die Frage nach. »Als ich mit Tara schwanger wurde, hatte ich endlich eine Ausrede. Du lieber Himmel, damals war ich erst Mitte zwanzig. Aber ich hatte schon vorher aufhören wollen. Ich fürchte, ich war erschöpft.«

Stef wirkte erstaunt. »Ernsthaft?«

»Ich weiß, alle denken, es müsse wundervoll sein, aber Fotomodell zu sein ist extrem harte Arbeit. Es gibt natürlich auch viele schöne Momente, das gebe ich zu. Zum Beispiel ist es wunderbar, sein Foto auf einer Zeitschrift zu sehen, aber es kam ein Punkt, da war das nicht mehr genug. Man muss sehr viel reisen, aber man bekommt die Städte nur selten richtig zu sehen. Außerdem ist es ermüdend, dauernd herumzusitzen und auf andere Leute zu warten, und das Fotografiertwerden selbst ist auch nicht besonders aufregend. Manche lieben das alles trotzdem und machen länger weiter, oder sie revolutionieren den ganzen Job wie Twiggy, aber bei mir war es nicht so. Ich weiß, es ist leicht, andere für die eigene Trägheit verantwortlich zu machen, aber ich bin aufrichtig davon überzeugt, dass mein mangelnder Ehrgeiz zu großen Teilen Billy geschuldet war.«

Sie sah, dass Stef große Augen machte, und fragte sich, wie sie weitererzählen sollte. Diese Erinnerungen waren sehr schmerzhaft für sie. Sie versuchte, sich das nicht anmerken zu lassen, und fuhr fort.

»Als wir ein oder zwei Jahre verheiratet waren, wollte ich unbedingt ein Baby, aber Billy war dagegen. Er fand, wir sollten noch warten. Er genoss das Leben zu sehr und befürchtete, dass ein Kind dem ein Ende machen würde.«

Sie schloss die Augen. Es fiel ihr schwer, sich an das alles zu erinnern und dieser jungen Frau davon zu erzählen, und sie war an einen

Punkt ihrer Geschichte gelangt, über den sie nur schwer sprechen konnte. Egal, sie würde ein paar der schlimmen Details überspringen. Als sie zu sprechen begann, erinnerte sie sich trotzdem an alles so deutlich, als wäre es gestern gewesen.

## 1966

Im Frühjahr 1966 hatte Leonie ganz kurze Zeit gewusst, dass in ihr ein kleiner Mensch zu wachsen begonnen hatte. Es war eine heimliche Freude, die in Trauer umschlagen sollte. Als sie Billy gesagt hatte, dass sie schwanger war, war er wütend geworden. Ihre Müdigkeit und ihr Unwohlsein bedeuteten, dass sie sich durch ihre Termine kämpfen und zusätzlich dickes Make-up auflegen musste, um ihre Blässe zu kaschieren.

Dann, eines Nachts, war sie in der plötzlichen Gewissheit erwacht, dass etwas fort war, verloren. Erst einen oder zwei Tage später kam das Blut und damit der Schmerz, und Billy hatte sie panisch ins Krankenhaus gefahren. Er hatte sich sehr um sie gekümmert, obwohl sie ihm später in ihrem tiefen Kummer vorgeworfen hatte, dass ihm ihre Fehlgeburt egal gewesen sei und dass er froh darüber sei, dass das Baby nicht mehr da war. Sie war fast erleichtert darüber, in seinen Augen zu sehen, dass ihre Worte ihn verletzten, und zu erkennen, dass er wirklich traurig darüber war.

Es dauerte allerdings nicht lange, bis er sein normales Leben wieder aufnahm.

Was Billy nicht akzeptieren konnte, war, dass sie keine Lust mehr hatte, für seine Kamera zu posieren »wie ein Zirkuspferd«, wie sie es ausdrückte, dass sie das Modeln einfach leid war. Er fasste ihr Widerstreben als persönliche Zurückweisung auf, aber er hatte auch Angst, dass ohne sie seine berufliche Existenz gefährdet war.

Sie stritten auf einmal ständig.

»Du solltest nicht so viel futtern, Dickerchen. Sonst passen dir bald die Kleider nicht mehr.« Er warf ihr alles Mögliche vor und behauptete zum Beispiel, dass sie sich »gehen ließ« oder dass sie »schlampig war«. Er unterstellte ihr sogar, dass sie bewusst versuche, seine Karriere zu zerstören.

Sie ihrerseits war deprimiert, teils wegen der Fehlgeburt und teils, weil sie keine Lust mehr hatte, weiter so schwer zu arbeiten, und seine abfälligen Bemerkungen machten alles nur noch schlimmer. Sie begann mehr Zeit mit Menschen zu verbringen, die nichts mit der Modewelt zu tun hatten.

Einer davon war George. Er war großzügig und gastfreundlich, und sie liebte es, ihn in Bellevue Gardens zu besuchen. Die Atmosphäre in dem Haus war so entspannt, manchmal beinahe zu entspannt. Sie pflegte die leeren Weinflaschen der letzten Party zu zählen, die hinter dem Haus aufgereiht standen. George war jemand, der Menschen sammelte; er hatte furchtbar viele Freunde. Alle erwiderten diese Zuneigung, aber er hatte keinen besonderen Menschen, niemanden, der ihm allein gehört hätte. Leonie spürte, dass er tief im Inneren einsam war.

Er liebte Frauen, aber ihr wurde rasch klar, dass er bei ihnen nur Freundschaft suchte. Die, die er verehrte, befanden sich immer außerhalb seiner Reichweite wie Petula Clark oder Dusty Springfield. Er betete Vanessa Redgrave an und sah sich *Blow-Up* viermal an, genau wie Billy, der den Film wegen der Satire auf seinen Rivalen David Bailey liebte. Seine verwitwete Mutter behandelte George mit Ehrerbietung und besuchte sie getreulich jede Woche in Hertfordshire, aber niemand hatte je gehört, dass er eine Freundin gehabt hätte.

Gelegentlich entwickelte er tiefe Freundschaften zu anderen Männern, aber daraus wurde nie etwas anderes. Es gab eine Grenze, die er einfach nicht überschritt. Ein Grund dafür war vermutlich seine sehr strenge moralische Erziehung, aber es lag auch in seinem

Wesen begründet. Er hegte eine tiefe Scheu allem Körperlichen gegenüber. Leonie hatte ihn nie über diesen Aspekt seiner selbst sprechen gehört, und sie hätte ihn auch nie dadurch in Verlegenheit gebracht, dass sie danach fragte.

Billy und sie machten mehr schlecht als recht weiter. Die Wahrheit war, dass sie einander trotz der Probleme liebten und keiner von ihnen den Wunsch hatte, mit jemand anderem zusammen zu sein. Aber der Machtkampf zwischen ihnen konnte nicht bis in alle Ewigkeit so weitergehen. Langsam, aber sicher zerbrach ihre Beziehung. Sie hatten beide das Gefühl, in der Falle zu sitzen. Billy war beruflich immer öfter unterwegs, gelegentlich auch im Ausland. Manchmal begleitete sie ihn als sein Model, aber im Lauf der Zeit entschied sie sich immer öfter dafür, zu Hause zu bleiben. Dann, wenn seine Arbeit nicht gut lief oder er Durststrecken hatte und das Telefon nicht klingelte, ließ er es an ihr aus, behauptete, sie unterstütze ihn nicht oder verderbe alles. Das stimmte nicht, aber sie erkannte, dass das seine Art war, mit seiner Angst vor dem Scheitern umzugehen.

Nach und nach wurde sie zum Sündenbock für alles, was in seinem Leben schieflief. »Wenn du jemanden willst, der dir die Füße küsst«, schrie sie ihn bei einer Gelegenheit an, »hättest du verdammt noch mal Shelagh heiraten sollen.«

»Ich wünschte, das hätte ich. Sie hätte wenigstens ein vernünftiges Essen auf den Tisch gebracht«, gab er zurück, was angesichts seiner unregelmäßigen Arbeitszeiten alles andere als fair war. Die Dinge, um die sie sich zankten, waren oft fürchterlich banal, aber das war eben ihr Schlachtfeld.

Alles veränderte sich unwiderruflich, als Leonie Ende 1967 mit Tara schwanger wurde. Nach langen zermürbenden Diskussionen hatte Billy in der Kinderfrage endlich eingelenkt. Trotzdem waren sie beide erstaunt darüber, dass sie so rasch schwanger geworden war.

Ein Kind kann ein Paar fester zusammenschmieden, aber manchmal bringt ein Kind ein Paar auch auseinander. Im Fall von Leonie und Billy beendete es ihre berufliche Partnerschaft und gab ihrem Leben unterschiedliche Richtungen. Nichts davon war natürlich Taras Schuld, obwohl sie ihnen als Baby oft Sorgen machte.

Damals ermunterte man Väter noch nicht, bei der Geburt dabei zu sein, aber in diesem Fall hätte es ohnehin keinen Unterschied gemacht, weil Billy vier Stunden zu spät von einer Reise an die französische Riviera nach Hause kam. Er fuhr mit einem Strauß roter Rosen und einem Teddybären, der größer als das Baby war, direkt vom Flughafen ins Krankenhaus und fand eine nervöse, erschöpfte Leonie vor, die unter dem strengen Blick einer Krankenschwester erfolglos versuchte, das hungrige, quäkende Neugeborene zu stillen. Er fühlte sich unwohl, und als die entsetzte Schwester ihm auch noch verbot, seine Kamera zu benutzen, blieb er nicht lange.

Nachdem Leonie aus dem Krankenhaus entlassen worden war, kam ihre Mutter für vierzehn Tage. Billy ging ihnen allen so weit wie möglich aus dem Weg, schmollte im Hintergrund und fragte sich, warum ihn niemand beachtete.

Tara hatte Koliken. Während der ersten paar Monate schrie sie oft den ganzen Abend lang, bis sie vor Erschöpfung einschlief, nur um dann alle paar Stunden wieder aufzuwachen, sodass auch Leonie kaum schlief und völlig erschöpft war. Tara war immer krank. Bronchitis, Krupphusten (da fürchtete Leonie um Taras Leben, weil das arme Würmchen kaum Luft bekam), Windpocken, die sie sich bei dem kleinen Jungen von unten einfing – es nahm kein Ende.

Leonie hatte wenig Zeit für Billy, und auch im Haushalt blieb das meiste liegen. Im Bad türmte sich die Schmutzwäsche, und im Kinderzimmer quoll der Eimer mit schmutzigen Windeln über, doch Leonie konnte sich um beides nicht kümmern, weil sie ein krankes Baby pflegen musste. Manchmal kam Hilda Fletcher, Billys Mutter, vorbei, um zu helfen. Sie tat das so effizient und leise, dass man ihre Anwesenheit kaum bemerkte. Schließlich fanden sie ein junges

Mädchen, das bei der Hausarbeit half. Trotzdem taumelten sie bis zum Ende des ersten Jahres von Krise zu Krise. Als Tara nachts durchschlief, hatte Leonie das Gefühl, einen dunklen Tunnel zu verlassen. Aber da begriff sie auch, dass sich zwischen Billy und ihr etwas Grundsätzliches verändert hatte.

Billy war viel unterwegs. Natürlich musste er arbeiten, um das alles zu bezahlen, das war keine Frage. Abgesehen von der Miete und den Rechnungen mussten sie auch all die Dinge, die sie auf Kredit gekauft hatten, abbezahlen. Manchmal war er ein paar Tage fort, in Rom oder in Lappland oder einfach am anderen Ende der britischen Inseln, bei einem Shooting in einem schottischen Schloss.

Wenn er dann zu Hause war, wollte er jeden Abend mit seinen alten Freunden ausgehen. Dass Leonie nicht immer mitkommen wollte und sich weigerte, Tara bei einer Babysitterin zurückzulassen, nahm er ihr übel. Im Grund wollte Billy das gleiche Leben führen, das sie immer geführt hatten, und sie konnte und wollte das nicht mehr. Damit wurde ein neuer Kriegsschauplatz eröffnet. Er warf ihr vor, sie sei langweilig geworden und nehme sich keine Zeit für ihn. »Das stimmt nicht«, gab sie dann verärgert zurück. »Ich bin einfach müde, und außerdem lasse ich Tara nicht gern allein.«

Am liebsten traf sie sich mit Trudi. Trudi war schon zum zweiten Mal verheiratet, nachdem sie dem Schauspieler, der, wie sie sagte, nur sich selbst liebte, den Laufpass gegeben hatte. Dieses Mal hatte sie einen reichen Zeitungsherausgeber geheiratet, der zehn Jahre älter war als sie. Sie hätte nicht mehr zu arbeiten brauchen, tat es aber, weil es ihr Spaß machte und der Verleger nichts dagegen hatte. Trudi betete Tara an, und immer wenn sie in der Stadt war, besuchte sie die beiden und brachte Geschenke mit, vor allem die süßesten Kleider für das kleine Mädchen. Dann sahen sie Trudi manchmal wochenlang nicht, und es kam eine Ansichtskarte aus Los Angeles oder Paris, auf der sie schrieb, sie hätte auf einer Party Paul Newman oder Cathérine Deneuve getroffen. Manchmal vertraute Leonie

Trudi ihre Probleme mit Billy an. Trudi hörte zu und machte mitfühlende Bemerkungen, aber sie gab niemals Ratschläge. Trudi fand – was wahrscheinlich vernünftig war –, dass die beiden ihre Probleme unter sich ausmachen müssten und dass sie im Übrigen wahrscheinlich der letzte Mensch sei, von dem man Beziehungsratschläge annehmen sollte.

In der Zeit zwischen Trudis Besuchen rief Leonie manchmal George an, wenn Billy unterwegs war und sie sich einsam fühlte. Am Wochenende machte er dann vielleicht mit ihr einen Ausflug. Er hatte einen alten Schulfreund, Charles, der mit seiner Frau Rosemarie, genannt Bud, in einem alten Herrenhaus an der Grenze zwischen Surrey und Sussex wohnte, und sie besuchten die beiden öfter. Es war ein herrliches Haus aus der Zeit Elisabeths I., erbaut aus wunderschönem, altem, verblasstem Backstein. Rosen rankten über die gesamte Fassade. Aber das Haus verfiel allmählich, weil Charles nicht das Kapital besaß, es zu erhalten. Für gewöhnlich war dort immer etwas los – alle möglichen eigentümlichen und interessanten Leute fanden sich dort ein. Charles und Bud waren weder modern noch modisch, und ihre Gesellschaft war für Leonie eine angenehme Abwechslung nach den Menschen, die Billy und sie sonst in den Londoner Clubs und Pubs trafen. Auf eine gepflegte Oberschichtart waren sie echte Bohemiens. Charles trug Pullover mit Löchern an den Ellbogen und schwang radikale politische Reden, was, wie Leonie fand, nicht ganz zu dem geerbten Haus und den guten Manieren passte; aber er war alles andere als ein Snob und machte sich nichts aus Geld. Aber das hatte er, wie George ihr einmal zuflüsterte, auch nie wirklich nötig gehabt.

»Mrs. Charles«, wie George Bud nannte, wenn sie unter sich waren, war ebenfalls charmant, aber extrem verträumt. Die beiden Söhne des Hauses weilten für gewöhnlich im Internat, für das Charles und Bud irgendwie die Schulgebühren aufbrachten, doch ihre kleine Tochter lebte noch zu Hause und pflegte mit Tara zu spielen. Außerdem gab es zwei leidgeprüfte ältere Retriever, die es sich gefallen ließen, von den Kindern geknufft und herumgeschoben zu werden, während die Erwachsenen zusammensaßen, über Kunst und Politik redeten und zu den merkwürdigsten Tageszeiten Drinks und Mahlzeiten zu sich nahmen.

## Stef

An diesem Punkt verstummte Leonie plötzlich und betrachtete gedankenverloren das Gemälde, das an der Wand hing. Es war das Bild mit dem auffliegenden Vogel und der schwebenden Mädchengestalt. Ein verwirrter Ausdruck verdunkelte Leonies Gesicht, wie Stef besorgt registrierte. Doch schließlich kehrte Leonie mit ihren Gedanken wieder in die Gegenwart zurück und lächelte Stef an.

»Tut mir leid, Sie müssen sich fragen, wo diese ganze weitschweifige Geschichte hinführen soll. Ich habe nur einfach an das alles zurückgedacht. Ich habe Charles und Bud seit vielen, vielen Jahren nicht mehr gesehen. Bald, nachdem ich hier eingezogen war, besuchten wir die beiden wieder in Haslemere, und George kaufte mir dieses Bild. Ich hatte es im Schaufenster eines Trödelladens entdeckt und konnte mich nicht davon losreißen. Das Mädchen sieht aus, als fliege es wie der Vogel, oder? Finden Sie nicht auch, dass es immer um Freiheit geht?«

»Ja.« Stef sah das Bild an und spürte das Hochgefühl, das es ausstrahlte. Sie fand das Bild irgendwie surrealistisch und verstörend wie ein Märchen. Sie erinnerte sich daran, dass sie es bei der Ausstellung in dem Herrenhaus in Derby sofort in Verbindung mit dem Foto des Hähers gebracht hatte.

»Es war nicht besonders teuer, deswegen habe ich es mir von ihm schenken lassen. Ach, der liebe George!« Leonies Gedanken schienen wieder abzuschweifen, und Stef dachte, dass sie sich vielleicht dem Schlüsselteil ihrer Geschichte näherten, den sie nicht gern erzählte. Ruhig wartete sie ab, wie es weitergehen würde. Stef war nervös, aber sie wollte wirklich wissen, was passiert war, und hoffte nur, dass Leonie nicht plötzlich umschalten, das Teegeschirr geschäftig zusammenräumen und sich wieder den praktischen Dingen des Alltags zuwenden würde. Doch Leonies Aufmerksamkeit galt immer noch dem Vogelbild, und sie sah traurig aus.

»Billy war eifersüchtig«, erklärte Leonie schließlich. »Er hat diese besitzergreifende Art immer mit Liebe gleichgesetzt, aber Eifersucht tötet die Liebe, das Vertrauen und die Freiheit.«

**1972**

Von Beginn ihrer Beziehung an war er immer eifersüchtig auf andere Männer gewesen. Zunächst war Leonie so dumm gewesen, das schmeichelhaft zu finden. Schließlich fand sie es ärgerlich. Sie interessierte sich grundsätzlich nicht für andere Männer; sie hatte ihn, und mehr wollte sie nicht. Nachdem er sich von Shelagh geöst hatte, war sie sicher, dass er ihr gegenüber genauso empfand. Sie waren ein Paar, eine vollständige kleine Welt, und sie glaubte, dass er ihr vertraute.

Doch er schimpfte, wenn ein anderer Mann versuchte, mit ihr ins Gespräch zu kommen, und nahm sie ins Kreuzverhör darüber, ob sie ihn attraktiv gefunden habe. Zuerst dachte sie, dass er scherzte, aber schließlich erkannte sie, dass ihm das wirklich Angst machte. Wenn sie versuchte, ehrlich zu sein und sagte, dass sie denjenigen nett oder gut aussehend gefunden hätte, dies aber nicht bedeuten würde, dass sie sich von ihm angezogen fühlte, dann begriff Billy nicht, wo der Unterschied lag. Mit leiser, kalter, sarkastischer Stimme fragte er dann, warum sie nicht mit dem Mann gehen würde, wenn sie ihn gut aussehend finde. Diese Streits verletzen Leonie, aber sie fand sie auch so albern und überflüssig.

Im Lauf der Zeit wurde diese Angst bei ihm immer stärker. Er schien wirklich zu fürchten, dass jemand anderer kommen und sie ihm wegnehmen würde. Sie fand das beleidigend und weigerte sich, auf seine spitzen Bemerkungen einzugehen.

Diese eifersüchtigen Gemeinheiten, aber auch die kleinen Bemerkungen über ihr Aussehen und ihre Fähigkeiten, die dazu angetan waren, ihr Selbstbewusstsein zu untergraben, stimmten Leonie nachdenklich und machten sie zunehmend unglücklich. Sie flirtete nie mit anderen Männern. Warum sollte sie auch? Das wäre gemein von ihr gewesen, und so war sie nicht. Aber etwas in ihr reagierte auch dickköpfig. Warum sollte sie ihr Leben einschränken und sich vorschreiben lassen, mit wem sie reden durfte und mit wem nicht? Manchmal brachte sie das zur Weißglut.

Und so war es auch bei George. »Die Sache bei George«, erklärte sie Billy oft, »ist, dass er Frauen als Freunde betrachtet, und so sehe ich auch ihn, als Freund.« George amüsierte sie, sagte sie, und er kannte so interessante, lustige Menschen, die sich nicht für Oberflächlichkeiten wie das Aussehen eines Menschen interessierten oder dafür, wie viel man für ein Kleid bezahlt hatte.

Taras Geburt hatte ihr gesellschaftliches Leben eingeschränkt. Ihre alten Freundinnen aus der Schule kamen nicht oft in die Stadt, vor allem, nachdem sie jetzt selbst Kinder hatten. Zudem hatte sie den Kontakt zu ihnen nicht richtig gepflegt, nicht einmal den zu Jean. Von ihren Londoner Bekannten hatte nur wenige kleine Kinder; die meisten waren zu beschäftigt damit, Karriere zu machen oder ihre Jugend, so gut sie konnten, zu genießen, daher war George mit seiner exzentrischen Art ein echter Rettungsanker.

Zuerst akzeptierte Billy, was sie sagte. Hilfreich war auch, dass der arme George nie auf einer Liste der bestaussehenden Männer der Welt gelandet wäre. Er wurde schon kahl und trug ein wenig zu viel

Gewicht mit sich herum. Weder durch Georges Äußeres noch durch sein Verhalten musste sich ein richtiger Mann wie Billy bedroht fühlen.

Was Billy schlussendlich nicht ertrug, war, dass sie so viel Zeit mit George verbrachte. Billy war es am liebsten, wenn er wusste, wo Leonie war und was sie tat. Alles ging um Kontrolle. Wenn sie nicht mit ihm arbeitete, sollte sie zu Hause sein, sich um sein Baby kümmern und seine Wohnung in Ordnung halten.

»Ich bin nicht wie deine arme alte Mutter«, pflegte sie zu sagen. Es empörte sie, dass er von ihr erwartete, dass sie tat, was er sagte. Jedes Mal, wenn sie seine Eltern traf – was nicht oft vorkam –, erschauerte sie innerlich und schwor sich, dass sie nie so werden würden wie Billys Eltern, bei denen der Vater das Sagen hatte und die Mutter durch Angst und Drohungen beherrschte.

»Du bist genau wie dein Dad«, schrie sie Billy einmal an und machte ihn damit besonders wütend. Er hasste es, wie sein Vater seine Mutter behandelte, und doch konnte er nicht sehen, dass er sich selbst genauso zu verhalten begann.

Als Tara drei war, war von ihrer Beziehung zu Billy nicht mehr viel übrig. Wenn er in der Wohnung war, hatte sie ständig das Gefühl, dass er sie beobachtete und auf einen Fehler von ihr wartete, um darauf herumzuhacken. Sie lebte in dauernder Anspannung, weil sie unaufhörlich danach befragt wurde, was sie tat und sagte. Billy pflegte schwer zu seufzen, und wenn sie ihn dann fragte, was los sei, lautete die Antwort: »Nichts.« Oder sie erzählte ihm von einem ganz harmlosen Plan, zum Beispiel, sich mit Trudi zum Mittagessen zu treffen, und obwohl er Trudi tolerierte, weil sie ihn zum Lachen brachte, sagte er dann etwas wie: »Das ist deine Entscheidung, oder? Es ist dein Leben«, aber in einem so höhnischen Tonfall, dass sie sich erbärmlich vorkam. Es klang, als beurteile er alles, was sie tat, und befände es für mangelhaft.

Wenn Billy dagegen unterwegs war, schien er sich nicht verpflichtet zu fühlen, Leonie mitzuteilen, was er tat. Wenn er aus dem Ausland zu Hause anrief, dann nicht, um ihr zu sagen, dass es ihm gut ging oder dass er sie liebte, sondern um sie zu kontrollieren. So fühlte es sich jedenfalls an.

Schließlich kam ein Abend, an dem er aus New York anrief und sie nicht zu Hause war. Sie war mit Tara bei George, der spontan einige Freunde zum Abendessen eingeladen hatte. Leonie kam um Mitternacht mit der schlafenden Tara auf dem Arm nach Hause und ging zu Bett, ohne zu ahnen, dass er angerufen hatte.

Das Läuten des Telefons riss sie um fünf Uhr morgens aus dem Schlaf. Billy verlangte mit wütender Stimme zu wissen, wo sie gewesen sei und mit wem, als ob sie ihn betrogen hätte. Das unsanfte Erwachen beeinträchtigte ihr Verständnis deutlich, und sie schrie zurück, dass es »ihre Sache« sei, wo sie gewesen sei, und dass es ihm »recht geschehen« würde, wenn sie mit jemand anderem schlief. Dann knallte sie den Hörer auf. Danach hatte es keinen Sinn mehr, sich umzudrehen und zu versuchen, wieder einzuschlafen. Sie war zu aufgebracht. Ohnehin drang kurz darauf kräftiges Gebrüll aus dem Kinderzimmer.

Am Nachmittag des nächsten Tages holte Leonie ihn wie vereinbart mit Tara am Flughafen Heathrow ab. Als sie in der Menge, die auf die Absperrung zustrebte, sein auf düstere Art gut aussehendes Gesicht und sein entspanntes Lächeln ausmachte, tat ihr Herz trotz allem wie eh und je einen Satz. Er küsste sie beide und war einigermaßen freundlich, obwohl er zu müde war, um sich groß zu unterhalten. Sie fuhren nach Hause und aßen das Abendessen, das sie gekocht hatte, dann badete sie Tara und brachte sie ins Bett, während er die Fernsehnachrichten ansah.

Später sollte sie sich deshalb so deutlich an diese banalen Einzelheiten erinnern, weil das, was als Nächstes geschah, so schockierend war. Es gab keinen Hinweis, keine Vorwarnung, dass etwas nicht stimmte. Sie versuchte, Tara etwas vorzulesen, aber die Kleine war müde, daher legte Leonie sie in ihr Bettchen, drehte die Bären-Spieluhr auf, die sie so liebte, und stellte sie in ein Regal, wo sie vor sich hinklimperte. Sie spielte »Teddy Bears' Picnic«. Das Lied begann ziemlich schnell, um dann nach und nach langsamer zu werden, und als die Uhr mit einem letzten Pling stehen blieb, war Tara eingeschlafen. Leonie stand im Halbdunkel auf und spitzte die Ohren. Als sie Tara tief atmen und seufzen hörte, schlich sie auf Zehenspitzen hinaus und zog die Tür hinter sich zu. Sie drehte sich um. Und da stand er und wartete auf sie.

Der Schlag traf sie in den Magen. Er war so fest, dass es ihr die Luft aus den Lungen trieb. Sie krümmte sich und rang nach Luft. Dann spürte sie, wie er sie am Hals packte und zu Boden warf. Dort lag sie, vor Schmerz und Unglauben wie vom Donner gerührt, und rollte sich schützend zusammen. Sie konnte nur an sein Gesicht denken, bevor er sie geschlagen hatte: kalt, hart und hässlich. Sie sah keinen Zorn und keine Spur von dem Billy, den sie kannte und liebte. Es war das Gesicht eines brutalen Fremden gewesen.

## Stef

Stef starrte Leonie entsetzt an und fühlte das Blut in ihren Schläfen pochen. Leonie hatte die Ereignisse in einem ruhigen, neutralen Tonfall geschildert, und doch spürte Stef, dass dahinter die Emotionen brodelten.

Einen Moment lang herrschte Schweigen, und Stefs Gedanken schweiften ab. Sie zuckte zusammen, als Leonie ihren Arm berührte. »Sind Sie in Ordnung?«, fragte Leonie und sah sie besorgt an. Stef nickte. »Tut mir leid. Was haben Sie dann getan?«, fragte sie leise.

»Nichts«, sagte Leonie. »Ich hatte zu große Schmerzen, und mein Instinkt riet mir, mich lieber nicht zu rühren. Ich hatte Angst, er könnte noch einmal auf mich losgehen, aber das tat er nicht. Es war vorbei.«

## 1972

Sie spürte, dass Billy den Raum verlassen hatte. Heiße und kalte Wellen überliefen sie. Der Schmerz in ihrer Magengrube war unerträglich. Nach einiger Zeit konnte sie wieder richtig atmen und brach in lautes, abgehacktes, heftiges Schluchzen aus. Sie hätte nicht aufhören können, wenn sie es versucht hätte.

Plötzlich war er wieder neben ihr, beugte sich über sie, weinte und flehte sie um Verzeihung an, der alte Billy, der Billy, den sie liebte. Er beteuerte, dass es ihm leidtue und dass er keine Ahnung habe, was über ihn gekommen war. Er sagte, dass er sie sehr liebe, aber dass sie ihn dazu gebracht habe. Sie treibe ihn in den Wahnsinn, sagte er. Sie war verwirrt. Was genau hatte sie falsch gemacht? Als er angerufen hatte, war er wütend und eifersüchtig gewesen, weil sie bei George gewesen war, aber sie hatte ihm keinen Grund gegeben zu glauben, dass sie ihm untreu gewesen wäre.

Er umhegte sie zärtlich. Er hob sie auf die Arme und trug sie ins Schlafzimmer, wo er sie behutsam aufs Bett legte. Dann streichelte er ihr Gesicht und tastete ihren Körper ab, um festzustellen, ob sie sich etwas gebrochen hatte, was glücklicherweise nicht der Fall war. Die ganze Zeit über beteuerte er leise, wie leid es ihm täte. Als sie sich beide ein wenig gefasst hatten, setzten sie sich hin und redeten. Er sei manchmal so zornig auf sie, sagte er und meinte, dass sie ihn zur Verzweiflung treibe. Er klang, als ob er das selbst wirklich glauben würde und als ob das ein plausibler Grund sei, sodass sie darüber nachzudenken begann. Ja, vielleicht hatte sie seinen Zorn selbst auf sich gezogen, indem sie bei George gewesen war. Es musste an ihren Verletzungen liegen, dass sie nicht vernünftig denken konnte.

Schließlich ließ sie zu, dass er mit ihr schlief, weil sie nicht die Kraft hatte, sich zu widersetzen. Er war sehr behutsam, achtete auf ihre Prellungen und schlummerte nachher in ihren Armen ein. Obwohl sie erschöpft war, konnte sie nicht schlafen, nicht zuletzt, weil sie immer noch starke Schmerzen hatte. Stattdessen lag sie da, während ihre Gedanken sich überschlugen, und fragte sich, wie er erst das tun und dann ganz unschuldig an sie geschmiegt schlafen konnte, als wäre alles vergeben und vergessen und sie könnten neu anfangen. Doch selbst da wünschte auch sie sich noch sehnlichst, dass das möglich wäre. Sie strich ihm übers Haar, und er seufzte in seinen Träumen.

Der Schock über das Geschehene ließ nach, aber sie konnte immer noch nicht schlafen. Sie bekam den Anblick seines Gesichts, als er sie geschlagen hatte, nicht aus dem Kopf, die Kälte, als hätte sie sich in einen verachtenswerten Untermenschen verwandelt, in eine Kreatur, die sein Eigentum war und der er eine Lektion erteilen musste. Endlich fand sie die Kraft, sich aus seiner Umarmung zu lösen, zog ihren Morgenmantel an und ging ins Bad, um sich ein Aspirin zu holen.

Im unerbittlich grellen Licht der Neonröhre untersuchte sie ihre Verletzungen. Über ihrem Zwerchfell prangte ein stark geschwollener Bluterguss. Ihre Oberarme trugen die Spuren seiner Finger. Ins Gesicht hatte er sie nicht geschlagen, dachte sie dankbar und fragte sich dann, ob er vielleicht absichtlich aufgepasst hatte. Ein blaues Auge hätte die Umwelt bemerkt. Und es gab noch einen Grund: Ihr Gesicht war ihr Kapital.

Am nächsten Morgen gab sich Billy fröhlich und versöhnlich, als hätte jemand wirklich die Uhr zurückgedreht und ihre Welt erneuert. Sie ihrerseits spielte mit, zog sich ausnahmsweise richtig an und machte ihm das Frühstück, das er am liebsten mochte: Speck, Eier und knusprig gebratenes Brot. Währenddessen erzählte ihm Tara munter plappernd von der Sindy-Puppe, die er ihr aus

New York mitgebracht hatte. Besser gelaunt, als sie ihn seit Langem erlebt hatte, brach er zu seinem Vormittagstermin auf. War das alles, was er brauchte?, dachte sie verbittert, als sie die Wohnungstür hinter ihm schloss und ihre Schürze abnahm. Eine fügsame, hübsche Ehefrau und ein gutes Frühstück?

Als er fort war, war es, als hätte sich eine dunkle Wolke verzogen. Sie konnte wieder richtig denken, obwohl sie sich große Mühe geben musste, nicht zu weinen, und einen Kloß im Hals hatte. Sie wischte Tara Gesicht und Hände ab, hob sie aus ihrem Hochstuhl, obwohl ihr das Schmerzen bereitete, und setzte sie auf den Boden, damit sie mit Sindy spielen konnte, während sie den Frühstückstisch abräumte und nachdachte. In welche Richtungen ihre Gedanken auch davongaloppierten, sie kam immer wieder zum selben Schluss: Sie konnte nicht mehr mit Billy zusammenleben. Sie wollte nicht einmal mehr hier sein, wenn er heute Abend nach Hause kam. Aber wohin sollte sie sich wenden? Saxford war so weit weg, und sie hatte Angst, was ihre Eltern sagen würden, wenn sie mit Tara vor der Tür stand und ihnen erklärte, dass sie ihren Mann verlassen hatte. Das, was ihr zugestoßen war, lag jenseits des Erfahrungshorizonts ihrer Eltern, so wie es bisher auch außerhalb ihres eigenen gelegen hatte. In ihrer Familie betrachtete man einen Ehestreit als Privatangelegenheit, die niemand anderen etwas anging. Sie fühlte sich beschmutzt, aber auch schuldig, weil sie Billy vielleicht dazu getrieben hatte, gewalttätig zu werden.

Schließlich wählte sie Georges Büronummer. Seine Sekretärin nahm ab, und es dauerte einige Zeit, bis sie ihn aufgetrieben hatte. Doch dann erklang plötzlich seine warmherzige, beruhigende Stimme am anderen Ende der Leitung.

»Ich bin's«, sagte Leonie mit bebender Stimme und brach dann in Tränen aus.

»Warte dort auf mich«, sagte er, nachdem er ihr entlockt hatte, was los war. »Ich komme, sobald ich hier fertig bin.«

»Ich kann keine Minute länger hierbleiben«, schluchzte sie, während sich Tara, die Leonies Kummer mitbekommen hatte, an ihr Bein klammerte und ebenso schluchzend verlangte, dass ihre Mamma mit dem Weinen aufhören sollte.

Sie hörte, wie George den Hörer weglegte und mit jemandem im Studio darüber sprach, ob er seine Termine absagen konnte. Dann kam er wieder an den Apparat. »Ich schicke dir ein Taxi«, erklärte er. »Fahr zu mir. Peter lässt dich herein, ich rufe ihn an und komme dann so bald wie möglich nach.«

## *Stef*

Leonie rutschte in ihrem Sessel herum und nahm eine bequemere Haltung ein, bevor sie fortfuhr. »Also habe ich getan, was er mir gesagt hat. Ich habe eine Tasche für Tara und ein paar Koffer für mich gepackt und Billy eine Nachricht hinterlassen. Ich schrieb ihm, dass ich für ein paar Tage fortgehen würde und dass er nicht nach mir suchen solle. Dann kam der Taxifahrer, lud mein Gepäck ins Auto, und wir fuhren los. Ich bin direkt hierhergekommen, wie George es mir gesagt hatte, und nun ja, seitdem lebe ich hier.«

»Ist Billy Ihnen nicht nachgekommen?«, unterbrach Stef sie.

Leonies Miene verhärtete sich. »Er hatte erraten, wo wir hingefahren waren, also stand er am nächsten Tag hier vor der Tür. Er war außer sich, als ich ihn nicht hereinließ. Danach war es ein paar Wochen lang extrem schwierig; er entschuldigte sich und flehte mich an, zu ihm zurückzukehren, und ich war stark versucht, seinem Drängen nachzugeben. Aber ich hatte zu viel Angst, um es wirklich zu tun. Wir beide trafen uns in der Öffentlichkeit, in Restaurants oder Parks, und natürlich durfte er Tara sehen.

Ich besuchte meine Eltern, aber mir wurde schnell klar, dass ich die Sache richtig eingeschätzt hatte. Sie konnten nicht verstehen, warum ich Billy gleich verlassen hatte, und versuchten, mich zu überreden, mich mit ihm zu versöhnen. Ich merkte auch, dass es ihnen unangenehm gewesen wäre, wenn ich zu ihnen gezogen wäre. Tara und ich wären eine Belastung für sie gewesen. Sie selbst hätten es sicher nicht so gesehen, aber ich wusste, wie konservativ ihre Nachbarn waren. Es wäre Mum und Dad gegenüber nicht fair gewesen, ihnen eine Tochter mit einer gescheiterten Ehe aufzudrängen, und außerdem wäre Tara gehänselt worden, sobald sie alt genug gewesen wäre, um in die Schule zu gehen. Nein, in London war es einfacher. Dort wussten die Menschen nicht so viel über einen. Außerdem neigten unsere Freunde weniger dazu, andere Leute zu verurteilen.

Nach ungefähr einem Jahr gab Billy seine Versuche, mich zur Rückkehr zu überreden, auf, und kurz darauf verliebte er sich. Es war auf einer seiner Reisen nach New York, und ihr Name war Nancy. Sie war ein Laufsteg-Model, sehr jung und sehr bedürftig. Ich bin ihr nie begegnet, aber Trudi schon, und sie hat mir alles über sie erzählt. Schließlich hat er Nancy geheiratet, aber sie hat ihn irgendwann verlassen. Trudi hat eine oder zwei Geschichten gehört, die darauf hinwiesen, dass Billy sich nicht verändert hatte.«

»Haben Sie sich keine Sorgen gemacht, als Tara zu ihm nach Amerika gegangen ist?«, fragte Stef.

»Oh nein, Billy hätte Tara niemals wehgetan.« Leonie klang in diesem Punkt sehr sicher, aber Stef fragte sich, woher sie das so genau wissen wollte. Nach allem, was sie hörte, war ihre Tochter nicht die Stabilste.

»Billys Auffassung von Erziehung war eine Art gutmütiger Vernachlässigung«, erklärte Leonie, als lese sie Stefs Gedanken. »Ich habe mir oft gewünscht, dass ich sie in diesem Sommer nicht mit ihm in die Staaten hätte gehen lassen oder wenigstens entschiedener versucht hätte, sie zur Rückkehr zu bewegen. Vierzehn ist so ein schwieriges Alter, und sie hatte dort niemanden, der ihr die Richtung gewiesen hätte.« Sie seufzte. »Aber wer weiß schon, wie sie sich entwickelt hätte, wäre sie bei mir geblieben?«, fügte sie an sich selbst gerichtet hinzu. »Das kann man unmöglich beurteilen.«

»Ich wusste, dass Sie es verstanden«, flüsterte Stef und sah dankbar und voller Zuneigung zu Leonie auf. »Sie ahnten, wie ich mich fühlte, nachdem ich Oliver verlassen hatte, weil Ihnen das Gleiche passiert ist.«

Leonie erwiderte ihr Lächeln. »Nein, nicht genau das Gleiche, aber ja, es gibt Ähnlichkeiten. Ich hatte so eine Ahnung, wie Sie sich fühlten.«

»Danke, dass Sie mir Ihre Geschichte erzählt haben. Sie hat mir geholfen, mich weniger … allein zu fühlen.«

»Das freut mich«, sagte Leonie. »Es ist lange her, seit ich mit jemandem darüber gesprochen habe, und es hat auch mir gutgetan, wissen Sie. Ich bin mir sicher, dass ich einiges vergessen und anderes ausgeschmückt habe, aber das sind nun einmal die Streiche, die einem die Erinnerung spielt. Dennoch finde ich, dass es nützlich ist, sein eigenes Leben zu verstehen. Sie und ich sind Überlebenskünstlerinnen. Rosa auch. Was einen nicht umbringt, macht einen stärker, nicht wahr? Wir müssen uns dem Leben mutig stellen, Stef.«

## Rosa

Blake fuhr durch einen friedlichen Teil von King's Lynn, wo die Straßen in merkwürdigen Winkeln aufeinandertrafen und alte Backsteingebäude neben modernen Wohnblocks und Läden standen, als hätte ein verrückt gewordener Stadtplaner das Ganze in die Luft geworfen und Fundamente schlagen lassen, wo es eben hinfiel.

»Da, hinter dem Pub«, sagte Jamie und zeigte auf eine Einfahrt. Sie fanden sich auf einem Hof wieder, wo sie auf einem von mehreren Stellplätzen vor einem weißen, kastenförmigen Haus mit doppelt verglasten Türen parkten. Es wirkte freundlich und war von Rasenflächen und Büschen umgeben, obwohl Rosa kaum einen Blick dafür hatte. Sie sah Will an, der ihre Unsicherheit wahrnahm und ihr beruhigend zulächelte.

»Kommen Sie mit hinein?«, fragte sie ihn.

Er schüttelte den Kopf. »Es ist besser, wenn Sie allein gehen. Wir bleiben in der Nähe. Rufen Sie mich an, wenn Sie fertig sind.« Sie war sich bewusst, dass die drei zusahen, wie sie unsicher zum Eingang ging. Sie waren hier, um sie zu beschützen und zu unterstützen. Tief im Herzen wusste sie, dass sie recht hatten. Dies war etwas, das sie allein tun musste. Sie würden nicht weit weg sein. Blake hatte gesagt, dass er ein schönes Café am Hafen kenne. Sie drückte den Klingelknopf und wartete. Die Morgensonne spiegelte sich auf dem Glas, sodass sie nicht hineinsehen konnte, doch dann bemerkte sie einen Schatten. Jemand kam und schloss auf.

Der kleine, stämmige Mann, der wie ein uniformierter Türsteher wirkte und sie einließ, fragte sie nach ihrem Namen und führte sie dann über einige Meter Teppichboden in ein kleines, helles Büro, das einem Sprechzimmer ähnelte. Dort saß eine elegante Frau unbestimmten Alters mit ovalem Gesicht und dunklem, zu einem ordentlichen Knoten hochgestecktem Haar an einem Schreibtisch und schrieb Berichte. Sie stellte sich als Bridget vor, schüttelte Rosa die Hand und forderte sie mit einer Geste auf, ihr gegenüber Platz zu nehmen.

»Mein Bruder ist hier bei Ihnen«, erklärte Rosa. »Darf ich ihn bitte sehen?«

»Natürlich, gleich, aber zuerst müssen wir uns unterhalten.« Bridget setzte sich wieder hin und schien Rosa zu taxieren, bevor sie weitersprach.

»Ihr Bruder wurde gestern am frühen Morgen hergebracht«, sagte sie, »zusammen mit den anderen Männern. Er hat sofort darum gebeten, dass wir mit Ihnen als nächster Angehöriger Kontakt aufnehmen. Aus diesem Grund sind Sie hier. Er war erleichtert zu hören, dass Sie sich in London aufhalten und nach ihm gesucht haben. Ein Arzt hat ihn untersucht, aber wir empfehlen, dass er noch ein wenig hierbleibt. Er hat ziemlich viel durchgemacht, Miss Dexter. Die Menschen, die ihm das angetan haben, befinden sich in Haft. Sobald es ihm gut genug geht, wird die Polizei ihn besuchen, um seine Aussage aufzunehmen. Wir bieten ihm eine therapeutische Betreuung an, und wir werden prüfen, ob ihm Sozialleistungen zustehen ...«

»Er muss also hierbleiben?«, unterbrach Rosa sie verwirrt.

Bridget schüttelte den Kopf. »Nein, nein, er muss nicht. Er kann nach Belieben kommen und gehen. Aber dieses Haus ist als Schutzraum konzipiert, und ich glaube, Sie werden feststellen ... Aber kommen Sie, ich bringe Sie zu ihm.«

Stef folgte Bridget durch eine Tür auf der anderen Seite des Ganges in einen friedlich wirkenden Aufenthaltsraum, wo zwei Männer auf einem Sofa saßen und auf einem großen Flachbildschirm Fußball schauten. Die Glastüren standen offen, und dahinter befand sich ein kleiner, umbauter Garten. Auf einer Bank am Haus sah Rosa einen schlanken jungen Mann sitzen, der ihr den Rücken zuwandte. Als er Schritte auf dem Hof hörte, drehte er sich um. Dann stand er auf und kam auf die beiden zu. Als er Rosa sah, leuchteten seine Augen vor Glück. Diese Augen waren blau und klar wie ein Stück Himmel, genau wie ihre eigenen.

»Mik!« Sie stürzte auf ihn zu, umschlang ihn und spürte ihn zitternd und lebendig in ihren Armen. Er war dünner als in ihrer Erinnerung. Durch seine Haut fühlte sie seine Knochen, in seinem Griff lag wenig Kraft. Er zitterte und flüsterte in ihr Haar hinein. »Rosa, oh Rosa, du hast mir so gefehlt.« Dann war es mit seiner Selbstbeherrschung endgültig vorbei, und er begann, laut und unkontrollierbar zu schluchzen. Sie zog ihn fester an sich und murmelte beruhigende Worte wie früher ihre Mutter. Jetzt weinte sie ebenfalls, aber vor Freude, und streichelte sein strähniges, zottiges Haar. »Jetzt ist alles gut, Mik, mein Kleiner, du bist in Sicherheit.«

Danach saßen sie lange zusammen, hielten einander an den Händen, lachten und weinten abwechselnd und erzählten sich alles, was passiert war, seit sie zuletzt zusammen gewesen waren. »Sie sind hier nett zu mir«, sagte er schließlich zu ihr. »Mrs. Bridget meint, ich soll noch eine Weile bleiben und mich erholen, und dann kann ich vielleicht zu dir nach London kommen.«

»Wenn du das für das Beste hältst, Mik. Es scheint hier sehr schön zu sein.«

»Sie sagt, ich kann mich frei bewegen. Vielleicht können wir heute Nachmittag in die Stadt gehen, und ich kann deine Freunde treffen. Ich würde Will gern wiedersehen. Er hat versucht, mir zu helfen.«

»Viele Menschen haben mitgeholfen, Mik. So vielen bist du wichtig. Wenn du nach London kommst, wirst du sie alle kennenlernen.«

# Zehn

## *Leonie*

Am Morgen des letzten Maisonntags trafen die Bewohner von Bellevue Gardens 11 zusammen vor dem Gemeindesaal ein, wo ein verlegen wirkender Peter sie an der Tür begrüßte.

»Man kommt sich vor wie bei einer Hochzeit, findest du nicht?«, begrüßte Leonie ihn fröhlich. Sie meinte diese besondere Mischung aus feierlichem Ernst und Fröhlichkeit, die bei dem heutigen Ereignis herrschte.

»Jedenfalls sind wir alle herausgeputzt wie die Pfingstochsen«, lautete Peters Antwort. Sogar er trug einen Anzug, und Stef hatte sein Hemd sorgfältig gebügelt.

»Ich gehe mal davon aus, dass du das als Kompliment meinst«, sagte Leonie und schaffte es, ihre Gereiztheit herunterzuschlucken. Wie die anderen hatte sie sich Mühe gegeben und ein hübsches blassblaues Kleid ausgesucht, das sie sich vor ein paar Jahren für die Hochzeit von Trudis Tochter gekauft hatte. »Es ist ein bedeutsames Ereignis, Peter.« Sie legte die Hand auf seinen Arm. »Du tust da etwas ganz Wunderbares.«

Peter gab einen Laut von sich, der wie ein peinlich berührtes Räuspern klang, wirkte aber trotzdem erfreut. »Wollt ihr den ganzen Tag draußen stehen und schwatzen?«

Sie folgten ihm in die Halle. In ihrem leinenen Etuikleid, das sie auf einem ihrer Züge durch die Second-Hand-Läden aufgetan hatte, wirkte Stef kühl und elegant. Rick trug sein neues Hemd und Jeans. Jamie war wie immer in schwarzen Stiefeln und seiner Bikerjacke erschienen und sah äußerst attraktiv aus. Rosa, die einen ihrer adretten Trägerröcke anhatte, erklärte, sie werde draußen auf Michal warten, der leider verschlafen hatte. Will hatte ihr per SMS Bescheid gegeben.

Will selbst stand in der Halle, wo er Bela und Hari hinter der Klappe, die zur Küche führte, bei den Erfrischungen half. Sie waren alle früh aufgestanden.

Leonie war erst einmal hier gewesen, vor drei Wochen, als Peter verkündet hatte, was das für ein Projekt war, über das alle wochenlang spekuliert hatten. Sie hatte sich bereit erklärt, ihn zu begleiten und moralische Unterstützung zu leisten, während er sich die Halle ansah, die er von der Kirche mieten wollte.

Beim letzten Mal hatte alles noch ganz anders ausgesehen. Vor drei Wochen standen an den Wänden aufgestapelte Stühle und zusammengeklappte Tische, an Pinnwänden aus Kork hingen Ankündigungen für Yogastunden und die Sonntagsschule, und in einer Ecke stand eine Kiste mit Spielzeug. Jetzt war der Innenraum durch filzbezogene Trennwände aufgeteilt, an die Peter seine Bilder gehängt hatte. Die meisten davon kannte sie, aber dieses Mal waren sie mit Titeln und Kurzbeschreibungen auf Schildchen versehen. Leonie interessierte, was darauf stand.

Sie nahm eine Broschüre von einem Stapel auf einem kleinen Tisch mit grünem Tischtuch, studierte sie genau und sah verblüfft zum ersten Mal, welche Preise Peter verlangte. Einen Moment lang fühlte sie sich überwältigt und gerührt von der Erkenntnis, dass er das für sie tat, dass er sein Werk für sie opferte. Sie schloss die Augen und öffnete sie dann wieder, als sie dicht an ihrem Ohr Stefs besorgte Stimme hörte. »Geht es Ihnen gut, Leonie?«

»Ja, natürlich, ich war nur mit den Gedanken anderswo.« Sie legte die Broschüre wieder auf den Stapel. »Machen Sie mit mir einen Rundgang?«, fragte sie. »Ich nehme an, die Bilder hängen in einer bestimmten Reihenfolge, oder?«

»Ja«, erklärte Stef, die Peter beim Aufhängen der Bilder geholfen hatte. »Sie sind grob nach Themen geordnet, aber auch danach, wann Peter sie gemalt hat. Wir fangen hier drüben an der Tür an.«

Die ersten Bilder, drei Stillleben von Fundstücken, versetzten Leonie in die Zeit zurück, als Tara und sie ins Haus gezogen waren. Sie erinnerte sich daran, wie isoliert Peter gewirkt hatte und dass er den Wintergarten zum Malen benutzt hatte, weil ihm gefiel, wie die Sonne durch die Blätter fiel. Erst später hatte er begonnen, im Keller zu malen, nachdem George die dichte Hecke vor den Fenstern hatte ausgraben lassen, damit Licht in die Kellerräume fiel.

»Diese Muschel hat ihm Tara in Cornwall gekauft«, murmelte Leonie und wies auf eines der Gemälde. »Und dieser Stoff war ein alter Samtvorhang aus einem der Schlafzimmer. So ein schönes Blau.«

Sie gingen weiter. An der folgenden Wand hingen die Bilder, die sie bei sich als Fantasy-Gemälde bezeichnete. »Das hier finde ich richtig toll«, sagte Stef und blieb vor dem Bild mit dem Haus im Wald stehen. »Es strahlt für mich so ein Gefühl von Geborgenheit aus.«

Leonie wollte nicht sagen, dass sie es unheimlich fand. Andererseits war es auch möglich, dass ihre Erinnerung an diese Zeit ihr Urteil beeinflusste, denn Leonie wusste, dass Peter eine depressive Phase durchgemacht hatte, als er diese Bilder gemalt hatte.

Ohne sie richtig anzusehen, ging sie an zwei Leinwänden vorbei, die im Wesentlichen dick aufgetragene Impasto-Wirbel darstellten. Peter hatte sie nach Georges Tod gemalt, und sie ertrug sie nicht. Dann trat sie um eine Trennwand herum und sah das einzige Bild, das von einer wunderschönen Serie von Seestücken übrig war, die sich bei seiner letzten richtigen Ausstellung Anfang der 1990er-Jahre in einer Galerie im West End richtig gut verkauft hatten.

Damals hatte er ein paar Monate bei einem Angelfreund an der Küste von Yorkshire in der Nähe von Whitby verbracht, und die Bilder waren das Ergebnis gewesen.

An einer anderen Wand hing eine Reihe Porträts. Gott sei Dank war das von Jamie nicht dabei. Das sollte er nach Leonies Meinung auf keinen Fall verkaufen, aber sie erkannte Menschen, denen sie im Lauf der Jahre begegnet war: Jennifer, die Schauspielerin, die eine Weile im Haus gelebt hatte, ein Allround-Handwerker, den Leonie gelegentlich beschäftigt hatte und der ein sehr ausdrucksvolles Gesicht hatte. Sie hatte immer gefunden, dass diese Bilder zu Peters besten Arbeiten gehörten, aber das Publikum schien anderer Meinung zu sein.

Es waren noch mehr Bilder, insgesamt über hundert, darunter auch ein Dutzend gerahmter Skizzen. »Was für ein umfangreiches Werk«, meinte Leonie, nachdem sie ihren Rundgang beendet hatten. »Es ist seltsam, sie alle an einem Ort versammelt zu sehen.« Es war, als hätte Peter sein ganzes Leben genommen und es öffentlich zur Schau gestellt. Und das hatte er für sie getan – und für das Haus.

»Soll ich Ihnen ein Glas Wein holen?« Stef stand mit besorgt gerunzelter Stirn vor ihr, und Leonie begriff, dass sie sich wahrscheinlich eigenartig verhielt.

»Das wäre eine gute Idee, oder?« Stef eilte davon. Sie war so ein liebes Mädchen und machte heute einen so glücklichen Eindruck. Erst gestern hatte sich das College gemeldet, bei dem sie sich beworben hatte. Sie war für nächste Woche zu einem Vorstellungsgespräch eingeladen!

Leonie blickte sich in der Ausstellung um und genoss es, kurz allein zu sein. Sie ging zu den Zeichnungen zurück, stand da und bewunderte Peters Gefühl für Linien in einer Serie von Londoner Gesichtern, die er eingefangen hatte.

Unterdessen füllte sich der große Saal mit Besuchern. Leonie hatte mitbekommen, dass Stef und Rick sich zusammen mit Will um die Werbung für die Ausstellung gekümmert hatten. Sie hatten in den letzten Wochen viel über online dies und online das geredet und Listen in der Küche liegen gelassen, aber nun staunte sie über die Wirkung, die das Ganze gezeigt hatte. Die Lokalzeitung würde am Vormittag einen Fotografen schicken, und Rick hatte ihr kurze Ankündigungen für die Ausstellung auf verschiedenen Webseiten gezeigt. Peter kann wirklich stolz auf die jungen Leute sein, dachte sie. Stef kam zurück und brachte ihr ein Glas Wein und einen Teller voller Leckereien. Bela und Hari hatten zu der Veranstaltung das beigetragen, worauf sie sich gut verstanden: kunstvoll geformte Teigtaschen mit herzhaftem Gemüse, mit Sprossen belegte Toasts, winzige, zarte bunte Cupcakes. »Oh, großartig, Stef, danke!« Sie kostete einen der Cupcakes und fand ihn köstlich. Dann nippte sie an dem perfekt gekühlten Wein. Trudi hatte sehr großzügig ein Dutzend Flaschen Prosecco gespendet, und da kam Trudi auch schon selbst. Das war endlich einmal ein Hut, der Peter gefallen würde! Trudi trug einen einfachen schwarzen Faszinator auf ihrem silbrig glänzenden Haar, der ihre grazile, alterslose Eleganz unterstrich. Begleitet wurde sie von einem Mann, den Leonie sofort erkannte. Nicht weil sie ihn schon einmal gesehen hätte, sondern weil Trudi ihn ihr beschrieben hatte. Er war ganz klassisch gekleidet und trug einen schwarzen Maßanzug mit schmaler Krawatte. Mit seinem intelligenten, wettergegerbten Gesicht und dem glatt zurückgekämmten eisengrauen Haar konnte er niemand anderer sein als Trudis aufmerksamer Ex-Gangster. Während Leonie Trudi begrüßte, huschten seine scharfen schwarzen Augen schon zwischen den Gemälden im Saal hin und her, und er blieb kurz stehen, um eines anzusehen. Dazu setzte er eine Brille auf.

»Leonie, Liebes.« Die Freundinnen begrüßten einander mit Küsschen und traten dann zurück, um sich gegenseitig zu bewundern. »Da sind wir, zwei alte Models, und haben immer noch Spaß.«

»Du bist immer noch wunderschön, liebe Trudi.«

»Ich brauche dazu zwar ein wenig länger als früher, aber ich versuche, den Schein zu wahren!«

Leonie lachte und schlug dann einen vertraulichen Tonfall an. »Gehe ich richtig in der Annahme, dass das Tony ist?«

»Genau! Er wollte unbedingt mitkommen. Er brauchte mich aber auch nicht groß zu überreden, ihn mitzunehmen.«

»Es sieht jedenfalls aus, als ob er sich für die Bilder interessieren würde.« Tony schien vollkommen vertieft in die Stillleben zu sein.

»Selbstverständlich, Leonie. Das ist sein Job, obwohl er angeblich im Ruhestand ist.«

»Wirklich? Soll ich ihn Peter vorstellen?«

»Gute Idee. Wo steckt Peter denn? Ich habe ihn noch gar nicht gesehen.«

»Er versteckt sich wahrscheinlich. Da ist er ja.« Stef stand an dem Tisch mit den Broschüren und teilte sie an die Besucher aus. Hinter ihr drückte sich Peter herum, mit einer Miene, in der sich Stolz und Verlegenheit mischten. Es sah aus, als ob er versuche, nicht aufzufallen.

Trudi ging Tony holen, während Leonie sich höflich mit einem jüngeren, wohlhabend wirkenden Paar unterhielt, in dem sie Nachbarn aus Bellevue Gardens erkannte. Jimmy Hennings hieß der Mann. Mit der Frau hatte sie noch nie gesprochen. Jimmy war einer von diesen Männern, die mit einem frischen, offenen Gesicht durchs Leben stromerten wie ein freundlicher Retriever und Freude an allem Neuen hatten, was sie entdeckten. Es war schwer, ihn nicht zu mögen.

»Wir sind fest entschlossen, ein Gemälde zu kaufen«, erklärte er, und ein Lächeln brachte sein pausbäckiges, rosiges Gesicht zum Strahlen. »Jilly und ich wussten ja gar nicht, dass bei uns in Bellevue Gardens ein Künstler lebt.«

Oh Gott, hießen sie wirklich Jimmy und Jilly? »Peter ist sehr bescheiden.« Leonie ließ die Gelegenheit verstreichen, ihre eigenen künstlerischen Neigungen zu erwähnen. Heute war schließlich Peters Tag.

Jilly war mollig, hatte Grübchen und machte ein besorgtes Gesicht. »Wir sind uns nicht sicher, ob wir die Flaschen oder die Muscheln kaufen sollen«, sagte sie. »Unser Wohnzimmer ist in hellen Gelbtönen gehalten, wissen Sie.«

»Ich würde das nehmen, das mir am besten gefällt«, meinte Leonie und dachte, dass dies eine eigenartige Art war, ein Bild zu beurteilen.

»Das hab ich auch gesagt«, erklärte Jimmy hocherfreut. »Dann also die Muscheln.«

Wenn es nicht passte, konnten sie das Zimmer immer noch neu streichen, dachte Leonie leicht boshaft, während sie die beiden zu Stef schickte, die ihr Geld entgegennehmen würde.

Dann vergaß sie die Hennings, denn Rosa und Michal traten durch die Tür. Mit seinen großen Augen wirkte Michal immer noch so wachsam wie ein Welpe aus dem Tierheim, aber inzwischen war er nicht mehr so mager und auch nicht mehr so blass. Leonie ging auf die beiden zu und schickte sie zu den Erfrischungen.

»Leonie, das ist Tony.« Als sie Trudis Stimme hörte, die man nur als Schnurren bezeichnen konnte, drehte sie sich um. Sie blickte in ein Paar forschende dunkle Augen und registrierte einen Hauch teures Eau de Cologne, dann nahm Tony Leonies Hand und drückte sie mit einem festen, warmen Griff.

»Wie schön, Sie endlich kennenzulernen«, murmelte er. »Sie sind ganz genau so reizend, wie Trudi Sie beschrieben hat.«

»Oh, Tony, hör sofort damit auf«, schimpfte Trudi, aber sie lächelte, und Leonie wurde klar, dass Tonys bereitwillig angeknipster Charme ein stehender Witz zwischen den beiden sein musste.

»Ach, in meinem Alter freue ich mich über jedes Kompliment«, sagte Leonie und strahlte die beiden herzlich an. Nach den Jahren mit Billy hatte sie gelernt, Gefallen an solchen Spielchen zu finden.

»Ich bin mir sicher, dass Sie sich dann sehr oft freuen können«, gab er den Ball zurück wie ein Tennisspieler.

»Schön ausgedrückt, Tony. Aber nun, liebste Leonie, würde Tony gern Peter kennenlernen.«

»Das soll er auch!« Leonie lenkte Peters Aufmerksamkeit auf sich und winkte ihm. Blitzschnell kam er herüber und gab sich die größte Mühe, freundlich auszusehen, obwohl dabei nur ein argwöhnischer Ausdruck herauskam. Leonie stellte die beiden einander vor und erklärte Peter, dass Tony früher Kunsthändler gewesen sei.

»Ich wollte einfach den Künstler beglückwünschen«, sagte Tony, und Peter ergriff zögernd seine ausgestreckte Hand. »Sie zeigen in Ihrer Arbeit einen ausgezeichneten Sinn für Farben.«

»Danke«, brachte Peter heraus.

»Ein oder zwei der Bilder hier interessieren mich, und ich würde gern unter vier Augen mit Ihnen sprechen.« Peter schien ein paar Zentimeter zu wachsen, und die beiden gingen davon, um eine der größeren Landschaften zu betrachten.

»Das ist sehr, sehr nett von ihm«, meinte Leonie nüchtern zu Trudi.

»Nein, ich bin mir sicher, dass er wirklich interessiert ist.«

»Peter würde es sehr viel bedeuten, wenn er tatsächlich etwas kauft.« Sie unterbrach sich, um Karina zu begrüßen, die außer Atem war, nachdem sie wahrscheinlich vom Café aus den Hügel hinaufgerannt war. Rosa wurde auserkoren, um sie durch die Ausstellung zu führen, und Michal folgte in ihrem Schlepptau und machte einen leicht verwirrten Eindruck.

»Ist das der Junge, der ...«, flüsterte Trudi.

»Ja«, sagte Leonie. »Einstweilen wohnt er bei Rosas Freund Will. Ich glaube, er weiß noch nicht, was er langfristig vorhat, ob er in England bleibt oder zurückgeht. Wahrscheinlich hängt das teilweise von Rosa ab. Ich habe dir doch erzählt, dass der Vater der beiden hier im Gefängnis sitzt, oder?«

»Ja, schrecklich.«

»Also kann es sein, dass sie seinetwegen bleiben. Rosa ist ein sehr loyales Mädchen. Aber vielleicht spielt auch noch ein anderer Faktor eine Rolle.«

»Ach?«, meinte Trudi, sah sich um und folgte Leonies Blick zu einem großen, schlanken Mann mit einem Kopf voller blauschwarzer Locken, der lässig auf eine Stuhllehne gestützt dastand und sich angeregt mit Jamie unterhielt, der seinerseits Bier aus der Flasche trank und lachend den Kopf zurückwarf. »Das ist Will?«, flüsterte sie.

»Ja.«

»Der, der bei der Suche nach ...«

»Das ist er.«

»Und du glaubst, er und Rosa ...?«

»Ja, aber ich glaube, die beiden wissen es noch nicht.«

»Ach, die Jugend.«

»So ist es«, meinte Leonie, »obwohl ich glaube, dass ich meine ziemlich verpfuscht habe.«

»Das Alter hat auch seine Vorteile.«

»Ja«, seufzte Leonie. »Wie sagt man noch? Wie schön es wäre, jung zu sein, aber die Weisheit des Alters zu besitzen, etwas in der Art.«

»Ich war schon immer der Meinung, dass dieser Satz viel zu langweilig und vernünftig klingt. Mir wäre so viel Spaß entgangen.«

»Du hast doch immer noch Spaß, Trudi, das gehört zu den Eigenschaften, die alle an dir lieben.«

»Oh, danke, Liebes. Ich wünschte nur, du hättest mehr davon. Du hast es verdient. Hätte Guillaume nur ...«

»Nein, Guillaume ist jetzt Vergangenheit, und ich bin sehr zufrieden mit meinem Leben. Außerdem habe ich Spaß, Trudi, nur anderen als du.« Sie blickte in die Runde und freute sich, dass so viele Menschen gekommen waren, um Peters Bilder zu sehen. Was sie außerdem erfreut registrierte, war, dass Stef ein weiteres *Verkauft*-Schildchen anbrachte, dieses Mal an einem Gemälde, das eine bunte Wiese zeigte. Da erschien es kleinlich, sich mit der unausweichlichen Wahrheit zu beschäftigen. Diese Wahrheit, die sie jedoch für sich behalten würde, war: Selbst wenn jedes einzelne von Peters Bildern für den Preis verkauft würde, den er verlangte, würde das nur einen Bruchteil der Summe ausmachen, die sie brauchten, um den Erbpachtvertrag für Bellevue Gardens 11 zu erneuern.

Um zwei war die Party so gut wie vorbei, und die Besucher zerstreuten sich. Leonie half Hari, Rick und Bela beim Aufräumen, und Jamie trug das übrig gebliebene Essen, das Geschirr und die Weingläser zu Blakes Auto, das er sich geliehen hatte.

Trudi und Toni kamen in die Küche, um sich zu verabschieden, und Leonie, die ziemlich erschöpft war, nahm ihr Angebot, sie nach Hause zu fahren, gern an.

»Nein, wir kommen klar«, riefen die anderen im Chor, als sie fragte, ob es in Ordnung sei, wenn sie ging. »Fahren Sie nur, Leonie, und legen Sie die Beine hoch«, sagte Stef, und Leonie stellte fest, dass sie sanft, aber energisch aus der Küche geschoben wurde. Peter unterhielt sich mit jemandem, er sprach vielleicht gerade mit einem potenziellen Käufer, daher winkte sie ihm kurz zu und ließ sich dann von Trudi hinaus zum Parkplatz führen. Dort setzte Trudi sie auf den Beifahrersitz von Tonys schwarz glänzender Limousine.

In Bellevue Gardens angekommen, bat sie die beiden zum Tee herein. »Es gibt auch Kuchen. Ich habe gestern Früchtebrot gebacken.«

»Haben wir denn Zeit, Tony?«

»Warum nicht, aber sind Sie sich sicher, Leonie? Sie müssen doch sehr erschöpft sein.«

»Nicht zu erschöpft für eine Tasse Tee mit Freunden. Und ich möchte Ihnen gern das Haus zeigen, zu dessen Rettung Sie vielleicht beitragen. Sehen Sie, da vorn ist eine Parklücke. Am Wochenende gilt das Parkverbot nicht.«

Während Trudi Tony den Garten zeigte, machte Leonie den Tee. Als sie den Deckel von der Kuchendose nahm, wehte ihr der tröstliche Gewürzduft des Kuchens entgegen. Kirschen, Korinthen, Zimt. Das Rezept stammte von ihrer Mutter und erinnerte sie immer an ihre Kindheit und daran, auf welch magische Weise all die Zutaten nach dem Ende der Rationierung aufgetaucht waren. Was man heute alles als selbstverständlich betrachtet, dachte sie, während das Messer durch den feuchten Kuchen glitt und sie den köstlichen Duft genoss.

Ein eigenartiger Tag war das gewesen und ziemlich befremdlich, all diese Bilder aus Peters und ihrer Vergangenheit zu sehen und zu wissen, dass einige davon in die Welt hinausgehen und Wände in anderen Häusern schmücken würden. Da war es ein angenehmer Gedanke, dass zumindest eines nicht weit kommen würde, nämlich zu Jimmy und Jilly oben an der Straße. Doch dann fiel ihr ein, dass Peter und sie diejenigen sein würden, die wegziehen würden, und ihre Laune erhielt einen Dämpfer.

Schritte, Stimmen und Schatten kündigten an, dass Tony und Trudi aus dem Garten zurückkamen.

»Gehen wir in mein Wohnzimmer«, schlug Leonie vor. »Dort sitzen wir bequemer.« Tony bestand darauf, das Tablett zu tragen, und sie ging vor, um ihm die Türen aufzuhalten.

»Was für ein wunderbarer Raum«, sagte Tony sofort, nachdem er das Tablett abgestellt hatte. Er richtete sich auf, betrachtete die Gemälde und tastete automatisch in seiner Tasche nach der Brille. Leonie empfand ein gewisses Unbehagen dabei, ihre Privatsammlung seinem professionellen Blick auszusetzen. Er würde ein Urteil über ihren Geschmack fällen und vielleicht insgeheim einen Preis für die Bilder festsetzen.

»Anscheinend habe ich die Servietten vergessen«, murmelte sie und wollte hinauseilen. Doch dann hielte sie noch kurz inne, fügte ein »Fühlt euch wie zu Hause« hinzu und nahm ihre aktuelle Arbeit – zwei schläfrige Schildpatt-Katzen – von der Staffelei und lehnte sie an die Wand. Es ging nicht an, dass ein Profi ihre bescheidenen Versuche, Kunst zu erzeugen, begutachtete.

Als sie kurz darauf mit ein paar Papierservietten zurückkehrte, standen die beiden diskutierend vor dem Vogelbild, das George ihr geschenkt hatte.

»Woher hast du das, Leonie? Ich habe es vergessen«, fragte Trudi.

»Aus Haslemere in Surrey. Aus einem Trödelladen. Es hat mir gefallen, und George hat es mir gekauft. Ich glaube nicht, dass er viel dafür ausgegeben hat, das hätte ich nicht zugelassen.«

»Tony meint, es könnte ein Cotton sein.«

»Wie bitte?«

»Orlando Cotton. In der Tate findet gerade eine Retrospektive seiner Werke statt«, erklärte Tony, trat zurück und senkte den Kopf, um das Bild stirnrunzelnd zu betrachten.

»Tatsächlich?« Sie erinnerte sich vage daran, dass ihr jemand davon erzählt hatte, Peter vielleicht. Natürlich kannte sie den Namen Cotton. Er war ein englischer Maler aus den 1930ern, und seinen Stil hätte man als surrealistisch oder schlicht exzentrisch beschreiben können. Sie musterte das Bild und versuchte zu erkennen, was Tony darin sehen mochte. Er hatte ein winziges Vergrößerungsglas hervorgezogen, um das Bild genauer zu untersuchen. Es schien nicht Cottons üblichem Stil zu entsprechen.

»Das Zeichen hier«, sagte er und zeigte auf zwei kleine konzentrische Ringe in der unteren rechten Ecke. »Ich bin mir sicher, das heißt OC, Orlando Cotton.«

Das könnte sein, dachte Leonie, obwohl das C fast vollständig geschlossen war. Erneut beschlich sie Nervosität. Warum war das alles so wichtig? Es war einfach ein Bild, das sie liebte und das ihr viel bedeutete.

»Leonie«, sagte Trudi und nahm gelassen ihren Hand. »Soll ich den Tee eingießen, bevor er zu lange zieht?«

»Das mache ich schon. Setzen wir uns, ja?«

Tony setzte sich in einen Sessel, von dem aus er das Vogelbild sehen konnte, und schlug lässig ein Bein über das andere. Das glänzende Leder seiner polierten Schuhe schimmerte teuer. »Das ist ein ungewöhnliches Motiv«, meinte er nachdenklich. »Der fliehende Vogel. Wisst ihr, dass Cotton eine Zeitlang in einer Anstalt für Geisteskranke war? Ich frage mich, ob es damit zu tun hat. Wir bräuchten natürlich einen Experten, der es untersucht.«

»Einen Experten?« Leonie verstand nicht ganz, wovon hier die Rede war.

»Tony meint, dass dieses Bild durchaus ein paar Pfund wert sein könnte«, sagte Trudi mit aufgeregt leuchtenden Augen.

»Im Moment gibt es ein großes Interesse an Cotton. Damit meine ich nicht nur die Ausstellung in der Tate. Seine Bilder erzielen bei Versteigerungen auch sehr gute Preise.«

Leonie sah zwischen den beiden hin und her, und langsam verstand sie, worüber Trudi und Tony sprachen. »Was für Preise?«

»Nun, Hunderte, für einige davon«, erklärte Tony. »Die Amerikaner mögen sie.«

»Oh.« Hunderte, das war nicht viel.

»Tony! Diese Kunsthändler und ihr Jargon. Er meint Hunderttausende.«

Leonie starrte sie an und konnte es kaum glauben.

»Die größeren jedenfalls«, sagte Tony und aß ein Stück von seinem Früchtebrot. »Also, dieser Kuchen ist wirklich sehr gut. »Was dieses spezielle Gemälde angeht, kann ich mich natürlich nicht festlegen. Es könnte nur eine unbedeutendere Arbeit sein, aber es hat etwas sehr Anziehendes: der Vogel, die Art, wie der Künstler den Betrachter in das Bild hineinzieht, das schwebende Mädchen und diese entrückte Atmosphäre.«

Hunderttausende. Selbst wenn es nur Zehntausende würden, wäre das eine Hilfe. Sprachen sie wirklich von diesem kleinen Bild?

Leonie zerkrümelte nervös ihren Kuchen und steckte sich eine Rosine in den Mund. Der vertraute würzige Geschmack beruhigte sie. Sie trank einen Schluck von dem starken Tee und schloss die Augen.

Ihre Gedanken überschlugen sich. Sie wollte dieses Bild auf keinen Fall verlieren, aber angenommen, es war wirklich sehr viel Geld wert, genug, um das Haus zu retten, würde sie es dann verkaufen?

Aber wenn es in ein Museum käme, könnten viele andere Menschen es ansehen und die Fachwelt könnte es studieren, überlegte sie.

»Wenn Sie mögen, kann ich jemanden hinzuziehen, der es begutachtet«, erbot sich Tony. »So könnte man feststellen, ob es wirklich ein Cotton ist.«

»Das wäre wohl das Beste«, gab Leonie vorsichtig zurück. Tony könnte sich auch irren. In diesem Fall würde sie die schwere Entscheidung nicht zu treffen brauchen. Alles würde einfach wieder so sein wie vor dem heutigen Tag. Leonie wagte nicht zu hoffen.

## Rosa

Rosa summte vor sich hin, während sie kurz vor Feierabend die Tische abwischte. Glücklich zu sein war für sie so ungewohnt, dass sie noch das Vergnügen genoss, darüber zu staunen und es sich ins Gedächtnis zu rufen, als wäre das Glück ein wunderschöner, zerbrechlicher Gegenstand, den sie ab und zu hervorzog, um ihn zu bewundern.

Die schreckliche Last der Sorge um Michal war von ihr abgefallen. Er war in Sicherheit. Sie sah ihn jeden Tag und freute sich, dass es ihm immer besser ging. Bei ihrem Wiedersehen in der Therapieeinrichtung war ihr klar geworden, dass er von seinen Erlebnissen erschöpft und traumatisiert war, und sie hatte eingesehen, dass es vernünftig war, wenn er noch ein paar Tage dort blieb und professionelle Unterstützung in Anspruch nahm. Michal brannte außerdem darauf, der Polizei seine Geschichte zu erzählen.

Leonie hatte zwar angeboten, Michal auch noch irgendwie in Nummer 11 unterzubringen, wenigstens für kurze Zeit, aber Will hatte ihnen sein Gästezimmer zur Verfügung gestellt. Rosa war ihm sehr dankbar dafür. Es war Wills Beruf, jungen Männern wie Michal zu helfen, und es rührte sie, wie ihr Bruder zu Will aufsah. Irgendwie schafften sie es, sich trotz der Sprachbarrieren zu verständigen. Michal bekam jetzt jeden Tag Englischunterricht, und durch den Kurs hatte er einen oder zwei gleichaltrige Kameraden gefunden, was seine Stimmung deutlich hob. Zusammen mit Rosa hatte er in der Zwischenzeit auch seinen Vater besucht. Nach diesem Besuch war er ganz durcheinander gewesen. Er hatte seinen englischen Vater immer auf ein Podest gestellt und war nun sehr enttäuscht. Rosa, die schon daran gewöhnt war, ihren Dad so zu sehen, konnte ihm helfen, das Ganze nüchterner zu betrachten.

Glücklich machte sie auch, dass Will Michal fast so gern zu haben schien wie sie. Will war so ein liebevoller Mensch. Das sah sie daran, wie er Michal freundlich, aber bestimmt anleitete. Er brachte ihm bei, wie man kochte, sauber machte und das Bettzeug wechselte, und zeigte ihm, was es bedeutete, für sich selbst verantwortlich zu sein und sich selbst wertzuschätzen. Das alles trug dazu bei, dass das Selbstvertrauen des Jungen spürbar wuchs. Wie mit Michal so ging er mit allen Jugendlichen um, mit denen er bei seiner Arbeit zu tun hatte. Sie hatte ein oder zweimal im Jugendclub der Kirche mitgeholfen und schätzte es, wie gelassen und stark Will war. Er ließ sich nichts bieten, und Rosa sah, wie sehr die jungen Menschen das zu schätzen wussten. Sie hegte ebenfalls den Wunsch, ihnen zu helfen, denn einige waren so verletzlich und verwirrt, dass es ihr das Herz brach.

Beim Saubermachen lächelte Rosa jedes Mal in sich hinein, wenn ihr Blick auf das Bild fiel. Es war das Porträt einer Frau, auf deren Knien eine Katze saß. Eine schwarze Katze natürlich. Karina hatte sich in das Bild verliebt, als sie es bei Peters Ausstellung entdeckt hatte. Sie hatte es unbedingt haben wollen, obwohl es den Verdienst einer ganzen Woche gekostet haben musste.

»Ich setze es von der Steuer ab«, meinte sie finster zu Rosa, denn sie hatte grundsätzlich das Gefühl, von den Behörden ungerecht behandelt zu werden.

»Es gehört zur Einrichtung«, pflichtete Rosa ihr bei. Das Bild sah an der Wand des Cafés wirklich gut aus. Es hing rechts neben dem Eingang, sodass der Blick der Gäste unwillkürlich darauf fiel. Mehrere Kunden hatten sich bereits positiv darüber geäußert. Einer davon hatte Peter in der Folge sogar einen Auftrag erteilt, sodass es in jeder Hinsicht eine gute Investition gewesen war.

In Bellevue Gardens wurde immer noch viel über den Erfolg der Ausstellung diskutiert. Als Rosa, Stef, Rick, Jamie, Hari und Bela nach der Eröffnung nach Hause gekommen waren, waren sie natürlich alle müde gewesen, aber hochgestimmt über die vielen Menschen, die gekommen waren, die Partyatmosphäre und den Umstand, dass einige der Gemälde verkauft worden waren. Rick war sicher, dass sich dieser Erfolg weiter fortsetzen würde, da die Ausstellung noch die ganze Woche dauerte. Sie vermuteten, dass Peter und Leonie sehr zufrieden mit den Verkäufen sein würden.

Aber dann hatten die Dinge eine eigenartige Wendung genommen.

»Wo ist Peter?«, hatte Bela gefragt. Sie stellte gerade das übrig gebliebene Essen auf den Tisch, damit es gegessen wurde.

Niemand hatte eine Ahnung. Rosa hatte es Will und Michal überlassen, den Saal abzuschließen.

Leonie war in einer seltsamen Stimmung gewesen. Ihre Freunde Trudi und Tony hatten sie nach Hause gefahren, waren aber bald, nachdem alle anderen zurückgekehrt waren, gegangen. Leonie war anschließend ruhelos durch das Haus gewandert und hatte wiederholt gedankenverloren geseufzt. Es war klar, dass ihr etwas auf der Seele lag, aber niemand traute sich, sie danach zu fragen.

Später hatten sie alle mit den Getränken und Häppchen, die von der Party übrig waren, um den Küchentisch gesessen und über die Ereignisse des Tages geplaudert. Plötzlich hörten sie, wie krachend die Haustür aufflog. Leonie schoss hoch, als wäre ein Feuerwerkskörper explodiert. Die anderen verstummten. Rick kippte seinen Stuhl zurück und griff nach der Türklinke, und als die Tür sich öffnete, reckten sie alle die Hälse, um einen Blick in die Diele zu erhaschen.

Sie spürten mehr, als sie sahen, wie die Haustür zuknallte. Rosa stand auf und sah Peter, der seine leinene Schultertasche an die Wand warf und in Richtung Küche taumelte. Als sie ihn im Türrahmen stehen sahen, an dem er sich haltsuchend festhielt, war allen sofort klar, dass er betrunken war, und zwar voll wie eine Feldhaubitze.

Er stieß ein Mittelding zwischen Stöhnen und Gebrüll aus. Halb taumelte er, und halb fiel er die Stufen hinunter, die in die Küche führten. Rosa fasste seinen Arm und stützte ihn. Alle starrten ihn schweigend, entsetzt und eingeschüchtert an, und er erwiderte die Blicke mit verwirrter, angriffslustiger Miene.

»Hoffe, alles war zu eurer Zuf...friedenheit«, murmelte er, als stehe er auf der Bühne und spreche zu einem Publikum.

»Zufrieden womit, Peter?«, gab Leonie sanft zurück.

Rick zog ihm einen Stuhl heran, und nach einem gescheiterten Versuch gelang es Peter, sich zu setzen.

»Bilder«, sagte er. »Nicht gut genug. Peter, du verdienst Strafe.« Er schlug mit der Faust auf den Tisch, und bei dem dumpfen Knall fuhren alle zusammen. Bela stieß einen leisen Aufschrei aus.

»Peter«, sagte Leonie, »keiner weiß, wovon du redest.« Sie stand auf. »Würdest du mir helfen, Jamie?« Sie zeigte in Richtung Diele.

»Klar«, sagte Jamie und stand ziemlich unsicher auf, aber Peter schlug alle helfenden Hände weg.

»Ich bin noch nie zu etwas gut gewesen. Nutzlos. Wie mein Alter sagte: ›Peter, Peter, mein Junge, du bist zu nichts nütze.‹ Unsinn, hat er meine Bilder genannt. ›Wie willst du dir deinen Unterhalt verdienen?‹ Für meinen Dad drehte sich alles um Geld.«

»Ach, Peter. Das ist alles lange, lange her.« Leonie seufzte betrübt.

»Lange, ja. Aber ich war nie zu etwas gut. Ich wollte helfen. Wollte meinen Beitrag wegen des Hauses leisten. Etwas bewirken. Etwas für dich tun, Leonie. Du hast, du hast ... dich all die Jahre um mich gekümmert, mich ertragen. Dafür ist die Ausstellung. Um dir das irgendwie zu vergelten. Um dieses Haus zu retten. Aber es ist zum Heulen. Niemand will die Bilder. Niemand will Peters Bilder.«

»Sie haben doch heute welche verkauft«, warf Stef tapfer ein. »Sie haben den Leuten gefallen. Alle haben das gesagt.«

»Gutes Mädchen«, sagte er, ergriff Stefs Hand und tätschelte sie. »Sie ist ein gutes Mädchen.« Er lächelte ihr verschämt zu. »Sie hat sich heute gut geschlagen«, verkündete er, an die Allgemeinheit gerichtet. »Ihr habt alle geholfen. Wunderbar. Tut mir leid, dass ich so nutzlos bin.« Sein Kopf sackte auf seine Brust, und es sah aus, als werde er gleich ohnmächtig werden.

»Jamie«, flüsterte Leonie. Er kam um den Tisch herum, und Leonie und er fassten Peter bei den Armen, um ihn zu stützen, und dann schoben sie ihn behutsam aus dem Zimmer und ganz, ganz langsam die Treppe hinunter. Rosa stand auf, nahm einen Krug und füllte ihn mit Wasser und folgte ihnen. In seinem düsteren Schlafzimmer packten Leonie und sie Peter unter die Decken, während Jamie sich verlegen im Hintergrund hielt. Leonie flößte Peter einen Schluck Wasser ein und stellte ihm das Glas dann in Reichweite hin.

»So habe ich ihn noch nie erlebt«, flüsterte sie, während sie in die

Küche zurückgingen. »Ich schätze, es war der ganze Druck des heutigen Tages.«

»Aber der Tag heute war doch gut«, meinte Rosa verwirrt.

»Peter hat es vermutlich großen Stress bereitet, mit all den Leuten zu reden und zuzusehen, wie sie seine Arbeiten beurteilen. Er ist sonst so zurückhaltend.«

»Aber trotzdem hat er es durchgezogen.« Jamie klang beeindruckt.

»Ja. Das war mutig von ihm.«

»Was war das mit seinem Dad und all diesen schlimmen Dingen?«

»Er hat es mir einmal erzählt, vor vielen, vielen Jahren. Sein Dad war ein wenig wie dein Urgroßvater, der Klempner«, erklärte sie. »Hart, dominierend. Er fühlte sich durch Peters künstlerische Ambitionen in seiner Männlichkeit bedroht.«

»Peter ist doch heute ein alter Mann. Warum sollte ihm das jetzt noch etwas ausmachen?«

»Du wärest erstaunt, was alte Männer noch empfinden – und alte Frauen auch. Etwas, was uns vor langer Zeit verletzt hat, kann wirken wie ein Sandkorn in einer Auster. Manche Menschen verarbeiten es. Sie überziehen die Sandkörner mit Perlmutt und verwandeln sie in etwas Schönes. Aber das gelingt nicht jedem. Ich fürchte, Peter ist es auch nicht gelungen.«

»Du bist doch nicht alt, Gran. Nicht wirklich. Du bist nur irgendwie gereift.« Er grinste Rosa zu, die angesichts seines unverfrorenen Charmes den Kopf schüttelte.

»Na, besten Dank«, sagte Leonie und presste die Lippen zu einer schmalen Linie zusammen. »Ich muss sagen, heute fühle ich mich ziemlich alt.«

Als sie wieder in der Küche waren, fragten alle, die dort versammelt waren, so besorgt nach Peter, dass Leonie die Tränen in die Augen stiegen. Rosa stellte überrascht fest, dass der mürrische alte

Knabe einen größeren Platz in den Herzen aller hatte, als einer von ihnen vermutet hätte.

Am nächsten Tag ging es Peter erstaunlicherweise bestens, und die Ausstellung ging ohne weitere Zwischenfälle zu Ende. Nachdem alle Gemälde verkauft waren – tatsächlich fast alle – und gut verpackt auf dem Weg zu ihren neuen Besitzern waren, teilte Leonie den Hausbewohnern mit, dass Peter nach Abzug der Ausgaben eine fast fünfstellige Summe eingenommen hatte, die er freundlicherweise für das Haus zur Verfügung stellen würde. Rosa wusste, dass das nicht reichen würde, um es zu retten. Doch Leonie hatte noch eine weitere Neuigkeit in petto: Eines der Bilder in ihrem Wohnzimmer war anscheinend wertvoller, als sie gedacht hatte, und sie würde es einem Experten eines Auktionshauses zur Begutachtung vorlegen. »Aber«, hatte Leonie ganz deutlich erklärt, »es gibt absolut keine Garantie dafür, dass es viel wert ist, und außerdem habe ich noch nicht entschieden, ob ich es verkaufen will.« Trotzdem sorgte die Neuigkeit im Haus für eine gewisse Aufregung.

Als Rosa mit dem Abwischen der Tische fertig war, warf sie den Lappen ins Spülbecken und griff nach dem Besen, um den Boden zu fegen. Sie arbeitete schnell und hatte dabei die Uhr im Auge. Als die Krümel zusammengekehrt waren, rückte sie Tische und Stühle zurecht und füllte die Behälter mit Zucker- und Saucentütchen auf. Zu guter Letzt tauschte sie ihre Schürze gegen ihre Jacke und ging in das kleine Bad im hinteren Teil des Cafés, um sich frischzumachen.

Nachdem sie ihr Make-up erneuert hatte, betrachtete sie sich in dem winzigen Spiegel über dem Waschbecken. Ihr Blick war so ernst wie immer, aber in ihren Augen stand nicht mehr die gewohnte Sorge. Nun hatten ihre Augen wieder ihren alten Glanz und sahen sie strahlend an. Auf ihren Lippen lag ein geheimnisvolles Lächeln, das der Gioconda selbst würdig gewesen wäre. »Mona Lisa«, das war Eryks Kosename für sie gewesen, weil er ihren Blick so rätselhaft gefunden hatte. Bei dem Gedanken an Eryk spürte sie einen leisen Stich, aber der Schmerz war nicht mehr so groß wie früher. Die Erinnerung an ihn würde sie immer in ihrem Herzen tragen, aber sie stellte fest, dass sie jetzt nicht mehr so schwer wog.

Sie steckte ihre Schminkutensilien zurück in die Handtasche, ging hinaus, schaltete unterwegs die Alarmanlage ein, knipste das Licht aus und schloss die Tür ab. Doch statt nach links abzubiegen und nach Hause zu gehen, schlug sie die andere Richtung ein, den Hügel hinauf und zur Kirche.

Der Abend war mild, und angesichts des dichten Feierabendverkehrs beschloss sie, sich auf das üppige grüne Gras am Straßenrand und den goldenen Sonnenschein zu konzentrieren, der durch die Bäume fiel und Sonnenflecken auf den Gehsteig malte.

Dann hörte sie Reifen quietschen und zuckte erschrocken zusammen, als aus dem Nichts heraus ein Radfahrer ihren Weg kreuzte.

»Oh, Sie sind es, Sie haben mich so erschreckt.«

»Tut mir leid!« Will hielt neben ihr an und sprang behände von seinem Rad. »Ich bin früher losgekommen.« Sie standen voreinander, lächelten sich schüchtern an und bemerkten kaum, dass andere Leute einen Bogen um sie machen mussten. Rosas Aufmerksamkeit galt allein Will, und sie beobachtete gebannt, wie er das Rad mit den Fingern der einen Hand in vollkommenem Gleichgewicht hielt, mit der anderen seinen Helm abnahm und sein glänzendes Haar ausschüttelte. Inzwischen kultivierte er einen gepflegten Bart. Er ließ ihn verwegener aussehen, wie einen Piraten, was ihr insgeheim gefiel.

Sie wurde fast verrückt vor Sehnsucht, aber sie glaubte nicht, dass er den ersten Schritt tun würde, denn sie spürte seine Schüchternheit und das, was sie nur als Achtung vor ihr und allem, was sie erduldet hatte, bezeichnen konnte. Die Initiative würde also von ihr ausgehen müssen, doch das war schwierig. Sie war sich nicht sicher und hatte Angst, ihn zu beleidigen oder ihre Freundschaft zu zerstören.

Er hängte seinen Helm über den Lenker und sah sie dabei nicht an. »Michal ist heute Abend nicht da«, sagte er. »Er hat sich per SMS gemeldet. Dann sind wir heute Abend doch nur zu zweit. Macht es Ihnen etwas aus?«

»Nein«, antwortete Rosa. Es wunderte sie, dass Michal ihr nichts davon gesagt hatte. Er erzählte ihr immer alles, aber heute Abend hatte er es offensichtlich nicht getan. Also würden Will und sie alleine zusammen kochen und essen. Das würde ungewohnt sein, aber sicher sehr nett werden.

Gemeinsam, Seite an Seite, gingen sie den Hügel hinauf. Will schob das Rad neben sich her. Einmal berührten sie sich wie zufällig, und Rosa überlief ein Schauer. Nach ein paar Minuten erreichten sie den kleinen Park mit dem Kriegerdenkmal, in den sich Stef und sie manchmal zum Mittagessen setzten, und Will blieb stehen.

»Hören Sie, Sie brauchen nicht mitzukommen. Es macht mir nichts aus, wenn Sie lieber nach Hause gehen möchten ...«

»Soll ich das denn?«, sagte Rosa leise. Sie streckte die Hand aus und berührte ganz leicht seinen Arm.

»Nein, natürlich nicht«, flüsterte er. »Hören Sie, sollen wir ... Wir können uns setzen und einen Moment reden.« Und schon ging er voran, in den Park, wo er das Rad abstellte und sie sich auf die Bank setzten. Sie hielten sich an den Händen, und dann beugte sie sich vor und küsste ihn auf die Wange. Er sah sie staunend an, dann suchten seine Lippen ihre, und er streichelte ihr Gesicht. Schließlich zog er sie in die Arme.

»Das ...«, murmelte er an ihren Lippen, »macht ...«, er küsste ihre Augenlider, »dir nichts aus, oder?« Wieder trafen sich ihre Lippen.

»Das macht mir gar nichts aus«, antwortete sie, als sie sich wieder voneinander lösten. Sie lächelte auf ihre ernste Art. Das ist das, was ich will, dachte sie, als er sie an sich drückte und sie die Augen schloss. Diesen wunderbaren Mann, der Menschen hilft, der mir und Mik geholfen hat, der stark für sie gewesen war und ihr half, ebenfalls stark zu sein.

Sie schlug die Augen auf und sah zu dem hellen Stein des Denkmals hoch, zu den Namen, die darin eingraviert waren. Ganz oben standen auch englische Worte, die sie nicht ganz verstand, ein Zitat.

»Was steht da ganz oben?«, fragte sie und hob den Kopf, um darauf zu deuten.

»*Ihr Name lebt fort von Geschlecht zu Geschlecht.* Das ist altertümliches Englisch. Es bedeutet, dass diese Soldaten in unserer Erinnerung für immer weiterleben.«

»Für immer«, nickte sie. Jetzt, mit Will, spürte sie die Möglichkeiten, die dieses Wort eröffnete. Nach Eryks Tod hatte sie ihr Herz lange verschlossen, hatte ihre Familie mit all der Liebe überschüttet, die sie zu geben hatte. Aber nun, da Michal in Sicherheit und glücklich war, spürte sie, wie ihr Herz sich zu öffnen begann wie ein Samenkorn, wenn sich nach dem langen Winter die Erde wieder erwärmt.

So viele Fremde hatten ihr in London geholfen. Karina hatte ihr Arbeit und Leonie hatte ihr ein Zuhause gegeben. Sie hatte Freunde, Familie, einen Bekanntenkreis und nun auch noch Will. Sie hatte nicht damit gerechnet, aber sie gehörte jetzt hierher. Sie war angekommen.

## Leonie

In ihrem Schlafzimmer packte Leonie ihren alten Lieblingskoffer, mit dem sie in ihrer Zeit als Model auf Reisen gegangen war. Sein Futter aus hellblauem Satin war verblichen und dünn geworden, aber sie mochte den Koffer, das weiche, cremefarbene Leder und die Messingbeschläge. Er fühlte sich beim Tragen leicht und elegant an, und genauso fühlte sie sich heute, leicht und elegant. Eine Sommerbrise blies durch das offene Fenster. Sie ging auf Reisen.

Das war ihr erster richtiger Urlaub seit Jahren. Es war wunderschön, Wochenenden bei Freunden auf dem Land zu verbringen, aber das war doch etwas anderes als eine Auslandsreise. Trudi und sie fuhren zusammen an die norditalienischen Seen, nur sie beide, ohne Tony, denn Trudi sagte, so nahe stünden sie einander nun doch nicht. Leonie brauchte die Atempause, darauf bestand Trudi, und sie, Trudi, kam für alle Kosten auf. Zehn Tage in einem äußerst luxuriösen Hotel. Trudi hatte ihr Bilder auf diesem Teil, diesem … Tablet gezeigt. Das Hotel lag direkt am Seeufer, und im Hintergrund waren schneebedeckte Berge zu sehen. Im Juni würde es dort wunderschön sein und auch nicht zu heiß. Heute übernachtete sie bei Trudi, und morgen fuhren sie ganz früh zum Flughafen.

Sie war ihre gesamte Garderobe durchgegangen und hatte eine Auswahl an Hosen und Blusen getroffen, dazu jede Menge Accessoires und mehrere Abendkleider. Hosen zum Wandern, feste Schuhe und einen Panamahut, der einen hübschen Rahmen für ihr Gesicht bildete und dem es nichts ausmachte, geknickt zu werden, hatte sie kaufen müssen. Trudi hatte alles inspiziert, hatte aber beim Anblick der Wanderausrüstung alarmiert gewirkt. Sie waren noch nie nur zu zweit in Urlaub gefahren, und Leonie dachte bei sich, dass sie sich für unterschiedliche Dinge interessieren würden, aber sie war sich sicher, dass sie genug Gemeinsamkeiten finden würden. Außerdem waren sie so alte Freundinnen, dass sie es auch aushielten, einmal verschiedener Meinung zu sein. Daher hoffte sie, dass alles gut gehen würde. Es war ein Urlaub im romantischen Italien, und darauf kam es an.

Denn Leonie brauchte die Erholung dringend. Das letzte Jahr hatte stark an ihr gezehrt. Es hatte sich wie eine weite, lange Reise angefühlt, und es war noch nicht vorüber. Jamies Verschwinden, der Schock, als sie begriffen hatte, dass sie das Haus verlieren würde, die vergeblichen Versuche, es zu retten, das Kommen und Gehen der Mieter mit ihren Hoffnungen und Träumen, ihre Dramen und Tragödien, das alles hatte sie erschöpft. »Es nimmt dich nur so mit, weil du so an ihnen hängst«, hatte Trudi ihr ein wenig entnervt erklärt. »Du solltest nicht versuchen, das Leben anderer Menschen zu leben.«

»Ich weiß«, antwortete Leonie ein wenig verärgert, denn Trudi konnte manchmal ziemlich kaltschnäuzig sein, »aber ich kann nicht anders. Ich kann ihnen wohl kaum meine Hilfe verweigern, wenn sie sie brauchen. Das wäre grausam.«

Sie nahm ein hübsches Abendkleid aus Gaze aus dem Kleiderschrank. Trudi hatte sie letzte Woche überredet, es zu kaufen. Es hatte viel mehr gekostet, als sie normalerweise ausgegeben hätte, aber Trudi schien sich sicher zu sein, dass sie Gelegenheit haben würde, es zu tragen. Bei dieser Vorstellung spürte sie ein kleines Prickeln der Vorfreude und stellte sich vor, wie attraktive italienische *signori* im Smoking Trudi und sie zum Tanzen aufforderten.

Das letzte Drama hatte mit dem Bild des auffliegenden Vogels zu tun gehabt. Der Experte vom Auktionshaus hatte sie ein Formular unterzeichnen lassen, dass sie ihm erlaubte, es mitzunehmen, um es zu untersuchen. Letzte Woche hatte er ihr seine Schlussfolgerungen schriftlich übermittelt. Bei dem Gemälde handelte es sich tatsächlich um einen Orlando Cotton, und es war definitiv von großem Wert, auf jeden Fall sechsstellig, obwohl er sich nicht auf den genauen Betrag festlegen wollte. Er und seine Kollegen würden ihn, wenn sie es wünschte, gern in ihren Herbstkatalog aufnehmen, und sie sollten über einen garantierten Mindestpreis sprechen. Er empfehle allerdings, schnell zu verkaufen, solange das Interesse an Cottons Werk noch so groß sei. Damit gab es in ihrem Leben eine weitere große Unbekannte. Selbst wenn sie sich zum Verkauf entschloss, konnte sie sich nicht sicher sein, ob der Erlös ausreichen würde, um die Kosten für die Erneuerung des Pachtvertrages zu decken.

Und wenn doch, was dann? Dann hätte sie das Haus gerettet, aber wozu? So lange hatte sie geglaubt, das Haus bedeute ihr alles. Sie hatte es als Georges Vermächtnis, für Peter und als Grundlage eines bestimmten Lebensmodells behalten. Aber das Problem war, dass die Dinge sich schnell oder auch unmerklich veränderten, wenn man gerade nicht achtgab.

Einige der Hausbewohner hatten sich mit der Vorstellung abgefunden, ausziehen zu müssen, und Pläne geschmiedet; oder ihr Leben hatte sich aus anderen Gründen, die nichts mit dem Haus zu tun hatten, verändert, und sie erkannten, dass es Zeit war, weiterzuziehen. Erst gestern hatte ihr Bela, während sie zusammen die Küche saubermachten, erzählt, dass Hari und sie beschlossen hätten, zu einem langen Aufenthalt nach Nordindien zurückzukehren. Sie konnten es sich finanziell leisten, und da sich die politische Lage vor Ort verändert hatte, würde Hari nicht mehr in Gefahr schweben. Sie freuten sich auf die Reise und waren gespannt, wie es ihren Verwandten ging. Sie hatten ihre Geschwister so lange nicht mehr gesehen, und wenn sie dort glücklich waren, würden sie ihren Ruhestand mit finanzieller Unterstützung von Haris reichem Bruder vielleicht dort verbringen und gar nicht nach Großbritannien zurückkehren. Diese Enthüllung war ein kleiner Schock gewesen, aber auch eine Erleichterung, weil sie sich jetzt nicht mehr für die beiden verantwortlich zu fühlen brauchte. Abgesehen von Peter waren Bela und Hari die Mieter gewesen, um deren Zukunft sie sich die größten Sorgen gemacht hatte, und das brauchte sie jetzt nicht mehr.

Rosa würde noch eine Weile bleiben, aber sie und Will wollten heiraten, also würde sie wahrscheinlich auch ausziehen. Jamie würde zurechtkommen, da war sie sich jetzt sicher. Er hatte sich verändert, liebte seine Arbeit und würde sich dabei gut schlagen. Blake und er arbeiteten für eine unabhängige Produktionsfirma an einer Fernsehdokumentation über moderne Sklaverei, und Jamie war kaum noch hier, so ausgelastet war er damit, mit dem Kamerateam herumzureisen und Recherchen anzustellen. Blake hatte auch dafür gesorgt, dass Jamie eine richtige Ausbildung als investigativer Journalist bekam, was Abendkurse am College bedeutete. Sein erster eigener Auftrag bestand darin, für eine Online-Nachrichtenseite ein Interview mit Michal zu führen. Ja, Jamie würde es schaffen.

Sie legte einen Schal für die Abende auf ihre Kleider in den Koffer und schloss den Deckel. Dann hörte sie Gelächter aus dem Garten und ging zum Fenster, um hinauszusehen. Unten sah sie einen honigblonden und ein sandblonden Schopf, Stef und Rick. Sie saßen zusammen im Gras und redeten einfach. Leonie lächelte. Sie hatten sie noch nicht gesehen.

Um diese beiden machte sie sich keine Sorgen, zumindest keine großen. Stefs Vorstellungsgespräch war gut gelaufen – die beste Mappe, die der Tutor seit langer Zeit gesehen hatte, hatte man Stef erklärt. Nun wartete sie auf die offizielle Benachrichtigung des Colleges, um im September ihr Studium zu beginnen. Rick hatte sich geduldig auf eine große Zahl von Stellen beworben, aber bis jetzt nur ein Angebot für ein bezahltes Praktikum in einem renommierten Kunstzentrum erhalten. Trotzdem schien er für den Anfang zufrieden damit zu sein, also war Leonie es auch. Stef hatte ihr erklärt, wie schwierig es heutzutage sei, beruflich Fuß zu fassen, und warum diese Stelle Rick gute Aussichten eröffne. Sie vermutete, dass er auch viel mit seiner Geschichte zu tun hatte und sie für die Veröffentlichung vorbereitete.

Wie schüchtern er gewesen war, als er vor über einem Jahr hier eingezogen war, still, freundlich, aber ziemlich distanziert. Was für ein Unterschied; jetzt kitzelte er Stef mit einem langen Grashalm im Nacken und lachte, als sie quietschte und sich dann umdrehte und tat, als wolle sie mit ihm kämpfen. Als Leonie das Schiebefenster herunterzog, blickten die beiden auf und winkten. Leonie lächelte und winkte zurück.

Sie überlegte, dass es so oft im Leben darauf ankam, sein Selbstvertrauen wiederzufinden, von Neuem fliegen zu lernen, den Wind unter den Schwingen zu spüren und das Leben wieder in den Griff zu bekommen. Wahrscheinlich hatten die Menschen, die in diesem Haus gelebt hatten, das alle im Lauf der Jahre getan, und nun waren Peter und sie an der Reihe. Wenn sie das Bild verkaufte, würden sie über die Runden kommen. Was immer als Nächstes passierte, sie würde lernen müssen, loszulassen. Es war Zeit, die Schwingen auszubreiten.

# Dank

Ganz besonders möchte ich Philippa Rudd von der Kanzlei Cozens-Hardy in Norwich für ihre ausgezeichneten Ratschläge bezüglich des verzwickten Themas Erbpacht und Pachtverhältnisse danken. Etwaige Unschärfen sind um der Handlung willen zustandegekommen, und ich hoffe, sie ist nicht allzu entsetzt. Mein Dank gilt auch dem Comicautor Felix Taylor, der einige technische Details in Ricks Erzählung korrigiert hat, und Judith Hurrell, deren Bericht über einen Vogel, der in ihrem Kamin gefangen war, meinen Schaffensprozess in Gang gesetzt hat.

Meine wunderbare Agentin Sheila Crowley, Rebecca Ritchie und das ganze Team bei Curtis Brown arbeiteten sehr hart für mich. Dies gilt auch für meinen großartigen Verlag Simon & Schuster UK, wo ein besonderer Dank an Sue Baboneau, Clare Hey und Sam Evans geht sowie an die freie Lektorin Mary Tomlinson.